CW00407462

FOLIO POLICIER

Ian Rankin

L'ombre du tueur

Une enquête de l'inspecteur Rebus

Traduit de l'anglais (Écosse)
par Édith Ochs

Gallimard

Titre original :

BLACK & BLUE

Première publication : Orion Books Ltd, 1997.
© *Ian Rankin, 1997.*
© *Éditions du Rocher, 2002, pour la traduction française.*

Ian Rankin est devenu en quelques années l'un des auteurs majeurs du polar anglais, avec une douzaine de romans à son actif. Il a reçu en 1992 le Raymond Chandler Fulbright Award et, en 1997, le Mystery Writers Award, récompensant le meilleur roman noir de l'année.

Plût au ciel, avant que j'aie vu le jour
Où la trahison a signé notre perte,
Que ma tête chenue repose dans la glaise,
Auprès de Bruce et du preux Wallace!
Mais avec vigueur, jusqu'à mon heure der-
nière,
Ceci je proclame :
Achetés et vendus nous sommes pour de l'or
anglais —
Quelle bande de coquins au sein d'une nation!

ROBERT BURNS,
*Fareweel to a' Our Scottish
Fame*

Si les Stones disaient :
«On peut réécrire l'histoire comme ça nous
chante»,
ça passerait.

JAMES ELLROY

PREMIÈRE PARTIE

LA CAPITALE DÉSERTÉE

Chargée de siècles
Cette capitale désertée geint, telle dans son
    sommeil
Une grosse bête en cage, qui rêve de liberté
Mais point n'y croit...

SYDNEY GOODSIR SMITH
Kynd Kittock's Land

1

— Redis-moi voir pourquoi tu les as tuées.

— Je vous l'ai dit, c'était un *besoin*.

De nouveau, Rebus jeta un œil sur ses notes.

— Tu as parlé d'une pulsion.

La silhouette affalée sur la chaise secoua la tête. Des effluves peu ragoûtantes émanaient de lui.

— Un besoin, une pulsion, qu'est-ce que ça fait ? C'est pareil.

— Ah bon ?

Rebus écrasa son mégot. Le cendrier en fer-blanc débordait au point de recracher une partie de son contenu sur la table en métal.

— Parle-moi un peu de la première victime.

L'homme en face de lui grogna. Il s'appelait William Crawford Shand, plus connu sous son diminutif, «Craw», le Corbeau. Quarante ans, célibataire, il vivait seul dans une HLM de banlieue, à Craigmillar. Il était au chômage depuis six ans. Il passa ses doigts nerveux dans ses cheveux gras en essayant de dissimuler le sommet déplumé de son crâne.

— La première victime, insista Rebus. Redis-nous ça.

Le «nous», c'était parce qu'il y avait avec eux un autre policier, l'inspecteur Maclay, dans la salle d'interrogatoire. Rebus ne le connaissait pas très bien. En fait, il ne connaissait personne à Craigmillar, pas encore. Maclay était adossé au mur, bras croisés, les yeux réduits à deux fentes. Il avait l'air d'une mécanique au repos.

— Je l'ai étranglée.

— Avec quoi ?

— Une corde.

— D'où venait la corde ?

— Je l'ai achetée dans un magasin, je sais plus où.

Une pause à trois temps.

— Et après, qu'est-ce que tu as fait ?

— Après qu'elle était morte ? (Shand se tortilla un peu sur sa chaise.) Je l'ai mise à poil et j'ai eu des rapports avec elle.

— Avec son cadavre ?

— Elle était encore chaude.

Rebus se leva. Le grincement de sa chaise sur le plancher parut ébranler le témoin. Pas plus dur que ça.

— Tu l'as tuée où ?

— Dans un parc.

— Lequel ?

— Près de chez elle.

— C'est-à-dire ?

— Polmuir Road, à Aberdeen.

— Et qu'est-ce que vous foutiez à Aberdeen, monsieur Shand ?

Il haussa les épaules. Il promenait ses doigts sur le rebord de la table, laissant des traces de sueur et de graisse.

— À ta place, je ne ferais pas ça, dit Rebus. Les bords sont tranchants, tu risques de te couper.

Maclay émit un grognement. Rebus s'approcha du mur et le vrilla du regard. Maclay fit un bref signe de tête. Rebus retourna vers la table.

— Décris-nous le parc.

Il s'appuya contre le plateau de la table, sortit une autre clope et l'alluma.

— C'était un parc quelconque. Vous savez, des arbres et de l'herbe, un espace de jeu pour les gosses.

— Les grilles étaient fermées ?

— Hein ?

— Il faisait nuit. Est-ce que les grilles du parc étaient fermées ?

— Je sais plus.

— Tu ne sais plus. (Une pause à deux temps.) Où l'as-tu rencontrée ?

La réponse fusa :

— Dans une discothèque.

— Vous n'avez pas le genre à fréquenter les discothèques, monsieur Shand. (Un autre hoquet de la mécanique.) Décrivez-la-moi.

Shand eut un autre haussement d'épaules.

— Une boîte comme une autre : sombre, des lumières clignotantes, un bar.

— Et la victime numéro deux ?

— Même topo. (Shand avait les yeux cernés, le visage creusé. Malgré tout, il commençait à s'y croire, il se prenait au jeu.) Je l'ai levée dans une discothèque, j'ai proposé de la raccompagner, je l'ai zigouillée et après, je l'ai enculée.

— Pas les mêmes rapports que la fois d'avant, donc. As-tu emporté un souvenir ?

— Hein ?

Rebus fit tomber la cendre par terre, saupoudrant ses chaussures.

— Tu as pris quelque chose sur les lieux, que tu as conservé ?

Shand réfléchit un instant, puis fit signe que non.

— Et ça se passait où, exactement ?

— Le cimetière de Warriston.

— C'est près de chez elle ?

— Elle habitait sur Inverleith Row.

— Avec quoi tu l'as étranglée ?

— Un bout de ficelle.

— Le même morceau qu'avant ? (Shand confirma d'un geste.) Comment tu t'y es pris, tu l'avais gardé dans ta poche ?

— Oui, c'est ça.

— Tu l'as sur toi en ce moment ?

— Non, je l'ai balancé.

— Tu n'y mets pas trop du tien, on dirait. (Shand se tortilla, aux anges. Un quatrième temps.) Et la troisième victime ?

— C'était à Glasgow, débita Shand. Kelvingrove Park. Elle s'appelait Judith Cairns. Elle m'a dit de l'appeler Ju-Ju. Je l'ai liquidée comme les autres.

Il se balança sur sa chaise, bomba le torse et croisa les bras. Rebus posa une paume sur le front de Shand, à la manière d'un guérisseur. Puis il poussa, à peine, mais il n'y avait rien pour retenir. Shand et la chaise tombèrent à la renverse. Rebus s'agenouilla devant lui et le tira par le devant de sa chemise.

— Tu mens ! grinça-t-il entre ses dents. Ce que tu sais, tu l'as pompé dans les journaux et ce que tu as été obligé d'inventer, c'est que dalle, du vent !

Il le lâcha pour se relever. Il avait les mains moites là où il avait tenu la chemise.

— Je mens pas, affirma Shand encore étalé par terre. C'est du solide, ce que je vous dis !

Rebus écrasa sa clope à moitié fumée. Le cendrier recracha encore quelques mégots sur la table. Il en prit un qu'il envoya d'une pichenette sur Shand.

— Alors, quoi, vous m'inculpez pas ?

— T'inquiète, tu l'auras, ton inculpation : pour mensonge à l'autorité judiciaire. Un petit séjour à

Saughton, le temps de te faire empaffer par ton compagnon de cellule.

— D'habitude, on le laisse aller, intervint Maclay.

— Qu'on me le foute au trou, gueula Rebus avant de quitter la pièce.

— Mais je vous dis que c'est moi ! glapit Shand tandis que Maclay le remettait debout. Je suis Johnny Bible ! Je suis Johnny Bible !

— Aucune chance, le Corbeau, lança Maclay en lui flanquant son poing dans la figure pour le calmer.

Rebus voulait se laver les mains et s'asperger la figure. Deux agents en tenue se racontaient une histoire en grillant une cigarette dans les toilettes. Ils s'arrêtèrent de rire quand Rebus entra.

— Monsieur, c'était qui, dans la salle d'interrogatoire ?

— Encore un rigolo, répondit Rebus.

— Il n'y a que ça ici, commenta le deuxième policier.

Rebus ne savait pas s'il parlait du poste, Craigmillar, en tant que tel, ou de la ville dans son ensemble. Encore que les occasions de rigoler soient plutôt rares au commissariat de Craigmillar. C'était l'affectation la plus dure d'Édimbourg ; on était muté au bout de deux ans au maximum, car au-delà, personne ne tenait le coup. Craigmillar était le quartier le plus sensible de la capitale écossaise et le poste méritait pleinement son surnom de « Fort Apache, le Bronx ». Il était coincé dans un cul-de-sac derrière une rangée de boutiques, un bâtiment disgracieux avec, à l'arrière-plan, des immeubles à la façade encore plus rébarbative. Du fait qu'ils étaient fourrés au fond d'un passage, une bande de voyous pouvait les isoler facilement du reste de la civilisation et l'endroit avait été plusieurs fois en état de siège. Bref, Craigmillar était une sacrée promotion.

Rebus savait pourquoi on l'avait affecté dans ce trou à rats. Il avait déplu à quelques grands pontes. N'ayant pas réussi à lui régler son compte une bonne fois, ils l'avaient expédié au purgatoire. Ce n'était pas l'enfer, parce qu'il savait qu'il n'était pas là pour toujours. Disons qu'il était en pénitence. Sa lettre de mutation spécifiait qu'il remplaçait un collègue hospitalisé. Elle précisait aussi qu'il superviserait la clôture définitive du vieux commissariat de Craigmillar. On le mettait progressivement en veilleuse pour le transférer dans des locaux flambant neufs situés dans les parages. L'endroit n'était plus qu'un amoncellement de cartons et de placards vidés. L'équipe ne se défonçait pas pour résoudre les affaires en cours. Et elle ne s'était pas défoncée non plus pour accueillir l'inspecteur John Rebus. On se serait cru dans un asile plutôt que dans une salle de brigade, avec des malades abrutis par les calmants.

Il retourna dans la salle des inspecteurs, baptisée «le Refuge». Il croisa en chemin Maclay et Shand, lequel protestait toujours de sa culpabilité tandis qu'on l'entraînait vers les cellules.

— Je suis Johnny Bible! C'est moi, putain de bordel!

Aucune chance.

Il était 9 heures du matin, un mardi de juin et, à part le sergent détective Bain, surnommé «Dod[1]» Bain, le Refuge était désert. Celui-ci quitta des yeux son magazine — *Offbeat*, le bulletin des régions Lothian & Borders — et Rebus secoua la tête.

— C'est bien ce que je pensais, soupira Bain en

---

1. DOD, abréviation utilisée par la police pour *Date of Death* («date de la mort») (*Toutes les notes sont de la traductrice.*)

tournant la page. Craw adore se la jouer. C'est pour
ça que je vous l'ai laissé.

— Vous avez autant de cœur qu'un clou de tapis-
sier.

— Et je suis aussi vicieux, ne l'oubliez pas.

Rebus s'assit à son bureau et se demanda s'il allait
rédiger son rapport. Un autre clown, une autre perte
de temps. Et quelque part dans la ville, Johnny Bible
courait toujours.

D'abord, il y avait eu Bible John, qui terrorisait
Glasgow à la fin des années soixante. Un jeune homme
bien mis, les cheveux roux, qui connaissait la Bible
sur le bout des doigts et fréquentait le dancing du
Barrowland. Il y avait enlevé trois femmes, les avait
battues, violées et étranglées. Puis il avait disparu au
milieu de la plus grande chasse à l'homme que Glasgow ait connue et il n'avait jamais refait surface, de
sorte que l'affaire n'avait pas été classée. La police
disposait d'un signalement en béton fourni par la
sœur de la dernière victime. Elle avait passé près de
deux heures en sa compagnie et même partagé un taxi
avec lui. Il l'avait fait descendre ; sa sœur avait agité
la main par la lunette arrière pour dire au revoir…
Son signalement n'avait servi à rien.

Et maintenant, on avait Johnny Bible. Les médias
lui avaient vite trouvé un surnom. Trois femmes battues, violées, étranglées, il n'en avait pas fallu plus
pour qu'on établisse la comparaison. Deux des victimes avaient été ramassées dans des night-clubs, des
discothèques. Il y avait de vagues descriptions d'un
homme qu'on avait vu danser avec les victimes. Bien
habillé, timide. Ça cadrait avec le Bible John d'origine. Sauf que Bible John, à supposer qu'il fût encore
de ce monde, aurait eu la cinquantaine, alors qu'on
situait le nouveau tueur entre vingt-cinq et trente
ans. D'où Johnny Bible, le fils spirituel de Bible John.

Il y avait des différences, bien sûr, mais les médias ne s'y attardaient pas. Par exemple, toutes les victimes de Bible John avaient fréquenté le même dancing ; Johnny Bible, lui, sillonnait l'Écosse pour trouver ses victimes. D'où les conclusions faciles : c'était un routier ou un représentant de commerce. La police n'excluait aucune hypothèse. Cela pouvait même être Bible John, de retour après un quart de siècle — en admettant qu'on se soit trompé sur son âge, c'était déjà arrivé avec des témoignages qu'on croyait inattaquables. On avait gardé secrets certains détails sur Johnny Bible — comme on l'avait fait pour Bible John. Cela permettait d'écarter la kyrielle de faux aveux.

Rebus venait de s'attaquer à son rapport quand Maclay pénétra dans la pièce en tanguant. C'était sa façon de marcher, balançant d'un côté à l'autre, non parce qu'il était saoul ou drogué, mais parce qu'il avait un sérieux problème de surpoids, une histoire de glandes. Il avait aussi un problème de sinus, ce qui lui donnait souvent une respiration sifflante et la voix tel le couinement d'un rabot sur une planche. Au poste, on le surnommait « le Gros ».

— Craw a évacué les lieux ? s'enquit Bain.

Maclay fit un geste en direction du bureau de Rebus.

— Il veut le poursuivre parce qu'il s'est foutu de nous.

— Alors là, c'est vraiment ce que j'appelle se foutre du monde.

Maclay tangua en direction de Rebus. Il avait des cheveux de jais qui se terminaient en accroche-cœurs. Il avait dû rafler en son temps tous les prix Bébé Cadum, mais ça faisait long feu.

— Allez, quoi, dit-il.

Rebus fit non en continuant de taper.

— Écoutez, merde...

— C'est lui, l'emmerdeur! grogna Bain en se levant. (Il prit sa veste sur le dos de sa chaise. Puis, s'adressant à Maclay): Tu veux un verre?

Maclay émit un long soupir pareil à une chambre à air qui se dégonfle.

— Tu l'as dit.

Rebus retint son souffle jusqu'à ce qu'ils soient partis. Ils ne risquaient pas de l'inviter, et c'était bien là l'idée. Il s'arrêta de taper et fouilla dans le tiroir du bas pour trouver la bouteille de Lucozade, dévissa le bouchon, huma le malt à quarante-trois degrés et se rinça le gosier. La bouteille de retour dans sa cachette, il s'envoya une menthe dans la bouche.

Ça allait mieux. *I can see clearly now*[1], Marvin Gaye.

Il arracha le rapport de la bécane et en fit une boulette, puis appela le planton à l'entrée pour dire qu'on retienne Craw Shand une heure avant de le relâcher. Il venait à peine de raccrocher quand l'appareil se mit à sonner.

— Inspecteur principal Rebus.

— C'est Brian.

Le sergent Brian Holmes était toujours basé à St Leonard. Ils étaient restés en contact. Ce soir, il avait une voix éteinte.

— Des ennuis?

Holmes rit, d'un rire sans joie.

— Ce n'est pas ça qui manque.

— Alors parlez-moi du dernier en date.

Rebus ouvrit le paquet de cigarettes d'une main, s'en fourra une dans le bec et l'alluma.

— Je ne sais pas si je peux, vous avez déjà votre dose.

_____

1. «J'y vois clair maintenant.»

— Craigmillar n'est pas si mal.

Rebus parcourut du regard le bureau défraîchi.

— Je ne parlais pas de ça.

— Oh…

— C'est que… je me suis peut-être fourré dans le pétrin…

— Que s'est-il passé ?

— Un suspect qu'on avait en garde à vue. Il me cherche des poux.

— Vous l'avez tabassé ?

— C'est ce qu'il dit.

— Il a porté plainte ?

— C'est en cours. Son avocat veut aller jusqu'au bout.

— Votre parole contre la sienne.

— C'est ça.

— Vos chefs vont le jeter.

— Sans doute.

— Sinon demandez à Siobhan de couvrir vos arrières.

— Elle est en congé. J'ai conduit l'interrogatoire avec Glamis.

— Ça, ce n'est pas bon. Il est aussi jaune qu'un taxi new-yorkais, c'est un lâcheur de première…

Une pause.

— Vous ne me demandez pas si je l'ai fait ?

— Je ne veux surtout pas savoir, compris ! gronda Rebus. C'était qui, le suspect ?

— Mental Minto.

— Nom de Dieu, cette tête de nœud connaît mieux la musique que le procureur en personne ! Bon, allons lui dire deux mots.

Ça faisait du bien d'être loin du commissariat. Vitres baissées, la brise était presque douce. L'Escort du central avait besoin d'un sacré ménage. Il y avait un ramassis d'emballages de chocolat, de paquets de chips vides, de briques de jus d'orange et de boîtes de Ribena. Du sucre et du sel, le cœur du régime écossais. Ajoutez-y du whisky et vous aurez le cœur *plus* l'âme.

Minto habitait un logement sur South Clerk Street, au premier étage. Rebus avait déjà eu l'occasion de lui rendre quelques visites, dont aucune ne lui avait laissé un souvenir affriolant. Comme les voitures étaient agglutinées les unes aux autres près du trottoir, il se gara en stationnement interdit. Dans le ciel, un rosé délavé déclinait devant l'obscurité grandissante. Et tout en dessous, c'était orange fluo. La rue était bruyante. Le cinéma plus haut se vidait sans doute et les clients qui avaient déjà leur compte s'arrachaient aux pubs encore ouverts. Les odeurs de cuisine de la nuit — pâte à crêpes chaude, garniture de pizza, épices indiennes — flottaient dans l'air. Brian Holmes était planté, les mains dans les poches, devant un dépôt de vente de charité. Pas de voiture. Il était sans doute venu à pied de St Leonard. Les deux hommes se saluèrent sans un mot.

Holmes semblait éreinté. Quelques années plus tôt, c'était un jeune homme fringant et plein d'ardeur. Rebus savait que la vie privée avait prélevé son dû : il était passé par là dans son propre mariage, qui avait pris fin des années plus tôt. La compagne de Holmes voulait qu'il quitte la police. Elle voulait quelqu'un qui passerait plus de temps avec elle. Rebus ne savait que trop ce qu'elle voulait. Elle voulait quelqu'un qui n'aurait pas la tête ailleurs quand il serait avec elle, qui n'aurait pas l'esprit préoccupé par des affaires en cours et des hypothèses de travail, des manœuvres et des histoires de promotion. Souvent, le policier se sent plus proche de la personne qui partage son boulot que de celle qui partage sa vie. En entrant à la PJ, vous aviez droit à une poignée de main et à un morceau de papier. Avec ce morceau de papier, vous signiez le glas de votre vie conjugale.

— Vous savez s'il est là ? interrogea Rebus.

— Je l'ai appelé, il a décroché. Il semblait avoir presque dessaoulé.

— Vous lui avez parlé ?

— Je suis pas con à ce point.

Rebus levait les yeux vers les fenêtres du logement. Le rez-de-chaussée était occupé par des magasins. Minto habitait au-dessus d'un serrurier. Certains y voyaient une ironie du sort.

— Bon, alors vous montez avec moi, mais vous resterez sur le palier. Vous n'entrerez que si ça a l'air de chauffer.

— Vous êtes sûr ?

— Je veux seulement lui dire deux mots, assura Rebus en lui touchant l'épaule. Relax.

La porte d'entrée n'était pas fermée à clé. Ils gravirent en silence l'escalier en colimaçon. Rebus appuya sur la sonnette et prit une respiration. Minto entrouvrit prudemment la porte, mais Rebus l'écarta d'un coup d'épaule, ce qui le propulsa ainsi que Minto dans le vestibule mal éclairé. Il claqua la porte derrière lui.

Minto était sur le point de cogner quand il comprit à qui il avait affaire. Du coup, il se contenta de battre en retraite en grommelant. La salle de séjour était une pièce minuscule, à moitié kitchenette, avec un placard étroit allant du sol au plafond, dont Rebus savait qu'il contenait la douche. Il y avait une chambre et des toilettes avec un lavabo de poupée. On faisait des igloos plus grands que ça.

— Vous voulez quoi, putain ?

Mental Minto s'empara d'une canette de bière blonde, de la forte. Il la vida, debout.

— Te dire un mot.

Rebus considéra la pièce, comme si de rien n'était. Mais il avait les mains sur les côtés, prêt à parer.

— Vous avez forcé ma porte, c'est illégal.

— Cause toujours, tu n'as encore rien vu.

Le visage de Minto se plissa : ni chaud ni froid. À trente-cinq ans, il en paraissait quinze de plus. Il avait touché à peu près à toutes les drogues de son temps — la coke, l'héroïne, les amphets. En ce moment, il était sous méthadone. Shooté, il représentait un problème mineur, le genre casse-pieds. En désintox, il devenait enragé. Un cas mental, quoi.

— D'après ce que j'en sais, vous êtes dans la merde de toute façon, lâcha-t-il.

Rebus fit un pas en avant.

— Tout juste, Minto. Alors réfléchis une minute, qu'est-ce que je risque ? Si je suis dans la merde, autant y être pour de bon.

Minto leva les mains.

— Du calme, du calme. C'est quoi, votre problème ?

Rebus afficha un visage plus détendu.

— C'est toi, mon problème, Mental Minto. Tu veux porter plainte contre un de mes collègues.

— Il m'a tabassé.

Rebus hocha la tête.

— J'y étais et je n'ai rien vu, mais rien de rien. Je suis passé avec un message pour le sergent Holmes. Je suis resté dans le coin. Alors s'il t'avait frappé, je le saurais, non ?

Ils s'affrontèrent en silence. Puis Minto se détourna et s'effondra dans le seul fauteuil de la pièce. On aurait cru qu'il allait bouder. Rebus se pencha et ramassa quelque chose par terre. C'était un dépliant touristique avec les possibilités d'hébergement à Édimbourg.

— Tu comptes aller quelque part en villégiature ?

Il feuilleta le répertoire des hôtels, chambres chez l'habitant et gîtes. Puis il agita le document sous le nez de Minto.

— Si jamais il y a un casse dans un seul de ces endroits, tu auras une place de choix sur notre liste.

— C'est du harcèlement, affirma Minto avec calme.

Rebus lâcha le document. Minto n'avait plus l'air aussi cinglé. On le sentait au bout du rouleau, comme si la vie l'avait mis K.-O. Rebus fit demi-tour pour partir. Il traversa le couloir et se trouvait à la porte quand Minto l'appela. Le bonhomme se tenait à l'autre bout du couloir, à quatre mètres de lui. Il releva son ample tee-shirt noir jusqu'aux épaules. Après avoir exhibé le devant, il se tourna pour lui montrer son dos. La lumière était chiche — une ampoule de quarante watts sous un abat-jour maculé de chiures de mouches — mais il pouvait voir. Des tatouages, crut-il d'abord. Non, c'étaient des bleus : les côtes, les flancs, les reins. S'était-il fait ça tout seul ? Possible. Tout était toujours possible. Minto lâcha son vêtement et fixa Rebus sans ciller. Celui-ci s'en alla.

— Ça va ? s'enquit Brian Holmes, complètement à cran.

— Voilà comment ça s'est passé : j'étais venu vous porter un message. J'ai assisté à l'interrogatoire.

Holmes laissa échapper un soupir.

— Alors c'est ça, le topo ?

— C'est ça.

Ce fut peut-être le ton de sa voix qui éveilla l'attention de Holmes. Son regard croisa celui de John Rebus et il fut le premier à détourner les yeux. Dehors, il tendit la main.

— Merci, fit-il.

Mais Rebus était déjà reparti.

Il roula dans les rues de la capitale désertée, des constructions de luxe bordant la rue des deux côtés. Ça coûtait une fortune d'habiter à Édimbourg de nos jours. Vous pouviez y laisser votre chemise. Il s'efforçait de ne plus penser à ce qu'il avait fait, à ce que Brian Holmes avait fait. Il avait des airs des Pet Shop Boys dans la tête : *It's a Sin*[1]. Pour enchaîner sur Miles Davis : *So What ?*[2].

Il se dirigeait plus ou moins vers Craigmillar quand il changea d'avis. Il allait rentrer chez lui en priant le ciel pour qu'il n'y ait pas de journalistes en train de camper sur le pas de sa porte. Quand il fermait la porte de son appartement, la nuit lui collait tellement à la peau qu'il devait se plonger dans la baignoire et frotter énergiquement, comme s'il était un vieux carrelage qu'on avait piétiné toute la journée. Parfois il était plus facile de rester dehors ou de dormir au poste. Parfois aussi, il roulait toute la nuit, pas forcément dans Édimbourg. Il filait sur Leith, dépassait les filles et les prostituées du port, longeait l'estuaire jusqu'à South Queensferry, puis franchissait le pont sur la Forth, prenait la M90 à travers le comté de Fife, dépassait Perth et poussait jusqu'à Dundee. Là, il faisait demi-tour pour rentrer, généralement éreinté, se garant au besoin sur le bas-côté pour dormir dans sa voiture. Tout ça prenait du temps.

Il se souvint qu'il était dans un véhicule de police, pas dans sa propre voiture. S'ils en avaient besoin, ils pourraient toujours venir le chercher. Quand il parvint à Marchmont, il ne put trouver de parking sur Arden Street et se gara à cheval sur une zone en

1. « C'est un péché ».
2. « Et alors ? »

stationnement interdit. Il n'y avait pas de journalistes. Il fallait bien qu'ils dorment, eux aussi. Il partit à pied sur Warrender Park Road en direction de
sa friterie préférée. Des portions énormes et en
plus, ils vendaient du dentifrice et du papier toilette,
le cas échéant. Il revint lentement, la nuit s'y prê-
tait, et il était à mi-chemin de son escalier quand
son biper sonna.

2

Il s'appelait Allan Mitchison et il buvait dans un bar de sa ville natale, sans ostentation mais avec l'air de celui qui ne regarde pas à la dépense. La conversation s'engagea avec deux types qui se trouvaient là. L'un d'eux lança une vanne, elle était bonne. Ils payèrent la tournée suivante et il en paya une autre. Il les fit rire aux larmes en racontant la seule blague qu'il connaissait. Ils recommandèrent trois verres. Avec eux, on rigolait bien.

Il ne lui restait guère de copains à Édimbourg. Certains de ses anciens potes lui en voulaient à cause du fric qu'il continuait à se faire. Il n'avait pas de famille, n'en avait pas eu aussi loin qu'il se souvienne. Ces deux hommes, c'était mieux que rien. Il ne savait pas vraiment pourquoi il rentrait chez lui, ni pourquoi il disait qu'Édimbourg était «chez lui». Il avait acheté un appartement avec un emprunt logement, seulement il ne l'avait toujours pas arrangé ni meublé. C'était une coquille vide, qui ne représentait rien de spécial. Mais comme tout le monde rentrait «chez soi», il faisait pareil. Pendant les seize jours d'affilée où on bossait, on était censé penser à la maison. On en parlait, on se racontait toutes les conneries qu'on ferait quand on rentrerait

— l'alcool, les filles, les boîtes. Certains des hommes habitaient Aberdeen ou ses environs, mais beaucoup venaient de plus loin. Ils guettaient avec impatience la fin des seize jours en mer, le début des quatorze jours à terre.

C'était la première nuit des quatorze.

Les jours s'écoulaient lentement au début, puis plus vite vers la fin, et alors on se demandait pourquoi on n'en avait pas plus profité. La première nuit, c'était la plus longue. Celle qui était dure à passer.

Ils allèrent dans un autre bar. Un de ses nouveaux copains trimballait un vieux sac Adidas, en nylon rouge avec une poche sur le côté et une bandoulière cassée. Il en avait eu un exactement pareil à l'école, quand il avait quatorze-quinze ans.

— Qu'est-ce que t'as là-dedans? demanda-t-il pour rigoler. Ton équipement de sport?

Ils se marrèrent et lui donnèrent une bourrade dans le dos.

Dans le nouveau troquet, ils passèrent à l'apéritif. Le pub suffoquait, bourré de filles à touche-touche.

— On doit penser qu'à ça, sur une plate-forme pétrolière, le charria un de ses amis. Moi, je deviendrais barjot.

— Ou aveugle, ajouta l'autre.

— Je connais ça, fit-il avec une grimace.

Il s'enfila un autre Black Heart. Il n'avait pas l'habitude du rhum ambré. Un pêcheur de Stonehaven le lui avait fait découvrir. De l'OVD ou du Black Heart, mais il préférait le Black Heart. Le nom lui plaisait[1].

Ils avaient besoin de réserves pour continuer à faire la bringue. Il était crevé. Le train d'Aberdeen

---

1. *Black Heart* : «Cœur noir».

avait mis trois heures et avant il s'était tapé l'hélico. Ses copains passaient commande au bar : une bouteille de Bell's et une de Black Heart, une douzaine de canettes, des chips et des clopes. Ça coûtait une fortune d'acheter dans ce genre d'endroit. Mais comme ils partagèrent en trois à part égale, c'est qu'ils n'en avaient pas après son portefeuille.

Dehors, ce fut la galère pour trouver un taxi. Il y en avait des paquets, mais tous étaient déjà pris. Ils durent le tirer hors de la chaussée quand il voulut en héler un. Il chancela un peu et tomba sur un genou. Ils l'aidèrent à se relever.

— Alors tu fous quoi exactement, sur ta plateforme ? lui demanda l'un des deux.

— Je l'empêche de se casser la gueule.

Un taxi s'était arrêté pour laisser descendre un couple.

— C'est ta mère ou tu peux plus te retenir ? interpella-t-il celui qui quittait le taxi. (Ses amis lui dirent de la fermer et le poussèrent sur le siège arrière.) Non mais vous l'avez vue ? gueula-t-il. Elle avait la tête comme un sac de billes.

Ils n'allaient pas chez lui, c'était trop nul.

— On va aller chez nous, déclarèrent ses nouveaux amis.

Il n'y avait donc qu'à rester tranquillement assis en regardant défiler les lumières. Édimbourg était comme Aberdeen, des petites villes en fin de compte, rien à voir avec Glasgow ou Londres. Aberdeen avait plus de fric que de classe et elle vous foutait les jetons. Plus qu'Édimbourg. Le trajet semblait interminable.

— Où on est ?

— À Niddrie, annonça quelqu'un.

Impossible de se rappeler leurs noms et ça le gênait de redemander. Le taxi finit par s'arrêter. Dehors, la rue était sombre, on aurait cru que tout le putain de quartier avait refusé de payer sa note d'électricité. Il le dit comme il le pensait.

Encore des rires, des larmes, des tapes dans le dos.

Des immeubles de trois étages, enduits d'un crépi granité. La plupart des fenêtres étaient condamnées avec des plaques métalliques ou bouchées par des parpaings.

— Vous créchez ici ? s'étonna-t-il.

— Tout le monde ne peut pas devenir proprio.

Et comment ! Il était un sacré veinard. Ils poussèrent fort sur la porte d'entrée qui céda. Ils entrèrent, un copain à droite, l'autre à gauche, une main dans son dos. À l'intérieur, l'endroit était humide et sentait le moisi, les escaliers étaient à moitié obstrués par des matelas éventrés et des sièges de W.-C., des kilomètres de tuyauterie et des tas de plinthes cassées.

— Vachement sélect.

— Quand on est en haut, ça s'arrange.

Ils grimpèrent deux étages. Il y avait deux portes sur le palier, l'une et l'autre ouvertes.

— Par ici, Allan.

Alors, il entra.

Il n'y avait pas d'électricité, mais un de ses copains avait une torche. L'endroit était une vraie porcherie.

— Je ne vous avais pas pris pour des SDF.

— La cuisine est correcte.

Donc ils l'y conduisirent. Il vit une chaise en bois qui avait perdu son rembourrage. Elle était posée sur ce qui restait du linoléum… Il dessaoulait vite, mais pas assez.

Ils le plaquèrent sur la chaise. Il entendit le papier collant qu'on déroulait pour le ligoter, un tour après l'autre. Puis autour de sa tête, en lui obstruant la bouche. Ensuite les jambes, tout du long jusqu'aux chevilles. Il voulait crier, mais il suffoquait à cause du papier collant. Il reçut un coup sur le côté de la tête. Tout se brouilla devant ses yeux, dans ses oreilles. Il avait mal sur le côté du crâne, comme s'il venait juste de se cogner contre une poutre. Des ombres déchaînées dansaient sur les murs.

— On dirait une momie, non?

— Une mamie, tu veux dire. Et qui c'est qui va bientôt appeler son papi?

Le sac Adidas était par terre, devant lui, la fermeture à glissière béante.

— Maintenant, dit l'un d'eux, je vais te le sortir, mon équipement de sport.

Des tenailles, un pied-de-biche, un pistolet agrafeur, un tournevis et une scie.

Il transpirait, le sel lui piquait les yeux, lui dégoulinait entre les paupières et le faisait pleurer. Il savait ce qui se préparait, mais n'y croyait pas encore. Les deux hommes se taisaient. Ils étalaient une feuille de polystyrène résistant sur le sol. Puis ils le transportèrent avec la chaise sur le plastique. Il se tortilla, essaya de hurler, serra les paupières, tira sur ses liens. Quand il ouvrit les yeux, ils tenaient un sac en plastique transparent. Ils le lui enfilèrent sur la tête et le scellèrent autour du cou avec du papier adhésif. Il inspira par les narines et le sac se contracta. L'un d'eux prit la scie, puis la reposa, préférant ramasser le marteau à la place.

Fou de terreur, Allan Mitchison parvint à se lever, toujours ficelé sur sa chaise. La fenêtre de la cuisine se trouvait devant lui. Elle était condamnée, mais on avait arraché les planches et il restait le cadre avec quelques fragments de carreaux. Les deux acolytes s'affairaient autour de leurs outils. Il passa entre eux en trébuchant et tomba par la fenêtre.

Ils ne prirent pas le temps de regarder sa chute. Vite ils rassemblèrent leurs outils, replièrent n'importe comment la feuille de plastique, remirent le tout dans le sac Adidas et refermèrent la fermeture à glissière.

— Pourquoi moi? demanda Rebus quand il fut convoqué.

— Parce que vous êtes nouveau, répondit le patron. Vous n'êtes pas ici depuis assez longtemps pour vous être fait des ennemis dans la cité.

Et par-dessus le marché, pouvait ajouter Rebus, vous n'arrivez pas à mettre la main sur Maclay ou Bain.

Un riverain qui promenait son lévrier avait téléphoné: «Les gens balancent n'importe quelles cochonneries par les fenêtres, mais ça, non!»

Quand Rebus arriva, il y avait deux voitures de patrouille sur les lieux du crime, qui formaient une sorte de cordon, ce qui n'avait pas empêché les badauds de se rassembler. Quelqu'un grogna pour imiter un cochon. On ne faisait pas beaucoup d'efforts d'originalité dans le coin, la tradition avait la peau dure. Les logements étaient abandonnés pour la plupart, attendant la démolition. Les familles avaient été relogées. Dans certains immeubles, on trouvait encore quelques rares appartements occupés. Rebus n'aurait pas voulu traîner dans le coin.

Le constat de décès avait été fait et les circonstances de la mort étaient considérées comme pour le moins suspectes. À présent, les experts en médecine légale et les techniciens de la scène du crime se réunissaient. Un adjoint du procureur était en pleine discussion avec le médecin légiste, le Dr Curt. Celui-ci aperçut Rebus et lui adressa un signe de tête. Mais Rebus ne voyait que le corps. Un ensemble de grilles

surmontées de pointes à l'ancienne enserrait l'immeuble et le corps s'était embroché sur la clôture,
saignant encore. Au début, il crut le corps complètement difforme, mais en s'approchant, il comprit.
C'était une chaise, en partie démolie par sa chute.
Elle était fixée au corps par des kilomètres de ruban
argenté. Un sac en plastique enveloppait la tête du
cadavre. Le sac, autrefois transparent, était maintenant à moitié rempli de sang.

Le Dr Curt vint le rejoindre.

— Je me demande si on va trouver une orange
dans sa bouche.

— C'est censé être drôle ?

— Je comptais vous appeler. J'ai été navré d'apprendre votre... enfin...

— Craigmillar n'est pas si mal.

— Je ne parle pas de ça.

— Je sais, répliqua Rebus en levant les yeux. De
quel étage est-il tombé ?

— Du deuxième, dirait-on. Cette fenêtre, là-haut.

Il y eut un bruit derrière eux. Un des agents vomis-
sait dans la rue. Un collègue, un bras autour de ses
épaules, le soutenait dans l'épreuve.

— Il faut le descendre de là, dit Rebus. Qu'on
mette ce pauvre mec dans un sac à viande.

— Il n'y a pas d'électricité, l'avertit-on en lui tendant une torche.

— Les planchers sont sûrs ?

— Personne n'est encore passé au travers.

Rebus avança dans l'appartement. Des trous à
rats comme celui-là, il en avait vu des dizaines. Des
bandes s'y introduisaient, laissant un peu partout
leur nom écrit à la bombe et leur urine. D'autres
arrachaient tout ce qui avait un semblant de valeur
marchande : revêtements de sol, portes intérieures,

fils électriques, rosaces de plafond. Une table, à laquelle il manquait un pied, était renversée dans le séjour. Une couverture fripée était posée dessus ainsi que des feuilles de papier journal. Un vrai petit nid, quoi. Il n'y avait rien dans la salle de bains, juste des trous béants à l'emplacement des installations sanitaires. Il y avait aussi une brèche dans le mur de la chambre. Elle vous offrait une vue plongeante dans l'appartement voisin, où la même scène se répétait.

Les fonctionnaires de l'Identité judiciaire se concentraient sur la cuisine.

— Qu'est-ce qu'on a là ? demanda Rebus.

Quelqu'un braqua sa torche dans un coin.

— Un sac plein de gnôle, monsieur. Whisky, rhum et de quoi grignoter.

— Faites la fête.

Rebus s'approcha de la fenêtre. Un agent planté derrière la vitre observait la rue, où quatre policiers tentaient de dégager la dépouille.

— Difficile d'être plus bourré que ça. (Le jeune agent se tourna vers Rebus.) C'est quoi, le topo, monsieur ? Un poivrot qui s'est suicidé ?

— Commence par t'habituer à ton uniforme, fiston, l'exhorta Rebus avant de se retourner vers la pièce. Je veux les empreintes du sac et de son contenu. Si ça vient d'un magasin de vente d'alcool, vous trouverez sans doute les étiquettes collées dessus. Sinon, ça peut venir d'un pub. Nous cherchons une personne, plus probablement deux. Celui qui a vendu ce stock en donnera peut-être un signalement. Comment sont-ils arrivés ici ? Par leurs propres moyens ? En bus ? En taxi ? Nous avons besoin de savoir. Comment connaissaient-ils l'endroit ? Des gens du quartier ? Il faut interroger les voisins.

Maintenant, il arpentait la pièce. Il reconnut deux

jeunes auxiliaires de la brigade de St Leonard, plus des uniformes de Craigmillar.

— Nous répartirons les tâches plus tard. Tout ça n'est peut-être qu'un abominable accident ou une blague qui a mal tourné, mais dans tous les cas, la victime n'était pas seule. Je veux savoir qui se trouvait avec lui. Merci et bonsoir.

Dehors, on prenait les derniers clichés de la chaise et des liens avant de détacher le corps. La chaise allait être emballée dans un sac, elle aussi, de même que les moindres éclats qu'on récolterait. C'était drôle comme tout devenait méthodique : l'ordre naissait du chaos. Le Dr Curt déclara qu'il procéderait à l'autopsie dans la matinée. Rebus était d'accord. Il regagna la voiture de patrouille, en regrettant que ce ne soit pas la sienne : la Saab avait une demi-bouteille de whisky planquée sous le siège du chauffeur. Beaucoup de pubs étaient encore ouverts, ils avaient la permission de minuit. Finalement, il rentra au poste. C'était à peu près à un kilomètre. Maclay et Bain avaient l'air de débarquer, mais ils étaient déjà au courant.

— Un meurtre ?

— Ça se pourrait, convint Rebus. Il était ficelé sur une chaise avec un sac en plastique sur la tête et du papier collant sur la bouche. Peut-être qu'on l'a poussé, peut-être qu'il a sauté ou qu'il est tombé. Celui ou ceux qui lui tenaient compagnie se sont taillés vite fait en oubliant leurs provisions sur place.

— Des camés ? Des clochards ?

— Visiblement non. Il porte des jeans apparemment neufs et des Nike neuves aux pieds. Un portefeuille bien garni, une carte bancaire et une carte de crédit.

— On a donc un nom ?

— Ouais, approuva Rebus. Allan Mitchison, une

adresse derrière Morrison Street. Ça tente quelqu'un de venir? ajouta-t-il en agitant des clés.

Bain accompagna Rebus et laissa Maclay «tenir
le fort» — expression dont on usait et abusait à Fort
Apache. Comme Bain déclara qu'il n'était pas un
bon passager, Rebus lui confia le volant. Le sergent
«Dod» Bain avait une réputation: elle l'avait suivi de
Dundee à Falkirk et de là à Édimbourg. Dundee et
Falkirk n'étaient pas exactement des villégiatures,
elles non plus. Dod arborait une entaille sous l'œil
droit, vestige d'une bagarre au couteau. De temps
en temps, son doigt s'égarait par là, mais il ne le faisait pas exprès. Avec son mètre quatre-vingts, il
devait faire cinq centimètres et peut-être trois ou
quatre kilos de moins que Rebus. Gaucher, il avait
pratiqué la boxe en poids moyen amateur, ce qui lui
avait laissé une oreille pendant plus bas que l'autre
et un nez qui s'étalait sur la moitié du visage. Les
cheveux ras poivre et sel, marié, trois fils. Rebus
n'avait pas encore vu à Craigmillar de quoi justifier
sa réputation de peau de vache. C'était un bon fonctionnaire, qui remplissait ses formulaires et menait
ses enquêtes dans les règles. Rebus venait de se
débarrasser de l'inspecteur Alister Flower, sa bête
noire, promu à un avant-poste dans les Borders.
À cette heure, il devait courir derrière les bergers
enculeurs de brebis et les chauffards en tracteur. Il
n'était pas pressé de lui trouver un remplaçant.

L'appartement d'Allan Mitchison était situé dans
un immeuble design de ce qui se voulait être le
«quartier de la finance». Un bout de terrain aux
abords de Lothian Road avait été transformé en
centre de conférence et «appartements». Un nouvel
hôtel allait voir le jour et une compagnie d'assurances avait réussi un joli coup en casant son nou-

veau siège social au *Caledonian Hotel*. Il y avait de
la place pour d'autres projets immobiliers, d'autres
aménagements.

— Atroce, décréta Bain en se garant.

Rebus tenta de se rappeler comment était le quartier auparavant. Il suffisait de remonter un an ou
deux en arrière, et malgré ça, il avait du mal. N'était-
ce qu'un grand trou dans le sol ou avaient-ils tout
rasé ? Ils se trouvaient à moins d'un kilomètre du
poste de Torphichen et Rebus croyait connaître son
territoire. Mais il découvrait à présent qu'il ne le
connaissait pas du tout.

Il y avait une demi-douzaine de clés sur le trousseau. L'une d'elles ouvrait la porte principale. Dans
le hall abondamment éclairé, tout un mur était
tapissé de boîtes aux lettres. Ils trouvèrent le nom de
Mitchison, appartement 312. Une autre clé permit
d'ouvrir la boîte aux lettres et de prendre le courrier.
Il y avait des publicités — « Ouvrez vite ! Vous avez
peut-être touché le jackpot ! » — et un relevé de carte
de crédit. Il décacheta l'enveloppe. Aberdeen HMV,
un magasin de sport d'Édimbourg — 56,50 livres, les
Nike — et un restaurant indien, également à Aberdeen. Un intervalle de deux semaines pile, puis de
nouveau le boui-boui indien.

Ils prirent l'ascenseur exigu jusqu'au troisième
étage, tandis que Bain boxait contre son reflet dans
la glace qui recouvrait toute la paroi, et ils repé-
rèrent la porte 312. Rebus ouvrit le verrou, remarqua qu'un tableau d'alarme clignotait dans le petit
vestibule et prit une autre clé pour le désamorcer.
Bain trouva l'interrupteur et ferma la porte. L'appartement sentait la peinture et le plâtre, la moquette
et le vernis — c'était neuf, inhabité. Il n'y avait pas
un seul meuble, juste un téléphone posé par terre à
côté d'un duvet.

— Une vie sans chichi, commenta Bain.

La cuisine était entièrement équipée : lave-linge, cuisinière, lave-vaisselle, réfrigérateur, mais la porte du sèche-linge était encore scellée et le frigo ne contenait que le manuel de l'utilisateur, une ampoule de rechange et de quoi se rincer la dalle. Il y avait une poubelle à bascule dans le placard sous l'évier. Quand on ouvrait la porte, le couvercle de la poubelle se soulevait automatiquement. À l'intérieur, deux canettes de bière écrasées et l'emballage taché de rouge de ce qui sentait comme des brochettes de chiche-kebab. L'unique chambre à coucher était nue, pas de vêtements dans la penderie intégrée, pas même un cintre. Mais Bain sortait quelque chose de la minuscule salle de bains. C'était un sac à dos bleu, un Karrimor.

— On dirait qu'il est venu, qu'il a fait sa toilette, s'est changé et a foutu le camp vite fait.

Ils commencèrent à vider le sac. En plus des habits, ils trouvèrent un baladeur et des bandes — Soundgarden, Crash Test Dummies, Dancing Pigs — et un exemplaire de *Whit*, par Iain Banks.

— Je voulais justement m'offrir celui-là, remarqua Rebus.

— Prenez-le donc. Qui le saura ?

Son regard avait un air d'innocence auquel Rebus ne se laissa pas prendre. Plus question de leur donner des verges pour se faire battre. Il tira un sac en plastique d'une des poches latérales, avec d'autres bandes stéréo : Neil Young, Pearl Jam, de nouveau les Dancing Pigs. Le ticket de caisse provenait de HMV, à Aberdeen.

— À mon avis, reprit Rebus, il bossait à Aberdeen.

Dans l'autre poche latérale, Bain pêcha un prospectus plié en quatre. Il le déplia et laissa Rebus en prendre connaissance. On y voyait une photographie en couleur d'une plate-forme pétrolière, avec le titre : «T-BIRD OIL : TROUVER L'ÉQUILIBRE», et en sous-titre «Démanteler les installations en mer : une proposition modérée». À l'intérieur, à côté de quelques paragraphes, il y avait des graphiques en couleur, des diagrammes et des statistiques. Rebus parcourut la première phrase.

— «Au commencement, il y a des millions d'années, des organismes microscopiques vivaient et mouraient dans les rivières et dans les mers. (Il leva les yeux vers Bain.) Et ils ont donné leur vie pour que, des millions d'années plus tard, nous puissions rouler en voiture.»

— J'ai comme l'impression que notre tourne-broche travaillait pour une compagnie pétrolière.

— Il s'appelait Allan Mitchison, corrigea tranquillement Rebus.

Le jour commençait à poindre quand Rebus rentra enfin chez lui. Il alluma la hi-fi en sourdine, à peine audible, puis rinça un verre dans la cuisine et se versa un doigt de Laphroaig auquel il ajouta une goutte d'eau du robinet. Certains malts ont besoin d'eau. Il s'assit à la table de la cuisine et regarda le journal qui s'y étalait, des coupures de journaux sur Johnny Bible, des photocopies de l'ancienne affaire Bible John. Il était resté une journée à la Bibliothèque nationale à visionner en accéléré les années 1968-1970, passant dans l'appareil un microfilm où tout se brouillait. Des titres lui avaient sauté aux yeux. Rosyth allait perdre son capitaine de frégate de la Navy ; on annonçait la création d'un complexe pétrochimique de cinquante millions de livres à Invergordon ; on donnait *Camelot* à l'ABC. Une annonce proposait la vente d'une brochure — «Comment l'Écosse devrait être administrée» —

et il y avait des lettres à la rédaction concernant l'autonomie. On recherchait un directeur des ventes et du marketing, salaire annuel 2 500 livres. Une maison neuve à Strathalmond coûtait 7 995 livres. Des hommes-grenouilles enquêtaient à Glasgow, tandis que Jim Clark emportait le Grand Prix d'Australie. Entre-temps, les membres du Steve Miller Band avaient été arrêtés à Londres pour usage de stupéfiants et le parc de stationnement d'Édimbourg avait atteint son point de saturation…

1968.

Rebus avait des numéros achetés chez un bouquiniste pour une somme infiniment plus élevée que le prix imprimé en première page. Sa collection allait jusqu'en 1969. Août… Le week-end où Bible John revendiquait sa deuxième victime, ça commençait à chier en Ulster tandis que trois cent mille fans de la pop music se rassemblaient (et planaient) à Woodstock. Quelle ironie ! La deuxième victime avait été retrouvée par sa propre sœur dans un logement abandonné… Rebus s'efforça de chasser Allan Mitchison de son esprit pour se concentrer sur les informations passées et sourit devant un titre du 20 août : « Une déclaration de Downing Street ». Grève des chalutiers à Aberdeen… une compagnie cinématographique américaine à la recherche de seize cornemuses… interruption des négociations avec Pergamon, maison dont Robert Maxwell était le patron. Autre titre : « Chute spectaculaire de la criminalité à Glasgow ». Dites-le aux victimes. En novembre, on signalait que la proportion des meurtres en Écosse était deux fois plus élevée que celle de l'Angleterre et du pays de Galles, avec le chiffre record de cinquante-deux inculpations dans l'année. Un débat sur la peine capitale était en cours. Il y avait des manifs contre la guerre à Édimbourg, tandis que Bob Hope se produisait devant les troupes au Vietnam. Les Stones donnaient deux concerts à Los Angeles, à 71 000 livres pour la soirée la plus lucrative de la musique pop.

Il avait fallu attendre le 22 novembre pour qu'un dessin de Bible John paraisse dans la presse. À ce moment-là, il était déjà Bible John, les médias lui avaient attribué ce nom. Trois semaines entre le troisième meurtre et le dessin dans la presse : la piste avait eu le temps de se refroidir complètement. Il y avait eu un dessin après la deuxième victime aussi, mais seulement passé un délai de presque un mois. De gros, trop gros délais. Rebus s'interrogeait…

Il ne pouvait pas expliquer vraiment pourquoi Bible John le hantait. Peut-être que cette vieille affaire l'aidait à en fuir une autre : l'affaire Spaven. Mais il avait l'impression que ça allait plus loin. Bible John marquait la fin des années soixante pour l'Écosse ; il avait assombri la fin d'une décennie et le début de l'autre. Pour beaucoup de gens, il avait tué dans l'œuf le peu de l'esprit hippie, «*peace and love*», qui avait réussi à s'infiltrer jusque-là. Rebus ne voulait pas que le xxe siècle s'achève de la même façon. Il voulait qu'on mette la main sur Johnny Bible. Mais à un moment donné, son intérêt pour l'enquête en cours s'était transformé. Il s'était concentré sur Bible John, au point de ressortir des tiroirs de vieilles théories et de dépenser une petite fortune en journaux de l'époque. En 1968 et 1969, Rebus faisait son service. On lui avait appris à estropier et à tuer, puis on l'avait expédié ailleurs, y compris, pour finir, en Irlande du Nord. Il avait l'impression d'avoir raté une partie importante de cette période.

Mais, au moins, il était toujours vivant.

Il emporta un verre et la bouteille dans le séjour et se laissa tomber dans son fauteuil. Il ne savait pas combien de cadavres il avait vus, mais il savait qu'on ne s'y habituait pas. Des bruits couraient sur la première autopsie de Bain, on racontait que le médecin légiste était Naismith de Dundee, un sadique dans le meilleur des cas. Il n'ignorait sûrement pas que, pour Bain, c'était une première et il avait fait un vrai massacre, tel un ferrailleur qui démonte pièce à pièce une bagnole, sortant les organes, sciant le crâne, prenant dans ses mains le cerveau luisant — ça ne se fait plus de nos jours par crainte de l'hépatite C. Quand Naismith avait commencé à éplucher les organes génitaux, Bain était tombé raide. Mais il faut lui rendre cette justice : il était resté sur place, il ne s'était pas sauvé et n'avait pas vomi ses tripes. Peut-être que Rebus et Bain pourraient travailler ensemble quand le temps aurait arrondi les angles. Peut-être.

Il regarda dans la rue par la fenêtre en saillie. Il était toujours garé sur un stationnement interdit. Une lumière brillait dans un des appartements d'en face. Il y avait toujours une lumière allumée quelque part. Il dégusta une petite gorgée de son verre en prenant son temps et écouta les Stones : *Black and Blue*. Influences black, influences blues. Pas un grand Stones, mais peut-être leur album le plus mélodieux.

Allan Mitchison se trouvait au frigo à Cowgate. Il était mort, ligoté sur une chaise et Rebus ne savait pas pourquoi. Les Pet Shop Boys : *It's a Sin*. On enchaîne avec les Glimmer Twins : *Fool to Cry*[1]. L'appartement de Mitchison n'était pas franchement différent de celui de Rebus sous certains aspects : peu utilisé, plutôt une base d'opération qu'un foyer. Il avala le reste de son verre, s'en versa un autre, le

1. « C'est idiot de pleurer ».

descendit aussi, puis il ramassa la couette et la remonta jusqu'au menton.

Encore un jour de tué.

Il émergea quelques heures plus tard, cligna des yeux, se leva et alla dans la salle de bains. La douche et un coup de rasoir, puis il se changea. Il avait rêvé de Johnny Bible, de sorte que tout se mélangeait dans sa tête avec Bible John. Les techniciens de la scène du crime arboraient un costard étriqué et une fine cravate noire, une chemise en nylon immaculé, un chapeau en box. 1968, la première victime de Bible John. Pour Rebus, cela voulait dire Van Morrison, *Astral Weeks*. 1969, les victimes numéros 2 et 3 : les Stones, *Let It Bleed*. La chasse se poursuivit jusqu'en 1970, John Rebus qui voulait aller au festival de l'île de Wight sans y arriver. Entre-temps, bien sûr, Bible John avait disparu... Il espérait simplement que Johnny Bible irait crever ailleurs.

Il n'y avait rien à manger à la cuisine, rien à part les journaux. Le magasin du quartier avait mis la clé sous la porte. La ballade jusqu'à l'épicerie suivante ne valait pas le détour. Non, il allait s'arrêter quelque part sur le trajet. Il regarda par la fenêtre et vit un break bleu clair en stationnement interdit, qui bloquait trois voitures de résidents. Du matériel à l'arrière du break et, sur le trottoir, deux hommes et une femme qui battaient la semelle en sirotant du café dans des gobelets en carton.

— Eh, merde, grogna Rebus en nouant sa cravate.

Son blouson sur le dos, il sortit se jeter dans la mêlée. Un des hommes hissa une caméra vidéo sur son épaule, l'autre parla.

— Inspecteur, auriez-vous une minute ? Pour Redgauntlet Television, l'émission *The Justice Programme*.

Rebus le connaissait : Eamonn Breen. La femme

était Keyleigh Burgess, la productrice. Breen était le présentateur de l'émission, un vrai narcissique, un EDP : Emmerdeur de première.

— Au sujet de l'affaire Spaven, inspecteur. Quelques minutes, nous n'en demandons pas plus, pour aider le public à aller au fond…

— J'y suis déjà.

Rebus s'aperçut que la caméra n'était pas encore prête. Il fit brusquement demi-tour, son nez touchant presque celui du reporter. Il se rappela Mental Minto osant prononcer le mot «harcèlement», lui qui n'y connaissait rien, du moins comparé à Rebus.

— Vous aurez l'impression d'accoucher, l'avertit-il.

— Pardon ? fit Breen en clignant des yeux.

— Quand les chirurgiens vous sortiront cette caméra que je vais vous carrer dans le cul.

Rebus arracha le PV de son pare-brise, mit la clé dans la serrure et monta. La caméra tournait enfin, mais elle ne put prendre qu'un plan d'une Saab 900 déglinguée qui quittait la scène dans une marche arrière d'enfer.

Rebus eut une réunion matinale avec son patron, l'inspecteur principal Jim MacAskill. Le bureau du patron était dans le même état lamentable que le reste du commissariat : des cartons d'emballage qui attendaient encore qu'on les remplisse et qu'on les étiquette, des étagères à moitié vides, de vieux classeurs verts aux tiroirs béants exhibant des dossiers suspendus avec des kilomètres de paperasse qu'on devrait disposer dans un semblant d'ordre pour s'y retrouver.

— Quel foutoir, une vache n'y retrouverait pas son veau ! se lamenta MacAskill. Si tout se passe comme prévu d'un bout à l'autre, ce sera un miracle comparable à celui des Raith Rovers emportant la coupe de l'UEFA.

Le chef était, comme Rebus, originaire de la péninsule de Fife, né et élevé à Methil à l'époque où le chantier naval construisait des bateaux et non des plates-formes de forage. Il était grand, bien charpenté et plus jeune que Rebus. Sa poignée de main était franche et il n'était pas encore marié, ce qui avait donné lieu à la rumeur inévitable que le boss était une pédale. Rebus n'en avait rien à cirer — lui-même n'était pas amateur de vélo — mais il espérait que, si son chef était gay, il n'était pas du genre honteux. C'est quand on veut en faire un mystère qu'on devient la proie des maîtres chanteurs et de la presse à scandale, des forces destructives de l'intérieur et de l'extérieur. Et bon Dieu de bon Dieu, là-dessus, Rebus en connaissait un rayon.

Bref, MacAskill était bel homme, avec une superbe crinière noire — pas de gris, aucun signe de teinture — et un visage buriné, tout en angles, des yeux, un nez et un menton parfaitement symétriques qui lui donnaient l'air de sourire même quand il ne souriait pas.

— Alors, attaqua le patron. Comment ça se présente?

— Je ne sais pas trop pour le moment. Est-ce que c'est une fête qui a mal tourné, tout bascule… au sens littéral, en l'occurrence? Ils n'avaient pas commencé à picoler.

— Question numéro un pour moi: sont-ils venus ensemble? La victime aurait pu arriver seule, surprendre des gens qui faisaient des choses qu'ils n'auraient pas dû…

— Non, non, l'interrompit Rebus. Le chauffeur de taxi confirme avoir déposé trois personnes. Il a donné leur signalement, dont l'un correspond assez bien à la victime. Le chauffeur l'a particulièrement remarqué parce qu'il était celui qui se conduisait le plus mal. Les deux autres étaient calmes, presque discrets. Les descriptions physiques ne vont pas nous conduire très loin. Il a ramassé le groupe devant le *Mal's Bar*. On a interrogé les employés. Ce sont eux qui leur ont vendu les provisions.

Le patron fit courir une main sur sa cravate.

— Est-ce qu'on en sait plus concernant la victime ?

— Seulement qu'il avait un rapport avec Aberdeen, il travaillait peut-être dans le pétrole. Son appartement d'Édimbourg ne lui servait pas beaucoup, ce qui m'amène à penser qu'il devait travailler en rotation, quinze jours à bord, quinze jours à terre. Peut-être ne rentrait-il pas toujours chez lui entre ses périodes. Il gagnait assez pour acheter à crédit dans le quartier de la finance et il y a deux semaines d'intervalle entre ses dernières transactions par carte de crédit.

— Vous pensez qu'il a pu être en mer pendant cette période ?

Rebus haussa les épaules.

— Je ne sais pas si ça fonctionne toujours comme ça, mais autrefois, j'avais des copains qui étaient allés chercher fortune sur les plates-formes de forage. Les équipes travaillaient deux semaines d'affilée, sept jours sur sept.

— Ma foi, c'est une piste à suivre. Nous devons vérifier aussi s'il avait de la famille, des proches. Priorité à la paperasse et à l'identification en bonne et due forme. Question numéro un pour moi : le motif. Est-ce qu'on s'en tient à une dispute ?

— Non, la préméditation est évidente, beaucoup trop. Auraient-ils pu trouver par hasard du papier adhésif et un sac en polystyrène dans ce dépotoir ?

Pour moi, ils les ont apportés avec eux. Vous vous souvenez comment les Kray ont eu la peau de Jack McVitie, dit Jack le Chapeau ? Non, vous êtes trop jeune. Ils l'ont invité à une fête. Il avait reçu du pognon pour un contrat, mais il s'était dégonflé et n'avait pas pu rembourser. C'était un sous-sol, alors il est descendu en gueulant qu'il voulait des filles et à boire. Pas de filles, pas d'alcool, mais seulement Ronnie qui l'a attrapé et Reggie qui l'a lardé de coups de couteau.

— Alors ces deux types ont attiré Mitchison dans ce squat ?

— Possible.

— Dans quel but ?

— Eh bien, ils ont commencé par le ligoter et lui enfiler un sac sur la tête, donc ils n'avaient pas de questions à lui poser. Ils voulaient lui foutre la trouille et le tuer. Je dirais que c'est un assassinat pur et simple, avec en plus un zeste de sadisme.

— Alors on l'a défenestré ou il a sauté ?

— Est-ce que ça compte ?

— Beaucoup, John. (MacAskill se leva, s'appuya, bras croisés, contre le classeur.) S'il a sauté, ça équivaut à un suicide, même s'ils voulaient le tuer. Avec le sac sur la tête et le fait qu'il était ligoté, nous avons au pire un homicide sans préméditation. Leur défense sera qu'ils voulaient lui faire peur, qu'il a eu les jetons et qu'il les a pris de court en sautant par la fenêtre.

— Mais pour faire ça, il devait avoir une trouille bleue.

— Ce n'est toujours pas un meurtre, maintint MacAskill. Toute la question est là : est-ce qu'ils voulaient lui faire peur, ou voulaient-ils le tuer ?

— Je ne manquerai pas de leur poser la question.

— Ça donne l'impression d'un gang organisé : une

histoire de drogue peut-être, ou un emprunt qu'il n'aurait pas remboursé, quelqu'un qu'il a arnaqué.

MacAskill regagna sa chaise. Il ouvrit un tiroir et en sortit une canette d'Irn-Bru, l'ouvrit et se mit à boire. Il n'allait jamais au pub après le travail, ne partageait pas le whisky quand l'équipe réussissait une affaire. Pas une goutte d'alcool : de quoi apporter de l'eau au moulin des tenants de la pédale. Il proposa une canette à Rebus.

— Pas pendant le service, monsieur.

MacAskill étouffa un hoquet.

— Renseignez-vous sur les antécédents de la victime, John, voyons si ça nous conduit quelque part. N'oubliez pas de relancer le légiste pour l'identification des empreintes sur le sac à provisions et le labo de médecine légale pour les résultats des analyses. Est-ce que c'est un toxico, voilà la question numéro un pour moi. Ça nous faciliterait le boulot si c'était le cas. Une mort inexpliquée, qu'on ne sait même pas comment présenter... ce n'est vraiment pas le genre d'affaire que j'ai envie de me trimballer dans ma nouvelle affectation. Pigé, John ?

— Indiscutablement, monsieur.

Il se tourna pour partir, mais le chef n'avait pas encore tout à fait fini.

— Ce problème avec... c'était quoi, son nom, déjà ?

— Spaven ? devina Rebus.

— C'est ça, Spaven. Vous avez la paix, maintenant ?

— La paix du tombeau, mentit Rebus en faisant sa sortie.

3

Ce soir-là — c'était prévu de longue date — Rebus assistait à un concert de rock qui se donnait au champ de foire d'Ingliston, avec une vedette américaine encadrée par deux grosses pointures anglaises. Ils étaient au nombre de huit, issus de quatre commissariats différents, venus en renfort (c'est-à-dire pour assurer la protection) de l'équipe de surveillance diligentée par la Direction de la répression des fraudes. Ils traquaient les articles piratés et autres contrefaçons — tee-shirts et programmes, cassettes et CD — et bénéficiaient du soutien intégral des organisateurs. Cela vous donnait droit à des laissez-passer pour les coulisses, l'usage illimité de la tente salon et, par-dessus le marché, un sac de produits publicitaires. Le larbin, qui distribuait les sacs à l'entrée, lui sourit.

— Pour vos enfants... ou vos petits-enfants, peut-être.

L'écartant d'une bourrade, il ravala une réplique et fila droit au bar, où il fut incapable de trancher entre les dizaines de bouteilles d'alcool alignées sous ses yeux, finit par opter pour une bière, puis regretta de n'avoir pas pris un doigt de Black Bush et glissa la bouteille non décapsulée dans le sac.

Ils avaient deux fourgonnettes garées en dehors de l'arène, à bonne distance derrière la scène. Les faussaires et leurs marchandises commençaient à s'y bousculer. Maclay se faufila pour regagner les fourgonnettes en se tâtant les jointures.

— Sur qui vous avez cogné, le Gros ?

L'inspecteur secoua la tête et s'épongea le front. Il avait l'air d'un chérubin de Michel-Ange qui a mal vieilli.

— Un coco qui résistait, dit-il. Il trimbalait une valise avec lui. J'ai fait un sacré trou dedans. Après ça, il a filé doux.

Rebus regarda à l'arrière d'une fourgonnette, celle où on retenait les gens. Deux ou trois gamins, qui faisaient déjà leurs gammes, et deux habitués, assez vieux pour connaître la musique. Ils auraient une amende équivalant aux gains d'une journée, la perte de leur stock ne représentant qu'un autre manque à gagner. Mais l'été débutait à peine, les festivals n'allaient pas manquer.

— Quel foutu bazar.

Maclay parlait de la musique. Rebus haussa les épaules. Il commençait à s'y faire et se demandait s'il n'allait pas emporter chez lui deux ou trois CD piratés. Il proposa à Maclay la bouteille de Black Bush. Maclay se rinça la dalle comme si c'était de la limonade. Après, Rebus lui offrit une menthe et il se la propulsa dans la bouche en le remerciant d'un mouvement de tête.

— Les résultats du légiste sont arrivés cet après-midi, annonça l'obèse.

Rebus avait eu l'intention d'appeler, mais n'en avait pas trouvé le temps.

— Et alors ?

Maclay broya la pastille entre ses mâchoires.

— C'est la chute qui l'a tué. À part ça, pas grand-chose.

La chute l'avait tué. Donc, peu de chance d'avoir une condamnation pour homicide volontaire.

— La toxico?

— Les analyses sont en cours. Le professeur Gates dit que, quand ils ont ouvert l'estomac, ils ont senti une forte odeur de rhum brun.

— Il y avait une bouteille dans le sac.

— Sûr, approuva Maclay, la victime picolait. Gates n'a pas relevé de traces de piqûre, mais il faut attendre le résultat des analyses. J'ai recherché les Mitchison dans l'annuaire.

Rebus sourit.

— Moi aussi.

— Je sais. Un des numéros que j'ai appelés vous avait déjà eu. Ça a donné quoi?

— Rien, dut reconnaître Rebus. J'ai trouvé un numéro pour T-Bird Oil à Aberdeen. Leur directeur du personnel doit me rappeler.

Un membre de la répression des fraudes se dirigeait vers eux, les bras chargés de tee-shirts et de programmes. Il avait le visage rouge de fatigue et sa fine cravate pendait, défaite, à son cou. Derrière lui, un gendarme de la «Brigade F» — la circonscription de Livingston — escortait un autre prisonnier.

— Bientôt fini, monsieur Baxter?

L'agent de la répression des fraudes laissa tomber le lot de tee-shirts, puis en ramassa un pour s'éponger le visage.

— Ça devrait y être, dit-il. Je vais rassembler mes hommes.

Rebus se tourna vers Maclay.

— J'ai la dalle. Voyons ce qu'ils ont prévu pour les superstars.

Des fans tentaient de franchir le cordon de sécu-

rité, surtout des adolescents, garçons et filles à égalité. Quelques-uns avaient réussi à s'introduire à
l'intérieur du périmètre. Ils erraient derrière les
barrières à la recherche de visages ressemblant aux
posters qui ornaient les murs de leur chambre. Puis,
quand ils en repéraient un, ils étaient trop impres-
sionnés et trop intimidés pour lui parler.

— Vous avez des gosses ? s'enquit Rebus.

Ils étaient sous la tente salon et dégustaient une
bouteille de Beck's sortie d'une glacière que Rebus
n'avait pas repérée à son premier passage.

— Non, répondit Maclay. Divorcé avant que le
problème se pose, si on peut dire. Et vous ?

— Une fille.

— Grande ?

— Parfois, j'ai l'impression qu'elle est plus adulte
que moi.

— Les gosses grandissent plus vite que de notre
temps.

Cette remarque fit sourire Rebus, Maclay ayant
une bonne dizaine d'années de moins que lui.

Une jeune fille, qui se débattait en poussant des
cris perçants, était reconduite au périmètre de sécurité par deux agents costauds.

— Jimmy Cousins, annonça Maclay en indiquant
un des pandores qui assuraient la sécurité. Vous le
connaissez ?

— Il a été en poste à Leith pendant un temps.

— À la retraite depuis l'an dernier, à seulement
quarante-sept ans. Trente ans de service. Maintenant,
il a sa pension et un job. Ça vous donne à réfléchir.

— Ça me donne surtout à penser que le boulot lui
manque.

Maclay sourit.

— Ça peut devenir une habitude.

— C'est pour ça que vous avez divorcé ?

— Je dirais que ça n'y est pas étranger.

Rebus pensa à Brian Holmes. Il se tracassait pour lui. La pression qui pesait sur le jeune homme et qui lui pourrissait ses journées de boulot autant que sa vie privée. Rebus avait connu ça.

— Vous connaissez Ted Michie ?

Rebus acquiesça. C'était celui qu'il avait remplacé à Fort Apache.

— Les médecins pensent que c'est incurable. Il refuse de se laisser opérer, il dit que sa religion est contre le scalpel.

— J'ai entendu dire qu'il a été un as de la matraque en son temps.

Un des groupes locaux entra dans la tente sous des applaudissements épars. Cinq jeunes gens, dans les vingt-cinq ans, torse nu, une serviette sur les épaules, planaient — l'excitation de la scène, peut-être ? Étreintes et baisers d'une bande de filles à une table, des cris de joie et des rires.

— Ça les a tués, putain !

Rebus et Maclay burent leur verre en silence, essayant d'avoir l'air d'organisateurs et ils y réussirent assez bien.

Quand ils retournèrent à l'extérieur, il faisait assez sombre pour qu'ils admirent les jeux d'éclairage. Il y avait aussi un feu d'artifice et Rebus se rappela que la saison touristique avait commencé. Ce serait bientôt la parade nocturne du Military Tattoo, dont les feux d'artifice se faisaient entendre jusqu'à Marchmont, même fenêtres fermées. Une équipe de télévision, pourchassée par des photographes, traquait elle-même le principal groupe de la région qui s'apprêtait à entrer en scène. Maclay observait la procession.

— Ça doit vous faire drôle qu'ils ne soient pas après vous, dit-il avec une pointe de méchanceté.

— Faites pas chier, répliqua Rebus en se dirigeant vers le côté de la scène.

Les laissez-passer avaient des couleurs codées. Le
sien était jaune et lui permettait d'accéder aux coulisses, d'où il suivait le spectacle. La sono était
atroce, mais il y avait des écrans à proximité et il
concentra son attention dessus. La foule semblait
s'amuser, agitant la tête de haut en bas, un véritable
océan de têtes décapitées. Il pensa à l'île de Wight, à
d'autres festivals qu'il avait ratés, avec des vedettes
qui avaient raccroché les gants.

Il songea à Lawson Geddes, son ancien mentor,
son patron, son protecteur, et sa mémoire repartit
vingt ans en arrière.

John Rebus, vingt-cinq ans environ, jeune fonctionnaire de la police judiciaire, cherchait à tirer un
trait sur ses années de service militaire, ses fantômes et ses cauchemars. Une femme et une petite
fille qui voulaient occuper le centre de sa vie. Et
Rebus qui cherchait peut-être un père de substitu-
tion, le trouva en Lawson Geddes, inspecteur principal dans la police de la cité d'Édimbourg. Geddes
était un ancien militaire de quarante-cinq ans. Il
avait servi dans le conflit de Bornéo et parlait de la
guerre dans la jungle d'une autre manière que les
Beatles, personne en Angleterre ne s'intéressant à
cet ultime spasme du muscle colonial. Les deux
hommes découvrirent qu'ils partageaient les mêmes
valeurs, les mêmes sueurs nocturnes et la même
peur de l'échec. Rebus était nouveau dans la PJ et
Geddes savait tout ce qu'il y avait à savoir. Il était
facile de se souvenir de la première année de leur
amitié naissante, facile de pardonner maintenant
les premiers dérapages : Geddes faisant des avances
à la jeune femme de Rebus et arrivant presque à ses
fins ; Rebus ivre mort lors d'une fête chez Geddes,

se réveillant dans le noir et pissant dans le tiroir d'une commode en se croyant dans les toilettes ; deux ou trois bagarres après avoir reçu des ordres, les poings ratant leur cible, et qui se transforment en une lutte au corps à corps.

Jusque-là, pas de quoi en faire un fromage. Mais ensuite, ils se retrouvèrent sur une enquête criminelle dans laquelle Leonard Spaven était le principal suspect de Geddes. Ça faisait deux ou trois ans que ces deux-là jouaient au chat et à la souris et tout y était passé : coups et blessures, proxénétisme, détournement de quelques camions de cigarettes. On avait même parlé d'un ou deux meurtres, des règlements de compte pour éliminer la concurrence. Comme Spaven avait servi dans la Garde écossaise en même temps que Geddes, peut-être y avait-il un squelette dans le placard. Toujours est-il qu'aucun ne cracha le morceau.

À la Noël 1976, on fit une découverte macabre dans un champ près de Swanston : le corps d'une femme décapitée. La tête fut retrouvée près d'une semaine plus tard, la veille du nouvel an, dans un autre champ près de Currie. La température était en dessous de zéro. D'après l'état de décomposition, le légiste put dire que la tête avait été conservée à l'intérieur pendant un certain temps, tandis qu'on s'était débarrassé rapidement du corps. La police de Glasgow s'y intéressa plus ou moins, le dossier sur Bible John n'ayant pas été refermé six ans après. Au départ, on procéda à l'identification d'après les vêtements. Quelqu'un était venu dire spontanément que le signalement ressemblait à celui d'une voisine qu'on n'avait pas revue depuis deux semaines. Le laitier avait continué ses livraisons avant de réaliser qu'il n'y avait personne et qu'elle avait dû s'absenter pour Noël sans le prévenir.

La police força la porte d'entrée. Des cartes de Noël non décachetées s'amoncelaient sur la moquette de l'entrée. Une casserole de soupe sur le gaz, mouchetée de moisissure. Une radio jouait en sourdine… On retrouva la famille et le corps fut identifié : Elizabeth Rhind, Elsie pour les amis. Trente-cinq ans, divorcée d'un marin de la marine marchande. Elle était sténodactylo dans une brasserie. Les gens l'aimaient bien, elle avait le contact facile. Son ex-mari, le suspect numéro 1, avait un alibi fondu dans le bronze : à l'époque, son bateau était à Gibraltar. On dressa la liste des proches de la victime, surtout de ses petits amis, et un nom surgit : Lenny. Aucun patronyme, c'était juste quelqu'un avec qui Elsie était sortie pendant quelques semaines. Des camarades de bistrot fournirent un signalement qui fit tilt : pour Lawson Geddes, ce ne pouvait être que Lenny Spaven. L'inspecteur eut vite fait de pondre une théorie : Lenny avait flashé sur Elsie en apprenant qu'elle travaillait à la brasserie. Il cherchait probablement à se rancarder, peut-être pour détourner un camion ou simplement pour faire un casse. Elsie avait refusé de l'aider, ce qui l'avait mis hors de lui, alors il l'avait tuée.

Geddes y croyait dur comme fer, mais il ne réussit à convaincre personne. En plus, il ne disposait d'aucune preuve tangible. On ne pouvait pas déterminer le moment de la mort, ce qui laissait une marge d'erreur de vingt-quatre heures, de sorte que Spaven n'avait même pas besoin d'alibi. Une perquisition chez lui et chez ses copains ne permit pas de trouver des taches de sang, rien. Il y avait d'autres pistes qu'ils auraient dû suivre, mais Geddes ne pouvait chasser Spaven de ses pensées. Cette histoire rendit John Rebus presque fou. Ils s'engueulèrent violemment, plus d'une fois, s'arrêtèrent d'aller au bistrot ensemble. Les grands pontes conférèrent avec Geddes, lui dirent qu'il était obsédé et qu'il gênait la poursuite de l'enquête. On lui donna un congé. Il y eut même une collecte pour lui dans la salle d'enquête.

Puis, un soir, il était venu frapper à la porte de Rebus, le suppliant de lui rendre un service. Il avait l'air de ne pas avoir fermé l'œil et de ne pas s'être changé depuis huit jours. Il dit qu'il avait pisté Spaven et l'avait suivi jusqu'à un entrepôt à Stockbridge. Ils l'y coinceraient sans doute s'ils ne traînaient pas. Rebus savait qu'il se mettait dans son tort, il y avait des procédures à respecter. Mais Geddes frissonnait, les yeux hagards. Toute idée de mandat de perquisition ou d'une quelconque démarche officielle s'envola en fumée. Rebus insista pour conduire pendant que Geddes lui indiquait la direction.

Spaven se trouvait encore au garage, de même que des cartons de couleur brune, empilés les uns sur les autres : le résultat du casse d'un dépôt de South Queensferry qui datait de novembre. Des radios-réveils numériques. Spaven leur mettait des prises, se préparant à faire le tour des pubs et des clubs pour les vendre. Derrière une pile de cartons, Geddes découvrit un sac en plastique. À l'intérieur, il y avait un chapeau de femme et un sac à bandoulière crème, qu'on identifia plus tard comme ayant appartenu à Elsie Rhind.

Spaven protesta de son innocence dès l'instant où Geddes souleva le sac en plastique en demandant ce qu'il contenait. Il ne cessa de protester tout au long de l'enquête, du procès et pendant qu'on le réembarquait vers la taule après qu'il eut écopé de la perpétuité. Rebus et Geddes étaient présents au tribunal, ce dernier de nouveau dans son état normal, le sourire rayonnant, et Rebus pas très à l'aise. Ils avaient dû inventer une histoire, un appel anonyme leur filant un tuyau sur un arrivage de produits volés, un coup de veine... Ça paraissait à la fois vrai et faux. Lawson Geddes avait refusé d'en reparler par la suite, ce qui était bizarre. D'habitude, ils disséquaient les affaires — réussies ou non — autour d'un verre. Puis, à la surprise générale, Geddes avait démissionné de la police, à un an ou deux avant de décrocher sa promotion. Il était allé travailler dans l'affaire de vente d'alcool de son père — on faisait toujours une remise aux membres de la police —, il avait économisé et puis s'était mis à la retraite anticipée à cinquante-cinq ans. Depuis dix ans, il vivait retiré à Lanzarote avec sa femme Etta.

Vers la même période, Rebus reçut une carte postale. Lanzarote « n'avait pas beaucoup d'eau douce, mais suffisamment pour couper un whisky et les vins de Torres n'étaient pas frelatés ». Le paysage était quasi lunaire, « de la cendre noire volcanique, un bon prétexte pour ne pas jardiner ! » et c'était tout. Silence radio depuis lors, et Geddes n'avait pas envoyé son adresse dans l'île. Pas de problème, les amis, ça va, ça vient. Ça lui avait été fort utile de rencontrer Geddes à l'époque, Rebus avait beaucoup appris avec lui.

Dylan : *Don't Look Back* [1].

Ici et maintenant... Les projecteurs lui piquaient les yeux. Rebus refoula ses larmes, s'éloigna de la scène et regagna la tente salon. Les pop-stars et leur cour adoraient être sous les feux des médias, les flashes et les questions. Champagne et paillettes. Rebus chassa les paillettes d'un revers de main. Il était temps de regagner son auto.

---

1. « Ne regarde pas en arrière ».

En dépit des protestations du prisonnier, l'affaire Spaven aurait dû rester close. Mais en prison, Spaven s'était mis à écrire et ses textes avaient pu sortir par l'intermédiaire d'amis ou de gardiens qu'il soudoyait. Certains avaient été publiés. Au début, c'était de la fiction et une de ses premières histoires fut distinguée à l'occasion d'un concours organisé dans la presse. Quand on avait révélé la véritable identité et la situation du gagnant, le journal avait frappé encore plus fort. D'autres textes, publiés à leur tour. Puis une dramatique télévisée, rédigée par Spaven. Elle reçut un prix quelque part en Allemagne, un autre en France, elle fut projetée aux États-Unis. On estime qu'elle a touché quelque vingt millions de téléspectateurs dans le monde. Après quoi, il y eut une suite, puis une nouvelle, et là, des textes non romancés commencèrent à sortir. Sur la jeunesse de Spaven d'abord, mais Rebus savait où cela les mènerait.

À cette époque, il y avait un large mouvement dans les médias en faveur de sa libération anticipée. Cela s'arrêta net quand il agressa un autre prisonnier qu'il laissa sur le carreau avec un traumatisme cérébral. Les écrits envoyés par Spaven de sa prison révélèrent une éloquence sans précédent. Jaloux de l'intérêt qu'on lui portait, son codétenu avait voulu l'assassiner dans le couloir devant sa cellule. Donc, c'était de l'autodéfense. Et, cerise sur le gâteau : Spaven n'aurait pas été dans cette situation délicate s'il n'avait été victime d'une grave erreur judiciaire. Le deuxième épisode de l'autobiographie de Spaven s'achevait sur l'affaire Elsie Rhind et une allusion aux deux policiers qui l'avaient piégé : Lawson Geddes et John Rebus. Spaven réservait toute sa hargne à Geddes, c'était lui qu'il désignait à la vindicte publique. Rebus n'était qu'un figurant, un second couteau, le larbin de service. Regain d'intérêt dans les médias. Pour Rebus, c'était un désir de vengeance qui avait pris corps au cours de ses longues années derrière les barreaux, Spaven étant un détraqué. Mais quand il lisait sa prose, il devait reconnaître son habileté à manipuler le lecteur, et il repensait à Lawson Geddes sur son seuil, cette nuit-là, et aux mensonges qu'ils avaient racontés après…

Puis Lenny Spaven passa l'arme à gauche : un suicide. Il mit un bistouri sur sa gorge et trancha, faisant une entaille dans laquelle on aurait pu passer la main. D'autres bruits circulèrent : il aurait été assassiné par les gardiens avant d'achever le troisième volume de son autobiographie où il donnait le détail des années de mauvais traitements qu'il avait subis dans diverses prisons écossaises. Ou des prisonniers jaloux auraient eu l'autorisation de s'introduire dans sa cellule.

Sinon, c'était un suicide. Il laissait un mot, avec trois brouillons froissés sur le sol, soutenant jusqu'au bout son innocence dans le meurtre d'Elsie Rhind. Les médias flairèrent le bon filon, et la vie et la mort de Spaven firent la une des journaux. Et maintenant… trois points.

Primo : le troisième volume inachevé de l'autobiographie avait été publié. « Ça vous fend le cœur », d'après un critique. « Un véritable chef-d'œuvre », s'extasiait un autre. Il figurait encore sur la liste des best-sellers et le visage de Spaven regardait par la vitrine des librairies tout le long de Princes Street. Rebus faisait un détour pour éviter ce trajet.

Secundo : un prisonnier fut libéré et il raconta aux journalistes qu'il était la dernière personne à avoir vu Spaven vivant ou à lui avoir parlé. D'après lui, les ultimes paroles de Spaven furent les suivantes :

«Dieu sait que je suis innocent, mais j'en ai marre de le rabâcher.» L'histoire fut payée 759 livres à l'ancien délinquant par un journal. Ça pouvait facilement passer pour du baratin, un chiffon rouge agité sous le nez d'une presse qui ne demandait qu'à y croire.

Tertio : une série télévisée vit le jour, *The Justice Programme*, un examen sans complaisance du crime, du système et des erreurs judiciaires. Ayant obtenu des taux d'écoute importants lors des premières émissions — le séduisant présentateur Eamonn Breen raflait la mise avec le public féminin —, une seconde série était en chantier. L'affaire Spaven — victimes décapitées, accusations et suicide d'un chouchou des médias — devait donner le coup d'envoi.

Lawson Geddes étant parti à l'étranger sans laisser d'adresse, c'était à John Rebus de payer les pots cassés.

Alex Harvey : *Framed*[1]. Suivi de Jethro Tull : *Living In the Past*[2].

Il rentra chez lui en passant par l'*Oxford Bar*, un long détour qui en valait toujours la peine. L'agencement des tonneaux et leur effet d'optique vous plongeaient dans un état d'hypnose apaisant, seule explication possible aux longues heures que les habitués passaient, l'œil rivé dessus. Le barman attendait sa commande. Rebus n'avait plus d'«habitudes» ces temps-ci, pas de tord-boyaux ni de bibine préférés pour se requinquer.

— Un rhum ambré et une demi-pinte de Best.

Il n'avait pas goûté au rhum ambré depuis des lustres, et ce n'était pas selon lui une boisson pour les jeunes. Pourtant, Allan Mitchison en était imbibé.

1. «Piégé».
2. «Vivre dans le passé».

L'alcool des marins, raison de plus pour imaginer qu'il travaillait off-shore. Rebus tendit un billet, avala d'un trait le liquide âpre, se rinça la bouche avec la bière et la descendit trop vite. Le barman se retourna avec sa monnaie.

— Servez-moi une pinte, cette fois, Jon.

— Avec un autre rhum ?

— Bon sang, non.

Rebus se frotta les yeux et tapa une clope à son voisin somnolent. L'affaire Spaven… ça lui avait fait remonter le temps, l'obligeant à affronter ses souvenirs, puis à se demander si sa mémoire lui jouait des tours. Une histoire restée inachevée, vingt ans après. Comme celle de Bible John. Il secoua la tête, s'efforça de chasser le passé et il pensa à Allan Mitchison, à sa chute tête la première sur des grilles hérissées de pointes qui se précipitaient vers lui, les bras ligotés sur une chaise de sorte qu'il ne lui restait qu'un ultime choix : affronter son sort les yeux ouverts ou fermés ? Il contourna le bar pour prendre le téléphone, y glissa une pièce et ne sut qui appeler.

— Vous avez oublié le numéro ? demanda un client tandis que Rebus récupérait sa monnaie.

— Ouais, dit-il. C'est quoi déjà, S.O.S. Amitié ?

Le client le surprit : il connaissait le numéro par cœur.

Quatre clignotements de son répondeur téléphonique signifiaient quatre messages. Il prit le manuel de l'utilisateur. Il était ouvert à la page six, la fonction « Lecture » étant encadrée au stylo rouge et les paragraphes soulignés. Il suivit les indications. L'engin consentit à marcher.

« C'est Brian. » Brian Holmes. Rebus ouvrit la bouteille de Black Bush et s'en versa en écoutant. « Juste pour vous dire… eh bien, merci. Minto s'est rétracté, je suis donc tiré d'affaire. J'espère pouvoir vous rendre la pareille. » Une voix dénuée d'énergie, la lassitude à chaque mot. Fin du message. Rebus dégusta son whisky.

Bip : deuxième message.

« Comme je travaillais tard, je me suis dit que j'allais vous appeler, inspecteur. Nous nous sommes déjà parlé : Stuart Minchell, directeur du personnel chez T-Bird Oil. Je suis en mesure de confirmer qu'Allan Mitchison faisait partie de nos employés. Je peux vous faxer les détails si vous avez un numéro à me donner. Appelez-moi demain au bureau. Au revoir. »

Dans le mille ! C'était un soulagement de savoir autre chose sur la victime que ses goûts en matière de musique. Le concert plus l'alcool, ça lui rugissait dans les oreilles. Le sang lui martelait les tympans.

Troisième message : « C'est Howdenhall, je croyais que ça urgeait mais impossible de vous joindre. Tous les mêmes. » Rebus reconnaissait la voix : Peter Hewitt du laboratoire de la police scientifique, à Howdenhall. Pete paraissait avoir quinze ans, mais avait sans doute dépassé les vingt, avec une langue bien pendue et une tête bien faite. Un spécialiste des empreintes digitales. « La plupart sont incomplètes, mais deux ou trois sont des petites merveilles, alors vous savez quoi ? Leur proprio est dans l'ordinateur. Déjà condamné pour violence. Rappelez-moi si son nom vous intéresse. »

Rebus vérifia sa montre. Pete ne pouvait pas s'empêcher de jouer son numéro. À 23 heures bien sonnées, il devait être chez lui ou à se saouler la gueule, et Rebus n'avait pas son téléphone personnel. Il donna un coup de pied dans la banquette, il aurait mieux fait de rester chez lui : ça ne servait à rien de se battre contre le piratage. Pourtant, il avait la

Black Bush et un sac de CD, des tee-shirts qu'il ne porterait pas, un poster de quatre mômes avec de l'acnée en gros plan. Il avait déjà vu leur tête, mais ne pouvait se rappeler où...

Encore un message.

« John ? »

Une voix de femme, une voix qu'il reconnaissait.

« Si tu es chez toi, décroche, je t'en prie. Je déteste ces machins-là. » Une pause, un temps d'attente. Un soupir. « OK, alors, écoute, maintenant que nous ne sommes plus... je veux dire, maintenant que je ne suis plus ta patronne, on pourrait peut-être se voir ? Pour dîner, je ne sais pas. Appelle-moi chez moi ou au bureau, d'accord ? Tant qu'on en a le temps. Enfin quoi, tu ne vas pas rester toute ta vie à Fort Apache. Fais attention à toi. »

Rebus s'assit, les yeux fixés sur l'appareil qui s'arrêta avec un déclic. Gill Templer, inspecteur chef, « quelqu'un qui avait compté » à un moment donné de sa vie. Elle n'était devenue sa patronne que récemment, de la glace à la surface, aucun signe de rien, mais un iceberg en dessous. Rebus se servit une autre rasade et porta un toast au répondeur. Une femme venait de lui demander un rendez-vous, rien que ça : à quand remontait la dernière fois ? Il se leva et alla dans la salle de bains, scruta son reflet dans la glace de l'armoire de toilette, se frotta le menton et rit. L'œil flou, le cheveu terne, les mains qui tremblaient quand il les levait à la même hauteur.

— T'as la pêche, John.

C'est ça, il pouvait se mener en bateau. Gill Templer, aussi pimpante qu'à l'époque de leur rencontre, *lui proposerait de sortir avec elle*, rien que ça ? Il secoua la tête, riant encore. Non, il devait y avoir une raison... Une bonne raison.

De retour au séjour, il vida sa besace et s'aperçut que le poster des quatre gosses correspondait à la couverture d'un des CD. Il les reconnaissait : The Dancing Pigs. Une des cassettes de Mitchison, leur dernier disque. Il se rappelait deux ou trois têtes de la tente salon : *On les a tués, putain !* Mitchison possédait au moins deux de leurs albums.

Marrant qu'il n'ait pas eu de billet pour le concert...

La sonnette de l'entrée, deux coups brefs. Il parcourut le couloir en regardant sa montre. 23 h 25, il vissa sa prunelle sur l'œilleton, n'en crut pas ses yeux et ouvrit grande la porte.

— Où est passé le reste de la bande ?

Kayleigh Burgess attendait, un énorme sac pendu à l'épaule, les cheveux fourrés sous un béret vert démesuré, des boucles cascadant autour des oreilles. Mignonne et gouailleuse à la fois : Ne me charriez pas sauf si je suis d'accord. Un genre que Rebus avait déjà eu à fréquenter des années plus tôt.

— Au pieu, probablement.

— Vous voulez dire qu'Eamonn Breen ne dort pas dans un cercueil ?

Un sourire prudent. Elle rajusta le poids du sac sur son épaule.

— Vous savez... (en détournant les yeux, tripotant plutôt son sac)... vous ne vous rendez pas service en refusant de discuter de cette histoire avec nous. Ça n'améliore pas votre image.

— Je n'ai jamais eu un profil de top model.

— On n'a pas de parti pris, ce n'est pas le genre de *Justice Programme*.

— Tiens donc ? Enfin, même si j'adore bavarder sur le pas de la porte pour finir la soirée...

— Alors, vous n'êtes pas au courant ? (Elle le regardait.) Non, c'est bien ce que je pensais. C'est trop tôt. On avait envoyé une équipe à Lanzarote pour tenter de décrocher une interview avec Lawson Geddes. Et ce soir, j'ai reçu un coup de fil…

Rebus ne connaissait que trop bien la tête qu'elle faisait et cette façon de parler. Il ne s'y prenait pas autrement lui-même lors des macabres occasions où il devait annoncer la nouvelle à la famille, aux amis…

— Que s'est-il passé ?

— Il s'est suicidé. Apparemment, il souffrait de dépression depuis la mort de sa femme. Il s'est tiré une balle dans la tête.

— Bon Dieu…

Rebus pivota sur ses talons, ses jambes pesant des tonnes tandis qu'il regagnait le séjour et la bouteille de whisky. Elle le suivit, posa son sac sur la table basse. Il fit un geste avec la bouteille et elle acquiesça. Ils trinquèrent.

— Quand Etta est-elle morte ?

— Il y a un an environ. Une crise cardiaque, je crois. Ils ont une fille, qui vit à Londres.

Rebus s'en souvenait : une pré-adolescente aux joues rondes avec un appareil dentaire. Elle s'appelait Aileen.

— Vous avez traqué Geddes autant que moi ?

— On ne traque personne, inspecteur. On veut seulement que chacun dise ce qu'il pense. C'est important pour notre émission.

— Votre émission… (Rebus secoua la tête.) Alors, maintenant, vous n'avez plus d'émission, c'est ça ?

L'alcool lui avait redonné des couleurs.

— Au contraire, dit-elle. Le suicide de M. Geddes pourrait être interprété comme un aveu de sa culpabilité. Une sacrée accroche !

Elle avait vite récupéré. Rebus se demanda à quel point sa timidité préalable était feinte. Il se rendit compte qu'elle se tenait dans son séjour : disques, CD, bouteilles vides, piles de livres sur le sol. Il ne pouvait pas lui laisser voir la cuisine. Johnny Bible et Bible John étaient étalés sur la table, preuves de son obsession.

— C'est pourquoi je suis ici... en partie. J'aurais pu vous annoncer la nouvelle au téléphone, mais je me suis dit que c'était le genre de choses qu'il valait mieux dire en face. Et maintenant que vous êtes seul, le dernier témoin pour ainsi dire...

Elle plongea la main dans son sac, en ressortit une platine de magnétophone et un micro d'allure professionnelle. Rebus reposa son verre et s'approcha d'elle, mains tendues.

— Puis-je ?

Elle hésita, puis lui tendit le matériel. Rebus l'emporta dans le couloir. La porte d'entrée était restée ouverte. Il sortit dans l'escalier, passa une main par-dessus la rambarde et lâcha l'appareil. Celui-ci dégringola sur deux étages et le boîtier vola en éclats en atterrissant sur le sol dallé. La femme était sur ses talons.

— Vous me le paierez !

— Envoyez-moi la facture et on verra.

Il rentra et referma la porte derrière lui, mit la chaîne pour plus de sûreté et regarda par l'œilleton jusqu'à ce qu'elle ait disparu.

Il s'assit dans son fauteuil près de la fenêtre en pensant à Lawson Geddes. Écossais pure laine, il ne pouvait pas pleurer pour ça. Chialer, c'était bon quand on perdait au foot, qu'on vous racontait des histoires d'animaux héroïques, ou en entendant *Flower of Scotland* après l'heure de la fermeture. Il pleurait pour des conneries, mais ce soir, ses yeux restaient obstinément secs.

Il savait qu'il était dans la merde. Ils n'avaient

plus que lui désormais et ils allaient redoubler d'efforts pour sauver l'émission. En outre, Burgess avait raison : le suicide d'un prisonnier, le suicide d'un policier... c'était une putain d'accroche. Mais Rebus ne voulait pas être celui qui leur passait les plats. Comme eux, il voulait connaître la vérité, mais pas pour les mêmes raisons. D'ailleurs, il n'aurait pas pu dire *pourquoi* il voulait la connaître. Il avait une ligne de conduite : mener sa propre enquête. Le seul problème, c'était que plus il fouinait, plus il creusait la tombe de sa propre réputation — ou de ce qu'il en restait — et, chose plus grave, celle de son ancien mentor, son coéquipier, son ami.

Autre problème consécutif au premier : comme il manquait d'objectivité, il était incapable d'enquêter sur lui-même. Il lui fallait un remplaçant, une doublure.

Il prit le téléphone et pressa sept chiffres. Une voix ensommeillée lui répondit.

— Ouais, allô ?

— Brian, c'est John. Je m'excuse de vous appeler à une heure pareille, mais j'ai justement besoin d'un service.

Ils se retrouvèrent sur le parking de Newcraighall. Les lumières étaient allumées dans le cinéma à salles multiples de l'UCI, la dernière séance. Le Mega Bowl était fermé, de même que le McDonald's. Holmes et Nell Stapleton s'étaient installés dans une maison juste derrière Duddingston Park, qui donnait sur le terrain de golf de Portobello et la gare de fret. Holmes prétendait que les trains de marchandises ne l'empêchaient pas de dormir la nuit. Ils auraient pu se fixer rendez-vous au golf, bien sûr, mais c'était trop près de Nell au goût de Rebus. Il ne l'avait pas revue depuis deux ou trois ans, pas même pour des mondanités — chacun avait le don de subodorer quand l'autre serait ou non dans les parages. De vieilles cicatrices[1]. Nell tripotait la croûte, obsédée.

Ils se retrouvèrent donc à trois kilomètres de là, dans un caniveau, entourés de boutiques fermées — un magasin de bricolage, un hall d'exposition de chaussures, Toys R'Us — toujours flics, même après le service.

Surtout après le service.

Ils avaient l'œil aux aguets, surveillaient les rétroviseurs intérieur et extérieur, scrutaient l'ombre. Personne en vue, mais ils continuaient de parler à voix basse. Rebus expliqua exactement ce qu'il voulait.

— Pour cette émission de télé, j'ai besoin de quelques biscuits avant de leur parler. Mais je suis trop voyant. J'aimerais que vous ressortiez l'affaire Spaven — les notes de terrain, le compte rendu des débats. Lisez-les simplement, voyez ce que vous en pensez.

Holmes était assis à la place du passager dans la Saab de Rebus. Il avait l'air de ce qu'il était, c'est-à-dire un homme qui s'était déshabillé et mis au lit pour se relever presque aussitôt et se rhabiller à la hâte. Il avait les cheveux ébouriffés, les deux boutons du col de la chemise ouverts, pieds nus dans ses chaussures. Il étouffa un bâillement et secoua la tête.

— Je n'y suis pas. Qu'est-ce que je cherche ?

— Regardez simplement si quelque chose sonne faux. Enfin… je ne sais pas.

— Alors vous prenez ça au sérieux ?

— Lawson Geddes vient de se tuer.

— Nom de Dieu.

Mais Holmes ne cilla pas. Il était au-delà de la

1. Voir *Le carnet noir*, Folio Policier, n° 155.

compassion pour des hommes qu'il ne connaissait pas, des personnages historiques. Il avait trop de soucis en tête.

— Autre chose, reprit Rebus. Essayez de localiser un ex-taulard qui dit avoir été la dernière personne à parler à Spaven. J'ai oublié son nom, mais il a été mentionné dans tous les journaux à l'époque.

— Une question : est-ce que, pour vous, Geddes a monté le coup à Lenny Spaven ?

Rebus fit semblant de réfléchir, puis il haussa les épaules.

— Laissez-moi vous raconter toute l'histoire. Celle que vous ne trouverez pas dans mes notes sur l'affaire.

Et alors, Rebus se mit à raconter : Geddes se pointant sur son palier, la découverte trop facile du sac, Geddes paniqué avant, trop calme après. L'histoire qu'ils avaient bricolée, le coup de l'informateur anonyme. Holmes écouta en silence. Le cinéma commençait à se vider, des jeunes couples enlacés filaient vers leur voiture et marchaient comme s'ils ne pouvaient attendre d'être au lit. Un mélange de bruits de moteurs, de gaz d'échappement et de phares allumés pêle-mêle, des ombres qui s'allongent sur les parois rocheuses, le parking qui se vide. Rebus finit de donner sa version.

— Une autre question…

Rebus attendit, mais Holmes avait du mal à trouver les mots. Pour finir, il renonça. Rebus savait ce qu'il pensait. Il savait que Rebus avait fait pression sur Minto en sachant pertinemment que celui-ci avait des arguments contre Holmes. Et maintenant, il savait que Rebus avait menti pour protéger Lawson Geddes et obtenir la condamnation de Spaven. La question dans son esprit était à double tranchant : la version de Rebus était-elle la vérité ? À quel point le flic assis derrière le volant était-il mouillé ?

À quel point Holmes accepterait-il de se salir les mains avant de quitter la police ?

Rebus savait que Nell le relançait tous les jours, la persuasion tranquille. Il était assez jeune pour entreprendre une autre carrière, n'importe laquelle, quelque chose de bien et pépère. Il était encore temps pour lui de se tirer. Mais tout juste.

— Entendu, conclut Holmes en ouvrant la portière. Je vais m'y mettre dès que possible. (Il s'interrompit.) Mais admettons que je découvre des saloperies, quelque chose de caché entre les lignes…

Rebus alluma ses feux pleins phares. Il mit le moteur en marche et démarra en trombe.

4

Rebus se réveilla de bonne heure. Il y avait un livre ouvert sur ses genoux. Il regarda le dernier paragraphe qu'il avait lu avant de s'endormir et ne se souvint de rien. Du courrier attendait sous la porte : qui aurait voulu être facteur à Édimbourg avec toutes ces volées de marches à grimper ? Son relevé de carte de crédit : deux supermarchés, trois magasins de vins et spiritueux et Bob's Rare Vinyl, pour les vieux disques. Les coups de cœur d'un samedi après-midi, suite à un déjeuner à l'*Ox* : *Freak Out*, un single, une petite fortune, *The Velvet Underground*, l'album à la banane absolument nickel, *Sergent Pepper* en mono avec la feuille de découpages. Il devait se les passer pour vérifier l'état — il avait déjà des copies rayées du Velvet et des Beatles.

Il fit des courses sur Marchmont Road, prit son petit déjeuner à la table de la cuisine avec, pour toute nappe, les articles consacrés à Bible John / Johnny Bible. Les gros titres sur Johnny Bible : « Attrapez ce monstre ! » ; « Le tueur au visage poupin a fait une troisième victime » ; « Le public est averti : soyez vigilant ! ». À peu près les mêmes unes dont on avait gratifié Bible John un quart de siècle plus tôt.

La première victime de Johnny Bible : Duthie

Park, Aberdeen. Comme Michelle Strachan venait de Pittenweem dans le comté de Fife, tous ses copains de la «Cité de granit» l'appelaient Michelle Fifer. Elle était loin de ressembler à l'actrice qui était presque son homonyme. Petite et maigrichonne, les cheveux ternes mi-longs, des dents de lapin. Elle était étudiante à l'Université Robert-Gordon. Violée, étranglée, une chaussure manquante.

Victime numéro deux, six semaines plus tard : Angela Riddell, Angie pour les intimes. Avait débuté comme employée dans un bureau d'hôtesses, s'était fait ramasser lors d'un grand coup de torchon près des docks de Leith et avait chanté le blues, la voix rauque mais trop forcée. Une maison de disques venait de sortir un mini-CD avec l'unique maquette du groupe et se faisait du pognon sur le dos des charognards et des curieux. La PJ d'Édimbourg avait passé des heures — des milliers d'heures — à fouiller le passé d'Angie Riddel, à pister ses vieux clients, ses amis, les fans du groupe, en quête d'un miche-ton tueur de filles, d'un maniaque fan de blues, n'importe quoi. Le cimetière de Warriston, où l'on avait retrouvé le corps, était un endroit fréquenté par les Hell's Angels, les amateurs de magie noire, les pervers et les solitaires. Dans les jours qui suivirent la découverte du corps, à la tombée de la nuit, vous aviez plus de chance de trébucher sur une équipe de surveillance piquant un somme que sur un chat crucifié.

Un intervalle d'un mois, le temps d'établir le lien entre les deux premiers meurtres — Angie Riddell avait non seulement été violée et étranglée, mais un collier bien particulier manquait, un rang de croix en métal de cinq centimètres acheté sur Cockburn Street. Survint alors un troisième meurtre, à Glasgow cette fois. Judith Cairns, dite «Ju-Ju», était inscrite au chômage, ce qui ne l'empêchait pas de bosser dans une friterie en soirée, dans un pub parfois à l'heure du déjeuner et comme femme de chambre dans un hôtel le matin pendant le week-end. Quand on trouva son corps, impossible de remettre la main sur son sac à dos, dont ses copains juraient qu'elle l'emportait partout, même dans les clubs et les raves qui avaient lieu dans les entrepôts.

Trois femmes, âgées de dix-neuf, vingt-quatre et vingt et un ans, assassinées en trois mois. Cela faisait deux semaines que Johnny Bible avait frappé. Un intervalle de six semaines entre la première et la deuxième victime, qui s'était réduit à un mois entre les deux dernières. Tout le monde attendait, se préparant au pire. Rebus engloutit son café, avala son croissant et scruta les photos des trois victimes, découpées dans les journaux, le grain grossi, des jeunes femmes qui souriaient de ce sourire figé qu'on réserve d'ordinaire au photographe. L'appareil photo mentait toujours.

Rebus en savait tellement sur les victimes et si peu sur Johnny Bible. Même si aucun policier ne l'aurait admis en public, ils étaient impuissants, se contentant d'expédier les affaires courantes. C'était *lui* qui menait le bal et ils attendaient qu'il commette une gaffe. En étant trop sûr de lui, ou par ennui, ou simplement par désir de se faire prendre, car il savait différencier le bien du mal. Ils attendaient qu'un ami, un voisin ou un proche se signale, peut-être un appel anonyme — autre chose que des appels fantaisistes. Tout le monde attendait. Rebus passa un doigt sur la plus grande photo d'Angie Riddell. Il l'avait rencontrée ; il faisait partie de l'équipe qui l'avait ramassée cette nuit-là, à Leith, avec toute une bande de filles. L'ambiance était bonne, des blagues fusaient, des vannes à l'adresse des policiers mariés.

La plupart des prostituées connaissaient la chanson, et celles-là calmaient les nouvelles. Angie Riddell caressait les cheveux d'une adolescente hystérique, une camée. Rebus avait aimé sa façon de faire, il l'avait interrogée. Elle l'avait fait rire. Deux semaines plus tard, comme il descendait Commercial Street en voiture, il lui avait demandé comment ça se passait. Elle lui avait répondu que le temps, c'était de l'argent et que bavasser, ça faisait pas tourner la boutique, mais elle lui avait proposé un prix s'il voulait quelque chose de plus substantiel que du bla-bla. Il avait ri de nouveau, lui avait payé un thé et un chausson à la viande dans un café encore ouvert. Quinze jours plus tard, il repassait par Leith, mais d'après les filles, on ne l'avait pas vue, c'était tout.

Violée, battue, étranglée.

Cela lui rappelait les meurtres du *World's End*, d'autres assassinats de jeunes femmes dont plusieurs n'avaient pas été élucidés. Le *World's End*... Octobre 1977, un an avant Spaven, deux adolescentes boivent un verre au café *World's End* dans High Street. Leurs corps découverts le lendemain matin. Mains liées, battues, étranglées, sacs et bijoux disparus. Rebus n'avait pas enquêté sur cette affaire, mais il connaissait ceux qui en avaient été chargés. Ils concevaient un violent dépit de leur échec et ils emporteraient ce sentiment dans la tombe. Pour beaucoup, quand ils enquêtaient sur un meurtre, leur client c'était la victime, froide et muette, qui réclamait justice. Il devait y avoir du vrai parce que, parfois, si on écoutait bien, on les entendait vraiment crier. Assis dans son fauteuil près de la fenêtre, Rebus avait entendu plus d'un cri de désespoir. Une nuit, il avait entendu Angie Riddell et ça lui avait transpercé le cœur, car il la connaissait et l'aimait bien. Dès lors, c'était devenu pour lui une affaire personnelle. Il ne pouvait pas ne pas s'intéresser à Johnny Bible. Seulement, il ne savait pas comment s'y prendre. Sa curiosité pour l'affaire Bible John ne lui servirait probablement à rien. Elle le projetait dans le passé et lui faisait passer de moins en moins de temps dans le présent. Parfois, ça lui demandait un effort presque surhumain de revenir *hic et nunc*.

Il avait des coups de fil à passer. D'abord Pete Hewitt, à Howdenhall.

— Bonjour, inspecteur. Une vraie beauté, n'est-ce pas ?

La voix débordant d'ironie. Rebus considéra le soleil laiteux.

— La nuit a été vache, Pete ?

— Vache ? Un yack en serait devenu chèvre. J'imagine que vous avez trouvé mon message ? (Rebus avait déjà préparé un stylo et du papier.) J'ai déniché deux ou trois empreintes correctes sur la bouteille de whisky, le pouce et l'index. J'ai essayé de les prélever sur le sac en plastique et le ruban adhésif qui le ligotait à la chaise, mais j'en ai seulement des incomplètes, rien de solide.

— Allez, Pete, accouchez.

— Ben, tout ce fric que vous nous reprochez de claquer en ordinateurs... j'y ai retrouvé les mêmes en un quart d'heure. Leur propriétaire s'appelle Anthony Ellis Kane. Il a un casier pour tentative de meurtre, voies de fait et recel. Ça vous dit quelque chose ?

— Que dalle.

— Eh bien, il avait l'habitude d'opérer en dehors de Glasgow. Aucune condamnation depuis sept ans.

— Je vais vérifier quand je serai au poste. Merci, Pete.

Coup de fil suivant : le bureau du personnel chez T-Bird Oil, donc un appel longue distance. Il atten-

drait pour le passer de Fort Apache. Un coup d'œil
par la fenêtre : pas l'ombre de l'équipe de Redgauntlet Television. Il enfila son blouson et se dirigea vers
la porte.

Il s'arrêta au bureau du patron. MacAskill descendait une Irn-Bru.

— Nous avons l'identification d'une empreinte :
Anthony Ellis Kane, déjà condamné pour violences.

MacAskill jeta la cannette vide dans la corbeille.
Son bureau croulait sous la vieille paperasse correspondant au contenu du premier tiroir du classeur. Il
y avait un carton vide sur le sol.

— Et pour la famille de la victime, ses amis ?

Rebus hocha la tête.

— Le défunt travaillait pour T-Bird Oil. Je vais
appeler le directeur du personnel pour en savoir
plus.

— Faites passer ça en premier, John.

— En premier, monsieur.

Mais parvenu au Refuge et assis à son bureau, il
envisagea de téléphoner d'abord à Gill Templer, puis
préféra y renoncer. Bain était à sa place et c'était un
public dont il pourrait se passer.

— Dod, dit-il, vérifiez le nom d'Anthony Ellis
Kane. Howdenhall a relevé ses empreintes sur le sac.

Bain tapa aussitôt le nom. Rebus appela Aberdeen, se présenta et demanda qu'on lui passe Stuart
Minchell.

— Bonjour, inspecteur.

— Merci pour votre message, monsieur Minchell.
Avez-vous des détails sur la situation d'Allan Mitchison ?

— J'ai tout ça devant moi. Que voulez-vous savoir ?

— Le nom du plus proche parent.

Des feuilles de papier bruissèrent.

— Il ne semble pas y en avoir. Laissez-moi vérifier son CV. (Une longue pause, Rebus se félicitait de ne pas avoir appelé de chez lui.) Inspecteur, il semble qu'Allan Mitchison était orphelin. D'après le cursus que j'ai ici, c'est un foyer pour enfants qui est indiqué.

— Pas de famille ?

— Aucune de mentionnée.

Rebus avait écrit le nom de Mitchison sur une feuille. À présent, il le soulignait, le reste de la page restant blanche.

— Quel était le poste de M. Mitchison dans l'entreprise ?

— Il était… voyons, il travaillait à l'entretien de la plate-forme, plus précisément à la peinture. Nous avons une base dans les Shetland, il y travaillait peut-être. (Encore un bruissement de feuilles.) Non, M. Mitchison travaillait sur les plates-formes mêmes.

— À la peinture ?

— Et à l'entretien aussi. L'acier se corrode, inspecteur. Vous n'avez pas idée à quelle vitesse la mer du Nord peut ronger la peinture sur l'acier.

— Sur quelle plate-forme de forage travaillait-il ?

— En fait, ce n'était pas une plate-forme de forage, mais une plate-forme de production. Je vais devoir vérifier laquelle.

— Vous pourriez faire ça pour moi, s'il vous plaît ? Et aussi me faxer son dossier ?

— Vous dites qu'il est mort ?

— La dernière fois que je l'ai vu.

— Alors il ne devrait pas y avoir de problèmes. Donnez-moi le numéro où vous êtes.

Rebus le lui communiqua et il prit congé. Bain lui faisait signe de venir. Rebus traversa la pièce et se mit à côté de Bain, ce qui était le mieux pour voir l'écran de l'ordinateur.

— Ce type est un vrai malade, décréta Bain.

Son téléphone sonna. Bain décrocha et se lança dans une discussion. Rebus parcourut l'écran. Anthony Ellis Kane, diminutif «Tony El», avait un casier remontant à sa jeunesse. À présent, à quarante-quatre ans, il était bien connu de la police de la région du Strathclyde. La plus grande partie de sa vie d'adulte s'était passée à la solde de Joseph Toal, *alias* Oncle Joe, qui tenait pratiquement Glasgow d'une poigne de fer grâce à son fils et à des individus tels que Tony El. Bain reposa le récepteur.

— Oncle Joe, murmura-t-il, songeur. Si Tony El travaille toujours pour lui, ça pourrait prendre une autre tournure.

Rebus se rappela les paroles du patron : *ça donne l'impression d'un gang organisé.* La drogue ou une dette. MacAskill avait peut-être vu juste.

— Vous savez ce qui vous attend ? s'enquit Bain.

Rebus hocha la tête.

— Un séjour au pays des brindezingues.

Édimbourg et Glasgow, les deux principales villes de l'Écosse séparées par cinquante minutes d'autoroute, se vouaient une méfiance ancestrale, comme si dans le passé l'une avait accusé l'autre de Dieu sait quoi et que l'accusation, fondée ou non, lui pesait toujours sur l'estomac. Comme Rebus avait quelques contacts à la police judiciaire de Glasgow, il alla à son bureau et passa des coups de fil.

— Si vous voulez des infos sur Oncle Joe, lui dit-on au deuxième appel, mieux vaut appeler Chick Ancram. Attendez, je vous donne son numéro.

Charles Ancram était un inspecteur chef basé à Govan. Rebus passa une demi-heure à tenter en vain de le coincer, puis il alla faire un tour. Les magasins devant Fort Apache étaient réduits aux habituels rideaux de fer et stores grillagés, avec des propriétaires asiatiques pour la plupart, même si les maga-

sins employaient des Blancs. Les hommes traînail-
laient en tee-shirt dans la rue, exhibant leurs
tatouages en fumant. L'œil perçant d'une belette
dans un poulailler.

Des œufs ? Non merci, mon pote, je les supporte
pas.

Rebus acheta des clopes et un journal. Comme il
sortait de la boutique, une poussette lui écorcha les
chevilles et une femme lui lança de faire gaffe où il
foutait les pieds. Elle fonça sans s'arrêter avec un
bambin à la traîne. Vingt ans, vingt et un peut-être,
teinte en blonde, deux dents de devant manquantes.
Ses bras nus également couverts de tatouages. Sur
le trottoir d'en face, un panneau publicitaire l'invi-
tait à cracher 20 000 livres pour une nouvelle voiture. Derrière, le supermarché à prix cassés était
désert et les gamins avaient transformé son parking
en piste de planches à roulettes.

Au Refuge, Maclay était au téléphone. Il tendit le
récepteur à Rebus.

— L'inspecteur chef Ancram qui vous rappelle.

Rebus appuya ses fesses contre le bureau.

— Allô ?

— Inspecteur Rebus ? C'est Ancram, je crois que
vous voulez me dire un mot.

— Merci de me rappeler, monsieur. Ce sont deux
mots, en réalité : Joseph Toal.

Ancram grogna. Il avait une voix traînante, l'accent nasal de la côte ouest qui donne toujours l'air
un peu dégoûté à celui qui parle.

— Oncle Joe Corleone ? Notre cher parrain ?
Aurait-il fait quelque chose qui m'aurait échappé ?

— Vous connaissez un de ses hommes, un certain
Anthony Kane ?

— Tony El, confirma Ancram. Il était au service
d'Oncle Joe pendant des lustres.

— C'est du passé ?

— On n'a plus entendu parler de lui depuis un bail. On raconte qu'il a mis Oncle Joe en rogne et que celui-ci a envoyé Stanley régler le problème. Tony El l'a très mal pris.

— C'est qui, Stanley ?

— Le fils d'Oncle Joe. Ce n'est pas son vrai nom, du reste, mais tout le monde l'appelle Stanley à cause de son surnom.

— Qui est… ?

— Stanley le Cutter. Une manie chez lui.

— Vous pensez que Stanley a pu raccourcir Tony El ?

— Ma foi, on n'a pas trouvé de cadavre, ce qui est généralement une preuve suffisante *a contrario*.

— Tony El est bel et bien vivant. Il était par ici il y a quelques jours.

— Je vois. (Ancram se tut un moment. À l'arrière-fond, Rebus entendait des voix animées, des transmissions radio, les bruits familiers d'un poste de police.) Un sac sur la tête ?

— Comment le savez-vous ?

— C'est la signature de Tony El. Alors il est de nouveau dans le circuit, hein ? Inspecteur, je pense que vous et moi, nous devrions avoir une petite conversation. Lundi matin, vous pouvez venir au poste de Govan ? Non, tenez, disons plutôt à Partick, 613 Dumbarton Road. J'y ai rendez-vous à 9 heures. 10 heures, ça vous va ?

— Entendu.

— Alors à bientôt.

Rebus raccrocha.

— Lundi matin, 10 heures, annonça-t-il à Bain. Je vais à Partick.

— Mon pauvre vieux ! soupira Bain, l'air de penser ce qu'il disait.

— Vous voulez qu'on vous sorte le signalement de Tony El ? proposa Maclay.

— Rapido. Voyons si nous pouvons lui mettre la main dessus avant lundi.

Bible John rentra en Écosse par un beau vendredi matin. Son premier geste à l'aéroport fut de prendre la presse. Au kiosque, il remarqua qu'un nouveau livre venait de sortir sur la Seconde Guerre mondiale, il l'acheta aussi. Assis dans le hall, il feuilleta les quotidiens sans rien trouver de nouveau sur le Copieur. Laissant les journaux sur son siège, il repartit vers le tapis roulant, où ses bagages l'attendaient.

Un taxi le conduisit à Glasgow. Il ne tenait pas à descendre en ville. Non qu'il ait quoi que ce soit à redouter de son ancien terrain de chasse, mais un séjour dans cette ville ne lui serait d'aucun profit. Inévitablement, Glasgow réveillait des souvenirs doux-amers. À la fin des années soixante, la ville s'était dotée d'un nouveau visage et avait rasé les bas quartiers pour construire leur équivalent en béton à la périphérie. De nouvelles routes, de nouveaux ponts, de nouvelles autoroutes… l'endroit était devenu un gigantesque chantier. Il avait l'impression que le processus n'était pas encore abouti, comme si la ville n'avait pas encore trouvé l'identité qui lui convenait.

Un problème que Bible John était bien placé pour connaître.

À la gare de Queen Street, il prit un train pour Édimbourg et utilisa son téléphone cellulaire pour réserver une chambre dans son hôtel habituel en le mettant sur le compte de sa société. Il appela sa femme pour lui dire où il était. Il avait son ordinateur portable avec lui et travailla un peu dans le train. Le travail l'apaisait, ça lui occupait l'esprit.

«Ainsi allez à présent à vos corvées; car il ne vous sera plus donné de paille hachée, mais rien ne sera retranché de la quantité de briques prescrite...» — Exode. À l'époque, la presse lui avait rendu service, de même que la police. On avait publié son signalement en précisant que son prénom était John et qu'il «aimait citer des passages de la Bible». Ni l'un ni l'autre n'était parfaitement exact: John était son deuxième prénom et il ne citait que rarement les Saintes Écritures à voix haute. Ces dernières années, il avait recommencé à fréquenter l'église, mais il le regrettait à présent, il regrettait de s'être cru à l'abri.

Il n'y avait pas de sécurité en ce monde, de même qu'il n'y en aurait pas dans l'autre.

Il descendit du train à Haymarket — en été, il était plus facile d'y trouver un taxi —, mais quand il sortit dans le soleil, il préféra aller à pied. Il n'était qu'à cinq ou dix minutes de l'hôtel. Sa valise avait des roulettes et son sac à bandoulière n'était pas très lourd. Il respira profondément: l'odeur des gaz d'échappement avec un soupçon de houblon de brasserie. Fatigué de plisser les paupières, il s'arrêta pour mettre des lunettes de soleil et, aussitôt, le monde lui parut beaucoup plus aimable. Apercevant son reflet dans une vitrine, il vit simplement un homme d'affaires comme les autres, fatigué par son voyage. Son visage et sa silhouette n'avaient rien d'inoubliable, et il s'habillait de manière classique — costume Austin Reed, chemise Double 2. Le genre cadre bien mis et qui réussit. Il vérifia son nœud de cravate et passa la langue sur ses deux fausses dents, les seules qu'il ait — une intervention nécessaire qui remontait à un quart de siècle. Comme tout le monde, il traversa au feu rouge.

Remplir sa fiche à l'hôtel ne prit que quelques instants. Il s'assit à la petite table ronde dans la chambre et ouvrit son portable, le brancha sur le réseau en changeant l'adaptateur du 110 volts au 240. Il entra son mot de passe puis cliqua deux fois sur le dossier intitulé COPIEUR. À l'intérieur se trouvaient ses notes sur le prétendu Johnny Bible, son propre profil psychologique de tueur. Ça prenait tournure.

Bible John songea qu'il avait un atout dans son jeu que les autorités n'avaient pas. Il savait du dedans comment un tueur en série opérait, pensait et vivait, les mensonges qu'il devait faire, les faux-semblants et les tours de passe-passe, la vie secrète derrière un visage anodin. Ça lui donnait une longueur d'avance. Avec un peu de chance, il trouverait Johnny Bible avant la police.

Plusieurs voies s'ouvraient à lui. Premièrement, d'après sa façon d'opérer, le Copieur avait manifestement une connaissance préalable du dossier Bible John. Comment l'avait-il acquise ? Le Copieur avait entre vingt et trente ans, de sorte qu'il était trop jeune pour se souvenir de Bible John. Il devait donc en avoir entendu parler, ou l'avoir lu, et ensuite il avait poussé la recherche jusque dans les détails. Il y avait des livres — certains récents, d'autres pas — sur les meurtres de Bible John ou leur consacrant quelques chapitres. Si Johnny Bible était méticuleux, il avait consulté tous les ouvrages disponibles, mais une partie des publications étant épuisée depuis longtemps, il avait dû se tourner vers les vendeurs de livres d'occasion ou, sinon, aller en bibliothèque… Les recherches prenaient tournure.

Une autre voie liée à la première : la presse. Là encore, il était peu probable que le Copieur ait eu à sa disposition des journaux datant d'un quart de siècle. Là encore, cela voulait dire qu'il fréquentait des bibliothèques, or très peu de bibliothèques conservaient des journaux aussi longtemps… Décidément, ça prenait tournure.

Ensuite, il y avait le Copieur lui-même. Beaucoup de prédateurs commettaient des erreurs au départ, des fautes qui tenaient à un manque de préparation ou simplement à un manque de cran. Bible John était atypique : sa véritable erreur était arrivée avec sa troisième victime, quand il avait partagé un taxi avec la sœur de l'autre. Existait-il quelque part des victimes ayant échappé au Copieur ? Il fallait pour cela parcourir les articles récents pour chercher des femmes à Aberdeen, Glasgow, Édimbourg, pour repérer les faux départs du tueur et ses premiers échecs. Un travail de longue haleine, mais qui aurait aussi une vertu thérapeutique.

Il se déshabilla et prit une douche, puis enfila une tenue plus décontractée, blaser marine et pantalon kaki. Mieux valait ne pas se servir du téléphone de sa chambre — les numéros seraient enregistrés à la réception — alors il sortit au soleil. Comme on ne trouvait plus d'annuaires ces temps-ci dans les cabines téléphoniques, il entra dans un pub et commanda un Schweppes, puis réclama l'annuaire. La serveuse — presque la vingtaine, clou de nez, cheveux roses — le lui tendit avec un sourire. À sa table, il sortit un carnet et un stylo et releva quelques numéros, puis il alla au fond du bar où était relégué le téléphone. Celui-ci se trouvait à proximité des toilettes, suffisamment à l'écart pour ses besoins, surtout à cette heure où le pub était presque vide. Il appela deux libraires de livres anciens et trois bibliothèques. Les résultats furent, de son point de vue, satisfaisants quoique nullement déterminants, mais il s'était préparé depuis des semaines à ce que ses démarches se révèlent interminables. Après tout, s'il avait pour lui une connaissance de première main, la police disposait d'hommes, d'ordinateurs et de relais dans les médias. En outre, elle pouvait opérer *à découvert*. Il savait que sa propre enquête sur son imitateur devrait s'engager avec plus de discrétion. Mais il savait aussi qu'il aurait besoin d'aide et ça, c'était risqué. Impliquer quelqu'un représentait toujours un risque. Il avait retourné le problème dans sa tête pendant des jours et des nuits. D'un côté de la balance, son désir de mettre la main sur le Copieur. De l'autre, le risque, ce faisant, de se mettre et de mettre sa nouvelle identité en danger.

Aussi s'était-il posé la question : à quel point voulait-il le Copieur ?

La réponse avait été : *terriblement*. Et ce n'était rien de le dire.

Il passa l'après-midi sur le pont George-IV et dans les parages, la Bibliothèque nationale d'Écosse et la Bibliothèque centrale de prêt. Il avait eu dans le passé une carte de lecteur à la Bibliothèque nationale, il avait déjà fait des recherches — pour ses affaires. Plus des lectures sur la Seconde Guerre mondiale, sa passion ces temps-ci. Il flâna aussi chez des libraires d'occasion et leur demanda s'ils avaient des ouvrages sur des affaires criminelles. Il dit aux employés que les meurtres de Johnny Bible avaient titillé sa curiosité.

— Nous n'avons qu'une demi-étagère sur de vraies affaires, expliqua la vendeuse du premier magasin en la lui indiquant.

Bible John fit semblant de s'intéresser aux livres avant de retourner au bureau.

— Non, il n'y a rien. Vous effectuez aussi des recherches pour vos clients ?

— Pas en tant que tel, répondit-elle. Mais nous prenons les demandes… (Elle sortit un pesant registre à l'ancienne qu'elle ouvrit.) Vous notez ce que vous recherchez, avec votre nom et votre adresse, et si nous tombons sur le livre en question, nous vous contacterons.

— C'est très bien.

Bible John sortit son stylo, écrivit lentement en parcourant les dernières demandes. Il tourna la page précédente et son regard survola la liste des titres et des sujets.

— Les gens ont des centres d'intérêt variés, non ? fit-il remarquer à l'employée avec un sourire.

Il tenta le même manège dans trois autres boutiques, sans trouver d'éléments sur le Copieur. Puis il se rendit à pied à l'annexe de la Bibliothèque nationale sur Causewayside, où l'on conservait les journaux récents et il feuilleta tout un mois du *Scotsman*, du *Herald* et du *Press and Journal*, prenant des notes sur certains articles : agressions, viols. Évidemment, même s'il y avait eu une rescapée — un ratage dans les premiers temps —, cela ne voulait pas dire que cette tentative ait donné lieu à un reportage. Les Américains avaient une expression pour décrire ce genre de boulot : *shitwork*, « merdique ».

De retour à la Bibliothèque nationale même, il observa les employés. Il cherchait quelqu'un de particulier. Quand il crut l'avoir trouvé, il vérifia les heures d'ouverture de la bibliothèque et attendit.

Au moment de la fermeture, il faisait le pied de grue devant l'entrée, ses lunettes de soleil sur le nez dans la lumière déclinante du soir, tandis que des files de véhicules avançant au pas le séparaient de la Bibliothèque centrale. Il vit sortir une partie des employés, seuls ou en groupes. Puis il repéra le jeune homme qui l'intéressait. Quand celui-ci prit Victoria Street, Bible John traversa la rue et lui emboîta le pas. Il y avait beaucoup de piétons, des touristes, des

buveurs, quelques passants rentrant chez eux. Il se
fondit dans la masse, avançant d'un pas alerte, les
yeux sur sa proie. À Grassmarket, le jeune homme
tourna dans le premier pub venu. Bible John s'arrêta
et réfléchit. Prenait-il un verre avant de rentrer,
ou le bibliothécaire allait-il retrouver des copains,
peut-être y passer la soirée ? Il opta pour entrer à son
tour.

Le troquet était sombre, rempli d'employés
bruyants. Les hommes portaient leur veste sur
l'épaule, les femmes sirotaient de grands verres
de Schweppes. Le bibliothécaire était au bar, seul.
Bible John se faufila à côté de lui et commanda un
jus d'orange. Il pointa le menton en direction du
demi de son voisin.

— Un autre ?

Quand le jeune homme se retourna pour le regarder, Bible John se rapprocha de lui et baissa la voix.

— Il y a trois choses que je veux vous dire. Un : je
suis journaliste. Deux : je vous offre 500 livres. Trois :
je ne vais rien vous demander d'illégal. (Il s'interrompit.) Alors, vous le voulez, ce verre ?

Le jeune homme le fixait toujours des yeux. Finalement, il hocha la tête.

— Ça veut dire oui pour le verre ou oui pour l'argent ? s'enquit Bible John en lui rendant son sourire.

— Le verre. J'ai besoin d'en savoir un peu plus
au sujet de l'autre.

— Ce que je vous demande est plutôt rasoir,
sinon je le ferais moi-même. Est-ce que la bibliothèque enregistre la consultation ou l'emprunt des
ouvrages ?

Le jeune homme réfléchit.

— Oui, répondit-il. Certains sont sur l'ordinateur,
d'autres sont encore sur fiches.

— Bon, l'ordinateur, ça ira vite, mais les fiches

risquent de vous prendre du temps. Ce sera quand même de l'argent facile, croyez-moi. Et si quelqu'un est venu consulter des journaux anciens ?

— Ça devrait être enregistré. Il faut remonter à quand ?

— Ce serait sur les trois à six derniers mois. Les journaux qu'on aurait consultés iraient de 1968 à 1970.

Il paya les deux verres avec un billet de vingt puis ouvrit son porte-monnaie pour que le bibliothécaire voie qu'il était bien garni.

— Ça risque de prendre du temps, avança le jeune homme. Je devrai faire des recoupements entre Causewayside et le pont George-IV.

— Vous toucherez cent de plus si vous accélérez les choses.

— Il me faut d'autres indications.

Bible John approuva, lui tendit une carte de visite. Elle indiquait un nom et une fausse adresse, mais pas de numéro de téléphone.

— N'essayez pas de me joindre, je vous appellerai. Comment vous vous appelez ?

— Mark Jenkins.

— Très bien, Mark. (Bible John sortit deux billets de cinquante livres et les fourra dans la poche poitrine du jeune bibliothécaire.) Voici un acompte.

— Mais c'est à quel sujet ?

Bible John haussa les épaules.

— Bible John. Nous voulons voir s'il y aurait un rapport avec certaines anciennes affaires.

Le jeune homme opina du chef

— Alors quels livres vous intéressent ?

Bible John lui tendit une liste imprimée.

— Les journaux en plus. Le *Scotsman* et le *Herald*, de février 68 à décembre 69.

— Et que voulez-vous savoir ?

— Qui les a consultés. J'aurai besoin de leurs noms et adresses. Vous pouvez faire ça ?

— Les journaux imprimés sont archivés à Causewayside, nous ne les conservons que sur microfilm.

— Que voulez-vous dire ?

— J'aurai peut-être besoin de l'aide d'un collègue de Causewayside.

— Mon journal n'est pas radin pour un ou deux billets, tant que nous avons des résultats, approuva Bible John avec le sourire. Combien souhaiterait toucher votre ami ?...

DEUXIÈME PARTIE

LE MURMURE
DE LA PLUIE

Faites gaffe quand les embrouilles me viennent des méchants et des imbéciles.

THE BATHERS,
Ave the Leopards

5

La langue écossaise est d'une grande richesse quand il s'agit de gloser sur le temps, *dreich* (lugubre) et *smirr* (crachin) n'en sont que deux exemples.

Rebus mit une heure pour parvenir à la capitale de la pluie, et quarante minutes de plus pour trouver Dumbarton Road. Il ne connaissait pas encore le poste, car les bureaux de Partick avaient déménagé en 93. Il avait eu l'occasion de se rendre dans l'ancien commissariat, surnommé la « Marine », mais pas dans le nouveau. Circuler à Glasgow était un véritable cauchemar pour le profane en raison d'un entrelacs de rues à sens unique et de croisements mal signalisés. Rebus dut descendre de voiture à deux reprises pour qu'on le remette sur la bonne voie en faisant à chaque fois la queue sous la pluie à la cabine téléphonique. Encore que ce n'était pas une vraie pluie, mais un crachin venu de l'Atlantique. Rien de tel pour démarrer un lundi matin. C'était lugubre.

Quand il parvint au poste, il remarqua une voiture sur le parking, deux silhouettes à l'intérieur, des bouffées de fumée qui s'échappaient par la fenêtre ouverte, la radio en sourdine. Des journalistes, forcément. C'était la permanence de nuit, des nuiteux. À ce stade, les journalistes s'organisaient pour se relayer afin de pouvoir se tirer ailleurs. Ceux qu'on laissait en planque étaient tenus de prévenir immédiatement les confrères s'il se passait du nouveau.

Quand il poussa enfin la porte du commissariat, il fut accueilli par quelques applaudissements dispersés. Il s'approcha du planton.

— Alors, ça y est tout de même? Vous y êtes arrivé? demanda celui-ci.

— Où est l'inspecteur principal Ancram?

— En rendez-vous. Il m'a chargé de vous dire de monter et de l'attendre.

Rebus monta donc au premier et découvrit que les locaux de la PJ avaient été transformés en une salle d'enquête tentaculaire. Il y avait des photographies sur les murs : Judith Cairns, Ju-Ju, vivante et morte. D'autres photos des lieux, Kelvingrove Park, un coin protégé entouré de bosquets. Un tableau de service était accroché, avec les interrogatoires de routine, principalement, du boulot au kilomètre, qu'il fallait faire même si on n'en attendait rien. Les policiers pianotaient sur leurs claviers, utilisant peut-être le serveur du SCRO, ou même HOLMES, la plus importante base de données policières. Toutes les affaires criminelles, hormis celles qu'on avait résolues sur-le-champ, étaient introduites dans le HOLMES. Des équipes consciencieuses, des détectives et des inspecteurs en tenue, se trouvaient aux commandes, traitaient les données, les vérifiaient et faisaient des recoupements. Même Rebus, qui n'était pas un fana des nouvelles technologies, était obligé de convenir des avantages du procédé comparé aux fiches à l'ancienne. Il s'arrêta près d'un terminal et observa quelqu'un qui tapait une déposition. Puis, en levant les yeux, il aperçut une tête qu'il reconnut et s'approcha de son propriétaire.

— Tiens, Jack, salut, je te croyais toujours à Falkirk ?

L'inspecteur Jack Morton se retourna, les yeux écarquillés. Il quitta son bureau et saisit la main de Rebus qu'il secoua vigoureusement.

— J'y suis, dit-il. Mais ils avaient besoin d'un coup de main ici. (Il considéra la pièce.) Ça se comprend.

Rebus observa Jack Morton des pieds à la tête. Il ne pouvait en croire ses yeux. La dernière fois qu'ils s'étaient rencontrés, Jack devait peser une quinzaine de kilos de plus que lui, il fumait comme un pompier et toussait à vous péter le pare-brise de la voiture de patrouille. À présent, il avait éliminé la graisse et l'éternel mégot ne pendait plus au coin de ses lèvres. Surtout, ses cheveux étaient passés entre les mains d'un bon coiffeur et il portait un costume de prix, des chaussures noires bien cirées, une chemise amidonnée et une cravate.

— Qu'est-ce qui t'est arrivé ? s'étonna Rebus.

Morton sourit, tapota son estomac presque plat.

— Oh, je me suis regardé un jour dans la glace et je me suis demandé pourquoi elle n'explosait pas. J'ai laissé tomber l'alcool et le tabac, et je me suis inscrit dans un club de gym.

— Comme ça, du jour au lendemain ?

— C'était une question de vie ou de mort. On ne fait pas ces choses-là à moitié.

— Tu as l'air en forme.

— J'aimerais pouvoir t'en dire autant, John.

Rebus cherchait une réplique quand l'inspecteur principal Ancram pénétra dans la salle.

— Inspecteur Rebus ? (Ils se serrèrent la main. L'inspecteur principal ne semblait pas disposé à la lâcher. Il dévorait Rebus du regard.) Excusez-moi de vous avoir fait attendre.

Ancram avait une petite cinquantaine et, comme Jack Morton, il était tiré à quatre épingles. Il avait le crâne largement dégarni, mais dans le genre Sean Connery, et une épaisse moustache noire pour compléter le tableau.

— Est-ce que Jack vous a fait visiter ?

— Pas vraiment, monsieur.

— Voilà, le QG de campagne de Glasgow pour l'opération Johnny Bible se trouve ici.

— C'est le poste le plus proche de Kelvingrove ?

— La proximité des lieux n'est pas la seule raison, répliqua-t-il avec un sourire. Judith Cairns était sa troisième victime… À l'époque, les médias avaient déjà souligné le rapport avec Bible John. Et c'est ici que sont stockés tous les dossiers de Bible John.

— Aucune chance de pouvoir les consulter ?

Ancram l'examina, puis haussa les épaules.

— Venez, je vais vous y conduire.

Rebus suivit Ancram dans le couloir jusqu'à une autre succession de bureaux. Une odeur de moisi flottait dans l'air, plus l'odeur d'une bibliothèque que d'un poste de police. Il comprit pourquoi : la pièce était remplie de vieux cartons, de classeurs défraîchis avec des anneaux à ressort, de liasses de feuilles cornées attachées par une ficelle. Quatre inspecteurs — deux hommes, deux femmes — potassaient tout ce qui était en rapport avec l'affaire Bible John.

— Tout ça était planqué à la réserve, expliqua Ancram. Vous auriez dû voir le nuage de poussière qu'on a soulevé quand on les a sortis.

Il souffla sur un dossier et une poudre fine s'en échappa.

— Alors vous pensez qu'il y a un rapport ?

C'était une question que chaque policier d'Écosse

avait posée à chacun de ses confrères, car il y avait toujours une chance que les deux affaires, les deux tueurs, n'aient rien en commun... Dans ce cas, c'étaient des centaines d'heures de travail gaspillées.

— Ah ça, oui! affirma Ancram, et c'était bien ce que Rebus pensait aussi. Pour commencer, le *modus operandi* est assez proche, puis il y a les souvenirs qu'il emporte de la scène du crime. Même si le signalement de Johnny Bible est un coup de bol, je suis sûr qu'il prend modèle sur son héros. (Ancram considéra Rebus.) Pas vous?

Rebus acquiesça. Il considérait l'amas de paperasses. Ce qu'il aurait aimé passer quelques semaines à fouiner là-dedans dans l'espoir d'en sortir quelque chose que personne n'avait encore repéré! C'était un rêve, bien sûr, un fantasme, mais quand la nuit n'en finissait pas, parfois, c'était une motivation suffisante. Rebus avait ses journaux, mais ils ne disaient que ce que la police avait bien voulu lâcher. Il s'approcha d'une étagère, décrypta le dos des dossiers : Porte à porte, Compagnies de taxis, Coiffeurs, Boutiques de tailleurs, Fournisseurs de postiches.

— Fournisseurs de postiches?

Ancram sourit.

— Ses cheveux ras, on a pensé que ça pouvait être une moumoute. On a interrogé les coiffeurs pour voir si quelqu'un reconnaissait sa coupe.

— Et les tailleurs à cause de son costard italien.

De nouveau, Ancram l'observa. Rebus haussa les épaules.

— Le dossier m'intéresse. C'est quoi, ça?

Il pointait le doigt vers un diagramme mural.

— Similitudes et différences entre les deux affaires, déclara Ancram. Le dancing comparé au club. Et leur signalement : grand, mince, timide, cheveux châtains, bien habillé… Pour un peu, Johnny serait le fils de Bible John.

— C'est une question que je me suis posée. À supposer que Johnny Bible s'inspire de son héros et à supposer que Bible John coure toujours…

— Bible John est mort.

Rebus garda les yeux fixés sur le tableau.

— Mais supposons seulement qu'il ne le soit pas… Je veux dire, est-ce qu'il se sent flatté ? Ou bien est-ce que ça lui tape sur le système ? Lequel des deux ?

— C'est pas à moi qu'il faut le demander.

— La victime de Glasgow ne sortait pas d'un club, releva Rebus.

— Bon, la dernière fois qu'on l'a vue, ce n'était pas en boîte. Mais elle y était allée ce soir-là, il a pu la suivre ensuite jusqu'au concert.

Johnny Bible avait ramassé ses deux premières victimes dans des night-clubs, l'équivalent dans les années quatre-vingt-dix du dancing des années soixante : plus bruyant, plus sombre, plus dangereux. Ils avaient été avec des gens incapables de fournir le moindre signalement de celui qui était parti dans la nuit avec leur amie. Mais la victime numéro trois, Judith Cairns, avait été ramassée à un concert de rock dans une salle au-dessus d'un pub.

— On en a eu d'autres, ajoutait Ancram. Trois meurtres non élucidés à Glasgow à la fin des années soixante-dix, avec un objet personnel manquant dans les trois cas.

— Comme s'il avait toujours été là, marmonna Rebus.

— Il y en a trop pour laisser courir et pourtant, pas assez, remarqua Ancram en croisant les bras. Johnny connaît-il bien les trois villes ? A-t-il choisi les clubs au hasard ou les connaissait-il déjà ? Chaque endroit a-t-il été sélectionné à l'avance ? Est-ce un livreur de brasserie ? Un DJ ? Un critique musical ? Il peut aussi bien écrire des foutus guides de voyage, si ça se trouve.

Ancram laissa échapper un rire sans joie en se frottant le front.

— Ça pourrait bien être Bible John lui-même, répondit Rebus.

— Bible John est mort et enterré, inspecteur.

— Vous en êtes certain ?

Ancram hocha la tête avec énergie. Il n'était pas le seul. Ils étaient une flopée à s'imaginer savoir qui était Bible John et à l'envoyer *ad patres*. Mais d'autres restaient sceptiques et Rebus était de ceux-là. Une étude comparative d'ADN n'aurait probablement pas suffi à le faire changer d'avis. Il n'était pas impossible que Bible John soit toujours dans la nature.

On disposait du signalement d'un homme proche de la trentaine, mais les dépositions des témoins étaient notoirement variables. Par conséquent, les portraits-robots et les croquis de Bible John avaient été époussetés et remis en circulation avec l'aide des médias. On avait également eu recours aux stratagèmes psychologiques habituels, tels les appels publiés dans la presse pour inciter le tueur à se livrer : «Vous avez manifestement besoin d'aide et nous aimerions entrer en contact avec vous.» Du bluff, avec, pour toute réponse, le silence.

Ancram indiqua des photographies sur un mur : un portrait-robot de 1970 vieilli par ordinateur, agrémenté d'une barbe et de lunettes, les cheveux se raréfiant sur le haut du crâne et sur les tempes. Celles-là aussi, on les avait publiées.

— Ça pourrait être n'importe qui, non ? déclara Ancram.

— Vous vous faites de la bile, monsieur ?

Rebus attendait qu'Ancram l'invite à l'appeler par son prénom.

— Évidemment que je me bile. (Le visage d'Ancram se détendit.) Pourquoi cet intérêt de votre part ?

— Pas de raison particulière.

— Bref, on n'est pas là pour Johnny Bible, n'est-ce pas ? On est là pour parler d'Oncle Joe.

— À votre disposition, monsieur.

— Venez, alors, voyons si on peut trouver deux chaises de libres dans cette foutue baraque.

Ils se retrouvèrent debout dans le couloir avec un café servi par une machine située un peu plus loin.

— Est-ce qu'on sait avec quoi il les étrangle ? demanda Rebus.

Ancram écarquilla les yeux.

— Encore Johnny Bible ? (Il soupira.) En tout cas, ça ne laisse pas beaucoup de traces. D'après la dernière hypothèse en date, ce serait un morceau de corde à linge. Vous savez, le truc en nylon plastifié. Les labos du légiste ont passé en revue à peu près deux cents possibilités, depuis la ficelle jusqu'aux cordes de guitare.

— Qu'est-ce que vous pensez des souvenirs ?

— D'après moi, on devrait en parler publiquement. Je sais qu'en les gardant ultra-secrets, on élimine les cinglés qui viennent faire des aveux, mais franchement, on serait plus avancé si on demandait l'aide de la population. Ce collier, par exemple, on ne pourrait pas trouver plus caractéristique. Si quelqu'un l'a trouvé ou l'a aperçu… c'est dans la poche.

— Vous avez un médium qui bosse là-dessus, je crois ?

Ancram eut l'air agacé.

— Pas moi personnellement, un crétin au-dessus

de moi. C'est un truc de journaliste, mais les huiles l'ont approuvé.

— Ça n'a servi à rien ?

— On lui a dit qu'on voulait qu'il nous fasse une démonstration et on lui a demandé de prédire le prochain gagnant sur le champ de courses d'Ayr.

Rebus éclata de rire.

— Et alors ?

— Il a répondu qu'il pouvait voir les lettres S et P et un jockey qui portait un maillot rose à pois jaunes.

— Ça vous en bouche un coin.

— Le problème, c'est qu'il n'y avait pas de courses, à Ayr ni ailleurs, du reste. Toutes ces histoires de vaudou et de profileur, c'est du flan si vous voulez mon avis.

— Alors vous n'avez rien à vous mettre sous la dent ?

— Pas grand-chose. Pas de salive sur les lieux, pas même un poil. Ce salopard se servait d'une capote qu'il a emportée avec lui — emballage compris. Je parie qu'il portait aussi des gants. On a quelques brins d'une veste ou quelque chose de ce genre, les légistes sont toujours dessus. (Ancram porta la tasse à ses lèvres et souffla dessus.) Alors, inspecteur, vous voulez qu'on parle d'Oncle Joe, oui ou non ?

— C'est pour ça que je suis venu.

— Je commence à me poser la question. (Comme Rebus haussait les épaules en silence, Ancram prit une profonde inspiration.) Entendu, alors écoutez-moi. C'est comme qui dirait le Monsieur Muscle de la ville, au sens littéral du terme, puisqu'il possède des parts dans deux ou trois salles de musculation. En fait, il a une main sur presque tout ce qui est un tant soit peu louche : le prêt usuraire, le racket, la prostitution, les paris.

— La drogue ?

— Ça se peut. Il y a un tas de «peut-être» avec Oncle Joe. Vous vous en apercevrez dès que vous mettrez le nez dans les dossiers. Il est aussi glissant qu'un bain thaï… il est propriétaire de salons de massage aussi. Et en plus il possède une tripotée de taxis, ceux qui ne remettent pas leur compteur à zéro quand vous montez, ou s'ils le mettent, le tarif au kilomètre est truqué. Les chauffeurs de taxi sont tous inscrits au chomedu et touchent des allocations. Nous en avons contacté plusieurs mais ils refusent de dire un mot contre Oncle Joe. En fait, si la Sécu se met à tourner autour de ces parasites, les enquêteurs reçoivent une lettre. S'y trouvent précisés leur adresse, le nom de leur conjointe et son emploi du temps, le nom des gamins, l'école où ils vont…

— Je vois le topo.

— De sorte qu'ils réclament leur transfert dans un autre service et, entre-temps, ils vont chez le toubib parce qu'ils souffrent d'insomnies.

— Très bien, Oncle Joe n'est pas l'Homme de l'année à Glasgow. Où il habite?

Ancram vida sa tasse.

— Ça c'est le clou: il habite dans une HLM. Mais n'oubliez pas: Robert Maxwell habitait lui aussi dans un immeuble municipal. Et vous devriez voir l'endroit!

— C'est bien mon intention.

Ancram hocha la tête.

— Il ne vous parlera pas, vous ne passerez pas sa porte.

— Vous voulez parier?

Ancram plissa les paupières.

— Vous avez l'air bien sûr de vous.

Jack Morton passa près d'eux en roulant des yeux. Une façon de dire ce qu'il pensait de la vie. Il cher-

chait de la monnaie dans ses poches. En attendant
que la machine ait fini de verser sa boisson, il se
tourna vers eux.

— Chick, on se voit au *Lobby* ?

— À une heure ? proposa Ancram en approuvant
du bonnet.

— Impec.

— Et ses complices ? poursuivit Rebus.

Il nota qu'Ancram ne l'avait toujours pas autorisé
à l'appeler par son prénom.

— Il en a des tas. Ses gardes font de la muscle,
ils sont triés sur le volet. Et il a en plus à sa solde
quelques cinglés, de vrais tordus. La gonflette paraît
être son fonds de commerce, mais ce sont ces tapés-
là qui s'occupent des vraies affaires. Il y a eu Tony
El, un marchand de sacs en plastique avec un goût
prononcé pour l'outillage électrique. Oncle Joe en a
encore un ou deux comme lui dans sa manche. Et il
y a Malky, le fils de Joe.

— Monsieur Stanley la fine lame ?

— Les urgences de tout Glasgow peuvent témoigner de ce penchant particulier.

— Mais Tony El n'est plus dans le circuit ?

Ancram hocha la tête d'un air dubitatif.

— J'ai envoyé mes indics à la pêche pour vous. Je
devrais en savoir plus aujourd'hui.

Trois hommes poussèrent les portes à l'extrémité
du hall.

— Oh là là ! marmonna Ancram à mi-voix. C'est
le type aux boules de cristal.

Rebus avait vu l'un des hommes en photo dans
une revue : Aldous Zane, le médium américain. Il
avait aidé la police américaine à pister Mac la Joie,
ainsi surnommé parce que quelqu'un qui était passé
près de la scène d'un de ses crimes en ignorant ce
qu'il se produisait de l'autre côté du mur avait

entendu glousser de rire. Zane avait décrit l'endroit
où, à son idée, le tueur habitait. Quand la police
avait finalement mis la main sur Mac la Joie, les
médias avaient souligné la ressemblance frappante
des lieux avec le tableau dressé par Zane.

Pendant quelques semaines, Aldous Zane connut
une médiatisation internationale. Il n'en fallut pas
plus pour qu'un tabloïd écossais l'engage à donner
contre espèces sonnantes ses impressions sur les
recherches de Johnny Bible. Et les gros bonnets
étaient tellement aux abois qu'ils acceptèrent de se
prêter à ce coup foireux.

— Bonjour, Chick, dit l'un des deux autres.

— Salut, Terry.

Le dénommé Terry considérait Rebus, l'air d'attendre qu'on fasse les présentations.

— Inspecteur John Rebus, dit Ancram. Le chef
de brigade adjoint Thompson.

L'homme tendit la main, que Rebus serra. C'était
un franc-maçon, comme la moitié des flics. Rebus ne
faisait pas partie de la bande, mais il avait appris à
imiter leur poignée de main.

Thompson se tourna vers Ancram.

— Nous emmenons M. Zane jeter un autre coup
d'œil sur les preuves matérielles.

— Pas seulement un coup d'œil, corrigea Zane.
J'ai besoin de les toucher.

Thompson eut un tic à la paupière gauche. Manifestement, il était aussi sceptique qu'Ancram.

— Oui, bon, par ici, monsieur Zane.

Les trois hommes s'éloignèrent.

— Qui était celui qui n'a rien dit ? demanda
Rebus.

— L'ange gardien de Zane, répondit Ancram en
haussant les épaules. Il est du journal. Ils ne veulent
rien rater de ce que fait Zane.

— Je le connais, remarqua Rebus. Il y a des années de ça.

— Je crois qu'il s'appelle Stevens.

— Jim Stevens, acquiesça Rebus. À propos, il y a une autre différence entre les deux tueurs.

— Hein ?

— Toutes les victimes de Bible John avaient leurs règles.

On laissa Rebus seul derrière un bureau avec les dossiers disponibles sur Joseph Toal. Il n'en tira pas grand-chose sauf qu'Oncle Joe visitait rarement la salle du tribunal. Cela le fit réfléchir. Toal semblait toujours savoir à l'avance quand la police le plaçait sous surveillance ou s'intéressait de plus près à ses opérations douteuses, quand ça allait mal tourner. De cette façon, on ne trouvait jamais de preuves, du moins pas suffisamment pour le mettre à l'ombre. Deux ou trois amendes, ça n'allait pas plus loin. Il y avait eu plusieurs tentatives, mais elles avaient dû être abandonnées faute de preuves tangibles ou parce que la surveillance avait foiré. Comme si Oncle Joe disposait de son propre médium. Mais Rebus savait qu'il y avait une explication plus probable : quelqu'un à la PJ tuyautait le caïd. Il songea aux supercostards que tout le monde arborait, les jolies montres et les belles pompes, l'air de prospérité et de supériorité qui régnait dans les couloirs.

C'était la pourriture de la côte ouest — qu'ils la nettoient et la planquent sous le tapis. Il y avait une note à la fin du dossier, sans doute de la main d'Ancram.

« Oncle Joe n'a plus besoin de tuer. Son bras droit s'en charge, et cet enfant de salaud devient de plus en plus fort. »

Il trouva un téléphone libre, appela Barlinnie Prison, puis, Chick Ancram ne donnant aucun signe, il partit flâner.

Comme il l'escomptait, il se retrouva dans la pièce à l'odeur de renfermé que hantait le vieux monstre, Bible John. Les habitants de Glasgow parlaient encore de lui, ils en parlaient avant même que Johnny Bible se signale. Bible John était le croquemitaine de nos cauchemars devenu réalité, la terreur incarnée de toute une génération. C'était le voisin de l'appartement d'à côté qui vous filait la chair de poule, l'homme tranquille de l'étage au-dessus. C'était le coursier dans sa fourgonnette ouverte aux quatre vents. Il était qui vous vouliez. Dans les années soixante-dix, les parents disaient à leurs enfants : « Sois sage ou Bible John viendra te chercher ! »

Le croquemitaine devenu réalité. Et il était de retour.

L'ensemble de la brigade semblait faire un break. Rebus se trouvait seul dans la pièce. Il laissa la porte ouverte sans trop savoir pourquoi, et se plongea dans l'étude des documents. Cinquante mille dépositions avaient été recueillies. Rebus parcourut quelques titres de journaux : « Le Don Juan du dancing avait prémédité son meurtre », « Une chasse à l'homme de 100 jours pour le bourreau des cœurs ». Au cours de la première année de chasse à l'homme, plus de cinq mille suspects furent interrogés et éliminés. Quand la sœur de la troisième victime en fit une description détaillée, la police en apprit beaucoup sur le tueur : les yeux gris-bleu, les dents bien plantées sauf l'incisive supérieure droite qui chevauchait sa voisine, Embassy était sa marque de cigarettes préférée, il témoignait d'une éducation stricte et citait des passages de la Bible. Mais à ce moment-là, c'était déjà trop tard. Bible John appartenait à l'histoire.

Une autre différence entre Bible John et Johnny Bible : les intervalles entre les assassinats. Johnny tuait toutes les quelques semaines, tandis que Bible John ne s'était pas plié à un nombre particulier de semaines ni de mois. Sa première victime remontait à février 1968. Il s'ensuivit un laps de temps de près de dix-huit mois... et en août 1969, deuxième victime. Et puis, deux mois et demi plus tard, sa troisième et dernière sortie. Les victimes une et trois avaient été tuées un jeudi soir, la deuxième un samedi. Dix-huit mois, ça faisait un sacré bout de temps... Rebus connaissait les hypothèses : il se trouvait à l'étranger, peut-être un membre de la marine marchande ou de la Royale, sinon muté dans l'armée ou la RAF. Ou bien il était en taule et avait été condamné pour un délit d'ordre mineur. Des suppositions, rien d'autre. Ses trois victimes étaient mères de famille ; jusque-là, celles de Johnny Bible ne l'étaient pas. Était-il important que ses victimes aient eu leurs règles, ou qu'elles aient eu des enfants ? Il avait fourré une serviette hygiénique sous l'aisselle de sa troisième victime, un acte rituel. Les divers psychologues impliqués dans cette enquête avaient beaucoup glosé sur ce geste. Leur théorie : la Bible disait à Bible John que les femmes étaient des prostituées et quand des femmes mariées quittaient un dancing avec lui, il y voyait une preuve. Le fait qu'elles avaient leurs règles le faisait voir rouge, alimentait sa soif de sang. Alors il les tuait.

Rebus savait que, pour certains, il n'existait aucun rapport — les circonstances mises à part — entre les trois meurtres. Ils partaient du postulat des meurtres et il était vrai que seules de fortes coïncidences reliaient les crimes entre eux. Rebus, qui n'était pas un fana des coïncidences, croyait lui en un seul assassin poussé par une pulsion.

Quelques policiers importants avaient été impliqués. Tom Goodall, celui qui avait poursuivi Jimmy Boyle, se trouvait là quand Peter Manuel était passé aux aveux. Puis, quand Goodall était mort, il y avait eu Elphinstone Dalgliesh et Joe Beattie. Beattie était resté des heures, les yeux scotchés sur les photos des suspects en se servant parfois d'une loupe. Si Bible John entrait dans une pièce bondée, il était sûr qu'il le reconnaîtrait. L'affaire avait obsédé certains policiers au point de les faire plonger. Et tout ce travail, ils l'avaient fait pour rien. Il les tournait en ridicule, avec leurs méthodes et leur système. De nouveau, il songea à Lawson Geddes…

Rebus leva les yeux et vit qu'on l'observait depuis le seuil. Il se leva pendant que deux hommes entraient dans la pièce.

Aldous Zane, Jim Stevens.

— Ça a marché ? s'enquit Rebus.

— Sur les premiers jours, dit Stevens avec un haussement d'épaules. Aldous a apporté deux ou trois éléments. (Il tendit la main et sourit quand Rebus la prit.) Alors, vous vous souvenez de moi ? (Rebus fit signe que oui.) Je n'en étais pas sûr, tout à l'heure dans le couloir.

— Je vous croyais à Londres.

— Je suis revenu il y a trois ans. Je suis principalement free-lance maintenant.

— Et vous êtes de garde, à ce que je vois.

Rebus lança un œil en direction d'Aldous Zane, mais l'Américain n'écoutait pas. Il passait ses paumes au-dessus des paperasses du bureau voisin. Petit, mince, entre deux âges, il portait des lunettes cerclées de métal aux verres bleutés et ses lèvres, légèrement entrouvertes, laissaient voir des petites dents étroites. Rebus lui trouva un air de ressemblance avec Peter Sellers dans *Docteur Folamour*. Il portait un coupe-vent par-dessus sa veste et chaque mouvement s'accompagnait d'un bruissement.

— Qu'est-ce que c'est ? demanda-t-il.

— Bible John, l'ancêtre de Johnny Bible. On avait pris un médium pour cette affaire aussi, Gérard Croiset.

— Un *paragnostique*, rectifia tranquillement Zane. A-t-il obtenu des résultats ?

— Il a parlé d'un lieu, deux commerçants, un vieil homme pouvaient faire avancer l'enquête.

— Et ?…

— Et, intervint Jim Stevens, un journaliste a trouvé ce qui semblait correspondre à l'endroit en question.

— Mais de commerçants ou de vieux bonhomme, zéro, précisa Rebus.

Zane leva les yeux.

— Pas la peine de vous montrer sarcastique.

— Je suis un par-agnostique, disons.

Zane sourit et tendit la main. Rebus la prit et sentit une chaleur formidable dans la paume de son interlocuteur. Un picotement lui parcourut le bras.

— Terrifiant, non ? demanda Jim Stevens comme s'il pouvait lire dans ses pensées. Alors, monsieur Zane, vous *sentez* quelque chose ?

— Seulement de la tristesse et de la souffrance, une dose incroyable des deux. (Il prit l'un des derniers portraits-robots de Bible John.) Et j'ai cru voir des drapeaux.

— Des drapeaux ?

— La Bannière étoilée, une croix gammée. Et une malle remplie d'objets… (Il avait les yeux fermés, paupières palpitantes.) Dans le grenier d'une maison moderne. (Ses yeux s'ouvrirent.) C'est tout. La distance est longue, très longue.

Stevens avait sorti son carnet. Il prenait rapidement des notes en sténo. Il y avait quelqu'un d'autre sur le seuil, qui considérait le groupe d'un air surpris.

— Inspecteur, annonça Chick Ancram, c'est l'heure du déjeuner.

Ils prirent l'une des voitures de fonction, Ancram au volant, pour se rendre à West End. Un changement s'était opéré en lui, il semblait à la fois plus intéressé par Rebus et plus méfiant. La conversation se limita à marquer des points.

Finalement, Ancram indiqua un cône de signalisation pour travaux en bordure de trottoir.

— Vous voulez bien descendre m'enlever ça ?

Rebus obtempéra et plaça le cône sur le trottoir. Ancram se gara en marche arrière avec une précision mathématique.

— On dirait que vous avez l'habitude.

— Stationnement réservé, répliqua Ancram, en redressant son nœud de cravate.

Ils entrèrent au *Lobby*. C'était un bar branché avec trop de tabourets malcommodes derrière le comptoir, les murs carrelés noir et blanc, des guitares électriques et acoustiques pendues au plafond.

Il y avait un menu à la craie sur un tableau noir derrière le bar. Trois serveurs s'occupaient de la foule du déjeuner. Plus de parfum que d'alcool flottait dans l'air. Des employées de bureau, qui piaillaient plus fort que le battement de la musique en sirotant des boissons tape-à-l'œil. Parfois un ou deux hommes avec elles, souriants, muets, plus vieux. Ils portaient des costumes qui disaient «direction». C'étaient les boss de ces furies. Il y avait plus de téléphones portables et d'Alphapage sur les tables que de verres ; même le personnel paraissait en avoir.

— Ce sera quoi ?

— Une pinte, dit Rebus.

— Et pour manger?

— Il y a quelque chose avec de la viande? s'en-quit Rebus en parcourant le menu.

— Du pâté de gibier en croûte.

Rebus approuva. Un sacré boucan entourait le bar, mais Ancram avait capté l'attention d'un barman. Il se mit sur la pointe des pieds et hurla la commande par-dessus les têtes permanentées des adolescentes qui le précédaient. Elles se retournèrent en le fusillant du regard. Il leur était passé devant.

— D'accord, mesdames? fit-il en les reluquant.

Elles se détournèrent aussitôt. Il guida Rebus dans un coin à l'écart, où une table ployait sous un amoncellement de légumes verts : salades, quiches, guacamole. Rebus se dénicha une chaise. Il y en avait déjà une qui attendait Ancram. Trois inspecteurs étaient assis, pas un n'avait de chope devant lui. Ancram fit les présentations.

— Jack, vous le connaissez déjà. (Jack Morton hocha la tête en mâchouillant sa pita.) Voici le lieutenant Andy Lennos et l'inspecteur Billy Eggleston.

Les deux hommes le saluèrent d'un bref signe de tête, plus intéressés par leur nourriture que par sa présence. Rebus regarda autour de lui.

— Et les boissons?

— Patience, mon vieux, patience! Les voilà qui arrivent.

Le barman approchait avec un plateau. La pinte de Rebus et le pâté en croûte, la salade au saumon fumé d'Ancram avec un gin-tonic.

— Douze livres et dix pennies, annonça-t-il.

Ancram lui tendit trois billets de cinq livres et lui dit de garder la monnaie. Il leva son verre en direction de Rebus.

— À notre santé…

— Encore un qu'ils n'auront pas, ajouta Rebus.

— D'ailleurs ils en sont tous morts, enchaîna Jack Morton en levant aussi son verre rempli d'un liquide qui avait plutôt l'air d'être de l'eau.

Ils burent et attaquèrent leur repas en échangeant les derniers ragots. Il y avait une table d'employées de bureau à proximité. Lennox et Eggleston firent quelques tentatives pour lier la conversation avec elles. Elles continuaient de se raconter leurs propres potins. L'habit ne faisait pas nécessairement l'homme, se dit Rebus. Il avait l'impression d'étouffer, d'être mal à l'aise. On manquait de place à la table. Sa chaise était trop proche de celle d'Ancram. La musique le martelait comme un punching-ball.

— Alors qu'est-ce que vous envisagez de faire à propos d'Oncle Joe ? finit par demander Ancram.

Rebus mâchait un robuste biscuit en forme de croissant. Les autres semblaient pendus à ses lèvres.

— J'envisage de lui rendre visite à un moment de la journée.

Ancram partit d'un éclat de rire.

— Prévenez-moi si vous êtes sérieux, on vous prê-tera une armure.

Les autres rirent aussi et réattaquèrent leurs plats. Rebus se demanda exactement combien du pognon d'Oncle Joe circulait autour de la police judiciaire de Glasgow.

— John et moi, on a bossé ensemble sur l'affaire des « nœuds et des croix[1] », dit Jack Morton.

— Tiens donc ? demanda Ancram, l'air intéressé.

— Oh ! de l'histoire ancienne, répliqua Rebus.

Morton, entendant son ton, plongea le nez dans son plat et se servit de l'eau.

---

1. Référence à une enquête inédite de John Rebus, *Knot & Crosses* (1987). *(N.d.A.)*

De l'histoire ancienne et une histoire pénible, sacrément pénible.

— À propos d'histoire, reprit Ancram, on dirait que vous avez des ennuis avec l'affaire Spaven. (Il sourit d'un air méchant.) J'ai lu ça dans la presse.

— C'est un coup de pub pour la télé, se contenta de répliquer Rebus.

— On a encore des problèmes d'ADN, Chick, intervint Eggleston.

C'était un grand type maigre, blafard. Il faisait penser à un comptable. Il devait être imbattable avec la paperasse et zéro sur le macadam. Chaque commissariat se devait d'en avoir au moins un de cette trempe.

— Mais c'est une épidémie, gronda Lennox.

— Un problème de société, messieurs, trancha Ancram. Ce qui en fait aussi notre problème.

— L'ADN ?

Ancram se tourna vers Rebus.

— « Ayant un Domicile Non déterminé. » Le conseil municipal a viré un tas de « clients à problème » en refusant de les héberger, même dans les refuges de nuit. Des camés, pour la plupart, des déséquilibrés, des « agités » qu'on a rendus à la collectivité. Sauf que la collectivité les envoie se faire foutre de nouveau. Ils sont donc sur le trottoir, ils déconnent et ils nous font suer. Ils se défoncent en pleine rue, se collent des overdoses en se shootant aux tranquillisants, n'importe quoi.

— Putain, c'est scandaleux, renchérit Lennox.

Il avait des cheveux roux frisés et les joues écarlates, le visage constellé de taches de rousseur, les cils et les sourcils clairs. Il était le seul à fumer à la table et Rebus en alluma une pour l'accompagner. Jack Morton lui adressa un regard lourd de reproche.

— Qu'est-ce que vous pouvez y faire? demanda Rebus.

— Je vais vous le dire, déclara Ancram. Nous allons les ramasser le prochain week-end dans une escouade de bus et on va tous les cracher sur Princes Street.

De nouveau des rires à la table, on se foutait de lui, Ancram sonnant la charge. Rebus vérifia l'heure à sa montre.

— Vous avez un rencart?

— Ouais, et je ferais mieux de me bouger.

— Bon, écoutez, dit Ancram, si vous recevez une invitation pour vous rendre à la résidence d'Oncle Joe, je tiens à être au courant. Je serai ici ce soir, de sept à dix heures. Vu?

Rebus salua la compagnie d'un geste et s'en fut.

Une fois dehors, il se sentit mieux. Il commença à marcher, pas très sûr de la direction à prendre. Le centre-ville était agencé dans le style américain, un quadrillage de rues à sens unique. Édimbourg pouvait avoir ses monuments, mais Glasgow était bâti à une échelle monumentale, ce qui donnait à la capitale un air de pacotille. Rebus marcha jusqu'à ce qu'il voie un bar qui lui parut plus fréquentable. Il avait besoin de reprendre des forces pour l'excursion qu'il envisageait. Une télévision jouait tout bas, sans musique. Et les conversations étaient étouffées, à mi-voix. Il n'arrivait pas à comprendre ce que les deux hommes les plus proches de lui se disaient, tant leur accent local était prononcé. La barmaid était la seule femme présente.

— Ça sera quoi aujourd'hui?

— Un Grouse, un double. Et une demi-bouteille à emporter.

Il fit couler goutte à goutte l'eau dans le verre en se

disant que s'il descendait deux ou trois *pies* ici avec deux ou trois whiskies, ça coûterait moitié moins cher qu'au *Lobby*. Mais aussi, c'était Ancram qui avait régalé au *Lobby*. Trois billets de cinq livres tout neufs sortis de la poche d'un costard trop soigné.

— Juste un Coca, s'il vous plaît.

Rebus se retourna vers le nouveau client : Jack Morton.

— Tu me files ?

— Tu as une mine de déterré, John, répondit Morton avec le sourire.

— Tandis que toi et tes potes, vous avez trop bonne mine.

— On ne peut pas m'acheter.

— Pas toi ? Qui alors ?

— Allez, John, je blaguais. (Morton prit place à côté de lui.) J'ai appris la nouvelle, pour Lawson Geddes. Ça veut dire que la polémique va s'arrêter là ?

— Faut espérer, concéda Rebus en éclusant son verre. Vise-moi ça, poursuivit-il en montrant une machine au coin du bar. Un distributeur de boules de gomme, deux francs la poignée. Il y a deux choses pour lesquelles les Écossais sont célèbres, Jack : notre goût pour le sucre et notre consommation d'alcool.

— Il y a deux autres choses pour lesquelles nous sommes célèbres, ajouta Morton.

— Lesquelles ?

— Prendre la tangente et se sentir coupable sans arrêt.

— C'est du calvinisme que tu veux parler ? gloussa Rebus. Bon sang, Jack, moi qui croyais que ces temps-ci tu ne connaissais pas d'autre Calvin que Calvin Klein.

Jack ne le quittait pas des yeux, cherchant à plonger son regard dans le sien.

— Donne-moi une autre raison pour laquelle un homme se laisserait couler ?

— Tu as combien de temps ? grogna-t-il.

— Le temps qu'il faudra.

— Ça risque pas, Jack. Allez, bois-moi quelque chose de correct.

— Ce que je bois est parfaitement correct. Mais ce que toi tu bois, ce n'est pas vraiment une boisson.

— C'est quoi alors ?

— Une clause dérogatoire.

Jack déclara qu'il conduirait Rebus à Barlinnie sans lui demander pourquoi il voulait s'y rendre. Ils prirent la M8 jusqu'à Riddrie. Jack connaissait tous les chemins. Ils n'échangèrent pas grand-chose durant le trajet, jusqu'à ce que Jack pose la question qui planait entre eux.

— Comment va Sammy ?

C'était la fille de Rebus, désormais adulte et vaccinée. Jack ne l'avait pas revue depuis près de dix ans.

— Ça va, concéda Rebus avant de changer de sujet. Je ne crois pas que Chick Ancram ait de la sympathie pour moi. Il... il décortique tout ce que je dis, il me jauge.

— C'est un malin, montre-toi gentil avec lui.

— Une raison quelconque ?

Jack Morton ravala sa réponse et hocha la tête. Ils tournèrent dans Cumbernauld Road et s'approchèrent de la prison.

— Écoute, expliqua Jack. Je ne peux pas rester. Dis-moi combien de temps ça va te prendre et j'enverrai une voiture de patrouille pour te chercher.

— Une heure, ça devrait aller.

Jack Morton vérifia sa montre.

— Dans une heure. (Il tendit la main.) C'était sympa de te revoir, John.

Rebus prit la main et la serra.

6

Le «Gros Gerry» Cafferty l'attendait quand il arriva dans la salle d'audition.

— Alors, l'Homme de Paille, voilà un plaisir inattendu.

L'«Homme de Paille», c'était le nom que Cafferty avait attribué à Rebus. Le gardien de la prison qui avait conduit Rebus semblait peu enclin à se retirer et il y avait deux gardiens dans la salle qui veillaient sur le gangster. Il s'était déjà évadé une fois de Barlinnie et maintenant qu'ils le tenaient de nouveau, ils avaient bien l'intention de le garder[1].

— Salut, Cafferty, lança Rebus s'asseyant en face de lui.

La prison lui avait filé un coup de vieux, il avait perdu son bronzage et du muscle, et avait engraissé aux mauvais endroits. Son crâne s'était dégarni, ses cheveux grisonnaient à toute allure, et une barbe de plusieurs jours avait envahi son menton et les pommettes.

— Je vous ai apporté quelque chose...

1. Voir *Le carnet noir* et *Causes mortelles*, Folio Policier nos 155 et 260.

Il observa les gardiens en tirant la demi-bouteille de sa poche.

— Non autorisé, aboya le gardien.

— T'inquiète pas, l'Homme de Paille, dit Cafferty. C'est pas l'alcool qui manque, l'endroit baigne quasiment dedans. Enfin, c'est l'intention qui compte, hein ? (Rebus laissa retomber la bouteille dans sa poche.) J'en déduis que vous avez un service à me demander ?

— Exact.

Cafferty croisa les jambes, parfaitement à son aise.

— C'est quoi ?

— Vous connaissez Joseph Toal ?

— Tout le monde connaît Oncle Joe.

— Oui, mais vous, vous le connaissez bien.

— Et alors ?

Il avait un sourire un peu crispé.

— Je veux que vous l'appeliez pour lui demander de me recevoir.

Cafferty pesa le pour et le contre.

— Pourquoi ?

— Je veux lui poser des questions sur Anthony Kane.

— Tony El ? Je le croyais mort.

— Il a laissé ses empreintes sur les lieux d'un crime à Niddrie.

Peu importe ce qu'en pensait le patron, Rebus considérait l'affaire comme un meurtre. Et il savait que le mot aurait d'autant plus d'effet sur Cafferty. Ce qui fut le cas. Ses lèvres s'arrondirent pour dessiner un O parfait et il siffla.

— C'est une belle connerie de sa part. Tony El n'a pas l'habitude d'être aussi débile. Et s'il travaille encore pour Oncle Joe... Il pourrait y avoir des retombées.

Rebus savait que des connections s'établissaient

dans l'esprit de Cafferty, qui aboutissaient toutes à faire de Joseph Toal son voisin à Barlinnie. Cafferty avaient de bonnes raisons de vouloir Toal derrière les murs. De vieux comptes, des dettes impayées, un territoire grignoté... Il y avait toujours des comptes à régler. Cafferty se décida enfin.

— Vous devrez me trouver un téléphone.

Rebus se leva, s'approcha du gardien qui avait aboyé «non autorisé» et il transféra le whisky dans la poche de celui-ci.

— Il faut lui dégoter un téléphone, dit-il.

Ils firent avancer Cafferty à gauche et à droite dans les couloirs jusqu'à ce qu'ils parviennent à une cabine téléphonique. Ils durent passer trois grilles.

— Ça fait longtemps que je n'ai pas été aussi près de la sortie, blagua Cafferty.

Les gardiens, eux, ne rigolaient pas. Rebus lui donna la monnaie pour le téléphone.

— Maintenant, voyons si je me souviens...

Il adressa un clin d'œil à Rebus et pressa sept touches, puis il attendit.

— Allô? fit-il. Qui est-ce? (Il écouta le nom.) Connais pas. Écoutez, dites à Oncle Joe que le Gros Gerry veut lui dire un mot. Vous n'avez qu'à lui dire ça, c'est tout. (Il attendit, jeta un œil à Rebus, s'humecta les lèvres.) Il dit quoi? Dites-lui que j'appelle du Bar-L et que j'ai pas tant de fric que ça...

Rebus enfonça une autre pièce dans l'appareil.

— Très bien, fit Cafferty qui commençait à s'échauffer. Dites-lui qu'il a un tatouage dans le dos. (Il couvrit le récepteur.) Oncle Joe n'aime pas le raconter à tout le monde.

Rebus se rapprocha le plus possible du combiné et entendit une voix grinçante lui parvenir.

— Morris Gerald Cafferty, c'est toi ? Je croyais que quelqu'un me montait le coup.

— Salut, Oncle Joe. Comment marchent les affaires ?

— Ça boom. Qui écoute ?

— Au dernier recensement, trois singes et un poulet.

— Tu aimes trop le public, c'est ça, ton problème.

— Merci du conseil, Oncle Joe, mais ça vient des années trop tard.

— Alors, qu'est-ce qu'ils veulent ?

« Ils », c'est-à-dire Rebus le poulet et les trois singes gardiens.

— Le poulet est de la PJ d'Édimbourg, il veut te causer.

— À quel sujet ?

— Tony El.

— Qu'est-ce qu'il y a à dire ? Tony n'a pas travaillé pour moi depuis un an.

— Alors dis-le au gentil policier. On dirait que Tony a recommencé à faire des siennes. Il y a un macchabée à Édimbourg et les empreintes de Tony sont tout autour.

Un grondement sourd, mais humain.

— T'as un chien avec toi, Oncle Joe ?

— Dis au flic que j'ai rien à voir avec Tony.

— Je crois qu'il veut que tu le lui dises toi-même.

— Alors passe-le-moi.

Cafferty regarda Rebus, qui fit signe que non.

— Il veut te regarder les yeux dans les yeux quand tu le dis

— C'est une pédale ou quoi ?

— Il est de la vieille école, Oncle Joe. Il va te plaire.

— Pourquoi est-il venu te trouver, toi ?

— Pour lui, je suis le bar de la Dernière Chance.

— Et pourquoi t'as marché, putain ?

Cafferty ne rata pas l'occasion.

— Pour une demi-bouteille de *usquebaugh*.

— Bon sang, le *Bar-L* doit être plus à sec que je le croyais, fit-il d'une voix presque radoucie.

— Envoie-moi une bouteille entière et je lui dis d'aller se faire foutre.

Un rire rauque.

— Nom de Dieu, Cafferty, tu me manques. T'en as encore pour combien ?

— Demande à mes avocats.

— T'es toujours dans le coup ?

— Qu'est-ce que tu crois ?

— C'est ce que j'entends dire.

— T'as encore de bonnes oreilles.

— Envoie-moi ce fils de pute, dis-lui qu'il a cinq minutes. Peut-être que je viendrai te voir un de ces quatre.

— Il vaut mieux pas, Oncle Joe. Ils risquent de ne pas retrouver la clé au moment du départ.

D'autres éclats de rire, puis le silence. Cafferty raccrocha.

— T'as une dette, maintenant, l'Homme de Paille, marmonna-t-il. Et voici ce que je demande : boucle-moi ce fumier.

Mais Rebus était déjà reparti vers la liberté.

La voiture l'attendait, Morton avait tenu parole. Rebus donna l'adresse qu'il avait vue dans les dossiers Toal et qu'il avait mémorisée. Il était assis à l'arrière, avec deux policiers en tenue installés devant. Celui à la place du passager se retourna.

— Eh, ce n'est pas là où habite Oncle Joe ?

Rebus approuva du chef. Les deux hommes en uniforme échangèrent un regard.

— Vous m'y conduisez, c'est tout, ordonna Rebus.

Ça bouchonnait, car c'était l'heure de pointe. Le Glasgow élastique, qui s'étirait aux quatre points cardinaux. L'aménagement de la cité, quand ils y parvinrent, ne se distinguait guère d'un autre quartier de cette taille à Édimbourg : crépi gris, aires de jeu lugubres, macadam et une poignée de magasins fortifiés. Des gamins à bicyclettes s'arrêtaient pour regarder la voiture, les yeux aussi perçants que ceux de sentinelles, des poussettes roulant à toute allure, des mères informes aux cheveux décolorés. Puis, plus avant dans la cité, en conduisant lentement, des gens qui vous épient derrière les fenêtres, des hommes aux coins des rues lancés dans d'interminables conciliabules. Une cité dans la cité, uniforme et débilitante, vidée de ses forces, qui a tout perdu sauf son entêtement. Les mots *No Surrender*[1] sur un pignon, un message de l'Ulster tout aussi d'actualité ici.

— On vous attend ? s'enquit le chauffeur.

— On m'attend.

— Dieu soit loué au moins pour ça.

— D'autres voitures de patrouille dans le coin ? Le passager eut un rire nerveux.

— Ici, c'est la frontière, monsieur. La frontière a sa façon à elle de faire respecter la loi et l'ordre.

— Si vous aviez son pognon, reprit le chauffeur, vous habiteriez ici ?

— Il est né ici, répondit Rebus. Et j'imagine que sa maison doit être un peu spéciale.

— Spéciale ? grogna le chauffeur. Eh bien, voyez vous-même.

Il mit la voiture à l'arrêt à l'entrée d'un cul-de-sac. À l'autre bout Rebus aperçut deux maisons qui

---

1. « On ne se rend pas » : devise des protestants d'Irlande du Nord. C'est l'équivalent du « Résistez » des protestants français.

se distinguaient de leurs voisines pour une seule raison : elles arboraient un revêtement en pierre.

— L'une de ces deux-là ? demanda Rebus.

— N'importe laquelle.

Rebus descendit de voiture, se repencha à l'intérieur :

— Ne vous avisez pas de vous tirer.

Il claqua la portière et emprunta la rue. Il choisit le pavillon de gauche. La porte s'ouvrit de l'intérieur et une armoire à glace au tee-shirt rebondi le fit entrer.

— C'est vous, le poulet ? (On était à l'étroit dans le vestibule.) Par ici.

Rebus ouvrit la porte du séjour et dut y regarder à deux fois. On avait abattu le mur mitoyen entre les deux maisons, ce qui donnait un espace deux fois plus vaste, un lieu dégagé. La salle se prolongeait plus loin qu'on ne l'aurait cru. Elle rappelait à Rebus la Batcave et, seul dans la pièce, il avança vers le fond. On avait considérablement agrandi l'arrière de la maison en lui aménageant, entre autres, un jardin d'hiver de taille non négligeable. Cela aurait dû réduire la superficie disponible pour le jardin, mais il y avait aussi une superbe pelouse. Oncle Joe s'était approprié un bon morceau du terrain de sport qui jouxtait le dos de la maison pour en faire son jardin.

Obtenir un permis de construire là-dessus, bien sûr, était hors de question.

Mais un permis de construire, pour quoi faire ?

— J'espère que vous n'avez pas les oreilles bouchées, fit une voix.

Rebus se retourna et vit un petit homme voûté qui pénétrait dans la pièce. Il tenait une cigarette dans une main, l'autre était appuyée sur une canne. Il traîna ses savates jusqu'à un fauteuil défoncé et s'y laissa tomber, les mains agrippées aux têtières, la canne posée sur les genoux.

Rebus avait vu des photographies du bonhomme, mais il éprouva un choc quand même. Joseph Toal avait vraiment l'air d'un brave oncle. Septuagénaire trapu, il avait les mains et le visage d'un ancien mineur de fond. Le front n'était qu'un lacis de rides, et ses maigres cheveux gris étaient coiffés en arrière et gominés. Il avait la mâchoire carrée, les yeux larmoyants et ses lunettes pendaient à un cordon autour de son cou. Quand il porta la cigarette à ses lèvres, Rebus vit des doigts tachés de nicotine, des ongles incarnés et noirs. Il portait un gilet informe sur une chemise de sport tout aussi informe. Le gilet était rapiécé avec des fils qui pendaient. Son pantalon marron pochait et montrait des taches aux genoux.

— Mes oreilles vont bien, répliqua Rebus en s'approchant de lui.

— Tant mieux, parce que je ne le répéterai pas deux fois. (Il renifla et reprit sa respiration.) Anthony Kane a bossé pour moi pendant douze ou treize ans, pas à plein temps, c'étaient des contrats à court terme. Puis il y a un an, peut-être un peu plus, il m'a annoncé qu'il se tirait, il voulait se mettre à son compte. On s'est séparés en bons termes et je ne l'ai pas revu depuis.

Rebus indiqua un fauteuil. Toal opina pour indiquer qu'il l'autorisait à s'asseoir. Il se donna le temps de prendre ses aises.

— Monsieur Toal…

— Tout le monde m'appelle Oncle Joe.

— Comme Staline ?

— Vous croyez être le premier à me la faire, fiston ? Posez votre question.

Alors allons-y.

— Que comptait faire Tony quand il a quitté votre service ?

— Il n'est pas entré dans les détails. Notre dernier entretien a été… bref

Rebus hocha la tête. Il pensait : *J'avais un oncle exactement comme vous. Je ne me rappelle même pas son nom.*

— Alors, si c'est tout…

Toal fit mine de se relever.

— Vous souvenez-vous de Bible John, Oncle Joe ?

Toal fronça les sourcils. Il comprenait la question mais pas où il voulait en venir. Il tendit la main vers le sol pour trouver un cendrier et y écrasa son mégot.

— Je m'en souviens très bien. Des centaines de flics dans la rue, c'était mauvais pour les affaires. On a coopéré à cent pour cent. J'ai eu des hommes qui ont traqué ce fumier pendant des mois. *Des mois !* Et maintenant, voilà un nouveau connard qui se pointe.

— Johnny Bible ?

Le doigt pointé vers Rebus, Oncle Joe reprit :

— Je suis un homme d'affaires, moi. Massacrer des innocents, ça me rend malade. J'ai eu tous mes chauffeurs de taxi… (Il s'interrompit.) J'ai des intérêts dans une agence de taxis locale… et j'ai donné des instructions à chaque chauffeur : ouvrez l'œil et les oreilles, je leur ai dit. (Il respirait bruyamment.) Si j'apprends quoi que ce soit, ça ira droit chez les flics.

— Quel sens civique !

Toal haussa les épaules.

— Je fais mes affaires avec les habitants de cette ville. (Autre pause, autre froncement de sourcils.) Quel est le rapport avec Tony El ?

— Aucun. (Toal n'eut pas l'air convaincu.) Disons

que c'est un rapport indirect. Ça ne vous dérange pas si j'en grille une ?

— Vous ne resterez pas assez longtemps pour la savourer.

Rebus l'alluma sans broncher.

— Où se trouve Tony El ?

— Il ne m'a pas envoyé de carte postale.

— Voyons, vous avez bien une petite idée ?

Toal réfléchit, ce qui était pour le moins suspect.

— Vers le sud, je pense… Londres, peut-être. Il avait des amis là-bas.

— À Londres ?

Toal détournait les yeux. Il hocha la tête.

— Ouais, c'est ça, j'ai entendu dire qu'il était dans le sud.

Rebus se leva.

— Ah bon, c'est déjà l'heure ? (Toal se redressa laborieusement et se remit d'aplomb avec sa canne.) Et dire qu'on commençait tout juste à faire connaissance ! Comment va Édimbourg ces temps-ci ? Vous savez ce qu'on disait ? Manteau de fourrure et cul nu, c'est ça, Édimbourg.

Un rire comme un hoquet qui s'acheva en une quinte de toux sèche. Toal s'accrocha à la canne de ses deux mains, les genoux presque fléchissants.

Rebus attendit qu'il eut fini. Le vieil homme avait le visage cramoisi et la sueur perlait.

— C'est peut-être vrai, répliqua-t-il alors. Cela dit, les manteaux de fourrure n'ont pas l'air de courir les rues, et je ne parle pas du reste.

La figure de Toal se fendit en un large sourire qui dévoila ses dents jaunes.

— Cafferty a dit que vous me plairiez, et vous voulez que je vous dise ?

— Quoi ?

Il prit une mine renfrognée.

— Eh bien, il s'est planté. Et maintenant que je t'ai vu, je me demande encore pourquoi il t'a envoyé à moi. Ça ne peut pas être pour une demi-bouteille de whisky, Cafferty ne peut pas en être là. Tu ferais mieux de rentrer à Édimbourg, mon gars. Et fais gaffe à toi, il paraît que les rues ne sont plus aussi sûres qu'avant.

Rebus gagna l'extrémité de la salle de séjour et se dit qu'il allait sortir par l'autre porte d'entrée. Il y avait un escalier à côté et quelqu'un arriva d'un bond en lui rentrant presque dedans. Un malabar mal fagoté, une tête pas très futée, avec des chardons et des cornemuses tatoués sur les biceps. Il avait dans les vingt-cinq ans et Rebus le reconnut à partir des photographies dans le dossier : Malky Toal le Cinglé, alias Stanley le Cutter. La femme de Joseph Toal était morte en couches, trop âgée pour avoir des enfants. Mais les deux premiers rejetons étaient morts, l'un en bas âge, l'autre dans un accident de voiture. Aussi ne restait-il plus que Stanley, l'héritier présomptif, qui se trouvait en bout de queue au moment du partage de la matière grise.

Il considéra longuement Rebus, plein de rancœur et de menace, puis il courut en bondissant vers son père. Il portait le pantalon d'un costume rayé avec un tee-shirt, des chaussettes blanches, des tennis. Rebus n'avait pas encore rencontré de gangster qui sache s'habiller — ils claquaient le fric, mais sans aucune classe — et son visage arborait une demi-douzaine de verrues de bonne taille.

— Eh, papa, j'ai perdu mes clés de la BM, où est l'autre jeu ?

Rebus sortit, soulagé de voir que la voiture de patrouille l'attendait toujours. Des gamins en faisaient le tour à bicyclette, le genre bande de Cherokee en train de lorgner votre scalp. En quittant l'impasse, Rebus jeta un œil aux voitures garées là : une jolie Rover toute neuve, une BMW série 3, une vieille Mercedes, un des gros modèles, et quelques concurrentes de deuxième catégorie. S'il s'était agi d'un parking d'automobiles d'occasion, il aurait gardé son pognon pour aller voir ailleurs.

Il se faufila entre deux vélos, ouvrit la portière de derrière et grimpa. Le chauffeur mit le contact. Rebus se retourna pour regarder Stanley se diriger vers la BMW en bondissant sur ses talons.

— Bon, avant qu'on parte, demanda le passager, vous avez bien recompté tous vos doigts des mains et des pieds ?

— Le West End, ordonna Rebus en se laissant aller contre la banquette et en fermant les yeux.

Il avait vraiment besoin d'un verre.

Le *Horseshoe Bar* d'abord, pour une rasade de malt, puis dehors, pour un taxi. Il dit au chauffeur qu'il voulait aller à Langside Place, à Battlefield. Depuis l'instant où il avait mis le pied dans la pièce consacrée à Bible John, il savait qu'il ferait ce trajet. Il aurait pu s'y faire conduire par la voiture de patrouille, mais il ne voulait pas avoir à s'expliquer.

Langside Place était l'endroit où vivait la première victime de Bible John. C'était une infirmière qui habitait chez ses parents. Son père s'occupait du petit garçon de la jeune femme pendant qu'elle sortait danser. Elle avait eu l'intention d'aller au dancing *Majestic*, dans Hope Street, mais en cours de route, elle avait changé d'avis et opté pour le *Barrowland*. Si seulement elle était restée fidèle à sa première idée ! Quelle force l'avait poussée vers le *Barrowland* ? Suffisait-il de mettre ça sur le dos du destin, et le tour était joué ?

Il dit au chauffeur d'attendre, descendit de voi-

ture et se mit à faire l'aller-retour dans la rue. On
avait trouvé son corps à proximité, devant un garage
sur Carmichael Lane, sans ses vêtements ni son sac.
La police s'était acharnée à les rechercher, en vain.
Elle s'était également efforcée d'interroger les clients
présents au *Barrowland* cette nuit-là, mais il y avait
un hic. Le jeudi soir, l'endroit était réputé. C'était la
soirée réservée aux plus de vingt-cinq ans et un tas
d'hommes et de femmes mariés s'y rendaient sans
s'encombrer de leur conjoint ni de leur alliance.
Beaucoup n'auraient pas dû s'y trouver, ce qui les
rendait réticents à témoigner.

Le moteur du taxi tournait toujours, de même que
le compteur. Rebus ne savait pas trop ce qu'il avait
espéré trouver là, mais il était content d'être venu.
C'était difficile de regarder la rue en ayant en tête
1968, difficile de retrouver l'atmosphère de cette
époque. Tout et tout le monde avait changé.

Il connaissait la deuxième adresse, Mackeith
Street, où la deuxième victime avait vécu et où elle
était morte. C'était une des particularités de Bible
John. Il raccompagnait ses victimes tout près de leur
domicile, ce qui était un signe d'assurance ou d'indé-
cision. En août 1969, la police avait pratiquement
abandonné l'enquête initiale et le *Barrowland* était
de nouveau prospère. C'était un samedi soir et la victime avait laissé ses trois enfants avec sa sœur,
qui habitait sur le même palier. À cette époque, Mackeith Street était bordé d'immeubles anciens, mais
tandis que le taxi cherchait l'adresse, Rebus aperçut
des alignements de maisons identiques coiffées d'antennes paraboliques. Les immeubles avaient disparu depuis longtemps. En 1969, beaucoup étaient
vides en attendant d'être rasés. On l'avait retrouvée,
étranglée avec son collant, dans un des bâtiments en
ruines. Certaines de ses affaires manquaient, dont

son sac. Rebus ne sortit pas du taxi, il n'en voyait pas l'intérêt. Le chauffeur se tourna vers lui.

— C'est Bible John, hein?

Surpris, Rebus acquiesça. Le chauffeur alluma une cigarette. Il avait la cinquantaine, une épaisse tignasse grise frisée, le visage rubicond, une lueur juvénile dans ses yeux bleus.

— C'est que, dit-il, j'étais déjà taxi à l'époque. À croire que j'ai jamais réussi à sortir de l'ornière.

Rebus se souvint du carton avec «Agences de taxi» inscrit sur la tranche.

— La police vous a interrogé?

— Sûr, mais c'était surtout qu'on nous a demandé d'être vigilants, vous savez, au cas où on le chargerait. Mais ce gars-là, il ressemblait à monsieur tout le monde, ils étaient des dizaines à répondre au signalement. On a failli avoir quelques lynchages. Il a même fallu donner des cartes à certains avec la mention «Cet homme n'est pas Bible John», estampillées par le directeur de la police.

— Et qu'est-ce qu'il est devenu, d'après vous?

— Bof, qui sait? Au moins, il s'est arrêté, c'est le principal, non?

— Si tant est qu'il s'est arrêté, remarqua Rebus tranquillement.

La troisième adresse était Earl Street, à Scotstoun, le corps de la victime trouvé à Holloween. La sœur, qui avait accompagné la victime toute la soirée, avait donné une description détaillée de leur emploi du temps : le bus jusqu'à Glasgow Cross, puis elles avaient marché jusqu'à Gallowgate... les magasins auxquels elles s'étaient arrêtées... un verre à la *Taverne du Commerce*... puis le *Barrowland*. Elles avaient rencontré toutes les deux des types appelés John. Les deux hommes n'avaient pas l'air de s'entendre. L'un était allé prendre le bus, l'autre était resté et avait partagé leur taxi. Et papoté. Alors la question taraudait Rebus, comme tant d'autres avant lui : pourquoi Bible John avait-il laissé derrière lui un pareil témoin ? Pourquoi était-il passé à l'acte avec sa troisième victime, sachant que la sœur serait en mesure de tracer un portrait de lui aussi précis : ses vêtements, ses sujets de conversation, ses incisives qui se chevauchent ? Pourquoi avait-il fait preuve d'une telle légèreté ? Voulait-il narguer la police ou y avait-il une autre raison ? Peut-être s'apprêtait-il à quitter Glasgow, de sorte qu'il pouvait se permettre une sortie aussi désinvolte, ce pied-de-nez ? Mais pour aller où ? Un endroit où son signalement était inconnu : l'Australie, le Canada, les États-Unis ?

À mi-chemin d'Earl Street, Rebus annonça qu'il avait changé d'avis et, à la place, donna l'ordre au chauffeur d'aller à la Marine. Le vieux poste de Partick, placé au cœur de l'affaire Bible John, était vide et presque en ruines. Il était encore possible de pénétrer dans le bâtiment en ouvrant les verrous et, bien entendu, des gosses avaient réussi à y pénétrer sans y toucher. Rebus se contenta de s'asseoir dehors et de regarder. Des tas de bonshommes avaient défilé à la Marine pour être interrogés avec concours de binettes. Il y avait eu cinq cents parades d'identification dans les formes et beaucoup plus sans les formes. Joe Beattie et la sœur de la troisième victime y avaient assisté en se concentrant sur le visage, le physique, la façon de parler. Puis elle secouait la tête et Joe se trouvait de retour à la case départ.

— Vous voudrez voir le *Barrowland*, après ça, hein ? demanda le chauffeur.

Mais Rebus avait eu sa dose. Le *Barrowland* ne lui dirait rien qu'il ne sache déjà.

— Vous connaissez un bar qui s'appelle le *Lobby* ?

préféra-t-il demander. (Le chauffeur connaissait.)
Alors allons-y.

Il paya le taxi en ajoutant cinq livres comme
pourboire et il demanda un reçu.

— Pas de reçu, désolé, mon vieux.

— Vous ne travaillez pas pour Joe Toal, par
hasard ?

L'homme le regarda fixement.

— Jamais entendu ce nom-là.

Puis il passa en première et s'éclipsa.

Au *Lobby*, Ancram se tenait au bar, l'air décontracté. Il faisait l'objet d'une cour empressée de la
part de deux hommes et deux femmes agglutinés
autour de lui. Le bar était bondé de costumes trois
pièces, de jeunes requins aux dents longues et de
femmes sur le pied de guerre.

— Inspecteur, qu'est-ce que ce sera ?

— C'est ma tournée.

Il indiqua le verre d'Ancram, puis celui des autres,
mais Ancram pouffa.

— Pas question de leur payer à boire, ce sont des
journalistes.

— De toute façon, c'est ma tournée, intervint une
des femmes. Qu'est-ce que vous prenez ?

— Ma mère m'a appris à ne jamais accepter à
boire des étrangers.

Elle sourit : gloss sur les lèvres, ombre à paupières,
un visage fatigué qui s'efforce d'avoir l'air enthou-
siaste.

— Jennifer Drysdale.

Rebus savait pourquoi elle était fatiguée. Ce n'était
pas une sinécure de faire «comme les mecs» pour
s'intégrer. Mairie Henderson lui en avait parlé, les
habitudes changeaient lentement. L'égalité des sexes,
c'était une grosse couche de peinture brillante étalée
sur du vieux papier pour en jeter plein la vue.

Jeff Beck sur la bande sonore : *Hi-Ho Silver Lining*. Une chanson ringarde avec une phrase mélodique qui avait duré vingt ans et plus. Ça le réconfortait qu'un endroit aussi prétentieux que le *Lobby* s'accroche encore à de pareilles rengaines.

— En fait, disait Ancram, on devrait se sauver. C'est juste, John ?

— Tout juste.

L'emploi de son prénom fit tilt pour Rebus. Donc, Ancram voulait se tirer.

Les reporters n'avaient plus l'air aussi joyeux. Ils balancèrent des questions à Ancram : Johnny Bible. Ils voulaient de quoi pondre un papier, n'importe quel papier.

— Je le ferais si je le pouvais, mais il n'y a rien à dire.

Ancram leva les mains en l'air pour tenter de les calmer. Rebus vit que quelqu'un avait posé un magnéto sur le comptoir.

— N'importe quoi... insista l'un des hommes.

Il adressa même un coup d'œil à Rebus, mais celui-ci entendait bien ne pas s'en mêler.

— Si vous voulez un article, rétorqua Ancram en jouant des coudes, trouvez-vous un détective extrasensoriel. Merci pour les pots.

Dehors, le visage d'Ancram cessa de sourire. Un numéro, ce n'était rien de plus.

— Ces enfants de salauds sont pires que des sangsues.

— Et comme les sangsues, ils ont leur utilité.

— C'est vrai, mais avec qui vous préférez prendre un verre ? Je n'ai pas de voiture, ça ne vous embête pas de marcher ?

— Jusqu'où ?

— Le premier troquet venu.

En fait, ils durent dépasser trois pubs — des

endroits où un policier ne pouvait pas boire en toute
sécurité — avant d'en trouver un dont l'allure convint
à Ancram. Il pleuvait toujours, mais moins fort.
Rebus sentait la sueur coller sa chemise à sa peau.
Malgré la pluie, les vendeurs de *Big Issue*[1] étaient sortis en force, même si personne n'achetait. Au moins,
ils se démenaient pour la bonne cause.

Ils s'ébrouèrent avant de se jucher sur des tabourets au bar. Rebus commanda — un whisky et un
gin-tonic —, alluma une sèche et en offrit une à
Ancram, qui refusa.

— Alors, où étiez-vous ?

— Chez Oncle Joe.

... *Entre autres choses.*

— Comment ça a marché ?

— Je lui ai parlé.

... *Et lui ai présenté mes respects.*

— Face à face ?

Rebus acquiesça. Ancram fit mine d'apprécier.

— Où ça ?

— Chez lui.

— Au Ponderosa ? Il vous a laissé entrer sans
mandat ?

— L'endroit était absolument nickel.

— Il avait sans doute passé une demi-heure à
planquer son butin à l'étage avant que vous débar-
quiez.

— Son fils était au premier quand je suis arrivé.

— Au garde-à-vous devant la porte de la chambre
à coucher, j'imagine. Vous avez vu Eve ?

— Qui est-ce ?

— La gonzesse d'Oncle Joe. Ne vous laissez pas
prendre à ses airs de vieux pépé asthmatique. Eve a
la cinquantaine et elle se défend bien.

1. Journal vendu par des sans-abris.

— Je ne l'ai pas vue.

— Vous vous en souviendriez. Alors, est-ce que vous avez réussi à tirer quelque chose du vieux caïd tremblotant ?

— Pas vraiment. Il a juré que Tony El ne faisait plus partie du personnel depuis un an et qu'il ne l'avait pas revu.

Un homme entra dans le bistrot, dévisagea Ancram et fut sur le point de faire demi-tour. Mais comme Ancram l'avait déjà repéré dans la glace derrière le bar, le nouveau venu s'approcha de lui en passant les mains dans ses cheveux pour les sécher.

— Salut, Chick.

— Dusty, comment va ?

— Pas mal.

— Tu t'en tires, alors ?

— Vous me connaissez, Chick...

L'homme gardait la tête baissée, parlait à mi-voix et il se traîna à l'autre bout du comptoir.

— Une de mes connaissances, expliqua Ancram, ce qui voulait dire «un mouchard».

L'inconnu commandait un whisky avec une demi-pinte de bière pour le faire descendre. Il ouvrit un paquet d'Embassy en s'appliquant à ne pas relever les yeux.

— Alors, c'est tout ce que vous avez pu tirer d'Oncle Joe ? demanda Ancram. Je suis intrigué, comment avez-vous pu arriver jusqu'à lui ?

— Une voiture de patrouille m'a déposé, j'ai fait le reste à pied.

— Vous savez ce que je veux dire.

— Nous avons un ami commun, Oncle Joe et moi, concéda Rebus avant d'écluser son whisky.

— On remet ça ? demanda Ancram et Rebus ne dit pas non. Enfin, je sais que vous vous êtes rendu au Bar-L. (Jack Morton avait donc parlé ?) Et je ne vois pas tellement de gens là-bas qui ont l'oreille d'Oncle Joe... Disons le Gros Gerry Cafferty ? (Rebus applaudit en silence et Ancram rit de bon cœur cette fois, plus pour la galerie.) Et ce vieux salaud ne vous a rien dit ?

— Sauf que d'après lui, Tony était parti dans le sud, peut-être pour Londres.

Ancram pêcha le citron dans son verre et le jeta.

— Vraiment ? Très intéressant.

— Pourquoi ?

— Parce que j'ai demandé à mes amis de me faire leur rapport.

Ancram fit un mouvement infime de la tête et l'informateur, à l'autre bout du bar, glissa de son tabouret pour venir vers eux.

— Dis à l'inspecteur Rebus ce que tu m'as dit, Dusty.

L'interpellé s'humecta des lèvres inexistantes. C'était le genre à moucharder pour se donner de l'importance, pas seulement pour l'argent ou pour se venger.

— À ce qu'on dit, raconta-t-il, la tête toujours penchée de sorte que Rebus ne voyait que le haut du crâne, Tony El bosse dans le nord.

— Dans le nord ?

— À Dundee... au nord-est.

— Aberdeen ?

— Dans le secteur, oui.

— Qu'est-ce qu'il fabrique ?

Un bref haussement d'épaules.

— Un coup en indépendant, est-ce que je sais ? C'est juste qu'on l'a repéré.

— Merci, Dusty, intervint Ancram et Dusty regagna l'extrémité du bar.

Ancram héla la serveuse.

— Deux autres, dit-il, et la même chose pour

Dusty. (Il se tourna vers Rebus.) Alors qui vous croyez, Oncle Joe ou Dusty?

— Vous croyez qu'il m'a monté le coup juste pour me faire marcher?

— Ou plutôt pour vous empêcher de bouger.

Oui, pour le brancher sur Londres, une fausse piste dont l'enquête aurait nécessairement pâti: perte de temps, d'effectifs, d'énergie.

— La victime travaillait au large d'Aberdeen, remarqua Rebus.

— Tous les chemins mènent à Rome. (On apporta les verres et Ancram tendit un billet de vingt livres.) Ne me rendez pas la monnaie, gardez tout pour payer les consommations de Dusty et donnez-lui le reste. Moins une livre pour vous.

La serveuse hocha la tête, elle connaissait la routine. Rebus se creusait la tête. Tous les chemins le conduisaient vers le nord. Avait-il envie d'aller à Aberdeen? Ça lui épargnerait le *Justice Programme*, peut-être même que ça lui éviterait de trop penser à Lawson Geddes. Aujourd'hui, ç'avait été presque des vacances sur ce plan-là. Il y avait trop de fantômes à Édimbourg. Enfin, à Glasgow aussi: Jim Stevens, Jack Morton, Bible John et ses victimes...

— Jack vous a dit que j'étais allé au *Bar-L*?

— J'ai frappé du poing sur la table, il n'a pas eu le choix.

— Il a beaucoup changé.

— Il vous a fait des réflexions? Je me suis demandé pourquoi il vous avait couru après à midi. Le zèle du converti, je suppose.

— Je ne comprends pas.

Rebus porta le verre à ses lèvres et l'inclina doucement.

— Il ne vous a rien dit? Il s'est inscrit aux AA — et croyez-moi, ce n'est pas une compagnie d'assurances.

(Il s'interrompit.) Quoique, à la réflexion, peut-être que ça revient au même.

Il fit un clin d'œil et sourit. Son sourire avait quelque chose d'exaspérant. Il semblait insinuer qu'il était au courant de tout, des tenants et des aboutissants de l'histoire. Bref, un sourire condescendant.

Un sourire typiquement glaswegien.

— C'était un poivrot, poursuivit Ancram. À vrai dire, il l'est toujours. Ivrogne un jour, ivrogne toujours, c'est ce qu'on dit. Il lui est arrivé quelque chose à Falkirk : il s'est retrouvé à l'hosto, quasiment dans le coma. En sueur, dégueulant, bavant comme un malade. Ça lui a flanqué une trouille bleue. Son premier geste en sortant a été de chercher le numéro de S.O.S. Amitié et ils l'ont branché sur les Alcooliques Anonymes. (Il considéra le verre de Rebus.) Bon sang, vous avez une sacrée descente, vous. Tenez, prenez-en un autre.

La serveuse avait déjà un verre à la main.

— D'accord, merci, accepta Rebus qui aurait préféré ne pas se sentir aussi calme. Puisque vous avez l'air plein aux as. Joli costard, en plus.

Le regard d'Ancram perdit sa bonne humeur.

— Il y a un tailleur sur Argyle Street, dix pour cent de réduction pour les policiers en service. (Ses yeux se rétrécirent.) Allez-y, crachez le morceau.

— Non, rien, à vrai dire, juste qu'en parcourant les dossiers sur Toal, je n'ai pas pu m'empêcher de remarquer qu'il semblait y avoir des fuites.

— Attention, mon petit.

Le « petit » lui resta sur le cœur. C'était fait exprès.

— Bon, reprit Rebus, tout le monde sait que la côte ouest se fait graisser la patte. Pas toujours en liquide, vous comprenez. Ça peut être des montres, des gourmettes, des bagues, voire quelques costards, pourquoi pas…

Le regard d'Ancram fit le tour du bar comme s'il espérait trouver des témoins aux propos de Rebus.

— Ça ne vous dérangerait pas de nous donner des noms, *inspecteur*, ou la PJ d'Édimbourg se contente-t-elle de ragots ? Pour autant que je sache, il n'y a plus de place dans les placards de Fettes tellement ils sont bourrés de squelettes. (Il prit son verre.) Et sur la moitié desdits squelettes, semble-t-il, ce sont vos empreintes qu'on trouve.

Le sourire était de retour, les yeux étincelants, les pattes d'oie rigolardes. *Comment avait-il su ?* Rebus prit la direction de la porte. La voix d'Ancram le suivit sur le trottoir.

— On n'a pas tous des copains à Barlinnie ! À la prochaine, inspecteur...

7

Aberdeen.

Aberdeen, cela voulait dire partir, partir loin d'Édimbourg. Plus de *Justice Programme*, plus de Fort Apache, plus de conneries à supporter, terminé. Aberdeen semblait être une bonne idée.

Toutefois, Rebus avait à faire à Édimbourg. Comme il voulait voir les lieux en plein jour, il s'y rendit en voiture, mais préféra épargner l'épreuve à sa propre Saab. Il la laissa à Fort Apache et prit l'Escort qui restait sur le parking. Jim MacAskill le voulait sur l'affaire parce qu'il n'était pas dans les parages depuis assez longtemps pour s'être fait des ennemis. Comme si on pouvait se faire des amis à Niddrie... L'endroit était encore plus sinistre, si faire se peut, en plein jour : fenêtres condamnées, du verre comme des éclats d'obus épars sur le bitume, des gosses jouant sans conviction au soleil, plissant les yeux et la bouche quand ils virent passer sa voiture.

On avait rasé une bonne partie du quartier. Derrière il y avait des constructions de meilleure qualité, des pavillons jumelés. Les antennes paraboliques affichaient tous azimuts le statut du propriétaire, celui de chômeur. Le lotissement se glorifiait de posséder un pub délabré — où on claquait ses allocs — et une unique supérette, dont la vitrine était tapissée de posters de vidéos. Les jeunes avaient fait de ce dernier lieu leur base d'opération. Des bandits en bicross faisant des bulles de chewing-gum. Rebus les dépassa lentement, les yeux fixés sur eux. L'appartement du crime n'était pas tout à fait en bordure du quartier, pas tout à fait visible à partir de la grand-rue de Niddrie. Il réfléchissait. Tony El n'était pas du coin et, s'il avait repéré l'endroit par hasard, d'autres appartements inhabités étaient plus proches de l'artère principale.

Deux hommes plus la victime. Tony El et un complice.

Donc le complice connaissait le quartier.

Rebus gravit l'escalier conduisant à l'appartement. L'endroit avait été scellé, mais il avait les clés des deux cadenas. La salle de séjour inchangée, la table renversée, la couverture. Il se demanda qui avait dormi là ; quelqu'un avait peut-être vu quelque chose. Il estimait qu'il avait une chance sur cent de rattraper ce type. Quant à le voir se mettre à table, un peu moins. Cuisine, salle de bains, chambres à coucher, couloir. Il restait près des murs pour ne pas passer à travers le plancher. Personne n'habitait l'immeuble, mais celui d'à côté conservait des vitres à deux de ses fenêtres : une au premier étage, l'autre au deuxième. Rebus frappa à la première porte. Une femme débraillée ouvrit, un petit enfant pendu à son cou. Il n'eut pas besoin de se présenter.

— Je sais rien et j'ai rien vu rien entendu. Elle fit mine de refermer la porte.

— Vous êtes mariée ?

Elle rouvrit.

— Qu'est-ce que ça peut vous faire ?

Rebus haussa les épaules. *Bonne question.*

— Il est au bistrot, sûrement, lança-t-elle.

— Vous avez combien de mouflets ?
— Trois.
— Vous devez être à l'étroit.
— C'est ce qu'on n'arrête pas de leur dire. Tout ce qu'ils trouvent à répondre, c'est que notre nom est sur la liste.
— Quel âge a l'aîné ?

Ses yeux se rétrécirent.

— Onze ans.
— Il a pu voir quelque chose ?
— Non, il me l'aurait dit.
— Et votre mari ?

Elle sourit.

— Il aurait tout vu en double.

Rebus sourit à son tour.

— Enfin, si vous entendez parler de quelque chose... par l'intermédiaire des gosses ou de votre mari...
— C'est ça, d'accord.

Lentement, de manière à ne pas le froisser, elle referma la porte.

Rebus grimpa à l'étage suivant. Des crottes de chien sur le palier, un préservatif usagé : il s'efforça de ne pas établir de rapport entre les deux. Des graffiti au marqueur sur la porte — branleur, HMFC[1], des pénis en érection. L'occupant des lieux avait renoncé à nettoyer. Rebus appuya sur la sonnette. Pas de réponse. Une nouvelle tentative.

Une voix lui parvint de l'intérieur :

— Foutez le camp !
— Je peux vous dire un mot ?
— Qui est-ce ?

1. Initiales du Heart of Miclothian Football Club d'Édimbourg. Les Hearts sont soutenus par les protestants et les Hibernians (ou Hibs) par les catholiques.

— Police judiciaire.

Une chaîne cliqueta et la porte s'ouvrit d'un doigt. Rebus entrevit un demi-visage : une vieille femme ou peut-être un vieil homme. Il montra sa carte de police.

— Je ne déménagerai pas. Je serai encore là quand on rasera l'immeuble.

— Je ne veux pas vous faire déménager.

— Hein ?

— Personne ne veut vous faire partir, répéta-t-il en haussant la voix.

— Ben si, c'est ce qu'ils veulent, mais je ne bougerai pas, vous pouvez leur dire.

Rebus perçut une haleine puante, une odeur lourde.

— Écoutez-moi, vous avez appris ce qui s'est passé à côté ?

— Hein ?

Rebus regarda par la fente. Le sol était jonché de papier journal, des boîtes de nourriture pour chat vides. Encore une tentative.

— Quelqu'un a été tué à côté.

— Ça prend pas avec moi, mon gars !

On sentait la colère dans sa voix.

— Mais c'est sérieux... oh, et puis à quoi bon...

Rebus tourna les talons et commença à redescendre l'escalier. Brusquement, le monde extérieur lui parut resplendir dans la chaude lumière du soleil. Tout était relatif. Il alla au magasin local, posa aux gosses quelques questions, distribua des menthes à ceux qui en voulaient. Il n'apprit rien, mais cela lui donna un prétexte pour entrer à l'intérieur. Il acheta un paquet de chewing-gum extra-fort, le mit dans sa poche pour plus tard, posa à la jeune Asiatique derrière le comptoir deux ou trois questions. Elle avait quinze ans, peut-être seize, et était absolument ravissante. Une bande vidéo passait à la télévision, haut perchée sur un des murs. Des gangsters se canardaient les uns les autres. Elle n'avait rien à lui dire.

— Ça vous plaît, à Niddrie ? demanda-t-il.

— Ça va.

Elle avait l'accent d'Édimbourg pur jus, les yeux rivés à l'écran.

Rebus rentra à Fort Apache. Le Refuge était désert. Il avala une tasse de café et grilla une cigarette. Niddrie, Craigmillar, West Hailes, Muirhouse, Pilton, Granton... Autant de banlieues qui lui apparaissaient comme d'horribles expériences dans le fonctionnement social. Des ingénieurs en blouse blanche avaient flanqué des familles dans tel ou tel dédale, pour voir ce qui allait arriver, la force qu'il leur faudrait pour survivre, si quelqu'un arriverait ou non à se tirer de là... Il habitait dans un quartier d'Édimbourg où un nombre à six chiffres vous permettait d'acquérir un trois pièces. L'idée qu'il pouvait vendre et brusquement se retrouver riche l'amusait... sauf que, bien entendu, il n'aurait plus d'endroit où crécher et ne pouvait s'offrir le luxe d'émigrer dans un quartier plus agréable. En un sens, il était presque aussi piégé que ceux qui habitaient Niddrie ou Craigmillar, un piège d'un modèle plus joli, c'est tout.

Le téléphone retentit. Il décrocha, pour le regretter aussitôt.

— Inspecteur Rebus ? (Une voix de femme, le ton administratif.) Pourriez-vous assister à une réunion à Fettes demain ?

Rebus sentit un frisson lui parcourir l'échine.

— Quel genre de réunion ?

Un sourire glacial dans la voix.

— Je ne dispose pas de cette information. La demande émane du bureau du sous-chef de la police.

Colin Carswell. Rebus l'avait surnommé le «fac-

teur Cheval ». Un homme du Yorkshire, aussi proche
de l'Écossais qu'un Anglais peut l'être. Il avait travaillé deux ans et demi pour la police des Lothian
& Borders et, jusque-là, personne n'avait rien à lui
reprocher, ce qui aurait dû suffire à le faire figurer
dans le *Guinness* des records. Il y avait eu quelques
mois ardus après la démission du dernier adjoint au
chef de la police et avant qu'on n'ait nommé son
remplaçant, mais Carswell s'en était tiré. Certains
prétendaient qu'il était simplement trop bien et que,
pour cette raison précise, il ne deviendrait jamais
directeur de la police. La région des Lothian & Borders se glorifiait d'avoir à son actif un adjoint au
chef de la police et deux sous-directeurs, mais l'un
des deux postes avait été reconverti en « Directeur des
services généraux », pour lequel aucun membre de
la police ne semblait connaître les attributions.

— À quelle heure ?

— Quatorze heures, ça ne devrait pas prendre
trop de temps.

— Il y aura du thé et des petits fours ? Autrement,
je viens pas.

Un silence outré, puis un soupir soulagé quand
elle comprit qu'il la charriait.

— Nous verrons ce que nous pourrons faire, inspecteur.

Rebus raccrocha. Le téléphone sonna de nouveau
et il décrocha.

— John ? C'est Gill, tu as reçu mon message ?

— Oui, merci.

— Oh, je pensais que tu essaierais de me rappeler.

— Mmmm…

— John ? Il y a quelque chose qui ne va pas ?

Il se secoua.

— Je ne sais pas. Le facteur Cheval veut me voir.

— Pour quelle raison ?

— Qui sait?

Un soupir.

— Qu'est-ce que tu as encore trafiqué ces temps-ci?

— Rien, absolument rien, Gill, c'est la pure vérité.

— Tu ne t'es pas fait des ennemis à ton nouveau poste, au moins? (Pendant qu'elle parlait, Maclay et Bain retiraient leur veste en faisant comme s'ils n'écoutaient pas.) Écoute, à propos de ce message que j'ai laissé…?

— Oui, inspecteur principal?

Aussitôt, Maclay et Bain laissèrent tomber leur air indifférent.

— On peut se rencontrer?

— Je ne vois pas ce qui nous en empêche. Pour le dîner ce soir?

— Aujourd'hui?… Oui, pourquoi pas?

Elle habitait à Momingside, Rebus à Marchmont… ça donnait Tollcross pour se retrouver.

— Brougham Street, proposa Rebus. Cet indien avec les stores à lamelles. Huit heures et demie?

— Parfait.

— À tout à l'heure, inspecteur principal.

Bain et Maclay s'occupèrent de leurs oignons sans dire un mot pendant une ou deux minutes. Puis Bain toussota, déglutit et parla.

— Comment ça s'est passé à Flotteville?

— J'en suis sorti vivant.

— Z'avez découvert quelque chose sur Oncle Joe et Tony El?

Il posa le doigt au coin de sa paupière, comme pour dire «mon œil».

— P't-être ben qu'oui, p't-être ben que non.

— Très bien, gardez-le pour vous, intervint Maclay.

Il avait l'air bizarre, assis à son bureau. On avait raboté trois centimètres aux pieds de sa chaise pour qu'il puisse loger ses cuisses sous le bureau. Quand

Rebus avait débarqué, il avait demandé pourquoi Maclay n'avait pas simplement relevé les pieds du bureau de trois centimètres. Il n'y avait pas pensé. C'était Bain qui avait eu l'idée de scier les pieds du fauteuil.

— Il n'y a rien à dire, lâcha Rebus. Sauf qu'à ce que j'ai su, Tony El est à son compte et il opère en dehors de la région nord-est. Donc il faut contacter la PJ des Grampians pour leur poser des questions.

— Je vais leur faxer les renseignements à son sujet, proposa Maclay.

— J'en déduis qu'on n'a rien de nouveau ? demanda Rebus.

Bain et Maclay firent signe que non.

— Je vais quand même vous mettre au parfum, déclara Bain.

— Quoi ?

— Il y a au moins deux indiens avec des stores à lamelles dans Brougham Street.

Rebus les regarda se fendre la pêche, puis demanda ce que la vérification des antécédents de la victime avait donné.

— Pas grand-chose, convint Bain en se calant sur sa chaise et en agitant une feuille.

Rebus se leva pour prendre le papier.

Allan Mitchison, enfant unique, né à Grange-mouth. Mère décédée à la naissance, le père qui se met à décliner et la suit deux ans plus tard. Le petit Allan confié à la DASS — pas d'autre famille. Foyer d'accueil, puis famille nourricière. Proposé à l'adoption, mais c'est un gamin turbulent, un fauteur de troubles. Crises de rage, fureurs, suivies d'interminables bouderies. Finit toujours par fuguer, retrouve toujours le chemin du foyer d'accueil. Devient un adolescent ombrageux, toujours enclin à bouder, à des coups de colère passagers, mais à l'école, doué dans certaines matières, telles l'anglais, la géographie, les arts graphiques, la musique, et généralement docile. Mais préfère toujours le foyer à ses parents adoptifs. Quitte l'école à dix-sept ans. Après avoir vu un documentaire sur la vie à bord d'une plate-forme en mer du Nord, il décide que ça lui plaît. À des kilomètres de tout, une existence stricte, évoquant celle du foyer d'accueil. Aime la vie de groupe, le dortoir, la chambrée. Peintre. Un emploi du temps irrégulier, il passe du temps à terre et en mer. Une période de formation au ITRG-CSO...

— C'est quoi, l'ITRG-CSO ?

Maclay s'attendait à la question.

— Institut de Technologie Robert-Gordon — Centre de Survie Off-shore.

— C'est la même chose que l'Université Robert-Gordon ?

Maclay et Bain se regardèrent et eurent un haussement d'épaules évasif

— Ça ne fait rien, dit Rebus en réfléchissant.

La première victime de Johnny Bible était inscrite à la même université.

Mitchison avait également travaillé au terminal de l'oléoduc de Sullom Voe, dans les Shetland, et en quelques autres points. Amis et camarades de travail : un tas en ce qui concerne les derniers, rares pour les premiers. Édimbourg s'était révélé une impasse, aucun de ses voisins ne l'ayant jamais vu. Quant aux infos en provenance d'Aberdeen et du nord en général, elles étaient à peine plus encourageantes. Deux noms, un sur la plate-forme de production, un autre à Sullom Voe...

— Est-ce que ces deux-là sont prêts à répondre à des questions ?

— Putain, vous ne comptez pas aller là-bas ? s'exclama Bain. D'abord Glasgow, maintenant les pedzouilles. Vous n'avez pas pris de vacances cette année ou quoi ?

Maclay partit d'un rire aigu.

— J'ai comme l'impression de servir de cible vivante ici, dit Rebus. J'ai eu une idée aujourd'hui. Celui qui a choisi cet appart connaissait le quartier. Pour moi, c'est un mec du coin. Vous avez des indics à Niddrie ?

— Évidemment.

— Alors allez les voir, il nous faut un type qui répond au signalement de Tony El. Il a pu traîner dans les pubs et les clubs du quartier pour recruter ses sbires. A-t-on quelque chose sur l'employeur de la victime ?

Bain souleva une autre feuille et l'agita en souriant. De nouveau, Rebus dut se lever pour la prendre.

T-Bird Oil tenait son nom de Thom Bird, qui en avait été le cofondateur avec le «major» Randall Weir.

— Un major ?

— C'est comme ça qu'on l'appelle, le major Weir, répéta Bain.

Weir et Bird étaient américains, mais dotés de solides racines écossaises. Bird était mort en 1986 en laissant Weir aux commandes. C'était l'une des plus petites sociétés pompant le pétrole et le gaz dans le sous-sol de la mer du Nord…

Rebus se rendit compte qu'il ne connaissait pratiquement rien à l'industrie pétrolière. Il avait des images dans la tête, surtout de marées noires, tels le *Piper Alpha*, le *Braer*.

La base de T-Bird en Grande-Bretagne se trouvait à Aberdeen, à proximité de l'aéroport de Dyce, mais son siège international se trouvait aux États-Unis, et la société possédait d'autres intérêts dans le pétrole et le gaz en Alaska, en Afrique et dans le golfe du Mexique.

— C'est chiant, hein ? compatit Maclay.

— C'est censé être une blague ?

— C'était juste pour faire la conversation.

Rebus se leva et enfila sa veste.

— Ma foi, plutôt que de me délecter des doux accents de votre voix toute la journée…

— Où vous allez ?

— D'un poste l'autre.

À St Leonard, personne ne parut s'étonner beaucoup de son retour. Deux ou trois agents en tenue s'arrêtèrent pour lui dire bonjour et il s'avéra qu'ils n'avaient même pas remarqué son transfert.

— Je ne sais pas sur qui ça en dit le plus, sur vous ou sur moi.

Dans les bureaux de la PJ, Siobhan Clarke se trouvait à son bureau. Elle était au téléphone, mais elle agita son stylo vers lui sur son passage. Elle portait un corsage blanc à manches courtes et ses bras nus étaient bien bronzés, de même que son visage et son cou.

Rebus continua à regarder et remarqua encore quelques salutations tiédasses. Fichtre, mais c'était rare d'être «à la maison». Il pensa à Allan Mitchison et à son appartement vide. Il était rentré à Édimbourg, la ville qui, pour lui, ressemblait le plus à un chez soi.

Il finit par repérer Brian Holmes en train de baratiner une femme policier ; il y mettait le paquet.

— Salut, Brian, comment va votre femme ?

La fliquette piqua un fard, marmonna une excuse et s'éclipsa.

— Putain de bordel, lâcha Holmes.

Maintenant que la fille était partie, il avait l'air

complètement éreinté, les épaules tombantes, la peau grise, des touffes de poils laissés par un rasoir négligent.

— Ce service…, souffla Rebus.

— Je m'en occupe.

— Et alors ?

— *Je m'en occupe.*

— Relax, mon vieux, on est entre amis.

Holmes parut se dégonfler comme une baudruche. Il se frotta les yeux et empoigna ses cheveux à pleines mains.

— Excusez-moi, dit-il. Je suis à bout, c'est tout.

— Un café vous aiderait ?

— Seulement si vous m'en payez une bassine.

La cantine pouvait aller jusqu'au format « extra-large ». Ils s'assirent et Holmes déchira les sachets de sucre qu'il versa dans son jus.

— Écoutez, dit-il, à propos de l'autre soir, Mental Minto…

— Il n'est pas question de ça, coupa Rebus d'un ton ferme. C'est de l'histoire ancienne.

— Justement, il y a trop d'histoires anciennes par ici.

— Qu'est-ce que les Écossais ont d'autre ?

— Vous avez l'air de vous éclater autant que des bonnes sœurs au milieu d'une boum, lança une voix claire.

Siobhan Clarke tira une chaise et s'assit.

— Les vacances ont été bonnes ? s'enquit Rebus.

— Reposantes.

— Je constate que le temps était pourri.

Elle passa la main sur son bras bronzé.

— Ça m'a pris des heures sur la plage pour en arriver à ce résultat.

— Vous avez toujours été quelqu'un de conscien-cieux.

Elle avala une gorgée de Pepsi Light.

— Bon, on peut me dire pourquoi tout le monde a l'air de broyer du noir ?

— Il y a des choses qu'il vaut mieux ne pas savoir.

Elle haussa un sourcil mais ne dit rien. Deux hommes fatigués, éteints. Une jeune femme bronzée et étincelante de vitalité. Rebus allait devoir se secouer pour son rendez-vous du soir.

— Alors, demanda-t-il à Holmes d'un ton faussement détaché, ce truc que je vous ai demandé de vérifier ?…

— Ça prend du temps. Si vous voulez mon avis, celui qui a rédigé les notes était un as de la périphrase, ajouta-t-il en levant les yeux vers Rebus. Il n'arrête pas de tourner autour du pot. J'imagine que la plupart des lecteurs ordinaires laisseraient tomber au lieu de creuser.

— Pourquoi l'auteur du rapport aurait-il fait ça ? interrogea Rebus en souriant.

— Pour décourager le lecteur. Il pensait sans doute qu'il lirait en diagonale, sauterait par-dessus le bla-bla du milieu pour aller directement au résumé. Le fait est qu'on peut perdre le fil, passer par-dessus.

— Excusez-moi, intervint Siobhan, est-ce que je suis tombée par mégarde en pleine réunion maçonnique ? Serait-ce un langage codé que je ne suis pas censée comprendre ?

— Pas du tout, Frère Clarke, répliqua Rebus en se levant. Peut-être que Frère Holmes va vous mettre au courant.

Holmes regarda Siobhan.

— Seulement si tu promets de ne pas me montrer tes photos de vacances.

— Je n'en avais pas l'intention, affirma Siobhan en s'étirant. Je sais que les plages de naturistes, c'est pas ton genre.

Rebus était délibérément en avance à son rendez-vous. Bain n'avait pas menti : il y avait bien deux restaurants avec des stores à lamelles. Ils étaient situés à quatre-vingts mètres l'un de l'autre et Rebus fit la navette entre les deux. Il vit Gill tourner le coin de la rue à Tollcross et il agita la main. Elle s'était mise en chic décontracté pour l'occasion — jeans apparemment neufs, corsage crème et pull en cachemire jaune sur les épaules. Lunettes de soleil, chaîne en or et talons de cinq centimètres. Elle aimait faire du bruit en marchant.

— Bonsoir, John.

— Salut, Gill.

— C'est ici ?

Il considéra le restaurant.

— Il y en a un autre un peu plus haut dans la rue si tu préfères. Et aussi un français, un thaï ou…

— C'est parfait. (Elle ouvrit la porte et le précéda.) Tu as réservé ?

— Je n'ai pas pensé qu'il y aurait du monde.

La salle n'était pas vide, mais il y avait une table pour deux vacante près de la fenêtre, pile sous un haut-parleur qui déformait les sons. Gill retira son sac à bandoulière en cuir marron qu'elle glissa sous sa chaise.

— Quelque chose à boire ? proposa le serveur.

— Whisky-soda pour moi, demanda Gill.

— Whisky nature, commanda Rebus.

Comme le premier serveur s'éloignait, un autre surgit avec les menus, les *poppadum* et les légumes marinés. Après son départ, Rebus regarda alentour, et comme personne ne faisait attention à lui, il leva la main pour tirer sur le câble du haut-parleur et le débrancha. La musique s'arrêta au-dessus d'eux.

— C'est mieux, approuva Gill avec un sourire.

— Alors, attaqua Rebus en étalant la serviette sur ses cuisses, on est là pour parler affaires ou pour le plaisir ?

— Les deux, admit Gill.

Elle s'interrompit quand l'apéritif arriva. Le serveur remarqua qu'il y avait quelque chose d'anormal, comprit de quoi il s'agissait. Il leva les yeux vers le haut-parleur muet.

— Ça peut se réparer sans problème, leur dit-il.

Ils secouèrent vigoureusement la tête et se plongèrent dans l'étude du menu. Après avoir commandé, Rebus leva son verre.

— *Slàinte !*

— Santé.

Elle avala une gorgée de liquide et poussa un soupir.

— Maintenant, reprit Rebus, les mondanités ayant été réglées… passons aux affaires.

— Tu sais combien de femmes parviennent aux fonctions d'inspecteur principal dans la police écossaise ?

— Elles doivent se compter sur les doigts de la main d'un charpentier aveugle.

— Exact. (Elle s'interrompit et rectifia la disposition de son couvert.) Je ne veux pas tout fiche en l'air.

— Sûrement pas.

Elle le regarda et sourit. Rebus était le champion du monde des emmerdes, sa vie en était un véritable entrepôt bourré jusqu'aux solives. Plus difficile à changer qu'un chargeur de magnum.

— Entendu, dit-il, je fais donc autorité en la matière.

— Ça tombe bien.

— Non, répondit-il. Parce que je *continue* de merder.

Elle sourit.

— Écoute, John, ça fait cinq mois, et je n'ai toujours pas fait mes preuves.

— Mais ça va bientôt changer ?

— J'en sais rien. (Une autre gorgée pour se doper.) Quelqu'un m'a tuyauté à propos d'une affaire de drogue… un gros morceau.

— Ce pour quoi le protocole veut que tu la refiles à la Brigade criminelle écossaise.

Elle lui jeta un regard noir.

— Pour que ces fumiers-là en tirent toute la gloire ? Tu charries !

— Je n'ai jamais été moi-même un grand partisan du protocole. N'empêche…

N'empêche, il ne voulait pas que Gill foire. C'était important pour elle, peut-être trop même. Elle avait besoin de relativiser, comme lui concernant Spaven.

— Alors qui t'a tuyautée ?

— Fergus McLure.

— Fergie les Foies ? (Rebus pinça les lèvres.) C'était pas un des mouchards de Flower ?

Elle confirma.

— J'ai repris la liste de Flower quand il a été muté.

— Bon sang, qu'est-ce que tu lui as filé en échange ?

— Peu importe.

— La plupart des indics de Flower sont pires que les ordures qu'ils essaient de balancer.

— N'empêche que c'est à moi qu'il a donné sa liste.

— Fergie les Foies, c'est ça ?

Fergus McLure avait passé la moitié de sa vie dans des institutions. Ce grand nerveux ne buvait rien de plus fort qu'une Ovomaltine et ne supportait rien de plus excitant que *La Vie des animaux*. Son arsenal quotidien de médicaments contribuait lourdement aux bénéfices de l'industrie pharmaceutique britannique. Cela dit, il était à la tête d'un joli petit empire qui se situait juste à la limite de la légalité : bijoutier de son état, il faisait des ventes de tapis persans, de marchandises endommagées par le feu ou l'eau ou récupérées à la suite de faillites. Il habitait Ratho, un village situé aux abords de la ville. Fergie les Foies était un homosexuel notoire, mais il menait une vie discrète, contrairement à certains magistrats de la connaissance de Rebus.

Gill croqua dans un *poppadum* et tartina de chutney le morceau restant.

— Alors quel est le problème ? demanda Rebus.

— Tu connais bien Fergus McLure ?

Rebus éluda.

— Seulement de réputation. Pourquoi ?

— Parce que je veux toutes les garanties avant de bouger un doigt.

— Le problème avec les mouchards, Gill, c'est que tu ne peux jamais avoir de confirmation.

— Non, mais je peux prendre un deuxième avis.

— Tu veux que je lui parle ?

— John, en dépit de tous tes défauts...

— Qui font ma célébrité.

— ... tu es fin psychologue et tu connais bien les indics.

— C'est ce qui me sauve quand je joue à *Trivial Pursuit*.

— Je veux juste savoir si, d'après toi, il est réglo ? Je ne veux pas me faire suer à ouvrir une enquête, peut-être à monter une filature pour qu'on me coupe l'herbe sous le pied à la dernière minute.

— Pigé, mais tu sais que l'antigang va être en rogne si tu les laisses dans le noir. Ils ont les effectifs et l'expérience qu'il faut pour ce genre d'affaires.

Elle le fixa une minute sans répondre.

— Depuis quand tu te plies au règlement ?

— Il ne s'agit pas de moi. Je suis la pomme pourrie de la police des Lothian & Borders, sans doute une de trop à leur goût.

Leur commande arriva et la table se remplit de mets et de plateaux, avec un *nan* suffisamment gros pour comploter une prise de pouvoir mondial. Ils échangèrent un regard en réalisant qu'ils n'avaient plus faim.

— Remettez-nous ça, demanda Rebus en tendant son verre vide au serveur. (Puis, à Gill): Bon, maintenant, raconte-moi l'histoire de Fergie.

— C'est sommaire. De la drogue est acheminée du nord avec un arrivage d'antiquités. Elle doit être transmise aux trafiquants.

— Et les trafiquants sont?...

— McLure croit qu'ils sont américains.

Il fronça les sourcils.

— Qui ça? Les vendeurs?

— Non, les acheteurs. Les vendeurs sont allemands.

Rebus passa en revue les principaux revendeurs d'Édimbourg sans arriver à mettre le doigt sur un seul Américain.

— Je sais, renchérit Gill en lisant dans ses pensées.

— Des nouveaux qui cherchent à faire leur trou?

— D'après McLure, la marchandise doit repartir à destination du nord.

— Dundee?

Elle approuva.

— Et Aberdeen.

Encore Aberdeen! Décidément... La cité de tous les maux.

— Et comment Fergie est-il impliqué?

— Une de ses ventes servirait de paravent pour écouler la came.

— Il leur sert de couverture ?

Autre hochement de tête. Elle mâchonna un morceau de poulet et trempa le *nan* dans la sauce. Rebus la regarda manger, se rappelant des petites choses d'elle, comment ses oreilles bougeaient quand elle mastiquait, et comment ses yeux survolaient rapidement les différents plats, et comment elle se frottait les doigts les uns contre les autres après… Elle avait des anneaux autour du cou qu'elle ne portait pas cinq ans plus tôt et peut-être que, quand elle allait chez son coiffeur, on lui faisait ses racines maintenant. Mais elle était vraiment bien. Elle était super.

— Alors ? interrogea-t-elle.

— C'est tout ce qu'il t'a dit ?

— Ces trafiquants lui font peur, trop pour qu'il les envoie se faire voir. Mais plus que tout, il a peur qu'on découvre le pot aux roses et qu'on le foute au trou pour complicité. C'est pour ça qu'il les balance.

— Bien qu'il ait les foies ?

— Mmm.

— Quand est-ce que c'est censé se passer ?

— On doit lui téléphoner.

— Je ne sais pas, Gill. Si c'était un portemanteau, tu ne pourrais pas y accrocher un putain de mouchoir, sans parler de ton manteau.

— Une réponse imagée.

Elle fixait sa cravate en disant ça. C'était une cravate voyante, qu'il avait choisie exprès. Elle était censée distraire l'attention de sa chemise fripée à laquelle, de surcroît, il manquait un bouton.

— Ça va, j'irai me rancarder demain, voir si je peux en tirer quelque chose.

— Vas-y doucement quand même.

— Il sera comme de la pâte à modeler entre mes mains.

Même s'ils ne mangèrent que la moitié des plats, ils se sentirent gavés. Le café arriva, servi avec deux menthes. Gill les mit toutes les deux dans son sac pour plus tard. Rebus prit un troisième whisky. Il pensait à la suite et s'imaginait avec elle devant le restaurant. Il pouvait lui proposer de la raccompagner à pied. Il pouvait aussi lui proposer de le raccompagner chez lui. Sauf qu'elle ne pourrait pas y passer la nuit, car il risquait d'y avoir des journalistes le lendemain matin.

John Rebus… L'enfoiré, il s'y croyait déjà.

— Pourquoi tu souris ?

— Ça ne s'use que si on ne s'en sert pas, paraît-il.

Ils partagèrent la note, les boissons représentant la moitié du montant. Puis ils furent sur le trottoir. La fraîcheur était tombée.

— D'après toi, j'ai des chances de trouver un taxi ? demanda Gill en considérant la rue de haut en bas.

— Les pubs ne sont pas encore fermés, tu ne devrais pas avoir de problème. Ma voiture est garée devant mon appart…

— Merci, John, je vais me débrouiller. Tiens, en voilà un. (Elle agita la main. Le chauffeur mit son clignotant et s'arrêta en faisant crisser les pneus.) Tiens-moi au courant, ajouta-t-elle.

— Je te téléphonerai aussitôt après.

— Merci.

Elle lui appliqua une bise sur la joue, la main posée sur son épaule pour se retenir. Puis elle monta dans le taxi et claqua la portière en donnant l'adresse au chauffeur. Le véhicule fit lentement demi-tour pour se couler dans la circulation qui se dirigeait vers Tollcross.

Rebus resta planté là un moment, les yeux rivés sur la pointe de ses souliers. Elle avait eu besoin d'un service, c'est tout. Tant mieux s'il pouvait encore servir à ça. «Fergie les Foies», Fergus McLure. Un nom ressurgi du passé. Un copain d'un certain Lenny Spaven. Ça valait le coup de faire une virée matinale à Ratho pour plus de sûreté.

Il entendit venir un autre taxi, avec un bruit de moteur caractéristique. Sa lumière jaune était allumée. Il lui fit signe et monta.

— L'*Oxford Bar*, dit-il.

Plus Bible John réfléchissait au Copieur, plus il en apprenait sur lui, plus il était sûr que la clé se trouvait à Aberdeen.

Il s'assit dans son bureau, la porte fermée sur le monde, et considéra le dossier intitulé COPIEUR sur son portable. L'intervalle entre les victimes numéro un et deux était de six semaines, entre les victimes numéro deux et trois de quatre seulement. Johnny Bible était un petit monstre affamé, mais pour le moment, il en était resté là. Ou s'il y en avait eu une autre, il s'amusait encore avec le corps. Mais ce n'était pas dans sa manière. Il les tuait rapidement, puis jetait leur cadavre à la face du monde. Bible John avait fait du travail en amont et il avait découvert deux articles de journaux, l'un et l'autre parus dans le *Press and Journal* d'Aberdeen. Une femme qui rentrait d'un night-club avait été agressée par un homme qui avait tenté de l'entraîner dans une venelle. Elle avait crié, il avait paniqué et avait pris la fuite. Bible John s'était rendu un soir sur les lieux. Il avait attendu dans la venelle en pensant au Copieur qui s'était tenu là à guetter le bon moment pendant que la boîte se vidait. Il y avait une cité à proximité et le haut de la ruelle se situait sur le chemin du retour. L'endroit semblait parfait, en principe, mais le Copieur était nerveux, mal préparé. Il avait sans doute attendu pendant une heure ou deux, tapi dans l'ombre, craignant d'être découvert. Il avait eu le cran nécessaire, mais c'était fini. Quand il avait enfin trouvé sa victime, il n'avait pas agi assez vite. Un cri avait suffi à le faire détaler.

Oui, ce pouvait être le Copieur. Il avait analysé son échec et en avait tiré les conséquences. Désormais, il allait entrer à l'intérieur de la boîte de nuit, parler avec la victime... la mettre à l'aise, et là, il frapperait.

Le sujet du deuxième article : une femme se plaignait de la présence d'un voyeur dans son jardin. Quand les policiers étaient venus, ils avaient trouvé des marques sur la porte de la cuisine, des tentatives d'effraction maladroites. Peut-être y avait-il un rapport avec la première histoire, peut-être pas. L'histoire numéro un était intervenue huit semaines avant le premier meurtre. La deuxième, encore quatre semaines plus tôt. Une cadence se dessinait dans le temps. Et un autre mode de comportement se superposait au premier : un voyeur qui passe à l'acte et devient agresseur. Bien entendu, il pouvait avoir omis d'autres articles, concernant d'autres villes, qui se seraient prêtés à des hypothèses différentes, mais Aberdeen lui convenait très bien. La première victime venait de là. Souvent la première victime était originaire de votre propre patelin. Quand le tueur avait pris de l'assurance, il s'aventurait plus loin. Mais ce premier succès avait tellement d'importance !

Un timide coup frappé à la porte du bureau.

— J'ai fait du café.

— Je viens tout de suite.

Retour à l'ordinateur. Il savait que la police était en train de composer des portraits-robots, des profils psychologiques, il se souvenait de celui qu'un

psychiatre avait établi de *lui*, Bible John. C'était un
ponte à en croire la myriade de lettres accolées à son
nom, BSc, BL, MA, MB, ChB, LLB, DPA, FRCPath[1].
Cela dit, insignifiant dans l'ensemble, exactement
comme son rapport. Bible John l'avait parcouru
dans un livre des années plus tard. Les rares choses
justes qu'il livrait sur lui, Bible John s'était efforcé
d'y remédier. Le tueur en série était censé être renfermé, avec peu d'amis proches, aussi s'était-il obligé
à se montrer sociable. Ce type de personnalité allait
de pair avec un manque d'énergie et la peur des
contacts adultes, aussi avait-il pris un emploi où le
dynamisme et les contacts étaient essentiels. Quant
au reste de sa théorie... des conneries, pour l'essen-
tiel.

Il n'était pas rare que les tueurs en série aient eu
des antécédents homosexuels : non coupable.

Ils étaient généralement célibataires : allez raconter ça à l'éventreur du Yorkshire.

Souvent, ils entendaient deux voix à l'intérieur de
leur tête, une bonne et une mauvaise. Ils collectionnaient les armes et leur donnaient des petits noms.
Beaucoup se déguisaient en femme. Certains montraient de l'intérêt pour la magie noire ou les monstres
et collectionnaient les revues sado-masos. Beaucoup
avaient un « endroit secret », où ils cachaient des
objets tels que cagoules, poupées et combinaisons de
plongée en caoutchouc.

Son regard fit le tour du bureau et il hocha la tête.

Il y avait seulement quelques points où le psychiatre avait mis dans le mille. Oui, il dirait qu'il était
égocentrique... comme la moitié de la population.

---

1. Licencié en sciences, en droit anglais et écossais, en médecine, en chirurgie, titulaire d'une maîtrise en lettres, docteur en
droit public et membre du Collège royal de médecine.

Oui, il était méticuleux. Oui, il s'intéressait à la Seconde Guerre mondiale (mais pas uniquement au nazisme et aux camps de concentration). Oui, il était un menteur crédible… ou plutôt, les gens étaient des auditeurs crédules. Et encore oui, il choisissait ses victimes longtemps à l'avance, comme le faisait à présent, semblait-il, le Copieur.

Le bibliothécaire n'avait pas encore fini d'établir la liste des journaux. Le pointage des consultations au sujet de Bible John avait fait chou blanc. Ça, c'étaient les mauvaises nouvelles, mais il y en avait aussi des bonnes. Grâce au récent regain d'intérêt pour la première affaire de Bible John, il trouva dans les journaux des précisions sur d'autres meurtres non résolus, au nombre de sept. Cinq étaient intervenus en 1977, un en 78 et un autre beaucoup plus récemment. Cela lui procura sa deuxième hypothèse. Avec le premier meurtre, le Copieur entamait sa carrière. Avec le deuxième, il recommençait après un long intervalle. Il avait peut-être quitté le pays, ou séjourné dans une institution, voire vécu une relation durant laquelle il n'avait pas éprouvé le besoin de tuer. Si la police se montrait méticuleuse — ce dont il doutait —, elle passerait en revue les divorces récents d'hommes mariés en 78 ou 79. Bible John n'avait pas les moyens nécessaires à sa disposition, ce qui était rageant. Il se leva et considéra ses étagères de livres sans vraiment les voir. Certains émettaient l'avis que le Copieur n'était autre que Bible John en personne, prétextant que les témoins avaient pu se tromper. En conséquence, la police et les médias avaient ressorti des tiroirs leurs vieux portraits-robots et leurs dessins.

Dangereux. Pour tuer cette idée dans l'œuf, il fallait localiser le Copieur. Imiter n'était pas forcément flatter, ce pouvait être un jeu mortel. Il devait trouver le Copieur. Ça, ou bien mettre la police sur la voie. D'une façon ou de l'autre, son compte serait réglé.

8

Il était dans un rade à 6 heures du matin et noyait dans l'alcool de bonnes heures de sommeil.

Il s'était réveillé beaucoup trop tôt, s'était habillé et avait décidé de partir en balade. Il avait traversé les Meadows, pris la direction du pont George-IV jusqu'à High Street et bifurqué sur Cockburn Street. Cockburn Street était la mecque des ados et des hippies, son centre commercial. Rebus se souvenait du marché de Cockburn Street quand il offrait un spectacle nettement plus douteux que de nos jours. Angie Riddell avait acheté son collier dans une boutique de Cockburn Street. Peut-être le portait-elle le jour où il l'avait emmenée au café, mais il n'en avait pas l'impression. Il écarta cette pensée, tourna dans une ruelle, gravit une volée de marches raides et prit de nouveau à gauche dans Market Street. Il se trouvait en face de Waverley Station et là, un pub avait déjà ouvert ses portes. Il était fréquenté par les travailleurs de la nuit, qui descendaient un verre ou deux après le boulot avant de prendre le métro pour rentrer faire dodo. Mais on y voyait aussi des hommes d'affaires qui prenaient des forces avant d'affronter la journée.

Avec les sièges des journaux dans les parages, les

habitués étaient des ouvriers de l'imprimerie et des livreurs, et on pouvait toujours s'y procurer les premières éditions, l'encre à peine séchée. Rebus était connu dans la place et on ne l'embêtait pas. Même si un journaliste prenait un verre, il ne l'asticotait pas. C'était une règle tacite, à laquelle on ne dérogeait pas.

Ce matin-là, trois adolescents étaient affalés à une table, leur verre presque intact. À leur état débraillé et abruti de sommeil, on voyait qu'ils venaient d'achever « le tour du cadran », autrement dit la tournée des grands-ducs en vingt-quatre heures chrono. Dans la journée, c'était cool. On commençait à 6 heures du matin — dans un endroit comme celui-là — et les pubs détenaient une licence leur permettant de rester ouverts jusqu'à minuit ou 1 heure. Après quoi, c'était nécessairement les boîtes de nuit, les casinos, et le marathon s'achevait dans une pizzeria sur Lothian Road, ouverte jusqu'à 6 heures. À ce moment-là, on revenait au point de départ pour boucler la boucle.

Le bistrot était calme, pas de télé ni de radio, et le presse-agrumes n'était pas encore branché. C'était une autre règle tacite. À ce moment de la journée, on ne faisait qu'une chose ici : on picolait. Et on lisait les journaux. Rebus versa une rasade d'eau dans son whisky et l'emporta à une table avec un journal. Le soleil, au-dehors, était d'un rose tendre dans un ciel laiteux. La promenade avait été agréable. Il aimait le calme de la ville, les taxis et les lève-tôt, les premiers chiens qu'on promenait, l'air clair, propre. Pourtant, la nuit précédente stagnait encore par endroits — une poubelle renversée, un banc au dossier fracturé sur les Meadows, les cônes de signalisation hissés sur le toit des abribus. C'était également vrai pour le bar. La fumée de la nuit n'avait pas eu le temps de se dissiper. Rebus alluma une clope et se plongea dans la presse.

Un article en page intérieure retint son attention. Aberdeen accueillait un congrès international sur la pollution off-shore et le rôle de l'industrie pétrolière. On comptait sur la présence des délégués de seize pays. Il y avait un encadré qui complétait le papier : le champ pétrolier et le gisement de gaz de Bannock, à cent cinquante kilomètres au nord-est des Shetland, arrivaient à la fin de leur «vie économique utile» et allaient être mis hors service. Les écologistes faisaient grand cas de la principale plate-forme de production de Bannock, une structure d'acier et de béton de 200 000 tonnes. Ils voulaient savoir ce que le propriétaire, autrement dit T-Bird Oil, comptait en faire. Comme l'exigeait la loi, la société avait présenté un plan de démantèlement aux services du Pétrole et du Gaz du ministère du Commerce et de l'Industrie, mais son contenu n'avait pas été rendu public.

De l'avis des écologistes, il y avait plus de deux cents installations pour l'exploitation du pétrole et du gaz sur le plateau continental du Royaume-Uni et toutes avaient une durée de production limitée. L'État semblait partisan de laisser en place la majorité des plates-formes de haute mer avec seulement un minimum de maintenance. Il était même question de les vendre pour les reconvertir à un usage différent, les projets allant des prisons à des casinos et/ou des hôtels. Le gouvernement et les compagnies pétrolières discutaient rentabilité et cherchaient un juste milieu entre les frais, la sécurité et l'environnement. La position des opposants était claire : l'environnement d'abord et à tout prix. Dopés par leur victoire contre la Shell avec la Brent Spar, les groupes de pression comptaient se focaliser sur Bannock aussi et organiser des manifs, des meetings et un concert en plein air à proximité de l'endroit où se tenait la convention d'Aberdeen.

Aberdeen devenait décidément le centre de l'univers de Rebus.

Il finit son whisky, se refusa à en prendre un second, puis changea d'avis. Il feuilleta le reste du journal : rien de neuf sur Johnny Bible. Il y avait une section réservée à l'immobilier. Il consulta les prix dans le quartier de Marchmont-Sciennes, puis se marra en lisant les formules prétentieuses de New Town : « hôtel particulier, élégant lieu de vie sur cinq étages... », « garage à vendre séparément, 20 000 livres ». Il existait encore des coins en Écosse où 20 000 livres vous payaient une maison, peut-être avec garage en prime. Il passa aux colonnes de « l'immobilier à la campagne », vit d'autres prix dingues illustrés de clichés flatteurs. Il y avait un endroit sur la côte au sud-ouest de la ville, avec photo des fenêtres et panorama marin, pour le prix d'un appart à Marchmont. *Rêve toujours, matelot...*

Il rentra chez lui à pied, prit sa voiture et roula jusqu'à Craigmillar, un quartier qui ne figurait pas encore dans les petites annonces immobilières et n'y figurerait pas avant longtemps.

L'équipe de nuit était sur le point de boucler. Rebus aperçut des policiers qu'il n'avait encore jamais vus. Il posa des questions à la cantonade. La nuit avait été calme, les cellules étaient vides, les cages *idem*. Au Refuge, il s'assit à son bureau et vit de nouvelles paperasses qui le défiaient. Il alla se chercher un café et souleva la première feuille.

D'autres impasses concernant Allan Mitchison. Le directeur du foyer d'enfants interrogé par la police locale. Une vérification de son compte en banque, rien ne manquait. Pas de réponse de la police d'Aberdeen sur Tony El. Un agent en uniforme entra avec un paquet adressé à Rebus. Oblitéré à Aberdeen et un cachet imprimé : T-Bird Oil. Il l'ouvrit. Du matériel publicitaire, avec les compliments de Stuart Minchell, service du personnel. Une demi-douzaine de prospectus A4, maquette et papier soignés, polychrome, les faits réduits au strict minimum. Avec cinq mille rapports à son actif, Rebus n'ignorait rien de l'art du délayage et du tirage à la ligne. Minchell avait joint à son envoi un exemplaire de la brochure «T-BIRD OIL : TROUVER L'ÉQUILIBRE», identique à celle qui était dans la poche latérale du sac à dos de Mitchison. Rebus l'ouvrit, vit une carte quadrillée du champ de Bannock indiquant la superficie du secteur exploité. Une note expliquait que la mer du Nord avait été divisée en secteurs de 260 kilomètres carrés et les compagnies pétrolières faisaient des offres pour obtenir les droits d'exploration de chacun. Bannock était carrément à la limite des eaux internationales. Une poignée de kilomètres à l'est et on tombait sur d'autres champs pétroliers, mais norvégiens cette fois et non britanniques.

«Bannock sera le premier gisement de T-Bird à subir une mise à pied rigoureuse», lut Rebus. Il semblait y avoir sept possibilités, allant de «laisser tout en place» au «démontage total». La «modeste proposition» de la société se limitait à une mise au placard, autrement dit abandonner la structure pour s'en occuper à une date ultérieure.

— Surprise, surprise, marmonna Rebus non sans relever que la «mise au placard… réserverait l'avenir en préservant l'exploration des fonds marins et le développement».

Il remit les prospectus dans l'enveloppe et les rangea dans un tiroir avant de retourner à ses travaux d'écriture. Un fax était caché sous la pile. Il tira dessus. Il venait de Suart Minchell, qui l'avait envoyé la veille à 19 heures, donnant quelques détails sur les deux camarades de travail d'Allan Mitchison. Celui qui travaillait au terminal de Sullom Voe s'appelait Jake Harley. Il passait des vacances à observer les oiseaux en se baladant dans les Shetland et n'avait sans doute pas encore appris la mort de son ami. L'autre, qui bossait en mer, s'appelait Willie Ford. Il était à mi-course de sa période de seize jours offshore et «bien sûr» était au courant.

Rebus saisit le combiné et plongea la main dans un tiroir pour s'emparer de la carte avec les compliments de Minchell. Il y trouva le numéro de téléphone et le composa. Il était tôt. Tant pis…

— Service du personnel.

— Stuart Minchell, s'il vous plaît.

— Lui-même.

Dans le mille. Minchell, en employé dévoué, était un lève-tôt.

— Monsieur Minchell, c'est de nouveau l'inspecteur Rebus.

— Inspecteur, vous avez de la chance que j'aie décroché. D'habitude, je laisse sonner, c'est la seule façon pour moi d'avancer un peu le boulot avant la bousculade.

— À propos de votre fax, monsieur Minchell. Pourquoi dites-vous que «bien sûr», Willie Ford est au courant de la mort d'Allan Mitchison?

— Parce qu'ils travaillaient ensemble, je ne vous l'ai pas dit?

— En mer?

— Oui.

— Sur quelle plate-forme, monsieur Minchell?

— Ça non plus, je ne vous l'ai pas dit? Bannock.

— Celle qu'on démantèle?

— Oui. Nos chargés des relations publiques ont été mis à pied là-bas. (Une pause.) C'est important, inspecteur ?

— Probablement pas, monsieur, reconnut Rebus. Merci quand même.

Rebus raccrocha et pianota sur le téléphone.

Il alla dans les magasins et s'acheta pour le petit déjeuner un friand fourré au corned-beef et aux oignons. Il était pâteux et lui collait au palais. Il se paya un café pour le faire descendre. Quand il rentra au Refuge, Bain et Maclay étaient à leurs places, les pieds sur la table, en train de lire la presse popu. Bain s'envoyait un beignet et Maclay boulottait sa saucisse en rotant.

— Vos indics se sont signalés ? demanda Rebus.

— Pas encore, lâcha Bain sans quitter le journal des yeux.

— Et Tony El ?

Au tour de Maclay :

— Son signalement est parti dans tous les commissariats d'Écosse. Rien pour le moment.

— J'ai appelé personnellement la PJ de Grampian, ajouta Bain. Je leur ai dit de vérifier le restau indien de Mitchison. Apparemment c'était un habitué, ils pourraient savoir quelque chose.

— Bravo, Dod ! ironisa Rebus.

— C'est qu'il y en a, dans cette jolie petite tête, hein ? rétorqua Maclay.

La météo annonçait du soleil et des averses. Rebus avait l'impression, en roulant vers Ratho, que ça dégringolait toutes les dix minutes. De rapides nuages noirs, des rayons de soleil, un ciel bleu, puis les cumulo-nimbus se rassemblaient de nouveau. À un moment donné, il se mit à pleuvoir alors qu'il ne voyait pas un nuage à l'horizon.

Ratho était entouré de cultures, bordées par l'Union Canal au nord. Le coin avait la cote en été. On pouvait faire une excursion en bateau sur le canal, nourrir les canards ou manger dans un restaurant au bord de l'eau. Pourtant, ce n'était qu'à un kilomètre de la M8 et à trois de l'aéroport de Turnhouse. Rebus emprunta Calder Road en se fiant à son sens de l'orientation. La maison de Fergus McLure était sur Hallcroft Park. Il la trouverait bien, vu qu'il n'y avait qu'une douzaine de rues dans tout le village. McLure était réputé bosser chez lui. Rebus avait préféré ne pas lui téléphoner, il ne tenait pas à le prévenir de sa visite.

Quand il parvint à Ratho, il lui fallut cinq minutes pour situer Hallcroft Park. Il repéra la maison, se gara et s'approcha de la porte. Il n'y avait pas signe de vie. Il sonna une deuxième fois. Les voilages l'empêchèrent de regarder par la fenêtre.

— J'aurais mieux fait d'appeler, marmonna-t-il.

Une femme passait avec un terrier tirant sur sa laisse. Le petit chien faisait des bruits affreux en flairant le trottoir comme s'il s'étranglait.

— Il n'est pas chez lui ? demanda-t-elle.

— Non.

— Bizarre, sa voiture est là.

Elle eut le temps d'incliner la tête en direction d'une Volvo parquée avant d'être entraînée par l'animal. C'était un break 940 bleu. Rebus colla son œil contre les vitres pour regarder à l'intérieur, mais cela lui permit seulement de constater à quel point le ménage était bien fait. Il vérifia le kilométrage : faible. Une voiture neuve. Les flancs des pneus n'avaient pas eu le temps de perdre leur lustre.

Rebus remonta dans sa caisse — dont le kilométrage à ce jour accusait cinquante fois celui de la Volvo — et décida de rentrer en ville par la route de

Glasgow. Mais comme il s'apprêtait à franchir le pont sur le canal, il aperçut une voiture de police à l'autre bout du parking du restaurant, arrêtée sur la voie d'accès du canal. Une ambulance était garée à côté. Rebus freina, fit marche arrière et obliqua sur le parking en avançant lentement en direction du point névralgique. Un policier en tenue vint lui dire de partir, mais il avait déjà préparé sa carte de police. Il se gara et descendit.

— Qu'est-ce qu'il y a? demanda-t-il.

— Quelqu'un a pris un bain tout habillé.

Le policier le suivit sur le ponton. Il y avait des bateaux de croisière au mouillage et deux touristes vraisemblablement arrivés sur l'un d'eux. La pluie avait reprit, criblant la surface des flots. Les canards gardaient leurs distances. Un corps avait été retiré de l'eau, les vêtements dégoulinants, et allongé sur les lattes du ponton. Quelqu'un qui avait une allure de docteur cherchait un signe de vie, manifestement sans y croire. La porte de service du restaurant était ouverte, des membres du personnel se tenaient là, le visage horrifié mais intéressé.

Le docteur secoua la tête. Un des touristes, une femme, se mit à pleurer. L'homme maintint délicatement sa caméra vidéo d'une main et passa un bras autour des épaules de sa compagne.

— Il a dû glisser et tomber, avança quelqu'un. En se cognant la tête.

Le docteur vérifia le crâne du mort et trouva une belle entaille.

Rebus leva les yeux sur le personnel.

— Quelqu'un a vu quelque chose? (On secoua la tête: non.) Qui l'a signalé?

— C'est moi, intervint la touriste avec un accent anglais.

Rebus se tourna vers le docteur.

— Combien de temps a-t-il séjourné dans l'eau ?

— Je suis généraliste, pas médecin légiste. Malgré tout, si vous voulez mon avis… pas longtemps. Certainement pas toute la nuit.

Quelque chose avait roulé de la poche de la veste du noyé pour se caler entre deux lattes. Un petit flacon marron avec un couvercle en plastique blanc. Des comprimés. Rebus considéra le visage bouffi, le rapprocha de celui d'un homme beaucoup plus jeune, un homme qu'il avait interrogé en 1978 concernant ses liens avec Lenny Spaven.

— C'est quelqu'un d'ici, annonça-t-il à la compagnie. Il s'appelle Fergus McLure.

Il tenta d'appeler Gill Templer, ne put la localiser et finit par lui laisser des messages dans une demi-douzaine d'endroits différents. De retour chez lui, il cira ses chaussures, enfila son meilleur costume, choisit la chemise la moins froissée et chercha la cravate la plus discrète qu'il eût (en dehors de celle réservée aux enterrements).

Il se regarda dans la glace. Il s'était douché et rasé, avait séché ses cheveux et s'était coiffé. Son nœud de cravate semblait correct et, pour une fois, il avait trouvé les deux chaussettes de la même paire. Il était présentable, mais ça changeait quoi ?

Il était 13 h 30, l'heure d'aller à Fettes.

Ça ne bouchonnait pas trop, les feux de circulation étaient pour lui, comme s'ils ne voulaient pas saboter son rendez-vous. Il arriva en avance au QG de L & B, envisagea de tourner en voiture dans le quartier, mais cela n'aurait servi qu'à faire monter la pression. Il préféra entrer dans le bâtiment et chercha la salle d'enquête. Elle se trouvait au deuxième étage, un grand bureau central avec des compar-

timents plus petits attenants pour les supérieurs.
C'était le QG d'Édimbourg pour le triangle que
Johnny Bible avait dessiné, le cœur de l'enquête sur
Angie Riddell. Rebus connaissait quelques têtes de
service, sourit, inclina la tête. Les murs étaient tapis-
sés de cartes, photos, graphiques, dans l'espoir de
faire surgir un ordre, une logique. Une grande partie
du métier consistait à donner une cohérence à des
choses qui n'en avaient pas. On cherchait à établir
une chronologie, à bien saisir les détails, à ranger le
foutoir laissé par la vie des gens ainsi que par leur
mort.

La plupart des hommes en service cet après-midi-
là avaient l'air à plat, manquant d'entrain. Ils attendaient près du téléphone, attendaient un tuyau
insaisissable, le chaînon manquant, un nom ou une
apparition, attendaient l'homme qui... Ils attendaient depuis longtemps. Une main avait ridiculisé
le portrait-robot de Johnny Bible, lui dessinant des
cornes en vrille sur le crâne, des volutes de fumée
s'échappant de narines dilatées, des crocs et une
langue fourchue de serpent.

Le loup-garou.

Rebus s'approcha pour regarder. Le portrait-
robot avait été trafiqué sur ordinateur. On était
parti d'un vieux portrait-robot de Bible John. Avec
les cornes et les crocs, il présentait une vague ressemblance avec Alister Flower...

Il examina des photographies d'Angie Riddell de
son vivant, évita soigneusement les clichés de l'autopsie. Il se souvenait d'elle la nuit où il l'avait arrêtée, se souvenait d'elle assise dans sa voiture et
parlant, presque trop pleine de vitalité. Ses cheveux
teints paraissaient d'une couleur différente à chaque
portrait, comme si elle n'était jamais contente. Peut-
être avait-elle juste besoin de changer, de quitter en

courant celle qu'elle avait été, de rire pour s'empêcher de pleurer. Un clown de cirque, le sourire
peint...

Rebus vérifia sa montre. *Bordel*, c'était l'heure.

9

Le facteur Cheval, Colin Carswell, attendait seul Rebus dans un confortable bureau couvert de moquette.

— Prenez donc une chaise, l'invita Carswell qui s'était levé à demi pour accueillir Rebus et se rasseyait.

Rebus s'installa en face de lui et examina le dessus de la table en cherchant des indices. L'homme du Yorkshire était grand, avec un corps qui commençait à accuser la brioche du buveur de bière. Il avait des cheveux châtains qui s'éclaircissaient, le nez petit, presque plat comme le museau d'un pékinois. Il renifla.

— Désolé, je n'ai pas de biscuits, mais il y a du thé ou du café si vous le désirez.

Rebus se souvint du coup de téléphone : *Il y aura du thé et des petits fours ? Autrement, je viens pas.* Sa réflexion avait été transmise.

— Ça ira, merci, monsieur.

Carswell ouvrit un dossier, y prit quelque chose, un article de journal.

— Sale coup pour Lawson Geddes. On me dit qu'il était un policier hors pair en son temps.

L'article concernait donc le suicide de Geddes.

— Oui, monsieur, confirma Rebus.

— On dit toujours que c'est de la lâcheté, mais moi, je n'en aurais pas le cran. (Il leva les yeux.) Et vous ?

— J'espère ne jamais être au pied du mur, monsieur.

Carswell sourit, remit la coupure à sa place et referma le dossier.

— John, on se fait éreinter par les médias. Au début, il n'y avait que cette équipe de télé, mais maintenant, on dirait que tout le monde veut être de la fête. (Il considéra Rebus.) Ce n'est pas bon.

— Non, monsieur.

— Nous avons donc décidé — le directeur de la police et moi-même — que c'était à nous de faire un effort.

Rebus déglutit péniblement.

— Vous allez rouvrir l'affaire Spaven ?

Carswell chassa une poussière invisible du dossier.

— Pas tout de suite. Il n'y a pas de nouvelles preuves, donc pas de véritable nécessité de le faire. (Il releva les yeux rapidement.) À moins que nous ayons, à votre connaissance, une bonne raison de le faire ?

— C'était joué d'avance, monsieur.

— Tâchez de faire comprendre ça à la presse.

— J'ai tout fait, croyez-moi.

— Nous allons ouvrir une enquête interne, juste pour nous assurer que rien n'a été négligé et… qu'il ne s'est rien produit de fâcheux… à l'époque.

— En me faisant porter le chapeau.

Rebus sentait qu'il se hérissait.

— Seulement si vous avez quelque chose à cacher.

— Allons donc, monsieur, quand on rouvre une enquête, ça éclabousse tout le monde dès le départ.

Et comme Spaven et Lawson Geddes sont morts, la casserole est pour moi.

— Seulement si casserole il y a.

Rebus bondit sur ses pieds.

— *Assis, inspecteur. Je n'en ai pas encore fini avec vous!*

Rebus s'exécuta et s'agrippa des deux mains au rebord de sa chaise. Il avait l'impression que s'il lâchait prise, il allait grimper au plafond. Carswell s'accorda une seconde pour reprendre son sang-froid.

— Maintenant, pour garantir un maximum d'objectivité, l'enquête sera dirigée par quelqu'un qui n'appartient pas à la police des Lothian & Borders et qui ne rendra de compte qu'à moi. On va reprendre les dossiers...

Prévenir Holmes.

— ... faire les interrogatoires complémentaires jugés nécessaires et établir un rapport.

— Il sera rendu public?

— Pas avant que je dispose des dernières conclusions. Pas question de donner l'impression qu'on veut se blanchir, c'est tout ce que je dirai. S'il y a eu une infraction au règlement à un moment donné, on avisera. C'est clair?

— Certainement, monsieur.

— Bon, y a-t-il quelque chose que vous souhaiteriez me dire?

— Juste entre vous et moi, ou vous voulez qu'on fasse venir le gros bras? Carswell consentit à y voir une plaisanterie.

— Je ne suis pas sûr qu'on puisse dire ça de lui.

Lui.

— Qui a été nommé, monsieur?

— Quelqu'un de Strathclyde, l'inspecteur principal Charles Ancram.

Putain de merde ! Il avait quitté Ancram en l'accusant de toucher des pots-de-vin. Et celui-ci avait su, toute la journée, ce qui se tramait. Sa façon de sourire comme s'il en savait long, sa façon d'épier Rebus comme s'ils se trouvaient sur des bords opposés.

— Monsieur, il y a comme qui dirait de l'eau dans le gaz entre l'inspecteur Ancram et moi.

— Vous avez envie de m'en dire plus ?

— Non, monsieur, sauf votre respect.

— Ma foi, j'imagine que je pourrais obtenir l'inspecteur chef Flower à la place. Il ne se sent plus depuis qu'il a chopé ce fils de député qui cultivait du cannabis...

Rebus déglutit péniblement.

— Je crois que je préfère l'inspecteur principal Ancram, monsieur.

Carswell le regarda de travers.

— Mais bon sang ! Ce n'est pas à vous d'en décider, inspecteur !

— Non, monsieur.

Carswell soupira.

— Ancram a déjà été briefé, alors ne changeons rien... si cela vous convient ?

— Merci, monsieur.

Comment en suis-je arrivé là ? se demanda Rebus. *Je remercie celui qui me colle Ancram au train...*

— Je peux m'en aller maintenant, monsieur ?

— Non.

Carswell feuilletait de nouveau le dossier, tandis que Rebus s'efforçait de calmer ses battements de cœur. Il parcourut une note et reprit sans lever les yeux.

— Qu'est-ce que vous foutiez à Ratho ce matin ?

— Pardon ?

— Un corps a été repêché dans le canal. J'ai

entendu dire que vous étiez sur place. Ce n'est pas
exactement le secteur de Craigmillar, il me semble.

— Je passais par là.

— Apparemment, vous avez identifié le corps ?

— Oui, monsieur.

— Vous êtes un homme plein de ressources. (Une
ironie pesante.) Comment se trouve-t-il que vous le
connaissiez ?

*Cracher le morceau ou la boucler ? Ni l'un ni
l'autre. Feindre.*

— Je l'ai reconnu parce qu'il était l'un de nos
informateurs, monsieur.

Carswell leva les yeux.

— De qui en particulier ?

— De l'inspecteur Flower.

— Vous vouliez le débaucher ? (Rebus s'abstint
de répondre et laissa Carswell tirer ses propres
conclusions.) Le matin même où il a piqué une tête
dans le canal… curieuse coïncidence, non ?

Rebus haussa les épaules.

— Ce sont des choses qui arrivent, monsieur.

Son regard accrocha celui de Carswell et ils restèrent ainsi, les yeux dans les yeux.

— Rompez, inspecteur, envoya Carswell.

Rebus ne cilla pas avant d'avoir regagné le couloir.

La main tremblante, il appela St Leonard depuis
Fettes. Mais Gill n'était toujours pas là et personne
ne savait où la trouver. Rebus demanda au standard
de l'appeler par haut-parleur, puis qu'on lui passe
la salle de garde. Ce fut Siobhan qui décrocha.

— Brian est là ?

— Je ne l'ai pas vu depuis deux ou trois heures.
Vous mijotez un coup tous les deux ?

— La seule chose qui chauffe pour le moment,

c'est mon foutu matricule. Quand vous le verrez, dites-lui de m'appeler. Et faites passer le même message à Gill Templer.

Il raccrocha avant qu'elle ait pu répondre. Elle aurait sans doute proposé son aide et, pour le moment, Rebus voulait éviter de mouiller quelqu'un d'autre. Mentir pour se protéger… mentir pour protéger Gill Templer… *Gill*… Il avait des questions à lui poser, et d'urgence. Il essaya de l'appeler chez elle, laissa un message sur son répondeur, puis tenta sa chance chez Holmes : un autre répondeur, un autre message. *Rappelez-moi.*

Attends. Réfléchis.

Il avait demandé à Holmes de potasser l'affaire Spaven, ce qui voulait dire fouiller dans les dossiers. Quand le poste de Great London Road avait brûlé de fond en comble, beaucoup de dossiers étaient partis en fumée, mais pas les documents les plus anciens. Ceux-là avaient été évacués pour récupérer de la place. Ils se trouvaient entreposés avec d'autres archives, autant de vieux squelettes qui dansaient la sarabande dans un entrepôt près de Granton Harbour. Rebus avait pensé que Holmes signerait le registre pour les consulter, mais peut-être pas…

Il y avait dix minutes en voiture de Fettes à l'entrepôt. Rebus n'en mit que sept. Il s'autorisa un sourire quand il aperçut la voiture de Holmes sur le parking. Il poussa la porte d'entrée et se trouva dans un vaste espace sombre qui résonnait. Des rangées alignées au cordeau d'étagères de métal vert couraient sur toute la longueur du bâtiment, remplies de carton à usage industriel, à l'intérieur desquels se désagrégeait lentement l'histoire de la police de Lothian & Borders — et celle de la cité d'Édimbourg jusqu'à sa fin ultime — des années cinquante aux années soixante-dix. Des documents continuaient d'affluer.

Des caisses avec des étiquettes qui pendaient attendaient qu'on les déballe et un changement semblait
se produire, des boîtes à couvercle en plastique remplaçant le carton à usage industriel. Un petit vieux,
très soigné, la moustache noire et des lunettes en cul
de bouteille, s'avança vers Rebus.

— Que puis-je pour vous ?

L'homme illustrait le fonctionnaire type. Quand il
ne regardait pas le sol, il fixait un point derrière
l'oreille droite de son interlocuteur. Il portait une
blouse en nylon gris sur une chemise blanche au col
râpé et une cravate en tweed vert. Un bouquet de
stylos et de crayons dépassait de sa poche poitrine.

Rebus montra sa carte de police.

— Je cherche un collègue, le sergent Holmes ; je
pense qu'il consulte de vieux dossiers.

L'homme examina sa carte. Il s'approcha d'un
bloc-notes et écrivit le nom et le rang de Rebus, plus
la date et l'heure d'arrivée.

— Est-ce bien nécessaire ? demanda celui-ci.

On aurait cru que jamais pareille question ne lui
avait été posée.

— Le travail administratif, fit-il sèchement en
considérant le contenu de l'entrepôt autour de lui.
Tout ça est nécessaire, sinon je ne serais pas là.

Puis il sourit tandis que ses verres renvoyaient la
lumière du plafond.

— Par ici.

Il conduisit Rebus dans une allée de cartons, puis
tourna à droite et finalement, après une brève hésitation, à gauche. Ils parvinrent à un dégagement, où
Brian Holmes était assis à ce qui devait être un vieux
bureau d'écolier, l'encrier de porcelaine intact. Il
avait les coudes sur le bureau, la tête dans les mains.
Une lampe sur le bureau baignait la scène d'une
douce clarté. Le fonctionnaire toussota.

— Quelqu'un pour vous.

Holmes se leva quand il vit qui c'était. Rebus se tourna vivement vers l'employé.

— Merci de votre aide.

— Sans problème. Je ne reçois pas tellement de visites.

Le bonhomme s'éloigna en traînant les pieds, le bruit de ses pas s'estompant peu à peu

— Ne vous en faites pas, dit Holmes. J'ai semé des miettes de pain derrière moi pour qu'on retrouve la sortie. (Il regarda autour de lui.) Vous avez déjà vu un endroit pareil ? Ça fout les boules, non ?

— Il tient le pompon, je dois dire. Écoutez, Brian, il y a un os. (Il leva la main droite.) La merde. (Puis la gauche.) En pleine poire.

Il frappa ses mains l'une contre l'autre. Le bruit se répercuta à travers la bâtisse.

— Racontez.

— Le facteur Cheval fait procéder à une enquête sur l'affaire Spaven avant de rouvrir le dossier. Et il s'est démerdé pour en charger quelqu'un que j'ai récemment caressé à rebrousse-poil.

— Pas très malin.

— Complètement taré. Donc, on ne va pas tarder à embarquer la doc. Et je n'ai pas envie qu'on vous embarque avec.

Holmes regarda les dossiers bourrés, l'encre noire décolorée sur les couvertures.

— Les dossiers pourraient s'égarer, non ?

— Sûr, ce qui poserait deux problèmes. Première-ment, ça aurait l'air hautement suspect. Deuxiè-mement, je suppose que Monsieur Gratte-papier sait quels dossiers vous consultez.

— C'est juste, admit Holmes. C'est noté sur la feuille.

— En face de votre nom.

— On pourrait essayer de lui filer du cash.

— Ce n'est pas le genre. Il n'est pas ici pour le pognon, n'est-ce pas ?

Holmes parut songeur. Il était aussi dans un état épouvantable : mal rasé, mal coiffé — une bonne coupe ne lui aurait pas fait de mal. Les valises qu'il avait sous les yeux avaient la taille d'un coffre à charbon.

— Écoutez, dit-il enfin. J'en suis à la moitié… plus, même. Si je passe une nuit blanche, peut-être si j'accélère ma lecture, j'aurais fini pour demain.

Rebus hocha la tête lentement.

— Qu'est-ce que vous en pensez pour le moment ?

Il avait presque peur de toucher les dossiers, de les feuilleter. Ce n'était pas de l'histoire, c'était de l'archéologie.

— À mon avis, vous n'avez pas fait de progrès en dactylo. Pour vous répondre carrément : il y a quelque chose qui cloche là-dedans, je peux lire ça entre les lignes. Je vois exactement là où vous cherchez à cacher quelque chose, à réécrire l'histoire pour qu'elle colle avec votre version des faits. Vous n'étiez pas très subtil à l'époque. La version de Geddes se lit mieux, il est plus sûr de lui. Il passe sur les détails, ne craint pas de minimiser, d'éluder. Mais ce que j'aimerais savoir, c'est ce qui s'est passé au départ entre Spaven et lui. Vous m'avez déjà dit qu'ils avaient servi ensemble en Birmanie ou je ne sais où. Qu'est-ce qui les a amenés à se détester ? Vous comprenez, si on savait ça, on saurait si ce que Geddes avait sur l'estomac était grave et peut-être jusqu'où il aurait pu aller.

Rebus frappa de nouveau des mains, mais cette fois, pour applaudir en étouffant le bruit.

— Ça, c'est un progrès.

— Alors laissez-moi encore vingt-quatre heures

pour voir ce que je peux encore en tirer. John, je veux faire ça pour vous.

— Et si vous vous faites pincer ?

— J'inventerai une raison, ne vous en faites pas.

Le biper de Rebus sonna. Il regarda Holmes.

— Plus vite vous partirez, plus vite je pourrai m'y remettre.

Rebus lui donna une tape sur l'épaule et longea de nouveau les rayons. Brian Holmes, un ami. C'était difficile de l'identifier à celui qui avait passé à tabac Mental Minto. La schizophrénie, fidèle alliée du policier. Une double personnalité qui se révélait bien commode…

Il demanda à l'employé l'autorisation d'utiliser le téléphone accroché au mur. Il appela le commissariat.

— Inspecteur Rebus.

— Oui, inspecteur, apparemment, vous avez tenté de joindre l'inspecteur chef Templer.

— Oui.

— Eh bien je peux vous indiquer l'endroit où elle est. Elle se trouve à Ratho, dans un restaurant.

Rebus raccrocha d'un geste rageur, se maudissant de ne pas y avoir pensé plus tôt.

Le ponton en bois sur lequel avait été étendu le corps de McLure avait été séché par le vent et rien n'indiquait qu'une mort était survenue récemment. Les canards barbotaient dans l'eau. Un des bateaux venait de repartir avec une demi-douzaine de passagers à son bord. Les clients du restaurant mastiquaient leur repas en suivant d'un œil vague les deux silhouettes sur la rive du canal.

— J'ai passé la moitié de la journée en réunions, dit Gill. J'ai appris la nouvelle il y a une heure seulement. Que s'est-il passé ?

Ses mains étaient enfoncées dans les poches de son manteau, un Burberry crème. Elle avait l'air déprimé.

— Demande au légiste. Il y avait une estafilade sur le crâne de McLure, mais ça ne nous dit pas grand-chose. Il a pu se cogner en glissant.

— Ou quelqu'un l'a assommé et poussé.

— Ou alors il a pu sauter. (Rebus frissonna. Cette mort lui ramenait à l'esprit les hypothèses concernant celle de Mitchison.) Si tu veux mon avis, l'autopsie nous dira seulement s'il était en vie quand il a touché l'eau. Pour le moment, je dirai qu'il était probablement en vie, ce qui ne répond toujours pas à la question : accident, suicide ou coup sur la tête ?

Il regarda Gill s'éloigner pour s'engager dans le chemin de halage, puis il la rattrapa. Il recommençait à pleuvasser, des petites gouttes clairsemées. Il les regarda atterrir sur son imper, qui fonçait peu à peu.

— C'est raté pour leur mettre la main au collet, dit-elle, la voix un peu tremblante.

Rebus lui releva le col de son manteau et elle sourit, comprenant le jeu de mots.

— Il y en aura d'autres, lui promit-il. En attendant, un homme a passé l'arme à gauche… ne l'oublie pas. (Elle opina du chef.) Écoute, je me suis fait cuisiner par l'adjoint au chef, cet après-midi.

— C'est l'affaire Spaven ?

— Oui, confirma-t-il. Et en plus, il voulait savoir ce que je fichais par ici ce matin.

Elle lui jeta un rapide coup d'œil.

— Qu'est-ce que tu as dit ?

— Rien. Mais le problème, c'est que… McLure a un rapport avec Spaven…

— Quoi ?

À présent, il avait droit à toute son attention.

— Ils étaient copains il y a des années.

— Bon sang, pourquoi tu ne m'as rien dit ?

Rebus fit la moue.

— Ça semblait sans importance.

Là, Gill gambergeait vraiment.

— Mais si Carswell établit un lien entre McLure et Spaven ?…

— Dans ce cas, ma présence ici le matin même où Fergie les Foies a tiré sa révérence aura l'air un chouia suspecte.

— Tu es obligé de lui dire.

— Pas sûr.

Elle se tourna vers lui, ses mains empoignant les revers de sa veste.

— Tu me protèges pour m'éviter les retombées.

Il pleuvait de plus en plus fort et des gouttes scintillaient joliment dans ses cheveux.

— Disons seulement que je suis à l'épreuve des radiations, déclara-t-il en la tenant par la main pour entrer dans le bar.

Comme ils n'avaient pas très faim, ils grignotèrent une bricole. Rebus réclama un whisky, Gill de l'eau de source des Highlands. Ils étaient assis face à face à une table isolée dans une alcôve. Le bistrot était plein au tiers et personne n'était assez près pour entendre.

— Qui d'autre était au courant ? demanda-t-il.

— Tu es le premier à qui j'en ai parlé.

— Enfin, ils ont pu l'apprendre, de toute façon. Peut-être que Fergie a craqué, ou qu'il a avoué. Ou peut-être qu'ils ont simplement deviné.

— Ça fait beaucoup de peut-être.

— Qu'est-ce qu'on a d'autre ? (Il mâchonna un moment.) Et les autres balances dont tu as hérité ?

— Et alors ?

— Les informateurs ont les oreilles comme des

antennes paraboliques. Peut-être que Fergie n'était pas le seul au courant de ce trafic.

Gill fit signe que non.

— Je lui avais posé la question à l'époque. Il semblait convaincu que ça se faisait dans la discrétion totale. Tu penses qu'il s'est fait refroidir, c'est ça ? Mais souviens-toi, il avait les nerfs malades, des problèmes psychiques. Peut-être qu'il n'a plus supporté cette angoisse.

— Rends-nous service, Gill, suis l'enquête de près. Vois ce que disent les voisins. Est-ce qu'il a eu de la visite ce matin ? Quelqu'un d'inhabituel ou de suspect ? Vois si tu peux vérifier ses appels téléphoniques. Je parie que ça va se résumer à un accident, ce qui veut dire que personne ne va se fatiguer làdessus. Insiste, dis que tu leur revaudras ça. Avait-il l'habitude de faire une promenade le matin ?

Elle approuva.

— Autre chose ?

— Oui... qui a les clés de sa maison ?

Gill passa ses appels et ils prirent un café en attendant qu'un agent leur apporte les clés, venues droit de la morgue. Elle l'avait interrogé sur l'affaire Spaven, à quoi Rebus n'avait donné que des réponses vagues. Puis ils avaient évoqué Johnny Bible, Allan Mitchison... une façon de parler boutique en évitant soigneusement les questions personnelles. Mais, à un moment donné, leurs regards se croisèrent, ils échangèrent un sourire, car ils savaient que les questions étaient là, même si aucun d'eux ne les posait.

— Alors, enchaîna Rebus, qu'est-ce que tu vas faire maintenant ?

— À propos du tuyau que McLure m'a filé ? lâchat-elle avec un soupir. Il n'y a rien à en tirer, c'était trop vague… pas de noms ni de détails, aucune date de rendez-vous… c'est fichu.

— Enfin, peut-être. (Rebus leva les clés et les agita.) Tout dépend si tu veux venir fouiner ou pas.

Les trottoirs de Ratho étaient étroits. Pour conserver ses distances, Rebus marcha sur la route. Ils ne disaient rien, ce n'était pas la peine. C'était leur deuxième soirée ensemble. Rebus avait plaisir à tout partager avec elle, sauf le contact physique.

— Voilà sa voiture.

Gill contourna la Volvo, regarda à l'intérieur par les vitres. Sur le tableau de bord, une petite lumière rouge clignotait : l'alarme automatique.

— Finition cuir. Elle a l'air toute neuve.

— Du Fergie les Foies tout craché. Du beau et du costaud.

— Je ne sais pas, fit Gill d'un ton songeur. C'est la version turbo.

Rebus ne l'avait pas remarqué. Il pensa à sa vieille Saab.

— Je me demande ce qu'elle va devenir…

— C'est chez lui ?

Ils s'approchèrent de la porte et ouvrirent le verrou trois points. Rebus alluma les lumières dans l'entrée.

— Tu sais si l'un des nôtres est déjà venu faire un tour ? s'enquit Rebus.

— Pour autant que je sache, nous sommes les premiers. Pourquoi ?

— Essayons un ou deux scénarios pour voir. Admettons que quelqu'un soit venu le voir, qu'on lui ait flanqué la trouille. Admettons qu'on lui ait proposé une balade…

— Oui ?

— Il a tout de même eu la présence d'esprit de verrouiller la porte. Alors soit il n'avait pas tellement la pétoche…

— Soit celui qui l'accompagnait a verrouillé la porte en supposant que c'était ce que McLure ferait normalement.

— Exact. Autre chose. Le système d'alarme… (Il montra un boîtier sur le mur dont la lumière verte ne bronchait pas.) Elle n'est pas branchée. S'il était dans tous ses états, il a pu oublier. S'il pensait qu'il n'en reviendrait pas vivant, il s'en fichait.

— Il se fichait peut-être aussi d'aller se balader. Rebus voulut bien l'admettre.

— Dernier scénario : celui qui a verrouillé la porte a oublié l'alarme ou carrément il ne savait pas qu'il y en avait une. Tu comprends, verrouiller la porte à double tour sans mettre l'alarme… ce n'est pas logique. Et quelqu'un comme Fergie, un propriétaire de Volvo, c'est quelqu'un qui est *toujours* logique.

— Voyons voir s'il avait quelque chose à piquer.

Ils entrèrent dans le séjour. Il était bourré jusqu'à la gueule de meubles et d'un bric-à-brac incroyable d'objets, en partie modernes mais dont la plupart avaient l'air de remonter à plusieurs générations. Toutefois, même si la pièce était surencombrée, elle était impeccable, d'une propreté méticuleuse, avec des tapis de prix sur le sol. Rien à voir avec des stocks rescapés d'incendie ou de faillites.

— Admettons que quelqu'un soit *effectivement* venu le voir, reprit Gill. On devrait peut-être relever les empreintes.

— Absolument peut-être. Demande aux types du labo de commencer par là.

— Bien, chef !

— Mes excuses, madame, se reprit Rebus en souriant.

Ils parcoururent la pièce, les mains dans les poches. On avait du mal à se retenir de toucher les objets.

— Aucun signe de bagarre et rien ne paraît avoir été déplacé.

— C'est juste.

Après le séjour, il y avait un autre couloir, plus petit, qui conduisait à la chambre d'ami et à ce qui avait dû être le salon, réservé aux visites. Fergus McLure en avait fait son bureau. Il y avait de la paperasse partout et sur une table de salle à manger pliante trônait un ordinateur.

— J'imagine que quelqu'un va devoir se plonger dans ce fourbis, remarqua Gill que cette perspective n'emballait guère.

— Je déteste les ordinateurs, compatit Rebus.

Il avait remarqué un épais bloc-notes à côté du clavier. Il sortit une main de sa poche et le prit par les bords, l'orientant vers la lumière. Le papier portait l'empreinte de la dernière feuille écrite. Gill s'approcha pour voir.

— Ne me dis rien.

— Je n'arrive pas à déchiffrer et je ne crois pas qu'on y arriverait avec un crayon à papier.

Ils se regardèrent et prononcèrent en chœur le même mot.

— Howdenhall.

— Ensuite, on vérifie le contenu des poubelles ? demanda Gill.

— Tu t'en charges, moi je vais explorer le premier.

Il retourna dans l'entrée, remarqua d'autres portes et les ouvrit : une petite cuisine à l'ancienne, des portraits de famille sur les murs, des toilettes, un débarras. Il gravit les marches, ses pieds s'enfonçant dans l'épaisse moquette qui étouffait les sons. C'était une maison silencieuse. Rebus avait l'impression qu'elle l'était même quand McLure était présent. Une autre chambre d'ami, une salle de bains spacieuse — rétro, comme la cuisine — et la chambre à coucher principale. Rebus s'intéressa aux endroits habituels, sous le lit, le matelas et les oreillers. Les tables de nuit, la commode, l'armoire. Tout était dans un ordre maniaque : les gilets pliés exactement comme il faut et empilés d'après la couleur. Les pantoufles et les chaussures en rang d'oignon, les marron ensemble, puis les noires. Une petite bibliothèque présentait une collection sans originalité, l'histoire du tapis et de l'art oriental, la tournée des vignobles français en images.

Une vie sans complications.

C'était ça, ou la crasse était ailleurs.

— T'as trouvé quelque chose ? cria Gill du rez-de-chaussée.

Rebus reprit le couloir.

— Non, mais tu pourrais demander qu'on vérifie son local commercial.

— Dès la première heure.

Il descendit l'escalier.

— Et toi ?

— Rien. À part ce qu'on peut s'attendre à trouver dans une poubelle. Rien qui dise : 14 h 30 vendredi, vente de tapis et de came.

— Dommage, remarqua Rebus avec un sourire, puis il regarda sa montre. Tu as envie d'un autre verre ?

— Non, fit Gill en s'étirant de tous ses membres, je ferais mieux de rentrer. La journée a été longue.

— Une autre longue journée.

— Oui, une autre longue journée, répéta-t-elle en relevant la tête pour le regarder. Et toi ? Tu vas t'en payer encore un ?

— Ce qui veut dire ?

— Que tu bois plus qu'avant.

— Ce qui veut dire ?

Elle le scrutait d'un air soucieux.

— Que je préférerais que ce ne soit pas le cas.

— Alors je dois me limiter à combien, docteur?

— Ne le prends pas sur ce ton.

— Comment sais-tu ce que je bois? Qui a vendu la mèche?

— On est sortis ensemble hier soir, tu as oublié?

— Je n'ai pris que deux ou trois whiskies.

— Et après mon départ?

Rebus déglutit péniblement.

— Je suis rentré me pieuter.

Elle eut un petit sourire triste.

— Menteur, va. Et tu as encore remis ça à la première heure. Une voiture de patrouille t'a vu sortir du pub derrière Waverley.

— On me file, alors?

— Figure-toi qu'il y a des gens qui s'inquiètent pour toi, c'est tout.

— Je ne peux pas y croire, gronda-t-il en ouvrant brusquement la porte.

— Où tu vas?

— J'ai besoin d'un verre, bordel. Tu viens si ça te dit.

10

Comme il s'engageait dans Arden Street, il remarqua un attroupement devant l'entrée de son immeuble. Les gens battaient la semelle en se lançant des vannes pour garder le moral. Un ou deux mangeaient des frites dans un journal, ce qui n'était pas sans ironie puisqu'ils avaient tout l'air d'être des journalistes.

— Putain.

Rebus les dépassa et poursuivit sa route, les yeux sur le rétroviseur. De toute façon, il n'y avait pas de place pour se garer. Il obliqua à droite au premier carrefour, puis à gauche au suivant et aboutit sur un parking devant Thirlestane Baths. Il coupa le contact et bourra le volant de coups de poing. Il aurait pu se tirer, peut-être rejoindre la M90 pour foncer jusqu'à Dundee et retour, mais le cœur n'y était pas. Il respira à fond plusieurs fois en sentant son sang affluer et marteler dans ses oreilles.

— On y va, dit-il en sortant de la voiture.

Il descendit à pied Marchmont Crescent jusqu'à sa friterie, puis repartit en direction de son appartement tandis que l'huile chaude lui brûlait la paume à travers les feuilles du journal. Il prit son temps pour remonter Arden Street. Comme on ne s'attendait pas à le voir arriver à pied, il les avait presque rejoints avant d'être repéré.

Il y avait en plus une équipe de télévision, Redgauntlet, comprenant un cameraman, Kayleigh Burgess et Eamonn Breen. Pris de court, Breen envoya d'une chiquenaude sa cigarette dans la rue et empoigna son micro. La caméra vidéo avait un projo fixé dessus. Les projecteurs vous font toujours cligner des yeux, ce qui vous donne obligatoirement une tête de coupable, de sorte que Rebus veilla à écarquiller les siens avec un air de probité candide.

Un journaliste ouvrit le ban.

— Inspecteur, un commentaire concernant le dossier Spaven ?

— Est-il vrai qu'on rouvre l'enquête ?

— Qu'avez-vous ressenti en apprenant que Lawson Geddes s'était suicidé ?

À cette question, Rebus lança un regard à Keyleigh Burgess, qui avait le bon goût de garder les yeux fixés sur le pavé. Il était déjà à mi-chemin de chez lui, à quelques pas de la porte d'entrée de son immeuble, toujours entouré de cette nuée. C'était comme patauger dans la gadoue. Il s'immobilisa et se retourna vers eux.

— Mesdames et messieurs de la presse, j'aimerais faire une brève déclaration.

Ils se regardèrent les uns les autres, le regard plein d'étonnement, puis ils tendirent leurs micros. Deux ou trois vieux routiers à l'arrière-ban, qui connaissaient trop bien la musique pour s'emballer, se contentèrent d'un stylo et d'un bloc.

Quand le brouhaha se fut apaisé, Rebus brandit au-dessus de sa tête le cornet soigneusement replié.

— Au nom des mangeurs de frites d'Écosse, j'aimerais vous remercier de nous fournir nos emballages nocturnes.

Et il franchit la porte avant qu'ils aient retrouvé leurs esprits.

Dans son appartement, il s'approcha dans le noir de la fenêtre du séjour pour observer la scène en contrebas. Quelques reporters secouaient la tête en téléphonant sur leur mobile pour savoir s'ils étaient autorisés à lever le camp. Un ou deux se dirigeaient déjà vers leur voiture. Eamonn Breen s'adressait à la caméra, l'air complètement imbu de lui-même, comme toujours. Un des jeunes journalistes levait deux doigts au-dessus de la tête de Breen en imitant des oreilles de lapin.

Sur le trottoir d'en face, Rebus vit un homme adossé à une voiture, les bras croisés. Les yeux levés vers la fenêtre, il souriait. Il adressa à Rebus quelques applaudissements silencieux, puis monta en voiture et mit le contact.

Jim Stevens.

Rebus revint dans la pièce, alluma une lampe d'architecte et s'installa dans son fauteuil pour manger ses frites. Mais il n'avait toujours pas faim. Il se demandait qui avait tuyauté ces vautours. Le facteur Cheval ne l'avait mis au courant que l'après-midi même et, pour sa part, il n'en avait parlé qu'à Brian Holmes et Gill Templer. Le répondeur téléphonique clignotait furieusement : quatre messages. Il parvint à faire fonctionner l'engin sans consulter le mode d'emploi, ce qui le remplit d'une brève satisfaction, coupée net par l'accent de Glasgow.

— Inspecteur Rebus, ici l'inspecteur principal Ancram à l'appareil. (Ton vif et professionnel.) Juste pour vous informer que j'arriverai probablement à Édimbourg demain pour démarrer l'enquête, et plus vite on s'y mettra, plus vite on en sera débarrassé. C'est mieux pour tout le monde, non ? J'ai laissé un message à Craigmillar pour que vous me rappeliez, mais on dirait que vous n'y êtes pas souvent.

— Merci et bonsoir, marmonna Rebus.

Bip. Deuxième message.

— Inspecteur, c'est encore moi. Il me serait fort utile de connaître vos futurs déplacements pour la semaine prochaine, afin que je puisse utiliser mon temps au mieux. Si vous pouviez me taper comment vous ventilez votre temps avec autant de précision que possible, je vous en serais très reconnaissant.

— C'est moi qui vais faire de l'hyperventilation si ça continue.

Il retourna à la fenêtre. Ils s'égaillaient dans la nature. La caméra de Redgauntlet avait été rembarquée dans le break. Troisième message. Au son de la voix, Rebus resta bouche bée, les yeux rivés à la machine.

— Inspecteur, l'enquête sera basée à Fettes. Je vais probablement amener un de mes hommes avec moi, mais sinon, je ferai appel aux services de Fettes. Donc, à partir de demain matin, c'est là que vous me contactez.

Il se dirigea vers l'appareil, le regard scotché dessus. *Qu'il ose, qu'il ose…*

Bip. Quatrième message.

— Quatorze heures demain pour notre premier rendez-vous, inspecteur. Faites-moi savoir si ce…

Rebus s'empara du répondeur et l'envoya valdinguer contre le mur. Le couvercle s'ouvrit et éjecta la bande.

On sonna dans l'entrée.

Il vérifia par l'œilleton et ne put en croire ses yeux. Il ouvrit la porte en grand.

Kayleigh Burgess fit un pas en avant.

— Oh là là! Vous avez l'air énervé.

— Mais je *suis* énervé! Bon sang, qu'est-ce qui vous amène?

Elle ramena la main cachée derrière son dos et tendit une bouteille de Macallan.

— Faire la paix, dit-elle.

Rebus considéra la bouteille, puis la jeune femme.

— Est-ce votre conception de l'incitation à la débauche?

— Certainement pas.

— Vous avez un micro ou une caméra planqué sur vous?

Elle secoua la tête. Des bouclettes châtains vinrent effleurer ses joues et le coin de ses yeux. Rebus recula dans l'entrée.

— Vous avez de la chance que j'ai la pépie, fit-il.

Elle le précéda dans le séjour, ce qui lui donna l'occasion de la détailler des pieds à la tête. Elle était aussi tirée à quatre épingles que la maison de Fergie les Foies.

— Écoutez, je m'excuse pour votre magnéto, dit-il. Envoyez-moi la note, sérieusement.

Elle haussa les épaules, puis remarqua le répondeur.

— Qu'est-ce que vous avez contre la technologie?

— Ça fait à peine dix secondes et les questions commencent déjà à fuser. Attendez ici, je reviens avec les verres.

Dans la cuisine, il referma la porte derrière lui, puis ramassa les coupures de presse et les journaux sur la table, et les fourra dans le buffet. Il rinça deux verres, qu'il essuya sans se presser, les yeux fixés sur le mur au-dessus de l'évier. Qu'est-ce qu'elle voulait? Des informations, bien sûr. Le visage de Gill lui revint en mémoire. Elle lui avait demandé un service et un homme était mort. Quant à Kayleigh Burgess… peut-être qu'elle était pour quelque chose dans le suicide de Geddes. Il emporta les verres. Il la trouva accroupie devant la hi-fi en train de déchiffrer le dos des albums.

— Je n'ai jamais eu de tourne-disque, remarqua-t-elle.

— Ce sera bientôt la mode, à ce qu'il paraît. (Il ouvrit le Macallan et le versa.) Je n'ai pas de glaçon, mais je pourrais sans doute découper un bloc de glace à l'intérieur du congélateur.

Elle se releva et prit son verre.

— Nature, c'est très bien.

Elle portait des jeans noirs moulants, décolorés aux fesses et aux genoux, et un blouson en jean avec une doublure en polaire. Elle avait les yeux légèrement saillants, à fleur de tête, se dit-il, les sourcils arqués... naturels, nota-t-il, pas épilés. Et les pommettes hautes.

— Asseyez-vous.

Elle se mit sur le sofa, les jambes un peu écartées, les coudes sur les genoux, en tenant son verre devant son visage.

— Ce n'est pas votre premier aujourd'hui, n'est-ce pas? interrogea-t-elle.

Il prit une gorgée et posa le verre sur le bras de son fauteuil.

— Je peux m'arrêter quand je veux. (Il écarta les bras.) Vous voyez?

Elle sourit, but, le dévisageant par-dessus le rebord du verre. Il tenta de lire les signaux: coquette, espiègle, décontractée, observatrice, calculatrice, amusée...

— Qui vous a filé le tuyau pour l'enquête? demanda-t-il.

— Vous voulez dire qui a tuyauté les médias en général ou moi en particulier?

— Peu importe.

— Je ne sais pas de qui ça vient, mais un journaliste l'a dit à un autre et ça a fait tache d'huile. Une de mes amies au *Scotland on Sunday* m'a appelée. Elle savait qu'on couvrait l'affaire Spaven.

Jim Stevens, songea Rebus. Sur la touche comme l'entraîneur d'une équipe de foot. Stevens, basé à Glasgow. Chick Ancram, basé à Glasgow. Ancram sachant que Rebus et Stevens, ça remontait à loin, avait craché le morceau...

Le fumier. Pas étonnant qu'il n'ait pas proposé à Rebus de l'appeler Chick.

— Je peux presque entendre les rouages tourner.

Un sourire crispé.

— Les pièces du puzzle se mettent en place toute seules.

Il s'empara de la bouteille, qu'il avait laissée à portée de main. Kayleigh Burgess se laissa aller contre le dossier du divan et ramena ses jambes sous elle en regardant alentour.

— C'est une belle pièce, spacieuse.

— Elle a besoin d'un coup de peinture.

— Les corniches, c'est sûr, approuva-t-elle. Et peut-être aussi autour de la fenêtre. Mais je virerais ça. (Elle parlait d'une peinture au-dessus de la cheminée, un bateau de pêche dans un port.) C'est censé se situer où ?

— Un endroit qui n'existe pas, expliqua Rebus en haussant les épaules.

Lui non plus n'aimait pas ce tableau, mais il ne se voyait pas le bazarder.

— Vous pourriez décaper la porte, poursuivit-elle. Ça donnerait quelque chose de pas mal, à mon avis. (Elle vit son regard.) Je viens juste de m'acheter un appart à Glasgow.

— Tant mieux pour vous.

— Les plafonds sont trop hauts à mon goût, mais...

Elle se rendit compte du ton qu'il avait eu et s'interrompit.

— Je m'excuse, dit Rebus. Ce genre de blabla n'est pas mon fort.

— Vous êtes plus à l'aise dans le genre sarcastique.

— Là, je ne manque pas de pratique. Comment se présente l'émission?

— Je croyais que vous ne vouliez pas en parler.

Il haussa les épaules.

— Ça devrait être plus intéressant que le bricolage.

Il se leva pour lui servir une nouvelle rasade.

— Ça avance. (Elle leva les yeux vers lui, mais il garda les siens obstinément baissés sur le verre de la jeune femme.) Ça serait plus simple si vous acceptiez d'être interviewé.

— Non.

Il regagna son fauteuil.

— Non, répéta-t-elle en écho. Enfin, avec ou sans vous, l'émission se fera. Elle est déjà programmée. Vous avez lu le livre de M. Spaven?

— Je ne suis pas un fan de romans.

Elle se retourna vers la pile de livres à côté de la chaîne hi-fi. Ils démentaient ses propos.

— J'ai rarement rencontré un prisonnier qui ne clamait pas son innocence, enchaîna-t-il. C'est un mécanisme de survie.

— Et je présume que vous n'avez jamais connu d'erreur judiciaire?

— J'en ai vu des tas. Mais d'habitude, «l'erreur» c'est quand le criminel arrive à s'en tirer. Tout le système légal est une vaste erreur judiciaire.

— Puis-je citer vos propos?

— Cette conversation est strictement *confidentielle.*

— Vous êtes censé l'annoncer clairement à l'avance.

Il agita un doigt vers elle.

— Confidentiel.

Elle hocha la tête et leva son verre dans sa direction.

— Aux réflexions confidentielles, alors.

Il porta le verre à ses lèvres mais sans y toucher. Le whisky sapait sa méfiance et le rendait plus coulant en raison de sa fatigue et d'un cerveau déjà sur le point d'exploser. Un cocktail dangereux. Il devait se reprendre, et sur-le-champ.

— Vous voulez un peu de musique? demanda-t-il.

— C'est une façon subtile de changer de sujet?

— Des questions, toujours des questions...

Il s'approcha de la hi-fi et y inséra la cassette de *Meddle*.

— C'est qui? demanda-t-elle.

— Les Pink Floyds.

— Oh, je les aime bien. C'est un nouvel album?

— Pas vraiment.

Il la fit parler de son job, de ses débuts, de sa vie en remontant à son enfance. De temps à autre, elle posait une question sur son passé à lui, mais il secouait la tête et la ramenait à sa propre histoire. *Elle a besoin d'un break, d'un peu de repos*, se dit-il. Mais elle était obnubilée par son job, et peut-être était-ce là le seul semblant de répit qu'elle pouvait s'accorder. Puisqu'elle était avec *lui*, ça faisait partie du boulot. On en revenait à une question de culpabilité et de déontologie. Une histoire lui revint. La Première Guerre, le jour de Noël, les parties adverses sortant de leurs tranchées pour se serrer la main, jouer une partie de football, puis redescendre dans les tranchées et recommencer à se tirer dessus...

Après une heure et quatre whiskies, elle était

allongée sur le sofa, une main derrière la tête, l'autre sur son ventre. Elle avait retiré son blouson et portait un sweat-shirt blanc dont elle avait roulé les manches. La clarté de la lampe dessinait des filaments dorés sur le duvet de ses bras.

— Je ferais mieux d'appeler un taxi…, annonça-t-elle tranquillement, avec *Tubular Bells* en fond sonore. C'est qui, déjà?

Rebus ne répondit pas. Ce n'était pas la peine, elle dormait. Il aurait pu la réveiller, la mettre dans un taxi. Il aurait pu aussi la reconduire chez elle, Glasgow n'était qu'à une heure en pleine nuit. Au lieu de cela, il la recouvrit de sa couette, baissa la musique au point qu'il pouvait à peine distinguer l'intro de Viv Stanshall. Il était installé dans son fauteuil devant la fenêtre, recouvert d'un manteau. Le chauffage au gaz était allumé et réchauffait la pièce. Il attendrait qu'elle se réveille, puis il lui offrirait d'appeler un taxi ou de lui servir de chauffeur. Au choix.

Il avait du pain sur la planche, de quoi cogiter et de quoi s'organiser. Il se doutait de ce qui l'attendait, ce que serait le lendemain, Ancram et l'enquête. Il ruminait, façonnait, ajoutait une nouvelle couche. Amplement de quoi cogiter…

Il fut réveillé par la lumière du réverbère avec l'impression de n'avoir pas beaucoup dormi. Il regarda le sofa. Kayleigh ne s'y trouvait plus. Il était sur le point de refermer les yeux quand il s'aperçut que son blouson en jean gisait toujours sur le sol, là où elle l'avait jeté.

Il se leva encore groggy et, brusquement, il regretta son état comateux. La lumière du vestibule était allumée, la porte de la cuisine ouverte. Et, là aussi, la lumière brillait…

Elle se tenait près de la table, du paracétamol dans une main, un verre d'eau dans l'autre. Les coupures de journaux étaient étalées devant elle. Elle sursauta en le voyant, puis ses yeux revinrent à la table.

— Je cherchais du café, je me suis dit que ça m'aiderait à dessaouler. J'ai trouvé ça à la place.

— Un travail de recherche, grommela-t-il simplement.

— Je ne savais pas que vous étiez affecté à l'enquête sur Johnny Bible.

— Je ne le suis pas. (Il rassembla les feuilles et les remit dans le placard.) Il n'y a plus de café, je l'ai fini.

— De l'eau suffira.

Elle ingurgita les cachets.

— La gueule de bois ?

Elle avala l'eau, secoua la tête.

— Je peux peut-être l'éviter. (Elle le regarda.) Je n'étais pas en train de fouiner, c'est important pour moi que vous me croyiez.

— Eh bien, fit-il avec une fausse désinvolture, si ça filtre dans l'émission, on sera fixés tous les deux.

— Pourquoi vous vous intéressez à Johnny Bible ?

— Comme ça... (Il vit qu'elle ne le croyait pas.) C'est difficile à expliquer.

— Essayez toujours.

— Je ne sais pas... appelez ça la fin de l'innocence.

Il but quelques verres d'eau et la laissa retourner seule dans le séjour. Elle revint, son blouson sur le dos, et tirant sur ses cheveux pour les sortir du col.

— Je ferais mieux de filer.

— Vous voulez que je vous dépose quelque part ? (Elle secoua la tête.) Et pour la bouteille ?

— Peut-être qu'on pourra la finir une autre fois.

— Je ne peux pas promettre qu'elle sera toujours là.

— Je n'en mourrai pas. (Elle s'avança vers la porte, l'ouvrit et se retourna vers lui.) Vous avez entendu parler du noyé de Ratho?

— Oui, confirma-t-il, le visage impassible.

— Fergus McLure, je l'ai interviewé récemment.

— Tiens?

— C'était un ami de Spaven.

— Je n'en savais rien.

— Ah bon? C'est drôle, il m'a dit que vous l'aviez appréhendé pour l'interroger lors de la première enquête. Quelque chose à répondre à ça, inspecteur? (Elle sourit froidement.) Je pensais bien que non.

Il verrouilla la porte et l'entendit descendre l'escalier, puis retourna dans le séjour et se posta derrière la fenêtre pour regarder dans la rue. Elle prit à droite, en direction des Meadows et d'un taxi. Il y avait une seule lumière allumée de l'autre côté de la rue, aucun signe de la voiture de Stevens. Rebus regarda fixement son propre reflet. Elle était au courant du lien entre Spaven et McLure, savait qu'il avait interrogé McLure. Ce genre d'infos, c'était du gâteau pour Chick Ancram. D'un calme narquois, son reflet lui renvoyait son regard. Il lui fallut toute la force de sa volonté pour se retenir d'enfoncer son poing dans la vitre.

11

Rebus était en cavale — il était une véritable cible mouvante — avec une gueule de bois qui n'arrivait pas à le ralentir. Il avait commencé par faire ses bagages, une demi-valise seulement, et laissé son biper posé sur la cheminée. Le garage où il effectuait habituellement son contrôle technique s'arrangea pour jeter un coup d'œil à la Saab : pression des pneus, niveau d'huile. Quinze minutes pour quinze livres. Le seul problème qu'ils trouvèrent : la direction avait du mou.

— Ma conduite aussi, leur rétorqua Rebus.

Il avait des coups de fil à passer, mais voulait éviter son appartement, Fort Apache ou tout autre poste de police. Il songea aux pubs qui ouvraient de bonne heure, mais c'était comme le bureau : on savait qu'il y allait pour travailler. Il y avait trop de risques qu'Ancram l'y déniche. Il se rabattit donc sur son pressing de quartier, en refusant d'un geste une offre de services, une réduction de dix pour cent cette semaine. Une « offre promotionnelle ». Depuis quand les pressings avaient-ils besoin de faire des offres promotionnelles ?

Il se servit de l'appareil pour faire la monnaie d'un billet de cinq livres, prit un café et un biscuit au chocolat à une autre machine et tira une chaise jusqu'au téléphone mural. Premier appel : Brian Holmes à son domicile, un ultime carton rouge pour l'«enquête». Pas de réponse. Il ne laissa pas de message. Deuxième appel : Holmes au travail. Il déguisa sa voix et écouta un jeune inspecteur lui dire que Brian n'avait pas donné signe de vie jusque-là.

— Il y a un message ?

Rebus raccrocha sans dire un mot. Peut-être que Brian travaillait chez lui sur l'«enquête» sans répondre au téléphone. C'était possible. Troisième appel : Gill Templer à son bureau.

— Inspecteur principal Templer à l'appareil.

— C'est John.

Son regard fit le tour du pressing. Deux clients, le visage plongé dans des revues. Le doux ronronnement des lave-linge et des séchoirs. L'odeur de l'assouplissant. La gérante versait de la poudre à laver dans une machine. Une radio marchait en sourdine. *Double Barrel*, Dave & Ansel Collins. Une chanson naze.

— Tu viens aux nouvelles ?

— Pourquoi je t'appellerais sinon ?

— Vous avez du doigté, inspecteur.

— Dis-le à Sade. Où tu en es, pour Fergie ?

— Le bloc-notes est à Howdenhall, sans résultat pour le moment. Une équipe du labo se rend chez lui aujourd'hui pour relever les empreintes et le reste. Ils se sont demandé pourquoi on en avait besoin.

— Tu ne le leur as pas dit ?

— J'ai fait preuve d'autorité. Après tout, c'est à ça que ça sert.

Rebus sourit.

— Et pour l'ordinateur ?

— J'y retourne cet après-midi pour passer moi-même en revue les disquettes. J'interrogerai également les voisins à propos des visiteurs, des voitures étrangères, et de ce genre de choses.

— Et les locaux commerciaux de Fergie ?

— Je me rends à sa salle des ventes dans une demi-heure. Comment je m'en tire ?

— Rien à redire jusque-là.

— Bien.

— Je te rappellerai plus tard pour voir comment ça se passe.

— Tu as une drôle de voix.

— Drôle comment ?

— Comme si tu mijotais quelque chose.

— Ce n'est pas mon genre. Tchao ! Gill.

Appel suivant : Fort Apache, la ligne directe du Refuge. Maclay décrocha.

— Salut, le Gros, dit Rebus. Des messages pour moi ?

— Vous rigolez ? Il me faut des gants en amiante pour cet appareil.

— L'inspecteur principal Ancram ?

— Comment vous avez deviné ?

— La perception extrasensorielle. J'ai essayé de le joindre.

— Où vous êtes, à propos ?

— Cloué au lit, la grippe ou quelque chose comme ça.

— Vous n'avez pas l'air trop mal.

— Je joue les braves.

— Vous êtes chez vous ?

— Chez une copine. Elle me soigne.

— Ah ouais ? Racontez.

— Pas maintenant, le Gros. Écoutez, si Ancram rappelle…

— Ce qui ne va pas manquer.

— Dites-lui que j'essaie de le joindre.

— Est-ce que votre infirmière de choc a un numéro de téléphone ?

Mais Rebus avait déjà raccroché. Il appela son propre appartement pour vérifier si le répondeur marchait encore après le traitement d'enfer administré la veille. Il y avait deux messages, les deux venant d'Ancram.

— Lâche-moi la grappe, marmonna Rebus entre ses dents.

Puis il finit son café avec son biscuit au chocolat, et resta assis, les yeux fixés sur le hublot des séchoirs. Il avait l'impression d'avoir la tête à l'intérieur et de regarder le monde au-dehors.

Il passa deux autres coups de fil, l'un à T-Bird Oil et l'autre à la PJ des Grampians, puis décida de faire un saut chez Brian Holmes en priant le ciel pour que Nell ne soit pas là. C'était une maison jumelée étroite, confortable pour un couple. Le jardinet, grand comme un mouchoir de poche, était terriblement négligé. Les corbeilles fleuries, accrochées de chaque côté de la porte, crevaient de soif. Il aurait pourtant juré que Nell avait la main verte.

Personne ne vint ouvrir la porte. Il s'approcha de la fenêtre et regarda à l'intérieur. Elles n'avaient pas de voilages. Il arrivait que les jeunes couples s'en passent de nos jours. On aurait cru à un bombardement. Le sol de la salle de séjour était jonché de journaux et de revues, d'emballages de nourriture, d'assiettes, de tasses et de chopes vides. La corbeille à papier débordait de canettes de bière. La télé jouait dans une pièce déserte, un mélo de l'après-midi avec un couple bronzé en face à face. Sans le son, ils étaient finalement plus convaincants.

Rebus sonna chez les voisins. Un bambin lui ouvrit la porte.

— Salut, cow-boy. Ta maman est là ?

Une jeune femme sortait de la cuisine en s'essuyant les mains avec un torchon.

— Désolé de vous déranger, dit Rebus. Je cherche M. Holmes, il habite la maison d'à côté.

Elle regarda dehors.

— Sa voiture n'est pas là, il la gare toujours à la même place.

Elle montra du doigt l'endroit où était garée la Saab de Rebus.

— Vous n'avez pas vu sa femme ce matin, par hasard ?

— Pas depuis des lustres, répondit-elle. Elle avait l'habitude de passer avec des bonbons pour Damon.

Elle frotta les cheveux du gamin. Il repoussa sa main et repartit au galop dans la maison.

— Enfin, merci quand même, ajouta Rebus.

— Il devrait être de retour ce soir, il ne sort pas beaucoup.

Rebus hocha la tête. Il la hochait toujours quand il parvint à sa voiture. Il s'assit à la place du chauffeur, ses mains pétrissant le volant. Nell l'avait donc laissé tomber. Depuis combien de temps ? Pourquoi cette tête de lard n'avait rien dit ? Ouais, bien sûr, les flics étaient connus pour exprimer leurs émotions, livrer leurs problèmes personnels, se répandre en confidences. Et Rebus le premier.

Il roula jusqu'aux archives. Aucun signe de Holmes, mais le fonctionnaire lui dit qu'il n'avait pas levé le pied jusqu'à l'heure de la fermeture la veille au soir.

— Il avait l'air d'avoir terminé ?

L'employé hocha la tête.

— Il a dit qu'on se reverrait aujourd'hui.

Il aurait pu laisser un message, mais c'était trop risqué. Il remonta en voiture et repartit.

Il traversa Pilton et Muirhouse, ne voulant pas

s'engager à l'heure de pointe sur Queensferry Road
trop encombré. Ça ne circulait pas trop mal pour
sortir de la ville ; au moins, ça avançait. Il prépara
la monnaie pour le péage du pont de Forth.

Il se dirigeait vers le nord. Pas seulement jusqu'à
Dundee ; cette fois, il allait à Aberdeen. Il n'aurait pu
dire s'il prenait la fuite ou s'il se jetait dans la gueule
du loup.

Et pourquoi pas les deux à la fois ? Les lâches font
parfois de vrais héros. Il logea une cassette dans le
magnéto. Robert Wyatt, *Rock Bottom*.

— Je suis passé par là, Bob, dit-il, et plus tard :
Courage, tu vas peut-être t'en tirer.

Ce disant, il changea de cassette. Deep Purple
jouant *Into the Fire*[1]. La voiture accéléra juste assez.

1. « Dans le feu ».

TROISIÈME PARTIE

LA CITÉ DE GRANIT

12

Cela faisait deux ou trois ans que Rebus n'était pas revenu à Aberdeen et encore, juste pour un après-midi. Il était venu voir une tante, morte depuis. Il ne l'avait appris qu'après les funérailles. Située près de Pittodrie Stadium, sa vieille maison était entourée de nouvelles constructions. Elle devait avoir disparu maintenant, rasée. En dépit de ses multiples utilisations du granit, Aberdeen donnait une impression d'éphémère. Ces temps-ci, pratiquement tout ce qu'elle possédait, elle le devait au pétrole et le pétrole ne durerait pas éternellement. Ayant grandi dans le comté de Fife, Rebus avait vécu la même chose avec le charbon. Personne ne voulait penser au jour où il serait épuisé. Ce jour-là, l'espoir mourrait aussi.

Linwood, Bathgate, la Clyde... Personne n'apprenait jamais rien.

Il se souvenait des premières années du pétrole, le bruit des habitants des Lowlands se précipitant dans le Nord en quête de travaux pénibles et bien payés, ouvriers des chantiers navals et de la métallurgie au chômage, bacheliers et étudiants. C'était l'Eldorado écossais. On s'asseyait le samedi après-midi dans les pubs d'Édimbourg et de Glasgow, les pages des courses pliées au bon endroit, les futurs gagnants entourés d'un cercle, et on glosait sur le tremplin que ça serait. Il y avait des milliers d'emplois, un mini-Dallas sortait de la coquille d'un port de pêche. C'était incroyable, inimaginable. C'était magique.

Ceux qui suivaient les magouilles de J. R. dans un nouvel épisode de *Dallas* se doutaient bien qu'un scénario identique se déroulait sur la côte nord-est. Les Américains avaient débarqué en force et ces types-là — des vrais Texans, des cow-boys, des ours — n'avaient pas envie d'une petite ville côtière peinarde et rangée. Ils voulaient s'éclater, se défoncer. Ils firent ce qu'il fallait pour ça et ce fut l'enfer. Aussi les premiers récits sur l'Eldorado cédèrent la place à des histoires plus sombres, avec bordels, bains de sang, rixes entre ivrognes. Tout se réglait à coups de pots-de-vin, les protagonistes parlant de millions de dollars tandis que les gens du cru se sentaient envahis même s'ils prenaient l'argent et le travail disponibles. Pour les ouvriers venus du sud d'Aberdeen, on aurait dit que le mot était devenu chair, ce n'était plus seulement un monde d'hommes mais un monde de brutes, où le respect s'achetait à coups de billets verts. Le changement s'opéra en quelques semaines. Des types bien rentrèrent, l'air sombre, grommelant des choses, parlant d'esclavage, d'équipes de douze heures sur la brèche et du cauchemar qu'on vivait en mer du Nord.

Et à mi-chemin entre les deux, entre Enfer et Eldorado, se trouvait quelque chose qui s'approchait de la vérité mais n'était pas aussi exaltant que le mythe. Économiquement, le nord-est avait profité du pétrole et, en fin de compte, sans trop se fatiguer. Comme à Édimbourg, on n'avait pas laissé le boom économique défigurer le centre-ville. Cepen-

dant, aux abords, on voyait les inévitables lotisse-
ments industriels, les bâtiments d'usine ramassés,
dont beaucoup avaient des noms qui les ratta-
chaient aux forages off-shore : On-Off, Grampian
Oil, PlatTech…

Mais avant cela, il y avait la splendeur des pay-
sages. Rebus suivit le plus longtemps possible la
route côtière et s'interrogea sur l'esprit d'une nation
qui installait un terrain de golf au sommet d'une
falaise. Quand il s'arrêta à un poste d'essence pour
faire une pause, il acheta un plan d'Aberdeen et
regarda l'emplacement du QG de la police des
Grampians. Celui-ci se situait sur Queen Street, dans
le centre-ville. Il espérait que les sens uniques ne lui
compliqueraient pas le trajet. Il était allé à Aberdeen
peut-être une demi-douzaine de fois dans sa vie, dont
trois pour des vacances scolaires. Bien que ce fût
une ville moderne, il continuait de sortir les mêmes
vannes que beaucoup d'Écossais originaires des
Lowlands : Aberdeen était peuplé de mangeurs de
boyaux de poissons avec de drôles d'accents. Quand
ils vous demandaient : «Vous venez d'où ?», on croyait
entendre : «*Furry boot ye frae*»[1], d'où le sobriquet la
«ville des bottes de fourrure», alors que les habitants
d'Aberdeen se glorifiaient du surnom de leur ville, la
«cité de Granit». Rebus savait qu'il devrait se retenir
de lancer des craques tant qu'il ne saurait pas où il
avait mis les pieds.

Ça bouchonnait dans le centre, ce qui l'arrangeait.
De cette façon, il aurait le temps d'étudier la carte et
les noms des rues. Il trouva Queen Street et se gara,
entra au quartier général de la police et se présenta.

— J'ai eu quelqu'un au téléphone ce matin, l'inspecteur Shanks.

---

1. Littéralement, *Furry boot* : «bottes de fourrure».

— Je vais appeler la PJ pour me renseigner, répondit la femme planton en lui proposant un siège.

Il prit place et regarda le ballet des corps qui allaient et venaient. Il pouvait distinguer les inspecteurs en civil des simples pékins. Quand les regards se croisaient, ça suffisait pour être fixé. Deux ou trois hommes arboraient la moustache maison, fournie mais bien taillée. Ils étaient jeunes et essayaient de se vieillir. Quelques gosses étaient assis en face de lui, l'air sombre mais avec une lueur au fond du regard. Ils avaient le visage juvénile, taché de son, et les lèvres décolorées. Deux étaient blonds, le troisième roux.

— Inspecteur Rebus ?

L'homme se tenait à sa droite et attendait depuis peut-être deux ou trois minutes. Rebus se leva et lui serra la main.

— Je suis le sergent Lumsden. L'inspecteur divisionnaire Shanks m'a transmis votre message. C'est au sujet d'une société pétrolière ?

— Dont le siège est ici. Un de leurs employés a fait un vol plané dans un immeuble d'Édimbourg.

— Il a sauté ?

Rebus haussa les épaules.

— Il y avait d'autres types sur les lieux, l'un d'eux étant un voyou notoire appelé Anthony Ellis Kane. J'ai appris qu'il sévissait dans le coin.

— Oui, acquiesça Lumsden. J'ai entendu dire que la PJ d'Édimbourg se renseignait sur son compte. Ça ne me dit strictement rien, vous m'excuserez. Normalement, l'officier de liaison avec les sociétés pétrolières aurait été chargé de vous piloter, mais il est en congé et je le remplace, de sorte que je serai votre guide pour la durée de votre séjour. (Lumsden sourit.) Bienvenue dans la cité d'Argent.

L'argent de la Dee, la rivière qui arrosait Aberdeen. L'argenté des maisons sous le soleil, ce granit gris d'un éclat miroitant. L'argent de la fortune charriée par le boom pétrolier. Lumsden lui expliquait tout cela tandis que Rebus roulait de nouveau en direction d'Union Street.

— Selon un autre mythe, les gens d'ici seraient radins, poursuivit-il. Attendez de voir Union Street un samedi après-midi. Ce doit être la rue commerçante la plus fréquentée de toute la Grande-Bretagne.

Lumsden portait un blazer bleu avec des boutons de cuivre étincelants, un pantalon gris, des mocassins noirs. S'ajoutaient à cela une élégante chemise rayée bleu et blanc et une cravate rose saumon. Il aurait pu passer pour un secrétaire de club de golf huppé, sauf que le visage et le corps démentaient cette vision. Il faisait près de deux mètres, le genre osseux, et sa coupe en brosse soulignait l'implantation de ses cheveux en V sur le front. Le blanc de l'œil était rouge et surtout larmoyant, l'iris d'un bleu perçant. Pas d'alliance. On lui donnait entre trente et quarante ans. Rebus n'arrivait pas à identifier son accent.

— Anglais ? demanda-t-il.

— De Gillingham au départ, reconnut Lumsden. Ma famille a pas mal bourlingué. Mon père était dans l'armée. Bien joué. Avec mon accent, la plupart des gens me prennent pour un type des Borders.

Ils allaient en direction d'un hôtel, car Rebus avait annoncé qu'il comptait rester au moins une nuit, peut-être plus.

— Pas de problème, avait déclaré son guide. Je sais ce qu'il vous faut.

L'hôtel se trouvait sur Union Terrace et dominait les jardins. Lumsden lui dit de se garer à l'entrée. Il sortit un morceau de carton de sa poche et l'enfonça

à l'intérieur du pare-brise. Il y était inscrit MISSION
OFFICIELLE DE LA POLICE DES GRAMPIANS. Rebus
prit sa valise dans la malle arrière, mais Lumsden
insista pour la porter. Un bagagiste la monta dans
l'escalier et Rebus le suivit.

— Vérifiez seulement que la chambre vous
convient, dit Lumsden. Je vous attends au bar.

La chambre était située au premier étage. Elle
avait les plus hautes fenêtres que Rebus ait jamais
vues et donnait sur les jardins. Il y régnait une chaleur torride. Le bagagiste tira les rideaux.

— C'est toujours comme ça quand on a du soleil,
expliqua-t-il.

Rebus jeta un coup d'œil rapide sur le reste de la
pièce. C'était sans doute la chambre d'hôtel la plus
chic où il fût descendu. Le bagagiste l'observait.

— Quoi, pas de champagne?

L'employé ne saisit pas la blague, aussi Rebus
hocha la tête et lui tendit un billet. L'homme lui
expliqua le fonctionnement de la vidéo, lui parla du
room-service, du restaurant et des autres gâteries
de l'hôtel, puis il lui remit sa clé.

Rebus le suivit au rez-de-chaussée.

Le bar était tranquille, car les clients de midi
avaient réintégré leurs bureaux en abandonnant
assiettes, plats et verres derrière eux. Lumsden, per-
ché sur un tabouret au bar, grignotait des cacahuètes
en regardant MTV. Il avait une pinte posée devant lui.

— J'ai oublié de vous demander ce que vous
picolez, dit-il tandis que Rebus prenait place à côté
de lui.

— Une pinte, même chose, signala Rebus au barman.

— Comment est la chambre?

— Un peu rupin à mon goût, pour être franc.

— Ne vous inquiétez pas. La PJ des Grampians

paiera la note. (Il fit un clin d'œil.) Un échange de bons procédés.

— Je devrais venir plus souvent.

Lumsden sourit.

— Alors dites-moi ce que vous voulez faire pendant votre séjour.

Rebus jeta un coup d'œil à l'écran de télévision, vit les Stones cabotiner pour leur dernier disque en date. Bon sang, ce qu'ils faisaient ringards ! Stonehenge avec un riff de blues.

— Parler à la société pétrolière, peut-être voir si je peux retrouver quelques potes du défunt. Et aussi si je peux trouver la trace de Tony El.

— Tony El ?

— Anthony Ellis Kane. (Rebus plongea la main dans sa poche pour en extraire ses cigarettes.) Ça vous dérange ?

Lumsden secoua la tête deux fois, d'abord pour dire que ça ne le dérangeait pas et ensuite, pour refuser la clope que lui offrait Rebus.

— À la vôtre, dit Rebus en avalant une gorgée de bière.

Il claqua les lèvres, ça faisait du bien. La bière était super. Mais la rangée de bouchons doseurs continuait de lui faire de l'œil.

— Alors, comment progresse l'affaire Johnny Bible ?

Lumsden se fourra une autre poignée de cacahuètes dans la bouche.

— Ça n'avance pas. Au ralenti pour ne pas dire plus. Vous êtes affecté à l'enquête côté Édimbourg ?

— Indirectement. J'ai interrogé quelques cinglés.

— Moi aussi. J'aimerais en étrangler quelques-uns. J'ai dû interroger quelques CSP aussi.

Il fit une grimace : les CSP étaient les fameux individus «connus des services de police», une kyrielle

de pervers, délinquants sexuels, exhibitionnistes et
voyeurs. Dans une affaire comme celle de Johnny
Bible, il fallait systématiquement les interroger, vérifier leur alibi.

— J'espère que vous avez pris un bain après.

— Une demi-douzaine au moins.

— Et aucune nouvelle piste alors?

— Rien de rien.

— Vous pensez que c'est un type d'ici?

Lumsden haussa les épaules.

— Je ne pense rien: il faut garder l'esprit ouvert.
Pourquoi ça vous intéresse?

— Quoi?

— Pourquoi Johnny Bible vous intéresse?

Ce fut à Rebus de hausser les épaules. Ils restèrent
assis en silence jusqu'à ce qu'une nouvelle question
lui vienne à l'esprit.

— Que fait un «officier de liaison avec les sociétés pétrolières»?

— La police dirait: il assure la liaison avec l'industrie pétrolière. Il joue un rôle majeur par ici. À
vrai dire, la police des Grampians n'est pas seulement une force terrestre, notre secteur comprend
aussi les installations off-shore. Si un vol a lieu sur
une plate-forme, une bagarre ou autre chose, bref
tout ce qui nous est signalé, c'est à nous d'enquêter.
Vous pouvez vous retrouver à passer trois heures
d'enfer dans un de leurs coucous.

— Un coucou?

— Un hélico. Trois heures d'acrobatie à vomir
vos tripes sans arrêt pour aller enquêter sur un délit
mineur, merci bien. Heureusement, ce n'est pas souvent de notre ressort. C'est la frontière là-bas, ils ont
leur propre maintien de l'ordre.

Un des agents de Glasgow lui avait dit la même
chose à propos du domaine d'Oncle Joe.

— Vous voulez dire qu'ils font leur propre police ?

— On ne devrait peut-être pas l'accepter, mais ça marche. Et si ça peut m'éviter six heures de tape-cul là-haut, je ne m'en plaindrai pas.

— Et pour Aberdeen même ?

— Raisonnablement calme, sauf les week-ends. Union Street le samedi soir peut être comme le centre de Saigon. On y trouve un tas de jeunes frustrés. Ils ont grandi avec du fric et des histoires de fric. Maintenant, ils veulent leur part du gâteau, mais il n'y a plus de gâteau. Bon Dieu, on ne l'a pas vu passer. (Rebus avait fini son demi. Il ne manquait qu'un doigt de bière dans celui de Lumsden.) J'aime qu'un homme n'ait pas peur de picoler.

— C'est ma tournée, fit Rebus.

Le barman était prêt. Lumsden n'en voulait pas d'autre, aussi Rebus se contenta modestement d'une demi-pinte. Comme on dit, c'est la première impression qui compte.

— La chambre est à votre disposition aussi longtemps que vous en aurez besoin, annonça Lumsden. Ne payez rien, donnez le numéro de la chambre. Les repas ne sont pas compris, mais je peux vous procurer quelques adresses. Dites-leur que vous faites partie de la Maison et vous trouverez la note plutôt raisonnable.

— Allons, voyons !

Lumsden sourit encore.

— Il y a certains policiers avec qui j'aurais tenu ma langue, mais j'ai comme l'impression qu'on est sur la même longueur d'ondes. C'est juste ?

— Ça se pourrait.

— Je ne me trompe pas souvent. Qui sait, je pourrais me retrouver muté à Édimbourg. Une tête amie, ça peut toujours servir.

— À propos, justement, je ne veux pas qu'on crie sur les toits que je suis ici.

— Ah bon ?

— Les médias me filent au train. Ils consacrent une émission à une affaire, de l'histoire ancienne, et ils veulent me parler.

— Je vois le genre.

— Ils peuvent chercher à se renseigner, se faire passer pour un collègue…

— Personne n'est au courant de votre venue à part l'inspecteur divisionnaire Shanks et moi. Je vais essayer de ne pas l'ébruiter.

— J'apprécierais beaucoup. Ils peuvent se présenter sous le nom d'Ancram. C'est le reporter.

Lumsden cligna de l'œil et écopa le reste du bol de cacahuètes.

— Je serai un tombeau.

Ils finirent leur verre et Lumsden annonça qu'il devait rentrer au poste. Il donna à Rebus ses numéros de téléphone — au bureau et chez lui — et releva le numéro de la chambre de Rebus.

— Si je peux faire quelque chose, appelez-moi, dit-il.

— Merci.

— Vous savez comment vous rendre à T-Bird Oil ?

— J'ai une carte.

Lumsden hocha la tête.

— Et pour ce soir ? Ça vous dit d'aller dîner ?

— Super.

— Je passerai vers sept heures et demie.

De nouveau, ils se serrèrent la main. Rebus le regarda partir, puis il retourna au bar pour commander un whisky. Comme on le lui avait recommandé, il donna son numéro de chambre et l'emporta à l'étage. Les rideaux tirés, la pièce était moins chaude mais toujours confinée. Il essaya d'ouvrir la fenêtre, mais ce n'était pas possible. Les vitres devaient faire quatre mètres de haut. Rideaux tirés, il s'allongea sur le lit et fit glisser ses chaussures avec la pointe du pied. Puis sa conversation avec Lumsden lui revint en mémoire. Il lui arrivait souvent ainsi de revenir sur un échange, trouvant alors la vanne qu'il aurait pu balancer ou comment il aurait pu river son clou à son interlocuteur. Brusquement, il se rassit. Lumsden avait mentionné T-Bird Oil, alors que Rebus ne se souvenait pas d'avoir mentionné le nom de la société. À moins que... peut-être l'avait-il mentionné à l'inspecteur divisionnaire Shanks au téléphone et Shanks l'avait répété à son subordonné ?

Il ne se sentait plus aussi détendu et se mit à arpenter la chambre. Dans l'un des tiroirs, il trouva des dépliants sur Aberdeen, des brochures et des documents de l'office du tourisme. Il s'installa à la coiffeuse et les passa en revue. Les faits s'imposèrent avec une violente évidence.

Cinquante mille personnes dans la région des Grampians travaillaient dans l'industrie du pétrole et du gaz, ce qui représentait vingt pour cent de l'emploi. Depuis le début des années soixante-dix, la population de la région avait augmenté de soixante mille individus, et le parc locatif d'un tiers, créant de nouvelles banlieues importantes autour d'Aberdeen. Cinq cents hectares avaient été aménagés en zone industrielle autour de la ville. L'aéroport d'Aberdeen avait vu se décupler le nombre de ses passagers et c'était à présent l'héliport le plus fréquenté du monde. Pas la moindre critique dans toute la presse, à part l'évocation d'un village de pêcheurs, Old Torry, qui s'était vu accorder son privilège trois ans après la découverte de l'Amérique par Christophe Colomb. Quand le pétrole arriva dans le nord-est, Old Torry fut rasé pour laisser la place à une base de ravitaillement de la Shell. Rebus leva son verre à la mémoire du village.

Il se doucha, se changea et retourna au bar. Une femme très agitée, en longue jupe écossaise et corsage blanc, se précipita à sa rencontre :

— Vous êtes avec la convention ?

Il fit signe que non et se souvint d'avoir lu quelque chose à ce sujet, à propos de la pollution en mer du Nord. La femme finit par escorter trois hommes d'affaires corpulents hors de l'hôtel. Rebus parvint dans le hall et regarda une voiture de maître les emporter. Il vérifia sa montre. C'était l'heure.

Localiser Dyce fut un jeu d'enfant, il suffisait de suivre les flèches en direction de l'aéroport. D'ailleurs, il voyait des hélicoptères dans le ciel. Le secteur autour de l'aéroport montrait un entrelacs de terres cultivées, de nouveaux hôtels et de complexes industriels. Le quartier général de T-Bird Oil était situé dans un modeste hexagone de trois étages, en grande partie en verre fumé. Il y avait un parking sur le devant ainsi que des jardins paysagers avec un sentier qui serpentait jusqu'au bâtiment. Au loin, des ULM décollaient et atterrissaient.

L'accueil était spacieux et clair. On voyait sous verre des maquettes de gisements pétrolifères en mer du Nord et quelques-unes des plates-formes de production de T-Bird. Bannock était la plus grande et la plus ancienne. Un bus à impériale modèle réduit, placé à côté, avait l'air d'un nain comparé aux installations. Il y avait d'énormes photographies et des croquis en couleurs sur les murs ainsi qu'un tas de prix et de décorations encadrés. La réceptionniste lui annonça qu'il était attendu et lui indiqua l'ascenseur pour le premier étage. Celui-ci était couvert de glaces et Rebus se regarda. Il se rappela avoir pris l'ascenseur pour l'appartement d'Allan Mitchison avec Bain boxant contre son reflet. Rebus savait que s'il essayait d'en faire autant maintenant, ce serait son reflet qui gagnerait. Il croqua une autre menthe.

Une jolie jeune fille l'attendait. Elle l'invita à la suivre, ce qui ne lui fut pas particulièrement pénible. Ils traversèrent un bureau paysager, dont seulement la moitié des places étaient occupées. Sur des écrans allumés, on pouvait suivre les informations sur télétexte, les indices boursiers, CNN. Ils atterrirent dans un autre couloir, beaucoup plus tranquille, avec une épaisse moquette sous les pieds. À la deuxième porte, qui était ouverte, la jeune fille l'engagea à entrer.

Le nom de Stuart Minchell était sur la porte, de sorte que Rebus supposa que celui qui se levait pour lui serrer la main était ledit Minchell.

— Inspecteur Rebus ? Ravi de faire enfin votre connaissance.

Ce qu'on disait des voix était vrai, on pouvait rarement leur attribuer un visage et un corps sans se tromper. Minchell parlait avec autorité, mais il avait l'air trop jeune, pas même la trentaine, le visage luisant, les joues rouges, des cheveux courts lissés en arrière. Il portait des lunettes rondes cerclées de métal et avait d'épais sourcils noirs, qui lui donnaient un air espiègle. Il affectionnait encore de larges bretelles rouges avec son pantalon. Quand il se tourna à moitié, Rebus remarqua qu'il avait réussi à tirer de ses cheveux un semblant de queue-de-cheval.

— Café ou thé ? s'enquit la demoiselle.

— Pas le temps, Sabrina, répondit Minchell, qui écarta les bras à l'adresse de Rebus en signe d'impuissance. Changement de programme, inspecteur. Je dois assister à la convention sur la mer du Nord. J'ai essayé de vous joindre pour vous prévenir.

— Ça ne fait rien, assura Rebus, qui se dit : *Merde*,

s'il a appelé Fort Apache, ils savent maintenant où me trouver.

— J'ai pensé qu'on pourrait prendre ma voiture et parler sur le trajet. Ça ne devrait me prendre qu'une demi-heure environ. Si vous avez des questions, nous pouvons parler après.

— C'est très bien.

Minchel enfilait sa veste.

— Les dossiers, lui rappela Sabrina.

— Vu.

Il en ramassa une demi-douzaine, qu'il fourgua dans une mallette.

— Les cartes de visite.

Il ouvrit son Filofax et vérifia qu'il en avait une réserve :

— Vu.

— Le mobile.

Il tapota sa poche et hocha la tête.

— La voiture est prête ?

Sabrina dit qu'elle allait vérifier et se précipita vers son téléphone.

— Autant attendre au rez-de-chaussée, avança Minchell.

— Vu, répondit Rebus.

Ils attendirent l'ascenseur. Quand il arriva, il y avait déjà deux hommes à l'intérieur, ce qui laissait encore de la place. Minchell hésita. Il avait l'air sur le point de dire qu'ils allaient attendre, mais comme Rebus était déjà entré dans l'habitacle, il lui emboîta le pas, avec une légère inclinaison de tête devant le plus âgé des deux occupants.

Rebus observa dans la glace et son regard croisa celui de ce dernier. Il avait de longs cheveux poivre et sel coiffés en arrière, dégageant le front et rejetés derrière les oreilles. Ses mains étaient posées sur une canne à pommeau d'argent et il portait un costume en lin qui pochait. On aurait dit un personnage de Tennessee Williams, le visage buriné, sourcils froncés, la démarche à peine voûtée malgré le poids des ans. Rebus baissa les yeux et remarqua que l'homme portait une paire de tennis éculées. Il sortit un bloc de sa poche, griffonna quelque chose dessus sans lâcher sa canne, déchira le feuillet et le tendit à son voisin, qui lit et approuva d'un geste.

L'ascenseur s'ouvrit au rez-de-chaussée. Minchell retint Rebus par le bras jusqu'à ce que les deux autres soient descendus. Rebus les regarda gagner la porte d'entrée de l'immeuble, l'homme avec la note obliquant pour passer un appel à la réception. Il y avait une Jaguar rouge garée devant la porte. Un chauffeur en livrée tenait la porte ouverte pour le grand chef.

Minchell se frottait le front avec les doigts d'une main.

— C'était qui ? demanda Rebus.

— C'était le major Weir.

— Dommage que je ne l'aie pas su, je lui aurais demandé pourquoi je ne peux plus avoir d'autocollants écolos avec mon essence.

Minchell n'était pas d'humeur à plaisanter.

— La note était à quel sujet ?

— Le Major ne parle pas beaucoup. Il communique mieux par écrit.

Rebus éclata de rire. *Le coup de la panne...*

— Je suis sérieux, insista son guide. Je ne crois pas l'avoir entendu prononcer plus de deux douzaines de mots depuis que je travaille pour lui.

— Il a un problème de voix ?

— Non, aucun, un peu enroué, mais ça paraît normal. Le problème c'est qu'il est américain.

— Et alors ?

— Eh bien, il aurait voulu être écossais.

La Jaguar étant partie, ils s'avancèrent vers le parking.

— Il est obsédé par l'Écosse, poursuivit Minchell. Ses parents étaient des immigrants écossais qui l'ont abreuvé d'histoires sur le «vieux pays». Ça l'a rendu dingue. Il ne passe peut-être qu'un tiers de l'année ici — T-Bird Oil s'étend sur tout le globe — mais on voit bien qu'il déteste s'en aller.

— Vous avez autre chose à me dire sur lui?

— Il est pour le régime sec, l'alcool est strictement interdit. Le moindre relent d'alcool chez un employé et il est viré sur-le-champ.

— Il est marié?

— Veuf. Sa femme est enterrée sur Islay ou quelque part par là. Voici ma voiture.

C'était une Mazda bleu nuit, un modèle de course surbaissé avec juste assez de place pour deux sièges-baquets. La mallette de Minchell remplissait presque l'arrière. Il mit son téléphone en veille avant de tourner le contact.

— Il avait un fils, reprit-il. Mais je crois qu'il est mort, lui aussi, ou bien il l'a déshérité. Le Major refuse d'en parler. Vous voulez les bonnes nouvelles ou les mauvaises?

— Voyons les mauvaises.

— Toujours aucun signe de Jake Harley, il n'est pas rentré de sa randonnée. Il devrait être de retour dans deux ou trois jours.

— J'aimerais de toute façon me rendre à Sullom Voe, déclara Rebus.

Surtout si Ancram arrive à me pister jusqu'à Aberdeen.

— Aucun problème. On va vous y conduire en hélico.

— Quelles sont les bonnes nouvelles?

— Les bonnes nouvelles, c'est que je me suis

débrouillé pour qu'un autre hélico vous transporte à Bannock, où vous pourrez voir Willie Ford. Et comme le trajet se fait dans la journée, vous n'aurez pas besoin de préparation de survie. Croyez-moi, ça, c'est vraiment une bonne nouvelle. Une partie de la préparation consiste à vous coller dans un simulateur pour vous plonger dans une piscine.

— Vous l'avez fait ?

— Oh oui. Tous ceux qui font plus de dix jours de déplacement dans l'année doivent y passer. J'ai eu une trouille d'enfer.

— Pourtant, les hélicoptères sont plutôt sûrs ?

— Ne vous inquiétez pas pour ça. Et vous tombez bien aujourd'hui, on a une bonne fenêtre. (Il remarqua l'air déconcerté de Rebus.) Une fenêtre météo, ça veut dire pas de grosse tempête en vue. Vous comprenez, le pétrole est une production annuelle, mais c'est aussi une industrie saisonnière. On ne peut pas toujours aller sur les plates-formes ou en revenir, ça dépend du temps. Si on veut remorquer un derrick en mer, il faut localiser une fenêtre favorable et puis advienne que pourra ! La météo, là-bas… (Minchell hocha le chef.) Parfois, elle peut vous faire croire dans l'existence du Tout-Puissant.

— Celui de l'Ancien Testament ? demanda Rebus.

L'autre approuva avec un sourire, puis il passa un appel sur son portable. Ils quittèrent Dyce pour s'engager sur le pont du Don en suivant les pancartes indiquant le Centre des expositions et des conférences d'Aberdeen. Rebus attendit que Minchell ait mis fin à sa conversation avant de lui poser une question.

— Où se rendait le major Weir ?

— Comme nous. Il doit faire un discours.

— Je croyais qu'il ne disait rien.

— Exact. Le type, avec lui, c'est son gourou pour

les relations publiques, Hayden Fletcher. Il doit lire son discours. Le Major sera assis à côté de lui pour l'écouter.

— C'est censé être une excentricité?

— Pas quand on pèse cent millions de dollars.

13

Le parking du Centre de conférences était rempli de modèles de bagnoles pour cadres supérieurs : Mercedes, BMW, Jaguar, quelques rares Bentley et Roller. Un petit groupe de chauffeurs fumaient en échangeant des anecdotes.

— Sur le plan de la communication, vous auriez peut-être gagné à venir tous en vélo, remarqua Rebus en apercevant une manif devant le dôme en forme de prisme qui marquait l'entrée du Centre.

Quelqu'un avait déployé, depuis le toit, une énorme banderole avec la formule, peinte en vert sur blanc : NE TUEZ PAS NOS OCÉANS ! Les membres du personnel de sécurité étaient là-haut et s'efforçaient de la récupérer en gardant leur équilibre et leur dignité. Quelqu'un avec un mégaphone scandait des mots d'ordre. Il y avait des manifestants en tenue intégrale de combat avec cagoule antiradiation, et d'autres vêtus en sirènes et en tritons, plus une baleine gonflable qui, poussée par les bourrasques de vent, risquait de rompre ses amarres. Des policiers en tenue patrouillaient dans la manif et parlaient dans leur équipement piéton. Un véhicule de la police devait se trouver à proximité avec l'artillerie lourde, boucliers anti-émeutes, visières, matraques à l'américaine… Cela dit, ça n'avait pas l'air de vouloir dégénérer, pas encore.

— Il va falloir passer, annonça Minchell. Je déteste ça. Nous consacrons des millions à la protection de l'environnement. J'appartiens même à Greenpeace, Oxfam, et j'en passe. Mais, putain, tous les ans, c'est pareil.

Il attrapa sa mallette et son mobile, verrouilla la voiture avec la télécommande et mit l'alarme, puis se dirigea vers les portes.

— Vous êtes censé avoir un badge de délégué pour entrer, expliqua-t-il, mais vous n'avez qu'à montrer votre carte de police, par exemple. Je suis sûr que ça ne posera pas de problème.

Ils étaient au cœur de l'action, en pleine manifestation maintenant. Il y avait une musique de fond diffusée par la sono, un chant sur les baleines, à moins que ce ne soit sur les bas de laine ou les sabots d'Hélène. Rebus reconnut le style de musique, c'étaient les Dancing Pigs. On lui fourrait des tracts dans les mains. Il en prit un de chaque et remercia. Une jeune femme allait et venait devant lui comme un lion en cage. Elle contrôlait le mégaphone. Elle parlait d'une voix nasale avec un accent américain.

— Les décisions prises aujourd'hui auront un effet sur les enfants de vos petits-enfants ! L'avenir n'a pas de prix ! Placez l'avenir en premier, pour le bien de tous !

Elle regarda Rebus quand il la dépassa. Elle avait un air vide, sans haine et sans crainte, le genre boulot-boulot. Des mèches de cheveux décolorés pendaient dans son cou, égayées de tresses multicolores dont une lui tombait au milieu du front.

— Si on tue les océans, on tue la planète ! Placez la Terre nourricière avant le profit.

Rebus était converti avant même d'avoir atteint la porte.

Il y avait une poubelle à l'intérieur, où s'entassaient les tracts. Rebus plia les siens et les fourra dans sa poche. Deux gardes demandèrent à voir ses papiers d'identité, mais comme prévu, sa carte de police fut suffisante. D'autres gardes patrouillaient le hall, des agents de sécurité privés, en uniforme, coiffés de casquettes rutilantes qui ne voulaient rien dire. Ils avaient sans doute eu leur dose de joyeusetés vachardes. Le hall était bondé de types en costard. Des messages étaient diffusés par haut-parleur. Il y avait des écrans d'affichage, des tables croulant sous des piles de publications, de baratins publicitaires pour Dieu sait quoi. Certains des stands semblaient vraiment faire des affaires. Minchell s'excusa et dit qu'il retrouverait Rebus près de la sortie dans environ une demi-heure. Il devait aller «faire des civilités», ce qui semblait impliquer serrer des mains, sourire, échanger quelques mots et, dans certains cas, distribuer sa carte de visite, puis passer au suivant. Rebus le perdit rapidement.

Il ne vit pas beaucoup de photos de plates-formes de forage et celles qu'il vit ne représentaient que des piliers de soutien et des plates-formes semi-submersibles. L'attraction du jour semblait être le « Système de production flottante, de stockage et de déchargement», des espèces de tankers qui pouvaient se passer carrément de plate-forme. Le pétrole jaillissant était directement drainé et dévié vers ledit système, qui pouvait stocker jusqu'à 300 000 barils de pétrole.

— Épatant, non ? s'extasia un Scandinave en costume de vendeur à Rebus.

— Plus besoin de plate-forme, constata Rebus.

— Et plus facile à mettre à la casse le moment

venu. Bon marché *et* en plus, écologique. (Le type s'interrompit.) Ça vous intéresse d'en louer une?

— Où est-ce que je la garerais?

Il s'éloigna avant que le vendeur ait eu le temps de comprendre.

Peut-être parce qu'il avait le flair pour ça, il trouva le bar sans difficulté et s'installa à l'autre bout avec un whisky et un bol de biscuits à apéritif. Comme il avait déjeuné d'un sandwich de station-service, il boulotta. Un homme se mit au comptoir à côté de lui, s'essuya le visage avec un énorme mouchoir blanc et demanda de l'eau gazeuse avec beaucoup de glace.

— Pourquoi est-ce que je continue de venir dans des endroits pareils? marmonna-t-il.

Son accent le plaçait quelque part en plein Atlantique. Grand et mince, des cheveux roux qui commençaient à tomber. La chair sous le menton était flasque, le situant dans la cinquantaine, bien qu'on ait pu lui donner cinq ans de moins. Comme Rebus n'avait rien à répondre, il se tut. Son verre arriva et il l'engloutit, puis en commanda un autre.

— Je vous en offre un? demanda-t-il.

— Non, merci.

Il remarqua que Rebus n'avait pas de badge.

— Vous êtes un délégué?

Rebus fit un geste.

— Non, un observateur.

— Journaliste?

De nouveau, Rebus démentit.

— Ça m'aurait étonné. Le pétrole ne fait l'actualité qu'en cas de problème. C'est plus vaste que l'industrie nucléaire, mais ça fait deux fois moins de presse.

— Tant mieux, non, s'ils ne donnent que les mauvaises nouvelles?

L'homme réfléchit, puis éclata de rire en montrant une dentition parfaite.

— Là, vous m'avez eu. (Il s'essuya de nouveau la figure.) Alors, vous observez quoi exactement ?

— Je ne suis pas en service, pour le moment.

— Vous avez de la veine.

— Et vous, vous faites quoi ?

— Ras-le-bol. Mais je vais vous dire une chose, ma société ne va pas tarder à renoncer à vendre à l'industrie pétrolière. Ils préfèrent acheter amerlock ou scandinave, eh bien, qu'ils aillent se faire foutre. Pas étonnant que l'Écosse se casse la gueule… et nous voulons l'indépendance ! (Il hocha la tête, puis se pencha par-dessus le comptoir. Rebus en fit autant. Deux conspirateurs.) La plupart du temps, j'assiste à des conventions aussi gonflantes que celle-là. Et je rentre chez moi le soir en me demandant à quoi ça rime. Vous êtes sûr, pour ce verre ?

— Bon, allez-y.

Rebus laissa donc l'inconnu lui payer un verre. À sa façon de dire «qu'ils aillent se faire foutre», il ne devait pas lui arriver souvent de jurer. C'était juste pour briser la glace, montrer qu'il parlait d'homme à homme. De vous à moi, pour ainsi dire. Rebus lui offrit une cigarette, mais son ami refusa.

— J'ai arrêté il y a des années. Ne croyez pas que ça ne me dise plus rien. (Il s'interrompit, son œil fit le tour du bar.) Vous savez qui j'aurais voulu être ? (Rebus haussa les épaules.) Allez, dites pour voir.

— Je ne saurais par où commencer.

— Sean Connery. (Il opina.) Réfléchissez, avec ce qu'il gagne par film, il pourrait filer une livre à chaque homme, femme et enfant de ce pays et il lui resterait encore quelques sous pour lui. Ce n'est pas incroyable ?

— Alors, si vous étiez Sean Connery, vous donneriez une livre à chacun ?

— Puisque je serais l'homme le plus sexy du monde, à quoi me servirait le pognon ?

Comme il avait marqué un point, ils arrosèrent ça. Sauf que l'évocation de l'acteur lui rappela Ancram, le sosie de Sean précisément. Il regarda sa montre et s'aperçut qu'il était l'heure de lever le camp.

— Je peux vous offrir le coup de l'étrier avant d'y aller ?

L'autre hocha la tête, puis il lui tendit une carte de visite, qu'il fit surgir d'un geste prompt tel un presti-digitateur.

— En cas de besoin. À propos, je m'appelle Ryan.

Rebus lut la carte : Ryan Slocum, directeur des ventes, département ingénierie, et une en-tête de société : Eugene Construction.

John Rebus, déclara-t-il en serrant la main de Slocum.

— John Rebus, répéta Slocum en hochant la tête. Pas de carte de visite, John ?

— Je suis policier.

Slocum écarquilla les yeux.

— J'ai dit quelque chose de compromettant ?

— Quand bien même… Je suis basé à Édimbourg.

— Ça fait une trotte. C'est à propos de Johnny Bible ?

— Pourquoi dites-vous ça ?

— Il a tué dans les deux villes, non ?

Rebus hocha la tête.

— Non, ce n'est pas pour Johnny Bible. Bonne chance, Ryan.

— Vous aussi. C'est un monde de fous et de méchants.

— C'est bien vrai.

Stuart Minchell l'attendait près des portes.

— Vous aimeriez voir autre chose ou on peut s'en aller ?

— Tirons-nous.

Lumsden appela sa chambre et Rebus descendit pour le retrouver. Lumsden était habillé dans le style chic décontracté. Il avait échangé le blazer contre une veste crème, sur une chemise jaune ouverte au cou.

— Alors, dit Rebus, je vous appelle Lumsden toute la soirée ?

— Mon prénom, c'est Ludovic.

— Ludovic Lumsden ?

— Mes parents avaient de l'humour. Mes amis m'appellent Ludo.

La soirée était douce et il faisait encore clair. Les oiseaux pépiaient à qui mieux mieux dans les jardins et des mouettes grasses se pavanaient avec circonspection sur les trottoirs.

— Il va faire jour jusqu'à dix heures, peut-être onze, expliqua Lumsden.

— Ce sont là les mouettes les plus grasses que j'aie jamais vues.

— Je les déteste. Regardez dans quel état sont les trottoirs.

C'était vrai, les pavés sous les pieds étaient mouchetés de crottes d'oiseaux.

— Où on va ? s'enquit Rebus.

— Appelons ça une virée surprise. Tout est accessible à pied. Vous aimez les virées-surprises ?

— J'aime avoir un guide.

La première étape fut un restaurant italien, où Lumsden était connu. Chacun semblait vouloir lui serrer la main et le patron le prit à part pour échanger quelques mots après s'être excusé auprès de Rebus.

— Les Italiens d'ici filent doux, expliqua Lumsden par la suite. Ils n'ont jamais vraiment réussi à avoir la mainmise sur la ville.

— Alors c'est qui ?

Lumsden cogita la question :

— Un mélange.

— Il y a des Américains ?

Lumsden le considéra un instant.

— Ils dirigent beaucoup de clubs et quelques-uns des nouveaux hôtels. Le genre industrie de services. Ils sont arrivés dans les années soixante-dix et n'ont plus bougé. Vous voulez aller dans un club, plus tard ?

— Ça a presque l'air respectable, remarqua Rebus.

Lumsden éclata de rire.

— Oh, vous voulez quelque chose de *cochon* ? C'est la réputation d'Aberdeen, hein ? Mais vous vous trompez ; la ville tient à son image de marque. Plus tard, si vous avez envie, je vous conduirai sur les docks : strip-tease et pochards, mais c'est une infime minorité.

— Dans le Sud, on entend toutes sortes d'histoires sur Aberdeen.

— Mais bien sûr : les claques de luxe, la came et le porno, le jeu et l'alcool à gogo. Nous l'entendons dire aussi. Mais quant à le voir... (Lumsden agita la tête.) L'industrie du pétrole est assez insipide, somme toute. Les cow-boys ont à peu près disparu. Le pétrole s'est assagi.

Rebus était presque convaincu, mais Lumsden en faisait trop. Il continuait de parler et plus il parlait, moins Rebus le croyait. Le proprio revint pour dire encore un mot, attira de nouveau Lumsden à l'écart dans un coin du restaurant. Le policier gardait la main sur le dos de l'homme, qu'il tapotait. Il arrangea son col en venant se rasseoir.

— Son fils pète les plombs, expliqua Lumsden.

Il haussa les épaules comme s'il n'y avait rien à ajouter et il recommanda à Rebus les boulettes de viande.

Ensuite, ils se rendirent dans un night-club où des hommes d'affaires rivalisaient avec de jeunes turcs pour attirer l'attention des vendeuses de magasin transformées en reines du lycra. La musique gueulait et les fringues dégueulaient. Lumsden opinait du chef pour marquer la mesure, mais il n'avait pas l'air de s'amuser. On aurait cru un guide faisant la tournée. Ludo, le type qui joue le jeu. Rebus savait qu'on le menait en bateau, on lui servait les mêmes salades qu'à tous les touristes qui venaient dans le Nord. C'était le pays de la cornemuse et du haggis, des hommes en kilt et du vieux chalet sur la montagne d'où venait votre grand-mère. Le pétrole était une industrie banale, comme une autre, la ville et ses habitants s'en arrangeaient. L'esprit des Highlands y soufflait toujours.

Bref, il n'y avait pas de face cachée.

— J'ai pensé que cet endroit vous paraîtrait intéressant, hurla Lumsden par-dessus la musique.

— Pourquoi ?

— C'est là que Michelle Strachan a rencontré Johnny Bible.

Rebus tenta de déglutir, en vain. Il n'avait pas remarqué le nom du club. Il observa avec un autre œil les danseurs et les soulographes, vit des bras possessifs s'accrocher à des cous réticents. Il vit les regards avides et l'oseille pour se payer une femme. Il imagina Johnny Bible attendant tranquillement au bar, passant en revue les possibilités, fixant enfin son choix. Et puis invitant Michelle Fifer à danser…

Quand Rebus proposa qu'ils changent de crémerie, Lumsden ne refusa pas. Jusque-là, ils n'avaient payé qu'une seule tournée, le restaurant était « pris en charge» et le videur à la porte du club leur avait fait signe d'entrer, leur évitant de passer par la caisse.

Comme ils partaient, un homme les dépassa, escortant une jeune femme. Rebus tourna en partie la tête.

— Quelqu'un que vous connaissez ? s'enquit Lumsden.

Rebus haussa les épaules.

— J'ai cru reconnaître la tête.

Il ne l'avait vu que cet après-midi-là, cheveux frisés noirs, lunettes, teint mat. Hayden Fletcher, le «gourou des relations publiques» du major Weir. Il avait l'air content de sa journée. La compagne de Fletcher jeta un œil à Rebus et sourit.

Dehors, le ciel était encore barré de pourpre. Dans le cimetière, de l'autre côté de la rue, les étourneaux avaient pris d'assaut un arbre.

— Où va-t-on maintenant ? interrogea Lumsden.

Rebus s'étira.

— À vrai dire, Ludo, je crois que je vais simplement rentrer à l'hôtel. Désolé de ne pas être à la hauteur.

Lumsden s'efforça de dissimuler son soulagement.

— Et quel est votre itinéraire pour demain ?

Brusquement, Rebus ne voulut pas qu'il le sache.

— Un autre rendez-vous avec l'employeur du défunt.

Lumsden eut l'air satisfait.

— Et après, vous rentrez ?

— Dans deux ou trois jours.

L'«officier de liaison» parvint à cacher sa déception.

— Eh bien, reposez-vous bien, dit-il. Vous retrouverez votre chemin ?

Rebus le rassura et ils se serrèrent la main. Lum-

sden partit dans un sens, Rebus dans l'autre. Il continua de marcher vers l'hôtel en prenant son temps,
faisant du lèche-vitrines et regardant derrière lui.
Puis il s'arrêta et étudia sa carte, vit qu'il aurait
presque pu marcher jusqu'au port. Mais il héla le
premier taxi en maraude.

— Pour aller où ? demanda le chauffeur.

— Quelque part où je peux m'envoyer un bon
verre. Quelque part sur les quais.

Il pensa : *Là où les pochards roulent sous la table*.

— Un peu mal famé ou très ?

— Le plus possible.

L'homme hocha la tête et démarra. Rebus était
assis, penché en avant.

— Je m'attendais à ce que la ville soit plus animée.

— Bah, c'est encore un peu tôt. Mais remarquez,
le week-end, c'est déchaîné. Les ouvriers arrivent
des plates-formes avec leur salaire en poche.

— L'alcool à gogo ?

— Et le reste aussi.

— J'ai entendu dire que tous les clubs sont tenus
par des Américains.

— Les Yankees ? confirma le chauffeur. Ils sont
partout.

— Dans ce qui est illégal et dans ce qui est légal ?

Le chauffeur lui adressa un coup d'œil dans le
rétroviseur.

— Qu'est-ce que vous cherchez au juste ?

— Peut-être de quoi me défoncer.

— Vous n'avez pas l'air d'être le genre.

— Quel genre faut-il avoir ?

— En tout cas, pas celui d'un flicard.

Rebus éclata de rire.

— Je ne suis pas en service et je ne suis pas chez
moi.

— C'est où, chez vous ?

— Édimbourg.

Le chauffeur opina du chef, l'air songeur.

— Si moi je voulais me défoncer, reprit-il, je penserais peut-être au *Burke's Club* sur College Street. Voilà, vous y êtes.

Il arrêta le taxi. Le compteur indiquait à peine plus de deux livres. Rebus lui tendit un billet de cinq et lui dit de garder la monnaie. Le chauffeur se pencha par la portière.

— Vous n'étiez pas à cent mètres du *Burke's* quand je vous ai pris.

— Je sais.

Bien sûr qu'il le savait. Le *Burke's* était l'endroit où Johnny Bible avait rencontré Michelle.

Tandis que le taxi s'éloignait, il fit le point. De l'autre côté de la rue se trouvait le port, avec des bateaux au mouillage, des lumières indiquant les endroits où des hommes étaient encore au boulot, des équipes de maintenance sans doute. Ce côté de la rue était un mélange d'immeubles anciens, de magasins et de pubs. Deux ou trois filles guettaient le client, mais il y avait peu de circulation. Rebus se trouvait devant un endroit appelé le *Yardarm*. Il proposait des nuits de karaoké, des danseuses exotiques, une *happy hour*, des bières pression en promo, la télé par satellite et un «accueil chaleureux».

Dès que Rebus ouvrit la porte, il sentit aussitôt la chaleur de l'accueil. On grillait littéralement à l'intérieur. Il lui fallut une bonne minute pour se frayer un chemin jusqu'au comptoir. Entre-temps, la fumée brûlait ses yeux endurcis. Certains clients avaient l'air de pêcheurs, visages cramoisis, cheveux lisses et gros chandails. D'autres avaient les mains noircies par le pétrole, sans doute des mécanos des docks. Les femmes avaient les paupières gonflées par l'alcool, le visage trop lourdement fardé ou pas assez. Au bar, il commanda un double whisky. Maintenant que le système métrique avait pris le pas, il ne pouvait se rappeler si trente-cinq millimètres c'était plus ou moins qu'un quart de pinte. La dernière fois qu'il avait vu autant de poivrots rassemblés, c'était après un match des Hibs contre les Hearts[1]. Il avait bu sur Easter Road et les Hibs avaient gagné. Un chahut monstre.

Il lui fallut cinq minutes pour lier conversation avec son voisin, qui avait travaillé sur les plates-formes. Il était petit et sec, presque complètement chauve malgré la trentaine, et il portait des lunettes à la Woody Allen avec des verres en cul de bouteille. Il avait travaillé à la cantine.

— Une super tambouille tous les jours. Trois menus, deux équipes. Du top. Les nouveaux venus se goinfraient toujours, mais ils comprenaient vite.

— C'était deux semaines de travail, deux semaines de libres, en alternance ?

— C'était comme ça pour tout le monde. Sept jours sur sept. (Son visage s'inclinait vers le bar en parlant, comme si sa tête était trop lourde à porter.) On devient accro. Le temps que je passais sur le plancher des vaches, je ne pouvais pas me fixer, je pensais qu'à retourner en mer.

— Et alors, qu'est-ce qui s'est passé ?

— Les temps sont devenus plus durs. Je me suis trouvé en surnombre.

— J'ai entendu dire que les plates-formes grouillaient de came. Vous en avez vu ?

— Et comment ! Y a que ça. Mais attention, c'est juste pour se sentir relax, hein ? Personne n'était assez cinglé pour aller bosser quand il planait. Sinon, un faux mouvement et un tuyau peut t'emporter la

---

1. Voir note page 145.

main. Je le sais, je l'ai vu. Ou si tu perds l'équilibre, tu vois, c'est un plongeon de soixante-dix mètres dans la flotte. Mais il y avait des quantités de came et des quantités d'alcool. Et je vais te dire, il n'y avait peut-être pas de bonnes femmes à bord, mais on avait des paquets de revues et de films jusqu'aux oreilles. J'en ai jamais vu des pareils. Y en avait pour tous les goûts et y en avait qui étaient sacrément dégoûtants. C'est un homme du monde qui te le dit, alors tu peux me croire.

Rebus voulait bien le croire. Il paya un verre au petit homme. Si son compagnon se baissait encore d'un poil sur le comptoir, son nez plongerait dedans. Quand on annonça que le karaoké commençait dans cinq minutes, Rebus se dit qu'il était temps pour lui de lever le camp. Voilà, ça y est. Il reprit son plan pour rejoindre Union Street. La nuit commençait à s'animer. Des bandes de jeunes traînaient dans les rues, des voitures de police — camionnettes bleues banalisées — patrouillaient. Il y avait une forte présence policière, mais ça n'avait l'air de déranger personne. Les gens poussaient des cris, chantaient, frappaient dans les mains. Aberdeen en milieu de semaine ressemblait à Édimbourg un mauvais samedi soir. Deux ou trois hommes en uniforme discutaient avec deux jeunes gens, pendant que leurs copines attendaient en mâchant du chewing-gum. Un véhicule de police était garé à proximité, les portes arrière ouvertes.

Je ne suis qu'un touriste ici, se dit Rebus en les dépassant.

Il se trompa de rue, finit par arriver à son hôtel par le côté opposé en passant devant une haute statue de William Wallace[1] brandissant une claymore.

1. Grande figure de la résistance écossaise contre les Anglais. Il fut trahi et exécuté à Londres en 1305.

— Bonsoir, Mel, dit-il.

Il gravit les marches de l'hôtel et décida de s'accorder un dernier verre, qu'il emporterait dans sa chambre. Le bar était bondé de participants à la convention, dont certains portaient encore leur badge de délégué. Ils étaient installés à des tables surchargées de verres vides. Une femme solitaire juchée au bar fumait une brune en soufflant la fumée vers le plafond. Elle avait les cheveux décolorés, arborait un tas de breloques en or et portait un deux-pièces fuchsia avec des collants ou des bas noirs. Rebus l'observa et opta pour des bas. Le visage dur, les cheveux relevés et retenus par une grosse pince en or, elle avait les joues poudrées et un gloss sombre sur les lèvres. Elle pouvait avoir l'âge de Rebus, voire un ou deux ans de plus. Le genre de femmes que les hommes appellent «une belle femme». Elle avait déjà eu quelques verres, ce qui expliquait peut-être pourquoi elle souriait.

— Vous êtes avec la convention? demanda-t-elle.

— Non.

— Dieu soit loué. Je jure que chacun d'eux a essayé de me draguer, mais ce sont de telles brutes. (Elle s'interrompit.) Exactement comme il y a du pétrole brut, tenez. Le pétrole fossile et le pétrole brut. Vous saviez qu'il y avait une différence?

Rebus sourit, hocha la tête et commanda un verre.

— Vous en voulez un autre ou vous allez me reprocher de vous draguer?

— C'est oui dans les deux cas. (Elle vit qu'il regardait sa cigarette.) Une Sobranie.

— Le papier noir les rend meilleures?

— C'est le tabac qui les rend meilleures.

Rebus sortit son propre paquet.

— Je suis moi aussi amateur de l'herbe à Nicot.

— C'est ce que je vois.

Les boissons arrivèrent. Rebus signa le reçu pour le mettre sur le compte de sa chambre.

— Vous êtes ici pour affaires ?

Une voix grave, originaire de la côte ouest ou pas loin, quelqu'un de la classe ouvrière qui a fait des études.

— Plus ou moins. Et vous ?

— Pour affaires. Et qu'est-ce que vous faites ?

La pire des réponses pour quelqu'un qui drague.

— Je suis policier.

Elle leva un sourcil, intéressée.

— À la PJ ?

— Oui.

— Vous travaillez sur l'affaire Johnny Bible ?

— Non.

— À la façon dont les journaux en parlent, on croirait que tous les policiers d'Écosse sont dessus.

— Je suis l'exception.

— Je me souviens de Bible John, dit-elle en tétant sa cigarette. J'ai grandi à Glasgow. Pendant des semaines, ma maman ne voulait pas me laisser sortir de la maison. C'était comme se retrouver en taule.

— Ça a eu cet effet-là pour beaucoup de femmes.

— Et voilà que ça recommence. (Elle s'interrompit.) Quand j'ai dit que je me rappelais Bible John, vous étiez censé répliquer : Vous avez l'air trop jeune pour ça.

— Ce qui prouve que je ne vous drague pas.

Elle le regarda bien en face.

— Dommage, fit-elle et elle prit son verre.

Rebus prit aussi son verre pour se donner du courage, gagner du temps. Elle avait abattu toutes ses cartes. À lui de voir s'il voulait jouer ou pas. L'inviter dans sa chambre ? Ou invoquer… quoi exactement ? La culpabilité ? La peur ? Le dégoût de soi ?

La peur.

Il vit comment la nuit pouvait se dérouler, essaya de faire surgir la beauté du besoin, la passion d'une certaine forme de désespoir.

— Je suis flatté, dit-il enfin.

— Pas de quoi, répliqua-t-elle.

De nouveau à lui d'avancer son fou sur l'échiquier. Mais il n'était qu'un amateur se mesurant à une professionnelle.

— Et vous, qu'est-ce que vous faites ?

Elle se tourna vers lui. Ses yeux disaient qu'elle connaissait toutes les feintes.

— Je suis une commerciale. Dans les produits pour l'industrie pétrolière. (Elle inclina la tête vers le reste des hommes au bar.) Même si je dois bosser avec eux, rien ne m'oblige à les supporter après les heures de bureau.

— Vous habitez Aberdeen ?

Elle opina du chef.

— Laissez-moi vous en payer un autre.

— Je dois démarrer de bonne heure demain.

— Un autre ne vous fera pas de mal.

— Qui sait ? répondit-il en soutenant son regard.

— Allons, fit-elle, voilà une journée parfaitement dégueulasse qui se termine en queue de poisson.

— J'en suis navré.

— Ne vous en faites pas.

Il sentit qu'elle le suivait des yeux pendant qu'il quittait le bar. Il dut obliger ses pieds à monter les marches en direction de sa chambre. L'attraction était forte. Il se rendit compte qu'il ne connaissait même pas son nom.

Il mit la télévision pendant qu'il se déshabillait. On donnait un fond de poubelle hollywoodien. Les femmes avaient l'air de squelettes avec du rouge à lèvres, les hommes ne savaient pas bouger (il avait

vu des coiffeurs meilleurs comédiens). Il repensa à
la femme. Faisait-elle le trottoir ? Certainement pas.
Mais elle n'avait pas traîné pour le draguer. Il lui
avait dit qu'il était flatté. En fait, il était perplexe.
Les relations avec l'autre sexe lui avaient toujours
paru difficiles. Il avait grandi dans un village de
mineurs, un peu vieux jeu concernant les choses
de l'amour. Si vous fourriez la main dans le corsage
d'une fille, avant que vous ayez pu dire ouf, son père
vous courait après avec une ceinture de cuir.

Puis il était parti au service, où les femmes étaient
tour à tour objets de fantasme et intouchables. Putains
et madones, il semblait ne pas y avoir de moyen
terme. Libéré de l'armée, il avait intégré la police.
Marié dans l'intervalle, mais son boulot s'était avéré
plus séduisant, plus prenant que ses relations… n'importe quelles relations. Depuis lors, ses liaisons
avaient duré des mois, des semaines, voire seulement quelques jours. Trop tard maintenant, lui semblait-il, pour construire une relation plus stable.
Il plaisait aux femmes, apparemment, le problème
n'était pas là. Le problème se trouvait à l'intérieur de
lui et l'affaire Johnny Bible, ces femmes violentées
puis tuées, n'avaient rien simplifié. Le viol était une
affaire de pouvoir. Tuer aussi, en un sens. Et le pouvoir n'était-il pas l'ultime fantasme du mâle ? N'en
rêvait-il pas lui-même, parfois ?

Il avait vu les clichés d'Angie Riddell après sa mort
et la première pensée qui lui était venue, la pensée
qu'il avait dû écarter, c'était : *bien roulée.* Ça l'avait
perturbé, parce qu'en cet instant précis, elle n'avait
été qu'un objet, sans plus. Puis le légiste s'était mis à
l'œuvre, et après, elle ne fut même plus ça.

Il sombra dès qu'il eut fermé les yeux. Comme
chaque soir, il espérait seulement une nuit sans
rêves. Il se réveilla dans le noir, le dos trempé de

sueur. Il entendait un tic-tac. Ce n'était pas un réveil ni sa montre. Sa montre était sur l'armoire à pharmacie. Ce bruit-là était plus proche, beaucoup plus familier. Provenait-il du mur ? De la tête de lit ? Il alluma, mais le bruit s'était arrêté. Des vers du bois, peut-être ? Il ne vit pas de trous dans le cadre en bois de la tête de lit. Il éteignit et ferma les yeux. C'était là, de nouveau, plus un compteur Geiger qu'un métronome. Il essaya de ne plus y penser, mais c'était trop près. Impossible de l'ignorer. C'était l'oreiller, son oreiller en plume. Il y avait quelque chose à l'intérieur, quelque chose de vivant. Est-ce que ça allait lui ramper dans l'oreille ? Y pondre ? Muer, devenir cocon ou chrysalide ou se contenter seulement d'un coup de cire et de claquette sur son tympan ? La sueur se refroidissait sur son dos et le drap. Il n'y avait pas d'air dans la chambre. Il était trop crevé pour se lever, trop à cran pour dormir. Seule solution, il balança l'oreiller vers la porte.

Fini, le tic-tac, mais il ne trouvait toujours pas le sommeil. La sonnerie du téléphone le soulagea presque. Peut-être était-ce la femme du bar. Il devait lui dire : *je suis un poivrot, un fouteur de merde, je ne suis un cadeau pour personne.*

— Allô ?

— Ici Ludo, je suis navré de vous réveiller.

— Je ne dormais pas. Quel est le problème ?

— Une voiture de patrouille va venir vous prendre.

Rebus fit la grimace. Ancram l'avait-il déjà localisé ?

— Pour quoi faire ?

— Un suicide à Stonehaven. J'ai pensé que ça pourrait vous intéresser. Il semble qu'il s'agisse d'Anthony Ellis Kane.

Rebus jaillit de son lit.

— Tony El ? Un suicide ?

— On dirait. La voiture devrait arriver dans cinq minutes.

— Je serai prêt.

Maintenant que John Rebus était à Aberdeen, la situation devenait plus délicate.

John Rebus.

La liste du bibliothécaire avait d'abord craché son nom avec une adresse sur Arden Street, Édimbourg EH9. Avec un bulletin de lecteur, il avait consulté les numéros du *Scotsman* entre février 1968 et décembre 1969. Quatre autres personnes avaient consulté les mêmes lots de microfilms au cours des six mois précédents. Deux étaient des journalistes, Bible John les connaissait. Le troisième était écrivain. Il avait consacré un chapitre à l'affaire dans un livre sur les tueurs écossais. Quant au quatrième... le quatrième s'était inscrit sous le nom de Peter Manuel. Ce nom ne voulait rien dire pour le bibliothécaire, qui avait délivré un autre bulletin de consultation. Or le véritable Peter Manuel était un assassin qui avait trucidé une douzaine de gens dans les années cinquante, ce qui lui avait valu d'être pendu haut et court à la prison de Barlinnie. Les choses devinrent claires pour Bible John. Le Copieur avait lu des récits sur les grands assassins et, au cours de ses recherches, il était tombé sur Manuel et sur Bible John. Pour limiter ses efforts, il avait concentré ses recherches sur Bible John et s'était documenté sur l'affaire en lisant les journaux de cette époque. «Peter Manuel» avait demandé à voir non seulement la collection du *Scotsman* de 1968 à 1970, mais aussi le *Glasgow Herald*.

Il avait effectué des recherches approfondies. Et l'adresse sur son reçu était aussi factice que son nom : Lanark Terrace, Aberdeen. Le vrai Peter

Manuel s'était livré à sa folie meurtrière dans le Lanarkshire.

Mais même si l'adresse était fausse, Bible John s'interrogea sur Aberdeen. Ses propres investigations l'avaient déjà amené à situer le Copieur dans la région d'Aberdeen. Cela semblait être un lien supplémentaire. Et à présent, John Rebus se trouvait à Aberdeen, lui aussi… Bible John réfléchissait à John Rebus, avant même de savoir qui il était. Il avait été une énigme avant d'être un problème. Bible John avait chargé sur écran certaines des plus récentes coupures de presse concernant le Copieur et il les parcourait en songeant au policier. Autres propos de flic : « Cette personne a besoin d'aide et nous lui demandons de prendre contact avec nous pour que nous puissions l'aider. » Suivi de nouvelles élucubrations. Ils étaient dans le noir.

Sauf que l'un d'eux était à Aberdeen.

Et Bible John lui avait remis sa carte de visite.

Il avait toujours su qu'il serait dangereux de partir sur la trace du Copieur, mais il aurait pu difficilement imaginer qu'il tomberait sur un policier en cours de route. Et pas n'importe lequel. C'était justement celui qui avait fait des recherches sur lui, Bible John. John Rebus, inspecteur de police, basé à Édimbourg, habitant sur Arden Street, en déplacement à Aberdeen… Il décida d'ouvrir un nouveau dossier dans son ordinateur pour le consacrer à Rebus. Il avait parcouru quelques articles récents et croyait savoir pourquoi Rebus se trouvait à Aberdeen. Un employé d'une plate-forme pétrolière avait été défenestré à Édimbourg, on soupçonnait un acte criminel. Il était raisonnable d'en déduire que Rebus se consacrait à cette affaire plutôt qu'à une autre. Mais il restait que Rebus avait potassé les publications portant sur l'affaire Bible John. Pourquoi ? En quoi ça le regardait ?

Et un deuxième fait, encore plus préoccupant. Rebus disposait maintenant de sa carte de visite. Ça ne représenterait rien pour lui, pas encore. Mais le jour viendrait peut-être... plus il se rapprocherait du Copieur, plus il courrait de risques. La carte pourrait prendre de l'importance pour le policier à un moment donné. Bible John pouvait-il courir ce risque ? Deux options s'offraient donc à lui. Un, accélérer la poursuite.

Deux, mettre le policier hors jeu.

Il allait y réfléchir. Entre-temps, il devait se concentrer sur le Copieur.

Son contact à la Bibliothèque nationale l'avait informé qu'une fiche de consultation nécessitait la présentation d'une pièce d'identité, permis de conduire ou autre. Le Copieur s'était peut-être inventé une nouvelle identité sous le nom de « Peter Manuel », mais Bible John en doutait. Plus vraisemblablement, il avait réussi à se trouver une bonne excuse pour ne pas avoir à présenter ses papiers. C'était sans doute un beau parleur, quelqu'un de prévenant, un charmeur. Il n'avait sûrement rien d'un monstre. Il devait avoir une tête à qui les femmes — et les hommes — font confiance. Il parvenait à sortir d'un night-club avec une femme qu'il avait rencontrée une ou deux heures plus tôt. Circonvenir le contrôle de sécurité avait dû être un jeu d'enfant.

Il se leva et examina son visage dans la glace. La police avait publié une série de portraits-robots travaillés sur ordinateur et qui vieillissaient l'ancien portrait-robot de Bible John. L'un d'eux était assez ressemblant, mais c'en était un parmi beaucoup d'autres. Personne n'y avait regardé à deux fois et aucun de ses collègues n'avait remarqué la ressemblance. Même le policier n'avait rien remarqué. Il

se frotta le menton. Des poils roux étaient visibles là
où il s'était mal rasé. La maison était silencieuse. Sa
femme était ailleurs. Il l'avait épousée parce que cela
semblait indiqué, un autre démenti pour son
profil psychologique. Il ouvrit la porte du bureau,
s'approcha de l'entrée et vérifia qu'elle était bien
verrouillée. Il gravit l'escalier jusqu'au palier et tira
sur l'échelle qui menait au grenier. Il aimait s'y
rendre, c'était un endroit qu'il était seul à visiter. Il
regarda une malle, sur laquelle étaient posés de vieux
cartons qui servaient de camouflage. Ils n'avaient
pas été déplacés. Il les souleva et prit une clé dans
sa poche, la fit tourner dans la serrure et souleva
d'un bruit sec les deux lourdes boucles en cuivre. De
nouveau, il tendit l'oreille, n'entendant que le silence
au-delà du battement sourd de son cœur, puis il
souleva le couvercle de la malle.

Elle était pleine de trésors : des sacs à main, des
chaussures, des foulards, des colifichets, des montres
et des portefeuilles, rien qui puisse en aucun cas
identifier la précédente propriétaire. Les sacs et les
portefeuilles avaient été vidés de leur contenu, la
présence d'initiales, de taches ou de marques distinc-
tives soigneusement vérifiée. Les lettres, avec tout ce
qui portait un nom ou une adresse, avaient été inci-
nérés. Il s'installa par terre devant la malle ouverte,
sans rien toucher. Il n'avait pas besoin de toucher. Il
se souvenait d'une jeune fille qui avait vécu dans
cette rue quand il avait huit ou neuf ans, elle devait
avoir un an de moins. Ils avaient joué à un jeu. Ils
s'allongeaient chacun leur tour sur le sol, immobiles,
les yeux clos, pendant que l'autre essayait de lui retirer le plus de vêtements sans qu'il sente rien.

Bible John avait vite repéré les doigts de la petite
fille sur lui et il avait respecté les règles. Mais quand
la fillette fut étendue à son tour et qu'il avait com-

mencé à ouvrir les boutons et les fermetures à glissière… ses cils avaient frémi, un sourire était apparu sur ses lèvres… et elle n'avait rien dit, alors qu'il savait fort bien qu'elle devait sentir ses doigts malhabiles.

Évidemment, elle trichait.

À présent, sa grand-mère s'approchait de lui, avec ses mises en garde permanentes : méfie-toi des femmes trop parfumées ; ne joue pas aux cartes dans le train avec des étrangers…

La police n'avait pas précisé si le Copieur emportait des souvenirs. Ils voulaient évidemment le garder pour eux. Ils avaient de bonnes raisons. Mais le Copieur devait en garder nécessairement. Trois jusqu'ici. Et il les conservait à Aberdeen. Il avait juste un peu dérapé en indiquant Aberdeen comme lieu de résidence sur sa fiche de lecteur… Bible John se releva brusquement. Il la voyait à présent, il voyait la scène entre le bibliothécaire et « Peter Manuel ». Le Copieur qui prétend avoir besoin de consulter des ouvrages de référence. Le bibliothécaire qui lui réclame des détails, un document d'identité… Le Copieur qui s'énerve, il a laissé tous ses papiers chez lui. Pouvait-il aller les chercher ? Impossible, il était venu d'Aberdeen pour la journée. Un long trajet, aussi le bibliothécaire avait-il faibli et finalement cédé. Mais à partir de là, le Copieur avait été obligé de se domicilier à Aberdeen.

Il habitait Aberdeen.

Requinqué, Bible John boucla la malle, reposa les cartons à la place précise où ils se trouvaient et redescendit. Ça le peinait de savoir qu'à cause de la présence de John Rebus, il serait peut-être obligé de déménager la malle… et lui avec. Dans son bureau, il s'assit à son secrétaire. Admettons que le Copieur soit basé à Aberdeen mais qu'il bouge. Admettons qu'il ait tiré la leçon de ses premières erreurs. Alors maintenant, il organise chaque opération à l'avance. Choisit-il ses victimes au hasard ou suit-il une procédure fixe ? C'est plus facile de choisir une proie qui n'est pas fortuite. Mais c'est plus facile aussi pour la police d'établir un mode de fonctionnement et de vous coincer. Cela dit, le Copieur était jeune, c'était peut-être une leçon qu'il n'avait pas encore apprise. Son choix de « Peter Manuel » était assez fanfaron, le goût de la provocation. Deux voies à suivre. La première : admettons qu'il les connaissait, admettons qu'il existait un schéma les liant toutes les trois au Copieur.

Un profil : le Copieur était un voyageur itinérant, routier ou un représentant de commerce, ce genre de job. Toujours en déplacement à travers l'Écosse. Les hommes qui voyagent peuvent être des solitaires ; parfois ils font appel à des prostituées. Souvent, ils descendent dans des hôtels. La victime de Glasgow était une femme de chambre. La première victime — celle d'Aberdeen — ne correspondait pas à ce schéma.

À moins que si ? La police avait-elle négligé quelque chose ? Quelque chose que lui pourrait découvrir ? Il prit son téléphone et appela les renseignements.

— C'est un numéro à Glasgow, indiqua-t-il à la voix qui lui répondit.

14

En pleine nuit, Stonehaven n'était qu'à vingt minutes d'Aberdeen, surtout avec un fou au volant.

— Il ne sera pas ressuscité quand on arrivera, mon vieux, signala Rebus au chauffeur.

En effet, le mort était bel et bien mort dans la salle de bains, un bras sur le rebord de la baignoire-sabot, dans la maison où il avait loué une chambre chez l'habitant. Il s'était coupé les veines selon les règles, de haut en bas et non en travers. L'eau du bain avait l'air froide. Rebus resta prudemment à l'écart. Le bras tailladé, posé sur le rebord, avait dégouliné dans toute la pièce.

— La propriétaire ne savait pas qui était dans la salle de bains, expliqua Lumsden. Tout ce qu'elle savait, c'est que celui qui était là s'y trouvait depuis un bout de temps. Comme personne n'a répondu, elle est allée chercher un de ses « gars » — cet endroit loge des ouvriers des plates-formes. Elle croyait que M. Kane était un foreur. Bref, un de ses pensionnaires a réussi à ouvrir la porte et voilà ce qu'ils ont trouvé.

— Personne n'a rien vu, rien entendu ?

— Le suicide, c'est une activité discrète. Suivez-moi.

Ils traversèrent des corridors étroits puis grimpèrent deux courtes volées de marches conduisant à la chambre de Tony El. Elle était assez bien rangée.

— La proprio fait le ménage deux fois par semaine, les draps et les serviettes sont changés deux fois par semaine aussi. (Il y avait une bouteille de whisky bon marché avec le bouchon dévissé et il restait environ un cinquième de la bouteille. Un verre vide était posé à côté.) Regardez-moi ça.

Rebus regarda. Sur la commode se trouvait un arsenal complet : seringue, cuiller, coton, briquet et un minuscule sachet en plastique de poudre brune.

— J'ai entendu dire que l'héroïne faisait un retour en force, expliqua Lumsden.

— Je n'ai pas vu de marques sur ses bras, répliqua Rebus.

Lumsden hocha le chef pour assurer qu'elles y étaient, mais Rebus retourna dans la salle de bains pour vérifier. Oui, deux ou trois piqûres d'épingle à l'intérieur de l'avant-bras gauche. Il revint dans la chambre. Lumsden était installé sur le lit et parcourait une revue.

— Ça ne faisait pas longtemps qu'il se shootait, remarqua Rebus. Ses bras sont presque impeccables. Je n'ai pas vu le couteau.

— Regardez-moi cette saloperie, fit Lumsden. (Il voulait montrer le magazine à Rebus. Une femme avec un sac en plastique sur la tête se faisait pénétrer par-derrière.) Il y a vraiment des malades.

Rebus lui prit le journal. Ça s'appelait *Snuff Babes*. Sur la première page, il était précisé que cette publication était imprimée aux États-Unis « et fière de l'être ». Ce n'était pas simplement illégal, c'était le porno le plus hard qu'il ait jamais vu. Des pages et des pages de morts simulées, le sexe attaché.

Lumsden avait plongé la main dans sa poche, il

en sortit un sac pour recueillir les indices. À l'intérieur se trouvait un couteau maculé de sang. Or ce n'était pas un vulgaire couteau, mais carrément un Stanley.

— Je ne suis pas tellement sûr que ce soit un suicide, remarqua Rebus tranquillement.

Et là, il fut obligé de s'expliquer. La visite chez Oncle Joe, et d'où le fils d'Oncle Joe tenait son surnom, et que Tony El avait été un des sbires d'Oncle Joe.

— La porte était fermée de l'intérieur, lui rappela Lumsden.

— Et elle n'avait pas été forcée quand j'y suis allé.

— Alors ?

— Alors comment le « gars » envoyé par la proprio est-il entré ?

Il ramena Lumsden dans la salle de bains et, ensemble, ils examinèrent la porte : il suffisait d'un tournevis pour faire fonctionner la serrure du dehors.

— Vous voulez qu'on fasse une enquête ? s'exclama Lumsden. Vous croyez que ce Stanley a débarqué ici, piqué M. Kane, l'a traîné dans la salle de bains et lui a taillladé les poignets ? On vient de passer devant une demi-douzaine de chambres et on a grimpé deux étages. Vous ne croyez pas que quelqu'un aurait remarqué quelque chose ?

— Vous leur avez demandé ?

— Je vous le dis, John, personne n'a rien vu.

— Et moi je vous dis que c'est signé Joseph Toal.

Lumsden secouait la tête. Il avait roulé le magazine. Il dépassait de la poche de son blouson.

— Tout ce que je vois ici, c'est un suicide. Et d'après ce que vous m'avez dit, je suis ravi d'être débarrassé de cet enculé. Point final.

La même voiture de patrouille le reconduisit en ville, sans plus d'égards pour les limitations de vitesse.

Rebus se sentait complètement réveillé. Il fit les cent pas dans sa chambre en grillant trois clopes. La ville, sous ses fenêtres cathédrales, s'était enfin endormie. La chaîne porno payante marchait encore. Avec, pour seule alternative, du beach-volley de Californie. Faute de distractions, il sortit les prospectus du dossier publicitaire. Ils offraient une lecture déprimante. Le maquereau et d'autres espèces de poissons étaient à présent « épuisés pour le commerce » en mer du Nord, alors que d'autres, haddock compris — la base du repas familial écossais — auraient du mal à survivre au passage du millénaire. Entre-temps, il y avait quatre cents installations pétrolières dans le coin qui, un jour, deviendraient superflues ; si on se contentait de les bazarder avec leurs métaux lourds et leurs produits chimiques... bye-bye, petits poissons.

Bien sûr, les poissons pouvaient également prendre un raccourci. Les nitrates et les phosphates des eaux usées, plus les pesticides et les insecticides — le tout se déversant dans l'océan. Rebus se sentit mal et il flanqua les papiers à la poubelle. L'un d'eux atterrit à côté et il le ramassa. Il apprit ainsi qu'il y aurait une manif et un meeting le samedi, avec un concert de bienfaisance, les Dancing Pigs en tête d'affiche. Rebus remit la feuille dans la corbeille et décida de vérifier son répondeur. Il y avait deux appels d'Ancram, dont l'énervement frisait l'hystérie, et un de Gill, qui lui disait de la rappeler à n'importe quelle heure. Il obtempéra.

— Allô ?

On aurait cru qu'on lui avait bousillé les mâchoires.

— Excuse-moi de rappeler si tard.

— John… (Elle fit une pause pour regarder l'heure.) Il est si tard qu'il est presque tôt.

— Ton message disait…

— Je sais. (Elle avait l'air de faire des efforts pour se redresser dans son lit et elle bâilla avec force.) Howdenhall a bossé sur le bloc-notes, ils ont eu recours à l'électrostatique.

— Et alors ?

— Ça a donné un numéro.

— Situé où ?

— Le code d'Aberdeen.

Rebus sentit un frisson lui parcourir l'échine.

— Où ça, à Aberdeen ?

— C'est la cabine téléphonique d'une discothèque. Une minute, j'ai le nom ici… le *Burke's Club*. *Bingo*.

— Ça te dit quelque chose ?

Oui, songea-t-il, *ça veut dire que je bosse ici sur deux affaires au moins, voire trois.*

— Tu as parlé d'une cabine téléphonique ?

— Un téléphone public. Je le sais parce que j'ai appelé. Pas loin du bar, d'après le niveau sonore.

— Donne-moi le numéro. (Elle s'exécuta.) Autre chose ?

— Les seules empreintes qu'on a trouvées appartenaient à Fergie. Rien d'intéressant sur son PC, sauf qu'il essayait quelques combines fiscales.

— Tu vas faire la une avec ça. Et ses locaux professionnels ?

— Rien pour le moment. John, ça va ?

— Très bien, pourquoi ?

— Tu as l'air… Je ne sais pas, disons distant.

Rebus s'autorisa un sourire.

— Mais non, je suis là. Rendors-toi, Gill.

— Bonne nuit, John.

— Bonne nuit.

Il voulut tenter d'appeler Lumsden au poste. C'était un consciencieux. Il était près de 3 heures du mat' et il était encore là.

— Vous devriez être au pays des rêves, remarqua Lumsden.

— Quelque chose que je voulais vous demander tout à l'heure.

— Quoi?

— Cette boîte où on est allé, celle où Michelle Strachan a rencontré Johnny Bible.

— Le *Burke's*?

— Je me demandais, reprit Rebus. Elle est réglo?

— Plus ou moins.

— Ce qui veut dire?

— Elle joue parfois avec le feu. Il y a eu un peu de came qui a circulé dans les locaux. Les proprios ont essayé de faire le ménage, je crois qu'ils ont fait un assez bon boulot.

— Ça appartient à qui?

— Deux Yankees. John, de quoi s'agit-il?

Rebus mit moins d'une seconde à inventer son mensonge.

— Le défenestré d'Édimbourg, il avait une boîte d'allumettes dans sa poche. Elle venait de chez *Burke's*.

— C'est un endroit très fréquenté.

Rebus émit un son approbateur.

— Ces proprios, c'est quoi leur nom, vous disiez?

— Je ne l'ai pas dit. (Sur la défensive.)

— C'est un secret?

— Non. (Un ricanement.)

— Peut-être que vous ne voulez pas que je les embête?

— Bon sang, John... (Un soupir théâtral.) Erik-avec-un-k Stemmons, Judd Fuller. Je ne vois pas l'intérêt de leur parler.

— Moi non plus, Ludo. Tout ce que je veux, c'est leurs noms. (Rebus essaya d'imiter l'accent américain.) *Ciao, baby*.

Il souriait quand il raccrocha. Il jeta un œil à sa montre : 3 h 10. Il mettrait cinq minutes à pied pour se rendre à College Street. Mais l'endroit serait-il encore ouvert ? Il sortit l'annuaire, chercha le *Burke's*. Le numéro listé correspondait bien à celui que Gill lui avait dicté. Il le composa : pas de réponse. Il allait en rester là… pour le moment.

Ça tournait dans une spirale qui se rétrécissait : Allan Mitchison… Johnny Bible… Oncle Joe… le trafic de drogue de Fergus McLure.

God Only Knows[1] par les Beach Boys, suivi de *More Trouble Every Day*[2] par Zappa and the Mothers. Rebus ramassa son oreiller par terre, resta une minute à l'écouter, le balança sur le lit et se recoucha pour dormir.

*

Il se réveilla de bonne heure et, peu tenté par un petit déjeuner, il partit flâner. Il faisait un temps magnifique. Les mouettes engloutissaient les restes de la nuit précédente, mais à part ça, il n'y avait guère de monde dans les rues. Il marcha jusqu'à la Mercat Cross, puis il prit à gauche sur King Street. Il allait vaguement dans la direction de la maison de sa tante, mais doutait de pouvoir la retrouver à pied. À la place, il parvint devant ce qui ressemblait aux bâtiments d'une ancienne école mais qui s'appelait ITRG Offshore. Il savait que le ITRG était l'Institut de Technologie Robert-Gordon et qu'Allan

1. « Dieu seul le sait ».
2. « Plus de problèmes chaque jour ».

Mitchison avait étudié quelque temps au ITRG-CSO. Il savait que la première victime de Johnny Bible avait également étudié à Robert-Gordon, mais pas ce qu'elle avait étudié. Avait-elle suivi des cours ici ? Il regarda les murs de granit gris. Le premier meurtre avait eu lieu à Aberdeen. C'est ensuite que Johnny Bible était allé à Glasgow et à Édimbourg. Ce qui signifiait quoi ? Aberdeen avait-il une signification particulière pour l'assassin ? Il avait escorté la victime d'un night-club jusqu'à Duthie Park, mais ça n'impliquait pas qu'il était originaire de la ville. Michelle avait pu lui servir de guide. Rebus ressortit son plan, situa College Street, puis suivit avec le doigt le chemin entre *Burke's Club* et Duthie Park. Un long trajet à pied, dans un quartier résidentiel, et personne ne les avait remarqués. Avaient-ils emprunté exprès des petites rues tranquilles ? Rebus replia la carte et la rangea.

Il dépassa l'hôpital municipal et atterrit sur l'Esplanade, une longue allée herbeuse qui reliait le terrain de boules, le tennis et le green. Il y avait un terrain de jeux, fermé à cette heure matinale. Les gens marchaient sur la promenade, couraient, promenaient leur chien... des activités matinales. Rebus se joignit à eux. Des brise-lames divisaient la plage sablonneuse en compartiments précis. C'était l'endroit le plus propre de la ville, exception faite des graffiti. Un ou une artiste appelé Zéro s'était défoncé pour faire de ce lieu sa galerie personnelle.

Zéro le héros, un personnage venu d'ailleurs... *Bing*. Bon sang, il n'y avait pas pensé depuis des lustres. Des as de la défonce bourrés aux amphets. L'anarchie planante.

Au bout de l'Esplanade, près du port, se dressaient deux ou trois pâtés de maisons, tel un village dans la ville. Entre les maisons, on apercevait même des pelouses desséchées et des abris de jardin. Des chiens aboyèrent sur son passage. Cela lui rappela l'extrémité est de sa presqu'île de Fife, les petites maisons de pêcheurs peintes de couleur vive mais sans prétention. Un taxi draguait sur le port. Rebus le héla. Finie, la récré.

Il y avait une manif devant le siège de T-Bird Oil. La jeune femme aux cheveux tressés qui était si convaincante la veille était assise, jambes croisées, sur l'herbe et fumait une cigarette roulée à la main, comme si elle s'accordait une pause. Le jeune homme qui tenait le mégaphone n'avait pas la moitié de son ardeur ni de son éloquence, mais ses amis le soutenaient. Peut-être faisait-il ses débuts sur le terrain ?

Deux jeunes agents en tenue, guère plus vieux que les militants, s'entretenaient avec trois ou quatre écologistes en combinaison rouge et masque à gaz. Les policiers leur disaient que s'ils retiraient leur masque, la conversation serait peut-être moins laborieuse. Ils demandaient seulement que la manifestation quitte le terrain appartenant à T-Bird Oil. Ou, plus exactement, le bout de pelouse devant l'entrée principale. Les manifestants disaient quelque chose concernant les lois sur la violation de la propriété. De nos jours, la connaissance des lois faisait partie du boulot. C'était comme les règles de la lutte à mains nues pour l'antigang.

Rebus se vit proposer les mêmes tracts que la veille.

— Je les ai déjà eus, dit-il avec un sourire.

Cheveux-tressés leva les yeux et les cligna comme si elle le prenait en photo.

Dans le hall d'accueil, quelqu'un enregistrait la manif sur bande vidéo. Peut-être pour les renseignements généraux, ou peut-être pour les archives de T-Bird Oil. Stuart Minchell attendait Rebus.

— Ce n'est pas incroyable? s'exclama-t-il. J'apprends qu'il y a des groupes comme celui-là devant chacune des Six Sœurs, plus des petites opérations comme la nôtre.

— Les Six Sœurs?

— Les majors de la mer du Nord, Exxon, Shell, BP, Mobil... J'ai oublié les deux autres. Alors, prêt à décoller?

— Je ne suis pas sûr. Quelles sont mes chances de piquer un roupillon?

— Ça risque de secouer un peu. La bonne nouvelle, c'est qu'on a un avion qui part, ce qui vous épargnera l'hélico, du moins pour aujourd'hui. Vous atterrirez à Scatsta. C'est une ancienne base de la RAF. Ça évite de changer à Sumburgh.

— Et c'est près de Sullom Voe?

— La porte à côté. Quelqu'un viendra vous chercher.

— Je vous en suis reconnaissant, monsieur Minchell.

Celui-ci eut un geste désinvolte.

— Vous êtes déjà allé dans les Shetland? (Rebus fit signe que non.) Eh bien, vous n'en verrez sans doute pas grand-chose, sauf d'en haut. Mais souvenez-vous d'une chose : une fois que l'avion aura décollé, vous n'êtes plus en Écosse. Vous redevenez un gosse qui pleure après sa mère, avec des kilomètres et des kilomètres sans que dalle.

15

Minchell déposa Rebus à l'aéroport de Dyce. L'avion était un bimoteur à quatorze places, mais qui ne transportait ce jour-là qu'une demi-douzaine de passagers, tous des mâles. Quatre étaient en costume et ne tardèrent pas à ouvrir leur mallette, qui débordait de paperasses, de rapports reliés, calculatrices, stylos et portables. L'un d'eux portait une veste en peau de mouton et n'avait pas ce que les autres auraient probablement appelé «une allure soignée». Il gardait les mains dans les poches, les yeux rivés au hublot. Rebus, qu'une place près de l'allée ne dérangeait pas, s'assit à côté de lui.

L'homme tenta de le décourager du regard. Il avait la prunelle injectée de sang, un chaume gris couvrait ses joues et son menton. Pour sa part, Rebus boucla sa ceinture. L'homme marmonna, mais se redressa pour concéder à Rebus un demi-accoudoir. Puis il retourna à la contemplation du hublot. Une voiture s'arrêta dehors.

Le moteur se mit en route, les hélices commencèrent à tourner. Il y avait une hôtesse à l'arrière de la carlingue exiguë. Elle n'avait pas encore refermé la porte. L'homme assis près du hublot se tourna vers l'assemblée de costumes trois pièces.

— Préparez-vous à chier dans vos frocs.

Puis il éclata de rire. Les vapeurs de whisky de la nuit précédente envahirent l'espace de Rebus, qui se félicita d'avoir sauté le petit déjeuner. Quelqu'un d'autre montait à bord. Rebus scruta l'allée. C'était le major Weir, vêtu d'un kilt, sporran compris. Les costards se figèrent sur place. Peau-de-mouton gloussait toujours. La porte se referma d'un coup sec. Quelques secondes plus tard, l'avion roulait sur la piste.

Rebus, qui détestait voler, essaya de s'imaginer tranquille dans un train corail fonçant sur la terre ferme, sans aucune intention de s'élever brusquement dans les airs.

— Si vous tirez encore sur votre putain d'accoudoir, l'avisa son voisin, vous allez l'arracher.

Au décollage, on aurait cru rouler sur une piste de tôle ondulée. Rebus avait l'impression de sentir ses plombages exploser et d'entendre péter les divers boulons et soudures de l'engin. Mais ils finirent par se stabiliser et les choses se calmèrent. Il reprit sa respiration et se rendit compte qu'il avait les paumes et le front en sueur. Il régla l'arrivée d'air au-dessus de lui.

— Ça va mieux? interrogea son voisin.

— Oui, convint-il.

Le train d'atterrissage se replia, les volets se refermèrent. Peau-de-mouton lui expliquait les bruits. Rebus hocha la tête pour le remercier. Il pouvait entendre l'hôtesse derrière eux.

— Je m'excuse, Major, si nous avions su que vous veniez, nous aurions prévu de servir le café.

Elle obtint un grognement pour toute réponse. Les costards avaient les yeux rivés à leur travail, mais ne pouvaient se concentrer. L'avion fut pris dans une turbulence et les mains de Rebus reprirent leur place sur les accoudoirs.

— Vous avez peur en avion, remarqua Peau-de-mouton avec un clin d'œil.

Rebus savait qu'il devait s'occuper l'esprit.

— Vous travaillez à Sullom Voe ?

— Je dirige pratiquement l'endroit. (Il fit un signe en direction des complets-vestons.) Je ne bosse pas pour ces tocards, vous savez. Je profite seulement du transport. Je bosse pour le groupe.

— Les Six Sœurs ?

— Et les autres. Une trentaine, au dernier recensement.

— Vous savez, je ne sais rien de rien sur Sullom Voe.

Peau-de-mouton lui coula un regard de travers.

— Vous êtes journaliste ?

— Je suis inspecteur à la PJ.

— Tant que vous n'êtes pas de la presse… Je suis le directeur de la maintenance de secours. La presse n'arrête pas de nous reprocher des tuyaux fissurés et des marées noires. Je vais vous dire, les seules fuites autour de mon terminal sont celles qui viennent de ces foutus journaux !

Il fixa de nouveau la vitre comme si la conversation avait atteint une fin naturelle. Mais une bonne minute plus tard, il se tourna vers Rebus.

— Il y a deux pipelines — Brent et Ninian — qui déversent l'huile dans le terminal, plus ce qu'on décharge des tankers. Quatre débarcadères en usage quasi permanent. Je suis là depuis le début, en 1973. C'est-à-dire quatre ans seulement après les premiers bateaux d'exploration qui barbotaient autour de Lerwick. Mais putain, ce que j'aurais aimé voir la tête des pêcheurs. Ils ont cru qu'ils pourraient se débarrasser de nous. Mais le pétrole est venu et le pétrole est resté, on a fait les cons dans les îles et ils ont pompé au groupe tout ce qu'ils ont pu. Jusqu'au dernier penny.

À mesure que Peau-de-mouton racontait, il se laissait aller. Il n'avait peut-être pas fini de cuver. Il parlait calmement, le plus souvent le visage tourné vers
le hublot.

— Vous auriez dû voir ça dans les années soixante-
dix, fiston. On aurait cru le Klondike, des parkings
de caravanes, des bidonvilles, les routes pleines de
boue. On avait des coupures de courant, pas assez
d'eau potable et les gens du cru nous détestaient.
J'adorais ça. Il y avait un seul pub où on allait tous se
saouler la gueule. Le groupe nous approvisionnait
par hélico comme si on était en guerre. Putain, peut-
être bien qu'on l'était.

Il se tourna vers Rebus.

— Et le climat… le vent vous arrache la peau du
visage.

— Je n'avais pas besoin d'emporter mon rasoir
alors ?

Le malabar s'étrangla de rire.

— Et vous, qu'est-ce qui vous amène à Sullom
Voe ?

— Une mort suspecte.

— Dans les Shetland ?

— À Édimbourg.

— Très suspecte ?

— Peut-être pas. Mais il faut vérifier.

— Je connais bien tout ça. C'est comme au terminal, on fait des centaines de vérifications chaque
jour, qu'elles soient nécessaires ou non. Dans la section refroidissement du GPL, on suspectait un éventuel problème, et j'insiste sur *éventuel*. Je vais vous
dire, on a eu plus d'hommes en état d'alerte que
Dieu sait quoi. Vous comprenez, c'est assez proche
du stockage de l'huile morte.

Rebus secoua le crâne, pas très sûr de ce que le

type lui serinait. Il semblait divaguer de nouveau. Il était temps de le recentrer.

— L'homme qui est mort a travaillé quelque temps à Sullom Voe. Allan Mitchison.

— Mitchison ?

— Il travaillait peut-être à l'entretien. Je crois que c'était son secteur.

Peau-de-mouton opina.

— Son nom ne me dit… Non.

— Et Jake Harley ? Il travaille à Sullom Voe.

— Ouais, il m'est arrivé de le croiser, celui-là. Sa tête me revient pas, mais je vois qui c'est.

— Il ne vous revient pas ?

— C'est un de ces crétins de Verts. Vous savez, l'*écologie*. (Il cracha presque le mot.) Putain, qu'est-ce que l'écologie a jamais fait pour nous ?

— Alors vous le connaissez.

— Qui ?

— Jake Harley.

— C'est ce que j'ai dit, non ?

— Il est parti en randonnée pour son congé.

— Dans les Shetland ? (Rebus confirma.) Ouais, ça doit être ça. Il est toujours à faire de l'archéologie ou d'autres trucs, comme observer les oiseaux. Les seuls oiseaux que je passerais la journée à regarder, putain, c'est pas des oiseaux à plumes, laissez-moi vous dire.

Rebus pour lui-même : *Je croyais être un tocard, mais ce type-là vous remet les pendules à l'heure.*

— Il est donc parti marcher et observer les oiseaux. Vous avez une idée où il peut se trouver ?

— Les mêmes endroits que d'habitude. Il y a quelques fanas d'ornithologie au terminal. C'est comme le contrôle de la pollution. On sait que ça baigne tant que les oiseaux n'ont pas le ventre en l'air. C'est comme pour le *Negrita*. (C'est tout juste

s'il n'escamota pas la fin du nom, et il déglutit péniblement.) Faut dire que le vent est tellement fort
et les courants aussi sont violents. Alors évidemment, ça dissémine le pétrole, comme pour le *Braer*,
tenez. Quelqu'un m'a dit qu'aux Shetland, l'air se
renouvelle complètement tous les quarts d'heure.
Des conditions de dissémination idéales et putain
de bordel, ce ne sont que des oiseaux, merde. Ils
servent à quoi, si on y réfléchit bien ?

Il appuya la tête contre le hublot.

— Quand on arrivera au terminal, je vous donne-
rai une carte et je vous indiquerai les endroits où
vous pourrez le dénicher...

Quelques secondes plus tard, il avait les yeux fermés. Rebus se leva et alla à l'arrière de la carlingue,
là où se trouvaient les toilettes. Quand il passa à
côté du major Weir, qui occupait la dernière rangée, celui-ci était plongé dans la lecture du *Finan-
cial Times*. Les toilettes avaient la taille d'un
cercueil d'enfant. S'il avait été un chouia plus gros,
on aurait dû l'affamer pour l'en extraire. Il tira la
chasse d'eau en pensant à son urine qui se dissémi-
nait dans la mer du Nord — en termes de pollution,
ce n'était qu'une goutte dans l'océan — et il repoussa
la porte accordéon. Il se glissa dans le siège à la
hauteur du Major, de l'autre côté de l'allée. L'hôtesse s'était assise là, mais il l'apercevait à l'avant,
dans le cockpit.

— Ça ne vous ennuie pas que je jette un œil sur
les courses ?

Le major Weir quitta son journal des yeux et
tourna la tête pour considérer cette étrange créa-
ture. L'ensemble du mouvement n'avait pas pris
plus d'une demi-minute. Il ne dit rien.

— On s'est rencontrés hier, lui dit Rebus. Je suis
l'inspecteur Rebus. Je sais que vous ne parlez pas

des masses... (Il tapota sa veste.) J'ai un bloc dans la poche si vous en avez besoin.

— À vos moments perdus, inspecteur, seriez-vous un comique ?

Sa voix traînante était cultivée. *Courtoise* était le mot qui convenait. Mais elle était aussi sèche, un peu rouillée.

— Je peux vous poser une question, Major ? Pourquoi avez-vous donné à un gisement le nom d'une galette d'avoine ?

Le visage de Weir devint rouge de fureur.

— Mais c'est le diminutif de Bannockburn[1] !

Rebus hocha le chef.

— C'en est une qu'on a gagnée ?

— Vous ne connaissez pas votre propre histoire, mon petit ? (Rebus haussa les épaules.) Je vous jure, c'est à désespérer, parfois. Pourtant, vous êtes écossais.

— Et alors ?

— Eh bien, votre passé est important ! Vous devez le connaître pour apprendre.

— Apprendre quoi, monsieur ?

Weir soupira.

— Pour citer un poète... un poète écossais, il parlait des mots... nous autres, Écossais, sommes « des êtres domptés par la cruauté ». Vous comprenez ça ?

— Je crois que j'ai du mal à vous suivre.

Weir fronça les sourcils.

— Vous buvez ?

— Sobre est mon deuxième prénom. (Le Major grogna pour exprimer sa satisfaction.) Le problème, enchaîna Rebus, c'est que Pas-du-tout est le premier.

Il finit par piger et concéda un sourire bougon.

---

1. La bataille de Bannockburn (1314), où l'armée d'Édouard II a été défaite par les Écossais menés par Robert Bruce.

C'était la première fois que Rebus voyait ce genre de mixture.

— À vrai dire, monsieur, je suis ici…

— Je sais pourquoi vous êtes ici, inspecteur. Quand je vous ai vu hier, j'ai chargé Hayden Fletcher de se renseigner sur votre compte.

— Puis-je vous demander pourquoi ?

— Parce que vous avez soutenu mon regard dans l'ascenseur. Je n'ai pas l'habitude de comportements de ce genre. Ça voulait dire que vous ne faisiez pas partie de mes employés et comme vous étiez avec mon directeur du personnel…

— Vous pensiez que je cherchais un emploi ?

— Je voulais m'assurer que vous n'en auriez pas.

— Je suis flatté.

Le Major le toisa de nouveau.

— Alors pourquoi mon entreprise vous transporte-t-elle à Sullom Voe ?

— Je veux parler à un ami de Mitchison.

— Allan Mitchison.

— Vous le connaissiez ?

— Ne soyez pas ridicule. J'ai demandé que Minchell me remette un rapport hier soir. J'aime savoir tout ce qui se passe dans ma société. J'ai une question à vous poser.

— Allez-y.

— La mort de M. Mitchison pourrait-elle avoir un rapport avec ma société ?

— Pour le moment… je ne le crois pas.

Le major Weir hocha la tête et ramena son journal devant ses yeux. L'entretien était clos.

16

— Bienvenue à Mainland, annonça son guide venu l'accueillir sur le tarmac.

Le major Weir avait déjà été embarqué dans une Range Rover et quittait l'aéroport à toute pompe. Une file d'hélicoptères était posée à proximité. Le vent était… eh bien, disons que le vent était très fort. Il faisait claquer les pales du rotor de l'hélicoptère et il chantait aux oreilles de Rebus. Le vent d'Édimbourg était un pro. Parfois vous sortiez de chez vous et vous croyiez recevoir un direct en pleine figure. Le vent des Shetland, lui… il cherchait à vous soulever et à vous secouer comme un poirier.

La descente avait été mouvementée, mais auparavant, il avait eu son premier aperçu des Shetland. Parler de «kilomètres et de kilomètres sans que dalle», c'était un peu court. Pratiquement aucun arbre, des flopées de moutons. Et une côte déchiquetée avec des brisants blancs qui venaient s'écraser dessus. Il se demanda si l'érosion les menaçait. Les îles n'étaient pas très grandes. Ils s'étaient dirigés sur l'est de Lerwick, puis avaient dépassé quelques villes-dortoirs qui, selon le commentaire de Peau-de-mouton, n'étaient guère que des hameaux dans les années soixante-dix. Entre-temps, il s'était réveillé et avait éructé quelques autres faits et chimères.

— Vous savez ce qu'on a fait ? L'industrie pétrolière, je veux dire ? On a gardé Maggie Thatcher au pouvoir. Les recettes du pétrole ont compensé toutes les réductions budgétaires. Les recettes du pétrole ont financé la guerre des Falklands. Le pétrole a coulé dans les veines de tout son foutu règne et elle ne nous a pas remerciés une seule fois. Pas une fois, la salope. (Il rit.) On ne peut pas s'empêcher de l'aimer.

— Apparemment, il y a des pilules pour ça.

Mais Peau-de-mouton n'écoutait pas.

— Pas moyen de séparer le pétrole de la politique. Les sanctions contre l'Irak, toute l'idée consistait à l'empêcher de casser les prix en inondant le marché. (Il s'interrompit.) Les Norvégiens, c'est des tocards.

— Les Norvégiens ? répéta Rebus, qui avait l'impression d'avoir raté une étape.

— Ils ont du pétrole, eux aussi, seulement ils ont entreposé le fric et s'en sont servi pour donner un coup de pouce à d'autres industries. Maggie s'en est servi pour financer une guerre et une saloperie d'élection...

Comme ils viraient vers la mer après Lerwick, Peau-de-mouton lui avait montré des bateaux. De sacrés morceaux.

— Des types du Klondike, dit-il. Des bateaux-usines. Ils transforment le poisson. Ils causent probablement plus de dégâts que toute l'industrie pétrolière de la mer du Nord. Mais les gens d'ici les laissent faire, ils s'en tapent. La pêche fait partie de l'héritage pour eux... pas comme le brut. Bah, qu'ils aillent tous se faire foutre.

Rebus ne savait toujours pas son nom quand ils se séparèrent sur la piste. Quelqu'un attendait Rebus, un petit homme souriant avec des dents qui se chevauchaient. Et il dit : « Bienvenue à Mainland. » Puis

il expliqua ce que ça voulait dire durant le court trajet en voiture jusqu'au terminal de Sullom Voe.

— Mainland, c'est le nom que les habitants des
Shetland donnent à l'île principale de l'archipel.
C'est la «Grande Île», avec majuscule, par opposi-
tion à la «grande île» sans majuscule qui désigne...
eh bien, le pays, la Grande-Bretagne, quoi.

Il s'étrangla de rire. Il dut s'essuyer le nez sur la
manche de sa veste. Il conduisait à la manière d'un
enfant qui a emprunté la voiture de papa : penché
en avant, les mains s'affairant excessivement sur le
volant.

Walter Rowbotham était une nouvelle recrue du
service des relations publiques de Sullom Voe.

— Je serais ravi de vous piloter, inspecteur, dit-il,
le sourire toujours large, d'un air trop empressé.

— Peut-être si j'ai le temps, concéda Rebus.

— Tout le plaisir sera pour moi. Vous savez, bien
sûr, que le terminal a coûté mille trois cent millions
pour la construction. Des livres sterling, pas des
dollars.

— Intéressant.

Le visage de Rowbotham s'éclaira presque après
cet encouragement.

— On a produit du pétrole pour la première fois
à Sullom Voe en 1978. C'est un des principaux
employeurs et il a largement contribué à réduire le
taux de chômage dont bénéficient les Shetland, un
chômage qui se situe actuellement autour de quatre
pour cent, soit la moitié de la moyenne écossaise.

— Dites-moi quelque chose, monsieur Rowbotham.

— Walter, je vous en prie. Ou Walt, si vous voulez.

— Walt. (Rebus sourit.) Plus d'ennuis, avec le
refroidissement du GPL ?

Le visage de Rowbotham devint couleur betterave

marinée. *Bon sang*, pensa Rebus, *les médias vont l'adorer…*

Ils se retrouvèrent à traverser la moitié des installations pour arriver là où Rebus voulait se rendre, de sorte qu'il eut tout de même droit à la majeure partie de la visite guidée et apprit plus qu'il n'avait jamais espéré savoir sur la débutanisation, la dééthanisation et la dépropanisation, sans parler des puits de désignation et des mètres intégrité. *Ça serait chouette*, se dit-il, *si on pouvait appliquer les mètres intégrité aux êtres humains, non ?*

Dans le principal bâtiment administratif, on leur avait appris que Jake Harley travaillait dans la salle de contrôle de la production, que ses collègues étaient présents et qu'ils attendaient la venue d'un policier qui voulait leur parler. Ils dépassèrent les tuyaux d'arrivée du brut, le poste de commande des robots nettoyeurs et pour finir, le bassin de retenue. À un moment donné, Walt crut qu'ils étaient perdus, mais il avait un petit plan sur lui pour se repérer.

Et c'était tant mieux, car Sullom Voe était énorme. Il avait fallu sept ans pour le construire, battant au passage une série de records (Walt était capable de les énumérer tous) et Rebus devait reconnaître que c'était un monstre impressionnant. Il était passé par Grangemouth et Mossmorran des dizaines de fois, mais ça n'avait rien à voir. Et si vous regardiez au-delà des réservoirs de brut et des débarcadères, vous voyiez l'eau, la Voe au sud, puis Gluss Isle plus à l'ouest, qui vous donnaient une assez bonne idée de ce qu'était une nature intacte et vierge. On aurait cru une ville de science-fiction transportée à l'époque de la préhistoire.

En dépit de tout, la salle de contrôle de la production était plutôt tranquille. Deux hommes et une femme étaient assis derrière les consoles d'ordinateur au milieu de la salle, tandis que les murs étaient occupés par des écrans électroniques avec des schémas dont les lumières doucement clignotantes indiquaient les flux d'huile et de gaz. Le seul bruit était celui des doigts sur les claviers et, de temps à autre, une conversation étouffée. Walt avait décidé qu'il lui incombait de présenter Rebus. L'atmosphère qui régnait dans la salle l'avait instantanément calmé, comme s'il risquait d'interrompre un office religieux. Il se dirigea vers la console du milieu et s'adressa à mi-voix à la sainte trinité qui siégeait en ce lieu.

Le plus âgé des deux hommes se leva et vint serrer la main de Rebus.

— Inspecteur, je m'appelle Milne. Que puis-je pour vous ?

— Monsieur Milne, je désirais vraiment parler à Jake Harley. Mais puisqu'il s'est éclipsé, j'ai pensé que vous pourriez peut-être m'éclairer à son sujet. Plus précisément, son amitié avec Allan Mitchison.

Milne portait une chemise à carreaux, les manches relevées. Il se gratta un bras pendant que Rebus parlait. Il avait dans les trente-cinq ans, les cheveux roux ébouriffés et le visage criblé d'acnée juvénile. Il hocha la tête et se tourna à demi vers ses deux collègues, prenant le rôle du porte-parole.

— Eh bien, nous travaillons tous à côté de Jake, donc nous pouvons vous parler de lui. Personnellement, je ne connaissais pas très bien Allan, bien que Jake nous ait présentés.

— Je ne crois pas l'avoir rencontré, précisa la femme.

— Je l'ai rencontré une fois, ajouta l'autre.

— Allan n'a travaillé ici que deux ou trois mois, reprit Milne. Je sais qu'il s'était lié avec Jake. (Il haussa les épaules.) En fait, c'est tout.

— S'ils étaient amis, ils devaient bien avoir quelque chose en commun. Étaient-ce les oiseaux?

— Je ne crois pas.

— L'écologie, dit la femme.

— C'est vrai, approuva Milne. Évidemment, dans un endroit pareil, on finit tôt ou tard par parler d'écologie. Un sujet sensible.

— C'est très important pour Jake?

— Je n'irais pas jusque-là, rectifia Milne en réclamant l'approbation de ses collègues.

Ils confirmèrent en silence. Personne n'élevait la voix au-delà du chuchotement.

— Jake travaille ici?

— C'est exact. Nos équipes tournent par rotation.

— Alors vous travaillez quelquefois ensemble...

— Et quelquefois non.

Rebus n'en tirait rien. Il n'était pas sûr d'avoir vraiment cru qu'il apprendrait quelque chose. Bon, Mitchison s'intéressait à l'écologie... la belle affaire. Mais c'était agréable ici, une vraie détente. Édimbourg et tous ses problèmes étaient loin et ça se sentait.

— On dirait que c'est un boulot pépère, dit-il. On recrute?

Milne sourit.

— Alors grouillez-vous. Qui sait combien de temps le pétrole va continuer de couler?

— Encore quelque temps quand même?

— Ça dépend du coût de l'exploitation. Des sociétés commencent à lorgner vers l'ouest, l'huile de l'Atlantique. Et le pétrole à l'ouest des Shetland se trouve à Flotta.

— Dans les Orcades, précisa la femme.

— Ils nous ont raflé le contrat, poursuivit Milne. Dans cinq ou dix ans, ce sera peut-être plus rentable là-bas.

— Alors la mer du Nord sera mise au rancard?

Ils opinèrent comme un seul homme.

— Vous avez parlé à Briony? demanda la femme tout à coup.

— C'est qui, Briony?

— C'est sa... je ne sais pas, ce n'est pas sa femme, si? demanda-t-elle en regardant Milne.

— Juste sa copine, je pense.

— Elle habite où? s'enquit Rebus.

— Ils vivent ensemble, expliqua Milne. À Brae. Elle travaille à la piscine.

Rebus se tourna vers Walt.

— C'est à combien?

— Une dizaine de kilomètres.

— Allons-y.

Ils commencèrent par la piscine, mais comme elle n'était pas de service, ils cherchèrent sa maison. Brae semblait souffrir d'une crise d'identité, comme si la ville était brusquement tombée du ciel et ne se reconnaissait plus. Les maisons étaient neuves mais anonymes. Il y avait manifestement du fric, mais le fric n'achète pas tout. Il ne pouvait pas faire que Brae redevienne le village qu'il était du temps où Sullom Voe n'existait pas.

Ils trouvèrent la maison. Rebus dit à Walt d'attendre dans la voiture. Une femme d'une petite vingtaine d'années vint ouvrir la porte. Elle portait un jogging et un débardeur blanc, les pieds nus.

— Briony? demanda Rebus.

— Oui.

— Excusez-moi, je ne connais pas votre nom de famille. Je peux entrer?

— Non. Qui êtes-vous?

— Je suis l'inspecteur John Rebus. (Il montra sa carte.) Je viens à propos d'Allan Mitchison.

— Mitch? Que lui voulez-vous?

Il y avait plusieurs réponses à cette question. Rebus en prit une:

— Il est mort.

Puis il regarda son visage se décomposer. Elle s'accrocha à la porte comme pour se retenir, mais refusa malgré tout de le laisser entrer.

— Vous voulez vous asseoir? insinua-t-il.

— Qu'est-ce qu'il lui est arrivé?

— Nous n'en sommes pas sûrs, c'est pourquoi je voudrais parler à Jake.

— Comment ça, vous n'en êtes pas sûrs?

— Ça pourrait être un accident. J'essaie de reconstituer le contexte.

— Jake n'est pas là.

— Je sais, j'ai tenté de le joindre.

— Quelqu'un n'arrête pas d'appeler du bureau du personnel.

— À ma demande.

Elle hocha lentement la tête.

— Eh bien, il n'est toujours pas là.

Sa main n'avait pas quitté le montant de la porte.

— Je peux lui laisser un message?

— Je ne sais pas où il est. (Pendant qu'elle parlait, ses joues reprenaient des couleurs.) Pauvre Mitch.

— Vous n'avez aucune idée de l'endroit où Jake se trouve?

— Il s'en va parfois en randonnée. Il ne sait pas lui-même où ça le conduira.

— Il ne vous appelle pas?

— Il a besoin de son espace vital. Moi aussi, mais je trouve le mien en nageant. Jake, lui, il marche.

— Il est quand même censé rentrer demain ou après-demain?

— Qui sait? fit-elle avec un geste désinvolte.

Rebus mit la main dans une poche, griffonna sur une page de son bloc et la déchira. Il lui tendit la feuille.

— Voici deux numéros de téléphone. Vous pouvez lui dire de m'appeler?

— Certainement.

— Merci.

Elle fixait le morceau de papier d'un œil morne, visiblement au bord des larmes.

— Briony, y a-t-il quelque chose que vous pourriez me dire à propos de Mitch? Quelque chose qui pourrait m'aider?

Elle quitta la feuille des yeux pour le regarder.

— Non, dit-elle.

Puis, lentement, elle lui ferma la porte au nez. Dans l'ultime instant avant que la porte les sépare, Rebus avait réussi à capter son regard et il y avait vu quelque chose. Pas seulement l'effarement ou le chagrin.

Quelque chose qui ressemblait plutôt à la peur. Et, derrière la peur, une certaine dose de calcul.

Il avait faim et crevait d'envie de boire un café. Ils mangèrent donc à la cantine de Sullom Voe. C'était un espace blanc impeccable avec des plantes en pot et des pancartes «Interdiction de fumer». Walt débitait des trucs à propos des Shetland qui étaient restées plus scandinaves que l'Écosse. Presque tous les noms de lieu étaient norvégiens. Rebus avait l'impression d'être au bord du monde et il aimait ça. Il parla à Walt du type dans l'avion, celui avec la peau de mouton.

— Oh, ça m'a tout l'air d'être Mike Sutcliffe.

Rebus voulut aller le voir.

Mike Sutcliffe avait retiré sa peau de mouton pour revêtir des vêtements de travail impeccables. Ils le trouvèrent au milieu d'une conversation animée près des réservoirs d'eau servant de ballast. Deux sous-fifres l'écoutaient se plaindre qu'on pourrait les remplacer par des chimpanzés sans que personne s'en rende compte. Il pointa le doigt sur les réservoirs, puis en direction des jetées. Il y avait un tanker au mouillage à côté de l'une d'elles, il devait faire la taille d'une demi-douzaine de terrains de football. En apercevant Rebus, Sutcliffe perdit le fil de son discours. Il renvoya les ouvriers et voulut s'éloigner, sauf que, pour ce faire, il devait forcément passer devant Rebus.

Rebus avait un sourire tout prêt.

— Monsieur Sutcliffe, vous me l'avez trouvée, cette carte ?

— Quelle carte ? grogna Sutcliffe sans ralentir le pas.

— Vous m'avez dit que vous aviez une idée de l'endroit où je pourrais trouver Jake Harley.

— J'ai dit ça, moi ?

Rebus était presque obligé de courir à petites foulées pour le suivre. Son sourire s'était effacé.

— Tout à fait, laissa-t-il tomber froidement.

Sutcliffe s'arrêta si brusquement que Rebus le dépassa.

— Écoutez, inspecteur, j'en ai jusqu'aux couilles des problèmes. Je n'ai pas le temps pour le moment.

Et il repartit en évitant soigneusement de croiser le regard de Rebus. Rebus marcha à côté de lui sans rien dire. Il se tint à sa hauteur pendant une centaine de mètres, puis s'arrêta. Sutcliffe poursuivit sa route comme s'il était prêt à parcourir la jetée et même à marcher sur l'eau s'il le fallait.

Rebus revint à l'endroit où Walt l'attendait. Il prit son temps pour réfléchir. La mise en quarantaine, c'était clair. Pourquoi ou à cause de qui Sutcliffe avait-il changé d'attitude ? Rebus se représenta un vieil homme aux cheveux blancs en kilt et sporran. Le tableau semblait coller.

Walt ramena Rebus dans son bureau, à l'administration. Il indiqua à Rebus le téléphone et promit de revenir avec deux cafés. Rebus ferma la porte du bureau et s'assit à la table de travail. Il était entouré de plates-formes pétrolières, de tankers, de pipelines et d'images de Sullom Voe en entier sous la forme de gigantesques photographies accrochées aux murs. Les publications du service des relations publiques formaient une grosse pile, un modèle réduit d'un supertanker trônait sur la table de travail. Rebus obtint la ligne et appela Édimbourg en se tâtant : il devrait y mettre les formes s'il voulait se montrer diplomate. Cela dit, il gagnerait du temps en n'y allant pas par quatre chemins.

Mairie Henderson était chez elle.

— Mairie, c'est John Rebus.

— Merde ! gémit-elle.

— Tu n'es pas au boulot ?

— Tu n'as pas entendu parler du bureau à domicile ? Un fax et un téléphone, ça suffit. Alors, j'attends toujours que tu me renvoies l'ascenseur.

— Comment ça ? demanda-t-il en s'efforçant d'avoir l'air chagriné.

— Tout ce boulot que j'ai fait pour toi sans rien à publier, ce n'est pas exactement un échange de bons procédés, hein ? Et crois-moi, les journalistes ont la mémoire plus longue que les éléphants.

— Je t'ai apporté la démission de sir Iain[1].

— Oui, quatre-vingt-dix minutes avant que tous les journalistes soient au courant. Et d'ailleurs, ce

1. Voir *Ainsi saigne-t-il*, Folio Policier, n° 276.

n'était pas exactement le crime du siècle. Je sais que tu m'as caché des choses.

— Mairie, tu me fais de la peine.

— Très bien. Maintenant, dis-moi que ce coup de fil est purement mondain.

— Absolument. Alors, est-ce que ça boume ?

Un soupir.

— Allez, qu'est-ce que tu veux ?

Rebus opéra un mouvement de quatre-vingt-dix degrés dans son fauteuil. C'était un fauteuil confortable, suffisamment pour y faire la sieste.

— J'ai besoin de renseignements.

— Je tombe des nues.

— Un certain Weir. Il se fait appeler le major Weir, mais son grade peut être abusif

— La T-Bird Oil ?

Mairie était une très bonne journaliste.

— C'est lui.

— Il vient de faire un discours à la convention.

— Enfin, il a eu quelqu'un pour le lui lire.

Une pause. Rebus broncha.

— John, tu es à Aberdeen ?

— Plus ou moins, reconnut-il.

— Raconte-moi.

— Plus tard.

— Et s'il y a un scoop ?

— Tu es en pole position.

— Avec un peu plus de quatre-vingt-dix minutes d'avance sur les autres ?

— Absolument.

Silence sur la ligne. Elle savait qu'il pouvait mentir. Elle était journaliste, elle connaissait ces choses.

— Ça va. Alors qu'est-ce que tu veux savoir sur Weir ?

— Je ne sais pas, tout. Les trucs intéressants.

— Professionnels ou privés ?

— Les deux, mais surtout professionnels.

— Tu as un numéro à Aberdeen ?

— Mairie, je ne suis pas à Aberdeen. Surtout si quelqu'un te le demande. Je te rappellerai.

— J'ai appris qu'on rouvre l'affaire Spaven.

— Une enquête interne, c'est tout.

— Préliminaire à une réouverture de l'enquête officielle ?

Walt ouvrait la porte, avec deux gobelets de café dans les mains. Rebus se leva.

— Bon, il faut que j'y aille.

— Le chat a mangé ta langue ?

— *Ciao*, Mairie.

— J'ai vérifié, dit Walt. Votre avion part dans une heure. (Rebus hocha la tête et prit le café.) J'espère que votre visite vous a plu.

Bon sang, songea Rebus. *Et en plus, il est sincère.*

17

Ce soir-là, quand il se fut remis du vol de retour à Dyce, Rebus mangea dans le restaurant indien qu'Allan Mitchison fréquentait. Ce n'était pas une coïncidence. Il ne savait pas pourquoi il voulait voir l'endroit de ses yeux, mais c'était comme ça. Le repas était correct, un poulet au curry et aux oignons ni meilleur ni pire qu'il ne l'aurait trouvé à Édimbourg. Les clients étaient des couples, des jeunes et des quadras, qui parlaient à voix basse. Ce n'était pas le genre de restaurant où on faisait la foire après quinze jours en mer. C'était plutôt un endroit pour méditer, à supposer que vous dîniez seul. Quand la note de Rebus arriva, il se souvint du montant sur les relevés de cartes de crédit de Mitchison. Ils indiquaient près du double du chiffre indiqué.

Rebus montra sa carte et demanda à parler au gérant. L'homme vint immédiatement, arborant un sourire crispé.

— Il y a un problème, monsieur?

— Aucun.

Le gérant ramassa la note sur la table et fut sur le point de la déchirer. Rebus l'arrêta.

— Je préfère payer, dit-il. Je voulais seulement vous poser quelques questions.

— Bien sûr, monsieur, répondit l'autre en s'asseyant en face de lui. Que puis-je pour vous ?

— Un jeune homme appelé Allan Mitchison était un de vos habitués, il venait environ une fois tous les quinze jours.

— Oui, confirma-t-il. Un policier est venu m'interroger à son sujet.

La PJ d'Aberdeen. Bain leur avait demandé de vérifier l'emploi du temps de Mitchison et leur rapport était presque complètement vide.

— Vous vous souvenez de lui ? Le client, je veux dire ?

— Oui, un monsieur très gentil, très calme. Il est venu une dizaine de fois, peut-être.

— Seul ?

— Parfois seul, parfois avec une dame.

— Pourriez-vous la décrire ?

Le gérant secoua la tête. Il était distrait par un bruit de casseroles s'entrechoquant dans la cuisine.

— Je me souviens seulement qu'il n'était pas seul.

— Pourquoi ne pas l'avoir dit à l'autre policier ?

Il parut ne pas comprendre la question. Il se leva, sa cuisine en tête.

— Mais je l'ai fait, lança-t-il en s'éloignant.

Un détail que la PJ d'Aberdeen avait commodément passé sous silence...

Il y avait un nouveau videur devant la porte du *Burke's Club* et Rebus paya son entrée comme tout le monde. À l'intérieur, c'était la soirée « années soixante-dix », avec un prix pour le meilleur déguisement. Rebus contempla le défilé des chaussures à semelles compensées, pantalons pattes d'eph, midis et maxis, cravates larges. Un cauchemar. Ça lui rappelait ses photos de mariage. Il y avait un John Travolta dans *La Fièvre du samedi soir* et une fille qui faisait une imitation valable de Jodie Foster dans *Taxi Driver*.

La musique était un cocktail de disco kitsch et de rock rétro : Chic, Donna Sunimer, Mud, Showaddy-waddy, Rubettes, entrecoupés de Rod Stewart, les Stones, Status Quo, un souffle de Hawkwind et ce satané *Hi-Ho Silver Lining*.

Jeff Beck : tous au mur *maintenant* !

Cette drôle de chanson fit tilt, elle eut le pouvoir de le projeter des années en arrière. Le DJ possédait justement un enregistrement de *Connection* par Montrose, une des meilleures reprises d'une chanson des Stones. Au service militaire, Rebus l'écoutait dans son cantonnement, tard dans la nuit, le passant sur un de ces anciens lecteurs de cassettes Sanyo, l'écouteur vissé dans l'oreille pour que personne n'entende. Le lendemain matin, il était sourd d'une oreille. Il changeait l'écouteur de côté chaque soir pour ne pas causer de dégâts durables à ses tympans.

Il s'assit au bar. C'était là que les hommes seuls semblaient se regrouper pour observer en silence la piste de danse. Les boxes et les tables étaient réservés aux couples et aux fêtes entre collègues, avec des gloussements de femmes qui avaient vraiment l'air de s'amuser. Elles portaient des décolletés plongeants et de courtes jupes moulantes et, dans la pénombre indistincte, elles avaient toutes l'air canon. Rebus se dit qu'il buvait trop vite, il remit de l'eau dans son whisky et redemanda au barman de la glace. Il était assis au coin du bar, à moins de deux mètres du téléphone public. Impossible de s'en servir quand la musique gueulait à fond la caisse et il n'y avait pas eu beaucoup de répit pour le moment. Ce qui amenait Rebus à penser que, raisonnablement, l'appareil ne devait être utilisable qu'en dehors des heures d'ouverture, quand l'endroit était tranquille. Mais à ce moment-là, il n'y avait pas de clients sur les lieux, juste le personnel…

Rebus se laissa glisser au pied de son tabouret et contourna la piste. Un panneau indiquait les toilettes au fond d'un couloir. Il s'y rendit et écouta quelqu'un sniffer quelque chose dans un des habitacles. Puis il se lava les mains et attendit. La chasse d'eau retentit et un jeune homme en costume sortit. Rebus tenait déjà sa carte de police à la main.

— Vous êtes en état d'arrestation, lança-t-il. Tout ce que vous direz…

— Eh, minute !

Il avait encore des flocons de poudre blanche dans les narines. Dans les vingt-cinq ans, un petit cadre qui s'accrochait pour devenir cadre moyen. Sa veste n'était pas chère, mais au moins elle était neuve. Rebus le poussa contre le mur, orienta le séchoir à main et appuya sur le bouton pour que l'air chaud lui souffle dans la figure.

— Là, dit-il. Enlève-moi un peu de ce talc.

L'homme détourna son visage de l'air chaud. Il tremblait, le corps ramolli, vaincu avant qu'ils aient même commencé.

— Une seule question, attaqua Rebus, et tu peux partir… comment dit la chanson ? Libre comme l'oiseau. Une seule question. (L'homme hocha la tête.) Tu te la procures où ?

— De quoi ?

Rebus appuya un peu plus fort.

— La came.

— Je ne le fais que le vendredi soir !

— Une dernière fois : où tu l'as eue ?

— Un type. Il vient ici quelquefois.

— Il est là ce soir ?

— Je ne l'ai pas vu.

— Il est comment?

— Rien de spécial. Monsieur Tout le monde. Vous avez dit une seule question.

Rebus le lâcha.

— J'ai menti.

L'homme renifla et rajusta sa veste.

— Je peux partir?

— Tu es déjà bien parti.

Rebus se lava les mains et desserra le nœud de sa cravate pour pouvoir défaire le bouton du haut. Le sniffeur pouvait regagner son box. Il pouvait se tailler. Il pouvait même aller se plaindre à la direction. Peut-être payaient-ils des pots-de-vin pour éviter ce genre de salades. Il quitta les toilettes et partit à la recherche d'un bureau mais ne put en trouver. Dans l'entrée, il y avait une cage d'escalier. Le videur était planté devant. Rebus demanda à parler au gérant.

— Pas question.

— C'est important.

Le videur hocha la tête lentement. Son regard ne quittait pas le visage de Rebus. Celui-ci savait ce qu'il voyait, un poivrot entre deux âges, un tocard en costume bon marché. Il était temps d'éclairer sa lanterne. Il tendit sa carte de police.

— La PJ, fit-il. Il y a des gens qui vendent de la drogue dans cet établissement et je suis à un doigt d'appeler les Stups. Alors, enchaîna-t-il, est-ce que je peux parler au patron?

Il put parler au patron.

— Je m'appelle Erik Stemmons.

L'homme fit le tour de son bureau pour lui serrer la main. C'était un bureau petit mais bien meublé. Bien isolé aussi, puisque la contrebasse du dancing était seule audible d'ici. Mais il y avait des écrans vidéo, une demi-douzaine. Trois montraient la piste principale, deux le bar et un offrait une vue d'ensemble sur les boxes.

— Vous devriez en mettre un dans les cabinets, lança Rebus. C'est là où il y a de l'action. Vous en avez deux au bar : des ennuis avec le personnel ?

— Pas depuis qu'on a installé les caméras.

Stemmons était vêtu d'un jean et d'un tee-shirt blanc, les manches roulées jusqu'aux épaules. Il avait de longs cheveux bouclés, peut-être permanentés, mais les tempes dégarnies et des rides révélatrices sur le visage. Il n'était pas beaucoup plus jeune que Rebus et vouloir donner le change lui flanquait un coup de vieux.

— Vous travaillez pour la PJ des Grampians ?

— Non.

— C'est bien ce que je pensais. Nous recevons la visite de la plupart d'entre eux, de bons clients. Asseyez-vous, voulez-vous ?

Rebus obtempéra. Stemmons se mit à l'aise derrière son bureau. Il était jonché de paperasses.

— Franchement, je suis surpris par vos propos, reprit-il. Nous collaborons totalement avec la police locale et ce club est aussi clean qu'un autre. Vous savez bien évidemment qu'il est impossible d'exclure totalement les stupéfiants de ce genre de cadre.

— Quelqu'un sniffait de la coke dans les chiottes.

Stemmons haussa les épaules.

— Et alors ? Qu'est-ce qu'on peut y faire ? Procéder à une fouille corporelle avant de laisser entrer les clients ? Avoir un chien policier qui patrouille dans la salle ? (Il laissa échapper un rire bref.) Vous voyez le topo.

— Depuis combien de temps habitez-vous ici, monsieur Stemmons ?

— Je suis arrivé en 78. J'ai flairé la bonne affaire

et je suis resté. Ça fait près de vingt ans. Je suis pratiquement intégré. (Un autre rire, accueilli par un
autre silence de la part de Rebus. Stemmons posa
les paumes sur le plateau de son bureau.) Partout
dans le monde où vont les Américains — le Vietnam, l'Allemagne, Panama —, les chefs d'entreprise
suivent. Et tant que ça rapporte correctement, pourquoi s'en irait-on ? (Il considéra ses doigts.) Qu'est-
ce que vous voulez vraiment ?

— Je veux savoir ce que vous avez à me dire sur
Fergus McLure.

— Fergus McLure ?

— Vous savez, ce mort qui habitait près d'Édimbourg.

Stemmons dodelina du chef.

— Pour autant que je m'en souvienne, ce nom ne
me dit rien.

Oh, *Vienne mon amour…*, faillit chanter Rebus.

— On dirait que vous n'avez pas de téléphone ici.

— Excusez-moi ?

— Un téléphone.

— J'ai un mobile.

— Le bureau à domicile.

— Ouvert vingt-quatre heures sur vingt-quatre.
Écoutez, si vous voulez râler, allez voir la police
municipale. Ce n'est pas la peine de venir m'embêter.

— Côté embêtements, vous n'avez encore rien
vu, monsieur Stemmons.

— Eh ! s'exclama celui-ci en pointant le doigt. Si
vous avez quelque chose à dire, dites-le. Sinon, de
l'air ! La porte, c'est ce truc derrière vous.

— Et vous, vous êtes le truc devant moi qui ne
manque pas d'air. (Rebus se leva et se pencha par-
dessus la table.) Fergus McLure disposait d'informations sur un réseau de drogue. Et il est mort de
mort violente. Le numéro de téléphone de votre

club se trouvait sur son bureau. McLure n'était pas exactement du genre à sortir en boîte.

— Et alors ?

Rebus pouvait imaginer Stemmons au tribunal répondant exactement la même chose. Il pouvait imaginer aussi un jury se posant la même question.

— Réfléchissez, reprit Stemmons à contrecœur. Si je montais un trafic de drogue, est-ce que je donnerais à ce type le numéro de la cabine téléphonique du club, que n'importe qui peut décrocher, ou mon numéro de portable ? Vous êtes inspecteur, qu'est-ce que vous en pensez ?

Rebus imagina le juge rejeter l'affaire.

— C'est ici que Johnny Bible a rencontré sa première victime, non ?

— Bon sang, ne remettez pas ça sur le tapis. Qui vous êtes, un déterreur de cadavres ou quoi ? On a eu la PJ sur le râble pendant des semaines.

— Son signalement ne vous a rien dit ?

— À personne, pas même aux videurs, et je les paie pour qu'ils retiennent les têtes. J'ai dit à vos collègues qu'il l'avait peut-être rencontrée dehors, après son départ du club. Qui sait ?

Rebus s'avança vers la porte et s'arrêta.

— Où est votre associé ?

— Judd ? Il n'est pas là ce soir.

— Il a un bureau ?

— La porte d'à côté.

— Je peux le voir ?

— Je n'ai pas la clé.

Rebus ouvrit la porte.

— Lui aussi, il a un portable ?

Il avait pris Stemmons au dépourvu. L'Américain s'étrangla.

— Vous n'avez pas entendu ma question ?

— Judd n'en a pas. Il déteste les téléphones.

— Alors qu'est-ce qu'il fait en cas d'urgence ? Il envoie des signaux de fumée ?

Mais Rebus savait très bien ce qu'il faisait.

Judd se servait d'un téléphone public.

Il avait mérité un dernier verre avant de rentrer à la maison, mais se figea sur place à mi-chemin du bar. Un nouveau couple occupait l'un des boxes et Rebus les reconnut tous les deux. La femme était la blonde du bar de l'hôtel. L'homme assis à côté d'elle, les bras allongés sur le dossier de la banquette, avait une vingtaine d'années de moins qu'elle. Il portait le col de sa chemise ouvert et un tas de chaînes en or autour du cou. Il avait dû voir ça dans un film. Ou peut-être participait-il au concours de déguisements pour le meilleur loubard des années soixante-dix. Il reconnut aussitôt le visage grêlé de verrues.

Malky Toal, dit Malky le Dingue.

Stanley le Cutter.

Rebus établit le rapport, il en fit presque trop. La tête lui tourna et il se retrouva adossé contre le téléphone mural. Du coup, il décrocha le combiné et flanqua une pièce dans la fente. Le numéro figurait sur son bloc. Le poste de Partick. Il demanda l'inspecteur Jack Morton et attendit des plombes. Il introduisit d'autres pièces seulement pour s'entendre dire que Morton avait quitté le bureau.

— C'est urgent, dit Rebus. Je suis l'inspecteur John Rebus. Vous avez son numéro privé ?

— Je peux lui dire de vous rappeler, répondit la voix. Ça vous irait, inspecteur ?

Et quoi encore ? Glasgow était le territoire d'Ancram. Si Rebus communiquait son numéro, Ancram risquait de l'apprendre et de savoir où il était… *Putain !* Il n'en avait plus que pour un jour. Il débita son numéro et raccrocha, louant le ciel que le DJ ait passé un morceau lent à ce moment-là. *In a Broken Dream*, par Python Lee Jackson.

Des rêves brisés, Rebus en avait à revendre.

Il s'assit au bar, tournant le dos à Stanley et sa compagne. Mais il les voyait, déformés dans la glace derrière les bouteilles. Des silhouettes lointaines et sombres, qui s'enroulaient et se déroulaient. Bien sûr, Stanley était en ville. N'avait-il pas dégommé Tony El ? Mais pourquoi ? Et deux méga questions : sa présence au *Burke's Club* était-elle pure coïncidence ?

Et que trafiquait-il avec la blonde de l'hôtel ?

Rebus commençait à avoir sa petite idée. Il gardait l'oreille tendue vers le téléphone, priant pour qu'il y ait un autre disque lent. *John, I'm Only Dancing*, par David Bowie. Une guitare comme une scie à métaux. Sans importance, car le téléphone resta muet.

— En voilà une qu'on préférerait tous oublier, nasilla le DJ. Mais je tiens à vous voir danser dessus quand même sinon je risque de la remettre.

Lieutenant Pigeon, dans *Mouldy Old Dough*. Le téléphone sonna. Rebus le rejoignit d'un bond.

— Allô ?

— John ? La hi-fi est assez fort ?

— Je suis dans une discothèque.

— À ton âge ? C'est ça, ton urgence… tu as besoin d'un prétexte pour t'éclipser ?

— Non, j'ai besoin que tu me décrives Eve.

— Eve ?

— La poule d'Oncle Joe Toal.

— Je ne l'ai vue qu'en photos. (Jack Morton réfléchit un instant.) Blonde oxygénée, un visage plus dur qu'un ongle. Il y a vingt ou trente ans, elle avait peut-être quelque chose de Madonna, mais je suis probablement trop généreux.

Eve, la bonne amie d'Oncle Joe, papotant gentiment avec Rebus dans un hôtel d'Aberdeen. Le hasard ? Et quoi encore ? Cherchant à lui tirer les vers du nez ? Sur du velours. Et maintenant elle était là avec Stanley, plutôt l'air intime… Ses paroles lui revinrent : *Je suis une commerciale. Dans les produits pour l'industrie pétrolière.* Tu parles, Rebus devinait maintenant le genre de produits…

— John ?

— Oui, Jack ?

— Ce numéro de téléphone, c'est le code d'Aberdeen ?

— Garde-le pour toi. Ne me balance pas à Ancram.

— Juste une question…

— Quoi ?

— Est-ce que c'est vraiment *Mouldy Old Dough* que j'entends ?

Rebus mit fin à la conversation, vida son verre et se tira. Une voiture était garée de l'autre côté de la route. Le chauffeur baissa sa vitre pour que Rebus puisse le voir. C'était le sergent Ludovic Lumsden.

Rebus sourit et lui fit un signe de la main. *Espèce de faux derche*, songeait-il en traversant la rue pour le rejoindre.

— Salut Ludo, lança-t-il, jouant celui qui est sorti prendre un verre et danser. Quel bon vent vous amène ?

— Vous n'étiez pas dans votre chambre, alors j'ai pensé que vous seriez ici.

— Bien vu.

— Vous m'avez raconté des salades, John. Vous m'avez parlé d'une boîte d'allumettes provenant du *Burke's Club*.

— C'est juste.

— Ils ne font pas de boîtes d'allumettes.

— Oh…

— Je peux vous raccompagner ?

— L'hôtel n'est qu'à deux minutes.

— John… (Il avait le regard glacial.) Je peux vous raccompagner ?

— Certainement, Ludo.

Rebus fit le tour de la voiture et se mit à la place du passager.

Ils roulèrent jusqu'au port et se garèrent dans une rue déserte. Lumsden coupa le contact et se tourna vers lui.

— Alors ?

— Alors quoi ?

— Alors vous êtes allé à Sullom Voe aujourd'hui sans vous donner la peine de me prévenir. Alors pourquoi mon territoire est-il devenu brusquement votre territoire ? Comment le prendriez-vous si je me mettais à fouiner dans Édimbourg dans votre dos ?

— Je suis en prison ou quoi ? Je croyais être un membre du club, faire partie des gentils.

— Ce n'est pas votre ville.

— Je commence à m'en rendre compte. Mais peut-être que ce n'est pas la vôtre non plus.

— Qu'est-ce que vous insinuez ?

— Ce que j'insinue, c'est qui tire vraiment les ficelles derrière le rideau ? Vous avez des gosses désespérés qui n'en peuvent plus, vous avez une clientèle sur mesure pour la drogue et le reste, pourvu que ça lui procure un peu d'excitation. Dans ce club, ce soir, j'ai aperçu le malade dont je vous ai parlé, Stanley.

— Le fils de Toal ?

— C'est ça. Dites-moi, il est là pour s'occuper des couronnes mortuaires ?

— Vous lui avez demandé ?

Rebus alluma une clope, descendit la vitre pour pouvoir secouer sa cendre dehors.

— Il ne m'a pas vu.

— Alors d'après vous, on devrait l'interroger à propos de Tony El. (Une constatation, qui ne demandait pas de réponse.) Que nous dirait-il... « Oui, c'était moi » ? Voyons, John.

Une femme cognait à la vitre. Lumsden l'abaissa et elle leur débita son baratin.

— Vous êtes deux, enfin, normalement je ne fais pas les parties à trois, mais vous avez l'air gentils... Oh, bonjour, monsieur Lumsden.

— Bonsoir, Cleo.

Elle considéra Rebus, puis de nouveau Lumsden.

— Apparemment, vous avez changé de camp.

— De l'air, Cleo.

Lumsden releva la vitre. La femme disparut dans l'obscurité. Rebus se tourna vers Lumsden.

— Je ne sais pas à quel point vous êtes ripou. Je ne sais pas d'où vient le pognon qui va payer mon séjour à l'hôtel. Il y a un tas de choses que je ne comprends pas, mais je commence à avoir l'impression que je connais cette ville. Je la connais parce qu'elle ressemble beaucoup à Édimbourg. Je sais qu'on peut vivre ici des années sans apercevoir ce qui est sous la surface.

Lumsden éclata de rire.

— Vous êtes là depuis... quoi ? Un jour et demi ? Vous êtes un touriste ici, ne vous imaginez pas que vous connaissez la ville. Moi qui suis là depuis un sacré bout de temps, je ne pourrais même pas le prétendre.

— Quand même, Ludo..., répondit Rebus tranquillement.

— Est-ce que ça nous mène quelque part ?

— Je croyais que vous vouliez me parler.

— Et c'est vous qui parlez.

Rebus soupira et reprit lentement, comme s'il s'adressait à un enfant.

— Oncle Joe contrôle Glasgow, y compris, d'après moi, une bonne partie du trafic de la drogue. En ce moment, son rejeton est ici et picole au *Burke's Club*. Un informateur d'Édimbourg avait un tuyau sur une expédition de came destinée au Nord. Il avait également le numéro de téléphone du *Burke's*. Il s'est fait refroidir. (Rebus leva un doigt.) C'est une piste. Tony El a torturé un ouvrier d'une plate-forme et provoqué sa mort. Tony El a décampé à toute allure pour se réfugier ici, puis il est passé gentiment de l'autre côté. Ça fait trois morts jusque-là, chacune suspecte, et tout le monde s'en branle. (Un deuxième doigt.) Deuxième piste. Les deux sont-elles liées ? Je n'en sais rien. Pour le moment, le seul rapport entre elles, c'est Aberdeen, mais c'est un début. Vous ne me connaissez pas, Ludo. Un début, il ne m'en faut pas plus.

— Je peux dévier légèrement de sujet ?

— Allez-y.

— Vous rapportez quelque chose des Shetland ?

— Juste une sale impression. C'est une de mes petites manies, je les collectionne.

— Et demain vous allez à Bannock ?

— Vous vous êtes donné du mal.

— Juste quelques coups de fil, c'est tout. Vous savez quoi ? (Lumsden mit le contact.) Je serai ravi de vous voir déguerpir. Ma vie était plus facile avant de vous connaître.

— Vous verrez, on s'y fait, lança Rebus en ouvrant la portière.

— Où vous allez ?

— Je vais marcher. C'est une soirée agréable.

— Comme il vous plaira.

— C'est ma devise.

Rebus regarda la voiture s'éloigner et tourner au prochain croisement. Il écouta le moteur décroître, envoya sa cigarette sur le macadam et se mit à marcher. Le premier endroit qu'il croisa était le *Yardarm*. C'était une soirée de danse exotique, avec un épouvantail à la porte pour faire payer l'entrée. Du déjà vu. Les beaux jours des danseuses exotiques remontaient à la fin des années soixante-dix, un divertissement que chaque pub d'Édimbourg semblait proposer. Les hommes les épiaient derrière leurs demis, la strip-teaseuse choisissait ses trois disques sur le juke-box avec une collection à venir derrière si vous vouliez qu'elle continue l'effeuillage.

— Deux livres seulement, mon vieux, clama l'aboyeur, mais Rebus passa son chemin.

Les mêmes bruits nocturnes l'entouraient, des cris d'ivrognes, des coups de sifflet et les oiseaux qui avaient perdu la notion du temps. Une voiture de policiers en tenue qui interrogeaient deux ados — Rebus les dépassa, banal touriste. Peut-être que Lumsden avait raison, mais Rebus ne le croyait pas. Aberdeen lui rappelait vraiment Édimbourg. Parfois, on visite une ville et on n'arrive pas à s'en faire une idée. Là, ce n'était pas le cas.

À Union Terrace, une banquette le séparait des jardins, qui tapissaient le fond d'un ravin en contrebas. Il remarqua sa voiture toujours garée de l'autre côté de la rue, juste devant l'hôtel. Il était sur le point de traverser quand des mains lui agrippèrent les bras et le tirèrent en arrière. Le bas de son dos heurta le muret et il se sentit tomber à la renverse par-dessus et basculer de l'autre côté.

Tomber, rouler... Il dégringolait la pente raide en direction du jardin, incapable de s'arrêter, telle une pierre emportée dans sa chute. Il heurta des buissons, sentit sa chemise se déchirer. Son nez rabota la terre, des larmes lui montèrent aux yeux. Puis il fut sur du plat. Du gazon... Allongé sur le dos, hors d'haleine, l'adrénaline le rendant provisoirement insensible aux dégâts. D'autres bruits, des branches cassées. Ils l'avaient suivi. Il se releva à demi sur les genoux, mais un pied l'arrêta et l'envoya s'étaler sur le ventre. Le pied se posa avec force sur son crâne, le maintint de sorte qu'il suçait l'herbe, le nez prêt à éclater. Quelqu'un lui tordit les poignets dans le dos et tira, juste ce qu'il fallait : la douleur atroce ne l'empêchait pas de penser que s'il bougeait, son épaule se démettrait.

Deux hommes, au moins deux. Un avec le pied, l'autre s'occupant des bras. Les rues remplies d'ivrognes semblaient à des années-lumière, la circulation réduite à un bourdonnement lointain. Maintenant quelque chose de froid contre sa tempe. Il reconnaissait l'objet, c'était un revolver. Plus froid que la neige carbonique.

Une voix siffla tout près de son oreille. À cause du sang qui battait, il dut faire un effort pour entendre. Presque un chuchotement, difficile à identifier.

— Il y a un message, alors j'espère que t'écoutes.

Rebus ne pouvait pas parler. Il avait la bouche pleine de terre.

Il attendit le message, mais il ne vint pas. Puis il vint.

Un coup de crosse sur le côté du crâne, juste au-dessus de l'oreille. Une explosion de lumière derrière les yeux. Puis le noir.

Il se réveilla et c'était toujours la nuit. Il s'assit et regarda alentour. Ses yeux lui faisaient mal quand il les bougeait. Il se tâta la tête... pas de sang. Ce n'était pas au programme. Un objet contondant, pas un objet tranchant, on dirait. Une fois qu'il était tombé dans les pommes, ils étaient partis. Il fouilla dans ses poches, trouva son argent, ses clés de voi-

ture, sa carte de police et ses autres papiers. Manifestement, ils n'en avaient pas après son fric. L'idée
était de lui délivrer un message, n'était-ce pas ce
qu'ils avaient dit?

Il tenta de se relever. Il avait mal au côté. Il vérifia et vit qu'il s'était labouré les côtes en tombant. Il
avait une entaille au front et saignait un peu du nez.
Il tâta le sol autour de lui, mais ils n'avaient rien
laissé. Ça n'aurait pas été du boulot de professionnel. Tout de même, il fit de son mieux pour retrouver le chemin qu'ils avaient pris pour descendre,
juste au cas où ils auraient oublié quelque chose.

Rien. Il se hissa par-dessus le mur bas. Un chauffeur de taxi le regarda, dégoûté, et appuya sur le
champignon. Il n'avait vu qu'un poivrot, une pauvre
cloche, un tocard.

Un type fini.

Rebus traversa la rue clopin-clopant pour regagner l'hôtel. La femme à la réception posa la main
sur le téléphone, prête à appeler des renforts, puis
elle le reconnut.

— Mais que vous est-il arrivé?

— J'ai raté une marche.

— Vous voulez un médecin?

— Ma clé suffira, merci.

— Nous avons une trousse de premiers soins.

— Faites-la porter dans ma chambre, articula-
t-il.

Il prit un bon bain, puis s'essuya et examina les
dégâts. Sa tempe était enflée là où il avait reçu le coup
de crosse et il avait une migraine pire qu'une demi-
douzaine de gueules de bois. Des épines s'étaient
incrustées dans son flanc, mais il réussit à les retirer
avec les ongles. Il nettoya ses écorchures, pas besoin
de pansement. Il aurait peut-être mal le matin, mais

il dormirait sans doute à condition que ce foutu tic-
tac ne revienne pas. On lui avait monté un double
cognac avec la trousse. Il le dégusta, la main tremblante. Allongé sur son lit, il appela chez lui pour
relever les messages. Ancram, Ancram, Ancram… Il
était trop tard pour téléphoner à Mairie, mais il
essaya le numéro de Brian Holmes. Après plusieurs
sonneries, celui-ci décrocha.

— Oui ?

— Brian, c'est moi.

— Qu'est-ce que je peux faire pour vous ?

Rebus serrait carrément les paupières. Il avait du
mal à penser à autre chose qu'à la douleur.

— Pourquoi ne pas m'avoir dit que Nell s'était
tirée ?

— Comment vous le savez ?

— Je suis venu chez vous. Je sais reconnaître une
piaule de célibataire quand j'en vois une. Vous voulez en parler ?

— Non.

— C'est le même problème qu'avant ?

— Elle veut que je démissionne.

— Et ?

— Et elle n'a peut-être pas tort. Mais j'ai déjà
essayé et c'est dur.

— Je sais.

— Enfin, il y a plusieurs façons de démissionner.

— Qu'est-ce que ça veut dire ?

— Rien.

Et il refusa d'en dire plus. Il voulait parler de l'affaire Spaven. Le fruit de ses lectures, en substance.
Ancram allait flairer qu'il y avait eu connivence,
certains petits arrangements avec la vérité. Ce qui
ne signifiait pas qu'il pourrait y faire quelque chose.

— J'ai également remarqué que vous avez interrogé à l'époque un des potes de Spaven, Fergus

McLure. Il vient juste de passer l'arme à gauche, vous savez.

— Juste ciel !

— Noyé dans le canal, dans les environs de Ratho.

— Que dit le légiste ?

— Il a reçu un méchant coup sur le crâne un peu avant de plonger. On considère que c'est une mort suspecte, donc…

— Donc ?

— Donc, si j'étais vous, je resterais à l'écart. Inutile de filer à Ancram de nouvelles cartouches.

— À propos d'Ancram…

— Il vous cherche.

— J'ai comme qui dirait raté notre premier entretien.

— Vous êtes où ?

— Cloué au lit.

Les yeux fermés et trois paracétamols dans l'estomac.

— Je ne crois pas qu'il ait avalé votre histoire de grippe.

— C'est son problème.

— Peut-être.

— Alors vous avez bouclé l'affaire Spaven ?

— On dirait.

— Et pour le prisonnier ? Celui qui a été le dernier à parler à Spaven.

— Je m'en occupe, mais je crois qu'il est sans domicile, ça risque de prendre du temps.

— Je vous en suis très reconnaissant, Brian. Vous avez une histoire prête si Ancram l'apprend ?

— Aucun problème. Portez-vous bien, John.

— Toi aussi, fiston.

Fiston ? D'où ça lui sortait ? Rebus raccrocha et empoigna la télécommande de la télévision. Du beach-volley ferait fort bien l'affaire pour ce soir…

QUATRIÈME PARTIE

HUILE MORTE

18

Le pétrole, l'or noir. On s'était partagé depuis belle lurette les droits d'exploration et d'exploitation de la mer du Nord. Les sociétés pétrolières avaient investi des sommes énormes pour cette exploration initiale. Un caisson pouvait ne pas contenir d'huile ou de gaz. On envoyait des bâtiments chargés de matériel scientifique, leurs données étaient analysées et discutées, tout cela avant même d'avoir creusé le premier puits. Les réserves pouvaient se trouver à trois mille mètres sous le lit de la mer, la nature étant peu pressée de livrer ses trésors. Mais les pillards amélioraient sans cesse leur savoir-faire, des profondeurs de trois cents mètres ne les dérangeaient plus. En fait, pour les dernières découvertes, c'est-à-dire le pétrole de l'Atlantique, situé à deux cents kilomètres à l'ouest des Shetland, il fallait compter une profondeur d'eau de quatre à six cents mètres.

Si le forage test se révélait positif, indiquant que le champ en valait la chandelle, on construirait une plate-forme de production ainsi que les divers modules pour l'accompagner. Comme dans certaines zones de la mer du Nord, où la météo était trop imprévisible pour charger des tankers, des pipelines seraient installés. Les pipes de Brent et de Ninian acheminaient directement l'huile à Sullom Voe, tandis que d'autres tuyaux transportaient le gaz dans l'Aberdeenshire. Malgré tout, l'huile était têtue. Dans de nombreux champs, on pouvait espérer récupérer seulement quarante ou cinquante pour cent des réserves disponibles, sauf que la réserve pouvait représenter un milliard et demi de barils.

Et il y avait la plate-forme même, parfois de trois cents mètres de haut, une semi-submersible pesant quarante mille tonnes, couverte de huit cents tonnes de peinture, à laquelle s'ajoutait le poids des modules et d'un équipement équivalent à trente mille tonnes. Les chiffres étaient renversants. Rebus s'efforçait de les enregistrer, mais y renonça au bout d'un moment et se contenta d'en être sidéré. Il n'avait vu de derrick qu'une seule fois, quand il avait rendu visite à de la famille à Methil. La rue bordée de bungalows en préfabriqué conduisait au chantier naval, où un volume d'acier posé sur sa base se dressait vers le ciel. À deux kilomètres, la vue était déjà spectaculaire. Il s'en souvenait à présent, les yeux fixés sur les photographies de la brochure en papier glacé, consacrée tout entière à Bannock. La plate-forme, apprit-il, comportait quinze cents kilomètres de câbles électriques et pouvait loger près de deux cents ouvriers. Une fois la plate-forme semi-submersible remorquée jusqu'au champ de brut et ancrée, plus d'une douzaine de modules avaient été posés dessus, autant pour ce qui était nécessaire à l'hébergement du personnel qu'à la séparation du pétrole et du gaz. L'ensemble de la structure avait été conçu pour résister à des vents de cent nœuds et des tempêtes avec des creux de trente mètres.

Rebus espérait avoir une mer calme ce jour-là.

Il était assis dans un salon de l'aéroport de Dyce, juste un peu nerveux à l'idée de son prochain vol. La brochure lui assurait que la sécurité était primordiale dans «un environnement aussi potentiellement dangereux» et lui montrait des photographies d'équipes combattant les flammes, un bateau de sécurité et de secours constamment prêt à intervenir et des canots de sauvetage totalement équipés. «On a tiré les leçons de la catastrophe du Piper Alpha.» La plate-forme Piper Alpha, au nord-est d'Aberdeen, avec plus de cent soixante victimes par une nuit d'été de 1988.

Parfaitement rassurant.

Le larbin qui lui avait refilé la brochure avait ajouté qu'il espérait que Rebus avait apporté de quoi lire.

— Pourquoi?

— Parce que le vol peut prendre trois heures au total et, la plupart du temps, c'est trop bruyant pour bavarder.

Trois heures… Rebus s'était rendu à la boutique du terminal et s'était acheté un bouquin. Il savait que le voyage comprenait deux étapes, d'abord Sumburgh, puis un hélicoptère Super Puma jusqu'à Bannock. Trois heures aller, trois heures retour. Il bâilla et regarda sa montre. Il n'était pas encore 8 heures. Il avait sauté le petit déjeuner, l'idée de le vomir pendant le vol ne lui disait rien. Il n'avait guère ingurgité ce matin-là que quatre paracétamols et un verre de jus d'orange. Il tendit les mains devant lui. Il pouvait attribuer ses tremblements au contrecoup de son passage à tabac.

Il y avait deux anecdotes qui lui plaisaient dans la brochure. Il avait appris que le «derrick» tenait son nom d'un bourreau du xviie siècle, un maître du gibet, et que le premier pétrole avait atteint le rivage à Cruden Bay, là où Bram Stoker[1] venait jadis passer ses vacances. Une espèce de vampirisme chasse l'autre... sauf que la brochure ne le présentait pas sous cet angle.

Une télévision était allumée devant lui et passait une bande vidéo sur la sécurité. On vous expliquait ce qu'il fallait faire si votre hélicoptère se cassait la gueule en pleine mer du Nord. Ça avait l'air fastoche sur la vidéo, personne ne paniquait. Les voyageurs quittaient leur siège d'un seul élan, trouvaient les radeaux pneumatiques et les lançaient sur les eaux calmes d'une piscine couverte.

— Nom de Dieu, que vous est-il arrivé ?

Il leva les yeux. Ludovic Lumsden se tenait là, un journal plié dans la poche de sa veste, un gobelet de café à la main.

— Agressé, lâcha Rebus. Vous ne seriez pas au courant, par hasard ?

— Agressé ?

— Deux hommes m'attendaient hier soir devant l'hôtel. Ils m'ont balancé par-dessus le mur dans les jardins, puis ils m'ont flanqué un coup de revolver sur le crâne.

Il frotta la bosse sur sa tempe. C'était pire que ça n'en avait l'air.

Lumsden s'assit un peu plus loin, apparemment atterré.

— Vous avez pu les voir ?

— Non.

Lumsden posa son café par terre.

— Ils vous ont pris quelque chose ?

— Ils ne voulaient rien. Ils voulaient juste me faire passer un message.

---

1. L'auteur de *Dracula* (1897), romancier et directeur de théâtre irlandais.

— Lequel?

Rebus tapota sa tempe.

— Un coup de crosse.

— C'était ça, le message? fit Lumsden en fronçant les sourcils.

— Je suis sûrement censé lire entre les lignes. La traduction, ça ne serait pas votre fort, par hasard?

— Que voulez-vous dire?

— Rien. (Rebus avait le regard dur.) Qu'est-ce que vous fabriquez ici?

Lumsden regardait fixement le sol carrelé, l'esprit ailleurs.

— Je viens avec vous.

— Pourquoi?

— Je suis officier de liaison. Vous visitez une plate-forme. Je dois être là.

— Pour me garder à l'œil?

— C'est la procédure. (Il regarda l'écran.) Pas besoin de vous inquiéter pour un amerrissage forcé, j'ai reçu une formation. Ça se résume à une seule chose: vous avez cinq minutes dès que vous avez touché l'eau.

— Et après cinq minutes?

— C'est l'hypothermie garantie. (Lumsden leva sa tasse de café et prit une gorgée.) Alors priez pour qu'on ne soit pas pris dans une tempête.

Après l'aéroport de Sumburgh, il n'y eut plus que la mer et l'immensité du ciel, plus vaste que tout, avec de fins nuages étirés en travers. Le Puma volait à basse altitude avec beaucoup de bruit. L'intérieur était exigu, de même que les tenues de survie qu'on leur avait demandé d'enfiler. Rebus avait reçu une combinaison orange avec une capuche qu'on lui avait ordonné de fermer jusqu'au menton. Le pilote voulait qu'il garde également la capuche sur la tête, mais Rebus trouva que, assis avec la capuche serrée sur le crâne, les jambes de sa combinaison menaçaient de lui éclater les testicules. Ce n'était pas la première fois qu'il montait dans un hélico — à l'époque de son service déjà —, mais pour de courts trajets seulement. L'aménagement avait peut-être changé avec le temps, mais le Puma n'était pas moins bruyant que les vieux coucous de l'armée. Pourtant, tous portaient des oreillettes par lesquelles le pilote pouvait leur parler. Deux autres hommes, des ingénieurs sous contrat, voyageaient avec eux. Vue de haut, la mer du Nord paraissait calme, un léger mouvement de haut en bas indiquant les courants. L'eau paraissait noire, mais c'était seulement à cause des nuages. La brochure avait pris soin de détailler les mesures antipollution. Rebus tenta de lire son livre, mais en vain. Il vibrait sur ses genoux en rendant flous les mots et, de toute façon, il n'arrivait pas à suivre le fil. Lumsden regardait par le hublot, clignant des yeux à cause de la lumière. Il était manifestement venu pour le surveiller et il le faisait parce que Rebus avait touché un point sensible la veille. Lumsden lui tapota l'épaule et pointa le doigt.

Il y avait trois plates-formes sous eux, plus à l'est. Un tanker s'éloignait de l'une d'elles. De hautes torchères crachaient des flammes jaunes qui léchaient le ciel. Le pilote les informa qu'ils allaient passer à l'ouest des champs de Ninian et de Brent avant d'arriver à Bannock. Plus tard, il reprit le micro.

— On approche de Bannock maintenant.

Rebus regarda par-dessus l'épaule de Lumsden et vit apparaître une unique plate-forme. La plus haute structure qui surmontait le reste était la torchère, mais il n'y avait pas de flammes. En effet, Bannock approchait de la fin de son existence. Il restait très peu de gaz et de pétrole à exploiter. À côté de la torchère se trouvait une tour, sorte de croisement entre une cheminée d'usine et une fusée spatiale. Elle était peinte en rouge avec des rayures blanches, comme la torchère. C'était probablement la tour de forage. Rebus déchiffra les mots T-Bird Oil sur la semi-submersible au-dessous, ainsi que le numéro du caisson, 211/7. Trois énormes grues se dressaient près du bord de la plate-forme, tandis que tout un coin était réservé à un héliport peint en vert avec un cercle jaune entourant la lettre H. *Un coup de vent suffirait à nous expédier par-dessus bord,* songea Rebus. C'était une chute de quatre-vingts mètres dans la mer béante. Des chaloupes orange étaient accrochées sous le plancher de la plate-forme et, dans un autre coin, s'entassaient des préfabriqués blancs superposés, semblables à des conteneurs. Un navire était amarré contre la plate-forme, c'était le bateau chargé de la sécurité et des secours.

— Tiens, fit le pilote, qu'est-ce que c'est?

Il avait repéré un autre bâtiment qui faisait le tour de la plate-forme à moins d'un kilomètre.

— Des manifestants, poursuivit-il. Quelle bande d'idiots.

Lumsden regarda par son hublot et les montra du doigt. Rebus les aperçut. Une coque de noix étroite, peinte en orange, les voiles amenées. Il paraissait tout près du bateau chargé de la sécurité.

— Ils pourraient se tuer, gronda Lumsden. Et bon débarras.

— J'adore quand un policier garde le sens de l'objectivité.

Ils s'élancèrent à nouveau vers la mer avant de virer sur l'aile et de se diriger vers l'héliport. Rebus faisait sa prière tandis qu'ils semblaient zigzaguer dans tous les sens à une cinquantaine de pieds du plancher. Il voyait l'hélistation, puis l'eau coiffée

d'écume, et de nouveau l'hélistation. Enfin ils atterrirent sur quelque chose qui ressemblait à un filet à
poisson et qui recouvrait le H. Les portes s'ouvrirent et Rebus retira ses oreillettes.

— Gardez la tête penchée quand vous sortez,
furent les derniers mots qu'il entendit.

Il garda la tête penchée en sortant. Deux hommes
en combinaison orange, coiffés de casques jaunes et
d'oreillettes, les conduisirent en dehors du terrain
et leur remirent des casques. Les ingénieurs furent
emmenés d'un côté, Rebus et Lumsden de l'autre.

— Vous aurez sans doute envie d'une tasse de thé
après ça, proposa leur guide. (Il remarqua que
Rebus avait des problèmes avec son couvre-chef.)
On peut régler la sangle.

Il montra comment. Le vent soufflait avec violence
et Rebus en fit la remarque. Le type éclata de rire.

— Ça, c'est le calme plat ! hurla-t-il dans le vent.

Rebus avait envie de s'accrocher à quelque chose.
Ce n'était pas seulement le vent, c'était le sentiment
de la fragilité de l'ensemble de l'installation. Il s'attendait à voir et à sentir le pétrole, mais le liquide le
plus visible alentour n'était pas le pétrole, c'était
l'eau de mer. La mer du Nord l'encerclait, massive
comparée à ce grain de métal soudé. Elle s'insinuait
dans ses poumons, des rafales salées lui piquaient
les joues. Elle se soulevait en hautes vagues comme
pour l'engloutir. Elle semblait plus vaste que le ciel
au-dessus, d'une force menaçante qui n'avait pas
son pareil dans la nature. Leur guide souriait.

— Je sais ce que vous pensez. J'ai pensé exactement la même chose la première fois où je suis venu.

Rebus hocha la tête. Les nationalistes disaient
que c'était du pétrole écossais, que les compagnies
pétrolières avaient les droits d'exploitation, mais vu
d'ici, le paysage racontait une autre histoire. L'huile

appartenait à la mer et la mer ne la livrerait pas sans se battre.

Leur guide les conduisit dans la sécurité relative de la cantine. Elle était propre et tranquille, avec des auges en brique remplies de plantes, et de longues tables blanches prêtes pour l'équipe suivante. Deux combinaisons orange étaient attablées devant un thé, tandis que trois autres types en chemises écossaises grignotaient des barres de céréales et du yaourt.

— C'est une maison de fous à l'heure des repas, expliqua le guide en attrapant un plateau. Un thé, ça vous va ?

Lumsden et Rebus étaient d'accord. Il y avait un long passe-plat et, à l'autre bout, une femme qui leur souriait.

— Salut, Thelma, lança le guide. Trois thés. Le déjeuner sent bon.

— Ratatouille, steak et chips, ou chili con carne.

Thelma versa le thé d'une énorme théière.

— La cantine est ouverte vingt-quatre heures sur vingt-quatre, reprit-il à l'adresse de Rebus. Quand ils débarquent, la plupart des types se goinfrent. Les desserts sont redoutables. (Il s'administra une claque sur l'estomac et rit.) Pas vrai, Thelma ?

Rebus se rappela l'homme rencontré au *Yardarm*, qui lui avait dit à peu près la même chose.

Même assis, Rebus sentait ses genoux flageoler. Il l'attribua au vol. Leur guide se présenta sous le nom d'Erik et dit que du fait qu'ils étaient de la police, ils pouvaient sauter la présentation de la vidéo sur les consignes de sécurité.

— Bien qu'en toute justice, je sois censé vous la passer.

Lumsden et Rebus hochèrent la tête et Lumsden

demanda dans combien de temps on devait démanteler la plate-forme.

— On a déjà fini de drainer l'huile, annonça Erik.
On envoie un dernier coup d'eau de mer dans le
réservoir et la plupart d'entre nous vont débarquer.
Il n'y aura plus que l'équipe de maintenance en
attendant qu'ils décident du sort de la plate-forme.
Ils feraient mieux de ne pas trop traîner, parce que
rien que la maintenance, ça coûte un max. Ne serait-
ce que de transporter l'approvisionnement et le
matériel jusqu'ici, la rotation des équipes et il faudra
quand même le bateau de sécurité. Tout ça coûte du
pognon.

— Ce qui ne pose pas de problème tant que Bannock produit du pétrole ?

— Exactement, confirma Erik. Mais si elle ne produit plus… eh bien, les comptables vont avoir des pal-
pitations. On a gaspillé l'équivalent de deux ou trois
jours le mois dernier, un problème avec les échan-
geurs de chaleur. Ils étaient là à agiter leurs calculatrices…

Il éclata de rire. Il n'avait rien du mythe tradi-
tionnel de l'ouvrier de plate-forme. Il avait une sta-
ture frêle dépassant à peine le mètre soixante-cinq
et portait des lunettes à monture métallique sur un
nez fin et un menton pointu. Rebus observa les
autres clients de la cantine. Ils n'avaient rien de
commun avec l'image de la brute épaisse qui collait
à la peau des ouvriers des plates-formes, le visage
noir de boue, les biceps bandés pendant qu'ils
s'acharnaient à juguler un jet de pétrole. Erik suivit
son regard.

— Ces trois-là, intervint-il en indiquant les chemises écossaises, travaillent à la salle de contrôle.
Aujourd'hui presque tout est informatisé : circuits
logiques, monitoring… Vous devriez demander à

visiter, c'est comme la NASA, et il suffit de trois ou quatre personnes pour faire fonctionner tout le système. On est loin de l'époque des Texans.

— On a aperçu des manifestants sur un bateau, intervint Lumsden en versant du sucre dans sa chope.

— Ils sont complètement jetés. Ces eaux sont dangereuses pour une embarcation de cette taille. En plus, ils sont trop près. Il suffirait d'une bourrasque pour qu'ils viennent s'écraser contre la plate-forme.

Rebus se tourna vers Lumsden.

— Vous représentez la police des Grampians ici. Vous pourriez peut-être intervenir ?

Lumsden grogna et se tourna vers Erik.

— Ils ont enfreint la loi ?

— Pour le moment, ils ont seulement contrevenu au code de la navigation. Quand vous aurez fini votre thé, vous voudrez voir Willie Ford, c'est bien ça ?

— Exact, confirma Rebus.

— Je lui ai dit qu'on le retrouverait dans la salle de pointage.

— J'aimerais voir aussi la chambre d'Allan Mitchison,

Erik approuva du chef.

— C'est la chambre de Willie. Ici les cabines sont à deux couchettes.

— Dites-moi, reprit Rebus. À propos du démantèlement, vous avez une idée de ce que T-Bird compte faire de la plate-forme ?

— Ils finiront peut-être par la couler quand même.

— Après tous les problèmes avec la Brent Spar ?

— Que voulez-vous ? soupira leur guide. Les comptables sont pour. Il ne leur manque que deux choses : l'aval du gouvernement et une bonne campagne de relations publiques. Cette dernière est déjà bien entamée.

— Avec Hayden Fletcher aux commandes ? avança Rebus.

Tout à fait, confirma Erik en ramassant son casque. Vous avez fini ?

Rebus vida le fond de sa chope.

— Allez, montrez-nous le chemin.

Dehors, il faisait à présent un temps «venteux» — l'expression était d'Erik. Rebus avança en se tenant à une rambarde. Quelques ouvriers se penchaient par-dessus le rebord de la plate-forme. Derrière eux, Rebus aperçut un énorme bouillonnement d'eau. Il s'approcha. Le bateau de secours envoyait des jets d'eau en direction de l'embarcation des manifestants.

— Il essaie de leur faire peur, expliqua Erik. Pour les empêcher de s'approcher trop près des piliers.

Bon sang, songea Rebus, *pourquoi aujourd'hui ?* Il voyait déjà le bateau des manifestants emboutir la plate-forme, les obliger à évacuer... L'eau continuait à gicler en quatre jets. Quelqu'un lui passa une paire de jumelles et il les braqua sur le bateau des manifestants. Des cirés orange, une demi-douzaine de silhouettes sur le pont. Des banderoles attachées au bastingage. ARRÊTEZ LA POLLUTION ! SAUVEZ NOS OCÉANS !

— Ce rafiot paye pas de mine, remarqua un des spectateurs.

Les silhouettes descendaient et réapparaissaient, agitant les bras comme pour expliquer quelque chose.

— Pauvres crétins, ils ont sans doute noyé leur moteur.

— On ne peut pas les laisser aller à la dérive.

— Et si c'était un cheval de Troie, les gars ?

Ça les fit rigoler. Erik s'écarta, Rebus et Lumsden lui emboîtant le pas. Ils escaladèrent et descendirent des échelles. À certains points, Rebus voyait clairement la mer bouillonnante en contrebas à travers le lacis d'acier servant de sol. Il y avait des câbles et des tiges partout, mais nulle part on ne risquait de buter dessus. Erik ouvrit enfin une porte et les conduisit dans un couloir. C'était un soulagement d'être à l'abri du vent. Rebus constata qu'ils étaient restés dehors huit minutes en tout.

Ils dépassèrent des salles avec des billards, des tables de ping-pong, des cibles pour jouer aux fléchettes et des jeux vidéo. Ceux-ci semblaient très populaires. Personne ne jouait au ping-pong.

— Certaines plates-formes ont une piscine, mais pas nous, précisa Erik.

— C'est mon imagination, demanda Rebus, ou je viens de sentir la plate-forme bouger ?

— Oui, confirma Erik, il y a un peu de mou. Par temps de houle, on jurerait qu'elle va rompre les amarres.

Et il rit de nouveau. Ils longèrent le couloir, dépassèrent une bibliothèque — personne dedans — et une salle avec télévision.

— Nous avons trois salles de télé, expliqua leur guide. La télé par satellite seulement, mais la plupart des gars préfèrent les vidéos. Willie devrait être ici.

Ils entrèrent dans une grande pièce avec une trentaine de chaises et un large écran. Il n'y avait pas de fenêtres et les lumières étaient tamisées. Huit ou neuf types étaient assis, bras croisés, devant l'écran. Ils rouspétaient. Un homme se tenait devant le magnétoscope, une bande à la main qu'il tournait et retournait. Il haussa les épaules.

— Désolé, dit-il.

— C'est Willie, annonça Erik.

Willie Ford avait la quarantaine, costaud mais légèrement voûté, avec la coupe de cheveux réglementaire : ratiboisé. Son nez occupait un quart du visage et une barbe dévorait la plus grande partie de ce qui restait. Un peu plus bronzé, il aurait pu passer pour un intégriste musulman. Rebus s'approcha de lui.

— C'est vous, le flic ? l'apostropha Willie Ford. Rebus confirma.

— Il y a de l'eau dans le gaz, on dirait.

— C'est la vidéo. On devait voir *Black Rain*, vous savez, avec Michael Douglas. Mais à la place, on nous a filé un navet jap sur Hiroshima avec le même titre[1]. Le coup foireux. (Il se tourna vers le public.) D'accord, les mecs. Vous choisissez autre chose.

Il haussa les épaules et s'éloigna, suivi de Rebus. Ils reprirent tous les quatre le couloir en direction de la bibliothèque.

— Alors vous êtes responsable des loisirs, monsieur Ford ?

— Non, mais j'aime les vidéos. Il y a un magasin à Aberdeen qui fait des locations à la quinzaine. J'en rapporte généralement avec moi. (Il tenait toujours la bande.) Je ne peux pas le croire. Le dernier film en VO que ces types-là ont vu, c'était probablement *Emmanuelle*.

— Vous prenez aussi des films pornos ? demanda Rebus d'un ton négligent.

— Des dizaines.

— Du hard ?

— Ça dépend. (Un regard amusé.) Inspecteur, vous avez fait tout ce trajet pour m'interroger sur le cinéma X ?

— Non, monsieur. Je suis venu vous interroger au sujet d'Allan Mitchison.

Le visage de Ford s'obscurcit comme le ciel au-

---

1. Film de Shohei Imamura, sorti en France sous le titre *Pluie noire* (1989), la même année que le *Black Rain* de Ridley Scott.

dehors. Lumsden observait par la fenêtre, se demandant peut-être s'ils devraient y passer la nuit...

— Pauvre Mitch, soupira Ford. J'arrive toujours pas à y croire.

— Vous partagiez sa chambre ?

— Depuis six mois.

— Monsieur Ford, nous sommes un peu pressés, aussi vous me pardonnerez si je n'y vais pas par quatre chemins. (Rebus s'interrompit pour lui laisser le temps d'enregistrer ses propos. Il avait l'esprit en partie distrait par la présence de Lumsden.) Mitch a été tué par un certain Anthony Kane, un tueur professionnel. Il travaillait pour un chef mafieux de Glasgow, mais récemment il semblerait avoir opéré pour son compte à Aberdeen. Il y a deux nuits, on a retrouvé M. Kane mort, lui aussi. Savez-vous pour quelle raison Kane aurait pu tuer Mitch ?

Ford avait l'air médusé, il cligna plusieurs fois des yeux et resta bouche bée. Erik aussi avait l'air sidéré, tandis que Lumsden affichait un intérêt purement professionnel. Finalement, Ford retrouva la parole.

— Je... j'en sais rien, articula-t-il. Ça pourrait pas être une erreur ?

— Ça pourrait être n'importe quoi, concéda Rebus. C'est pourquoi j'essaie de me faire une idée de la vie de Mitch. Et pour ça, j'ai besoin de l'aide de ses amis. Voulez-vous m'aider ?

Ford opina du bonnet. Rebus prit un siège.

— Alors vous pouvez commencer par me parler de lui, déclara-t-il. Dites-moi tout ce qui vous vient à l'esprit.

À un moment donné, Erik et Lumsden s'éclipsèrent pour déjeuner. Lumsden rapporta des sandwiches pour Rebus et Willie Ford. Celui-ci parlait, ne s'interrompant que pour boire de l'eau. Allan

Mitchison lui avait parlé de son passé, de ses
parents qui n'étaient pas ses vrais parents, du pen-
sionnat avec les dortoirs. C'est pour ça que Mitch
aimait la vie sur la plate-forme, le sentiment de
camaraderie et le partage du logement. Rebus commençait à comprendre pourquoi son appartement
d'Édimbourg n'avait pas su lui plaire. Ford en
connaissait un rayon sur Mitch ; il connaissait ses
loisirs, y compris la randonnée dans les collines et
son goût pour l'écologie.

— C'est ce qui l'a rapproché de Jake Harley ?

— C'est le type de Sullom Voe ? (Rebus hocha la
tête, Ford acquiesça alors.) Oui, Mitch m'a parlé de
lui. Ils étaient très branchés écologie.

Rebus pensa au bateau des manifestants là-bas...
et il pensa à Allan Mitchison travaillant pour une
industrie qui représentait une cible de prédilection
pour les Verts.

— À quel point était-il impliqué ?

— Il était assez militant. Enfin, avec les horaires
de travail qu'on a ici, il n'est pas possible de militer
à plein temps. Seize jours par mois, il était off-shore.
On a les informations à la télé, mais on n'est pas gâté
pour les journaux, on ne reçoit pas ceux que Mitch
aimait lire. Pourtant, ça ne l'a pas empêché d'organiser un concert. Le pauvre, il l'attendait avec impatience.

Rebus plissa le front.

— Quel concert ?

— À Duthie Park. Ce soir, je crois, si le temps se
maintient.

— Le concert qui suit la manifestation ? (Ford
confirma.) C'est Allan Mitchison qui l'a organisé ?

— Ben, il a fait sa part. Il a contacté deux ou trois
groupes pour voir s'ils accepteraient de jouer.

Ça tournait comme une toupie dans la tête de

Rebus. Les Dancing Pigs donnaient cette soirée et Mitchison était un de leurs fans. Pourtant, il n'avait pas de ticket pour le concert d'Édimbourg… Non, bien sûr, parce qu'il n'en avait pas besoin — *il faisait forcément partie des invités*. Ce qui voulait dire quoi, exactement ?

Réponse : que dalle !

Sauf que Michelle Strachan avait été assassinée à Duthie Park…

— Monsieur Ford, est-ce que les employeurs de Mitch ne se posaient pas de questions sur… son engagement ?

— On n'a pas besoin d'être en faveur de la destruction de la planète pour avoir un boulot dans ce secteur. En fait, avec le temps, cette industrie finit par être moins polluante que d'autres.

Rebus médita cette remarque.

— Monsieur Ford, je peux jeter un œil dans votre cabine ?

— Bien sûr.

La cabine était petite. Mieux valait ne pas être claustrophobe la nuit. Elle comprenait deux lits étroits. Au-dessus de la couchette de Ford, des images étaient accrochées. Rien au-dessus de l'autre, mais des trous là où il y avait eu des punaises.

— J'ai emballé ses affaires, expliqua Ford. Vous savez s'il y a quelqu'un…

— Non, il n'y a personne.

— L'Oxfam [1], alors.

— Comme vous voudrez, monsieur Ford. Disons que vous serez son exécuteur testamentaire non officiel.

1. Oxford Committee for Famine Relief : association caritative d'aide au tiers monde.

Il n'en fallut pas plus. Ford s'affala sur son lit, la tête dans les mains.

— Oh, bon Dieu, dit-il en se balançant d'avant en arrière. Bon Dieu...

John et sa délicatesse bien connue. Le beau parleur, héraut des mauvaises nouvelles. Les larmes dans les yeux, Ford s'excusa et quitta la chambre.

Rebus se mit au boulot.

Il ouvrit les tiroirs et la petite penderie intégrée, mais finit par trouver ce qu'il voulait sous le lit de Mitchison. Un sac-poubelle et une série de sacs en plastique. Les biens temporels de la victime.

Ils se résumaient à peu de chose. Peut-être cela tenait-il au passé de Mitchison. Si vous ne vous encombriez pas inutilement, vous pouviez décamper de n'importe où n'importe quand. Il y avait des vêtements, des livres, de la SF, de l'économie politique, de la physique. Le dernier titre lui donnait l'impression d'un concours de danse de salon. Il trouva deux enveloppes de photographies et les passa en revue. La plate-forme, des collègues de travail, l'hélico et son équipage. D'autres groupes, à terre cette fois, avec des arbres à l'arrière-plan. Sauf que là, ça n'avait pas l'air d'être des collègues de travail : cheveux longs, tee-shirts en batik, bonnets reggae. Des amis ? Des Amis de la Terre ? La deuxième enveloppe semblait plus légère. Il compta les photos : quatorze. Puis il sortit les négatifs et il en compta vingt-cinq. Onze de moins. Il leva les négatifs vers la lumière, mais ne distingua rien. Les clichés manquants semblaient être de la même veine, portraits de groupe, deux ou trois avec seulement quelques silhouettes. Rebus mit les négatifs dans sa poche, juste au moment où Willie Ford rentrait dans la pièce.

— Je m'excuse.

— C'est de ma faute, monsieur Ford. J'ai parlé

sans réfléchir. Vous vous souvenez que je vous ai posé des questions tout à l'heure sur le cinéma porno ?

— Oui.

— Et en ce qui concerne la drogue ?

— Je n'y touche pas.

— Mais si vous le faisiez…

— C'est un cercle restreint, inspecteur. Je n'y touche pas et personne ne m'en a proposé. En ce qui me concerne, ils pourraient se shooter au coin du couloir sans que je le sache, parce que je ne suis pas dans le circuit.

— Mais il y a un circuit ?

Ford sourit.

— Ça se pourrait, mais seulement pendant les congés à terre. Je le saurais si je travaillais à côté d'un type qui se défonce. Personne ne prendrait ce risque. Pour travailler sur une plate-forme, vous avez besoin d'avoir l'esprit clair et même ça, ça suffit pas toujours.

— Il y a eu des accidents ?

— Un ou deux, mais nos chiffres sont bons concernant la sécurité. Ils n'étaient pas liés à la drogue.

Rebus eut l'air songeur. Ford parut se rappeler quelque chose.

— Vous devriez voir ce qui se passe dehors.

— Quoi ?

— Ils font monter les manifestants à bord.

En effet. Rebus et Ford allèrent jeter un œil. Ford mit son casque, mais Rebus garda le sien sous le bras. Il n'arrivait pas à le poser correctement et seule la pluie menaçait de tomber du ciel. Lumsden et Erik étaient déjà sur place, ainsi que quelques autres spectateurs. Ils regardèrent les silhouettes débraillées escalader les dernières marches. Malgré leur ciré, les jeunes paraissaient trempés, c'était l'œuvre des tuyaux d'incendie. Rebus eut la surprise de reconnaître quelqu'un. Cheveux-tressés était de retour. Elle semblait d'une humeur massacrante proche de la fureur. Il s'approcha d'elle jusqu'à ce qu'elle le regarde.

— Il faut qu'on arrête de se rencontrer comme ça, lui dit-il.

Mais sans faire attention à lui, elle hurla : «*On y va*» et fila sur sa droite tel un éclair, sortant la main de sa poche. Une moitié des menottes était déjà fixée à son poignet et elle accrocha l'autre à la rambarde supérieure. Deux de ses compagnons firent de même en hurlant des slogans à tue-tête. On parvint à en retenir deux autres avant qu'ils aient pu opérer la manœuvre. Les menottes se refermèrent dans le vide.

— Qui a les clés ? vociféra un foreur.

— On les a laissées à quai !

— Nom d'un chien. (Le foreur se tourna vers un collègue.) Va chercher le chalumeau oxyacétylénique. (Il se tourna vers Cheveux-tressés.) Ne vous faites pas de bile, les étincelles risquent de vous brûler, mais on va vous tirer de là en moins de deux.

Elle ne tint aucun compte de lui et continua à scander des mots d'ordre avec les autres. Rebus sourit. Il leur tirait son chapeau, c'était un sacré cheval de Troie.

La torche arriva. Rebus ne pouvait croire qu'ils allaient vraiment le faire. Il se tourna vers Lumsden.

— Ne dites rien, avertit le policier. Souvenez-vous de ce que je vous ai dit sur la justice des frontières. Nous sommes carrément en dehors.

La torche était allumée, une petite flamme bien à elle. Il y avait un hélicoptère au-dessus d'eux. Rebus avait à demi en tête — et peut-être plus qu'à demi — de balancer la torche par-dessus bord.

— Bon Dieu, c'est la télé !

Ils levèrent tous la tête. L'hélicoptère voltigeait à basse altitude, une caméra vidéo braquée sur eux.

— Ce putain de journal télévisé !

Super, se dit Rebus. *En plein dans le mille. Vachement discret, John. Aux infos nationales. Autant envoyer une carte postale à Ancram...*

19

De retour à Aberdeen, il avait encore l'impression de sentir le sol osciller sous ses pieds. Lumsden avait filé en lui faisant promettre qu'il plierait bagages à la première heure le lendemain.

Rebus n'avait pas précisé qu'il reviendrait sans doute.

La nuit était jeune, fraîche mais claire, les rues animées par les derniers clients qui rentraient, portant leurs courses, et les premiers fêtards du samedi soir. Il prit le chemin du *Burke's Club*. Encore un nouveau videur, donc rien à espérer. Il régla son entrée comme un bon garçon et se fraya un chemin jusqu'au bar. La boîte n'avait pas ouvert ses portes depuis longtemps, il n'y avait que quelques michetons, qui semblaient vouloir se tirer s'il ne se passait rien. Rebus se fit arnaquer pour un petit verre bourré de glaçons et jeta un rapide coup d'œil à la salle dans la glace. Eve et Stanley n'étaient visibles nulle part, les dealers non plus. Mais Willie Ford avait raison sur un point. Comment reconnaître un dealer ? Les junkies mis à part, ils ressemblaient à tout un chacun. Leur commerce passait par le contact visuel, un savoir qu'on partage avec celui ou celle dont on croise le regard. À cheval entre transaction et baratin.

Rebus imaginait Michelle Strachan dansant ici et entamant les derniers gestes de sa vie. Tout en renversant la glace autour de son verre, il décida de faire à pied la balade entre le club et Duthie Park. Même s'il ne suivait pas le chemin qu'elle avait pris — et il doutait que ça lui apporte le moindre indice —, il avait envie de le faire, comme le jour où il était allé en voiture à Leith pour rendre hommage au bout de bitume qui appartenait à Angie Riddell. Il descendit d'abord South College Street et vit sur sa carte que s'il suivait cette route, il devrait marcher sur la voie express qui longeait la Dee. Beaucoup trop de circulation. Michelle aurait préféré couper par Ferryhill, ce qu'il fit. Là, les rues étaient plus étroites et plus tranquilles, des maisons cossues, des arbres. Une enclave bourgeoise et confortable. Deux ou trois épiceries étaient encore ouvertes, avec lait, sucettes glacées, journaux du soir. Il entendait des enfants jouer dans les jardins. Michelle et Johnny Bible étaient passés par là vers 2 heures du matin. Ce devait être désert. S'ils avaient fait du bruit, on l'aurait remarqué derrière les voilages. Mais personne n'avait rien signalé. Michelle ne pouvait pas être saoule. Quand elle était saoule, avaient dit ses camarades étudiants, elle gueulait. Peut-être était-elle un peu gaie, juste assez pour émousser son instinct de conservation. Quant à Johnny Bible... il était sûrement calme, sobre, avec un sourire qui dissimulait ses pensées.

Rebus tourna sur Polmuir Road. Michelle logeait à mi-chemin. Mais Johnny Bible l'avait persuadée de continuer jusqu'au parc. Comment s'y était-il pris ? Rebus hocha la tête pour tenter de clarifier ses idées. Peut-être qu'à cause de la réglementation, elle ne pouvait pas l'inviter dans sa chambre. Elle s'y plaisait et ne tenait pas à se faire virer pour avoir enfreint le règlement. Ou peut-être que Johnny avait disserté sur la douceur de cette belle nuit, il aurait voulu qu'elle n'en finisse pas, il se plaisait tellement en sa compagnie. Ne pouvaient-ils pas faire l'aller et retour jusqu'au parc ? Ou même traverser le parc solitaire, juste tous les deux. Ne serait-ce pas merveilleux ?

Johnny Bible connaissait-il donc Duthie Park ?

Rebus percevait un bruit qui pouvait être de la musique, puis le silence et des applaudissements. Ah oui, le concert des écolos. Les Dancing Pigs et leurs potes. Il entra dans le parc et dépassa une zone aménagée pour les enfants. Michelle et son amoureux étaient passés par là. Son corps avait été retrouvé à proximité, non loin des jardins d'hiver et du salon de thé… Il y avait un vaste espace dégagé au cœur du parc, où l'on avait érigé un podium. Le public rassemblait plusieurs centaines de jeunes. Les vendeurs de produits piratés avaient étalé leur marchandise dans l'herbe, de même que les diseurs de tarot, les vendeurs de tresses et les herboristes. Rebus se força à sourire. C'était le concert d'Ingliston en miniature. Les gens fendaient la foule en secouant les boîtes métalliques qui servaient à la collecte. La banderole qui avait décoré le dôme du Centre de conférences — NE TUEZ PAS NOS OCÉANS ! — claquait à présent au-dessus de la scène. Même la baleine gonflable ne manquait pas à l'appel. Une jeune fille d'une quinzaine d'années aborda Rebus.

— Un tee-shirt souvenir ? Un programme ?

Rebus voulut refuser, puis il se reprit.

— Donnez-moi un programme.

— Trois livres.

C'était une photocopie agrafée avec une couverture en couleur. Le papier était recyclé, de même que le texte. Rebus le feuilleta rapidement. Tout au dos figurait une liste de remerciements. Son œil capta un nom, au tiers de la colonne : « Mitch, avec affection et reconnaissance ». Allan Mitchison ayant contribué à cette petite sauterie, ces quatre mots étaient sa récompense. Ainsi que son tombeau.

— Voyons voir si je peux faire mieux, dit Rebus en roulant le programme qu'il fourra dans sa poche.

Il se dirigea vers le secteur derrière la scène, protégé par un cordon de sécurité formé par des camions et des fourgonnettes disposés en demi-cercle, à l'intérieur duquel les orchestres et leur entourage se déplaçaient comme des animaux de foire. Sa carte de police lui accorda l'accès, ainsi que quelques regards mauvais.

— Vous êtes le responsable ? demanda-t-il à un homme obèse devant lui.

La cinquantaine, Jerry Garcia avec des cheveux roux et un kilt, la sueur traversant déjà un gilet blanc taché. Des gouttes de transpiration tombaient de son front proéminent.

— Y a pas de responsable, dit-il.

— Mais vous faites partie des organisateurs...

— Écoute, c'est quoi, ton problème, mec ? Le concert est autorisé, on ne veut pas d'embêtements.

— Je n'en cherche pas. J'ai seulement une question à poser sur l'organisation.

— À quel sujet ?

— Allan Mitchison... Mitch.

— Oui ?

— Vous le connaissiez ?

— Non.

— J'ai entendu dire que c'était lui qui avait fait venir les Dancing Pigs.

L'homme réfléchit et hocha la tête.

— Mitch, c'est juste. Je ne le connais pas, mais je l'ai vu par ici.

— Il y a quelqu'un à qui je pourrais poser des questions sur lui ?

— Pourquoi, mec ? Qu'est-ce qu'il a fait ?

— Il est mort.

— Pas de bol. (Il haussa les épaules.) J'aurais aimé vous aider.

Rebus se fraya un chemin pour retourner devant la scène. La sono braillait, aussi exécrable que d'habitude, et le groupe était loin de valoir son album gravé en studio. Un point pour le producteur. La musique s'interrompit brutalement et le silence momentané fut plus doux qu'une mélodie. Le chanteur s'avança devant le micro.

— Nous avons des amis que nous aimerions appeler sur scène. Il y a quelques heures à peine, ils se battaient pour la bonne cause, pour essayer de sauver nos océans. Faites-leur l'accueil qu'ils méritent.

Bravo, hourra… Rebus regarda deux silhouettes avancer sur l'estrade, encore vêtues de leur ciré orange. Il reconnut des têtes vues à Bannock. Il attendit, mais pas l'ombre de Cheveux-tressés. Quand ils entamèrent leurs discours, il tourna les talons. Il y avait un dernier tronc de collecte à éviter, mais il se reprit et poussa un billet de cinq livres dans la fente. Puis décida de s'offrir un dîner à l'hôtel, qu'il mettrait sur la facture de la chambre, bien sûr.

Un bruit insistant.

Rebus tenta de l'intégrer à son rêve, mais dut y renoncer. Ouvrir un œil. Un mince faisceau de lumière entre les lourds rideaux. *Putain, quelle heure il est ?* Allumer la lampe de chevet. Il mit la main sur sa montre, plissa les paupières : 6 heures. *Quoi ?* Est-ce que Lumsden était si pressé de se débarrasser de lui ?

Il bondit du lit et s'avança, les jambes raides, jusqu'à la porte en faisant jouer les muscles. Il avait arrosé un bon dîner d'une bouteille de vin. Le vin en lui-même n'aurait pas posé de problème, mais comme digestif, il avait descendu quatre purs malts, au mépris évident des règles de l'art. En alcool, ne jamais mélanger les genres.

Bang, bang, bang.

Rebus ouvrit la porte d'un geste. Deux uniformes se trouvaient derrière, l'air excédé comme s'ils avaient attendu des heures.

— Inspecteur Rebus ?

— C'était moi la dernière fois.

— Vous voulez bien vous habiller, s'il vous plaît ?

— Vous n'aimez pas ma tenue ?

Il était en slip et tee-shirt.

— Habillez-vous, c'est tout.

Rebus les considéra et préféra obtempérer. Quand il rentra dans la chambre, ils le suivirent et observèrent la pièce à la manière des flics.

— Qu'est-ce que j'ai fait ?

— Vous leur demanderez au poste.

Rebus leva les yeux.

— Merde, dites-moi que c'est pour rigoler.

— Surveillez-vous, monsieur, rétorqua l'autre uniforme.

Rebus s'assit sur le lit et enfila des chaussettes propres.

— J'aimerais savoir tout de même à quoi ça rime. Vous savez, en douce, entre poulets, quoi.

— Juste quelques questions, monsieur. Le plus vite possible.

Le deuxième policier tira les rideaux et la lumière lui transperça les yeux. Il parut impressionné par la vue.

— On a eu une bagarre dans les jardins, il y a quelques nuits. Tu t'en souviens, Bill ?

Son collègue le rejoignit derrière la fenêtre.

— Et quelqu'un a sauté du pont il y a une quinzaine. Hop-là, en plein sur Denburn Road.

— La femme dans la voiture a eu une trouille
bleue.

Ce souvenir les fit sourire.

Rebus se redressa et regarda autour de lui en se
demandant ce qu'il devait emporter.

— Ça ne devrait pas prendre trop de temps, monsieur.

Maintenant, c'était de lui qu'ils souriaient. L'estomac de Rebus fit le saut de l'ange. Il s'efforça de
chasser de son esprit la timbale de *haggis*... le *cra-
nachan* au coulis de fruit... vin et whisky.

— Ça va, inspecteur ?

Le policier en tenue avait l'air aussi compatissant
qu'une lame de rasoir.

20

— Je suis l'inspecteur chef Edward Grogan. Nous avons quelques questions à vous poser, inspecteur.

C'est ce que tout le monde me dit, songea Rebus. Mais il se contenta de rester assis sans broncher, les bras croisés et le regard brûlant de l'innocence bafouée. Ted Grogan, Rebus avait entendu parler de lui. Une brute. Et qui plus est, il en avait l'air. Un cou de taureau et le crâne chauve, un physique plus proche de Frazier que de Mohamed Ali. Petits yeux et grosses lèvres, formé au combat de rue. Le front proéminent, simiesque.

— Vous connaissez déjà le sergent Lumsden.

Assis près de la porte, tête penchée, jambes écartées. Il avait l'air éreinté, et embarrassé. Grogan s'installa à la table en face de Rebus. Ils se trouvaient dans la «boîte à biscuits». Cela dit, chez les Bottes-de-fourrure, la cage portait sûrement un autre nom.

— Inutile de tourner autour du pot, grogna Grogan. (Il avait l'air aussi à l'aise sur une chaise qu'un premier prix de vache laitière des Highlands.) Comment vous vous êtes fait ces bleus ?

— Je l'ai dit à Lumsden.

— Dites-le-moi.

— J'ai été agressé par deux messagers. Leur message a consisté à me tabasser avec la crosse d'un pistolet.

— D'autres cicatrices?

— Ils m'ont poussé par-dessus un mur, j'ai heurté un buisson d'épines en dégringolant. J'ai le côté tout égratigné.

— C'est tout?

— C'est tout. Écoutez, je suis très touché de votre sollicitude, mais…

— Nous n'éprouvons aucun intérêt pour vous, inspecteur. Le sergent Lumsden dit qu'il vous a déposé près des quais, avant-hier soir.

— C'est exact.

— Je crois qu'il vous a proposé de vous raccompagner à votre hôtel.

— Sans doute.

— Mais vous avez refusé.

Rebus regarda Lumsden. *Putain, c'est quoi, ce cirque?* Mais les yeux de Lumsden restaient fixés sur le sol.

— J'avais envie de marcher.

— Pour rentrer à l'hôtel?

— Exact.

— Et en chemin, vous vous êtes fait tabasser?

— Avec un pistolet.

Un sourire, mélange de compassion et d'incrédulité.

— Allons, à Aberdeen, inspecteur?

— Il n'y a pas qu'un seul Aberdeen. Je ne vois pas le rapport.

— Un peu de patience. Donc vous êtes rentré à pied?

— Jusqu'à l'hôtel de luxe que la police des Grampians a mis à ma disposition.

— Ah, l'hôtel! Nous avions retenu une chambre pour un directeur de la police, mais il a annulé à la dernière minute. Nous aurions dû payer la note de toute façon. Je crois que le sergent Lumsden a pris sous son bonnet de vous en faire profiter. L'hospitalité des Highlands, vous savez, inspecteur…

C'était plutôt un coup fourré des Highlands.

— Si ça vous plaît.

— Ce n'est pas ce qui me plaît qui compte ici. Sur votre trajet de retour, est-ce que vous avez vu quelqu'un, parlé à quelqu'un ?

— Non, répondit Rebus qui reprit après réflexion. J'ai vu deux de vos fins limiers en conversation avec deux jeunes.

— Vous leur avez parlé ?

— Non, je n'ai pas voulu les déranger. Je ne suis pas sur mon territoire.

— À en croire le sergent Lumsden, vous vous êtes comporté comme si vous l'étiez.

Rebus croisa le regard de Lumsden. Celui-ci n'eut pas l'air de le voir.

— Vous avez consulté un médecin ?

— J'ai fait le nécessaire. La réception de l'hôtel m'a fourni une trousse de première urgence.

— Ils vous ont proposé d'appeler un docteur.

Une affirmation.

— J'ai répondu que c'était inutile. L'automédication des Lowlands, vous savez…

Un sourire glacial sur le visage de Grogan.

— Vous avez passé la journée d'hier sur une plate-forme pétrolière, je crois.

— Avec le sergent Lumsden à mes basques.

— Et hier soir ?

— J'ai pris un verre, fait une balade, dîné à l'hôtel. À propos, j'ai fait porter ça sur la note.

— Où vous êtes allé, pour prendre un verre ?

— Au *Burke's Club*, le paradis des dealers, sur College Street. Je parierais que mes agresseurs se sont découvert leur vocation là-bas. C'est quoi, le tarif en cours pour les services d'un homme de main ? Cinquante livres pour un passage à tabac ? Soixante-quinze pour une fracture ?

Grogan renifla puis il se leva.

— Ces prix sont peut-être un peu exagérés.

— Écoutez, sauf votre respect, je crèche à environ deux heures d'ici. Si c'est une espèce d'avertissement, c'est trop et trop tard.

— Ce n'est pas un avertissement, inspecteur, répondit Grogan très doucement.

— Alors c'est quoi ?

— Vous dites qu'en quittant le *Burke's*, vous vous êtes promené ?

— Oui.

— Où ?

— À Duthie Park.

— Une sacrée balade.

— Je suis un fan des Dancing Pigs.

— Les Dancing Pigs ?

— Un groupe, monsieur, intervint Lumsden. Ils donnaient un concert hier soir.

— Ça valait le coup.

— Laissez tomber, inspecteur.

Grogan se tenait derrière lui. Le coup de l'interrogateur invisible. Est-ce que vous deviez vous retourner pour le regarder en face ou fixer le mur ? Combien de fois Rebus avait-il joué à ce petit jeu ? L'objectif : déstabiliser le prisonnier.

Le prisonnier… Bon sang !

— Vous vous souvenez, monsieur, intervint Lumsden d'une voix presque atone, que c'est le chemin que Michelle Strachan a pris.

— Mais bien sûr, n'est-ce pas, inspecteur ? J'imagine que vous le saviez.

— Que voulez-vous dire ?

— Eh bien, vous vous intéressez de très près à l'affaire Johnny Bible, je crois ?

— J'ai été indirectement impliqué, monsieur.

— Tiens, tiens, indirectement ? (Grogan revint dans son champ de vision en exhibant des dents jaunes qui avaient l'air d'avoir été limées.) Eh bien, c'est une façon de le dire. Le sergent Lumsden vous a trouvé fort intéressé par la partie de l'enquête qui relève de la police d'Aberdeen. Vous n'arrêtiez pas de le questionner.

— Sauf votre respect, c'est là l'interprétation du sergent Lumsden.

— Et quelle est la vôtre ?

Penché à travers le bureau, les poings posés dessus. Se rapprocher au plus près. Objectif : intimider le suspect, lui montrer qui est le patron.

— Ça vous ennuie si je fume ?

— Répondez à la question.

— *Putain de merde, arrêtez de me traiter comme un suspect !*

Il regretta aussitôt ce coup d'éclat, signe de faiblesse, signe qu'il perdait son sang-froid. Dans l'entraînement à l'armée, on l'avait cuisiné pendant des jours et des jours et il s'en était tiré. Oui, mais à l'époque, il en avait moins dans le crâne. Il ne se sentait pas écrasé par un tel fardeau.

— Mais, inspecteur… rétorqua Grogan, l'air blessé par cet emportement. C'est exactement ce que vous êtes.

Rebus se retint au bord de la table dont il sentit le métal granuleux sous ses doigts. Il essaya de se lever, mais ses jambes le trahirent. Il devait donner l'impression qu'il chiait dans son froc. Il s'obligea à lâcher la table.

— Hier soir, poursuivit froidement Grogan, on a retrouvé le corps d'une femme dans une caisse sur les quais. Le médecin légiste pense qu'elle a été assassinée au cours de la nuit. Étranglée. Violée. Il manque une de ses chaussures.

Rebus branla du chef. *Doux Jésus*, se dit-il, *ce n'est pas possible*.

— Rien n'indique qu'elle se soit défendue, pas de peau sous les ongles, mais elle a pu se débattre à coups de poing. Elle donne l'impression d'une femme robuste, coriace.

Malgré lui, Rebus toucha l'hématome sur son front.

— Vous vous trouviez dans le quartier des docks, inspecteur, et d'une humeur massacrante, à en croire le sergent Lumsden.

Déjà, Rebus était debout.

— Il veut me faire porter le chapeau !

L'attaque est la meilleure défense, dit-on. Ce qui n'est pas nécessairement vrai, mais si Lumsden voulait jouer à ce petit jeu, il en aurait pour son argent.

— Assis, inspecteur.

— Il essaie de protéger ses putains de clients ! Combien vous touchez par semaine, Lumsden ? Combien ils vous filent ?

— *J'ai dit assis !*

— Allez vous faire foutre, répliqua Rebus. (C'était comme si un furoncle avait percé et il ne pouvait plus endiguer le flot.) Vous essayez de me dire que je suis Johnny Bible ? Je suis plus proche de l'âge de Bible John, putain de merde.

— Vous étiez du côté du port au moment où elle a été assassinée. Vous êtes rentré à votre hôtel couvert d'égratignures et de bleus, les vêtements déchirés.

— Ce sont des conneries ! Rien ne m'oblige à vous écouter !

— Si.

— Alors inculpez-moi.

— Nous avons encore quelques questions, inspecteur. Ça peut se passer en douceur si vous y mettez du vôtre, ou bien vous allez en chier des bulles, à vous de voir. Mais d'ici là… *assis !*

Rebus resta debout. Il avait la bouche ouverte et il essuya la salive qui lui coulait sur le menton. Il regarda Lumsden, qui était toujours sur sa chaise, tendu, prêt à bondir si les mots devenaient des actes. Rebus ne lui offrirait pas ce plaisir. Il se rassit.

Grogan inspira à fond. L'air dans la pièce — ou ce qu'il en restait — commençait à sentir le rance. Il n'était pas même 7 h 30.

— Viandox et oranges à la mi-temps ? lança Rebus.

— On en est loin.

Grogan s'avança vers la porte, l'entrebâilla et passa la tête. Puis il l'ouvrit en grand pour laisser entrer quelqu'un.

L'inspecteur principal Chick Ancram.

— Je vous ai vu aux infos, John. Pas franchement télégénique, d'ailleurs. (Ancram retira sa veste, qu'il accrocha avec soin sur le dossier d'une chaise.) Vous ne portiez pas votre casque, autrement je ne vous aurais peut-être pas reconnu.

Grogan rejoignit le coin où Lumsden était assis, comme s'il quittait le ring dans un match de catch à quatre. Ancram releva ses manches.

— Ça va chauffer, hein, John ?

— Une vraie fournaise, marmonna Rebus. (Maintenant il savait pourquoi la PJ aimait faire une descente à l'aube. Il était déjà éreinté. La fatigue vous jouait des tours, elle vous faisait faire des âneries.) Ce serait possible d'avoir un café ?

Ancram regarda Grogan.

— Pourquoi pas ? Et vous, Ted ?

— J'en prendrais bien un, moi aussi. (Il se tourna vers Lumsden.) Allez-y, fiston.

— Enfoiré de garçon de courses, gronda Rebus sans pouvoir s'en empêcher.

Lumsden bondit sur ses pieds, mais Grogan avait déjà la main tendue pour le retenir.

— Du calme, fiston, allez nous chercher ces cafés, d'accord?

— Oh, sergent Lumsden? l'apostropha Ancram. N'oubliez pas de prendre un déca pour l'inspecteur Rebus, il ne tient déjà plus en place.

— Encore un peu et je me transforme en kangourou. Lumsden? J'aime que ce soit cent pour cent déca, alors vous pissez pas et vous crachez pas dedans, compris?

Lumsden sortit en serrant les dents.

— Voilà, reprit Ancram en s'asseyant en face de Rebus. C'est difficile de vous mettre la main dessus.

— Vous vous êtes donné du mal.

— Je pense que vous en valez la peine, non? Parlez-moi de Johnny Bible.

— Quoi, par exemple?

— N'importe quoi. Ses méthodes, ses antécédents, son profil.

— Ça pourrait nous prendre la journée.

— Nous avons toute la journée.

— Vous peut-être, mais je dois libérer ma chambre à 11 heures, sinon il faudra payer un jour de plus.

— On a fait le nécessaire, intervint Grogan. Vos affaires sont dans mon bureau.

— Témoignage irrecevable. Vous auriez dû avoir un mandat de perquisition.

Ancram se marra, de même que Grogan. Rebus n'avait pas besoin qu'on lui en donne la raison, il aurait rigolé aussi s'il avait été à leur place. Seulement, il n'y était pas. Il était là où un tas d'hommes et de femmes, parfois à peine adultes, s'étaient trouvés avant lui. Même chaise, même espace confiné, même décor. Des centaines et des milliers de gens, prétendument suspects. Aux yeux de la loi, présumés innocents tant qu'ils n'ont pas été déclarés coupables. Mais aux yeux de l'interrogateur, c'est l'inverse. Parfois pour se prouver qu'un suspect était innocent, il fallait le mater. Rebus ne savait plus à combien de séances comme celle-là il avait assisté… des centaines, sans doute. Il avait maté des dizaines de suspects avant d'admettre qu'ils étaient innocents. Il savait où il se trouvait, pourquoi il s'y trouvait, mais ça ne l'aidait en rien.

— C'est moi qui vais vous apprendre quelque chose sur Johnny Bible, reprit Ancram. Son profil peut cadrer avec plusieurs professions et l'une d'elle est un policier en exercice ou à la retraite, quelqu'un qui connaît nos méthodes et veille à ne pas laisser de preuves.

— On a son signalement. J'ai passé l'âge.

Ancram fit la grimace.

— Les séances d'identification, John, nous connaissons tous leurs limites.

— Je ne suis pas Johnny Bible.

— Qui me dit qu'il n'a pas fait des émules ? Remarquez, on ne dit pas ça pour vous. En ce qui nous concerne, on pense qu'il y a des questions qui doivent être posées.

— Alors posez-les.

— Vous êtes venu à Partick.

— Exact.

— Soi-disant pour me parler d'Oncle Joe Toal.

— Une ruse troublante.

— Cependant, si ma mémoire est bonne, vous avez fini par me poser un tas de questions sur Johnny Bible. Et vous sembliez en savoir un bout sur l'affaire Bible John. (Ancram s'interrompit pour voir si Rebus avait une réplique spirituelle, mais rien ne vint.) Pendant votre séjour à Partick, vous avez passé beaucoup de temps dans le bureau où sont conservées les archives concernant Bible John. (Il se tut de nouveau.) Et maintenant une journaliste télé m'apprend que vous avez des coupures et des notes sur Bible John et Johnny Bible planqués dans le placard de votre cuisine.

La garce !

— Eh, attendez voir, s'exclama Rebus.

Ancram se renversa en arrière sur sa chaise.

— J'attends.

— Tout ce que vous avez dit est vrai. Je m'intéresse effectivement aux deux affaires. Bible John... ça prendrait trop de temps. Et Johnny Bible... eh bien, pour commencer, je connaissais une des victimes.

Ancram se pencha en avant.

— Laquelle ?

— Angie Riddell.

— À Édimbourg ?

Ancram et Grogan échangèrent un coup d'œil. Il savait ce qu'ils avaient dans la tête : encore un lien.

— Je faisais partie de l'équipe qui l'a ramassée un jour. Je l'ai revue après.

— Tiens, vous l'avez revue ?

— Je l'ai conduite à Leith, on a passé un bout de temps.

Grogan grogna.

— C'est un euphémisme que je ne connaissais pas encore.

— On a parlé, c'est tout. Je lui ai payé un thé et un chausson à la viande.

— Et vous n'en avez parlé à personne ? Vous savez comment ça s'appelle ?

— Un autre point noir pour moi. J'en ai tellement que je pourrais tenir le rôle d'Al Jolson[1].

Ancram se leva. Il voulait faire les cent pas, mais la pièce était trop exiguë.

— C'est mauvais, dit-il.

— Comment la vérité pourrait-elle être mauvaise ?

Mais Rebus savait qu'il avait raison. Il ne voulait lui donner raison sur rien, sinon ce serait tomber dans l'empathie, le piège de l'interrogateur. Mais il ne pouvait pas le contredire là-dessus. C'était mauvais. Sa vie prenait l'allure d'une chanson des Kinks, *Dead End Street*, la rue sans issue.

— Vous êtes dedans jusqu'au cou, mon vieux, déclara Ancram.

— Merci de me le rappeler.

Grogan alluma une cigarette, en offrit une à Rebus, qui coupa court avec un sourire. Il avait les siennes s'il en voulait.

D'ailleurs, il en voulait une, mais pas assez pour le moment. Il préférait se griffer les paumes, s'enfoncer les ongles dans la chair, de quoi réveiller ses terminaisons nerveuses. Le silence s'installa dans la pièce pendant une ou deux minutes. Ancram s'adossa contre la table.

— Bon sang, il attend que le café ait poussé ou quoi ?

Grogan haussa les épaules.

— C'est la relève, il doit y avoir du monde à la cantine.

— On n'est plus servi, de nos jours, lança Rebus.

Tête baissée, Ancram sourit, le menton dans la

---

1. Célèbre chanteur et acteur américain d'origine russe, il joue, le visage noirci, dans *Le chanteur de jazz*, le premier parlant, sorti en 1927.

poitrine. Puis il coula un coup d'œil par en dessous au personnage assis devant lui.

Et c'est parti, pensa Rebus. *Le numéro de la sympathie, maintenant.* Peut-être qu'Ancram avait lu dans ses pensées, car il changea d'idée.

— Revenons un moment à Bible John, reprit-il.

— Super.

— J'ai commencé à lire le dossier de l'affaire Spaven.

— Ah oui ?

Était-il tombé sur Brian Holmes ?

— Une lecture passionnante.

— Quelques éditeurs étaient intéressés à l'époque.

Pas de sourire cette fois.

— Je ne savais pas que Lawson Geddes travaillait sur Bible John, remarqua l'enquêteur tranquillement.

— Ah bon ?

— Et qu'on lui a retiré l'enquête. Une idée de ce qui s'est passé ?

Rebus ne dit rien. Ancram repéra le défaut de l'armure, se redressa et se pencha sur lui.

— Vous l'ignoriez ?

— Je savais qu'il avait travaillé sur l'affaire.

— Mais vous ne saviez pas qu'il s'était fait éjecter. Non, parce qu'il ne vous l'a pas dit. J'ai trouvé cette perle dans les dossiers de Bible John. Mais impossible de savoir pourquoi.

— Est-ce que vous avez en tête autre chose que de me mener en bateau ?

— Il vous a parlé de Bible John ?

— Une fois ou deux, peut-être. Il parlait beaucoup de ses enquêtes antérieures.

— J'en suis sûr, vous étiez proches, tous les deux. Et d'après ce que j'ai cru entendre, Geddes avait vraiment une grande gueule.

Rebus le fixa des yeux.

— Il était réglo.

— Vraiment?

— Croyez-moi.

— Mais même les flics réglos font des conneries, John. Même les flics réglos peuvent passer de l'autre côté une fois dans leur vie. Un petit oiseau m'a dit que vous aviez vous-même franchi le Rubicon plus d'une fois.

— Les petits oiseaux ne devraient pas chier dans leur nid.

Ancram hocha la tête.

— Il ne s'agit pas ici de votre conduite passée. (Il se redressa et s'éloigna de quelques pas, le temps de laisser cette réflexion faire son chemin. Quand il parla, il lui tournait encore le dos.) Vous savez quoi? Cet intérêt des médias pour l'affaire Spaven, il date du premier assassinat de Johnny Bible. Vous savez à quoi ça pourrait faire penser? (Il se retourna, un doigt levé.) Un poulet obsédé par Bible John et qui se remémore les histoires que son vieux sparring partner lui racontait. (Deuxième doigt.) On aura bientôt fait le ménage dans l'affaire Spaven, des années après que ledit flic la croyait aux oubliettes. (Troisième doigt.) Le flic pète les plombs. Il y avait une bombe à retardement dans sa tête et maintenant, elle a commencé le compte à rebours...

Rebus se mit debout.

— Vous savez que ce n'est pas vrai, répondit-il calmement.

— Démontrez-le-moi.

— Je ne suis pas sûr que ce soit nécessaire.

Ancram eut l'air déçu.

— Nous allons avoir besoin de prélèvements: salive, sang, empreintes.

— Pour quoi faire? Johnny Bible n'a laissé aucun indice.

— Je veux également qu'un labo de la police scientifique vérifie vos vêtements et qu'une équipe jette un œil dans votre appart. Si vous n'avez rien fait, vous n'y verrez pas d'objection. (Il attendit une réaction, mais n'en obtint pas. La porte s'ouvrit.) Putain, c'est pas trop tôt.

Lumsden portait un plateau inondé de café.

La pause. Ancram et Grogan sortirent dans le couloir pour bavarder. Lumsden se posta près de la porte, bras croisés, comme s'il était de garde, comme si Rebus ne s'était pas fait suffisamment cuisiner pour en avoir sa claque.

Mais Rebus restait tranquillement assis à écluser le fond de sa tasse. Le café était dégueulasse, donc sûrement «sans plomb». Il sortit ses sèches, en alluma une et tira dessus comme si c'était sa dernière. Il la tenait à la verticale, se demandant comment quelque chose d'aussi petit et fragile avait pu prendre une telle emprise sur lui. Pas tellement différent de cette affaire... La cigarette tressauta. Ses mains tremblaient.

— C'est votre œuvre, dit-il à Lumsden. Vous avez raconté des salades à votre patron. Ça ne m'empêchera pas de vivre, mais je ne suis pas près de l'oublier.

Lumsden le regarda froidement.

— Je vous donne l'impression de péter de trouille?

Rebus soutint son regard en continuant de fumer, sans rien dire. Ancram et Grogan revinrent dans la pièce, l'air très professionnel.

— John, annonça Ancram. L'inspecteur chef Grogan et moi avons décidé qu'on sera mieux placé à Édimbourg pour régler cette affaire.

Autrement dit, ils n'avaient rien contre lui. S'ils avaient eu le moindre élément, Grogan en aurait réclamé le mérite pour sa maison.

— Il y a des problèmes disciplinaires à voir, poursuivit Ancram. Mais je peux m'en occuper dans le cadre de mon enquête sur l'affaire Spaven. (Il s'interrompit.) Dommage pour le sergent Holmes.

Rebus mordit à l'hameçon, il n'avait pas le choix.

— Qu'est-ce qu'il vient faire là-dedans ?

— Quand on est allé chercher les dossiers Spaven, un employé nous a dit qu'il avait manifesté récemment beaucoup d'intérêt pour cette affaire. Holmes les avait consultés trois jours d'affilée, apparemment pendant des heures, et pendant son service pardessus le marché. (Autre pause.) Votre nom était également inscrit. Apparemment, vous êtes venu le voir. Vous allez me dire ce qu'il mijotait ?

Silence.

— Dissimulation de preuves ?

— Vous me faites chier !

— C'est ce qu'on dirait. C'était débile, de toute façon. Comme il refuse de parler, il risque une sanction disciplinaire. Il risque la mise à pied.

Rebus conserva une tête impassible. Pour son cœur, c'était plus difficile.

— Allons, poursuivit Ancram. Sortons d'ici. Mon chauffeur peut prendre votre voiture, on va prendre la mienne et en profiter pour bavarder gentiment sur la route.

Rebus se leva et s'avança vers Grogan, qui redressa les épaules comme s'il s'attendait à être agressé physiquement. Lumsden serra les poings, prêt à se défendre. Rebus s'arrêta, le visage à quelques centimètres de celui de Grogan.

— Et vous, monsieur, vous touchez des pots-de-vin ?

C'était marrant de regarder le ballon se remplir de sang en soulignant au passage les vaisseaux éclatés et les rides.

— John..., le mit en garde Ancram.

— Je pose la question en toute bonne foi, reprit Rebus. Parce que si ce n'est pas le cas, vous comprenez, ce ne serait pas mal de mettre sous surveillance deux truands de Glasgow qui sont venus passer des vacances par ici : Eve et Stanley Toal, Malky de son vrai nom. Son papa s'appelle Joseph Toal, Oncle Joe, et il dirige Glasgow, où l'inspecteur principal Ancram travaille, vit, claque son fric et achète ses costards. Eve et Stanley picolent au *Burke's Club*, où la « coke » ne se sert pas dans un grand verre avec des glaçons. Le sergent Lumsden m'y a emmené, il avait l'air de bien connaître. Le sergent Lumsden m'a rappelé que Johnny Bible y avait ramassé sa première victime. Le sergent Lumsden m'a conduit ce soir-là sur le port, moi je n'avais rien demandé. (Rebus lança un coup d'œil à Lumsden.) C'est un as, le sergent Lumsden. Il joue à de ces jeux, pas étonnant qu'on l'appelle Ludo.

— Je n'autorise personne à tenir des propos diffamatoires sur mes hommes.

— Faites surveiller Eve et Stanley, insista Rebus. Si vous êtes grillé, vous saurez où chercher.

Là où le regard de Rebus était resté vrillé.

Luinsden se jeta sur lui, les mains en avant. Rebus le repoussa.

— Vous puez autant que l'eau de cale, Lumsden, et vous vous foutez le doigt dans l'œil si vous croyez m'avoir !

Lumsden lui balança son poing mais fit chou blanc. Ancram et Grogan les séparèrent. Grogan pointa son doigt sur Rebus, mais s'adressa à Ancram. Après tout, peut-être qu'on ferait mieux de le garder ici.

— Je le ramène avec moi.

— Je n'en suis pas si sûr.

— J'ai dit que je le ramenais, Ted.

— Ça fait longtemps que je n'ai pas vu deux hommes se battre pour moi, minauda Rebus avec un sourire.

Les deux policiers d'Aberdeen avaient l'air décidés à lui faire sa fête. Ancram flanqua une main de propriétaire sur son épaule.

— Inspecteur Rebus, dit-il, je pense que nous ferions mieux de partir, vous ne croyez pas ?

— Faites-moi plaisir, demanda Rebus.

— Quoi ?

Ils étaient assis à l'arrière de la voiture d'Ancram et se dirigeaient vers l'hôtel de Rebus, où ils devaient récupérer sa voiture.

— Un détour rapide par les docks.

Ancram lui jeta un bref coup d'œil.

— Pourquoi ?

— Je veux voir où elle est morte.

De nouveau, il le regarda.

— Pour quoi faire ?

— Pour lui rendre un dernier hommage, dit-il avec un haussement d'épaules.

Ancram n'avait qu'une vague idée de l'endroit où l'on avait retrouvé le corps, mais il ne leur fallut guère de temps pour trouver le ruban jaune de la police destiné à délimiter la scène du crime. Les docks étaient tranquilles, plus trace de la caisse où le corps avait été découvert. Il devait se trouver dans un labo, quelque part. Rebus se tenait à droite du cordon de sécurité et regardait autour de lui. D'énormes mouettes blanches se pavanaient à une distance convenable. Le vent était frais. Il n'aurait su dire à combien il se trouvait de l'endroit où Lumsden l'avait lâché.

— Qu'est-ce que vous savez sur elle ? demanda-t-il à Ancram, qui restait là, les mains dans les poches, à l'examiner.

— Elle s'appelle Holden, je crois. Vingt-sept, vingt-huit ans.

— Il a emporté un souvenir ?

— Juste une de ses chaussures. Écoutez, Rebus… tout cet intérêt parce qu'un jour, vous avez payé un thé à une prostituée ?

— Elle s'appelait Angie Riddell. (Il s'interrompit.) Elle avait des yeux magnifiques. (Son regard se posa sur un vieux rafiot rouillé enchaîné au quai.) Il y a une question que je n'arrête pas de me poser. Est-ce que nous laissons faire ou est-ce que nous faisons faire ? (Il regarda Ancram.) Vous avez une idée ?

Ancram fronça les sourcils.

— Je ne suis pas sûr de comprendre.

— Moi non plus, reconnut Rebus. Dites à votre chauffeur d'y aller mollo avec ma voiture. Il y a du mou dans la direction.

CINQUIÈME PARTIE

RÊVES D'ANGOISSE

21

Ils le poursuivaient sur des échelles en araucaria, avec en dessous la mer tumultueuse, déchaînée, déformant le métal qui fléchissait. Rebus perdit prise, dégringola quelques marches en acier, s'entailla le côté et se tâta d'une main qu'il retira couverte de pétrole à la place du sang. Ils se tenaient à six ou sept mètres au-dessus de lui et prenaient leur temps en se marrant : où pouvait-il aller ? Peut-être pouvait-il voler, battre des bras et s'élancer dans l'espace. Une seule chose à craindre, c'était la chute.

C'était comme d'atterrir sur le ciment.

Était-ce pire ou mieux que de s'embrocher sur des pointes de lance ? Il devait prendre une décision. Ses poursuivants le serraient de près. Ils n'étaient jamais très loin, mais il restait toujours devant, même quand il était blessé. *Je pourrais réussir à m'en tirer*, se dit-il.

Je pourrais réussir à m'en tirer !

Une voix, juste derrière lui, répliqua : *Tu rêves*. Puis une secousse le poussa dans le vide.

Rebus se réveilla en sursaut si brutalement qu'il se cogna la tête contre le toit de la voiture. Son corps fut parcouru par une brusque poussée de peur et d'adrénaline.

— Bordel! s'écria Ancram en retrouvant la maîtrise de son volant. Qu'est-ce qui vous arrive?

— J'ai dormi longtemps?

— Je ne me suis pas rendu compte que vous dormiez.

Rebus regarda sa montre. Ça devait faire deux ou trois minutes. Il se frotta le visage, avisa son cœur qu'il pouvait arrêter de danser la sarabande. Il pouvait dire à Ancram qu'il avait fait un cauchemar. Il pouvait lui dire aussi qu'il avait fait une crise d'angoisse. Mais il ne voulait rien lui dire. Jusqu'à preuve du contraire, Ancram était l'ennemi aussi sûrement qu'un truand armé d'un flingue.

— Qu'est-ce que vous disiez? se contenta-t-il de demander.

— Je vous donnais un aperçu de la situation.

— Ah oui, la situation.

Les journaux du dimanche tombèrent des genoux de Rebus. Il les ramassa. La dernière atrocité commise par Johnny Bible n'avait fait la une que d'un seul quotidien. Les autres avaient été imprimés trop tôt.

— Pour le moment, j'en ai suffisamment contre vous pour vous faire suspendre, expliquait Ancram. Rien de bien nouveau pour vous, inspecteur.

— Ça ne sera pas la première fois.

— Même si je passe sous silence les questions concernant Johnny Bible, il reste votre manque de coopération patent dans mon enquête sur l'affaire Spaven.

— J'avais la crève.

Ancram ne releva pas.

— Nous savons deux choses, vous et moi. Primo, un bon flic s'attire des emmerdes un jour ou l'autre. Moi aussi, ça m'est arrivé qu'on porte plainte contre moi. Deuxio, ces émissions de télévision ne découvrent pratiquement jamais de nouvelles preuves. C'est uniquement basé sur des supputations et des projections, alors qu'une enquête de police est méticuleuse et les renseignements que nous rassemblons sont communiqués au ministère public, avant d'être passés au crible par ceux qui sont censés représenter les meilleurs juristes de ce pays.

Rebus se retourna pour scruter le visage d'Ancram en se demandant où il voulait en venir. Dans le rétroviseur, il voyait sa propre auto conduite avec tous les égards nécessaires par le larbin d'Ancram. Celui-ci ne quitta pas la route des yeux.

— Vous comprenez, John ; ce que je veux dire, c'est pourquoi fuir quand vous n'avez rien à craindre ?

— Qui dit que je n'ai rien à craindre ?

Ancram sourit. Le numéro des vieux de la vieille, ce n'était pas nouveau. Il avait confiance en Ancram autant qu'en un pédophile lâché dans un jardin d'enfants. Malgré tout, quand Oncle Joe lui avait menti à propos de Tony El, c'était Ancram qui lui avait filé l'info sur Aberdeen... De quel côté était ce type ? Jouait-il double jeu ? Ou avait-il cru que Rebus allait se planter, avec ou sans info ? Était-ce une façon de couvrir le fait qu'Oncle Joe l'avait dans sa poche ?

— Si je vous comprends bien, poursuivit Rebus, vous me dites que je n'ai rien à craindre de l'affaire Spaven ?

— Ça se pourrait.

— Et vous feriez ce qu'il faut pour ça ? (Ancram haussa les épaules.) En échange de quoi ?

— John, vous faites plus de dégâts qu'un éléphant dans un magasin de porcelaine et vous avez autant de subtilité.

— Vous voudriez que je me montre plus subtil ?

La voix d'Ancram se durcit.

— Je voudrais que vous restiez tranquille sur vos fesses, pour une fois.

— Et que je laisse tomber l'enquête Mitchison ? Ancram ne répondant rien, Rebus répéta sa question.

— Vous pourriez vous apercevoir que ça vous ferait un bien fou.

— Et ça vous permettrait au passage de rendre un autre service à Oncle Joe, c'est ça ?

— Réveillez-vous et regardez la réalité en face ! Ce n'est pas du lino par terre mais des gros carreaux noir et blanc.

— Non, ce sont des costards en soie et des billets verts flambant neufs.

— C'est donnant-donnant. On ne se débarrasse pas de types comme Oncle Joe : vous le mettez à l'ombre et c'est un jeune prétendant qui prend la place.

— Quitte à signer avec le diable, autant savoir à qui on a affaire ?...

— Ce n'est pas une mauvaise formule.

John Martyn : *I'd Rather Be the Devil*[1].

— En voilà une autre, poursuivit Rebus. Ne tue pas la poule aux œufs d'or. Ce doit être ce que vous voulez dire.

— C'est un conseil que je vous donne pour votre bien.

— Ne croyez surtout pas que je n'y suis pas sensible.

— Bordel de merde, Rebus, je commence à comprendre pourquoi vous n'avez pas de copains. Vous ne cherchez pas franchement à vous faire aimer.

— Moi ? J'ai été élu l'Homme le plus sympa de l'année six fois de suite.

— Je ne vous crois pas.

---

1. « Je préférerais être le diable ».

— J'ai même pleuré sur le podium. (Une pause.) Vous avez interrogé Jack Morton à mon sujet?

— Jack a curieusement une haute opinion de vous, quelque chose que j'ai mis sur le compte des sentiments.

— C'est généreux de votre part.

— Ça ne nous mène nulle part.

— Non, mais ça passe le temps. (Rebus vit des panneaux indiquant une aire de stationnement.) On s'arrête pour déjeuner?

Son compagnon approuva en silence.

— Vous savez, il y a une question que vous ne m'avez pas posée.

Ancram fut sur le point de ne pas demander, puis il se dégonfla:

— Laquelle?

— Vous ne m'avez pas demandé ce que Stanley et Eve fabriquaient à Aberdeen.

Ancram fit signe qu'il tournait dans l'aire de stationnement et freina à mort. Le chauffeur au volant de la Saab de Rebus faillit rater la bretelle et fit crisser les pneus sur le macadam.

— Vous essayez de le semer? demanda Rebus, qui se marrait de voir Ancram perdre son sang-froid.

— Pause-café, grinça Ancram d'un ton hargneux en ouvrant la portière.

Le journal étalé sur la table devant lui, Rebus lisait le papier consacré à Johnny Bible. Cette fois, la victime était Vanessa Holden, vingt-sept ans et mariée. Aucune des autres n'était mariée. Elle était à la tête d'une société qui montait des «présentations d'entreprise», bien que Rebus ne soit pas très sûr de ce que cela voulait dire. La photographie dans le journal arborait le même sourire automatique qu'on affiche quand des amis vous prennent en photo. Elle avait des cheveux ondulés tombant aux épaules, de jolies dents et croyait sans doute qu'elle vivrait peu ou prou jusqu'à ses quatre-vingts ans.

— Il faut coincer ce monstre, grogna Rebus en reprenant la dernière phrase du reportage.

Puis il froissa le journal et prit sa tasse de café. En jetant un coup d'œil de côté, il eut une vision latérale du visage de la jeune femme et eut l'impression qu'il l'avait vue quelque part, ou plutôt entraperçue. Il couvrit ses cheveux d'une main. Un vieux cliché. Peut-être avait-elle changé de coiffure? Il tenta de voir sa tête avec quelques kilomètres de plus au compteur. Ancram regardait ailleurs, il parlait au larbin, de sorte qu'il ne vit pas la stupeur sur son visage quand il la reconnut.

— Je dois passer un coup de fil, déclara Rebus en se levant.

La cabine était près de la porte d'entrée; il serait visible de la table. Ancram ne s'y opposa pas.

— Quel est le problème? demanda-t-il.

— On est dimanche, je devais aller à l'église. Le pasteur va s'inquiéter.

— Même ce bacon s'avale plus facilement que ça.

Il pointa sa fourchette vers l'article incriminé, mais laissa Rebus s'éloigner.

Celui-ci composa le numéro en espérant avoir assez de monnaie. C'était dimanche, tarif réduit. Quelqu'un du poste de police des Grampians décrocha.

— L'inspecteur chef Grogan, s'il vous plaît, dit-il, les yeux sur Ancram.

Le restaurant était bourré d'automobilistes du dimanche qui voyageaient en famille. Ancram ne risquait pas de l'entendre.

— Je crains qu'il ne soit pas disponible pour le moment.

— C'est à propos de la dernière victime de Johnny Bible. J'appelle d'une cabine et je n'ai pas beaucoup de monnaie.

— Ne quittez pas, s'il vous plaît.

Trente secondes... Ancram l'observait, le front plissé. Puis :

— Inspecteur chef Grogan à l'appareil.

— C'est Rebus.

Grogan inspira bruyamment, les dents serrées.

— Nom d'un chien, qu'est-ce que vous voulez encore ?

— Je veux vous rendre un service.

— Tiens donc ?

— Ça peut vous permettre de décrocher une promotion.

— Vous n'avez pas fini de faire le mariole ? Parce que je vais vous dire une chose...

— Je ne rigole pas. Vous avez entendu ce que j'ai dit à propos d'Eve et de Stanley Toal ?

— Oui.

— Vous allez faire quelque chose ?

— Peut-être.

— Dites oui... faites-le pour moi.

— Et dans ce cas, vous m'accorderez cette faveur de premier ordre dont vous me parlez ?

— Tout à fait.

Grogan toussa, se racla la gorge.

— Très bien.

— Pour de vrai ?

— Je tiens mes promesses.

— Alors écoutez-moi. Je viens de voir une photo de la dernière victime de Johnny.

— Et quoi ?

— Et je l'ai déjà vue.

Un moment de silence.

— Où ça ?

— Elle entrait au *Burke's Club* un soir où j'en partais avec Lumsden.

— Et alors ?

— Et alors elle était au bras de quelqu'un que je connais.

— Vous connaissez beaucoup de monde, inspecteur.

— Ce qui ne veut pas dire que j'ai un rapport avec Johnny Bible. Mais le type à son bras, peut-être.

— Vous connaissez son nom à lui ?

— Hayden Fletcher, il travaille pour T-Bird Oil. Aux relations publiques.

Grogan prenait note.

— Je vais vérifier, lâcha-t-il.

— N'oubliez pas votre promesse.

— J'ai promis quelque chose ? Je ne m'en souviens pas.

Et il coupa la communication. Rebus aurait pu donner des coups de marteau sur le récepteur, mais Ancram le regardait. De plus, il y avait des enfants à proximité qui bavaient d'envie devant un étalage de jouets et se concertaient pour faire main basse sur les poches de leurs parents. Il replaça donc le combiné comme n'importe quel être humain et retourna à la table. Le chauffeur se leva et sortit sans un regard pour Rebus, ce qui voulait dire qu'il exécutait des ordres.

— Tout baigne ? s'enquit Ancram.

— Au poil. (Il s'assit en face de l'inspecteur.) Alors quand commence l'inquisition ?

— Dès que nous aurons trouvé une chambre de torture disponible. (Finalement, ils échangèrent un sourire.) Écoutez, Rebus, personnellement ce qui s'est passé il y a vingt ans entre votre pote Geddes et ce Lenny Spaven m'intéresse autant que le QI d'un moucheron. J'ai déjà vu des voyous se faire piéger.

On n'arrive pas à les faire tomber pour le coup qu'ils ont fait, alors on les épingle pour autre chose, un truc qu'ils n'ont pas fait. (Il haussa les épaules.) Ça arrive.

— On a dit que c'était arrivé à Bible John.

— J'en doute, répondit Ancram. Mais, vous voyez, on est là au cœur du problème. Si votre copain Geddes s'est laissé obséder par Spaven et qu'il l'a piégé, avec votre aide, sciemment ou non… Eh bien, vous savez ce que ça veut dire ?

Rebus hocha la tête, mais il ne pouvait prononcer les mots. Ces mots-là l'étouffaient depuis des semaines. Ils l'avaient déjà étouffé à l'époque pendant des semaines.

— Ça veut dire que le vrai tueur s'en est tiré, poursuivit Ancram. Personne ne l'a jamais attrapé, il court toujours, libre comme l'air. (Il sourit en prononçant cette dernière phrase, puis se laissa aller contre le dossier de sa chaise.) Maintenant, je vais vous apprendre quelque chose sur Oncle Joe. (Rebus était tout ouïe.) Il trempe sans doute dans le trafic de drogue. Ça rapporte gros, il est évident que ça l'intéresse. Mais Glasgow a été verrouillé il y a des années et plutôt que de provoquer une guerre, nous pensons qu'il a jeté ses filets plus loin.

— Aussi loin qu'Aberdeen ?

— Nous élaborons un dossier avant de monter une opération de surveillance conjointement avec l'antigang.

— Et chaque filature que vous avez organisée jusque-là n'a rien donné.

— Cette fois, on a un double verrouillage. Si Oncle Joe est informé, on saura d'où vient la fuite.

— Vous aurez donc Oncle Joe ou l'herbe ? Ça peut marcher… si vous ne mettez pas tout le monde au courant.

— Je vous fais confiance.

— Pourquoi ?

— Parce que vous pourriez tout foutre en l'air, purement et simplement.

— Vous savez, ce n'est pas nouveau pour moi, des gens qui me disent de tout laisser tomber, qu'ils s'occupent de tout.

— Et ?

— Et ils ont généralement quelque chose à cacher.

Ancram hocha la tête.

— Pas cette fois. Mais moi, j'ai quelque chose à donner. Comme je vous le disais, personnellement, je n'en ai rien à cirer de l'affaire Spaven, mais professionnellement, il est de mon devoir de faire mon boulot. Le fait est qu'il y a différentes manières de présenter un rapport. Je peux minimiser votre rôle dans l'histoire, je peux même vous laisser complètement en dehors. Je ne vous demande pas de renoncer à une enquête. Je vous demande seulement de la suspendre pendant une huitaine de jours.

— Et de laisser la piste se refroidir, peut-être assez longtemps pour quelques suicides et morts accidentelles de plus ?

Ancram eut l'air exaspéré.

— Faites votre boulot, inspecteur principal, conclut Rebus. Et je ferai le mien.

Rebus se leva, chercha le journal avec l'histoire de Johnny Bible et le fourra dans sa poche.

— Voici le marché, déclara Ancram, blême de rage. Je vais vous coller quelqu'un sur les talons vingt-quatre heures sur vingt-quatre qui me fera son rapport. C'est ça ou la mise à pied.

Rebus pointa le pouce en direction de la fenêtre.

— Ce coco-là ?

Le chauffeur grillait tranquillement une clope au soleil.

— Non, fit Ancram. Quelqu'un qui vous connaît.

La réponse lui vint une seconde avant qu'Ancram la lui donne.

— Jack Morton.

Il attendait Rebus devant chez lui. Les voisins lavaient leur voiture et l'eau dégoulinait dans les caniveaux. Jack était resté derrière son volant, vitres baissées, le journal ouvert à la page des mots croisés. Maintenant il était descendu et croisait les bras, la tête levée vers le soleil. Il portait une chemise à manches courtes et des jeans délavés. Aux pieds, des tennis blanches plus ou moins neuves.

— Je m'excuse de bousiller ton week-end, lui dit Rebus en claquant la portière d'Ancram.

— N'oubliez pas, lança Ancram à Jack, ne le quittez pas des yeux. S'il va couler un bronze, je veux que vous regardiez par le trou de la serrure. S'il dit qu'il sort les ordures, je vous veux à l'intérieur d'un des sacs. Pigé ?

— Oui, monsieur, répondit Jack.

Le chauffeur demandait à Rebus où il devait garer la Saab. Il lui indiqua la zone de stationnement interdit en bas de la rue. Le pare-brise affichait toujours la vignette de la police des Grampians. Il n'était pas pressé de l'arracher. Ancram descendit à son tour et ouvrit la porte arrière. Le chauffeur tendit à son propriétaire les clés de la Saab et sa valise sortie du coffre, puis il s'installa au volant de son patron et régla le siège et le rétroviseur à sa hauteur. Rebus et Jack regardèrent Ancram s'éloigner.

— Alors, dit Rebus, j'ai appris que tu fréquentais les AA ces temps-ci.

Jack fit la grimace.

— Je pourrais me passer de tout le cirque, mais ça m'a aidé à laisser tomber la gnôle.

— C'est super.

— Comment ça se fait que je n'arrive jamais à savoir si tu es sérieux?

— J'ai des années d'expérience.

— Tu as passé de bonnes vacances?

— Mieux que ça.

— Je vois que tu as reçu un jeton.

Rebus se tâta le front. Ça commençait à désenfler.

— Il y a des gens qui se vexent quand on arrive avant eux sur les transats.

Ils s'engagèrent dans l'escalier, Jack quelques marches derrière Rebus.

— Tu vas vraiment me coller au train?

— C'est ce que veut le patron.

— Et il aura ce qu'il demande?

— Si je veux agir dans mon intérêt. Il m'a fallu des années pour en venir à la conclusion que je voulais agir dans mon intérêt.

— Ainsi parle le philosophe. (Rebus mit sa clé dans la serrure et ouvrit la porte. Il y avait du courrier sur la moquette du vestibule, mais pas trop.) Tu te rends compte que ça doit aller à l'encontre d'une bonne vingtaine de lois. Tu ne peux pas me suivre si je ne le veux pas.

— Alors, saisis la Cour des droits de l'homme.

Il le suivit au salon. La valise resta dans l'entrée.

— Un verre, ça te dit? demanda Rebus.

— Ha, ha!

Rebus haussa les épaules, dénicha un verre propre et se versa une rasade du whisky de Kayleigh Burgess. Le liquide descendit directement au fond. Il soupira bruyamment.

— Ça doit te manquer quand même.

— Sans arrêt, reconnut Jack en s'affalant sur le canapé.

Rebus s'en versa un autre.

— J'imagine ce que ce serait pour moi.

— C'est déjà la moitié du chemin.

— Quoi ?

— Reconnaître que tu aurais du mal à t'en passer.

— Je n'ai pas dit ça.

Jack haussa les épaules et se leva.

— Ça ne te dérange pas si je passe un coup de fil ?

— Tu es chez toi.

Jack s'approcha du combiné.

— On dirait que tu as des messages. Tu veux les écouter ?

— Ils sont tous d'Ancram.

Jack décrocha et poussa sept chiffres.

— C'est moi, dit-il enfin. On est là.

Puis il raccrocha. Rebus l'observait par-dessus le bord de son verre.

— Il y a une équipe en route, expliqua Jack. Pour procéder à une perquise. Chick a dit qu'il te préviendrait.

— Je suis au courant. Pas de mandat, j'imagine ?

— Si tu l'exiges, on peut s'en procurer. Mais à ta place, je resterai tranquillement assis en attendant. Ça sera rapide et indolore. En plus… si jamais ça devait passer devant un tribunal, tu pourras les poursuivre sur un point de procédure.

— Serais-tu de mon côté, par hasard ? demanda Rebus en souriant. (Jack se rassit, mais ne dit rien.) Tu as dit à Ancram que je t'avais appelé, non ?

Jack hocha la tête.

— Je l'ai bouclée quand je n'aurais peut-être pas dû. (Il se pencha en avant.) Chick sait qu'on se connaît, toi et moi, depuis un bail. C'est pour ça que je suis là.

— Je ne pige pas.

— C'est une question d'intégrité. Il veut jauger ma loyauté à son égard, en jouant le passé — c'est-à-dire toi et moi — contre mon avenir.

— Et jusqu'où va ta loyauté, Jack ?

— Ne me pousse pas.

Rebus éclusa son verre.

— Nous allons passer quelques journées intéres-
santes. Qu'est-ce qui va se produire si par hasard je
lève une souris ? Tu vas vouloir te planquer sous le
lit, te faire passer pour le pot de chambre ou le loup-
garou, bordel ?

— John, ne te...

Mais Rebus s'était levé.

— Je suis chez moi, nom d'un chien ! Le seul
endroit où je peux me mettre à l'abri de toute la
merde qui nous entoure ! Est-ce que je suis censé avaler sans broncher ? Toi qui montes la garde, l'Identité judiciaire qui va renifler partout comme des
bâtards autour d'un réverbère, et je suis censé rester
là à me laisser faire ?

— Oui.

— Eh bien, qu'ils aillent se faire foutre et toi avec.
(On sonna à la porte.) Tu réponds, dit Rebus, ce sont
tes chiens.

Jack prit l'air blessé, mais il s'exécuta. Pendant ce
temps, Rebus se précipita dans l'entrée, empoigna
sa valise et l'emporta dans sa chambre. Il la balança
sur le lit et l'ouvrit. Celui qui l'avait bouclée avait
tout emballé pêle-mêle, le propre avec le sale. Tout
devrait aller chez le teinturier. Il souleva sa trousse
de toilette. Il y avait un mot plié dessous. Il indiquait que « certains effets » avaient été retenus par
la police des Grampians pour une « exploration » de
la police scientifique. Vérification faite, il manquait
son pantalon maculé par l'herbe et sa chemise
déchirée de la nuit où il avait été agressé. Grogan
les faisait vérifier, pour le cas où ce serait Rebus qui
aurait assassiné Vanessa Holden ! *Qu'ils aillent se
faire mettre, tous autant qu'ils sont. Qu'ils aillent*

tous se faire enculer, bordel. Rebus balança la valise à travers la chambre au moment même où Jack apparaissait dans l'encadrement.

— Jack, ils disent que ce ne sera pas long.

— Dis-leur de prendre tout leur temps.

— Et demain matin, il y aura une prise de sang et un prélèvement de salive.

— Pas de problème. Tu n'as qu'à mettre Ancram devant moi.

— Il n'a pas demandé à faire ce boulot, tu sais.

— Va te faire foutre, Jack.

— J'aimerais bien.

Rebus le bouscula pour sortir dans le vestibule. Il jeta un œil dans la salle de séjour. Il y avait des hommes, certains qu'il connaissait, tous revêtus de bleus et de gants en plastique. Ils soulevaient les coussins de son canapé, feuilletaient les pages de ses livres. Au moins, ils n'avaient pas l'air à la fête, ce qui était une maigre consolation. C'était logique qu'Ancram ait recours aux services locaux, c'était plus simple que de transbahuter une équipe de la «ville minute». La personne accroupie devant le placard en coin se redressa et se retourna. Leurs regards se croisèrent.

— *Tu quoque*, Siobhan?

— Bonjour, monsieur, répondit Siobhan Clarke, dont les oreilles et les joues devinrent écarlates.

C'était le comble. Rebus attrapa sa veste et fonça vers la porte.

— John? cria Jack Morton dans son dos.

— Tu n'as qu'à me rattraper, lança Rebus.

Jack le rejoignit dans l'escalier.

— Où on va?

— Dans un pub, grogna Rebus. On va prendre ma voiture, puisque tu ne bois pas, tu pourras me reconduire chez moi. Comme ça on ne sera pas en délicatesse avec la loi. (Rebus tira la porte.) Et maintenant on va voir si les AA sont à la hauteur.

Dehors, Rebus rentra presque dans un homme de haute taille avec des cheveux noirs frisés grisonnants. Il vit le micro, entendit l'homme débiter une question à toute allure. Eamonn Breen. Rebus esquiva suffisamment pour percuter Breen sur l'arête du nez. C'était le « baiser de Glasgow » en douceur, juste assez pour libérer le chemin.

— Fumier ! bredouilla Breen en lâchant le micro pour couvrir son nez de ses deux mains. Vous l'avez pris ? Est-ce que vous l'avez pris ?

Rebus se retourna, vit le sang qui gouttait entre les doigts du reporter, le cameraman hocher la tête, Kayleigh Burgess sur le côté, un stylo à la bouche, qui observait Rebus avec une esquisse de sourire.

— Elle a dû croire que tu préférerais voir une tête sympa dans les parages, dit Jack Morton. (Ils se trouvaient à l'*Oxford Bar* et Rebus venait de lui raconter pour Siobhan.) Si j'étais à ta place, c'est ce que je me serais dit.

Jack était à la moitié de sa pinte d'orange et citron pressés. Les glaçons tintaient dans son verre quand il le penchait. Rebus en était à sa deuxième pinte de Belhaven Best et carburait au whisky, calmos et en douceur. Le dimanche soir à l'*Ox*, vingt minutes après l'ouverture, c'était un endroit tranquille. Trois habitués se tenaient au bar à côté d'eux, la tête relevée vers la télévision, un jeu télévisé. L'animateur avait une coupe de cheveux qui relevait de l'art topiaire et les dents prélevées sur un Steinway. Son boulot consistait à tenir une carte juste sous son visage, à lire la question, à regarder la caméra, puis à répéter la question comme si le désarmement nucléaire dépendait de la réponse.

— Alors, Barry ; psalmodia-t-il, pour deux cents

points : quel personnage joue le Mur dans le *Songe d'une nuit d'été* de Shakespeare ?

— Les Pink Floyd ! répondit le premier client.

— Grouin ! lança le deuxième.

— Tchao, Barry ! fit le troisième en agitant les doigts vers l'écran où Barry était visiblement en difficulté.

Une sonnerie retentit. L'animateur proposa la question à deux autres participants.

— Non ? dit-il. Pas d'amateur ? (Il paraissait surpris, mais dut se reporter à la carte pour trouver la réponse.) Grouin ! annonça-t-il en regardant l'infortuné trio, puis il répéta le nom pour qu'ils s'en souviennent la prochaine fois. (Une autre carte.) Jasmine, pour cent cinquante points : dans quel État américain trouve-t-on la ville d'Akron ?

— L'Ohio, répondit le deuxième client.

— Ce n'est pas un personnage de *Star Trek* ? interrogea le premier.

— Tchao, Jasmine, fit le troisième.

— Alors, intervint Jack, on se cause ?

— Il me faut plus qu'une perquise dans mon appart, la confiscation de mes vêtements et une présomption de meurtres en série pour que je prenne la mouche. Évidemment qu'on se cause, putain de bordel.

— Alors tout baigne, putain de bordel.

Rebus renifla bruyamment dans son verre, puis dut essuyer la mousse sur son nez.

— Tu ne peux pas savoir à quel point ça m'a fait plaisir de niquer ce branleur.

— De même que ça a dû lui faire plaisir que le tout soit filmé.

Rebus haussa les épaules et plongea la main dans sa poche pour prendre ses clopes et son briquet.

— Allez, fit Jack, donne-m'en une.

— Tu as laissé tomber, tu sais ?

— Ouais, mais il n'y a pas de AA pour les fumeurs. Allez.

Rebus hocha la tête.

— Ton geste me touche, Jack, mais tu as raison.

— À quel sujet ?

— De penser à ton avenir. Tu as totalement raison. Alors ne faiblis pas, tiens bon. Ne picole pas, ne fume pas et rapporte mes faits et gestes à Chick Ancram.

Jack le considéra.

— Tu penses ce que tu dis ?

— Chacune de mes paroles, confirma Rebus en éclusant son verre. Sauf le passage sur Ancram, bien sûr.

Puis il commanda une autre tournée.

— La réponse est Ohio, annonça l'animateur, ce qui ne surprit aucun des clients du bar.

— Nous allons connaître notre première crise de confiance, annonça Jack un peu plus tard, au milieu de son deuxième cocktail de jus de fruit.

— T'as besoin d'aller pisser ? (Jack opina du chef.) Laisse tomber, je n'irai pas là-dedans avec toi, affirma Rebus avec énergie.

— Donne-moi ta parole que tu ne bougeras pas.

— Où j'irais ?

— John...

— Ça va, ça va. Est-ce que je veux te causer des ennuis, Jack ?

— J'en sais rien. Tu le ferais ?

Rebus lui adressa un clin d'œil.

— Va aux chiottes et tu verras.

Jack se retint aussi longtemps qu'il put, puis il se tira. Rebus planta les coudes sur le bar en fumant sa sèche. Il se demandait ce que Jack ferait s'il se barrait maintenant. Le signalerait-il à Ancram ou la

bouclerait-il ? Après tout, est-ce que ça jouerait pour
lui de le signaler ? Non, ça le desservirait plutôt et
ça, il ne le souhaitait pas. Donc il le cacherait peut-
être. Rebus pourrait alors vaquer à ses affaires sans
qu'Ancram le sache.

Sauf qu'Ancram avait le moyen de le savoir. Il ne
dépendait pas que de Jack Morton. C'était néanmoins
un point intéressant, une question de confiance
ou plutôt de foi, comme il conviendrait pour un
dimanche soir. Peut-être que Rebus l'entraînerait
plus tard voir le père Conor Leary. Jack avait été un
vrai parpaillot, un puritain, peut-être l'était-il encore.
À l'idée d'un verre avec un prêtre catholique, il risquait de prendre ses jambes à son cou. Il leva les yeux
et aperçut Jack en haut des marches, l'air soulagé...
dans les deux sens du terme.

Pauvre vieux, se dit Rebus. Ancram lui avait fait un
cadeau empoisonné. On pouvait voir les marques de
tension autour de la bouche. Se sentant brusquement crevé, il se souvint qu'il était debout depuis
6 heures et qu'il avait été sur le grill depuis. Il vida
son verre et indiqua la porte. Jack ne semblait que
trop content de lever le camp.

Quand ils furent dehors, Rebus lui demanda :

— Tu as vraiment failli le faire ?

— Faire quoi ?

— Commander un verre.

— Ç'a été à un poil.

Rebus s'accouda au toit de la voiture en attendant
que Jack déverrouille les portières.

— Je m'excuse de t'avoir fait ça, dit-il tranquillement.

— Quoi ?

— De t'avoir emmené ici.

— Je devrais avoir assez de volonté pour entrer
dans un pub sans me mettre à picoler.

— Ouais, fit Rebus. Merci.

Et il eut un petit sourire pour lui-même. Jack ne
devrait pas poser de problème, il ne le donnerait pas.
L'amour-propre de ce type avait déjà suffisamment
souffert.

— J'ai une chambre d'amis, dit Rebus en remontant en voiture. Mais pas de draps ni rien. On peut
te préparer un lit sur le canapé si ça te va.

— C'est très bien, répondit Jack.

Très bien pour Jack, mais pas si bien pour Rebus.
Ça voulait dire qu'il devrait dormir dans son lit.
Finies, les nuits à moitié nu dans le fauteuil derrière
la fenêtre. Fini, les Stones à 2 heures du matin. Il
savait qu'il allait devoir s'y mettre, accélérer les
choses un max, d'une façon ou de l'autre.

Pas plus tard que demain.

Comme ils quittaient l'*Ox*, Rebus eut envie de faire
un détour et dit à Jack de prendre la direction de
Leith, il le laissa tourner un moment dans le port,
puis lui indiqua du doigt l'entrée obscure d'une boutique.

— C'était sa place, dit-il.

— À qui ?

Jack arrêta la voiture. La rue était inanimée. Les
filles étaient occupées ailleurs.

— Angie Riddell. Je la connaissais, Jack. Je
l'avais rencontrée deux ou trois fois. La première
fois, c'était pour le boulot, je l'avais appréhendée.
Ensuite, je suis venu par ici à sa recherche. (Il
regarda Jack, s'attendant à un commentaire salace,
mais celui-ci restait grave. Il écoutait.) On s'est assis
et on a parlé. Avant que j'aie su ce qui se passait,
elle était morte. C'est différent quand c'est quelqu'un que tu connais. Tu te souviens de ses yeux. Je
ne veux pas dire la couleur ou le reste, mais tout ce
que ses yeux t'ont dit de la personne. (Il resta assis

un moment en silence.) Celui qui l'a tué n'a pas regardé ses yeux.

— John, on n'est pas des prêtres, tu sais. C'est un boulot, d'accord ? Il faut être capable de le mettre de côté parfois.

— C'est ce que tu fais, Jack ? Tu rentres chez toi après la relève et brusquement, tout baigne ? Tu te fiches de ce qui se passe ici, tu retournes dans ta tour d'ivoire, c'est ça ?

Les mains de Jack pétrissaient le volant.

— Ce n'est pas ma vie, John.

— Alors tant mieux pour toi, mon vieux.

Il regarda de nouveau en direction de la porte, s'attendant à entrevoir une palpitation, l'ombre d'une ombre, le signe d'une mémoire. Mais seule l'obscurité lui répondit.

— Ramène-moi chez moi, dit-il en appuyant les pouces sur ses paupières.

Le *Fairmount Hotel* était situé dans la partie ouest de Glasgow, juste après les grandes voies de circulation. Du dehors, c'était un modeste bloc de béton. Au-dedans, c'était un immeuble fréquenté par des cadres moyens, donc l'activité principale avait lieu en semaine. Bible John louait seulement pour le dimanche soir.

La nouvelle concernant la dernière victime du Copieur n'avait été communiquée que le dimanche matin, trop tard pour figurer dans la presse sérieuse. À la place, il prit les informations à la radio dans sa chambre, se mettant à l'écoute d'une demi-douzaine de stations, et il regarda les informations à la télévision en prenant des notes entre chaque bulletin. Les flashes sur télétexte étaient de brefs paragraphes. Tout ce qu'il savait, en gros, c'était que la victime,

une femme mariée approchant la trentaine, avait été
retrouvée près du port d'Aberdeen.

Encore Aberdeen. Tout s'emboîtait. En même
temps, si c'était le Copieur, il avait modifié son mode
d'opération. Sa première victime mariée et peut-être
la plus âgée. Ce qui veut dire qu'il n'y avait pas de
schéma fixe au départ. Cela n'impliquait pas qu'il
fallait nier un schéma existant, mais simplement que
celui-ci n'était pas encore établi.

Précisément ce sur quoi Bible John avait tablé.

Entre-temps, il ouvrit le fichier COPIEUR sur son
portable et lut les notes sur la troisième victime.
Judith Cairns, connue de ses amis sous le nom de
Ju-Ju. Vingt et un ans, partageait une location à Hill-
lhead, de l'autre côté de Kelvingrove Park. Hillhead
était presque visible de la fenêtre de sa chambre. Inscrite au chômage, Judith Cairns travaillait au noir,
dans un pub à l'heure du déjeuner, une friterie le
soir et les matinées du week-end comme femme de
chambre au *Fairmount Hotel*. Ce qui était probablement, selon Bible John, la façon dont le Copieur
l'avait rencontrée. Un voyageur de commerce fréquentait les hôtels, il était bien placé pour le savoir.
Il se demanda à quel point il était proche du Copieur,
pas physiquement, mais psychologiquement. Il ne
tenait pas du tout à ressembler à ce frimeur, cet usur-
pateur. Il voulait se sentir unique.

Il arpenta la pièce. Il voulait être de retour à
Aberdeen tant que la dernière enquête se déroulait,
mais il avait encore à faire ici, à Glasgow. Il regarda
par la fenêtre et imagina Judith Cairns traversant
Kelvingrove Park. Elle avait dû le faire des dizaines
de fois. Et, un jour, elle l'avait fait avec le Copieur.
Une fois avait suffi.

Au cours de l'après-midi et de la soirée, d'autres
informations furent divulguées sur la dernière vic-

time. On la décrivait à présent comme une «brillante directrice de société de vingt-sept ans». L'expression «homme d'affaires» lui hurla dans la tête. Pas un transporteur routier ni aucune autre profession, un simple homme d'affaires. Le Copieur... Il s'assit à son ordinateur et retourna à ses notes sur la première victime, l'étudiante de l'Université Robert-Gordon, qui faisait de la géologie. Il avait besoin d'en savoir plus sur elle, mais ne savait dans quelle direction aller. Et maintenant, il y avait une quatrième victime dont il devait s'occuper. Peut-être que l'étude du numéro quatre lui permettrait de se passer du premier gibier pour achever son portrait. Ce soir lui indiquerait peut-être la voie.

Il sortit faire un tour. La nuit était douce, délicieuse, la circulation s'était calmée. Glasgow n'était pas trop mal. Il avait connu des villes aux États-Unis qui n'en auraient fait qu'une bouchée. Il se souvint de la ville de sa jeunesse, des bandes se battant au rasoir et d'attaques à mains nues. Le passé de Glasgow était plein de violences, mais ces violences ne résumaient pas tout. C'était aussi une belle ville, une ville pour les photographes et les artistes. Un endroit pour les amoureux...

Je ne voulais pas les tuer. Il aurait aimé dire ça à Glasgow, mais ce serait un mensonge flagrant. À l'époque... au dernier moment... il n'avait plus voulu qu'une chose au monde : leur mort. Il avait lu des interrogatoires de tueurs, avait parfois assisté à des procès en espérant que quelqu'un lui expliquerait ce qu'il éprouvait. Personne n'en avait été capable. Il était impossible de décrire ou de comprendre ce qui se passait.

Beaucoup n'avaient pas compris, surtout, le choix de sa troisième victime. Ça semblait préétabli, prédéterminé, aurait-il pu leur dire. Peu importait le témoin dans le taxi. Rien n'importait, tout avait été décidé par une puissance supérieure.

Ou inférieure.

Ou simplement par le télescopage de substances chimiques dans son cerveau, par une mauvaise combinaison génétique.

Ensuite était venue cette proposition d'emploi aux États-Unis faite par son oncle, ce qui lui avait permis de fuir Glasgow. De laisser derrière lui toute sa vie pour en créer une autre, se doter d'une nouvelle identité… comme si le mariage et une profession pourraient jamais remplacer ce qu'il avait laissé derrière…

Il acheta la dernière édition du *Herald* à un coin de rue et se réfugia dans un pub pour le dévorer. Il but un jus d'orange et s'assit dans un coin. Personne ne faisait attention à lui. On donnait d'autres détails sur la dernière victime du Copieur. Elle faisait des présentations de sociétés, ce qui voulait dire constituer des montages pour des entreprises, vidéos, expositions, rédaction de discours, stands dans les magasins… Il scruta de nouveau la photographie. Elle travaillait à Aberdeen et il n'existait à vrai dire qu'une seule industrie dans cette ville, le pétrole. Il ne reconnut pas son visage ; il était sûr de ne l'avoir jamais vue. Tout de même, il se demanda pourquoi le Copieur l'avait choisie, elle. Voulait-il adresser un message à Bible John ? Impossible. Il aurait fallu, pour ça, qu'il sache qui était Bible John. Personne ne le savait. Personne.

Il était minuit quand il regagna son hôtel. La réception était déserte. Il monta dans sa chambre, s'assoupit pendant deux heures et fut tiré de son sommeil par son réveil à 2 h 30. Il descendit l'escalier couvert de moquette jusqu'à la réception, qui était toujours déserte. Forcer la porte du bureau lui prit trente secondes. Il la referma derrière lui et s'assit dans le noir devant l'ordinateur. Celui-ci était en veille, écran obscurci. Il fit glisser la souris pour l'activer, puis se mit au travail. Il remonta de six semaines à la date de l'assassinat de Judith Cairns et vérifia sa réservation et son mode de paiement. Il cherchait des sommes facturées à des sociétés basées à Aberdeen ou dans les alentours. Il avait l'impression que le Copieur n'était pas venu dans cet hôtel en quête d'une victime, mais qu'il était là pour affaires et l'avait rencontrée par hasard. Il voulait déterminer un semblant de schéma comportemental.

Un quart d'heure plus tard, il avait établi une liste de vingt compagnies et d'individus qui avaient payé avec une carte de crédit de société. Pour le moment, ça lui suffisait, mais il était en proie à un dilemme : effacer les dossiers de l'ordinateur ou les laisser ? En effaçant les informations, il avait toutes les chances d'arriver au Copieur avant la police. Oui, mais un membre du personnel de l'hôtel pouvait s'en rendre compte et être intrigué. Il risquait de prévenir la police. Ils avaient peut-être même des copies sur disquette. Il ne ferait qu'aider la police en leur apprenant son existence… Non, ne toucher à rien. S'en tenir au strict nécessaire. Cette maxime lui avait bien servi par le passé.

De retour dans sa chambre, il recopia la liste sur son carnet. Il lui serait facile de vérifier où chaque société était basée, ce qu'elle faisait… du travail pour plus tard. Il avait un rendez-vous le lendemain à Édimbourg et il profiterait du trajet pour s'occuper de John Rebus. Il vérifia une dernière fois le télétexte avant de se recoucher. Après avoir éteint les lumières, il ouvrit les rideaux et s'allongea sur le lit. Il y avait des étoiles dans le ciel, dont certaines brillaient assez fort pour rester visibles malgré les réverbères. Mortes, pour beaucoup, à en croire les astronomes. Il y avait tant de choses mortes autour de nous, une de plus ferait-elle une différence ?

Aucune. Rigoureusement aucune.

22

Ils prirent la voiture de Jack pour se rendre à Howdenhall, Rebus assis à l'arrière appelant Jack son «chauffeur». C'était une Peugeot 405 d'un noir étincelant, vieille de trois ans, version turbo. Rebus alluma une cigarette en dépit du papillon «Interdiction de fumer», mais laissa la vitre baissée à côté de lui. Jack ne fit aucune remarque, il ne regarda même pas dans le rétroviseur. Rebus avait passé une mauvaise nuit, il avait été pris de sueurs nocturnes, les draps transformés en camisole de force. Il rêvait qu'il était poursuivi et ces cauchemars l'avaient réveillé toutes les heures ou presque en le faisant jaillir de son lit pour se retrouver debout, nu et tremblant au milieu de la chambre.

De son côté, Jack s'était plaint d'abord d'un torticolis. Deuxième sujet de récrimination, la cuisine, le réfrigérateur vide et le reste à l'avenant. Comme il ne pouvait pas aller faire des courses, pas sans Rebus, ils étaient directement montés en voiture.

— J'ai les crocs, bordel, gémit-il.

— Alors arrête-toi pour qu'on s'enfile un morceau.

Ils s'arrêtèrent à une boulangerie sur Liberton et achetèrent friands, gobelets de café, deux macarons. Ils mangèrent assis dans la voiture, garés sur les bandes jaunes d'un arrêt de bus. Lesdits bus les secouaient au passage pour leur faire comprendre qu'ils devaient déguerpir. Il y avait un message à l'arrière de certains : LAISSEZ PASSER CE BUS.

— Je n'ai rien contre les bus, remarqua Jack. C'est leurs chauffeurs qui m'embêtent. La moitié ne serait pas capable d'aligner deux mots, moins encore de passer le permis pour les transports en commun.

Et Rebus de rétorquer :

— Ce ne sont pas les bus qui foutent le bordel ici.

— Tu as la pêche ce matin.

— Jack, ferme ta gueule et conduis.

Tout était prêt pour sa venue à Howdenhall. L'équipe de la veille à son appartement avait emporté toutes ses chaussures, afin que les types du labo puissent vérifier les empreintes et constater qu'elles ne coïncidaient pas avec celles de Johnny Bible laissées sur la scène du crime. Primo, Rebus dut commencer par se déchausser. On lui donna des chaussons en plastique en précisant que ses souliers lui seraient retournés avant son départ. Les chaussons étaient trop grands et inconfortables. Ses pieds patinaient à l'intérieur et il devait recroqueviller les orteils pour ne pas les perdre.

Ils renoncèrent à prélever de la salive — c'était le moins fiable — mais lui arrachèrent des cheveux.

— Vous pourriez me les greffer sur les tempes quand vous aurez fini ?

La femme qui tenait les pinces à épiler sourit sans interrompre son geste. Elle lui expliqua qu'elle devait prendre les racines, car le test ne marcherait pas sur des cheveux tombés. Il existait un test disponible dans certains endroits, mais…

— Mais ?

Elle n'eut pas besoin de répondre, Rebus savait ce

qu'elle voulait dire : mais pas question de lui faire grâce d'un iota de procédure. Ni Ancram ni personne ne s'attendait à ce que les coûteuses analyses aient un résultat positif. Le seul résultat escompté était de déstabiliser Rebus, de lui mettre la pression. C'était le seul but de l'opération. Les techniciens du labo le savaient. Rebus le savait aussi.

La prise de sang — on avait fermé les yeux sur l'absence de mandat — et ensuite les empreintes digitales, sans compter qu'ils voulaient des fibres et des fils de ses vêtements. *On va me foutre dans l'ordinateur*, songea Rebus. *Et sans être coupable, je serai un suspect au regard de l'histoire. Celui qui remettra son nez dans ces dossiers dans vingt ans verra qu'un officier de police a été interrogé et a donné des prélèvements…* Ça vous foutait le cafard. Et dès lors qu'ils auraient son ADN dans les dossiers… eh bien, il serait enregistré. On commençait juste à rassembler la base de données de l'ADN écossais. Rebus se reprochait de ne pas avoir exigé un mandat.

Durant chacune des étapes, Jack Morton resta dans les parages, le regard ailleurs. Ensuite, Rebus récupéra ses chaussures. Il avait l'impression que tout le personnel de l'institut médico-légal avait les yeux fixés sur lui. *Peut-être ben qu'oui, peut-être ben qu'non.* Passant par là, Pete Hewitt, qui n'avait pas assisté à la prise d'empreintes, sortit une craque sur l'arroseur arrosé. Jack retint Rebus par le bras avant qu'il lui balance son poing dans la figure. Hewitt s'éclipsa en moins de deux.

— On nous attend à Fettes, rappela Jack à Rebus.

— Je suis prêt.

Jack le considéra.

— Peut-être qu'on pourrait d'abord s'arrêter quelque part pour avaler un café.

Rebus sourit.

— Tu as peur qu'Ancram reçoive mon poing dans la gueule maintenant ?

— Si tu le fais, n'oublie pas qu'il est gaucher.

— Inspecteur, avez-vous une objection à ce que cet interrogatoire soit enregistré ?

— À quoi doit servir l'enregistrement ?

— Il portera la date et l'heure et on en fera des copies, dont une pour vous. Idem pour les transcriptions.

— Aucune objection.

Ancram fit un signe de tête à Jack Morton, qui mit l'appareil en marche. Ils se trouvaient au troisième étage de Fettes. Le bureau était exigu et semblait avoir été libéré à la hâte par un locataire mécontent. Il y avait une corbeille à papier près du bureau, qui attendait d'être vidée. Des morceaux de papier jonchaient le sol. Les murs conservaient des traces de Scotch là où étaient accrochées des photos qu'on avait arrachées. Ancram s'assit derrière le bureau couvert d'éraflures, les dossiers de l'affaire Spaven empilés d'un côté. Il portait un costume classique bleu marine à fines rayures avec une chemise bleu pâle et une cravate, et il semblait avoir commencé sa journée par une visite chez le coiffeur. Deux stylos étaient posés devant lui sur le bureau, un Bic en plastique jaune à pointe fine et encre bleue et un bille laqué d'apparence luxueuse. Ses ongles polis et limés tapotaient un bloc neuf de papier A4. Une liste dactylographiée de notes, de questions et de points à aborder était posée à droite du bloc.

— Alors, docteur, demanda Rebus, quelles sont mes chances ?

Ancram consentit un sourire. Quand il prit la parole, c'était pour s'adresser au magnétophone.

— Inspecteur principal Charles Ancram, police

judiciaire de Strathclyde. Il est... (il consulta un mince bracelet-montre) 10 h 45, lundi 24 juin. Interrogatoire préliminaire de l'inspecteur John Rebus, de la police de la région des Lothian & Borders. Cet interrogatoire a lieu dans le bureau C25, QG de la police de Lothian, Fettes Avenue, Édimbourg. Est également présent...

— Vous avez oublié le code postal, interrompit Rebus en croisant les bras.

— C'était la voix de l'inspecteur John Rebus. Est également présent l'inspecteur Jack Morton, de la police judiciaire de Falkirk, affecté provisoirement à la police de Strathclyde, à Glasgow.

Ancram jeta un coup d'œil à ses notes, prit le Bic et parcourut les premières lignes. Puis il saisit un gobelet d'eau en plastique et but une gorgée sans quitter Rebus des yeux.

— Quand vous êtes prêt, lui dit Rebus.

Ancram était prêt. Jack prit place à la table où se trouvait le magnéto. Deux micros en partaient, posés sur le bureau, l'un pointé vers Ancram, l'autre vers Rebus. D'où il était assis, Rebus ne voyait pas bien Jack. Ça se jouait entre lui et Ancram, de part et d'autre de l'échiquier.

— Inspecteur, attaqua Ancram, vous savez pourquoi vous êtes ici ?

— Oui, monsieur. Je suis ici parce que j'ai refusé de laisser tomber une enquête sur des relations possibles entre le gangster de Glasgow Joseph Toal, le trafic de la drogue d'Aberdeen et le meurtre d'un ouvrier de l'industrie pétrolière d'Édimbourg.

Ancram feuilleta les notes du dossier d'un air las.

— Inspecteur, vous savez qu'on s'intéresse de nouveau à l'affaire Leonard Spaven ?

— Je sais que les requins de la télé sont en chasse. Ils croient sentir l'odeur du sang.

— Ont-ils raison ?

— C'est juste un vieux flacon de ketchup qui fuit, monsieur.

Ancram sourit. Ça ne se verrait pas sur l'enregistrement.

— L'inspecteur principal Ancram sourit, commenta Rebus pour compenser.

— Inspecteur, poursuivit Ancram le nez dans ses notes, qu'est-ce qui a motivé cet intérêt de la part des médias ?

— Le suicide de Leonard Spaven ajouté à sa réputation.

— Sa réputation ?

Rebus haussa les épaules.

— Les médias se donnent des sensations fortes avec les voyous et les assassins repentis, surtout s'ils ont des tendances artistiques ou littéraires. Les médias ont eux-mêmes des prétentions dans ce domaine.

Ancram parut s'attendre à ce qu'il développe. Ils restèrent assis en silence pendant un instant. Ronronnement de la cassette, bruit de moteur. Quelqu'un éternua dans le couloir. Pas de soleil aujourd'hui... Un ciel métallisé qui annonçait de la pluie, un vent aigre venu de la mer du Nord.

Ancram se renversa contre sa chaise. Son message à Rebus : Je n'ai pas besoin de notes, j'ai potassé cette affaire.

— Qu'avez-vous ressenti en apprenant le suicide de Lawson Geddes ?

— Écœuré. C'était un bon flic et un de mes amis.

— Mais vous aviez des divergences d'opinion quand même ?

Rebus s'efforça de soutenir son regard, mais fut le premier à cligner des yeux. Il songea : *C'est avec de tels revers que les batailles se perdent.*

— Ah bon ?

Une vieille astuce : répondre à une question par une autre question. Le regard d'Ancram dit que c'était une manœuvre usée jusqu'à la peau.

— Mes hommes ont parlé avec des policiers déjà en exercice à cette époque.

Un coup d'œil vers Jack, un quart de seconde. Assez pour l'impliquer. Bonne tactique, qui sème le doute.

— Nous avions des désaccords mineurs, comme tout le monde.

— Vous le respectiez toujours ?

— Vous pouvez dire ça au présent.

Ancram inclina la tête pour montrer qu'il prenait note. Tripotant les feuilles comme s'il caressait le bras d'une femme. Un geste possessif. Mais destiné aussi à se réconforter, se rassurer.

— Donc le travail se passait bien ?

— Assez bien. Ça vous dérange si je fume ?

— Nous ferons une pause à... (vérifiant sa montre) midi moins le quart. C'est correct ?

— Je vais essayer de survivre.

— Vous êtes un survivant, inspecteur. Votre dossier parle de lui-même.

— Alors discutez-en avec lui.

Un bref sourire.

— Quand avez-vous découvert que Lawson Geddes avait une dent contre Leonard Spaven ?

— Je ne comprends pas la question.

— Je pense que si.

— Pensez-y encore.

— Savez-vous pourquoi Geddes s'est vu retirer l'enquête sur Bible John ?

— Non.

C'était la seule question qui avait du pouvoir, un vrai pouvoir : elle pouvait atteindre Rebus.

Car lui aussi voulait connaître la réponse.

— Vous ne le saviez pas ? Il ne vous l'avait pas dit ?

— Jamais.

— Mais il parlait de Bible John ?

— Oui.

— Vous voyez, c'est un peu vague… (Ancram plongea dans un tiroir dont il sortit deux autres dossiers bombés.) J'ai le dossier professionnel et les rapports concernant Geddes. Plus des bribes de l'enquête sur Bible John, des épisodes dans lesquels il a été impliqué. Il semble qu'il soit devenu obsédé. (Ancram ouvrit un dossier, tourna les pages d'un doigt négligent, puis regarda Rebus.) Ça vous dit quelque chose ?

— Vous voulez dire qu'il était obsédé par Lenny Spaven ?

— J'en suis sûr. (Ancram attendit que ses mots fassent leur effet, hochant la tête.) Je le sais à cause des interrogatoires de policiers de l'époque, mais surtout je le sais à cause de Bible John.

Ce salaud avait ferré Rebus. L'interrogatoire n'avait commencé que depuis vingt minutes. Rebus croisa les jambes en essayant de prendre l'air détaché. Il avait le visage tellement crispé qu'on devait voir les muscles sous la peau.

— Vous comprenez, pérorait Ancram, Geddes voulait impliquer Spaven dans l'affaire Bible John. Bon, les notes sont incomplètes. Soit elles ont été détruites ou perdues, soit Geddes et son supérieur n'ont rien rédigé. Mais Geddes était sur la piste de Spaven, pas de doutes là-dessus. Planquées dans un des dossiers, j'ai trouvé quelques vieilles photos. Spaven est dessus. (Ancram les tint en l'air.) Elles proviennent de la campagne de Bornéo. Geddes et Spaven ont servi ensemble dans la Garde écossaise. J'ai l'impression qu'il s'est passé quelque chose là-bas et, à partir de là, Geddes lui en a voulu à mort. Comment je m'en tire pour le moment ?

— Ça fait passer le temps en attendant la pause-cigarette. Je peux voir ces clichés ?

Ancram haussa les épaules et les lui tendit. Rebus regarda. Des vieux tirages noir et blanc, écornés, dont certains ne dépassaient pas cinq centimètres sur quatre, d'autres mesurant dix centimètres sur quinze. Rebus repéra aussitôt Spaven, que son sourire de rapace avait installé dans l'histoire. Un aumônier figurait sur les clichés en uniforme et col montant. D'autres hommes posaient, vêtus de shorts pochant aux genoux et de chaussettes, le visage brillant de sueur, les yeux remplis de peur. Certains visages étaient flous. Rebus ne parvint à reconnaître Lawson Geddes sur aucun. Les photos étaient prises en extérieur, des cases en bambou à l'arrière-plan, avec l'avant d'une vieille jeep sur l'un des instantanés. Il les retourna, lut au dos une inscription, « Bornéo 1965 », et des noms.

— Ces clichés viennent de Lawson Geddes ? demanda Rebus en les rendant.

— Aucune idée. Ils se trouvaient simplement avec tout le bazar sur Bible John.

Ancram les remit dans le dossier en les comptant au passage.

— Ils y sont tous, le rassura Rebus.

La chaise de Jack Morton grinça sur le plancher. Il vérifia combien de temps il restait avant de retourner la cassette.

— Donc, reprit Ancram, nous avons Geddes et Spaven qui font leur service ensemble dans la Garde écossaise. Nous avons Geddes sur la piste de Spaven pendant l'enquête Bible John, et qui se voit retirer l'affaire. Puis on saute quelques années et qu'est-ce qu'on trouve ? Geddes toujours à la poursuite de Spaven, mais cette fois pour le meurtre d'Elizabeth Rhind. Et qui, rebelote, se fait retirer l'affaire.

— De toute évidence, Spaven connaissait la victime.

— Ce n'est pas une raison, inspecteur. (Une pause : quatre temps.) Vous connaissiez, vous aussi, une des victimes de Johnny Bible. Cela veut-il dire que vous l'avez assassinée ?

— Reposez-moi la question quand vous aurez retrouvé son collier dans mon appartement.

— Tenez, c'est là que ça devient intéressant, n'est-ce pas ?

— Ah, tant mieux.

— Vous connaissez l'expression « béni des dieux » ?

— Je me pique d'en faire usage.

— D'après le dictionnaire, ça veut dire être favorisé par le sort, d'où la capacité de faire des découvertes par hasard. Une expression fort utile.

— Sans doute.

— Or Lawson Geddes avait ce don, n'est-ce pas ? Tenez, on vous donne ce tuyau anonyme à propos d'une expédition de radios-réveils volés. Alors vous allez à pince à un garage, pas de mandat, rien du tout, et qu'est-ce que vous trouvez ? Leonard Spaven, les radios-réveils, un chapeau et un sac à bandoulière, appartenant l'un et l'autre à la victime. Moi, j'appelle ça avoir la main sacrément heureuse. Sauf que le hasard n'y était pour rien, n'est-ce pas ?

— Nous avions un mandat.

— Signé rétrospectivement par un juge de paix arrangeant, rétorqua Ancram avec un sourire. Vous croyez vous en tirer correctement, hein ? Vous croyez que comme c'est moi qui parle, vous ne dites rien de compromettant. Eh bien, écoutez-moi : je parle parce que je tiens à ce que vous connaissiez notre position. Ensuite, vous aurez tout loisir de réfuter.

— Je brûle d'impatience.

Ancram se pencha sur ses notes. L'esprit de Rebus

était encore à moitié sur Bornéo et les photographies. Qu'est-ce qu'elles avaient à foutre avec Bible John ? Il aurait dû les regarder d'un peu plus près.

— Je lis votre propre version des événements, inspecteur, poursuivit Ancram, et je commence à comprendre pourquoi vous avez demandé à votre copain Holmes de les étudier avec soin. (Il leva les yeux.) C'était bien l'idée, non ?

Rebus garda le silence.

— Reconnaissons que vous n'aviez pas encore beaucoup roulé votre bosse à l'époque, malgré tout ce que Geddes vous avait enseigné. Vous avez écrit un bon rapport, mais vous aviez trop mauvaise conscience à cause des bobards que vous racontiez et des lacunes que vous deviez laisser. Je sais lire entre les lignes, une lecture critique, si vous voulez.

Rebus avait une image devant les yeux : Lawson Geddes tremblant et les yeux exorbités sur le pas de sa porte.

— Alors voilà comment ça a dû se passer, d'après moi. Geddes suivait Spaven à la trace. Il était déjà en situation délicate, on lui avait retiré l'affaire. Un jour, il l'a filé jusqu'à son entrepôt, a attendu que Spaven soit reparti et il s'est introduit par effraction. Ce qu'il a vu lui a plu et il a décidé de dissimuler des preuves sur place.

— Non.

— Il revient donc, mais cette fois il a apporté des affaires de la victime. Cela dit, il ne les a pas trouvées dans les effets mis sous scellés, parce que d'après les rapports, personne n'avait retiré de chapeau ou de sac des lieux du meurtre. Alors d'où les a-t-il tirées ? Deux possibilités. Un : il s'est pointé chez elle et s'est servi. Deux : il les avait déjà sur lui, parce qu'il avait depuis le départ l'idée de faire tomber Spaven.

— Non.

— Pour la première ou pour la seconde ?

— Les deux.

— Vous vous en tiendrez à ça ?

— Oui.

À chaque point qu'il avançait, Ancram se penchait un peu plus sur le bureau. Lentement, il se redressa et il regarda sa montre.

— Pause-cigarette ? suggéra Rebus.

— Non, répliqua Ancram. C'est assez pour aujourd'hui. Il y a tellement de couilles dans le contenu de ce rapport bidon qu'il va me falloir du temps pour en dresser la liste. Nous les passerons en revue la prochaine fois.

— Je bous d'impatience.

Il se leva et plongea la main dans sa poche pour prendre une clope. Jack éteignit le magnéto et éjecta la bande qu'il remit à l'inspecteur principal.

— Je vais en demander immédiatement une copie qu'on vous fera parvenir pour vérification, dit celui-ci à Rebus.

— Merci.

Rebus inhala avec force. Il aurait aimé pouvoir retenir son souffle à jamais. Chez certains, quand ils expirent, il n'y a pas de fumée. Lui n'était pas aussi égoïste.

— Une question.

— Oui ?

— Qu'est-ce que je suis censé dire à mes collègues quand je me ramène dans le bureau avec Jack à la traîne ?

— Vous trouverez bien. Vous avez fait des progrès, quand il s'agit de raconter des salades.

— Je ne cherchais pas de compliments, mais merci quand même.

Il s'apprêta à partir.

— Mon petit doigt me dit que vous vous êtes mis
à dos un reporter de la télé.

— J'ai trébuché et j'ai buté sur lui.

Ancram faillit sourire.

— Vous avez trébuché, hein? (Il attendit que
Rebus hoche la tête.) Eh bien, ça va avoir l'air génial,
non? Ils ont tout sur vidéo.

Rebus haussa les épaules.

— Et votre petit doigt… c'est quelqu'un en particulier?

— Pourquoi posez-vous la question?

— Eh bien, vous avez vos sources, non? Dans la
presse, j'entends. Jim Stevens, par exemple. Vous
êtes copains comme cochons, à ce qu'on dirait.

— Sans commentaire, inspecteur.

Rebus éclata de rire et se détourna.

— Encore une chose, l'interpella Ancram.

— Quoi?

— Pendant que Geddes essayait de coller le
meurtre sur le dos de Spaven, vous avez interrogé
certains des amis et des proches dudit Spaven, y
compris… (Ancram fit semblant de fouiller dans ses
papiers.) Fergus McLure.

— Quelle importance?

— M. McLure est décédé récemment. Je crois que
vous êtes allé le voir le matin de sa mort?

À qui avait-il parlé?

— Et alors?

Ancram semblait content de lui.

— Juste une autre… coïncidence. À propos, l'inspecteur principal Grogan m'a appelé ce matin.

— Ce doit être de l'amour.

— Vous connaissez un pub à Aberdeen appelé le
Yardarm?

— C'est vers le port.

— C'est ça. Vous y êtes entré?

— Peut-être.

— Un des clients est catégorique. Vous lui avez payé un verre et lui avez parlé des plates-formes.

Le petit bonhomme avec un gros crâne.

— Et alors?

— Et alors ça prouve que vous étiez sur les docks la nuit précédant le meurtre de Vanessa Holden. Deux soirs de suite, inspecteur. Grogan a l'air de plus en plus nerveux. Il veut absolument vous récupérer.

— Vous allez me livrer? (Ancram secoua la tête.) Non, ça ne vous tente pas, n'est-ce pas?

Rebus lui souffla presque la fumée dans la figure. Presque. Finalement, il était peut-être plus égoïste qu'il ne l'avait cru...

— Ça s'est passé aussi bien qu'on pouvait l'espérer, commenta Jack Morton.

Il était assis derrière le volant et Rebus avait décidé de s'asseoir devant à côté de lui.

— Seulement parce que tu t'attendais à un bain de sang.

— J'essayais de me rappeler ma formation de secouriste.

Rebus éclata de rire, ce qui détendit l'atmosphère. Il avait mal au crâne.

— Il y a de l'aspirine dans la boîte à gant, lui indiqua Jack.

Rebus l'ouvrit. Il y avait aussi une petite bouteille de Vittel en plastique. Il avala trois comprimés.

— Tu a été scout, Jack?

— J'ai été sizainier chez les louveteaux, mais je ne suis jamais entré chez les Scouts. Entre-temps, j'avais d'autres centres d'intérêt. Ça existe toujours, les Scouts?

— Oui, la dernière fois qu'on m'en a parlé.

— Tu te rappelles la semaine de la collecte ? On devait faire le tour du quartier, laver les fenêtres, bêcher les jardins. Puis à la fin, on remettait tout l'argent à Akhela.

— Qui s'en fourrait promptement la moitié dans la poche.

Jack lui lança un coup d'œil.

— Tu as un côté franchement cynique, non ?

— Juste un côté, peut-être.

— Alors on va où, maintenant ? Fort Apache ?

— Après ce que je viens de vivre, tu rigoles ?

— À l'*Ox* ?

— Tu apprends vite.

Jack opta pour un jus de tomate — pour surveiller sa ligne, disait-il — tandis que Rebus prit une demi-pinte et, après un moment de réflexion, un doigt de whisky. La bousculade de midi n'avait pas encore commencé, mais les tourtes et les friands à la viande chauffaient en prévision. Peut-être que la barmaid avait été chez les Guides. Ils emportèrent leurs verres dans l'arrière-salle et s'installèrent dans un coin.

— C'est marrant d'être de retour à Édimbourg, remarqua Jack. On ne venait jamais boire ici, hein ? Comment s'appelait ce bar sur Great London Road ?

— J'ai oublié.

C'était vrai, il ne se rappelait même pas l'intérieur du pub, alors qu'il avait dû y aller deux ou trois cents fois. Ils y allaient seulement pour boire et discuter, il n'existait que par la vie que les buveurs apportaient avec eux.

— Bon Dieu, le fric qu'on y a claqué !

— C'est le buveur repenti qui parle.

Jack leva son verre, un sourire forcé aux lèvres.

— John, dis-moi quand même, pourquoi tu bois ?

— Ça tue mes rêves.

— Ça finira par te tuer aussi.

— Faut bien mourir de quelque chose.

— Tu sais ce qu'on m'a dit ? On dit que tu es le suicidé qui a survécu le plus longtemps à son suicide.

— Qui dit ça ?

— On s'en fout.

Rebus rigolait.

— Peut-être que je devrais demander à figurer dans le *Guinness* des records.

Jack éclusa son verre.

— Alors, quel est le programme ?

— J'ai un coup de fil à passer, une journaliste. (Il regarda sa montre.) Elle est peut-être chez elle. Je retourne au bar pour utiliser le téléphone. Tu viens ?

— Non, je te fais confiance.

— Tu crois ?

— Plutôt.

Donc Rebus alla appeler Mairie, mais il tomba sur son répondeur. Il lui laissa un bref message et demanda à la barmaid s'il y avait un photographe dans le voisinage. Elle lui indiqua la direction, puis recommença à essuyer les verres. Rebus fit signe à Jack et ils sortirent d'un pas nonchalant dans la chaleur grandissante du jour. Il y avait encore une couche de nuages, oppressante, presque orageuse. Mais on savait déjà que le soleil allait lui faire sa fête, une vraie bataille de polochons. Rebus retira sa veste et la jeta sur son épaule. La boutique du photographe était dans la rue suivante, aussi coupèrent-ils par Hill Street.

Le magasin avait une vitrine décorée de portraits, des jeunes mariés qui semblaient irradiés de lumière, des enfants aux sourires éblouissants. Des instants de bonheur figés — la grande illusion — et encadrés pour figurer à la place d'honneur sur le buffet du salon ou sur la télévision.

— Des photos de vacances ? s'enquit Jack.

— Ne me demande pas comment je les ai eues, c'est tout, le mit en garde Rebus.

Il expliqua à l'assistante qu'il voulait des retirages de chaque négatif. Elle griffonna les indications et lui dit de revenir le lendemain.

— Pas possible de les avoir dans une heure ?

— Pas pour des retirages, je regrette.

Rebus empocha le récépissé. Dehors, le soleil avait cédé. Il pleuvait. Rebus garda sa veste sur l'épaule, il transpirait assez comme ça.

— Écoute, déclara Jack, tu n'es pas obligé de me dire ce que tu ne veux pas me dire. Mais si je pouvais en savoir un peu plus sur tout ça, ce ne serait pas de refus.

— Tout ça quoi ?

— Ton voyage à Aberdeen, tous les petits messages codés entre Chick et toi, enfin, bon, tout.

— Il vaut sans doute mieux que tu ne saches rien.

— Pourquoi ? Parce que je bosse pour Ancram ?

— Peut-être.

— Allez, John.

Mais Rebus n'écoutait plus. À deux portes du photographe se trouvait un petit magasin de bricolage avec de la peinture, des brosses et des rouleaux de papier mural. Ça, c'était une idée ! De retour à la voiture, il donna des indications à Jack en affirmant que c'était un jeu de piste — ce qui lui rappela Lumsden prétendant la même chose lors de son premier soir à Aberdeen. Près de St Leonard, Rebus lui dit de tourner à gauche.

— Ici ?

— Ici.

C'était un grand magasin de bricolage. Comme le parking était presque vide, ils se garèrent à proximité des portes. Puis Rebus sortit d'un bond et trouva un caddie dont les quatre roulettes fonctionnaient.

— Dans un endroit pareil, ils pourraient avoir quelqu'un pour les réparer.

— Qu'est-ce qu'on fiche ici ?

— J'ai besoin de quelques affaires.

— Tu as besoin d'acheter des provisions, pas des sacs de plâtre.

Rebus se tourna vers lui.

— C'est là que tu te trompes.

Il acheta de la peinture, des rouleaux et des brosses, du white-spirit, quelques bâches, du plâtre, un pistolet à air chaud, du papier de verre (fin et gros) et du vernis, et il régla le tout avec sa carte de crédit. Puis il invita Jack à déjeuner dans un troquet du coin, où il avait ses habitudes au temps de St Leonard.

Après quoi, la maison. Jack l'aida à transporter le tout à l'étage.

— Tu as apporté des vieux vêtements avec toi ? demanda Rebus.

— J'ai un bleu de travail dans mon coffre.

— Tu ferais mieux de le monter.

Rebus pila, les yeux sur la porte ouverte, il laissa tomber la peinture et courut dans l'appartement. Un tour rapide lui apprit qu'il n'y avait plus personne. Jack étudiait le montant.

— On dirait que quelqu'un y est allé à la pince-monseigneur, dit-il. Qu'est-ce qui manque ?

— La hi-fi et la télé sont toujours là.

Jack entra et vérifia les pièces.

— Ça m'a l'air pareil qu'avant. Tu veux demander une enquête ?

— Pourquoi ? On sait l'un et l'autre que c'est Ancram qui essaie de me mettre la pression.

— Je n'en suis pas si sûr.

— Ah non ? C'est quand même drôle que je me fasse cambrioler pendant qu'il m'interroge.

— On devrait le déclarer, comme ça l'assurance

te paierait un nouvel encadrement. (Jack regarda
alentour.) Je suis surpris que personne n'ait rien
entendu.

— Les voisins sont sourds, décréta Rebus. Édimbourg est connu pour ça. Bon, on va faire une déclaration et tu retournes au magasin pour prendre une
nouvelle serrure ou un truc comme ça.

— Et toi, tu fais quoi ?

— J'attends ici et je tiens le fort. Promis.

À la minute où Jack passa la porte, Rebus se jeta
sur le téléphone et demanda qu'on lui passe l'inspecteur principal Ancram. Puis il attendit, son regard
faisant le tour de la pièce. Quelqu'un entre par
effraction et repart sans la hi-fi ? C'était presque une
insulte.

— Ancram ?

— C'est moi. Quelque chose vous travaille, inspecteur ?

— J'ai été cambriolé.

— Vous m'en voyez désolé. Qu'est-ce qu'on vous
a pris ?

— Rien. C'est là qu'ils se sont fichus dedans. J'ai
pensé que vous devriez le leur dire.

Ancram rigolait.

— Vous croyez que j'ai quelque chose à y voir ?

— Oui.

— Pourquoi ?

— J'espérais que vous me le diriez. Le mot « achar-
nement » m'est venu à l'esprit.

À peine eut-il prononcé le mot, il pensa à l'émission *The Justice Programme* : jusqu'où étaient-ils
prêts à aller ? Étaient-ils capables de forcer sa
porte ? Il ne pouvait le croire, pas Keyleigh Burgess.
Eamonn Breen, toutefois, c'était une autre question…

— Écoutez, c'est une allégation assez grave. Je

ne suis pas sûr de vouloir écouter. Pourquoi ne pas vous calmer pour y réfléchir à deux fois ?

Exactement ce que Rebus était en train de faire. Il lui raccrocha au nez et sortit son portefeuille de la poche de sa veste. Il était bourré de bouts de papier, de reçus et de cartes de visite. Il sortit celle de Kayleigh Burgess et appela son bureau.

— Elle n'est malheureusement pas là cet après-midi, lui dit une secrétaire. Je peux prendre un message ?

— Et Eamonn ? (Il s'efforçait de prendre le ton d'un ami.) Il est là, par hasard ?

— Je vais vérifier. Quel est votre nom ?

— John Rebus.

— Ne quittez pas. (Il s'en serait bien gardé.) Non, je regrette, Eamonn aussi est sorti. Dois-je lui dire que vous avez appelé ?

— Non, ça ira. Je le rappellerai plus tard. Merci quand même.

Rebus refit le tour de l'appartement, cette fois en y mettant plus de soin. Il avait d'abord pensé à un cambriolage pur et simple. Après coup, il avait pensé à une ruse pour le mettre hors de lui. Mais maintenant, il pensait à d'autres éléments que quelqu'un pouvait rechercher. Ce n'était pas facile à dire, Siobhan et ses amis n'avaient pas précisément laissé l'endroit tel qu'ils l'avaient trouvé. Mais ils n'avaient pas fait les choses vraiment à fond non plus. Ainsi, la cuisine avait été expédiée, et ils n'avaient pas ouvert le placard où il conservait les coupures de presse et les journaux.

Or quelqu'un l'avait fait. Rebus savait quelle coupure il avait lue en dernier et celle-ci ne se trouvait plus sur la pile. Elle avait émigré trois ou quatre couches plus au sud. Jack, peut-être… non, il ne pensait pas que Jack avait fouiné.

Mais quelqu'un l'avait fait. Indiscutablement.

Quand Jack rentra, Rebus avait déjà enfilé des jeans et un tee-shirt criard avec la légende DANCING PIGS. Deux flics en tenue étaient passés pour vérifier les dégâts et griffonner des notes. Ils donnèrent à Rebus un numéro de référence. Ses assureurs le lui réclameraient.

Rebus avait déjà déménagé une partie du mobilier du living dans l'entrée et placé une bâche sur le reste. L'autre alla protéger la moquette. Il décrocha la peinture du bateau de pêche.

— Il me plaît, remarqua Jack.

— C'est Rhona qui me l'a donné pour mon premier anniversaire après notre mariage. Elle l'avait acheté à une vente artisanale, elle pensait que ça me rappellerait le Fife.

Il observait le tableau.

— C'est raté, on dirait.

— Je viens de l'ouest de la péninsule, des villages de mineurs, rudes, pas de l'East Neuk. (Rien que des paniers de pêche, des touristes et des maisons de retraite.) Je ne crois pas qu'elle ait jamais compris ça.

Il emporta la toile dans le vestibule.

— Ça me sidère qu'on fasse un truc pareil, remarqua Jack.

— Et pendant les heures de service encore! Qu'est-ce que tu préfères, peindre les murs, décaper la porte ou installer le verrou?

— Peindre.

Avec son bleu de travail, Jack était parfait. Rebus lui tendit le rouleau puis il passa la main sous la bâche pour mettre la hi-fi. Les Stones, *Exile on Main Street*. Au poil. Ils attaquèrent le boulot.

23

Ils firent une pause et remontèrent Marchmont Road pour acheter à manger. Jack avait gardé son bleu, ça lui donnait l'impression d'avoir un camouflage, dit-il. Il avait une tache de peinture sur la figure mais ne prit pas la peine de l'essuyer. Il rigolait bien. Il avait chanté avec la musique, même s'il ne connaissait pas toutes les paroles. Ils achetèrent surtout des cochonneries, des féculents, mais y ajoutèrent quatre pommes et deux bananes. Jack demanda si Rebus allait acheter de la bière. Non, fit Rebus qui prit à la place de la Irn-Bru et des briques de jus d'orange.

— À quoi ça rime, tout ça ? demanda Jack tandis qu'ils rentraient d'un pas nonchalant.

— Ça me clarifie les idées en me donnant du temps pour réfléchir, répondit Rebus. Je ne sais pas… Peut-être que je vais vendre.

— Vendre l'appart ?

Rebus acquiesça.

— Pour faire quoi, exactement ?

— Je pourrais m'acheter un billet pour faire le tour du monde, non ? Prendre six mois de congé. Ou bloquer le fric à la banque et vivre de mes rentes. (Il s'interrompit.) Ou alors m'acheter un truc en dehors de la ville.

— Où ça?

— Au bord de la mer.

— Ça serait chouette.

— Chouette? (Il haussa les épaules.) Oui, sans doute. J'ai juste envie de changement.

— En bord de plage?

— Ça pourrait être au sommet d'une falaise, qui sait?

— Qu'est-ce qui a déclenché ça?

Rebus réfléchit.

— Je n'ai plus l'impression d'être dans mon château quand je suis chez moi.

— Oui, mais on a acheté le matériel avant de savoir qu'on t'avait enfoncé ta porte.

Rebus n'avait pas de réponse à ça.

Ils travaillèrent le reste de l'après-midi, les fenêtres grandes ouvertes pour chasser les odeurs de peinture.

— Je suis censé dormir ici ce soir? demanda Jack.

— Dans la chambre d'ami.

Le téléphone sonna à 17 h 30. Rebus décrocha au moment où le répondeur se déclenchait.

— Allô?

— John, c'est Brian. Siobhan m'a appris votre retour.

— Elle est au courant, et pour cause! Comment allez-vous?

— C'est plutôt à moi de vous poser la question.

— Ça va.

— Moi aussi.

— Vous n'êtes pas en odeur de sainteté auprès de l'inspecteur principal Ancram.

Jack commença à tendre l'oreille.

— Peut-être, mais ce n'est pas mon patron.

— Il a quand même le bras long.

— Qu'il l'allonge.

— Brian, je sais ce que vous mijotez. Je veux en discuter avec vous. On peut faire un saut ?

— On ?

— C'est une longue histoire.

— Peut-être que je pourrais venir.

— On est en travaux ici. On sera là dans une heure, d'accord ?

Après une minute d'hésitation, Holmes dit que ça irait.

— Brian, je vous présente Jack Morton, un vieux copain. Il est avec la PJ de Falkirk, affecté provisoirement à l'inspecteur John Rebus.

Jack adressa un clin d'œil à Brian. Il s'était lavé la figure et les mains pour faire partir la peinture.

— Il veut dire que je suis censé lui éviter les emmerdes.

— Un soldat de la paix, un casque bleu, quoi ? Allez, entrez.

Brian Holmes venait de passer une heure à faire le ménage dans son séjour. Il vit le regard approbateur de Rebus.

— Surtout n'entrez pas dans la cuisine, on dirait qu'une bande d'Apaches l'a prise d'assaut.

Rebus sourit et s'assit sur le canapé, Jack à ses côtés. Brian leur demanda ce qu'ils voulaient boire. Rebus refusa d'un geste.

— Brian, j'ai touché deux mots à Jack de ce qui s'est passé. C'est un brave type, on peut parler devant lui, d'accord ?

Rebus prenait un risque calculé en espérant que leur après-midi en commun les avait suffisamment soudés. Sinon, au moins, les travaux avaient avancé, une première couche sur trois murs, et une moitié de porte décapée. Plus un nouveau verrou sur la porte.

Brian Holmes hocha la tête et s'assit sur une

chaise. Des photographies de Nell étaient posées sur le chauffage. Elles venaient apparemment d'être encadrées et placées là. Un autel de fortune.

— Elle est chez sa mère? s'enquit Rebus.

— Oui, mais en général elle travaille en soirée à la bibliothèque.

— Une chance qu'elle revienne?

— Je ne sais pas.

Le jeune homme voulut se ronger un ongle, mais il ne restait plus rien à ronger.

— Je ne crois pas que ce soit la solution, attaqua Rebus.

— Quoi?

— Comme vous ne pouvez pas vous résoudre à démissionner, vous cherchez à vous faire virer par Ancram. En refusant de coopérer, en jouant les fortes têtes.

— J'ai eu un bon maître.

Rebus sourit. C'était vrai, après tout. Lui avait eu Lawson Geddes et Brian l'avait eu, lui.

— Ce n'est pas une première pour moi, poursuivit Brian. À l'école, j'avais un très bon copain, on devait aller à l'université ensemble, mais il a décidé d'aller à Sterling. Alors j'ai voulu y aller, moi aussi. Mais comme j'avais pris Édimbourg en premier choix, pour les éliminer de la course, je devais me rétamer à l'épreuve d'allemand littéraire.

— Et alors?

— Alors je me suis assis dans la salle... je savais que si je restais assis sans répondre à une seule question, ce serait dans la poche.

— Mais vous avez répondu?

— Je n'ai pas pu m'en empêcher, avoua-t-il avec un sourire. J'ai été reçu avec mention passable.

— C'est le même problème ici, reconnut Rebus. Si vous agissez de cette manière, vous le regretterez toute votre vie parce qu'au fond de vous, vous ne voulez pas partir. Vous aimez votre métier. Et vous battre la coulpe...

— Et si c'est quelqu'un d'autre que je bats ?

Brian le regardait droit dans les yeux en posant sa question. Mental Minto, exhibant ses meurtrissures.

— Vous avez perdu la tête une fois, fit Rebus en levant un doigt pour souligner ses propos. C'était une fois de trop, et vous vous en êtes tiré. Je ne crois pas que ça se reproduira.

— J'espère que vous avez raison. (Holmes se tourna vers Jack Morton.) J'avais ce suspect dans la boîte à biscuits et je l'ai dérouillé.

Jack hocha la tête. Rebus lui avait tout raconté à ce sujet.

— Je suis passé par là, moi aussi. Je n'en suis pas venu aux coups, mais c'était tout juste. Je me suis mis les phalanges en sang en cognant contre les murs.

Holmes leva ses dix doigts, ils étaient à vif.

— Vous voyez, dit Rebus, c'est ce que je voulais dire, c'est après vous que vous en avez. Mental a des bleus, mais ils vont s'effacer. (Il se tapota la tête.) En revanche, quand les bleus sont là-dedans...

— Je veux que Nell revienne.

— Je sais.

— Mais je veux rester flic.

— Vous devez le lui expliquer clairement.

— Bon Dieu, soupira Brian en se frottant le visage. J'ai essayé...

— Vous rédigez de bons rapports, très clairs, Brian.

— Qu'est-ce que vous voulez dire ?

— Si vous ne trouvez pas facilement les mots, essayez de lui écrire.

— Lui envoyer une lettre ?

— Appelez-le comme ça, si vous voulez. Mais couchez sur papier ce que vous voulez dire, en essayant peut-être d'expliquer pourquoi vous ressentez les choses de cette manière.

— Vous avez lu *Cosmopolitan* ou quoi ?

— Seulement le courrier du cœur.

Ils éclatèrent de rire, même si la réplique n'en méritait pas autant. Brian s'étira sur sa chaise.

— J'ai besoin de dormir, dit-il.

— Couchez-vous de bonne heure et écrivez-lui dès que vous serez réveillé, demain matin.

— Peut-être bien, oui.

Rebus se leva, tandis que Brian l'observait.

— Vous ne voulez pas que je vous parle de Mick Hine ?

— Qui c'est ?

— Un ex-taulard, le dernier homme à avoir parlé avec Lenny Spaven.

Rebus se rassit.

— J'ai eu du mal à le pister. En fin de compte, il se trouvait depuis tout le temps dans cette ville, à coucher dehors.

— Et alors ?

— Et alors j'ai eu quelques mots avec lui… (Brian fit une pause.) Et à mon avis, vous devriez en faire autant. Vous aurez une vision très différente de Lenny Spaven, croyez-moi.

Rebus le croyait, peu importait ce qu'il entendait par là. Il ne voulait pas le croire, et pourtant…

Jack était absolument contre cette idée.

— Écoute, John, mon patron voudra parler à ce Hine, exact ?

— Exact.

— Tu crois que ça lui plaira quand il se rendra compte que non seulement ton pote Brian y est allé avant lui, mais toi aussi ?

— Ça ne lui plaira pas, mais il ne me l'a pas interdit.

Jack grogna de dépit. Ils avaient garé sa voiture devant l'appartement et à présent, ils allaient à pied sur Melville Drive. D'un côté de la route se trouvait Bruntsfield Links, de l'autre les Meadows, un grand espace vert, où l'on pouvait se détendre, jouer au football ou au cricket, une pelouse merveilleuse par beau temps l'été, et effrayante la nuit. Les sentiers étaient éclairés, mais la puissance électrique des réverbères semblait avoir été réduite. Certaines nuits, c'était un parcours carrément victorien. Cependant on était en été et le ciel était encore rose. Des carrés de lumière jaillissaient de l'Hôpital royal et deux hauts bâtiments universitaires bordaient George Square. Des étudiantes traversaient les Meadows en bandes, une leçon tirée du monde animal. Peut-être n'y avait-il pas de prédateurs ici ce soir, mais la peur était perceptible. Le gouvernement s'était promis de combattre «la peur du crime». On l'avait annoncé ce soir aux informations télévisées juste avant le dernier film catastrophe sorti des studios d'Hollywood. Rebus se tourna vers Jack.

— Tu vas moucharder?

— Je devrais.

— Oui, bien sûr. Mais tu vas le faire?

— Je n'en sais rien, John.

— Le fait qu'on soit amis ne doit pas t'arrêter.

— Tu es d'un grand secours, merci.

— Écoute, Jack, je nage en eau tellement profonde que je vais sans doute crever du mal des caissons en revenant à la surface. Alors autant que je reste au fond.

— Tu as déjà entendu parler de la fosse des Mariannes? Ancram t'en a sans doute préparé la réplique exacte.

— Tu te laisses aller.

— Hein ?

— Jusque-là, c'était Chick, maintenant c'est « Ancram ». Tu ferais mieux de te surveiller.

— Tu es sobre, n'est-ce pas ?

— Comme un juge.

— Alors si ton courage ne te vient pas de la dive bouteille, c'est de la démence.

— Bienvenue au club, Jack.

Ils se dirigeaient vers l'arrière de l'hôpital. Il y avait des bancs installés de ce côté de l'enceinte. Clochards, routards, SDF... le choix ne manquait pas. En été, ces bancs leur servaient de lit. Il y avait autrefois un vieux, Frank, que Rebus voyait chaque été et qui, à la fin de la saison, disparaissait tel un oiseau migrateur pour revenir l'année suivante. Cette année pourtant... cette année, Frank n'avait pas reparu. Les sans-abris que Rebus voyait étaient beaucoup plus jeunes que Frank — ses enfants spirituels, pour ne pas dire ses petits-enfants. Sauf qu'ils étaient différents, plus durs et plus angoissés, tendus et fatigués. Autres jeux, autres règles. Les « gentlemen de la route » d'Édimbourg, il y a vingt ans, se comptaient par dizaines. Mais plus maintenant, c'était fini...

Ils réveillèrent deux ou trois dormeurs, qui affirmèrent ne pas être Mick Hine et ne pas savoir où il était, puis ils eurent un coup de veine avec le troisième banc. Il était assis bien raide, une pile de journaux à côté de lui. Il avait un minuscule transistor, qu'il tenait collé à son oreille.

— Vous êtes sourd ou c'est juste une question de piles ? demanda Rebus.

— Ni sourd, ni bête, ni aveugle. Il m'a dit qu'un autre flic voudrait sûrement me parler. Vous voulez vous asseoir ?

Rebus prit place sur le banc, tandis que Jack Morton s'adossait au mur qui se trouvait derrière, comme s'il préférait ne rien entendre. Rebus sortit un billet de cinq livres.

— Tenez, offrez-vous des piles neuves.

Mick Hine prit l'argent.

— Alors, c'est vous, Rebus?

Il observa l'inspecteur longuement. Hine avait la quarantaine, perdait ses cheveux, et louchait un peu. Il portait un costume à peu près correct, à part des trous aux genoux. Sous la veste se voyait un tee-shirt rouge lâche. Deux sacs de supermarché étaient posés à ses pieds, bourrés de ses biens temporels.

— Lenny m'a parlé de vous. Je vous imaginais autrement.

— Autrement?

— Plus jeune.

— J'étais plus jeune quand j'ai rencontré Lenny.

— Oui, c'est juste. Il n'y a que les stars de cinéma qui rajeunissent, vous avez remarqué? Nous autres, on prend des rides et on grisonne.

Ce n'était pas le cas de Hine. Il avait le visage légèrement hâlé, comme du bronze poli. Quant à ce qu'il lui restait de cheveux, ils étaient d'un noir de jais et longs. Il avait des écorchures aux joues et au menton, au front et sur les articulations. Une chute ou une bagarre.

— Vous êtes tombé, Mick?

— J'ai des vertiges parfois.

— Qu'en pense le docteur?

— Hein?

Aucune consultation médicale.

— Vous savez qu'il existe des centres d'accueil, vous n'êtes pas obligé de rester dehors.

— C'est plein. Comme je déteste faire la queue, je suis toujours derrière. Michael Edward Hine a pris note de votre intérêt. Alors, vous voulez entendre mon histoire ?

— À votre disposition.

— J'ai fait la connaissance de Lenny en prison, on a partagé la même cellule pendant peut-être quatre mois. C'était un type tranquille, réfléchi. Je sais qu'il avait eu des problèmes avant et pourtant, il ne cadrait pas avec la vie en taule. Il m'a appris à faire des mots croisés, à mettre de l'ordre dans l'embrouillamini des lettres. Il était patient avec moi. (Hine parut sur le point de somnoler, mais il se reprit.) L'homme qu'il décrit dans son livre est celui qu'il était. Il me l'a dit lui-même, il avait fait des choses moches, pour lesquelles il n'avait pas été puni. Mais être puni pour un crime qu'il n'avait pas commis, ça le révoltait. Il n'arrêtait pas de me répéter : « Je ne l'ai pas fait, Mick, je le jure devant Dieu et quiconque est là-haut. » C'était une obsession chez lui. D'après moi, s'il n'avait pas écrit, il se serait supprimé plus tôt.

— Vous ne croyez pas qu'on l'ait éliminé ?

Hine réfléchit avant de secouer la tête fermement.

— Il s'est suicidé. Le dernier jour, il avait l'air d'avoir pris une décision, d'avoir fait la paix avec lui-même. Il était plus calme, presque serein. Mais ses yeux… il m'évitait. Comme s'il ne supportait plus d'avoir affaire aux gens. Il parlait, mais c'était avec lui-même qu'il discutait. Je l'aimais tellement. Et ce qu'il écrivait était si beau…

— Le dernier jour alors ? lui rappela Rebus tandis que Jack contemplait l'hôpital entre les grilles.

— Le dernier jour… répéta Hine. Ce dernier jour a été l'expérience la plus spirituelle de ma vie. J'ai presque été touché par… par la grâce.

— Une fille charmante, marmonna Jack, mais Hine ne l'entendit pas.

— Vous savez quels ont été ses derniers mots ?
(Hine ferma les yeux pour mieux se concentrer.)
«Dieu sait que je suis innocent, Mick, mais j'en ai
marre de le répéter. »

Rebus pianotait. Il aurait voulu se monter désinvolte, sarcastique, pareil à lui-même, mais maintenant, il ne pouvait que trop facilement s'identifier
avec l'épitaphe de Spaven, voire — un tout petit peu
— avec l'homme. Lawson Geddes l'avait-il aveuglé ?
Rebus connaissait à peine Spaven, mais il avait aidé
à le mettre en taule pour meurtre, en violant au passage toutes les lois pour apporter son aide à un
homme malade de haine et obnubilé par son désir
de vengeance.

Mais quelle vengeance ?

— Quand j'ai appris qu'il s'était tranché la gorge,
ça ne m'a pas surpris. Il s'était caressé le cou toute
la journée. (Hine se pencha brusquement en avant
et sa voix grimpa d'une octave.) Et jusqu'à son dernier jour, il n'a pas arrêté de dire que vous lui aviez
monté le coup ! Vous et votre ami !

Jack se retourna vers le banc, prêt à la bagarre.
Mais Rebus n'était pas inquiet.

— Regardez-moi dans les yeux et dites-moi que
ce n'est pas vrai ! cria Hine. C'était mon meilleur
copain, le plus brave type, le plus doux. Et il est
parti, à jamais...

La tête dans les mains, il pleura. Dans ces cas-là,
le choix de Rebus était vite fait, il prenait la fuite. Et
c'est exactement ce qu'il fit, Jack s'efforçant de rester à sa hauteur tandis qu'il fonçait à travers la
pelouse en direction de Melville Drive.

— Attends ! criait Jack. Arrête !

Ils étaient à mi-chemin du terrain de jeu, au centre
d'un triangle bordé de sentiers et baigné par la lueur
crépusculaire. Jack s'empara du bras de Rebus pour

tenter de le freiner. Rebus se retourna et leva le bras,
puis lui balança un direct. Celui-ci toucha Jack à la
joue et le fit pivoter. Son visage exprimait la stupé-
faction, mais quand le deuxième coup arriva, il était
prêt : il le bloqua avec l'avant-bras puis envoya un
crochet du droit à Rebus — et il n'était pas gaucher.
Il fit une feinte en prétendant viser la tête et lui flanqua un bon coup dans les tripes. Rebus grogna, ressentit la douleur mais encaissa et fit deux pas en
arrière avant de foncer. Les deux hommes roulèrent
sur le sol, échangeant des coups sans y mettre trop
de force mais luttant pour avoir le dessus. Rebus
entendait Jack qui ne cessait de répéter son nom. Il
le repoussa et s'accroupit. Un couple de cyclistes
s'était arrêté sur une des allées pour les regarder.

— John, qu'est-ce qui te prend, bon sang ?

Montrant les dents, Rebus en décocha un autre
encore plus au hasard, ce qui donna à son ami tout
son temps pour esquiver et lui envoyer un direct à
son tour. Rebus faillit presque se défendre, mais se
reprit à temps. Il préféra attendre le choc. Jack
cogna assez bas, le genre de coup qui vous coupe le
souffle sans causer de dégâts. Rebus se plia en deux,
tomba à quatre pattes et dégueula par terre en cra-
chant surtout du liquide. Il essaya de tout éjecter en
toussant alors qu'il n'avait plus rien à vomir. Puis
il se mit à chialer. Il pleurait sur lui, sur Lawson
Geddes et peut-être même sur Lenny Spaven. Et
plus que tout, il pleurait sur Elsie Rhind et toutes
ses sœurs, toutes les victimes qu'il n'avait pu et ne
pourrait jamais aider.

Jack était assis à un mètre ou deux, les bras posés
sur ses genoux. Il soufflait fort et transpirait en reti-
rant sa veste. Les sanglots de Rebus semblaient
ne plus vouloir s'arrêter, des bulles de morve lui
sortaient du nez, et de minces filets de salive de la

bouche. Puis il sentit les frissons se calmer et enfin s'arrêter. Il roula sur le dos, sa poitrine se soulevant comme un soufflet de forge, un bras posé sur le front.

— Putain, ce que j'en avais besoin, soupira-t-il.

— Je n'ai pas eu une bagarre comme ça depuis que j'étais ado, répondit Jack. Tu te sens mieux?

— Beaucoup. (Rebus sortit son mouchoir, s'essuya les yeux et la bouche, puis se moucha.) Je m'excuse de m'en être pris à toi.

— Il vaut mieux que ce soit moi qu'un passant innocent.

— C'est assez juste.

— Alors c'est pour ça que tu bois? Pour empêcher ça?

— Bon sang, Jack, j'en sais rien. Je picole parce que je l'ai toujours fait. J'aime ça. J'aime le goût et la sensation de l'alcool. J'aime aller dans les pubs.

— Et tu aimes dormir d'un sommeil sans rêves?

— Oui, ça plus que tout, admit Rebus.

— Il y a d'autres solutions, John.

— Et c'est là que tu vas essayer de me vendre ta secte de buveurs d'eau?

— Tu es un grand garçon, tu peux te décider tout seul.

Jack se mit debout et aida Rebus à se relever.

— Je parie qu'on a l'air d'un couple de pauvres cloches.

— Toi oui. Moi, c'est pas sûr.

— Élégant, Jack, tu fais élégant et décontracté.

Jack passa la main sur l'épaule de Rebus.

— Ça va?

— C'est dingue, remarqua Rebus. Je ne me suis pas senti aussi bien depuis des lustres. Allez, viens faire un tour.

Ils tournèrent et repartirent en direction de l'hôpital. Jack ne posa pas de question, mais Rebus avait son idée : la bibliothèque universitaire à George Square. Elle fermait juste au moment où ils entrèrent et les étudiants qui partaient, leurs classeurs serrés contre leur poitrine, s'écartèrent pour les laisser accéder au bureau principal.

— Que puis-je pour vous ? demanda un homme en les examinant des pieds à la tête.

Mais Rebus contourna le comptoir pour s'approcher d'une jeune femme qui était penchée sur une pile de livres.

— Salut, Nell.

Elle leva les yeux et ne le reconnut pas sur le coup. Puis le sang quitta son visage.

— Qu'est-il arrivé ?

Rebus leva une main.

— Brian va bien. Jack, que voilà, et moi... euh... on...

— On a glissé et on est tombés, intervint Jack.

— Vous ne devriez pas boire dans des pubs qui ont des marches à l'entrée. (Maintenant qu'elle savait que Brian allait bien, elle retrouvait vite son aplomb et, du même coup, sa méfiance.) Qu'est-ce que vous voulez ?

— Deux mots. Peut-être dehors ?

— J'en ai pour cinq minutes.

— Très bien, dit Rebus. On va t'attendre.

Ils sortirent. Rebus voulut en griller une, mais le paquet était écrasé et son contenu irrécupérable.

— Bon sang, juste quand j'en avais besoin.

— Comme ça tu sais ce qu'on ressent quand on s'arrête.

Ils s'assirent sur les marches et contemplèrent les jardins de George Square avec les immeubles environnants, un assemblage de vieux et de neuf.

— Il y a une telle vie intellectuelle ici qu'on la sent presque vibrer dans l'air, remarqua Jack.

— Aujourd'hui, la moitié de la police est passée par l'université.

— Et je parie qu'ils ne balancent pas de coups de poing à leurs copains.

— Je me suis excusé.

— Est-ce que Sammy est allée à la fac ?

— Pour un BTS. Je crois qu'elle a fait un genre de secrétariat. Maintenant elle travaille pour une association caritative.

— Laquelle ?

— SWEEP.

— Qui bosse avec des ex-taulards ?

— C'est ça.

— Elle le fait exprès pour t'emmerder ?

Rebus s'était posé la même question plusieurs fois. Il haussa les épaules.

— Les pères et leurs filles, hein ?

La porte s'ouvrit derrière eux, c'était Nell Stapleton. Elle était grande, de courts cheveux bruns et un air de défi. Pas de boucles d'oreilles ni de bijoux.

— Vous pouvez m'accompagner à l'arrêt du bus, leur dit-elle.

— Écoutez, Nell, attaqua Rebus en se rendant compte qu'il aurait dû y réfléchir avant, répéter son laïus. Tout ce que je veux dire, c'est que je regrette ce qui se passe entre vous et Brian.

— Merci.

Elle marchait vite. Rebus avait mal au genou tandis qu'il essayait de rester à sa hauteur.

— Je sais que je n'ai pas franchement l'étoffe d'un conseiller conjugal, mais il y a quelque chose qu'il faut que vous sachiez. Brian est un flic-né. Il ne veut pas vous perdre — ça le tue — mais pour lui, quitter la police, ce serait la mort lente. Et comme il n'arrive pas à démissionner, il cherche les problèmes, pour que les grands manitous n'aient pas d'autres solutions que de le virer. Ce n'est pas une solution.

Nell ne répondit rien pendant un moment. Ils se dirigeaient vers Potterrow et traversèrent la rue aux feux. Ils allaient sans doute à Greyfriars, c'était bourré de bus là-bas.

— Je comprends, dit-elle enfin. Vous voulez dire que nous sommes dans une impasse.

— Pas du tout.

— Écoutez-moi, s'il vous plaît. (Ses yeux brillaient dans la lumière des réverbères.) Je ne veux pas passer le reste de ma vie à guetter un coup de fil, celui qui m'annoncera qu'il y a une mauvaise nouvelle. Je ne veux pas organiser des week-ends et des vacances seulement pour les annuler parce qu'une affaire en cours ou une comparution au tribunal sera prioritaire. C'est trop demander.

— C'est sûr, reconnut Rebus. C'est un numéro de haute voltige sans filet. Mais quand même…

— Quoi ?

— Vous pouvez y arriver. Plein de gens y arrivent. Peut-être que vous ne pourrez pas prévoir les choses longtemps à l'avance, il y aura peut-être des annulations et des larmes. Mais quand la chance se présente, il faut la saisir.

— Est-ce que je serais tombée par hasard sur le numéro d'un certain docteur Ruth ? (Rebus soupira. Elle s'arrêta et lui prit la main.) Écoutez, John, je sais pourquoi vous faites ça. Brian souffre et ça vous fait de la peine. À moi aussi.

Une sirène hurla au loin dans la direction de High Street et Nell frissonna. Rebus le vit, il regarda dans ses yeux et hocha la tête malgré lui. Bien sûr, elle avait raison. Sa propre femme disait la même chose dans le temps. Et à voir l'expression sur le visage de

Jack, il était passé par là, lui aussi. Nell recommença à marcher.

— Il quittera la police, Nell. Il va se faire jeter. Mais pour le reste de sa vie… (Il secoua la tête.) Il ne sera plus le même. Vous verrez.

— Je peux supporter ça.

— Ce n'est pas certain.

— C'est juste.

— Vous êtes prête à en prendre le risque, mais pas celui de le laisser continuer ? (Le visage de la jeune femme se durcit, mais Rebus ne lui laissa pas le temps de réagir.) Voilà votre bus. Réfléchissez-y quand même, Nell.

Faisant demi-tour, il repartit en direction des Meadows.

Ils avaient préparé le lit de Jack dans la pièce libre — l'ancienne chambre de Sammy, intacte jusqu'aux posters de Duran Duran et de Michael Jackson. Ils avaient fait leur toilette et partagé un thé, mais pas d'alcool ni de clopes. Rebus, allongé sur son lit et les yeux fixés au plafond, savait que le sommeil ne viendrait pas avant des lustres et qu'alors, ses rêves seraient violents. Il se leva et alla à pas de loups dans le séjour sans allumer les lumières. La pièce était fraîche, les fenêtres étaient restées ouvertes tard, mais la peinture fraîche et la vieille sur la porte à moitié décapée laissaient une bonne odeur. Rebus dégagea son fauteuil, qu'il tira devant la baie. Il s'assit, remonta sa couverture jusqu'au menton et sentit son corps se détendre. Il y avait des lampes allumées de l'autre côté de la rue et il se concentra dessus. *Je suis un voyeur*, se dit-il, *un mateur. Tous les flics le sont*. Mais il savait qu'il était plus que ça. Il aimait s'impliquer dans les vies qui croisaient la sienne. Il avait un besoin de savoir ce qui se passait, au-delà du simple voyeurisme. C'était une drogue. Et une fois qu'il savait tout ça, il avait besoin de l'alcool pour en faire abstraction. Il voyait son reflet dans la fenêtre, en deux dimensions, fantomatique.

C'est à peine si j'y suis, se dit-il.

24

Dès qu'il se réveilla, Rebus sut que quelque chose clochait. Il prit sa douche et s'habilla sans arriver à mettre un nom dessus. Puis Jack se traîna jusqu'à la cuisine et demanda s'il avait bien dormi.

Oui, justement, et c'était ça, la différence. Il avait très bien dormi, merci, et il n'avait pas picolé.

— Ancram s'est manifesté ? s'enquit Jack en contemplant l'intérieur du frigo.

— Non.

— Alors tu as sans doute quartier libre.

— Il doit s'entraîner pour le prochain round.

— Alors on met la déco en sourdine ou on s'y recolle ?

— On se donne une heure pour les peintures, décida Rebus.

Ce qu'ils firent, Rebus gardant un œil sur la rue. Pas de journalistes ni de membres de l'émission *Justice Programme*. Peut-être qu'ils avaient eu peur, peut-être qu'ils guettaient le bon moment. Ils n'avaient pas encore porté plainte pour voies de fait, semblait-il. Breen était probablement trop heureux de la séquence vidéo pour envisager d'autres démarches dans l'immédiat. Il aurait tout son temps d'entamer des poursuites après la diffusion...

La peinture terminée, ils prirent la voiture de Jack pour aller à Fort Apache. La première réaction de Jack ne déçut pas Rebus.

— Tu parles d'un trou à merde.

À l'intérieur, le poste était en plein dans la fièvre des paquets et du déménagement. Des fourgonnettes emportaient déjà des caisses et des cartons vers le nouveau cantonnement. Le planton s'était transformé en contremaître qui, en manches de chemise, vérifiait que les cartons étaient étiquetés et que les déménageurs savaient où aller une fois arrivés à destination.

— Ça sera un miracle si tout se passe comme prévu, dit-il. Et je constate une fois de plus que la police ne fait rien.

Jack et Rebus rigolèrent un coup : c'était une blague éculée jusqu'à la corde, mais le cœur y était. Puis ils entrèrent dans le Refuge.

Maclay et Bain étaient à leur place.

— Le fils prodigue ! s'exclama Bain. Où vous étiez passé, nom de Dieu ?

— J'assistais l'inspecteur principal Ancram dans son enquête.

— Vous auriez pu appeler. MacAskill veut vous toucher un mot, ma poule.

— Je croyais vous avoir déjà dit de ne pas m'appeler comme ça.

Bain eut un sourire narquois. Rebus présenta Jack Morton. Il y eut des poignées de main avec hochements de têtes et grognements, le topo habituel.

— Vous feriez mieux d'aller voir le patron, ajouta Maclay. Il se fait de la bile.

— Il m'a manqué aussi.

— Vous nous rapportez quelque chose d'Aberdeen, au moins ?

Rebus fouilla dans ses poches.

— J'ai dû oublier.

— Allons, vous étiez sans doute trop débordé, suggéra Bain.

— Plus que vous, mais ça n'est pas vraiment difficile.

— Allez voir le chef, l'exhorta Maclay.

Bain leva un doigt.

— Et vous feriez mieux d'être gentil avec nous, sinon on risque de ne pas vous dire ce que nos mouchards ont déniché.

— Quoi ?

Des mouchards du secteur, donc à propos du complice de Tony El.

— Quand vous aurez causé avec MacAskill.

Rebus alla donc voir son patron en laissant Jack à la porte.

— John, l'interpella Jim MacAskill, à quoi vous jouez ?

— Toutes sortes de jeux, monsieur.

— C'est bien ce que j'ai entendu dire et vous n'avez pas fait d'étincelles.

Le bureau de MacAskill se vidait, mais il restait encore du boulot. Le classeur métallique, privé de ses tiroirs, les dossiers gisant par terre, semblait éventré.

— Un cauchemar, gémit-il en suivant le regard de Rebus. Comment se passe votre propre déménagement ?

— Je voyage léger, monsieur.

— J'oubliais, ça ne fait pas longtemps que vous êtes arrivé. Parfois, ça paraît faire une éternité.

— J'ai cet effet-là sur les gens.

MacAskill sourit.

— Question numéro un pour moi : cette réouverture de l'affaire Spaven, ça va aboutir quelque part ?

— Pas si je peux m'y prendre à ma façon.

— Bon, c'est que Chick Ancram est plutôt du genre coriace… et qui ne passe rien. Ne comptez pas sur lui pour faire l'impasse.

— Oui, monsieur.

— J'ai parlé avec votre patron à St Leonard. Il me dit qu'il fallait s'y attendre.

— Je n'en sais rien, monsieur. J'ai l'impression de jouer avec un handicap.

— Si je peux vous être utile, John…

— Merci, monsieur.

— Je sais comment Chick va s'y prendre : à l'usure. Il va vous en faire chier des bulles, vous faire tourner en bourrique. Il se débrouillera pour qu'il soit plus facile pour vous de mentir en disant que vous êtes coupable que de continuer à dire la vérité. Méfiez-vous.

— Oui, monsieur.

— D'ici là, question numéro un : comment allez-vous ?

— Je vais bien, monsieur.

— Bon, il ne se passe pas grand-chose dans les parages, alors s'il vous faut du temps, prenez-le.

— Je vous en suis reconnaissant, monsieur.

— Chick est de la côte ouest, John. Il ne devrait pas se trouver ici. (MacAskill hocha la tête et fourragea dans son tiroir pour en tirer une cannette d'Irn-Bru.) Mince.

— Un problème, monsieur ?

— J'ai pris leur produit sans sucre.

Il l'ouvrit quand même et Rebus le laissa à ses paquets. Jack se trouvait posté derrière la porte.

— Tu as entendu quelque chose ?

— Je n'écoutais pas.

— Le chef vient de m'annoncer que je pouvais mettre les bouts si je voulais.

— Autrement dit, on peut finir de repeindre ton séjour.

À vrai dire, il avait un autre plan. Il retourna au Refuge et se planta devant le bureau de Bain.

— Alors?

— Alors, dit Bain en se renversant contre son dossier. On a exécuté vos ordres, fait passer le mot à nos indics. Et ils nous ont rapporté un nom.

— Hank Shankley, compléta Maclay.

— Il n'a pas un casier important, mais le type est prêt à tout pour quelques biftons, il ne s'embarrasse pas de scrupules. Et il circule. On raconte qu'il a eu un coup de bol, et qu'après quelques verres il s'est vanté de ses relations avec la «filière de Glasgow».

— Vous lui avez parlé?

— On attendait le bon moment.

— Autrement dit, on attendait votre retour, précisa Maclay.

— C'est un numéro que vous avez répété? Je peux le trouver où, votre oiseau?

— C'est un fan de natation.

— Un endroit en particulier?

— La piscine du Commonwealth.

— Signalement?

— Un grand immeuble au bout de Dalkeith Road.

— Je voulais dire Shankley.

— Vous ne pouvez pas le rater, assura Maclay. La quarantaine, un mètre quatre-vingt-deux et maigre comme un clou, cheveux blonds coupés courts. Le type nordique.

— On nous l'a décrit comme un albinos, corrigea Bain.

— Messieurs, je vous revaudrai ça.

— Mais vous ne savez pas encore qui a vendu la mèche.

— Qui?

Bain eut un large sourire.

— Vous vous souvenez de Craw Shand?

— Celui qui jurait qu'il était Johnny Bible ? (Bain et Maclay opinèrent.) Pourquoi vous ne m'avez pas dit que c'était un de vos indics ?

Bain leva les épaules.

— On ne voulait pas le crier sur les toits. Désormais Craw fait partie de votre fan-club. C'est qu'il adore les durs, à l'occasion...

Dehors, Jack se dirigea vers la voiture, mais Rebus avait d'autres projets. Il entra dans un magasin et ressortit avec six cannettes d'Irn-Bru — pas les cannettes de régime —, puis retourna au poste. Le planton suait à grosses gouttes. Rebus lui tendit le sac en plastique.

— Vous n'auriez pas dû, bredouilla le sergent.

— C'est pour Jim MacAskill, précisa Rebus. Je veux qu'il y en ait au moins cinq qui lui parviennent.

Maintenant, il était prêt à décoller.

La piscine du Commonwealth, construite pour les Jeux du Commonwealth de 1970, était située en haut de la Dalkeith Road, au pied de Arthur's Seat et à quatre cents mètres à peine du poste de St Leonard. À l'époque où il pratiquait la natation, Rebus fréquentait les lieux à l'heure du déjeuner. On se choisissait un couloir — ne pas en chercher de vide, c'était comme quitter une bretelle d'accès pour l'autoroute — et on nageait, en ralentissant le rythme pour ne pas rattraper la personne qui vous précédait sans pour autant se faire rattraper par celle qui vous suivait. Ce n'était pas mal, mais un peu trop strict. L'autre solution consistait à faire des longueurs dans le bassin d'accès libre, mais on était mélangé avec les gamins et leurs parents. Il y avait aussi une pataugeoire pour les tout-petits, plus trois toboggans que Rebus n'avait jamais empruntés et ailleurs, dans le bâtiment, saunas, salles de gymnastique — et un café — étaient à disposition.

Ils trouvèrent une place dans le parking sur-
encombré et se présentèrent à l'entrée principale.
Rebus montra sa carte au guichet et donna le signalement de Shankley.

— C'est un habitué, lui dit la femme.

— Il est ici en ce moment?

— Je n'en sais rien. Je viens d'arriver.

Elle se tourna pour demander à l'autre femme
dans le box, qui comptait des pièces de monnaie
qu'elle introduisait dans des sacs en plastique pour
la banque. Jack Morton tapota le bras de Rebus et
fit un geste du menton.

Derrière le guichet était aménagé un large espace
dégagé dont les vitres surplombaient le grand bassin. Là, debout, en train de descendre un Coca à
même la boîte, il y avait un grand échalas aux cheveux décolorés. Il portait une serviette mouillée sous
un bras. Quand il se retourna, Rebus vit qu'il avait
les cils et les sourcils clairs. Shankley, de son côté,
remarqua deux hommes qui l'observaient et il comprit instantanément. Quand Rebus et Morton firent
mine de venir vers lui, il décampa.

Il tourna pour s'engouffrer dans le café, mais n'y
voyant pas d'issue, il continua sur sa lancée et
arriva près du terrain de jeux des enfants. C'était un
vaste espace protégé par un filet sur trois niveaux,
avec toboggans, passerelles et autres propositions
stimulantes, un vrai parcours du combattant pour
bambins. Rebus aimait parfois s'attabler devant un
café pour regarder les gosses jouer en se demandant
lequel ferait le meilleur soldat plus tard.

Shankley comprit qu'il était coincé. Il se retourna
pour leur faire face. Rebus et Jack souriaient. L'envie de fuir restait la plus forte. Shankley repoussa
l'employée, ouvrit la porte, se baissa et entra. Deux
énormes rouleaux rembourrés bloquaient le pas-

sage, telle une essoreuse géante. Mais il était assez filiforme pour se faufiler.

Jack Morton éclata de rire.

— Il va aller où, comme ça?

— J'en sais rien.

— Allons avaler une tasse de thé en attendant qu'il se fatigue.

Rebus secoua la tête. Il avait entendu un bruit au dernier étage.

— Il y a un gosse là-haut. (Il se tourna vers l'employée.) N'est-ce pas? Elle confirma d'un geste. Rebus se tourna vers Jack.

— Il peut le prendre en otage. J'y vais. Reste ici, tu me diras où se trouve Shankley.

Rebus retira sa veste et entra.

Les rouleaux formaient le premier obstacle. Il était trop gros pour se glisser entre eux, mais il parvint à s'introduire dans l'intervalle laissé par le filet. Il se souvenait de son entraînement de pilote militaire, au SAS[1], un parcours du combattant qu'on ne peut pas imaginer. Il continua d'avancer. Un bassin de balles en plastique de couleur à traverser à gué, puis un tube qui s'incurvait vers le haut conduisant au premier niveau. Un toboggan situé à côté, qu'il escalada. Derrière le filet, Jack pointait le doigt vers le coin le plus éloigné. Rebus resta accroupi en regardant alentour. Des sacs de sable, un filet jeté sur un vide béant, un cylindre à travers lequel ramper... d'autres glissades et cordes à grimper. Ça y est, il était là, dans le coin, et cherchait comment s'en tirer. Hank Shankley... Les clients du café observaient, oubliant totalement la natation. L'enfant était au dernier niveau. Rebus devait y arriver avant Shankley.

---

1. Special Air Service: corps spécial de l'armée, équivalent de notre GIGN.

C'était ça ou mettre la main sur Shankley d'abord. Celui-ci ne savait pas encore qu'il y avait quelqu'un avec lui. Jack criait pour distraire son attention.

— Eh, Hank, on peut rester là à poireauter toute la journée si tu veux ! Toute la nuit aussi au besoin ! Allez, viens, on veut seulement discuter ! Hank, t'as l'air ridicule là-dedans. On devrait peut-être mettre des cadenas et te garder pour une exposition.

— La ferme !

Des flocons d'écume sortaient de la bouche de Shankley. Maigre, émacié… Rebus savait que c'était débile de s'inquiéter du HIV, mais il s'en inquiéta quand même. Édimbourg était toujours la cité du HIV. Il était à environ cinq mètres de Shankley quand il entendit un bruit de glissade arriver sur lui à toute vitesse. Comme il passait devant la bouche d'un des tubes, deux pieds le heurtèrent, le renversant sur le côté. Un garçon d'une huitaine d'années le regardait, ébahi.

— Vous êtes trop grand pour jouer ici, monsieur.

Rebus se releva, vit Shankley venir vers eux et tira le gamin par la peau du cou. Il recula jusqu'au toboggan et y lâcha l'enfant. Il se retournait pour accueillir Shankley quand le pied de l'albinos le heurta. Il rebondit contre le filet et chuta dans le toboggan. Shankley fit une glissage, les deux poings en avant et frappa Rebus sur la nuque. Il voulait rattraper le gamin, mais celui-ci se faufilait déjà entre les rouleaux. Le garçon se frayait un chemin vers l'entrée, où l'employée lui faisait signe de se dépêcher. Rebus plongea sur Shankley, le ramena dans les balles en plastique et lui flanqua un bon crochet. Shankley avait les bras fatigués par la natation. Il bourra de coups les flancs de Rebus, mais il avait la force d'une poupée de chiffon. Rebus prit une balle qu'il lui enfonça dans la bouche, où elle se cala entre les lèvres tendues et blanches. Puis il frappa Shankley à l'aine, deux fois, ce qui régla la question.

Jack vint l'aider à extirper des lieux la forme sans résistance.

— Ça va ? s'enquit-il.

— Le gosse m'a fait plus de mal que lui.

La mère serrait son fils dans ses bras en vérifiant son état. Elle jeta un regard mauvais à Rebus. L'enfant se plaignait qu'il lui restait encore dix minutes. L'employée rattrapa Rebus.

— Excusez-moi, dit-elle. Vous pourriez me rendre notre balle ?

St Leonard était si près qu'ils y emmenèrent Shankley et demandèrent une salle d'interrogatoire qu'on leur donna. À en juger par l'odeur, il n'y avait pas longtemps qu'elle était libre.

— Mets-toi là, ordonna Rebus.

Puis il entraîna Jack dehors et lui parla à mi-voix.

— Pour te mettre au parfum, Tony El a assassiné Allan Mitchison, et je ne sais toujours pas exactement pourquoi. Tony avait un type du coin avec lui. (Il pencha la tête vers la porte.) Je veux que Hank me dise ce qu'il sait.

— Je la boucle ou tu veux me donner un rôle à jouer ?

— Tu fais le gentil, Jack. (Rebus lui tapota l'épaule.) C'est toujours toi, le gentil.

Et ce sont deux équipiers qui retournèrent dans la boîte à biscuit, deux équipiers comme autrefois.

— Alors, monsieur Shankley, attaqua Rebus, jusqu'ici on a rébellion avec voie de fait contre agents de la force publique. Et les témoins ne manquent pas.

— J'ai rien fait à mon insu.

— Double négation.

— Hein ?

— Si vous n'avez rien fait à votre insu, c'est que vous savez ce que vous avez fait.

Shankley le considéra d'un œil sombre. Rebus l'avait déjà catalogué. En le décrivant comme quelqu'un qui ne s'embarrassait pas de scrupules, Bain l'avait mis sur la voie. Shankley ne respectait strictement aucun principe, sauf peut-être les intérêts de sa petite personne. Il se contrefichait éperdument de tout et de tous. Son intelligence se résumait à un instinct de survie animal. Rebus pouvait jouer là-dessus.

— Vous ne devez rien à Tony El, Hank. Qui vous a balancé, d'après vous ?

— Tony qui ?

— Anthony Ellis Kane. Un homme de main de Glasgow installé à Aberdeen. Il avait un contrat à exécuter. Il avait besoin d'un associé. C'est sur vous que c'est tombé.

— Ce n'est pas de votre faute, intervint Jack, les mains dans les poches. Vous êtes son complice. On ne vous colle pas le meurtre sur le dos.

— Un meurtre ?

— Le jeune type que voulait Tony El, expliqua Rebus. Vous avez cherché un endroit pour lui. En gros, votre rôle s'est borné à ça, non ? Le reste, c'était du ressort de Tony.

Shankley se mordillait la lèvre supérieure en montrant, en bas, une rangée de petites dents qui se chevauchaient. Il avait les yeux bleu pâle mouchetés de taches sombres, les pupilles pas plus grosses qu'une tête d'épingle.

— Bien sûr, poursuivit Rebus, nous pouvons présenter les choses autrement. Nous pouvons dire que c'est vous qui l'avez défenestré.

— Je sais rien à mon insu.

— Je ne sais rien, point, le reprit de nouveau Rebus.

Shankley croisa les bras et déplia ses longues jambes.

— Je veux un avocat.

— Vous avez trop regardé les redifs de *Kojak*, hein ? demanda Jack.

Il regarda Rebus, qui fit un signe de tête. *Exit* le gentil.

— J'en ai marre, Hank. Tu veux que je te dise ? Maintenant, on va t'emmener prendre tes empreintes. Tu les a semées partout dans ce squat. Tu y as même laissé tes provisions. Avec des empreintes partout. Tu te rappelles que tu as touché les bouteilles ? Les cannettes ? Le sac dans lequel elles étaient ? (Shankley essayait de se souvenir. Rebus baissa la voix.) On te tient, Hank. Tu es foutu. Je te donne dix secondes pour te mettre à table, dix secondes, pas plus, promis. Ne t'imagine pas que tu pourras nous parler plus tard, on ne t'écoutera plus. Le juge aura débranché son sonotone. Tu seras largué. Et tu sais pourquoi ? (Il attendit d'avoir toute l'attention de Shankley.) Parce que Tony El s'est fait estourbir. Quelqu'un l'a saigné dans son bain. Tu pourrais être le prochain sur la liste. (Rebus hocha la tête.) Tu as besoin d'amis, Hank.

— Écoutez... (L'histoire de Tony El l'avait secoué. Il se pencha en avant sur sa chaise.) Écoutez, je suis... je...

— Prends ton temps, Hank.

Jack lui demanda s'il voulait à boire.

— Oui, approuva Shankley. Un Coca, par exemple.

— Tu m'en rapportes un aussi, Jack, dit Rebus.

Jack se rendit vers l'appareil, au fond du couloir. Rebus attendait le bon moment et arpentait la pièce en laissant à Shankley le temps de décider de ce qu'il voulait bien dire et comment il allait le présenter. Jack revint, lança une cannette à Shankley, tendit l'autre à Rebus, qui l'ouvrit et but. Rien à voir avec un demi. C'était frais et beaucoup trop sucré, et le seul coup de fouet qu'il recevrait lui viendrait de la caféine au lieu de l'alcool. Comme Jack l'observait, il lui fit une grimace. Il aurait bien aimé une cibiche aussi. Jack le lut dans son regard et haussa les épaules.

— Alors, fit Rebus. Tu as quelque chose à nous dire, Hank ?

Shankley opina du chef en rotant.

— C'est comme vous avez dit. Il m'a expliqué qu'il avait un boulot à faire. Il a dit qu'il avait des relations à Glasgow.

— Qu'est-ce qu'il entendait par là ?

— Je lui ai pas posé la question.

— Est-ce qu'il a mentionné Aberdeen ?

— Non, affirma Shankley. C'est de Glasgow qu'il a parlé.

— Continue.

— Il m'a proposé cinquante billets pour lui trouver un endroit où il pourrait conduire quelqu'un. Je lui ai demandé ce qu'il comptait faire et il m'a répondu qu'il voulait lui poser quelques questions et peut-être lui donner une leçon. C'est tout. On s'est planté devant cet immeuble plutôt chicos.

— Le quartier de la finance ?

Il haussa les épaules.

— Entre Lothian Road et Haymarket. (C'était bien ça.) On a vu ce jeune mec sortir et on lui a filé le train. Pendant un temps, on l'a seulement observé, c'est tout, puis Tony a dit que c'était le moment de faire connaissance.

— Et alors ?

— Ben on s'est mis à bavarder. Même que ça commençait à me plaire, j'oubliais presque pourquoi on faisait ça. Tony paraissait avoir oublié, lui aussi.

Je me suis dit qu'il allait peut-être laisser tomber. Et puis quand on est sorti chercher un taxi, il m'a lancé un regard dans le dos du jeune gars et j'ai su qu'il n'avait pas changé son plan. Mais je le jure, je croyais seulement qu'il voulait lui donner une correction.

— Et ce n'était pas ça?

— Ben non. (Shankley baissa le ton.) Tony avait un sac avec lui. Quand on est arrivé à l'appart, il a sorti du papier collant et d'autres affaires. Il a ligoté le type sur la chaise. Il avait une feuille de plastique et a mis un sac sur la tête du gars. (Sa voix se cassa. Il se racla la gorge et avala une autre gorgée de Coca.) Et puis il commencé à sortir un bazar de son sac, des outils, vous savez, comme ceux d'un menuisier. Des scies, des tournevis et tout le bordel.

Rebus jeta un regard à Jack Morton.

— Et c'est là que j'ai compris que la feuille de plastique, c'était pour empêcher le sang de couler, que le gars n'allait pas seulement recevoir une correction.

— Tony voulait le torturer?

— Je pense. Je sais plus... peut-être que j'ai essayé de le retenir. J'avais jamais rien fait de pareil. Bon, je suis pas un enfant de chœur, d'accord, mais j'ai jamais...

La question suivante devait être celle qui comptait. Rebus n'en était plus si sûr.

— Est-ce qu'Allan Mitchison a sauté ou quoi?

Shankley opina.

— On avait le dos tourné. Tony sortait son attirail et moi, j'avais les yeux braqués dessus. Le gars avait un sac sur la tête, mais je crois qu'il les a vus. Il s'est mis entre nous et il est passé par la fenêtre. Il devait être mort de trouille.

En regardant Shankley et en se souvenant d'Anthony Kane, Rebus ressentit à nouveau combien la monstruosité pouvait être banale. Les visages et les voix ne livraient aucun indice. Personne n'exhibait de cornes et de crocs dégoulinants de sang et de méchanceté. Le mal était presque… il était presque enfantin. C'était naïf, simpliste. Un jeu auquel on joue et dont on se réveille, pour comprendre que, en fin de compte, ce n'était pas «pour rire». Les monstres de la vie réelle n'étaient pas grotesques ; c'étaient des hommes et des femmes tranquilles, des gens qu'on croisait dans la rue sans les remarquer. Rebus se félicitait de ne pas pouvoir lire dans l'esprit des autres. Ce serait l'enfer.

— Qu'est-ce que vous avez fait ? demanda-t-il.

— On a remballé et on s'est tiré. On est retourné chez moi d'abord, on a bu deux ou trois verres. Je tremblais. Tony n'arrêtait pas de dire que c'était le bordel, mais ça n'avait pas l'air de l'inquiéter. On s'est rendu compte qu'on avait laissé la gnôle. On n'arrivait pas à se rappeler s'il y avait nos empreintes dessus. Je pensais que oui. C'est là que Tony s'est tiré. Il m'a quand même payé ma part, je dois lui laisser ça.

— À quelle distance de l'appart tu crèches, Hank ?

— À deux minutes à pied. J'y suis pas souvent. Les gosses me traitent de tous les noms.

Comme la vie peut être cruelle. À deux minutes… Quand Rebus était arrivé sur les lieux, Tony El n'était probablement qu'à deux minutes. Mais c'était à Stonehaven qu'ils s'étaient finalement rencontrés…

— Tony t'a donné une idée de la raison pour laquelle il était après Allan Mitchison ? (Shankley fit signe que non.) Et quand est-ce qu'il t'a contacté la première fois ?

— Deux jours plus tôt.

Donc, c'était prémédité. Bon, évidemment que

c'était prémédité, mais surtout, ça voulait dire que Tony El se trouvait à Édimbourg à concocter son coup pendant qu'Allan Mitchison était encore à Aberdeen. Le soir de sa mort correspondait à son premier jour de congé. Donc Tony El ne l'avait pas pisté depuis Aberdeen… Pourtant, il avait été capable de le reconnaître, il savait où il habitait… Il y avait un téléphone chez lui, mais il était sur liste rouge.

Allan Mitchison avait été mis sur la touche par quelqu'un qui le connaissait.

C'était au tour de Jack Morton.

— Hank, réfléchissez attentivement. Est-ce que Tony n'a rien dit à propos du boulot, de celui qui le payait ?

Shankley réfléchit puis il acquiesça, l'air content de lui. Il venait de se rappeler quelque chose.

— Monsieur H., dit-il. Tony a parlé d'un certain Monsieur H. Il l'a bouclée après, comme si ça lui avait échappé.

Shankley dansait presque sur sa chaise. Il voulait leur plaire. Leurs sourires le rassurèrent. Mais Rebus se creusait salement les méninges. Le seul Monsieur H. qui lui venait était Jake Harley. Ça ne collait pas.

— Brave type, approuva Jack pour le flatter. Maintenant réfléchissez encore, dites-nous autre chose.

Mais Rebus avait une question à poser.

— Est-ce que tu as vu Tony El se piquer ?

— Non, mais je savais qu'il le faisait. Pendant qu'on suivait le gars, dans le premier bar où on est allé, Tony est allé aux chiottes et quand il est revenu, je savais qu'il s'était fait un fixe. Quand on vit là où je vis, c'est des choses qu'on remarque.

Tony El était accro. Ça ne voulait pas dire qu'on ne l'avait pas éliminé. Tout au plus, ça avait facilité le boulot de Stanley. Un Tony El shooté était plus facile à liquider qu'un Tony El en pleine possession de ses moyens. La drogue pour Aberdeen... Attirés par le *Burke's Club* comme par un aimant... Tony El accro... et dealer, peut-être ? Il aurait dû questionner Erik Stemmons à propos de Tony El.

— J'ai besoin d'aller aux toilettes, dit Shankley.

— On va vous appeler quelqu'un. Restez là.

Rebus et Morton quittèrent la pièce.

— Jack, tu dois me faire confiance.

— À quel point ?

— Je te demande de rester ici et de prendre la déposition de Shankley.

— Et tu fais quoi pendant ce temps ?

— J'invite quelqu'un à déjeuner. (Rebus vérifia sa montre.) Je serai de retour à 15 heures.

— Écoute, John...

— Appelle ça la conditionnelle. Je vais déjeuner et je reviens. Dans deux heures. (Rebus leva deux doigts.) Deux heures, Jack.

— Dans quel restaurant ?

— Quoi ?

— Dis-moi où tu vas. Je t'appellerai tous les quarts d'heure et tu ferais mieux d'être là. (Rebus eut l'air écœuré.) Et je veux savoir qui tu invites.

— C'est une femme.

— Son nom ?

Rebus soupira.

— J'ai connu des coriaces en affaires, mais toi, c'est le permis poids lourd.

— Le nom ? répéta Jack avec un sourire.

— Gill Templer. L'inspecteur chef Gill Templer. Ça va ?

— Ça va. Et le restau ?

— Je n'en sais rien. Je te le dirai quand j'y serai.

— Tu m'appelles. Sinon, Chick sera mis au courant, d'accord ?

— Tiens, c'est de nouveau «Chick», hein?

— Il sera au courant.

— Très bien, je t'appelle.

— Avec le numéro du restau?

— Avec son numéro. Tu sais quoi, Jack? Tu viens de me couper l'appétit.

— Commande autant que tu veux et rapporte-moi un *doggie bag*.

Rebus partit en quête de Gill, qu'il trouva dans son bureau. Elle avait déjà déjeuné.

— Alors viens me regarder manger.

— J'aurais mauvaise grâce à décliner.

Il y avait un restaurant italien sur Clerk Street. Rebus commanda une pizza. Il pourrait toujours rapporter à Jack ce qu'il n'aurait pas pu avaler. Puis il appela St Leonard et laissa le numéro de la pizzeria en demandant de le transmettre.

— Alors, demanda Gill quand il se fut rassis. Du boulot?

— Débordé. Je suis allé à Aberdeen.

— Pour quoi faire?

— Le numéro de téléphone sur le calepin de Fergie les Foies. Et quelques autres petites choses.

— Quelles petites choses?

— Pas nécessairement en rapport.

— Dis-moi, le voyage s'est passé sans incident?

Elle prit un morceau de pain à l'ail qui venait d'arriver.

— Pas exactement.

— Tu m'étonnes.

— Tant mieux, il paraît que ça empêche un couple de ronronner.

Gill mordit dans le pain.

— Alors qu'as-tu découvert?

— Le *Burke's Club* pue. C'est aussi là qu'on a vu

en vie pour la dernière fois la première victime de
Johnny Bible. L'endroit est dirigé par deux Yankees.
Je n'ai parlé qu'à l'un des deux. À mon avis, son
associé est le plus louche des deux.

— Et?...

— Et au *Burke's*, j'ai vu deux membres d'une
famille de mafieux de Glasgow. Tu connais Oncle
Joe Toal?

— J'en ai entendu parler.

— Je crois qu'il livre la dope à Aberdeen. De là,
je subodore qu'une partie repart pour les plates-
formes, un marché captif, en somme. On se fait
sacrément chier, sur une plate-forme.

— Tu dois savoir, bien sûr? plaisanta-t-elle avant
de voir l'expression sur son visage et d'ajouter: Tu
es allé sur une plate-forme?

— L'expérience la plus terrifiante de ma vie, terrifiante mais cathartique.

— Cathartique?

— Une de mes petites amies avait la manie d'utiliser ce genre de mots et à force, ça te marque. Le
propriétaire du club, Erik Stemmons, a démenti
connaître Fergie McLure. Je l'ai presque cru.

— Ce qui met son associé dans le coup?

— Dans mon esprit.

— Et ça se limite à ça: ton esprit? On n'a aucune
preuve?

— Pas une miette.

Sa pizza arriva. Chorizo, champignons et anchois.
Gill dut détourner les yeux. La pizza était prédécou-
pée en six grosses parts. Rebus en souleva une de son
assiette.

— Je ne sais pas comment tu peux avaler ça.

— Moi non plus, admit Rebus en reniflant le plat.
En tout cas, ça va faire un sacré *doggie bag*.

Il y avait un distributeur de cigarettes. S'il regardait par-dessus l'épaule droite de Gill, il pouvait le voir contre le mur. Cinq marques et n'importe laquelle lui conviendrait. Une pochette d'allumettes attendait dans le cendrier. Il avait commandé un verre de blanc, de l'eau minérale pour Gill. Le vin — «au bouquet délicat», comme le formulait le menu — arriva et il le huma avant de le goûter. Il était glacé et aigre.

— Comment est ce bouquet? s'informa Gill.

— Délicat. Un peu plus et il aurait besoin de Prozac.

La carte des vins se tenait devant lui, dressée sur son petit support, énumérant apéritifs, cocktails et digestifs, sans compter les vins, les bières brunes, les blondes, les alcools. Rebus n'avait pas lu autant depuis des jours. Dès qu'il eut terminé, il recommença. Il aurait voulu serrer la main de l'auteur.

Une portion de la pizza lui suffit.

— Pas d'appétit? demanda Gill.

— Je suis au régime.

— Toi?

— Je veux être en forme pour marcher sur la plage.

Elle ne le suivait pas. Elle avait l'impression qu'il était passé du coq à l'âne.

— Tu comprends, Gill, reprit-il après une autre gorgée de vin, je pense que tu étais sur un gros coup. Et je pense qu'il est récupérable. Je veux seulement être sûr que c'est bien ton enquête.

Elle le regarda.

— Pourquoi?

— À cause de tous les cadeaux de Noël que je ne t'ai jamais donnés. Parce que tu le mérites. Parce que c'est un gros morceau.

— Ça ne compte pas si c'est toi qui fais tout le boulot.

— Ça comptera, je fais juste un travail de reconnaissance.

— Tu veux dire que tu n'as pas fini ?

Rebus fit signe que non, demanda au serveur d'emballer le reste de la pizza dans un carton. Il souleva le dernier morceau de pain à l'ail.

— Tant s'en faut, lui dit-il. Mais j'ai besoin de ton aide.

— Ho ho, nous y voilà.

Rebus débita à toute allure.

— Chick Ancram a trouvé le moyen de me mettre sur le grill. Il a prévu une série d'interrogatoires pour me cuisiner aux petits oignons, mais, entre nous, j'ai la viande coriace. Cela dit, ça prend du temps et je pourrais avoir besoin de retourner dans le nord.

— John...

— Tout ce que je te demande... ou risque de te demander, c'est de téléphoner un jour à Ancram pour lui dire que je travaille pour toi sur quelque chose d'urgent, pour qu'il soit obligé de reporter l'interrogatoire. Tu lui en mets plein la vue et ça me permet de gagner du temps. C'est tout ce dont j'ai besoin. Je ferai de mon mieux pour te laisser en dehors.

— Alors, pour récapituler, tu me demandes seulement de mentir à un collègue qui accomplit une enquête interne ? Et entre-temps, en l'absence de toute preuve matérielle ou verbale, tu vas résoudre cette affaire de trafic de drogue ?

— C'est joliment résumé. Je comprends pourquoi tu es inspecteur chef et pas moi.

Il se leva brusquement et courut à la cabine téléphonique. Il l'avait entendu sonner avant quiconque dans la salle. C'était Jack qui vérifiait sa présence. Il rappela à Rebus de faire emballer ses restes.

— On me les rapporte justement à la table pendant que je te cause.

Quand il regagna sa place, Gill vérifiait la note.

— C'est moi qui paie, annonça Rebus.

— Au moins laisse-moi payer le pourboire. J'ai mangé la plus grande partie du pain. Et, en plus, mon eau a coûté plus que ton vin.

— Tu as fait une affaire, crois-moi. Qu'est-ce que tu décides, Gill?

Elle hocha la tête.

— Je lui dirai tout ce que tu voudras.

25

Jack avait lui aussi le pouvoir de surprendre son vieux copain. Il engloutit la pizza. Son seul commentaire :

— Tu n'as pas beaucoup mangé.

— Ça m'a paru sans goût.

Déjà Rebus ne tenait plus en place. Il était taraudé par l'envie de fumer et de partir pour Aberdeen — les deux. Là-bas se trouvait quelque chose qu'il voulait, sans qu'il sache exactement ce que c'était.

La vérité, peut-être.

Il aurait dû avoir envie d'un verre aussi, mais le vin l'avait guéri. Il se sentait barbouillé avec des brûlures d'estomac. Il s'assit à un bureau et parcourut la déposition de Shankley. L'individu était dans une cellule au rez-de-chaussée. Jack avait travaillé vite et n'avait apparemment rien négligé.

— Alors, remarqua Rebus, je suis rentré de ma conditionnelle. Comment j'ai été ?

— Évitons d'en faire une habitude, mon cœur n'y résisterait pas.

Rebus sourit et s'empara d'un téléphone. Il voulait écouter son répondeur et voir si Ancram avait des projets pour lui. C'était le cas, le lendemain matin, 9 heures. Il y avait un autre message. Celui-là de la part de Kayleigh Burgess. Elle avait besoin de lui parler.

— Je vois quelqu'un à Morningside à 15 heures, alors que diriez-vous de 16 heures dans ce grand hôtel de Bruntsfield ? On pourrait prendre le thé.

D'après elle, c'était important. Rebus décida d'y aller et d'attendre. Il aurait préféré ne pas être chaperonné…

— Tu sais quoi, Jack ? Tu me gâches mes effets.

— Qu'est-ce que tu veux dire ?

— Avec les femmes. Il y en a une que je veux voir, mais je parie que tu vas vouloir venir avec, non ?

— J'attendrai dehors, si tu préfères, proposa Jack.

— Ça sera un grand réconfort pour moi de te savoir là.

— Ça pourrait être pire, rétorqua l'autre en s'empiffrant avec le dernier morceau de pizza. Réfléchis un peu, comment font les siamois pour leur vie amoureuse ?

— Je préfère ne pas y penser.

Il réfléchit. Quand même, c'était une bonne question.

C'était un bel hôtel, discret et haut de gamme. Rebus mit au point un semblant de dialogue dans sa tête. Ancram était au courant pour les coupures de presse dans sa cuisine, et Kayleigh était la seule à avoir pu le divulguer. Il avait été furieux sur le coup, mais il était moins en colère maintenant. Après tout, c'était son boulot, l'information, et d'utiliser cette information pour obtenir d'autres informations. Cela dit, il l'avait encore sur l'estomac. Et puis il y avait le rapport Spaven-McLure. Ancram était reparti de là et là aussi, Kayleigh était au courant. Et surtout, il y avait le cambriolage.

Ils l'attendirent au salon. Jack feuilleta le *Scottish*

Field et lut en détail la description des domaines mis en vente :

— Trois mille hectares dans le Caithness, avec pavillon de chasse, écuries et ferme en exploitation. (Il leva les yeux sur Rebus.) Quel pays, hein ? C'est le seul endroit où tu peux faire main basse sur trois mille hectares pour une bouchée de pain.

— Il y a une troupe de théâtre qui s'appelle 7/84. Tu sais ce que ça veut dire ?

— Non.

— Sept pour cent de la population contrôlent quatre-vingt-quatre pour cent de la fortune nationale.

— Est-ce qu'on est dans les sept pour cent ?

Rebus rigola.

— Tu rêves, Jack !

— Pourtant, ça ne me déplairait pas de tâter de la grande vie.

— À quel prix ?

— Hein ?

— Qu'est-ce que tu serais prêt à donner en échange ?

— Non, je veux dire gagner au loto, par exemple.

— Alors tu n'accepterais pas qu'on te graisse la patte pour fermer les yeux ?

Jack fronça les sourcils.

— Qu'est-ce que tu veux insinuer ?

— Allons, Jack. Je suis allé à Glasgow, tu te souviens ? J'ai vu de beaux costumes et des bijoux, ce que j'ai vu frisait la tartufferie.

— Ils aiment s'habiller, ils croient que ça leur donne de l'importance.

— Oncle Joe n'accorde pas ses petits cadeaux au compte-gouttes ?

— Comment veux-tu que je le sache ?

Jack leva la revue pour se cacher derrière. Affaire

classée. Au même moment, Kayleigh Burgess franchit le seuil.

Elle repéra Rebus immédiatement et le rouge envahit sa figure. Quand elle l'eut rejoint alors qu'il se relevait, ses joues étaient déjà cramoisies.

— Inspecteur, vous avez eu mon message. (Rebus fit signe que oui sans la quitter des yeux.) Merci d'être venu.

Elle se tourna vers Jack Morton.

— Inspecteur Morton, annonça celui-ci en lui serrant la main.

— Vous voulez un thé ?

— D'accord, dit Rebus en lui indiquant le siège disponible, où elle s'assit. Alors ?

Il n'était pas question qu'il lui facilite la tâche, jamais plus. Elle avait gardé son sac sur les genoux, elle en tortillait la bretelle.

— Écoutez, dit-elle, je vous dois des excuses. (Elle le regarda, détourna les yeux puis inspira profondément.) Ce n'est pas moi qui ai parlé à l'inspecteur principal Ancram de ces coupures de presse. Ni du fait que Fergus McLure connaissait Spaven, à vrai dire.

— Mais vous savez qu'il le sait ?

Elle opina du chef.

— C'est Eamonn qui a cafté.

— Et qui l'a dit à Eamonn ?

— Moi. Je ne savais pas quoi décider... Je voulais tester l'idée sur quelqu'un. On fait équipe, alors j'en ai parlé à Eamonn. Je lui ai fait promettre que ça resterait entre nous.

— Ce qui n'a pas été le cas.

— Non, reconnut-elle. Il s'est jeté sur le téléphone pour appeler Ancram. Vous savez, Eamonn... il veut toujours être bien avec les cadres. Si on enquête sur un inspecteur, il faudra qu'il passe par-dessus, qu'il parle à ses supérieurs, voir ce qui leur a mis la puce à l'oreille. En plus, vous n'avez pas vraiment fait une impression favorable sur mon présentateur.

— C'était un accident, plaida Rebus. J'ai glissé.

— Si c'est votre version des choses...

— Que dit la séquence ?

Elle réfléchit.

— Nous étions placés derrière Eamonn. Nous avons surtout son dos.

— Alors on va me lâcher les baskets ?

— Ce n'est pas ce que j'ai dit. Tenez-vous en à votre histoire.

Rebus commençait à piger.

— Merci. Mais pourquoi Breen est-il allé trouver Ancram ? Pourquoi pas mon patron ?

— Parce que Eamonn savait qu'Ancram allait mener l'enquête.

— Et comment l'a-t-il su ?

— Le téléphone arabe.

Un téléphone arabe bien de chez nous. Il revoyait Jim Stevens, les yeux levés vers les fenêtres de son appartement... foutant la merde... Il poussa un soupir.

— Une dernière chose. Est-ce que vous avez entendu parler d'un cambriolage chez moi ?

— Je devrais ? s'exclama-t-elle, haussant les sourcils.

— Vous vous souvenez des affaires sur Bible John dans le placard ? Quelqu'un a forcé ma porte avec une pince-monseigneur juste pour le plaisir de les feuilleter.

— Ce n'est pas nous, affirma-t-elle.

— Ah non ?

— Forcer une porte ? Nous sommes journalistes, bon sang.

Rebus leva les mains en signe d'apaisement, mais ça ne l'empêcha pas de revenir à la charge.

— Vous croyez que Breen serait capable de prendre des risques ?

Là, elle éclata de rire.

— Pas même pour une affaire de l'importance du Watergate. Eamonn présente l'émission, il ne procède à aucune investigation.

— C'est votre équipe qui s'en charge ?

— Oui, et aucun d'entre nous n'est capable de se servir d'une pince-monseigneur. Je suis blanchie ?

Tandis qu'elle croisait les jambes, Jack les observa. Depuis un moment, il la couvait des yeux comme un gamin devant une console de Megadrive.

— Considérez que l'affaire est classée, trancha Rebus.

— Mais c'est vrai ? Quelqu'un a forcé votre porte ?

— Affaire classée, répéta-t-il.

Elle fit la moue.

— Comment avance l'enquête ? (Elle leva une main.) Je ne cherche pas à fourrer mon nez dans vos affaires, mais ça m'intéresse.

— Ça dépend de quelle enquête vous voulez parler, remarqua Rebus.

— L'affaire Spaven.

— Oh, celle-là. (Il fit la grimace en pesant ses mots.) Eh bien, l'inspecteur principal Ancram est du genre confiant. Il a toute confiance en ses hommes. Si vous plaidez non coupable, il vous croit sur parole. C'est très réconfortant d'avoir des chefs comme ça. Ainsi, il a tellement confiance en moi qu'il m'a collé un ange gardien qui s'accroche à moi comme une moule au rocher. (Il indiqua Jack du menton.) L'inspecteur Morton que voilà est censé ne pas me lâcher d'une semelle. Il dort même chez moi. (Il soutint le regard de Kayleigh.) Qu'est-ce que vous dites de ça ?

Elle pouvait à peine prononcer les mots.

— C'est absolument scandaleux.

Il eut un geste impuissant, mais la main avait déjà plongé dans son sac pour en ressortir un calepin et un stylo. Jack lança un regard noir à John, qui le rassura d'un clin d'œil. Kayleigh dut tourner plusieurs pages avant d'en trouver une vierge.

— Quand cela a-t-il commencé? demanda-t-elle.

— Voyons voir... (Il fit semblant de réfléchir.) Dimanche après-midi, je crois. Après que j'ai été soumis à un interrogatoire à Aberdeen et ramené ici.

Elle leva les yeux.

— Un interrogatoire?

— Quoi, vous n'étiez pas au courant? fit Rebus, faussement étonné. Mais je suis considéré comme suspect dans l'affaire Johnny Bible.

Sur le chemin du retour, Jack fulminait.

— Qu'est-ce que tu cherchais exactement?

— Lui sortir Spaven de l'esprit.

— Je ne te suis pas.

— Jack, elle veut consacrer une émission à Spaven. Elle n'en fait pas sur les flics qui foutent des peaux de banane sous les pieds de leurs collègues ni sur Johnny Bible.

— Et alors?

— Alors, maintenant, elle a la tête pleine de tout ce que je lui ai raconté. Et dans tout ça, pas une miette à propos de Spaven. Ça va la... quel est le mot, déjà?

— Lui occuper l'esprit?

— C'est ça. (Il vérifia l'heure à sa montre.) Nom d'un chien! Les photos!

La circulation se traînait quand ils dévièrent par le centre-ville. Édimbourg à l'heure de pointe était un cauchemar ces derniers temps. Feux rouge et gaz d'échappement au ralenti, les nerfs à cran et les doigts qui pianotent sur le volant. Quand ils arrivèrent à destination, le magasin avait fermé pour la nuit. Rebus consulta l'heure d'ouverture. 9 heures du matin. Il pourrait repasser en se rendant à Fettes et serait à peine en retard pour Ancram. Ancram... cette seule pensée lui envoya comme une secousse dans tout le corps.

— Rentrons, dit-il à Jack, avant de se rappeler les bouchons. Non, après réflexion, on va faire une halte à l'*Ox*. (Jack fit la moue.) Tu croyais m'avoir guéri ? (Rebus hocha la tête.) Il m'arrive de m'arrêter deux ou trois jours, c'est pas la mer à boire.

— Dommage.

— Un autre sermon, Jack ?

— Non. Et les clopes ?

— J'en prendrai un paquet au distributeur.

Il se tenait au bar, un pied sur le repose-pieds, un coude sur le bois poli. Devant lui se trouvaient quatre objets : un paquet de clopes intact, une boîte d'allumettes Scottish Bluebell, trente-cinq millilitres de whisky de la marque Teacher's et une pinte de Belhaven Best. Il les fixait avec la ferveur d'un médium qui voudrait les faire disparaître.

— Trois minutes pile, commenta un habitué à l'autre bout du bar comme s'il avait jaugé la résistance de Rebus.

Une question insondable habitait l'esprit de Rebus : qui voulait qui, les voulait-il, ou le voulaient-ils ? Il se demandait comment David Hume aurait répondu à la question. Il prit la bière. Le verre était lourd. Il le huma. L'odeur n'était pas tellement alléchante. Il savait que ça n'avait pas mauvais goût, mais d'autres choses étaient meilleures. Cela dit, l'arôme du whisky lui plut, une odeur de fumé qui lui emplit les narines et les poumons. Ça allait lui griller la gorge, brûler en descendant et fondre en lui, mais l'effet ne durait pas longtemps.

Et la nicotine ? Quand il décrochait quelques jours, il se rendait bien compte que les cigarettes vous faisaient empester — la peau, les habits, les cheveux. Une habitude répugnante, vraiment. Si vous ne vous chopiez pas le cancer, vous aviez des chances de le refiler à un pauvre type qui avait eu la malchance de vous approcher de trop près. Harry le barman attendait que Rebus se décide. Le bar tout entier était suspendu. Tout le monde savait qu'il se passait quelque chose, c'était écrit sur la figure de Rebus et ce qu'on y lisait était presque douloureux. Jack, à côté de lui, retenait son souffle.

— Harry, articula Rebus, retire-moi ça.

Harry emporta les deux verres en hochant la tête.

— Ça méritait la photo, lança-t-il.

Rebus fit glisser les cigarettes sur le bar vers le fumeur.

— Tenez, prenez-les. Et ne les laissez pas trop près de moi, je pourrais changer d'avis.

Le fumeur prit le paquet, sidéré.

— Ça rembourse toutes celles que vous m'avez tapées dans le passé.

— Avec les intérêts, rétorqua-t-il en regardant Harry verser la bière dans l'évier.

— Ça retourne directement dans la barrique, Harry ?

— Alors, vous voulez autre chose ou vous êtes seulement venu vous asseoir ?

— Un Coke et des chips. (Il se tourna vers Jack.) Les chips, c'est permis, non ?

Jack le tapotait doucement dans le dos. Et il souriait.

Ils s'arrêtèrent dans un magasin sur le chemin du retour et ressortirent avec des courses pour le dîner.

— Tu te souviens de la dernière fois où tu as fait la cuisine ? l'interrogea Jack.

— Je ne suis pas aussi plouc que ça.

Ce qui, en d'autres termes, voulait dire non. Or il se trouva que Jack adorait ça, même s'il reprochait à l'appartement de Rebus de manquer d'ustensiles propres à son art. Ni presse-citron ni presse-ail.

— Passe-moi donc l'ail, proposa Rebus. Je vais l'écraser d'un coup de talon.

— J'étais passablement flemmard autrefois, confia Jack. Quand Audrey m'a quitté, j'ai essayé de mettre le bacon dans le grille-pain. Mais finalement, c'est du nanan si tu fais un peu attention.

— Qu'est-ce que ça va donner ?

— Des spaghettis bolognaises de régime avec de la salade si tu te remues les fesses.

Rebus se remua les fesses, mais il dut filer à l'épicerie pour avoir de quoi préparer la sauce. Il ne prit pas le temps d'enfiler une veste, l'air était doux.

— Tu es sûr de pouvoir me faire confiance ? demanda-t-il.

Jack, qui goûtait la sauce, opina du bonnet. Rebus sortit donc seul et envisagea de ne pas rentrer. Il y avait un pub au coin de la rue, portes ouvertes. Mais bien sûr, il allait rentrer, il n'avait pas encore dîné. À voir comment Jack écrasait la nuit, il lui suffirait d'attendre pour faire le mur s'il en avait envie.

Ils dressèrent la table dans le séjour. C'était la première fois qu'on y prenait le repas depuis le départ de sa femme. Était-ce vrai ? Rebus s'arrêta, une fourchette et une cuiller dans la main. Oui, c'était vrai. Son appartement, son refuge, son château, lui parut soudain plus vide que jamais.

Voilà, de nouveau les violons. C'était aussi pour ça qu'il picolait.

Ils partagèrent une bouteille d'eau minérale des Highlands et trinquèrent.

— Dommage qu'on n'ait pas de pâtes fraîches, remarqua Jack.

— Mais au moins, ce sont des produits frais, répliqua Rebus en se remplissant la bouche. C'est suffisamment rare dans cette maison.

Ils mangèrent la salade après, à la française, selon Jack. Rebus s'apprêtait à se servir du rab quand le téléphone sonna. Il décrocha.

— John Rebus à l'appareil.

— Rebus, c'est l'inspecteur chef Grogan.

— Inspecteur chef Grogan, répéta Rebus en regardant Jack. Que puis-je pour vous, monsieur ?

Jack s'approcha pour écouter.

— Nous avons procédé à des tests préliminaires sur vos chaussures et vos vêtements. J'ai pensé que vous aimeriez savoir que vous êtes blanchi.

— Vous en avez douté ?

— Vous êtes un flic, Rebus, vous savez qu'il y a des procédures à suivre.

— Bien sûr, monsieur. Je suis sensible à votre appel.

— Autre chose. J'ai eu une discussion avec M. Fletcher. (Hayden Fletcher, le chargé des relations publiques de T-Bird.) Il admet qu'il connaissait la dernière victime. Il nous a donné un compte rendu détaillé de ses déplacements la nuit du meurtre. Il a même proposé du sang pour faire un test d'ADN si ça pouvait nous être utile.

— Il a l'air culotté.

— Ça donne une idée du personnage. Il m'a déplu spontanément, ce qui ne m'arrive pas souvent.

— Pas même avec moi ?

Rebus regarda Jack en souriant. Celui-ci articula :

— Vas-y mollo.

— Pas même avec vous, affirma Grogan.

— Voilà donc deux suspects de moins. Ça ne vous aide pas vraiment.

— Non, soupira Grogan.

Rebus l'imaginait s'essuyant ses yeux fatigués.

— Et qu'en est-il d'Eve et Stanley ? Avez-vous suivi mes conseils ?

— Absolument. Étant donné votre méfiance à l'égard du sergent Lumsden, un excellent policier, cela dit, j'ai mis dessus deux hommes de ma propre initiative qui me font leur rapport personnellement.

— Merci, monsieur.

Grogan toussota.

— Ils étaient descendus dans un hôtel proche de l'aéroport. Cinq étoiles, un endroit fréquenté par les employés de la société pétrolière. Ils circulaient en BMW (laquelle sortait sans doute de l'impasse d'Oncle Joe). J'ai une description de la voiture et les éléments du permis.

— C'est inutile, monsieur.

— Bon, mes hommes les ont suivis dans deux ou trois boîtes.

— Pendant leurs heures de travail ?

— Dans la journée, inspecteur. Ils ne portaient rien en entrant et sont ressortis de la même manière. Toutefois, ils se sont également rendus dans plusieurs banques du centre-ville. Un de mes hommes s'est approché suffisamment dans une des banques pour voir qu'ils faisaient des dépôts en liquide.

— Dans une banque ?

Oncle Joe était-il donc du genre à faire confiance aux banques ? Laisserait-il des étrangers s'approcher à moins d'un kilomètre de ses fonds mal acquis ?

— C'est à peu près tout, inspecteur. Ils ont partagé quelques repas, ont fait un tour en voiture sur les docks, puis ils ont quitté la ville.

— Ils sont partis?

— Ce soir. Mes hommes les ont suivis jusqu'à Banchory. Je dirais qu'ils allaient en direction de Perth. (Et après ça, Glasgow.) L'hôtel a confirmé qu'ils avaient réglé leurs chambres.

— Vous avez demandé à l'hôtel si c'étaient des habitués?

— Positif sur les deux points. Ça fait à peu près six mois qu'ils sont clients.

— Combien de chambres?

— Ils en réservent toujours deux. (Il y avait un sourire dans la voix de Grogan.) Mais à ce qu'il paraît, les femmes de chambre n'en ont qu'une à faire. Il semble qu'ils en partagent une et laissent l'autre intacte.

Bingo! se dit Rebus. *Le loto plus le morpion, le grand chelem!*

— Merci, monsieur.

— Est-ce que ça va vous aider?

— Beaucoup, je vous tiendrai au courant. Oh, une question que je voulais vous poser...

— Oui?

— Hayden Fletcher, est-ce qu'il a dit comment il avait rencontré la victime?

— Une relation professionnelle. Elle a organisé l'espace de T-Bird Oil à la North Sea Convention.

— C'est ce que signifie «présentations d'entreprises»?

— Apparemment. Mlle Holden concevait bon nombre de ces stands, puis sa société réalisait la construction et l'installation. C'est dans ce cadre que Fletcher l'a rencontrée.

— Monsieur, je vous suis très reconnaissant pour tout.

— Inspecteur... si vous revenez dans le nord à un moment quelconque, prévenez-moi, entendu?

Rebus comprit que ce n'était pas une invitation pour prendre le thé.

— Certainement, monsieur. Bonsoir.

Il raccrocha. Aberdeen lui faisait signe de revenir et il aurait préféré être pendu que d'en avertir qui que ce soit. Mais Aberdeen pouvait attendre encore un jour. Il y avait donc un rapport entre Vanessa Holden et l'industrie pétrolière…

— Qu'est-ce qu'il y a, John ?

Rebus regarda son ami.

— C'est à propos de Johnny Bible, Jack. J'ai une impression bizarre à son sujet.

— Quoi ?

— Qu'il est dans le pétrole…

Ils débarrassèrent la table et firent la vaisselle, puis se préparèrent des chopes de café et décidèrent de se mettre aux peintures. Jack était curieux d'en apprendre plus sur Johnny Bible, et sur Eve et Stanley, mais Rebus ne savait pas par où commencer. Il avait le cerveau congestionné. Il n'arrêtait pas de le bourrer d'éléments nouveaux sans rien évacuer. La première victime de Johnny Bible avait été une étudiante en géologie dans une université qui avait des liens étroits avec l'industrie du pétrole. Maintenant, sa quatrième victime organisait des stands pour des conventions et, après avoir vu Aberdeen, il pouvait deviner qui étaient ses meilleurs clients. S'il y avait un rapport entre la première et la quatrième victime, avait-il raté quelque chose, un lien entre la deux et la trois ? Une prostituée et une serveuse de bar, l'une à Édimbourg et l'autre à Glasgow…

Quand le téléphone retentit, il posa le papier de verre — la porte en jetait ! — et décrocha. Jack était sur l'échelle pour atteindre les corniches.

— Allô ?

— John? C'est Mairie.

— J'ai essayé de te joindre.

— Je m'excuse, j'étais sur un autre coup... Un truc qui paie.

— Tu as découvert quelque chose sur le major Weir?

— Plutôt. Comment était Aberdeen?

— Un vrai coup de fouet.

— T'en avais bien besoin. Ces notes... il y en a sans doute trop pour te les lire au téléphone.

— Alors voyons-nous.

— Dans quel pub?

— Pas de pub.

— Je dois avoir un problème sur la ligne. Tu as bien dit « pas de pub » ?

— Et si on disait Duddingston Village. Ce doit être à mi-chemin. Je me garerai près du loch.

— Quand?

— Dans une demi-heure?

— On n'arrivera jamais à finir cette pièce, se lamenta Jack en descendant de l'échelle.

Il avait des traces de blanc dans les cheveux.

— Ça te va bien, les cheveux blancs, remarqua Rebus.

— Encore une femme? interrogea Jack en se frottant le crâne. Comment fais-tu pour éviter les problèmes?

— Il y a beaucoup de portes dans cet appart.

Mairie les attendait. Comme Jack n'était pas retourné à Arthur's Seat depuis des années, ils avaient emprunté la route panoramique, bien que, la nuit, la vue soit assez limitée. L'énorme mamelon d'une colline, qui avait tout — même les gamins s'en rendaient compte — d'un éléphant accroupi, était l'endroit rêvé pour chasser le blues et le reste.

Cependant, la nuit, c'était mal éclairé et loin de tout. Édimbourg possédait beaucoup de ces espaces vides au souvenir glorieux. C'étaient des petits coins charmants tant que vous n'aviez pas croisé votre premier junkie, agresseur, violeur ou casseur de gays.

Duddingston était un village, un vrai village au cœur de la ville, tapi au pied de la colline d'Arthur's Seat. Duddingston était aussi le nom du loch, lequel était plutôt un grand étang qu'un vrai loch, qui veillait sur un sanctuaire pour les oiseaux et un chemin baptisé Innocent Railway. Rebus aurait aimé savoir d'où il tenait son nom.

Jack arrêta la voiture et fit clignoter ses phares. Mairie éteignit les siens, déverrouilla sa porte et les rejoignit d'un bond. Rebus fit les présentations.

— Oh, dit-elle, vous avez élucidé l'affaire des «nœuds et des croix[1]» avec John.

Rebus plissa les paupières.

— Comment vous savez ça? C'était avant votre époque.

Elle lui adressa un clin d'œil.

— Je me suis documentée.

Il se demanda ce qu'elle savait d'autre, mais n'eut pas le temps d'y réfléchir. Elle lui tendit une grande enveloppe de papier brun.

— L'Internet est une bénédiction. J'ai un contact au *Washington Post* et c'est lui qui m'a fourni presque tout.

Rebus alluma la lumière intérieure. Il y avait une lampe de lecture.

— D'habitude, c'est dans les pubs qu'il veut me voir, expliqua Mairie à Jack. Et les plus pouilleux encore.

---

1. Voir note page 114.

Jack lui sourit et se retourna sur son siège, le bras pendant par-dessus l'appuie-tête. Elle lui plaisait. Tout le monde aimait Mairie. Rebus aurait voulu connaître son secret.

— Les pubs pouilleux conviennent à sa personnalité, répondit Jack.

— Écoutez, interrompit Rebus, vous pourriez foutre le camp tous les deux et aller admirer les canards, par exemple ?

Jack regarda Mairie pour voir si elle était d'accord et ouvrit sa porte. Seul, Rebus s'enfonça plus profondément dans son siège et se mit à lire.

Primo : le major Weir n'était pas major, c'était un surnom qui remontait à son adolescence. Secundo : ses parents lui avaient passé leur amour de tout ce qui était écossais, y compris le désir de l'indépendance nationale. Il y avait beaucoup de détails sur ses débuts dans l'industrie, puis dans l'industrie pétrolière, et des rapports sur la fin de Thom Bird. Rien de louche là-dedans. Un journaliste aux États-Unis avait commencé à rédiger une biographie non autorisée de Weir, mais il avait renoncé... La rumeur disait qu'il ait été payé pour aller voir ailleurs. Deux ou trois histoires non confirmées circulaient. Weir avait quitté sa femme dans la rancœur et la hargne, le pognon était venu plus tard. Puis quelque chose au sujet du fils de Weir, mort ou déshérité. Parti peut-être dans un ashram ou pour nourrir les affamés en Afrique, travaillant dans un fast-food ou œuvrant pour l'avenir de Wall Street. Rebus tourna la page pour découvrir qu'il n'y avait plus rien. L'histoire s'arrêtait au milieu d'une phrase. Il descendit de voiture et s'approcha de Mairie et Jack, qui discutaient, serrés l'un contre l'autre.

— Il en manque, dit-il en agitant les feuilles.

— Ah oui. (Mairie plongea la main dans sa veste

et en sortit une feuille pliée en quatre qu'elle lui tendit. Il la regarda, attendant une explication de sa part. Elle eut un geste désinvolte.) Disons que c'était une blague.

Jack éclata de rire.

Rebus se posta dans la lumière des phares pour reprendre sa lecture. Ses yeux s'agrandirent et il resta bouche bée. Il reprit sa lecture une deuxième fois, puis une troisième et se passa une main dans les cheveux pour s'assurer que son crâne n'avait pas explosé.

— Ça va ? s'inquiéta Mairie.

Il la fixa un moment sans la voir, puis l'attira à lui et lui planta un baiser sur la joue.

— Mairie, tu es parfaite.

Elle se tourna vers Jack Morton.

— C'est bien mon avis, renchérit ce dernier.

Assis dans sa voiture, Bible John avait observé Rebus et son ami quitter Arden Street. Ses affaires l'avaient retenu un jour de plus à Édimbourg. C'était agaçant, mais cela lui avait permis de jeter encore un coup d'œil au policier. Difficile à dire de loin, mais Rebus semblait avoir des bleus sur la figure et ses vêtements étaient en désordre. Bible John ne pouvait s'empêcher d'être un peu déçu. Il avait espéré un adversaire un peu plus à la hauteur. Ce type avait l'air d'un tocard.

Non qu'il le considérait comme un adversaire, pas exactement. L'appartement de Rebus n'avait pas livré grand-chose, mais il avait révélé que l'intérêt de Rebus pour Bible John avait un rapport avec le Copieur. Ce qui, en un sens, s'expliquait. Bible John n'était pas resté chez lui aussi longtemps qu'il l'aurait souhaité. N'ayant pu crocheter la serrure, il avait dû forcer la porte et ne savait pas combien de temps les voisins mettraient à le remarquer. Il avait donc dû faire vite, mais il n'y avait rien de bien intéressant. Cela l'avait renseigné sur le policier. Il avait l'impression de le connaître, dans une certaine mesure. Il sentait sa solitude, le vide là où il aurait dû trouver affection, chaleur et amour. Il y avait de la musique et il y avait des livres, mais rien de remarquable en quantité ni en qualité. Les vêtements étaient fonctionnels, toutes les vestes à peu près pareilles. Pas de chaussures. Il trouva cela bizarre au plus haut point. N'en possédait-il qu'une paire ?

Et la cuisine, dépourvue d'ustensiles et d'aliments. Et la salle de bains, qui avait grand besoin d'un coup de pinceau.

Mais de retour dans la cuisine, petite surprise. Des journaux et des coupures dissimulés à la va-vite et faciles à dénicher. Bible John, Johnny Bible. Et la preuve que Rebus s'était donné du mal, puisqu'il avait dû se procurer les journaux par l'intermédiaire d'un bouquiniste. Une enquête dans l'enquête, c'était bien de ça qu'il s'agissait. Et cela rendait Rebus bien plus intéressant au regard de Bible John.

Des paperasses dans la chambre, des cartons de vieilles lettres, de relevés bancaires, quelques rares photographies. Assez pour montrer qu'il avait été marié et avait une fille. Rien de récent pourtant : ni portraits de la fille adulte ni aucun cliché nouveau.

Mais pas trace de la seule chose pour laquelle il était venu ici, sa carte de visite. Autrement dit, Rebus l'avait jetée ou il l'avait sur lui, dans la poche de sa veste ou dans son portefeuille.

Dans le living, il releva le numéro de téléphone de Rebus et, les yeux fermés, il s'assura qu'il avait bien enregistré le plan de l'appartement. Facile ! Il pourrait revenir en pleine nuit et traverser les lieux sans déranger rien ni personne. Il pouvait avoir John Rebus quand il le voulait. N'importe quand.

Mais qu'en était-il de son ami ? Le policier n'avait pas l'air du genre liant. Ils repeignaient ensemble la salle de séjour. Il ne savait pas si cela avait un rapport avec le fait que sa porte avait été forcée. Probablement pas. Un homme de l'âge de Rebus, peut-être un peu plus jeune, mais le genre coriace. Un autre policier ? Peut-être. Son visage n'exprimait pas la force de celui de Rebus. On sentait chez Rebus — il l'avait perçu lors de leur première rencontre et cela se trouvait renforcé ce soir — une obstination inébranlable, une ténacité à toute épreuve. Physiquement, son ami semblait lui être supérieur, mais ça ne faisait pas de Rebus un gringalet. La force physique avait ses limites.

Ensuite, c'était une question d'étoffe.

26

Quand le magasin de photo ouvrit, le lendemain matin, ils faisaient le pied de grue devant la porte. Jack regardait sa montre pour la quinzième fois seulement.

— Il va nous tuer, dit-il pour la neuvième ou dixième fois. Non, je t'assure, tu peux me croire.

— Relax, Max. Détends-toi.

Jack avait l'air aussi détendu qu'un poulet sans tête. Dès que le gérant se mit à ouvrir la grille, ils bondirent hors de la voiture. Rebus tenait déjà le ticket à la main.

— Donnez-moi une minute, demanda le gérant.

— Nous sommes en retard.

Le manteau encore sur le dos, il feuilleta les sachets des photos. Rebus imaginait des dimanches en famille, des vacances à l'étranger, des anniversaires, les pupilles rouges sous le flash et des mariages aux images floues. Les collections de photographies sont vaguement déprimantes, mais touchantes. Il avait eu l'occasion de feuilleter beaucoup d'albums dans sa vie, généralement après un meurtre à la recherche d'indices et des relations de la victime.

— Vous allez devoir attendre quand même que j'ouvre la caisse.

Le gérant leur tendit le paquet ; Jack jeta un œil sur le prix, flanqua sur le comptoir de quoi payer amplement la somme et tira Rebus hors de la boutique.

Il fonça à Fettes comme si on venait d'y découvrir un meurtre. Les automobilistes klaxonnèrent et freinèrent brutalement sur leur passage pendant qu'il jouait les cascadeurs. Malgré ses efforts, ils eurent vingt minutes de retard. Rebus s'en battait l'œil, il avait ses repros, celles des photos manquantes dans la cabine d'Allan Mitchison. Elles ressemblaient aux autres, des photos de groupe, mais avec moins de personnes. Et, sur chacune, Cheveux-tressés, juste à côté de Mitchison. Sur l'une, elle avait un bras autour de sa taille ; sur l'autre, ils s'embrassaient, souriant pendant que leurs lèvres se touchaient.

Rebus n'était pas surpris, pas franchement.

— J'espère qu'elles en valaient la peine, putain ! râla Jack.

— Jusqu'au dernier centime, Jack.

— Ce n'est pas ce que je voulais dire.

Chick Ancram était assis, les mains jointes, le visage de la couleur d'un crumble à la rhubarbe. Les dossiers étaient posés devant lui comme s'ils n'avaient pas bougé depuis leur dernière rencontre. Il avait dans la voix un léger vibrato. Il se maîtrisait, mais c'était tout juste.

— J'ai reçu un coup de fil d'une certaine Kayleigh Burgess, déclara-t-il.

— Ah oui ?

— Elle veut me poser quelques questions. (Il s'interrompit.) À votre sujet. Sur le rôle que l'inspecteur Morton joue actuellement dans votre vie.

— Bah, ce sont des ragots, monsieur. Jack et moi, on est seulement amis.

Ancram plaqua ses paumes sur le bureau.

— Je croyais que nous avions passé un marché.

— Je ne me souviens de rien.

— Eh bien, espérons que vous aurez meilleure mémoire pour un passé plus lointain. (Il ouvrit un dossier.) Parce que c'est maintenant qu'on va rigoler.

Il fit signe à Jack, qui avait l'air penaud, de mettre le magnétophone en route, puis il annonça la date et l'heure, le nom des officiers présents... Rebus se sentait sur le point d'exploser. Il avait l'impression que s'il restait assis une seconde de plus, ses yeux allaient lui sortir des orbites comme ces lunettes postiches avec des globes oculaires montés sur ressorts. Il avait déjà éprouvé la même chose et c'était le prélude à une crise d'angoisse. Sauf qu'à présent, il n'était pas en proie à l'angoisse, il était carrément inculpé. Il se leva. Ancram s'interrompit au milieu d'une phrase.

— Un problème, inspecteur ?

— Écoutez, grommela Rebus en se frottant le front. Je n'arrive pas à mettre mes idées en place... pas au sujet de Spaven. Pas aujourd'hui.

— C'est à moi d'en décider, pas à vous. Si vous ne vous sentez pas bien, nous pouvons appeler un médecin, sinon...

— Je ne suis pas malade, je...

— Alors asseyez-vous. (Rebus s'exécuta et Ancram se replongea dans ses notes.) Bon, inspecteur... la nuit en question, d'après votre rapport, vous étiez chez l'inspecteur Geddes et il y a eu un appel téléphonique ?

— Oui.

— Vous n'avez donc pas entendu la conversation ?

— Non.

Cheveux-tressés et Mitchison... Mitch l'organisateur, le protestataire. Mitch l'ouvrier travaillant sur les plates-formes. Assassiné par Tony El, l'homme de main d'Oncle Joe. Eve et Stanley, qui travaillaient à Aberdeen, y partageaient une chambre...

— Mais l'inspecteur Geddes vous a dit que ça concernait M. Spaven ? Un tuyau ?

— Oui...

Le *Burke's Club*, un lieu fréquenté par la police, peut-être par les ouvriers aussi. Hayden Fletcher y allait. Ludovic Lumsden aussi. Michelle Strachan y a rencontré Johnny Bible...

— Et Geddes n'a pas dit qui l'avait appelé ?

— Oui. (Ancram leva les yeux et Rebus comprit qu'il avait donné la mauvaise réponse.) Non.

— Non ?

— Non.

Ancram le regarda fixement, renifla, se concentra de nouveau sur ses notes. Il y en avait des pages et des pages, rédigées spécialement pour cette séance. Des questions à poser, des « infos » à croiser, toute l'affaire remise à plat et reconstruite.

— Les tuyaux anonymes sont plutôt rares d'après mon expérience, remarqua Ancram.

— Oui.

— Et ils proviennent presque toujours d'un bureau du poste de police. Vous êtes d'accord ?

— Oui, monsieur.

Aberdeen était-il la clé ou les réponses se situaient-elles plus au nord ? Qu'est-ce que Jake Harley avait à y voir ? Et Mike Sutcliffe — M. Peau-de-mouton — n'avait-il pas reçu un avertissement du major Weir ? Qu'avait dit Sutcliffe, déjà ? Il avait dit quelque chose dans l'avion, puis s'était interrompu brutalement... C'était à propos d'un bateau...

Et cela avait-il un rapport quelconque avec Johnny Bible ? Johnny Bible était-il foreur ?

— Il serait donc logique d'en déduire que l'ins-

pecteur Geddes connaissait son interlocuteur, n'est-
ce pas?

— Ou celui-ci connaissait Geddes.

Ancram écarta cette remarque d'un geste.

— Et ce tuyau concernait justement M. Spaven.
Cette coïncidence ne vous a pas frappé à l'époque,
inspecteur? Alors que Geddes avait déjà reçu un
avertissement concernant Spaven? Pourtant, vous
deviez bien vous rendre compte que votre chef était
obsédé par cet homme.

De nouveau Rebus se leva et il se mit à arpenter
de son mieux la petite pièce.

— Asseyez-vous!

— Sauf votre respect, monsieur, impossible. Si je
reste assis une minute de plus, je vais vous mettre
mon poing dans la figure.

Jack Morton se couvrit les yeux d'une main.

— Qu'est-ce que vous avez dit?

— Rembobinez la bande et écoutez. C'est précisément pour ça que je suis debout et que je marche.
Appelez ça gestion de crise, si vous voulez.

— Inspecteur, je vous mets en garde…

Rebus éclata de rire.

— Vraiment? Vous êtes trop bon, monsieur.

Ancram se levait à son tour. Rebus fit demi-tour
et se dirigea vers l'autre mur, pour tourner à nouveau sur ses talons et s'immobiliser.

— Écoutez, dit-il. Une simple question: vous voulez qu'on fasse tomber Oncle Joe?

— Nous ne sommes pas là pour…

— Nous sommes là pour amuser la galerie… vous
le savez comme moi. Nos grands manitous ont des
sueurs à cause des médias. Ils veulent que la police
leur fasse honneur si jamais cette émission avait lieu.
De cette façon, on pourra dire qu'il y a eu une
enquête interne et tout le monde pourra dormir sur

ses deux oreilles. La télévision semble être à peu près la seule chose qui fasse peur à nos dirigeants. Les méchants ne leur font plus peur, mais dix minutes de critiques, pauvre de moi, non, pas ça ! Tout ça pour une émission qui sera regardée par quelques millions de personnes, la moitié ayant coupé le son, l'autre moitié y pigeant que dalle et qui aura tout oublié le lendemain. Alors c'est oui ou c'est non ? conclut-il en reprenant son souffle.

Comme Ancram se taisait, Rebus répéta sa question.

L'inspecteur principal fit signe à Jack d'éteindre le magnéto. Puis il se cala contre son dossier.

— Oui, répondit-il tranquillement.

— On y arrive. (Rebus parlait d'un ton uniforme.) Mais je ne veux pas vous en laisser tout le bénéfice. Si quelqu'un y a droit, c'est l'inspecteur chef Templer. (Rebus regagna sa chaise et appuya ses fesses sur le bord.) Maintenant, à mon tour de vous poser deux ou trois questions.

— Vous avez reçu un coup de fil ? interrogea Ancram, surprenant Rebus. (Leurs regards se croisèrent.) Le magnéto est éteint, c'est entre nous trois. On a téléphoné ?

— Je réponds à vos questions et vous répondez aux miennes ? (Ancram fit signe que oui.) Bien sûr que quelqu'un a appelé.

Ancram eut presque un sourire.

— Espèce de menteur. Il est venu chez vous, n'est-ce pas ? Qu'est-ce qu'il vous a dit ? Il a dit que vous n'aviez pas besoin de mandat ? Vous saviez qu'il racontait des salades.

— C'était un bon flic.

— Chaque fois que vous me sortez cette formule, elle paraît plus usée. Qu'est-ce qui se passe ? Vous n'y croyez plus vous-même ?

— Il l'était.

— Mais il avait un problème, un petit démon personnel appelé Lenny Spaven. Vous étiez son ami, Rebus, vous auriez dû l'arrêter.

— L'arrêter ?

Ancram opina du chef, les yeux brillants comme des lunes.

— Vous auriez dû l'aider.

— J'ai essayé, chuchota-t-il.

C'était un autre mensonge. À l'époque, Lawson était un junkie en état de manque et une seule chose pouvait l'aider, sa dose.

Ancram se recula en essayant de prendre un air satisfait. Il croyait que Rebus craquait. Le doute avait été semé, et à plusieurs reprises. Ancram pouvait y aller de sa compassion pour faire bonne mesure.

— Vous savez, dit-il, je ne vous le reproche pas. Je sais ce que vous devez éprouver. Mais il y a eu dissimulation. Il y a eu un mensonge sur le fond, cette histoire de tuyau. (Il leva ses notes de deux centimètres au-dessus de sa table.) C'est écrit partout, du haut en bas de ces papiers, et du coup, tout le reste tombe à l'eau, parce que si Geddes filait Spaven, qu'est-ce qui l'a empêché de planquer un objet compromettant au passage ?

— Ce n'était pas son genre.

— Même quand il était poussé dans ses retranchements ? Vous l'avez déjà vu dans les mêmes circonstances ?

Rebus ne savait pas quoi dire. Ancram était de nouveau penché en avant, les paumes sur le bureau. Il se recula.

— Quelle question vouliez-vous poser ?

Quand Rebus était enfant, ils habitaient un pavillon jumelé séparé de la maison voisine par un passage. Celui-ci conduisait aux deux jardins mitoyens sur l'arrière. Rebus y jouait au football avec son père. Parfois, il posait un pied sur l'un des murs et parvenait à se hisser sur le toit du passage. Et parfois, il se plaçait au milieu et lançait de toutes ses forces une petite balle en caoutchouc dur contre le sol de pierre. La balle rebondissait dans tous les sens, à toute vitesse, du sol au toit au mur au sol au toit...

Il avait l'impression que c'était ce que faisait sa tête en ce moment.

— Hein? demanda-t-il.

— Vous disiez que vous aviez deux ou trois questions pour moi.

Lentement, la tête de Rebus regagna sa place. Il se frotta les yeux.

— Oui, marmonna-t-il. Primo: Eve et Stanley?

— Eh bien?

— Ils sont proches?

— Vous voulez savoir s'ils s'entendent bien? Ça va.

— Sans plus?

— Pas de prises de bec à signaler.

— Je pensais plutôt à la jalousie.

Ancram pigea.

— Ah, Oncle Joe et Stanley?

— C'est ça, approuva Rebus. Est-elle assez fine mouche pour jouer l'un contre l'autre?

Il l'avait rencontrée et croyait connaître la réponse. Ancram haussa les épaules. La conversation avait manifestement pris un tour inattendu.

— Sauf qu'à Aberdeen, précisa Rebus, ils partageaient la même chambre d'hôtel.

Ancram plissa les yeux.

— Vous en êtes sûr? (Rebus fit signe qu'il en était sûr.) Ils doivent être cinglés. Oncle Joe les tuera tous les deux.

— Peut-être qu'ils ne l'en croient pas capable.

— Que voulez-vous dire?

— Ils se croient peut-être plus forts que lui. Ils s'imaginent peut-être qu'en cas de guerre, les gros bras changeraient de camp. C'est de Stanley que les gens ont peur de nos jours, vous l'avez dit vous-même. Surtout maintenant que Tony El n'est plus là.

— Tony n'était déjà plus dans la course.

— Je n'en suis pas si sûr.

— Expliquez-vous.

— Non, fit Rebus. J'ai besoin de parler avec quelques personnes d'abord. Vous avez déjà entendu dire qu'Eve et Stanley travaillaient ensemble ?

— Non.

— Donc cette virée à Aberdeen...

— Je dirais que c'est une nouvelle balade.

— Les registres de l'hôtel en font état depuis six mois.

— La question est donc : que mijote Oncle Joe ?

Rebus sourit.

— Je pense que vous connaissez la réponse, c'est la drogue. Le marché de Glasgow lui a échappé, il a déjà été partagé. Il peut donc se battre pour avoir sa part ou il peut aller jouer ailleurs, en dehors de la maison. Le *Burke's* prendra la came et la revendra, surtout avec quelqu'un de la PJ dans sa poche. Aberdeen reste un marché intéressant. Si ce n'est plus l'âge d'or d'il y a quinze ou vingt ans, c'est un marché quand même.

— Alors dites-moi : qu'est-ce que vous comptez faire de mieux que nous ?

— Je ne sais toujours pas si vous êtes réglo, remarqua Rebus. On ne sait jamais, vous faites peut-être du yo-yo.

Cette fois, Ancram sourit vraiment.

— On pourrait en dire autant de vous et de l'affaire Spaven.

— Sans doute.

— Je ne laisserai pas tomber tant que je ne saurai pas ce qu'il en est. Ça nous met à égalité sur un point.

— Écoutez, Ancram, on est entré dans ce local et le sac était là. Est-ce que ça compte vraiment, pourquoi on y est allé ?

— Quelqu'un a pu le planquer là.

— Pas à ma connaissance.

— Geddes ne s'est jamais confié ? Je vous croyais proches, tous les deux.

Rebus s'était relevé.

— Je risque de m'absenter pendant un ou deux jours. D'accord ?

— Non, je ne suis pas d'accord. Je vous attends ici demain à la même heure.

— Bon sang de…

— Sinon, on peut remettre ce machin en route tout de suite et vous me dites ce que vous savez. De cette façon, vous aurez tout votre temps. En plus, vous aurez peut-être moins de mal à vous supporter vous-même.

— Ça n'a jamais été mon problème. En revanche, respirer le même air que vous… ça, c'est mon problème.

— Je vous l'ai déjà dit, la police de Strathclyde et l'antigang projettent une opération…

— Qui ne donnera rien, parce que nous savons tous qu'Oncle Joe a dans sa poche la moitié de la police de Glasgow.

— Ce n'est pourtant pas moi qui suis reçu chez lui avec un mot de recommandation d'un certain Morris Cafferty.

Rebus ressentit une soudaine étreinte autour de sa poitrine. *L'infarctus*, se dit-il, *ça y est*. Mais c'était seulement Jack Morton, les bras autour de lui, qui l'empêchait de se jeter sur Ancram.

— À demain matin, messieurs, lança celui-ci comme s'ils avaient eu une séance fructueuse.

— Oui, monsieur, répondit Jack en poussant Rebus dehors.

Rebus dit à son ami de les conduire sur la M8.
— Pas question, John.
— Alors gare-toi près de Waverley et on prendra le train.

Jack n'aimait pas l'allure de Rebus. On aurait cru que son système nerveux s'était mis en court-circuit. On pouvait presque voir des étincelles dans les yeux.
— Qu'est-ce que tu comptes faire à Glasgow ? Aller voir Oncle Joe et lui dire : Tiens, à propos, votre femme baise avec votre fils ? Tu ne peux pas être aussi débile que ça.
— Bien sûr que non, je ne suis pas aussi débile.
— Glasgow, plaida Jack, ce n'est pas notre territoire, John. Je serai de retour à Falkirk dans quelques semaines et toi…
— Oui, Jack ? Où je serai, moi ? susurra Rebus avec un sourire.
— Dieu et le diable seuls le savent.

Rebus souriait toujours. Il songeait : *Je préférerais être le diable*.
— Tu veux toujours être le héros, hein ? reprit Jack.
— L'heure est aux héros, rétorqua Rebus.

Sur la M8, à mi-chemin entre Édimbourg et Glasgow, comme ils étaient ralentis par une circulation gluante, Jack revint à la charge.
— Tu déconnes. C'est vraiment *dingue*.
— Fais-moi confiance, Jack.
— Te faire confiance ? À toi ? Le mec qui a essayé de me mettre K.-O. il y a deux jours ? Avec des amis comme toi…
— … tu ne seras jamais à court d'ennemis.

— J'ai encore le temps.

— Pas vraiment, c'est ce que tu crois.

— Tu débloques.

— Peut-être que tu ne m'écoutes pas vraiment.

Rebus se sentait plus calme à présent qu'ils étaient sur la route. Aux yeux de Jack, il semblait qu'on avait débranché la prise, il n'y avait plus d'étincelles. Il préférait presque le modèle avec court-circuit. Le manque d'émotion dans la voix de son ami le glaçait, même dans la voiture surchauffée. Jack abaissa encore un peu sa vitre. Le compteur se maintenait à soixante-cinq kilomètres à l'heure et ils se trouvaient sur la bande extérieure. La circulation sur leur gauche se traînait lamentablement. S'il pouvait trouver un espace, il se faufilerait entre deux pare-chocs. Tout pour retarder leur arrivée.

Il avait souvent admiré John Rebus — et avait entendu des confrères vanter ses mérites — pour sa ténacité, la manière dont il s'acharnait comme un terrier sur une affaire, la perçant à jour plus souvent qu'à son tour, pour en extirper les motivations secrètes et les cadavres dans les placards. Mais cette même ténacité pouvait être une faiblesse, le rendre aveugle au danger et le faire agir dans la précipitation, une vraie tête brûlée. Jack savait pourquoi ils allaient à Glasgow, il pensait pouvoir imaginer ce que Rebus comptait y faire. Et, comme le lui avait ordonné Ancram, Jack serait là quand la merde volerait.

Il y avait longtemps que ces deux-là travaillaient de concert. Ils avaient formé une bonne équipe, mais Jack n'avait pas été mécontent d'être muté en dehors d'Édimbourg. De quoi vous rendre claustrophobe, la ville plus son équipier. À l'époque déjà, Rebus semblait vivre plus dans sa tête qu'avec les autres. Même le pub qu'il fréquentait offrait encore moins de distractions que les autres, se résumant à la télé, un distributeur de jus de fruit et un autre de cigarettes. Et quand on organisait des activités de groupe — excursions de pêche, compétitions de golf, randonnées en car — Rebus ne venait jamais. C'était un habitué sans habitudes, un solitaire même en société, son cerveau et son cœur ne s'impliquant totalement que lorsqu'il planchait sur un dossier. Jack ne connaissait que trop bien la musique. Le travail avait sa façon à lui de vous envelopper qui vous coupait du reste du monde. Les amis qui n'étaient pas dans la police avaient tendance à vous traiter avec méfiance ou carrément avec animosité — de sorte que vous finissiez par ne voir que des flics, ce qui rasait votre femme ou votre petite amie. C'était alors à leur tour de se sentir isolées. Bref, ce n'était pas la joie.

Bien entendu, un tas de fonctionnaires s'en arrangeaient. Ils avaient des compagnes compréhensives. Ou ils parvenaient à chasser le travail de leur esprit quand ils passaient le seuil de leur appartement. Ou ils n'y voyaient qu'un boulot, un moyen de payer les traites. Jack estimait que la PJ était scindée à cinquante pour cent entre ceux pour qui c'était une vocation et les ronds-de-cuir qui auraient pu faire n'importe quel autre emploi de bureau, n'importe où, n'importe quand.

Il ne savait pas ce que John Rebus aurait pu faire d'autre. S'ils le vidaient de la police... il boirait sans doute sa pension jusqu'à plus soif, deviendrait un autre ex-flic largué, se cramponnant à un stock d'histoires qu'il raconterait trop souvent aux mêmes gens, troquant une forme de solitude contre une autre.

Il fallait donc que John reste dans la maison. Aussi fallait-il absolument le garder à l'écart de la rue des

Emmerdes. Jack se demandait pourquoi rien n'était facile dans la vie. Quand Chick Ancram lui avait dit de «garder l'œil» sur Rebus, il avait été content. Il s'était imaginé qu'ils allaient sortir ensemble, se remémorer des affaires et des personnages, des endroits et des moments forts. Il aurait dû se douter... Peut-être avait-il changé, il était devenu un béni-oui-oui, un gratte-papier, un carriériste. Ou John était-il pareil à lui-même... voire pire? Le temps l'avait durci, rendu plus cynique encore. Ce n'était plus un terrier, c'était un pitbull, mâchoires bloquées. Malgré le sang qui dégouline, malgré la douleur fulgurante derrière les yeux, on savait qu'il ne lâcherait pas jusqu'à la mort...

— La circulation commence à s'arranger, constata Rebus.

C'était vrai. Peu importe quel avait été le problème, la route se dégageait. La vitesse atteignait les quatre-vingts kilomètres à l'heure. Ils seraient à Glasgow en un rien de temps. Jack jeta un regard à son copain, qui lui fit un clin d'œil sans quitter la route. Il se vit brusquement entrer dans un bar, pomper sur son salaire pour lui payer un autre verre. Bordel. Pour le bien de son ami, il tiendrait quatre-vingt-dix minutes, mais pas plus. Pas de prolongation, pas de penalty. Pas un.

Ils prirent la direction du poste de Partick, puisque leurs têtes y étaient connues. Govan était une autre éventualité, mais Govan était le QG d'Ancram, donc pas question d'y faire leur business en douce. L'enquête sur Johnny Bible avait repris du punch avec le meurtre le plus récent, mais la brigade se contentait en gros de parcourir et de classer la doc qu'elle recevait d'Aberdeen. Rebus frissonnait quand il pensait qu'il était passé à côté de Vanessa Holden au *Burke's*

Club. En dépit de tout ce que Lumsden avait essayé de lui coller sur le dos, la PJ d'Aberdeen avait vu juste sur un point. Un large faisceau de coïncidences reliait Rebus au dossier Johnny Bible. Tant et si bien qu'il commençait à se demander s'il s'agissait bien de coïncidences. Sans qu'il puisse encore dire comment, Johnny était lié à l'une de ses autres investigations. Pour le moment, c'était juste un pressentiment, ça n'allait pas plus loin. Mais c'était là, et ça le travaillait. À se demander s'il en savait plus sur Johnny Bible qu'il ne le croyait...

Partick, flambant neuf, rutilant, confortable — ce qui se fait de mieux dans le genre maison poulaga — était toujours en territoire ennemi. Rebus ne pouvait pas savoir combien d'oreilles complaisantes Oncle Joe possédait sur place, mais il croyait connaître un endroit tranquille, où ils seraient peinards. Comme ils traversaient le bâtiment, quelques policiers les saluèrent de la tête ou accueillirent Jack par son nom.

— Le campement de base, annonça enfin Rebus en entrant dans le bureau déserté, qui accueillait provisoirement Bible John.

Il était là, étalé sur les tables et le sol, punaisé et scotché aux murs. On aurait cru visiter une exposition. Le dernier portrait de Bible John, celui composé par la sœur de sa troisième victime, était reproduit tout autour de la salle, accompagné du signalement qu'elle en avait donné. C'était comme si, à force de le répéter, en empilant les images les unes sur les autres, on pourrait le faire s'incarner, transformer la pâte à bois et l'encre en chair et en sang.

— Je déteste cet endroit, déclara Jack pendant que son ami fermait la porte.

— Comme tout le monde, d'après ce qu'on peut en juger. De longues pauses-café et d'autres affaires à traiter.

— La moitié de la police n'était pas née quand Bible John était sur la brèche. Il ne représente plus rien.

— Mais ils raconteront à leurs petits-enfants l'histoire de Johnny Bible.

— C'est vrai, concéda Jack en faisant une pause. Tu vas vraiment le faire ?

Rebus s'aperçut que sa main était posée sur le combiné. Il le prit et pressa les touches.

— Tu doutes de moi ?

— Pas une seconde.

La voix qui répondit était bourrue, froide. Ce n'était pas Oncle Joe ni Stanley. Un des malabars. Rebus y alla à l'estomac.

— Malky est là ?

Une hésitation. Seuls ses potes l'appelaient Malky.

— Qui le demande ?

— Dites-lui que c'est Johnny. (Une pause.) D'Aberdeen.

— Ne quittez pas.

Le choc du récepteur qui heurte la surface dure. Rebus tendit l'oreille, perçut des voix de la télévision, les applaudissements d'un jeu télévisé. Qui était devant ? Oncle Joe, peut-être, ou Eve. Stanley ne devait pas aimer ce genre d'émissions. Il ne devait pas trouver une seule réponse.

— Téléphone ! brailla l'amateur de gonflette.

Une interminable attente. Puis une voix dans le lointain :

— C'est qui ?

— Johnny.

— Johnny ?... Johnny qui ?

La voix s'était rapprochée.

— D'Aberdeen.

On décrocha.

— Allô ?

Rebus prit sa respiration.

— Vous feriez bien de garder l'air naturel dans votre propre intérêt. Je suis au courant pour Eve et vous, je sais ce que vous trafiquez à Aberdeen. Alors si vous voulez que ça reste entre nous, gardez l'air normal. Il vaudrait mieux ne pas donner de soupçons à Monsieur Muscle.

Un frottement. Stanley se détournait pour pouvoir parler discrètement en logeant le téléphone sous son menton.

— Quel est le problème ?

— Vous avez monté une jolie petite arnaque et je ne veux pas la faire capoter à moins d'y être obligé. Alors ne faites rien qui m'y obligerait. Pigé ?

— Pas de problème.

La voix n'avait pas l'habitude de prétendre la légèreté quand le cerveau exigeait son dû d'irrigation sanguine.

— Vous vous en tirez très bien, Stanley. Eve sera fière de vous. Maintenant, il faut qu'on parle, pas seulement vous et moi, mais nous trois.

— Avec papa ?

— Eve.

— Ah bon. (Se calmant de nouveau.) Euh... pas de problème.

— Ce soir ?

— Euh... d'accord.

— Le poste de police de Partick.

— Eh, minute...

— C'est le marché. Juste pour discuter. Vous ne risquez rien. Si vous êtes inquiet, bouclez-la tant que vous n'aurez pas le marché en main. Si ça ne vous plaît pas, vous pouvez partir. Vous n'aurez rien dit, alors vous n'aurez rien à craindre. Pas d'inculpation, pas de coup fourré. Ce n'est pas vous que je veux. On est toujours d'accord ?

— J'en suis pas sûr. Je peux vous rappeler ?

— C'est oui ou c'est non, et c'est tout de suite. Et si c'est non, vous pouvez me passer votre papa.

Des condamnés ont ri pour moins que ça.

— Écoutez, pour moi, y a pas de problème. Mais il y a d'autres gens concernés.

— Vous n'avez qu'à répéter à Eve ce que je vous ai dit. Si elle refuse de venir, vous n'êtes pas obligé de faire comme elle. Je vais vous faire préparer des laissez-passer de visiteurs. Avec un faux nom. (Son regard tomba sur un livre ouvert devant lui et il en trouva deux immédiatement.) William Pritchard et Madeleine Smith. Vous vous en souviendrez ?

— Je pense.

— Répétez pour voir.

— William… trucmuche.

— Pritchard.

— Et Maggie Smith.

— Ça ira. Je sais que vous ne pouvez pas vous éclipser comme vous voulez, alors je ne vous fixe pas d'heure. Venez quand vous pouvez. Et si jamais vous vous sentez flancher, pensez à tous ces comptes en banque qui vont se retrouver tout seuls sans vous.

Rebus raccrocha. Sa main tremblait à peine.

27

Ils avisèrent le planton et firent préparer des laissez-passer pour visiteurs. Ensuite, il ne restait qu'à attendre. Jack trouvait que la pièce était froide et sentait le renfermé, il avait besoin de sortir. Il proposa la cantine, un couloir ou n'importe quoi, mais Rebus refusa.

— Vas-y. Je préfère rester ici, réfléchir à ce que je vais dire à Bonnie and Clyde. Rapporte-moi un café et peut-être un petit pain farci. (Jack hocha la tête.) Oh... et une bouteille de whisky.

Jack le regarda. Rebus se fendait la pêche. Il tenta de se rappeler son dernier verre. Il se revit debout à l'*Ox* avec deux verres et un paquet de clopes. Mais avant... Un vin blanc avec Gill ?

Jack avait trouvé la pièce froide, mais Rebus y étouffait. Il retira sa veste, desserra sa cravate et défit le bouton du col de sa chemise. Puis il fit le tour de la pièce en regardant dans les tiroirs du bureau et les cartons gris.

Il vit des décryptages d'interview, dont les couvertures pâlissaient et se cornaient, des rapports rédigés à la main ou tapés à la machine, des constatations, des plans, surtout dessinés à main levée, des procès-verbaux, des dépositions... des signalements de l'homme vu au dancing du Barrowland. Puis il y avait les photographies, en noir et blanc mat, dix sur huit ou un format plus petit. Le dancing, à l'intérieur et à l'extérieur (il faisait plus moderne que le mot « dancing » ne l'évoquait), lui rappela vaguement son ancienne école, de grands panneaux de bois avec de rares fenêtres. Trois projecteurs étaient perchés au sommet d'une voûte de béton, braqués sur les fenêtres et le ciel. Et à même la voûte, formant un abri fort utile contre la pluie pendant qu'on attendait de pouvoir entrer ou, ensuite, la voiture qui venait vous prendre, les mots « Barrowland » et « Dancing ». La plupart des photographies d'extérieur avaient été prises par temps de pluie, les femmes à la périphérie vêtues de cirés, les hommes en casquette et trench. D'autres clichés, avec des hommes-grenouilles de la police draguant la rivière. Puis les lieux du crime, des fonctionnaires de la PJ, feutre rond et imperméable, une contre-allée, l'arrière-cour d'un immeuble ancien. Des cachettes typiques pour se faire un câlin ou se peloter, peut-être même pour aller un peu plus loin. Trop loin pour la victime. Il y avait une photo du commissaire Joe Beattie, présentant un portrait-robot de Bible John. À regarder le portrait et Beattie, les deux hommes semblaient afficher la même expression. Plusieurs personnes en avaient fait la remarque. MacKeith Street et Earl Street : les victimes numéro deux et trois avaient été tuées dans la rue où elles habitaient. Il les avait raccompagnées presque jusque sur le pas de leur porte. Pourquoi ? Pour les mettre en confiance ? Ou avait-il hésité et retardé l'agression le plus longtemps possible ? Était-il trop nerveux pour demander un baiser et un câlin ou avait-il carrément peur, sa conscience se débattant avec son désir profond ? Les dossiers étaient bourrés de

ces supputations futiles et d'hypothèses plus struc-
turées, avancées par des psychologues et des psy-
chiatres. En fin de compte, ils s'étaient révélés aussi
utiles que Croiset, le détective-magnétiseur.

Rebus envisagea de donner rendez-vous à Aldous
Zane dans cette pièce. Zane avait de nouveau figuré
dans les journaux. Il avait visité le lieu du dernier
crime, débité le même baratin sans queue ni tête et
on l'avait réexpédié chez lui. Rebus se demandait ce
que Jim Stevens mijotait maintenant. Il se souvenait
de la poignée de main de Zane, la manière dont ça
l'avait titillé. Et les impressions de Zane sur Bible
John... Bien que Stevens ait été présent, rien n'avait
transpiré dans la presse. Un coffre dans le grenier
d'une maison moderne. Allons, Rebus lui-même
aurait pu en faire autant si un journal l'avait installé
dans un hôtel huppé.

Lumsden l'avait fait, en s'imaginant sans doute
que la PJ ne serait pas au courant. Lumsden avait
essayé de copiner avec lui, en lui disant qu'ils étaient
de la même trempe, en lui montrant qu'il avait de
l'entregent, les repas et les verres à l'œil, l'entrée
gratuite au *Burke's Club*. Il avait sondé Rebus pour
voir s'il se laisserait graisser la patte. Mais pour le
compte de qui s'était-il renseigné ? Les proprios du
club ? Ou carrément pour Oncle Joe ?...

D'autres photos... Elles semblaient se succéder
sans fin. C'étaient les badauds qui l'intéressaient,
ceux qui ne savaient pas qu'on les prenait pour la
postérité. Une femme en talons hauts, jolies jambes,
on ne voyait d'elle que les talons et les guibolles, le
reste étant caché derrière une femme-flic qui par-
ticipait à la reconstitution. Des policiers en tenue
fouillant les arrière-cours du côté de Mackeith Street
à la recherche du sac de la victime. Les cours semblaient avoir été bombardées, avec des poteaux

d'étendage qui pointaient au milieu de l'herbe rachitique et des décombres. Des carcasses de voitures, Zephyr, Hillman Imp, Zodiac. Un autre monde. Un lot d'affiches se trouvait dans un carton, le caoutchouc ayant cédé depuis longtemps. Des portraits-robots de Bible John avec diverses descriptions : « Il parle avec un accent de Glasgow et se tient très droit. » Rudement utile. Le numéro de téléphone du QG de l'enquête. Ils avaient reçu des milliers d'appels, ça remplissait des cartons. Le condensé de chacun, avec des détails complémentaires en annexe quand l'appel paraissait mériter une vérification.

Les yeux de Rebus effleurèrent les cartons restants. Il en choisit un au hasard, un gros carton plat, à l'intérieur duquel se trouvaient les journaux de l'époque, intacts et restés à l'ombre depuis un quart de siècle. Il parcourut la une, puis passa à la dernière page pour regarder les sports. Quelqu'un avait effectué à moitié quelques cases de mots croisés, sans doute un inspecteur qui se barbait. Une bande de papier agrafée sur les gros titres indiquait le numéro de la page où figurait Bible John. Mais Rebus n'y trouverait rien. Il préféra parcourir les autres papiers et quelques publicités le firent sourire. Les unes semblaient simplistes avec le recul, alors que d'autres n'avaient pas pris une ride. Dans les petites annonces, les gens vendaient des tondeuses, des machines à laver et des électrophones en cassant les prix. Dans deux ou trois journaux, Rebus retrouva la même annonce, encadrée comme un avis officiel : « Trouver une vie nouvelle et un bon travail en Amérique, une brochure vous explique comment ». Il fallait envoyer quelques timbres à une adresse à Manchester. Rebus se cala contre son dossier en se demandant si Bible John était allé aussi loin.

En octobre 69, Paddy Meehan avait été condamné par la Haute Cour d'Édimbourg et s'était écrié : « Vous faites une terrible erreur, je suis innocent ! » Cela lui rappela Lenny Spaven. Il chassa cette pensée et prit un autre journal. Le 8 novembre, des bourrasques avaient obligé à évacuer la plate-forme pétrolière du Staflo. Le 12, un article signalait que les propriétaires du *Torrey Canyon* avaient versé 3 millions de livres en compensation des 5 000 tonnes de brut koweitien déversées dans la Manche. Ailleurs, Dunfermline avait décidé d'autoriser la projection de *The Killing of Sister George* dans la ville et une toute nouvelle Rover de trois litres et demi au cent vous coûtait 1 700 livres. Rebus passa à fin décembre. Le président du Parti national écossais prédisait que l'Écosse se trouvait « au seuil d'une décennie qui verrait s'accomplir son destin ». Bien envoyé, mon bon monsieur ! Le 31 décembre, la Saint-Sylvestre. Le *Herald* souhaitait à ses lecteurs une année 1970 heureuse et prospère et ouvrait en première avec le récit d'une fusillade à Govanhill. Un gendarme tué, trois blessés. Il reposa le journal, un courant d'air ayant fait tomber des photos du bureau. Il les ramassa, c'étaient celles des trois victimes, pleines de vie. La première et la troisième présentaient une certaine ressemblance. Toutes trois avaient un air confiant, comme si l'avenir devait tenir ses promesses. C'était bien d'avoir de l'espoir et de ne pas baisser les bras. Mais Rebus doutait que beaucoup y parviennent. On souriait pour l'objectif mais, pris à l'improviste, la plupart des gens auraient sans doute l'air débraillé et vanné, comme les spectateurs à l'arrière-plan sur les clichés.

Combien y avait-il de victimes ? Non seulement celles de Bible John ou de Johnny Bible, mais de tous les assassins, ceux qui étaient punis et ceux qu'on ne retrouvait jamais. Les meurtres du World's End, Cromwell Street, Nilsen, l'Éventreur du Yorkshire... et Elsie Rhind... Si Spaven n'était pas coupable, l'assassin avait dû hurler de rire pendant toute la durée du procès. Et il courait toujours, peut-être avec d'autres scalps à son compte, d'autres affaires non élucidées. Elsie Rhind gisait dans sa tombe, oubliée, non vengée. Spaven s'était suicidé parce qu'il ne supportait pas le poids de son innocence. Et Lawson Geddes... s'était-il tué à cause de son chagrin pour sa femme ou à cause de Spaven ? Avait-il finalement pris conscience de la froide réalité ?

Les salauds étaient partis et il ne restait plus que John Rebus. Ils voulaient lui faire porter le chapeau. Mais il refusait et il continuerait à refuser, à nier. Il ne savait pas ce qu'il pouvait faire d'autre. À part picoler. Il voulait un verre, il en crevait d'envie. Mais il n'en prendrait pas, pas encore. Peut-être plus tard, peut-être un jour. Les gens mouraient et on ne pouvait pas les faire revenir. Certains mouraient de mort violente, cruellement jeunes, sans savoir pourquoi ils avaient été choisis. Rebus se sentait entouré d'absents. Des fantômes... qui hurlaient vers lui... le suppliaient... poussaient des cris perçants...

— John ?

Il leva les yeux. Jack était là, une chope dans une main et un petit pain dans l'autre. Il cligna des yeux, écartant la vision. Il avait l'impression de voir Jack à travers un rideau de vapeur.

— Bon Dieu, tu vas bien ?

Il avait le nez et les lèvres humides. Il les essuya. Les photos sur le bureau étaient mouillées aussi. Il savait qu'il avait pleuré et il sortit un mouchoir. Jack posa le thé et le petit pain et lui passa un bras autour des épaules, le serrant gentiment contre lui.

— Je ne sais pas ce qui m'a pris, dit Rebus en se mouchant.

— Mais si, tu le sais, répondit Jack doucement.

— Oui, reconnut Rebus. (Il ramassa les photographies et les journaux, qu'il rebalança dans les cartons.) Arrête de me regarder comme ça.

— Comment je te regarde ?

— Ce n'est pas à toi que je parlais.

Jack hissa ses fesses sur le bureau.

— Il ne te reste pas beaucoup de défenses, on dirait.

— Comme tu dis.

— Il est temps de préparer ton numéro.

— Bah, Stanley et Eve ne sont pas prêts d'arriver.

— Tu sais que ce n'est pas…

— Je sais, je sais. Et tu as raison, il est temps que je prépare mon numéro. Par où je commence ? Non, ne me dis pas… La secte du jus de fruit ?

— À toi de voir.

Rebus prit le petit pain et mordit dedans. C'était une erreur. Le nœud qu'il avait dans la gorge l'empêcha d'avaler. Il engloutit le café, parvint à finir le pain avec jambon fade et tomate molle. Puis il se souvint qu'il avait un autre coup de fil à passer… dans les Shetland.

— Je reviens dans une minute, dit-il.

Dans les toilettes, il se lava la figure. De minuscules veines rouges avaient éclaté dans le blanc des yeux. Il avait l'air d'avoir pris une sacrée cuite.

— Sobre comme un chameau, marmonna-t-il pour lui-même en retournant au téléphone.

Briony, l'amie de Jake Harley, décrocha.

— Jake est là ? demanda-t-il.

— Non, désolée.

— Briony, on s'est vu l'autre jour… inspecteur Rebus.

— Ah, oui.

— Il vous a contactée ?

Une longue pause.

— Je m'excuse, je n'ai pas entendu. La ligne n'est pas fameuse.

Rebus, lui, l'entendait très bien.

— Je vous demandais s'il vous avait contactée.

— Non.

— Non ?

— C'est ce que j'ai dit.

Nerveuse, maintenant.

— D'accord, très bien. Vous n'êtes pas un peu inquiète ?

— De quoi ?

— Jake.

— Pourquoi le serais-je ?

— Eh bien, il est parti tout seul depuis plus long-temps que prévu. Il a pu lui arriver quelque chose.

— Il va bien.

— Comment vous le savez ?

— Je le sais !

Elle criait presque maintenant.

— Calmez-vous. Écoutez, si je venais…

— Oh, fichez-nous la paix !

Et elle lui raccrocha au nez.

Nous… Fichez-*nous* la paix. Rebus fixait le com-biné.

— J'ai pu l'entendre d'ici, dit Jack. On dirait qu'elle commence à craquer.

— J'en ai l'impression.

— Des problèmes avec son copain ?

— C'est le copain qui a des problèmes.

Il raccrocha à son tour. La sonnerie retentit.

— Inspecteur Rebus

C'était le planton qui lui annonçait une visite.

Eve n'était guère différente de ce qu'elle était cette nuit-là, au bar de l'hôtel. Le genre femme d'affaires cette fois, en tailleur bleu marine plutôt qu'en rouge vamp, des ors aux poignets, aux doigts et au cou, et la même barrette en or pour retenir ses cheveux décolorés. Elle avait un sac à main, qu'elle glissa sous le bras pour accrocher son laissez-passer de visiteur.

— Qui est Madeleine Smith? demanda-t-elle tandis qu'il montait l'escalier.

— J'ai trouvé son nom dans un bouquin. Je crois que c'est une meurtrière. Elle lui lança un coup d'œil, qui parvint à paraître dur et amusé à la fois.

— Par ici, dit-il en lui indiquant la direction du QG de Bible John, où Jack attendait. Jack Morton, Eve… Je ne connais pas votre nom de famille. Ce n'est pas Toal, j'imagine?

— Cudden, dit-elle froidement.

— Asseyez-vous, madame Cudden.

Elle prit place et plongea la main dans son sac pour prendre des brunes.

— Ça ne vous dérange pas?

— En fait, c'est interdit de fumer ici, répondit Jack, l'air de s'excuser. Et l'inspecteur Rebus et moi-même ne sommes pas fumeurs.

Elle toisa Rebus.

— Tiens, depuis quand?

Rebus éluda la question.

— Où est Stanley?

— Il va venir. Nous avons trouvé préférable de partir séparément.

— Oncle Joe ne va pas s'étonner?

— C'est notre problème, pas le vôtre. En ce qui concerne Joe, Malky est sorti faire la fête et je suis allée voir une amie. C'est une bonne copine, elle ne dira rien.

D'après le ton, c'était une amie qui avait déjà servi
— d'autres fois, pour d'autres missions.

— Eh bien, dit-il, je suis ravi que vous arriviez la
première. Je voulais avoir une petite conversation
en privé. (Il s'appuya contre le bureau et croisa les
bras pour empêcher ses mains de trembler.) Cette
nuit-là, à l'hôtel, vous étiez en mission commandée,
n'est-ce pas ?

— Dites-moi ce que vous savez.

— Sur vous et Stanley ?

— *Malky*. (Son visage se crispa.) Je déteste ce
surnom.

— Bon, alors Malky. Ce que je sais ? Je sais à peu
près tout. Vous vous rendez tous les deux dans le
Nord régulièrement pour les affaires d'Oncle Joe. Je
dirais que vous êtes des intermédiaires. Il a besoin
de gens de confiance. (Il insista sur le dernier mot.)
Des gens qui ne partageront pas leur chambre d'hôtel en laissant l'autre intacte. Des gens qui ne l'ar-
naqueront pas.

— Parce qu'on l'arnaque ?

Sans tenir compte de Jack, elle en alluma une.
Comme il n'y avait pas de cendrier dans la pièce,
Rebus approcha d'elle la corbeille à papier en attra-
pant une bouffée de fumée au passage. Magnifique.
C'était presque physique.

— Oui, articula-t-il en battant en retraite vers le
bureau. (Ils avaient placé la chaise d'Eve au milieu
de la pièce, Rebus d'un côté, Jack de l'autre. Elle
avait l'air plutôt à son aise dans cette situation.)
Oncle Joe ne m'a pas paru être le genre collectionneur de comptes en banque. Autrement dit, il ne
ferait sûrement pas confiance aux banques de Glasgow, et moins encore à celles d'Aberdeen. Et pourtant vous voilà, Malky et vous, à déposer des liasses
de biftons sur plusieurs comptes. J'ai les dates, les

heures, les renseignements bancaires. (Il exagérait, mais c'était de l'improvisation.) J'ai des déclarations des employés de l'hôtel, y compris des femmes de chambre qui n'ont jamais à faire le ménage dans la pièce de Malky. C'est marrant, je ne l'aurais pas cru du genre méticuleux.

Eve souffla la fumée par les narines et parvint à sourire.

— Très bien, dit-elle.

— Alors, reprit Rebus qui voulait voir disparaître ce sourire confiant. Que dirait Oncle Joe de tout ça ? Enfin, Malky est de son sang, mais pas vous, Eve. Je dirais que vous êtes remplaçable. (Pause.) Je dirais que vous le savez et depuis quelque temps déjà.

— Ce qui veut dire ?

— Que je ne vous vois pas ensemble, Malky et vous, pas de façon durable. Il est trop bête pour vous et il ne sera jamais assez riche pour le faire oublier. En revanche, je vois ce qu'il vous trouve : vous êtes une séductrice accomplie.

— Pas tant que ça, fit-elle en le fixant dans les yeux.

— Quand même. Assez bonne pour mettre le grappin sur Malky. Assez bonne pour le convaincre de détourner une partie du pognon d'Aberdeen. Laissez-moi deviner… Le plan, c'était de vous tirer tous les deux quand il y aurait suffisamment de pognon ?

— Ma façon de parler n'est peut-être pas la même que la vôtre.

Ses yeux étaient des fentes calculatrices, mais le sourire avait disparu. Elle savait que Rebus voulait passer un marché, sinon elle ne serait pas là. Elle se demandait ce qu'elle arriverait à en tirer.

— Mais ce n'est pas vrai, hein ? Entre nous, vous aviez l'intention de jouer les filles de l'air.

— Ah oui ?

— Je suis prêt à parier. (Il se leva et s'approcha d'elle.) Ce n'est pas vous que je veux, Eve. Vous avez une sacrée veine, je dirais. Prenez l'oseille et barrez-vous. (Il baissa la voix.) Mais je veux Malky, je le veux pour Tony El. Et je veux des réponses à quelques questions. Quand il sera là, vous allez lui parler. Vous allez le convaincre de coopérer. Ensuite, on parlera et ça sera enregistré sur bande. (Elle écarquilla les yeux.) Officiellement, c'est ma garantie au cas où vous décideriez de traîner dans le coin.

— Et en réalité ?

— Ça va faire tomber Malky et Oncle Joe avec lui.

— Et je reste en dehors ?

— Promis.

— Comment savoir si je peux vous faire confiance ?

— Je suis un gentleman, vous vous rappelez ? C'est ce que vous avez dit au bar.

Elle sourit de nouveau, les yeux rivés aux siens. On aurait dit une chatte. Même morale, même instinct. Puis elle hocha la tête.

Malcolm Toal arriva au poste un quart d'heure plus tard et Rebus le laissa avec Eve dans une salle d'interrogatoire. Le commissariat était tranquille, c'était encore trop tôt pour les bagarres dans les pubs, les rixes au couteau, les empoignades avant d'aller au pieu. Jack demanda à Rebus comment il voulait répartir les rôles.

— Tu restes assis et tu fais comme si chaque parole qui sort de ma bouche est parole d'Évangile, ça m'ira très bien.

— Et si Stanley fait un geste ?

— On peut le maîtriser.

Il avait déjà demandé à Eve de vérifier s'il était armé. S'il l'était, Rebus voulait que ses armes soient sur la table quand il rentrerait. Il retourna aux toilettes, juste pour reprendre son souffle et se regarder dans la glace. Il s'efforça de détendre les muscles de sa mâchoire. Dans le passé, il aurait plongé la main dans sa poche pour en sortir un quart de whisky. Mais ce soir, il n'y avait rien à biberonner, pas moyen de puiser son courage dans la chopine. Cette fois, on verrait ce qu'il avait vraiment dans le ventre.

Quand il fut de retour dans la salle d'interrogatoire, Malky le fixa avec des yeux comme des rayons laser, la preuve qu'Eve lui avait fait son baratin. Deux couteaux Stanley étaient posés sur la table. Rebus, satisfait, approuva. Jack s'activait autour du magnétophone et préparait des bandes.

— Mme Cudden vous a-t-elle exposé la situation, monsieur Toal ? (Malky fit signe que oui.) Je ne suis pas intéressé par vous deux, mais je suis intéressé par tout le reste. Vous avez gaffé, mais vous pouvez encore vous en tirer, comme vous en aviez l'intention.

Il s'efforça de ne pas regarder Eve, qui évitait soigneusement le regard de son Stanley enamouré. Bon Dieu, c'était une dure. Rebus éprouvait de la sympathie pour elle. Elle lui plaisait peut-être plus maintenant que l'autre soir, au bar. Jack indiqua que le magnéto était en marche.

— Entendu, maintenant que nous enregistrons, j'aimerais qu'il soit clair que ceci est pour ma propre garantie et que ce ne sera pas utilisé contre vous deux à aucun moment, à condition pour autant que vous disparaissiez après. J'aimerais que vous vous présentiez.

Ce qu'ils firent, pendant que Jack vérifiait et réglait le niveau sonore.

— Je suis l'inspecteur John Rebus et avec moi se trouve l'inspecteur Jack Morton. (Il s'interrompit, tira la troisième chaise jusqu'à la table et s'assit,

Eve à sa droite, Toal à sa gauche.) Commençons par la nuit au bar de l'hôtel, madame Cudden. Je ne crois pas beaucoup aux coïncidences.

Elle cilla. Elle s'attendait à ce que les questions ne concernent que Malky. Maintenant, elle comprenait que Rebus comptait vraiment prendre des garanties.

— Ce n'était pas une coïncidence, reconnut-elle en fouillant son sac à la recherche d'une autre Sobranie.

Le paquet avec glissé et Toal le ramassa. Il tira une sèche, l'alluma et la lui tendit. Elle parut à peine supporter de la prendre, ou voulut le faire croire à Rebus. Mais celui-ci observait le jeune homme, surpris par son geste. On sentait une affection authentique chez « Malky le dingue », une joie véritable d'être tout près de sa maîtresse, en dépit de la situation actuelle. Il paraissait très différent du mauvais coucheur qu'il avait croisé au Ponderosa, plus jeune, le visage brillant, les yeux grands ouverts. Difficile de croire qu'il pouvait tuer de sang-froid… mais pas impossible. Il était vêtu aussi mal que lors de leur précédente rencontre, le pantalon d'un costume blanc cassé avec un blouson orange et une chemise bleue à motifs, l'ensemble avec des mocassins noirs fatigués. Sa bouche s'activait comme s'il mâchait du chewing-gum alors qu'il n'en avait pas. Il était affalé sur sa chaise, jambes écartées, mains posées entre les cuisses, vers le haut, près de l'entrejambe.

— C'était prévu, reprit-elle. Enfin, plus ou moins. J'ai pensé que vous passeriez sûrement par le bar avant de monter vous coucher.

— Pourquoi ?

— Il paraît que vous aimez picoler.

— Qui le dit ?

Elle haussa les épaules.

— Comment avez-vous su dans quel hôtel j'étais descendu?

— On me l'a dit.

— Qui?

— Les Amerloques.

— Dites-moi leur nom.

Respecte le règlement, John.

— Judd Fuller, Erik Stemmons.

— Les deux vous l'ont dit?

— Stemmons tout spécialement. (Elle sourit.) Trouillard comme il l'est.

— Continuez.

— Il pensait sans doute qu'il valait mieux qu'on s'occupe de vous plutôt que de confier la mission à Fuller.

— Parce que Fuller aurait été plus méchant avec moi?

— Non. Il pensait à lui. Si on s'occupait de vous, ils étaient peinards. Judd est parfois difficile à tenir. (Toal laissa échapper un ricanement.) Erik préfère qu'il ne s'énerve pas.

Sans doute que Stemmons avait serré la bride à Fuller, de sorte que les hommes de ce dernier s'étaient contentés de le tabasser à coups de crosse au lieu de le mettre hors jeu définitivement. Il avait reçu un carton jaune. Il n'imaginait pas Fuller lui en donner un deuxième. Rebus aurait aimé lui poser d'autres questions. Il voulait savoir jusqu'où elle serait allée pour lui tirer les vers du nez… Mais s'il poussait plus loin dans cette direction, Malky risquait de péter les plombs.

— Qui a dit aux Amerloques où j'étais descendu?

Il connaissait déjà la réponse: Ludovic Lumsden. Mais il voulait que ce soit sur la bande si possible. Eve haussa les épaules et Toal hocha la tête.

— Dites-moi ce que vous faisiez à Aberdeen.

Comme Eve s'intéressait brusquement à sa cigarette, Toal se gratta la gorge.

— On bossait pour papa.

— Vous faisiez quoi exactement ?

— De la vente et tout ça.

— La vente ?

— De la came, héro, amphéts, tout et n'importe quoi.

— Vous avez l'air vraiment cool, monsieur Toal.

— Résigné serait peut-être plus près de la vérité. (Toal se redressa sur sa chaise.) Eve dit qu'on peut vous faire confiance. Moi, j'en sais rien, mais ce que je sais, c'est ce que papa va faire quand il apprendra qu'on a détourné du fric.

— Alors je suis un moindre mal.

— C'est vous qui le dites, pas moi.

— Très bien, revenons à Aberdeen. Vous fournissiez de la drogue.

— Ouais.

— À qui ?

— Au *Burke's Club*.

— Les noms des gens ?

— Erik Stemmons et Judd Fuller. Plus spécifiquement à Judd, bien qu'Erik soit au courant de la magouille. (Il adressa un sourire à Eve.) La magouille, répéta-t-il.

Elle hocha la tête pour montrer qu'elle avait compris le sous-entendu.

— Pourquoi Judd Fuller en particulier ?

— Erik dirige le club, s'occupe du côté business. Il aime pas se salir les pattes, vous savez, comme ça il peut dire que tout est en règle.

Rebus se souvint du bureau de Stemmons, des paperasses partout. Monsieur Business.

— Vous pouvez me donner le signalement de M. Fuller ?

— Vous l'avez rencontré, c'est lui qui vous a foutu cette peignée.

Toal eut un large sourire. Le type au pistolet… Est-ce qu'il avait un accent américain ? Rebus avait-il écouté assez attentivement ?

— Pourtant, je ne l'ai pas vu.

— Ben, il fait un mètre quatre-vingt-cinq, des cheveux noirs qui ont toujours l'air luisants, du gel ou je ne sais quoi. Cheveux longs, coiffés en arrière, comme le mec dans *La Fièvre du samedi soir*.

— Travolta ?

— Ouais, dans cet autre film, vous savez.

Toal fit semblant d'arroser la pièce de balles.

— *Pulp Fiction* ?

Toal claqua des doigts.

— Sauf que Judd a le visage plus fin, précisa Eve. En fait, il est physiquement plus mince. Pourtant, il aime porter du noir. Et il a une cicatrice sur une main, on dirait que ça a été recousu trop serré.

— Est-ce que Fuller deale seulement la drogue ?

— Naaan, intervint Toal, il trempe un peu dans tout, prostitution, pornographie, casinos, fourgue, contrefaçon… montres, chemises et le reste.

— Il brasse toutes sortes d'affaires, intervint Eve en faisant tomber sa cendre dans la corbeille.

Elle veillait à ne rien dire qui pourrait la compromettre.

— Et Judd et Erik ne sont pas les seuls. Il y a des Yankees à Aberdeen qui sont pires qu'eux : Eddie Segal, Moose Maloney…

S'apercevant qu'Eve faisait la grimace, il s'interrompit.

— Malcolm, demanda-t-elle gentiment. Nous ne tenons pas à y laisser notre peau, d'accord ?

Il piqua un fard.

— Oubliez ça, ajouta-t-il à l'adresse de Rebus.

Celui-ci hocha la tête. Mais le magnéto, lui, n'oublierait pas.

— Alors, demanda Rebus, pourquoi vous avez tué Tony El ?

— Moi ? s'étonna Toal, rejouant le même numéro.

Rebus soupira en fixant le bout de ses chaussures.

— Je crois, l'encouragea Eve, que l'inspecteur veut tout. Si on ne lui parle pas, il ira tout raconter à ton papa.

Toal la regarda dans les yeux, mais elle ne broncha pas. Il céda le premier. Ses mains revinrent se poser sur son sexe.

— Bon, fit-il. J'avais reçu des ordres.

— De qui ?

— Papa, bien sûr. Vous comprenez, Tony travaillait encore pour nous. Il suivait au jour le jour les affaires à Aberdeen. Ces salades soi-disant qu'il était parti, c'était du flan. Mais après que vous êtes venu et que vous avez parlé à papa... il a piqué une crise parce que Tony faisait de la perruque et qu'il compromettait l'opération. Et maintenant vous étiez sur sa piste, alors...

— Donc il fallait liquider Tony ?

Rebus se rappelait que Tony El s'était vanté devant Hank Shankley de ses «relations à Glasgow». Eh bien, il n'avait pas exagéré.

— C'est juste.

— Et ça n'était pas fait pour vous déranger de le voir disparaître.

Eve sourit.

— Non, pas vraiment, admit Eve avec un sourire.

— Parce que pour sauver sa tête, Tony aurait pu vous balancer tous les deux.

— Il ne savait pas qu'on se sucrait au passage, mais il avait découvert nos petits arrangements à l'hôtel.

— La plus grosse bêtise qu'il ait pu faire, souligna Toal avec un large sourire.

Il frimait de plus en plus, tout content de raconter son histoire, convaincu d'être à l'abri de tout. Et plus il cherchait à en jeter, moins le regard d'Eve était indulgent. Elle serait soulagée d'être débarrassée de lui, c'était évident. Pauvre petit crétin.

— Vous avez bluffé la PJ. La police a cru à un suicide.

— Ben, quand on a un ou deux flics dans sa poche…

Rebus considéra Toal.

— Vous me redites ça ?

— Un poulet ou deux qui palpent…

— Des noms ?

— Lumsden, répondit Toal. Jenkins.

— Jenkins ?

— Il travaille dans l'industrie pétrolière, expliqua Eve.

— Officier de liaison avec l'industrie pétrolière ?

Elle fit signe que oui.

Parti en congé lors de la venue de Rebus et remplacé par Lumsden. Avec ces deux-là de votre côté, vous n'aviez aucun problème à fournir les platesformes de production en substances variées, un vrai marché captif. Et quand les ouvriers venaient à terre, vous pouviez leur offrir d'autres merveilles : des clubs, des putes, de l'alcool et des jeux. Ce qui était réglo et ce qui ne l'était pas marchant côte à côte, la main dans la main, l'un nourrissant l'autre. Pas étonnant que Lumsden lui ait collé au train pour son expédition à Bannock. Il protégeait son investissement.

— Qu'est-ce que vous savez à propos de Fergus McLure ?

Toal regarda Eve, il était prêt à parler mais attendait le feu vert. Elle le lui donna sans ouvrir la bouche.

— Il a gaffé, Judd risquait d'être mouillé.

— Fuller l'a tué?

— Sur le tas, c'est ce que Judd a dit. (On sentait dans sa voix le culte du héros.) Il a dit à McLure qu'ils devaient parler en privé, les murs avaient des oreilles. Il est allé faire un tour avec lui au bord du canal, un coup sur la tête avec son arme et hop, dans l'eau. (Toal haussa les épaules.) Il était rentré à Aberdeen à temps pour un petit déj' tardif (Il sourit à Eve.) Tardif quand même.

Sans doute une autre blague, mais elle n'avait plus envie de sourire. Il lui tardait de décamper.

Rebus avait d'autres questions, mais il commençait à fatiguer. Il préféra en rester là. Il se leva et fit signe à Jack d'éteindre l'appareil, puis il déclara à Eve qu'elle pouvait partir.

— Et moi? demanda Toal.

— Vous ne partez pas ensemble, lui rappela Rebus.

Toal parut d'accord. Rebus vit Eve longer le couloir et prendre l'escalier. Aucun mot ne fut dit, pas même un au revoir. Mais il attendit qu'elle soit partie avant de demander au planton d'envoyer deux uniformes le plus vite possible à la salle d'interrogatoire.

Quand il revint, Jack finissait à peine de rembobiner les bandes et Toal était debout en train de s'étirer. On frappa à la porte et les deux policiers entrèrent. Toal se redressa, sentant que quelque chose clochait.

— Malcolm Toal, dit Rebus, je vous accuse du meurtre d'Anthony Ellis Kane la nuit de…

En rugissant, Malky le dingue se jeta sur Rebus, les mains cherchant son cou.

Les flics réussirent enfin à le mettre dans une cellule et Rebus s'assit dans la salle d'interrogatoire, fixant ses mains tremblantes.

— Ça va ? demanda Jack.

— Tu sais quoi, Jack ? Tu as l'air d'un disque rayé.

— Tu sais quoi, John ? Tu as toujours besoin qu'on te le demande.

Rebus sourit et se frotta le cou.

— Ça va.

Quand Toal s'était jeté sur lui, Rebus lui avait balancé son genou dans l'entrejambe, assez fort pour le soulever de terre. Après quoi, les policiers l'avaient trouvé presque docile, surtout en lui faisant une clé au niveau de la carotide.

— Qu'est-ce que tu comptes faire ? demanda Jack.

— Une copie de la bande va à la PJ d'ici. Ça les occupera en attendant notre retour.

— D'Aberdeen ? supputa Jack.

— Et des coins dans le Nord. (Rebus indiqua l'appareil.) Remets la copie en place et allume. (Jack s'exécuta.) « Gill, un petit cadeau pour toi. J'espère que tu sauras quoi en faire. »

Rebus lui faisant un signe, Jack arrêta la bande et l'éjecta.

— On va la déposer à St Leonard.

— Donc on rentre à Édimbourg ?

Jack pensait au rendez-vous du lendemain avec Ancram.

— Juste le temps de changer de vêtements et de prendre un verre.

Sur le parking, une silhouette solitaire attendait, Eve.

— Vous allez dans ma direction ?

— Comment l'avez-vous deviné ?

Il eut droit à son sourire le plus félin.

— Parce que vous êtes comme moi... vous avez laissé quelque chose en plan à Aberdeen. Je n'y resterai que le temps d'aller visiter quelques banques et de clôturer quelques comptes, mais il y a ces deux chambres d'hôtel...

Un bon point. Ils auraient besoin d'une base et il valait mieux que ce soit un endroit où Lumsden n'avait pas ses entrées.

— Il est en cellule ? demanda-t-elle.

— Oui.

— Combien d'hommes vous a-t-il fallu ?

— Deux seulement.

— Je suis surprise.

— Nous nous surprenons tous un jour ou l'autre, répondit Rebus en lui ouvrant la portière arrière de la voiture de Jack.

Rebus ne fut pas surpris de trouver porte close chez Gill Templer. Il passa en revue les membres de l'équipe de nuit et remarqua la présence de Siobhan Clarke qui essayait de passer inaperçue. Elle redoutait leur première confrontation depuis qu'elle avait participé à la perquisition de son appartement. Il s'avança vers elle, l'enveloppe jaune rembourrée à la main.

— Ça va, lui dit-il. Je sais pourquoi vous étiez là. Je vous dois sans doute un merci.

— Je croyais seulement...

Il hocha la tête. En voyant le soulagement sur le visage de la jeune femme, il se demanda ce qu'elle avait enduré.

— Vous êtes sur quoi ? s'enquit-il, pensant qu'il lui devait quelques minutes de conversation.

Jack et Eve étaient au rez-de-chaussée et apprenaient à faire connaissance.

— J'ai planché sur le contexte de Johnny Bible,

carrément chiant. (Elle s'anima.) Un détail quand
même. Je passais en revue les vieux journaux à la
Bibliothèque nationale...

— Oui ?

Rebus s'y était rendu aussi. Il se demanda si
c'était ça qu'elle allait lui annoncer.

— Un des bibliothécaires m'a parlé de quelqu'un
qui lisait les quotidiens récents et s'était renseigné
sur les personnes qui avaient sorti ceux allant de
1968 à 1970. J'ai trouvé l'association des deux un
peu bizarre. Les numéros récents se situaient juste
avant le premier meurtre de Johnny Bible.

— Et les autres concernaient les années où Bible
John opérait ?

— C'est ça.

— Un journaliste ?

— C'est ce que dit le bibliothécaire. Seulement la
carte qu'il a remise était un faux. Il contactait l'employé par téléphone.

— Est-ce qu'il a des noms ?

— Plusieurs. Je les ai notés, pour le cas où.
Quelques-uns sont des journalistes, il y a le vôtre.
Les autres, Dieu seul le sait.

En effet, Rebus avait passé toute une journée plongé
dans les vieux numéros, à commander des photocopies des pages qui l'intéressaient... pour constituer
sa collection.

— Et le mystérieux journaliste ?

— Aucune idée. J'ai son signalement, mais ça ne
va pas très loin. La cinquantaine, grand, cheveux
clairs...

— Ça n'écarte pas grand monde, hein ? Pourquoi
cet intérêt pour les journaux récents ? Non, attendez... Il cherche si on a fait des couilles.

— Ouais, c'est ce que je me suis dit. Et en même
temps, pourquoi se renseigner sur les gens qui se

sont intéressés à la première affaire Bible John? Ça peut paraître tordu, mais c'est peut-être Bible John en quête de sa progéniture. Bref, peu importe qui c'est… maintenant il a votre nom… et votre adresse.

— C'est charmant d'avoir un fan-club. (Rebus réfléchit.) Ces autres noms… je peux les voir?

Elle feuilleta son bloc jusqu'à la bonne page. Un nom lui sauta aux yeux: Peter Manuel.

— Il y a quelque chose? demanda-t-elle.

Rebus posa son doigt dessus.

— Ce n'est pas son vrai nom. Manuel était un tueur des années cinquante.

— Alors qui?…

Il avait dévoré ce qu'on avait écrit sur Bible John en prenant pour pseudo le nom d'un meurtrier.

— Johnny Bible, annonça-t-il tranquillement.

— Je ferais mieux de retourner voir ce bibliothécaire.

— Demain dès la première heure, l'encouragea Rebus. À propos… (Il, lui tendit l'enveloppe.) Pourriez-vous veiller à ce que Gill Templer reçoive ça?

— Absolument. (Elle le secoua. La cassette émit un bruit creux.) Quelque chose qui pourrait m'intéresser?

— Absolument pas.

Elle sourit.

— Là, vous avez réveillé ma curiosité.

— Eh bien, dites-lui d'aller se recoucher.

Il se détourna. Il ne voulait pas qu'elle voie à quel point il était secoué. Quelqu'un d'autre était sur la piste de Johnny Bible, quelqu'un qui disposait à présent du nom et de l'adresse de Rebus. Les paroles de Siobhan: *Bible John… en quête de sa progéniture.* Le signalement: grand, blond, la cinquantaine. L'âge correspondait à celui de Bible John. Peu importe qui c'était, il connaissait son adresse… et quelqu'un s'était introduit chez lui, sans rien voler. Seuls ses journaux et ses coupures de presse avaient été déplacés.

Bible John... en quête de sa progéniture.

— Comment marche votre enquête ? demanda Siobhan.

— Laquelle ?

— Spaven.

— Du gâteau. (Il s'arrêta et se retourna vers elle.) À propos, si vous vous faites vraiment chier...

— Oui ?

— Johnny Bible, il pourrait y avoir un rapport avec l'industrie pétrolière. La dernière victime travaillait pour les sociétés pétrolières et buvait avec les foreurs. La première étudiait à l'Institut de Technologie Robert-Gordon, la géologie, je crois. Trouvez-moi s'il y a un lien avec le pétrole, voyez s'il peut y avoir une connexion avec les victimes numéro deux et trois.

— Vous croyez qu'il habite Aberdeen ?

— À l'instant présent, je parierais dessus.

Et il s'éclipsa. Encore un arrêt avant la longue route vers le nord.

Bible John roulait dans les rues d'Aberdeen.

La ville était tranquille. Il l'aimait ainsi. Son déplacement à Glasgow avait été utile, mais la quatrième victime s'était révélée encore plus utile.

Par l'ordinateur de l'hôtel, il avait obtenu la liste de vingt compagnies. Vingt clients du *Fairmount Hotel* qui avaient payé leur séjour à l'aide d'une carte de société dans les semaines précédant le meurtre de Judith Cairns. Vingt compagnies basées dans le nord-est. Vingt personnes qu'il devait passer au crible, chacune pouvant être le Copieur.

En jouant sur le rapport entre les victimes, la première et la quatrième lui avaient donné la réponse : le pétrole. Le pétrole était au centre. La victime numéro un étudiait la géologie à l'Université Robert-Gordon et, dans le nord-est, l'étude de la géologie était liée par maints aspects à l'exploration pétrolière. La société de la quatrième victime comptait des compagnies pétrolières et des entreprises annexes parmi ses meilleurs clients. Il cherchait quelqu'un lié à l'industrie pétrolière, quelqu'un qui lui ressemble à ce point. Ça l'avait secoué de prendre conscience de ça. D'un côté, ça rendait d'autant plus urgent qu'il piste le Copieur. De l'autre, ça rendait le jeu d'autant plus dangereux. Ce n'était pas le danger physique. Il avait depuis longtemps appris à maîtriser cette peur-là. C'était le risque de perdre son identité obtenue non sans mal, l'identité de Ryan Slocum. Il avait presque l'impression d'être Ryan Slocum. Mais Ryan Slocum était un homme déjà mort, une petite annonce nécrologique trouvée par hasard dans un journal. Il avait simplement demandé un extrait de naissance, en prétendant que l'original avait brûlé dans l'incendie de sa maison. Il l'avait fait avant l'époque des ordinateurs et ça n'avait pas posé de problèmes.

Son propre passé avait donc cessé d'exister. Pour un temps du moins. Le coffre au grenier le démentait, bien sûr. Il contredisait son changement d'identité : on ne peut changer celui qu'on est. Son coffre bourré de souvenirs, la plupart américains... Il avait pris ses dispositions pour que le coffre soit transféré bientôt, lorsque sa femme serait absente. Une entreprise de déménagement enverrait une camionnette qui transporterait le coffre au garde-meuble. C'était une précaution qui semblait raisonnable, mais qu'il regrettait. C'était comme s'il reconnaissait la victoire du Copieur.

Quoi qu'il arrive.

Vingt compagnies à vérifier... Pour le moment, il avait écarté quatre suspects potentiels parce que trop âgés. Sept autres maisons n'avaient rien à voir avec le pétrole, donc elles allèrent au bas de la liste. Ce qui lui laissait neuf noms. C'était une tâche laborieuse. Il avait appelé les bureaux des diverses sociétés en racontant des histoires, mais ça n'avait pas suffi. Il avait dû avoir également recours à l'annuaire pour trouver les adresses correspondant aux noms, surveiller les habitations, attendre d'entrevoir un visage. Reconnaîtrait-il le Copieur quand il le verrait ? Il avait l'impression que oui. Au moins, il reconnaîtrait son type. Pourtant, n'était-ce pas ce que Joe Beattie avait dit de Bible John, qu'il le reconnaîtrait dans une salle bondée ? Comme si le cœur d'un homme se reflétait dans les méplats et les contours de son visage, sorte de phrénologie du péché.

Il se gara devant une autre maison et appela son bureau pour voir s'il avait des messages. Du point de vue professionnel, on s'attendait à ce qu'il ne soit pas au bureau pendant une bonne partie de la journée, voire pendant des jours et des semaines. C'était une profession taillée sur mesure, vraiment. Pas de messages, il pouvait se consacrer entièrement au Copieur... et à lui-même.

Dans les premiers temps, il manquait de patience. Ce n'était plus le cas. Cette lente traque du Copieur rendrait la confrontation finale d'autant plus jouissive. Mais cette pensée était tempérée par une autre. La police se rapprochait aussi de lui. Après tout, l'information était également à leur portée, c'était juste une question d'interconnexions. Jusque-là, seule la prostituée d'Édimbourg ne cadrait pas, mais s'il arrivait à établir un rapport entre trois sur les quatre, il serait content. Il pouvait parier aussi qu'à partir du moment où il connaîtrait l'identité du Copieur, il pourrait situer sa présence à Édimbourg au moment où celle-ci avait été assassinée. Des registres d'hôtel peut-être, ou le reçu d'une station d'essence d'Édimbourg... Quatre victimes. Une de plus déjà que celles de Bible John dans les années soixante. C'était exaspérant, il fallait bien le dire. Ça lui restait sur le cœur.

Et quelqu'un allait payer pour ça. Très bientôt.

SIXIÈME PARTIE

AU NORD DE L'ENFER

L'Écosse renaîtra le jour où le dernier ministre sera étranglé par le dernier numéro du *Sunday Post*

TOM NAIRN

28

Il était minuit passé quand ils parvinrent à l'hôtel.
Celui-ci était situé près de l'aéroport, un des nouveaux immeubles rutilants que Rebus avait dépassés
en se rendant à T-Bird Oil. Le hall était aveuglant,
trop de glaces reflétant le portrait en pied de trois
silhouettes avachies pourvues d'un maigre bagage.
Peut-être auraient-ils éveillé des soupçons, mais
comme Eve était une habituée disposant d'un compte
d'entreprise, l'affaire fut expédiée.

— Ça passe par la compagnie de taxis, expliqua-
t-elle. C'est donc moi qui régale. Vous n'aurez qu'à
le signaler quand vous partirez, ils enverront la note
aux Joe's Cabs.

— Vos chambres habituelles, madame Cudden,
annonça l'employé en lui tendant les clés. Et une
supplémentaire quelques portes plus loin.

Jack avait feuilleté le dépliant de l'hôtel :

— Sauna, club de remise en forme, gymnastique
pour maigrir. Exactement ce qu'il nous faut, John.

— Ce sont tous des gros bonnets de l'industrie du
pétrole, expliqua Eve en se dirigeant vers les ascen-
seurs. Ce genre de choses leur plaît. Ça les maintient suffisamment en état pour la neige... et là, je
ne parle pas des sports d'hiver.

— Est-ce que vous négociez directement avec Fuller et Stemmons ? demanda Rebus.

Eve étouffa un bâillement.

— Vous voulez savoir si je deale moi-même ?

— Oui.

— Vous me croyez assez bête pour ça ?

— Et les clients… des noms ?

Elle hocha la tête avec un sourire las.

— Vous n'arrêtez jamais, hein ?

— Ça m'empêche de penser à autre chose.

Plus particulièrement à Bible John, Johnny Bible… là, quelque part, peut-être même pas très loin… Elle leur tendit les clés de leurs chambres.

— Dormez bien, les gars. J'aurai sans doute décollé depuis longtemps quand vous vous réveillerez… et je ne reviendrai pas.

— Combien vous emportez avec vous ? s'enquit Rebus.

— Environ trente-huit mille livres.

— Pas mal !

— Croyez-moi, tout le monde a fait son beurre.

— Combien de temps avant qu'Oncle Joe se rende compte pour Stanley ?

— Eh bien, Malcolm ne va pas être pressé de lui raconter et Joe a l'habitude de le voir disparaître un jour ou deux d'affilée… Avec un peu de veine, j'aurai quitté le pays quand la bombe va exploser.

— Et vous êtes une sacrée veinarde.

Ils descendirent de l'ascenseur au troisième étage et regardèrent les numéros sur les clés. Rebus reçut l'ancienne chambre de Stanley, à côté d'Eve. Jack logeait deux portes plus loin.

La pièce était de bonne dimension et se glorifiait d'avoir ce que Rebus pensait être l'apanage des chambres de cadres — minibar, presse à pantalons, une petite coupe de chocolats sur l'oreiller, un peignoir étalé sur le lit ouvert. Il y avait un mot épinglé sur le peignoir qui lui demandait de ne pas l'emporter avec lui. S'il en avait envie, il pouvait s'en acheter un au club de mise en forme. « Merci de penser aux autres clients. »

Celui qui pensait aux autres clients se prépara un café soluble. Une liste de prix, posée sur le minibar, donnait le détail des délices qui se trouvaient à l'intérieur. Il la flanqua dans un tiroir. Comme la penderie s'enorgueillissait d'un minicoffre, il prit la clé du minibar et l'enferma à l'intérieur. Une autre barrière à franchir, une autre chance pour lui de changer d'avis s'il se mettait en tête de boire ce verre.

Entre-temps, le café le requinqua. Il prit une douche, s'enveloppa dans le peignoir, puis s'assit sur le lit et fixa la porte de communication. Évidemment, il fallait bien qu'il y ait une porte de communication. Stanley n'aurait pas pu s'éclipser par le couloir en cas de besoin. Il y avait une simple serrure de son côté, comme de l'autre côté, sans doute. Il se demanda ce qu'il trouverait s'il ouvrait la porte. Eve l'accueillerait-elle à bras ouverts ? S'il frappait, le laisserait-elle entrer ? Et si c'était elle qui frappait ? Il détacha ses yeux de la porte et ils se posèrent sur le minibar. Il avait un petit creux, il devait y avoir des cacahuètes et des chips à l'intérieur. Il pourrait peut-être ?... Non, non et non. Son attention retourna vers la porte de communication, il tendit l'oreille, pas un son ne sortait de la chambre voisine. Peut-être dormait-elle déjà... le genre lève-tôt, quoi. Il ne ressentait plus la fatigue. Maintenant qu'il était arrivé, il voulait se mettre au boulot. Il ouvrit les rideaux. Il avait commencé à pleuvoir, le macadam était luisant et noir comme le dos d'un scarabée géant. Rebus approcha une chaise de la fenêtre. Le vent rabattait la pluie et dessinait des motifs changeants dans la lumière des réverbères. Pendant qu'il regardait, la pluie prit une allure de fumée tourbillonnant dans l'obscurité. Le parking, en contrebas, était à moitié plein, les voitures parquées comme du bétail pendant que les propriétaires étaient bien au sec et peinards.

Johnny Bible était par là, probablement à Aberdeen, probablement dans le circuit de l'industrie pétrolière. Il passa en revue les gens qu'il avait rencontrés ces derniers temps, tous depuis le major Weir jusqu'à Walt son guide. Ironie du sort, celui pour qui il était venu ici, Allan Mitchison, était non seulement en rapport avec le pétrole mais c'était aussi le seul candidat qu'il pouvait écarter, puisqu'il était mort depuis longtemps, au moment où Vanessa Holden avait rencontré son assassin. Rebus se sentait culpabilisé par Mitchison. Cette enquête-là se trouvait débordée par les meurtres en série. C'était son boulot et il devait le faire, mais l'affaire ne lui restait pas en travers de la gorge comme celle de Johnny Bible, qu'il devait arriver à évacuer sous peine d'en crever.

Il n'était pas le seul à s'intéresser à Johnny. Quelqu'un s'était introduit chez lui. Quelqu'un avait consulté les fiches de la bibliothèque. Quelqu'un qui se servait d'une fausse identité. Quelqu'un qui avait quelque chose à cacher. Pas un journaliste, ni un autre policier… Bible John rôdait-il encore dans les parages, en sommeil quelque part avant que Johnny Bible le ramène à la vie? Furieux d'avoir été copié, et mis en rage par le culot de l'imitateur et le fait même que celui-ci ramenait la première affaire sous les feux des projecteurs? Non seulement furieux, mais se sentant menacé aussi… extérieurement et intérieurement. La peur d'être reconnu et pris, la peur de ne plus être le loup-garou.

Un nouveau loup-garou pour les années quatre-vingt-dix, un monstre qui semait à nouveau la terreur. Une mythologie en chassait une autre pour prendre sa place.

Rebus le sentait. Il pouvait sentir la hargne de Bible John à l'égard de ce jeune prétendant. Aucune flagornerie dans l'imitation, strictement aucune…

Et il sait où je vis, se dit Rebus. *Il est venu, a compris mon obsession et s'est demandé jusqu'où j'étais prêt à aller. Mais pourquoi ? Pourquoi s'expose-t-il ainsi, pourquoi forcer une porte en plein jour ? Pour chercher quoi exactement ? Cherchait-il quelque chose de précis ? Quoi ?* Rebus retourna la question dans sa tête, se demanda si un verre l'aiderait, alla jusqu'au coffre avant de faire demi-tour et resta planté au milieu de la pièce, le corps en manque, crépitant.

L'hôtel semblait assoupi. Tout le pays devait dormir et faire des rêves irréprochables, Stemmons et Fuller, Oncle Joe, le major Weir, Johnny Bible… tout le monde avait le sommeil de l'innocence. Rebus s'approcha de la porte de communication et l'ouvrit. Celle d'Eve était légèrement entrebâillée. Il l'écarta sans bruit. Sa chambre était plongée dans le noir, rideaux tirés. La lumière de sa propre chambre pointait telle une flèche sur le parquet en direction du grand lit. Elle était allongée sur le côté, un bras sur les couvertures, les yeux fermés. Il fit un pas dans la chambre, avec la sensation d'être un intrus plutôt qu'un voyeur. Puis il resta là à la regarder. Peut-être serait-il resté ainsi de longues minutes…

— Je me demandais combien de temps tu mettrais à te décider, murmura-t-elle.

Rebus s'approcha du lit. Elle tendit les bras vers lui. Elle était nue sous les couvertures, chaude et parfumée. Il s'assit au bord du lit et lui prit les mains.

— Eve, dit-il tranquillement, j'ai besoin que tu fasses un geste pour moi avant de partir.

Elle s'assit.

— Sans compter ça ?

— Sans compter ça.

— Quoi ?

— Je voudrais que tu appelles Judd Fuller. Dis-lui que tu as besoin de le voir.

— Tu devrais rester à l'écart de ce type.

— Je sais.

— Mais tu ne peux pas ? soupira-t-elle. (Il hocha la tête et elle lui effleura la joue du revers de la main.) Entendu, mais je veux quelque chose en échange.

— Quoi ?

— Que tu décroches pour le reste de la nuit, dit-elle en l'attirant vers elle.

Il se réveilla seul dans le lit d'Eve et c'était le matin. Il regarda si elle avait laissé un mot, mais évidemment non. Ce n'était pas son genre.

Il emprunta le passage et referma sa porte derrière lui, puis alluma les lumières dans sa chambre. On frappa à sa porte, c'était Jack. Rebus enfila son slip et son pantalon et s'approchait de la porte quand quelque chose lui revint. Il retourna vers le lit et retira les chocolats de l'oreiller, puis tira sur les couvertures qu'il mit en désordre. Il considéra la scène, fit un cratère de la taille d'un crâne dans un des oreillers puis alla ouvrir la porte.

Ce n'était pas Jack, mais un employé de l'hôtel qui apportait un plateau.

— Bonjour, monsieur. (Rebus s'écarta d'un pas pour le laisser entrer.) Excusez-moi si je vous ai réveillé. Mlle Cudden m'a indiqué cette heure-ci.

— Ça ira.

Rebus observa le jeune homme déposer le plateau sur la table près de la fenêtre.

— Voulez-vous que je l'ouvre ?

Il parlait de la demie de champagne debout dans un seau à glace. Il y avait une cruche de jus d'orange, un verre en cristal et un numéro du jour de *Press & Journal*. Dans un soliflore en porcelaine se dressait un œillet rouge.

— Non, répondit Rebus en empoignant le seau. Vous pouvez emporter ça. Pour le reste, ça ira.

— Oui, monsieur. Si vous voulez bien signer…

Rebus prit le stylo qu'on lui tendait et ajouta un pourboire conséquent à la note. Nom d'un chien, c'était Oncle Joe qui payait. Le jeune homme eut un large sourire, de sorte que Rebus regretta de ne pas pouvoir se montrer aussi généreux tous les matins.

— Je vous remercie, monsieur.

Quand il fut parti, Rebus se versa un verre de jus de fruit. Le jus fraîchement pressé coûtait une fortune au supermarché. Dehors, les rues étaient encore humides et il y avait une quantité de nuages là-haut, mais le ciel semblait vouloir promettre une accalmie avant la fin de la matinée. Un petit avion décolla de Dyce, probablement pour les Shetland. Il regarda sa montre, puis appela la chambre de Jack. Celui-ci décrocha avec un bruit qui se situait entre l'interrogation et le juron.

— Le service du réveil, monsieur, roucoula Rebus.

— Va te faire voir.

— Viens prendre un jus d'orange et du café.

— Laisse-moi cinq minutes.

C'était bien le moins. Puis Rebus appela Siobhan chez elle… et tomba sur son répondeur. Il essaya de la joindre à St Leonard, mais elle n'y était pas. Il savait qu'il lui faudrait du temps pour faire le travail qu'il lui avait confié, mais il voulait rester en contact avec elle, savoir quand elle aurait le résultat. Il raccrocha et de nouveau considéra le plateau. Puis il sourit.

Eve lui avait bien laissé un message, somme toute.

La salle du restaurant était calme, la plupart des tables étant occupées par des hommes seuls dont certains s'activaient déjà sur leur téléphone et leur ordinateur portable. Rebus et Jack se remplirent la panse, jus de fruit et corn-flakes, suivi d'un «petit déjeuner des Highlands complet», avec une grosse théière.

Jack tapota sa montre.

— Dans un quart d'heure, Ancram va grimper au plafond.

— Ça pourrait lui mettre du plomb dans la cervelle.

Rebus étala une plaquette de beurre sur un toast. Un hôtel cinq étoiles, mais les toasts étaient froids.

— Alors quel est notre plan d'attaque?

— Je cherche une fille, elle est photographiée avec Allan Mitchison, une militante écolo.

— On commence où?

— Tu es sûr de vouloir être dans ce coup? (Rebus fit le tour de la salle.) Tu pourrais passer la journée ici, aller au club de remise en forme, regarder un film… c'est Oncle Joe qui régale.

— John, je ne te quitte pas. (Il s'interrompit.) C'est le copain qui parle, pas le chien de garde d'Ancram.

— Dans ce cas, notre première course sera le Centre des expositions. Maintenant, tape-toi la cloche, parce que la journée va être longue, crois-moi.

— Une question?

— Laquelle?

— Comment ça se fait que toi, tu as eu du jus d'orange, ce matin?

Le Centre des expositions était presque désert. Les divers stands et espaces commerciaux — dont beaucoup, comme Rebus le savait à présent, avaient été conçus par la quatrième victime de Johnny Bible — avaient été démontés et emportés, les sols aspirés et polis. Il n'y avait plus de manifestants dehors ni de baleine gonflable. Ils demandèrent à parler à un responsable et on finit par les conduire à un bureau où une femme fébrile et portant lunettes se présenta comme l'« adjointe » et leur demanda ce qu'elle pouvait faire pour eux.

— La conférence sur la mer du Nord, expliqua Rebus. Vous avez eu quelques problèmes avec des manifestants.

Elle sourit, l'esprit ailleurs.

— C'est un peu tard pour agir, non ?

Elle déplaça quelques papiers, cherchant manifestement quelque chose.

— Je m'intéresse à une des manifestantes. Quel était le nom de leur groupe ?

— Ce n'était pas très organisé, inspecteur. Ils venaient de partout, les Amis de la Terre, Greenpeace, Sauvez les baleines, allez savoir.

— Vous ont-ils créé des ennuis ?

— Nous avons pu assurer.

Un autre sourire glacé. Elle avait l'air surmenée. Elle avait vraiment égaré un papier. Rebus se mit debout.

— Bon, désolé de vous avoir dérangée.

— Aucun problème. Je regrette de ne pouvoir vous aider.

— Ce n'est pas grave.

Rebus était sur le point de partir. Jack se pencha et ramassa une feuille sur le sol qu'il tendit à la jeune femme.

— Merci, dit-elle avant de les raccompagner à la porte. Écoutez, un groupe de pression local était responsable de l'organisation du défilé du samedi.

— Quel défilé ?

— Il s'est terminé à Duthie Park, il y a eu un concert après.

Les Dancing Pigs. Le jour où il s'était rendu à Bannock.

— Je peux vous donner leur numéro de téléphone, proposa-t-elle.

Son sourire était devenu humain.

Rebus téléphona au siège du groupe.

— Je cherche une amie d'Allan Mitchison. Je ne sais pas comment elle s'appelle, mais elle est blonde, cheveux courts, des petites nattes, vous savez, décorées de perles et des machins comme ça. Elle a une tresse qui pendouille sur le front jusque sur le nez. Un accent plutôt américain, je crois.

— Et vous, qui êtes-vous ?

C'était une voix cultivée. Sans aucune raison, Rebus imagina que son interlocuteur arborait une barbe, mais ce n'était pas Jerry Garcia et son kilt, l'accent était différent.

— Je suis l'inspecteur John Rebus. Vous savez qu'Allan Mitchison est mort ?

Une pause, puis une expiration, le bruit de la fumée qu'on souffle.

— Je l'ai appris. C'est terrible.

— Vous le connaissiez bien ?

Rebus essayait de se souvenir des visages sur les photographies.

— C'était un timide. Je ne l'ai rencontré que deux ou trois fois. Un superfan des Dancing Pigs, c'est pourquoi il s'est donné tout ce mal pour les avoir en tête d'affiche. J'ai été sidéré qu'il y parvienne. Il les a bombardés de lettres, vous savez. Peut-être cent ou plus, il a dû les avoir à l'usure.

— Et le nom de son amie ?

— On ne le communique pas aux étrangers, malheureusement. Après tout, je ne suis pas obligé de vous croire sur parole quand vous dites que vous êtes policier.

— Je peux venir…

— Je ne pense pas.

— Écoutez, j'aimerais beaucoup vous parler…

Mais la ligne était coupée.

— Tu veux qu'on y fasse un saut ? demanda Jack.

— Inutile, dit John. Il ne nous dira rien s'il n'en a pas envie. En plus, j'ai l'impression qu'il sera en vadrouille pour la journée avant qu'on n'arrive. On n'a pas de temps à perdre.

Rebus tapota son stylo contre ses dents. Ils étaient revenus dans sa chambre. Le téléphone avait un haut-parleur, de sorte que Jack avait pu suivre la conversation. À présent, il dégustait les chocolats trouvés sur l'oreiller.

— La police locale, annonça Rebus en décrochant le combiné. Ce concert était sans doute autorisé et Queen Street a peut-être la trace des autres organisateurs.

— Ça vaut la peine d'essayer, approuva Jack en branchant la bouilloire. Rebus passa donc vingt minutes dans la peau d'une boule de flipper tandis qu'on le renvoyait d'un bureau à l'autre. Il s'était fait passer pour un contrôleur des normes commerciales, intéressé par le piratage et qui suivait une affaire intervenue lors d'un précédent concert des Dancing Pigs. Jack approuva en silence, c'était pas mal trouvé.

— Oui, John Baxter à l'appareil, du bureau des normes commerciales. J'expliquais justement à votre collègue…

Et il redébita son laïus. Quand on lui passa une autre voix et qu'il reconnut celle de la première personne à laquelle il s'était adressé, il raccrocha, furieux.

— Plus nul que ça, tu meurs.

— Tu jettes l'éponge ? interrogea Jack en lui tendant une tasse de thé.

— Tu rêves.

John consulta son répertoire, reprit le combiné et demanda Stuart Minchell, à T-Bird Oil.

— Inspecteur, quelle bonne surprise !

— Je m'excuse de vous casser les pieds comme ça, monsieur Minchell.

— Comment avance votre enquête ?

— Pour être franc, un peu d'aide ne serait pas de refus.

— Allez-y.

— C'est à propos de Bannock. Le jour où je m'y suis rendu, on a conduit à bord des manifestants.

— Oui, j'en ai entendu parler. Ils se sont attachés à la rambarde avec des menottes.

Minchell avait l'air de trouver ça drôle. Rebus se souvint de la plate-forme, des rafales de vent, de son casque qui refusait de rester en place et de l'hélicoptère, au-dessus, qui filmait tout...

— Je me demandais ce que les manifestants étaient devenus. Je veux dire, ont-ils été arrêtés ?

Il savait bien que non, puisqu'il en avait vu quelques-uns au concert.

— Le mieux serait de poser la question à Hayden Fletcher.

— Vous pourriez lui poser la question pour moi ? L'air de rien, si je peux dire.

— J'imagine. Donnez-moi votre numéro à Édimbourg.

— Ne vous dérangez pas, je vous rappellerai...
disons, dans vingt minutes?

Rebus regarda par la fenêtre. Il pouvait presque
apercevoir de sa chambre le siège de T-Bird.

— Ça dépend si je le trouve.

— Je vous rappelle dans vingt minutes. Oh, monsieur Minchell?

— Oui?

— Si vous avez besoin d'appeler Bannock, pourriez-vous poser une question pour moi à Willie
Ford?

— Quelle question?

— Demandez-lui s'il savait qu'Allan Mitchison
avait une petite amie, une blonde avec des petites
tresses dans les cheveux.

— Des tresses, dit Minchell en prenant des notes.
Pas de problème.

— Dans ce cas, je voudrais son nom et son adresse,
le cas échéant. (Rebus eut une autre idée.) Quand les
manifestants sont venus au siège, vous les avez fil-
més sur vidéo, non?

— Je ne m'en souviens pas.

— Vous pourriez vérifier? Ce serait du domaine
de la sécurité, non?

— Vous me laissez toujours vingt minutes pour
tout ça?

Rebus sourit.

— Non, monsieur. Disons une demi-heure?

Rebus raccrocha et finit son thé.

— Et si on passait un autre coup de fil maintenant? proposa Jack.

— À qui?

— Chick Ancram.

— Jack, regarde-moi. (Il pointa un doigt vers son
visage.) Tu crois qu'un type aussi crevard que ça
peut décrocher le téléphone?

— Tu vas te faire balancer.

— Le balancement du pendule, tu connais?

Réflexion faite, Rebus accorda quarante minutes à Stuart Minchell.

— Vous savez, inspecteur, à côté, travailler pour le Major devient une sinécure.

— Ravi de vous avoir rendu service, monsieur. Qu'est-ce que vous avez trouvé?

— À peu près tout. (Un bruissement de feuilles.) Non, les manifestants n'ont pas été arrêtés.

— C'était plutôt généreux, étant donné les circonstances.

— Cela nous aurait fait de la contre-publicité.

— Ce dont vous préférez vous passer en ce moment?

— La société a pris les noms des manifestants, mais ils sont faux. En tout cas, je suppose que Youri Gagarine et Judy Garland sont des pseudos.

— Ça paraît raisonnable.

Judy Garland, pour Cheveux-tressés, un choix intéressant.

— On les a donc retenus, on leur a donné une boisson chaude et on les a renvoyés au pays par le premier avion.

— C'est très chic de la part de T-Bird.

— N'est-ce pas?

— Et l'enregistrement vidéo?

— Comme vous le pensiez, c'est l'affaire de notre service de sécurité. Par mesure de précaution, m'a-t-on dit. S'il y a un problème, nous avons une preuve matérielle.

— Les films ne leur servent pas à identifier les manifestants?

— Nous ne sommes pas la CIA, inspecteur, mais une société pétrolière.

— Bien sûr, excusez-moi, monsieur. Poursuivez.

— D'après Willie Ford, Mitch a bien eu quelqu'un à Aberdeen. C'était du passé. Mais ils n'en ont jamais parlé. Mitch était — je cite — « très secret concernant sa vie amoureuse ».

Il se cassait le nez partout.

— C'est tout ?

— Oui.

— Eh bien, merci, monsieur. Je vous en suis très reconnaissant.

— Le plaisir est pour moi, inspecteur. Mais la prochaine fois que vous me demanderez un service, tâchez de ne pas le faire un jour où je dois mettre à pied une douzaine de nos employés.

— Vous traversez des temps difficiles, monsieur Minchell ?

— C'est un titre de Dickens, inspecteur Rebus. Au revoir.

Jack éclata de rire.

— Touché ! approuva-t-il.

— Et pour cause, il est à moins d'un kilomètre d'ici.

Il s'approcha de la fenêtre et regarda un autre avion décoller à quelques centaines de mètres, le rugissement des réacteurs diminuant pendant qu'il s'éloignait vers le nord.

— Ça te suffit pour ce matin ?

Rebus ne répondit pas. Il s'attendait à ce qu'Eve l'appelle. Ce service qu'elle lui avait promis... il se demanda si elle le ferait. Elle le lui devait, mais ce n'était sûrement pas très malin de contrarier Judd Fuller tant qu'elle était en piste. Elle avait réussi à tirer son épingle du jeu pendant des années. Pourquoi prendre des risques maintenant ?

Jack répéta sa question.

— Il reste une solution, répliqua Rebus en se tournant vers lui.

— Laquelle ?

— L'avion.

À l'aéroport de Dyce, Rebus produisit sa carte de police et demanda s'il y avait des vols pour Sullom Voe.

— Pas pour le moment, l'informa-t-on. Peut-être dans quatre ou cinq heures.

— On ne fera pas les difficiles.

Haussements d'épaules, hochements de tête.

— C'est important.

— Vous pourriez aller en stop jusqu'à Sumburgh.

— Mais c'est à des kilomètres de Sullom Voe...

— J'essaie de vous aider. Vous pourriez louer une voiture.

Rebus réfléchit, puis il eut une meilleure idée.

— Combien de temps faut-il pour y arriver ?

— À Sumburgh ? Une demi-heure, quarante minutes. Il y a un hélicoptère qui s'y arrête sur la route de Ninian.

— Parfait.

— Laissez-moi leur parler.

Elle prit le téléphone.

— On revient dans cinq minutes.

Jack suivit Rebus jusqu'aux cabines téléphoniques, où Rebus appela St Leonard. On lui passa Gill Templer.

— Je suis en train d'écouter la cassette, dit-elle.

— C'est mieux qu'*Au théâtre ce soir*, non ?

— Je vais aller à Glasgow plus tard. J'ai besoin de lui parler moi-même.

— Bonne idée, j'ai laissé une copie de la bande au poste de Partick. Tu as vu Siobhan ce matin ?

— Je ne crois pas. Quels sont ses horaires ? Si tu veux, je peux la chercher.

— Ne te dérange pas, Gill. Les appels longue distance, ça coûte bonbon.

— Bon sang, où tu es en ce moment ?

— Je suis au lit, si jamais Ancram te pose la question.

— Et tu as besoin de ce service ?

— Un numéro de téléphone, en fait. Le poste de police de Lerwick. Je suppose que ça existe.

— Tout à fait. Ils sont placés sous les auspices de la Division du nord. Il y avait une conférence l'an dernier à Inverness, ils se plaignaient de devoir garder à l'œil les Orcades et les Shetland.

— Gill...

— Je cherche tout en parlant.

Elle lui dicta le numéro, qu'il nota directement sur son carnet.

— Merci, Gill. Bye.

— John !

Mais il avait déjà raccroché.

— Tu as quoi, comme monnaie, Jack ?

Celui-ci lui tendit quelques pièces. Rebus les empocha, puis il appela Lerwick et demanda si on pouvait lui prêter une voiture pour une demi-journée. Il expliqua qu'il enquêtait sur un meurtre, pour les Lothian & Borders. Pas de quoi s'exciter, ils allaient seulement interroger un ami de la victime.

— Bon, alors, une voiture... (La voix traînait, comme s'il avait demandé un vaisseau spatial.) Quand comptez-vous être là ?

— On doit prendre un hélico dans une demi-heure.

— Vous êtes deux ?

— Oui, confirma Rebus. Ce qui élimine la moto.

Sa récompense : un gloussement.

— Pas nécessairement !

— Vous pouvez faire ça ?

— Ben, je peux faire quelque chose. Le seul problème, c'est si les voitures sont parties. Certains
appels viennent de coins complètement paumés.

— S'il n'y a personne pour nous prendre à Sumburgh, je vous rappellerai.

— C'est ça. Salut.

De retour au bureau, ils apprirent que leur vol par-
tait dans trente-cinq minutes.

— Je n'ai encore jamais pris l'hélicoptère.

— Une expérience que tu n'oublieras pas de sitôt.

Jack fronça les sourcils.

— Tu pourrais me redire ça avec un peu plus de
chaleur dans la voix ?

29

Il y avait une demi-douzaine d'avions posés sur l'aéroport de Sumburgh et le même nombre d'hélicoptères, dont la plupart étaient reliés comme par un cordon ombilical aux avions ravitailleurs. Rebus alla à pied au Wilsness Terminal en ouvrant la fermeture à glissière de sa combinaison de survie, puis s'aperçut que Jack était resté dehors pour regarder la côte et la morne plaine de l'intérieur. Comme un vent violent commençait à se déchaîner, Jack avait enfoncé son menton dans son vêtement. Après le vol, il avait l'air pâle et un peu barbouillé. Pour sa part, Rebus avait passé tout le voyage à éviter de penser à son robuste petit déjeuner. Jack vit qu'il lui faisait signe et vint le rejoindre.

— Comme la mer est bleue !

— Et tu seras de la même couleur si tu restes deux minutes de plus là-bas.

— Et le ciel… incroyable.

— Ne me le joue pas New Age, tu veux ? Retirons ces combinaisons. Je pense que notre escorte en Escort vient d'arriver.

Sauf que c'était une Astra, pleine comme un œuf avec eux trois à l'intérieur, d'autant que le chauffeur en uniforme était bâti comme un roc. Sa tête — sans la casquette — effleurait le toit. La voix était celle qu'il avait entendue au téléphone. Il avait serré la main de Rebus comme s'il saluait un émissaire étranger.

— Vous êtes déjà venu aux Shetland ?

Jack fit signe que non. Rebus admit qu'il y avait un précédent, mais se passa d'entrer dans les détails.

— Et où voulez-vous que je vous conduise ?

— On retourne à votre base, répondit Rebus, tassé sur le siège arrière. On va vous déposer et on vous restituera la voiture quand en aura fini.

Le policier — qui répondait au nom d'Alexander Forres — exprima sa déception d'une voix tonitruante :

— Mais ça fait vingt ans que je suis dans la police !

— Et alors ?

— Ce serait ma première enquête pour meurtre !

— Écoutez, sergent Forres, nous sommes seulement venus parler à un ami de la victime. C'est pour le contexte… de la routine et emmerdant comme la pluie.

— Bah, tout de même… je m'en faisais une fête.

Ils roulaient sur la A970 en direction de Lerwick, à une trentaine de kilomètres au nord de Sumburgh. Le vent les secouait, tandis que les grosses paluches de Forres enserraient solidement le volant, tel un ogre étranglant un enfant. Rebus préféra changer de sujet.

— Une jolie route.

— Payée par le pétrole, précisa Forres.

— Ça vous dérange d'être sous les ordres d'Inverness ?

— Qui vous a dit ça ? Vous vous imaginez qu'ils vérifient chaque semaine de l'année ce qu'on fabrique ?

— Sans doute que non.

— Vous avez raison, inspecteur. C'est comme pour les Lothian & Borders. Tous les combien quelqu'un de Fettes se donne le mal d'aller à Harwick ? (Forres regarda Rebus dans le rétroviseur.) N'allez pas croire qu'on soit une bande de pedzouilles avec juste assez de cervelle pour mettre le feu au bateau à l'occasion d'Up-Helly-Aa.

— Up-Helly quoi ?

Jack se tourna vers lui.

— Tu sais bien, John, c'est quand ils font brûler une barque qui ressemble à un drakkar.

— Le dernier mardi de janvier, précisa Forres.

— Drôle de chauffage central, marmonna Rebus.

— C'est un cynique-né, s'excusa Jack.

— Ce qui compte, c'est de ne pas en mourir...

Il avait toujours les yeux braqués sur le rétro.

Aux abords de Lerwick, ils dépassèrent d'affreux préfabriqués, probablement liés à l'industrie pétrolière. Le poste de police était situé dans la nouvelle ville. Ils déposèrent Forres, qui alla dans les bureaux leur chercher une carte de Mainland.

— Encore que vous ne risquiez pas franchement de vous perdre, admit-il. Il n'y a que trois grandes routes à retenir.

Rebus considéra la carte et comprit ce qu'il entendait par là. Mainland présentait un dessin qui esquissait approximativement la forme d'une croix, la A970 formant la branche verticale traversée par la 971 et la 968 à l'horizontale. Brae était à égale distance au nord du chemin qu'ils venaient de parcourir. Rebus devait tenir le volant, Jack serait le navigateur — c'était lui qui l'avait décidé. Il prétendait que ça lui permettrait d'admirer le paysage.

La route était tantôt spectaculaire et tantôt lugubre. La côte laissait voir par moments, à l'intérieur des étendues de landes, des habitats disséminés, des quantités de moutons dont beaucoup se promenaient sur la route, et quelques arbres épars. Pourtant, Jack avait raison : le ciel était stupéfiant. Forres leur avait dit que c'était la saison où il ne faisait jamais complètement nuit. Mais en hiver, la lumière du jour se faisait rare. Ces gens qui choisissaient de vivre à des kilomètres de tout ce que vous preniez pour acquis méritaient le respect. C'était plutôt cool d'être un chasseur-cueilleur en ville, mais ici... Ce n'était pas le genre de paysage qui favorisait la conversation. Celle-ci se résuma à des grognements et des hochements de tête. Aussi tassés fussent-ils dans la voiture, ils se trouvaient isolés l'un de l'autre. Bon sang, Rebus n'aurait pas pu survivre dans un endroit pareil.

Ils bifurquèrent à gauche vers Brae et butèrent brusquement sur la côte ouest de l'île. Ils avaient du mal à s'y retrouver. Forres était le seul Shetlander d'origine de leur connaissance. Le peu d'architecture qu'ils avaient entrevu à Lerwick était un cocktail d'écossais et de scandinave, une sorte d'Ikea amélioré. Dans la campagne, les petites exploitations étaient les mêmes que dans le reste des Hébrides, mais les noms des localités témoignaient de l'influence nordique. Comme ils traversaient Burravoe et pénétraient dans Brae, Rebus se rendit compte qu'il se sentait complètement à l'étranger.

— On va où maintenant ? questionna Jack.

— Donne-moi une minute. Quand je suis venu, la première fois, je suis arrivé par un autre chemin...

Il fit le point pour se repérer et finit par retrouver la maison que Jake Harley partageait avec Briony. Les voisins examinèrent la voiture de police comme s'ils n'en avaient jamais vue, et peut-être que c'était le cas. Rebus frappa à la porte de Briony... sans succès. Il frappa plus fort, le bruit se répercutant

dans le vide. Un coup d'œil par la fenêtre du séjour :
du désordre, mais pas de foutoir. Un désordre de
femme, pas vraiment professionnel. Rebus retourna
à la voiture.

— Elle travaille à la piscine. On va tenter le coup.

Difficile de rater la piscine avec son toit en tôle
bleue. Briony arpentait le bord du bassin en sur-
veillant les enfants qui s'ébattaient dans l'eau. Elle
avait revêtu le même uniforme — débardeur et pantalon de jogging — que lors de leur précédente rencontre, sauf qu'en plus elle portait des tennis aux
pieds. Elle avait les chevilles nues — les maîtres
nageurs se passent de chaussettes. Un sifflet d'arbitre
était pendu à son cou, mais les gamins se tenaient
correctement. Elle aperçut Rebus et émit trois coups
brefs, un signal convenu, puisqu'un autre moniteur
vint la remplacer. Elle rejoignit Rebus et Jack. La
température n'était pas loin d'être tropicale avec un
taux d'humidité correspondant.

— Je vous l'ai dit, attaqua-t-elle. Jake n'est toujours pas rentré.

— Je sais et vous m'avez dit que vous ne vous
inquiétiez pas pour lui.

Elle haussa les épaules. Elle avait de courts cheveux noirs qui tombaient raides avant de finir en
accroche-cœurs. Sa coiffure la rajeunissait d'une
demi-douzaine d'années, lui donnant un air d'adolescente. Mais son visage était plus âgé, déjà endurci
par le climat ou par la vie, allez savoir. Elle avait de
petits yeux, de même que le nez et la bouche. Il s'efforça de ne pas penser à un hamster, mais quand elle
plissa le nez, ce fut le bouquet.

— C'est un homme libre, dit-elle.

— Mais vous étiez inquiète, la semaine dernière.

— Ah bon ?

— Quand vous m'avez fermé la porte au nez. J'ai vu assez souvent ce genre d'expression pour le savoir.

— Et alors? répliqua-t-elle en croisant les bras.

— Alors, de deux choses l'une, Briony. Ou Jake se cache parce qu'il craint pour sa vie.

— Ou?

— Ou il est déjà mort. Dans les deux cas, vous pouvez aider.

Elle avala avec difficulté.

— Mitch...

— Jake vous a dit pourquoi Mitch a été tué?

Elle fit signe que non. Rebus essaya de ne pas sourire. Autrement dit, Jake avait été en contact avec elle depuis qu'ils s'étaient parlé.

— Donc il est en vie?

Elle se mordilla la lèvre, puis elle fit oui.

— Je voudrais lui parler. Je crois que je peux le sortir de ce pétrin.

Elle tenta de deviner ce qu'il y avait de vrai là-dedans, mais Rebus avait le visage impassible.

— Il a des ennuis? demanda-t-elle.

— Oui, mais pas avec nous.

Elle se retourna vers le bassin pour contrôler que tout était en ordre.

— Je vais vous conduire, dit-elle.

Ils repartirent à travers la lande et dépassèrent Lerwick en direction de Sandwick, situé sur la face est de Mainland, à une quinzaine de kilomètres au nord de l'endroit où l'hélicoptère s'était posé.

Briony refusa de parler pendant le trajet, mais elle ne devait pas savoir grand-chose. Sandwick rassemblait dans le même espace d'anciennes habitations et des bâtiments de l'ère pétrolière. Elle les conduisit vers Leebotten, une nichée de maisons de bord de mer.

— Il est par ici? s'enquit Rebus quand ils descendirent de voiture.

Elle fit signe que non et tendit le doigt vers la mer. On distinguait un îlot dépourvu de toute habitation. Des falaises et de la rocaille. Rebus regarda la jeune femme.

— Mousa, annonça-t-elle.

— Comment on y va?

— En bateau, à supposer que quelqu'un veuille bien nous y conduire.

Elle frappa à la porte d'une des petites maisons. Une femme entre deux âges lui ouvrit.

— Briony, prononça simplement la femme.

C'était un constat plutôt qu'une salutation.

— Bonjour, madame Munroe. Scott est là?

— Oui. (La porte s'écarta un peu plus.) Entrez donc.

Ils pénétrèrent dans une pièce de dimension correcte, qui semblait composer la cuisine et le séjour. Une grande table en bois occupait la plus grande partie de la pièce. Deux fauteuils étaient disposés près de la cheminée. Un homme, qui en occupait un, se leva et décrocha de ses oreilles les branches de ses demi-lunes métalliques. Il les replia pour les glisser dans la poche de son gilet. Le livre qu'il lisait était resté ouvert par terre. C'était une bible de format classique, couverture noire et fermoir en cuivre.

— Alors, Briony, énonça-t-il.

Il avait, lui aussi, la cinquantaine ou peut-être un peu plus, mais son visage raviné était celui d'un vieil homme. Ses cheveux étaient argentés, coupés court avec le soin et la simplicité d'une coupe maison. Sa femme était allée à l'évier pour remplir la bouilloire.

— Non merci, madame Munroe, l'arrêta Briony avant de se retourner vers son mari. Vous avez vu Jake récemment, Scott?

— J'y suis allé il y a deux jours, il allait bien.

— Vous pouvez nous y transporter?

Scott Munroe regarda Rebus, qui tendit la main.

— Inspecteur Rebus, monsieur Munroe. Et voici l'inspecteur Morton.

Munroe leur donna une poignée de main sans y mettre beaucoup de conviction: qu'avait-il à prouver?

— Enfin, le vent s'est un peu calmé... Je crois que ça ira, nota Munroe en grattant le chaume gris sur son menton. (Il se tourna vers sa femme.) Meg, si tu me donnais du pain et du jambon pour le jeune gars?

Mme Munroe hocha la tête et s'activa en silence, tandis que son mari se préparait. Il trouva des cirés pour tout le monde et des bottes en caoutchouc pour lui. Entre-temps, un paquet de sandwichs et une Thermos de thé l'attendaient. Rebus avait les yeux braqués sur la Thermos et il savait que Jack en faisait autant. Tous les deux crevaient de soif

Mais le temps était compté. Ils partirent.

C'était une petite embarcation, fraîchement repeinte et équipée d'un moteur hors-bord. Rebus se voyait déjà effectuer le trajet à la rame.

— Il y a une jetée, expliqua Briony tandis qu'ils progressaient, secoués par une forte houle. D'habitude, un ferry assure la traversée. On aura un peu de marche à pied à faire, mais pas beaucoup.

— Il a choisi un endroit plutôt lugubre, hurla Rebus contre le vent.

— Pas tant que ça, répondit-elle avec un vague sourire.

— C'est quoi, ça? demanda Jack en pointant le doigt.

La chose se dressait au bord de l'île, près de l'endroit où les strates inclinées du rocher glissaient dans l'eau sombre. Des moutons paissaient autour de la forme. Aux yeux de Rebus, cela ressemblait à un gigantesque château de sable ou à un pot de fleur renversé. Comme ils s'approchaient, il comprit que le bâtiment devait faire une douzaine de mètres de haut, quinze ou vingt de diamètre à la base et qu'il était construit de grosses pierres plates, des milliers de pierres.

— Le *broch* de Mousa, annonça Briony.

— C'est quoi?

— Une espèce de forteresse. C'est ici qu'ils habitaient, c'était plus facile à défendre.

— Qui habitait ici?

— Les colons, fit-elle en haussant les épaules. Peut-être un siècle avant Jésus-Christ. (Il y avait un espace entouré d'un mur d'enceinte assez bas derrière le *broch*.) Ça, c'était le *Haa*. Ce n'est plus qu'une coquille vide maintenant.

— Et où est Jake?

Elle se tourna vers lui.

— À l'intérieur du *broch*, bien sûr.

Ils accostèrent. Munroe décréta qu'il allait faire le tour de l'île et qu'il reviendrait les chercher dans une heure. Briony, chargée du sac de provisions, prit la direction du *broch* sous l'œil impavide des moutons qui ruminaient et de quelques oiseaux qui se pavanaient.

— Tu vis toute ta vie dans un pays, commentait Jack sous la capuche du ciré pour se protéger du vent, et tu ne sais même pas qu'il existe un machin pareil ici!

Rebus était bien d'accord. C'était un endroit extraordinaire. Ce qu'il éprouvait en foulant l'herbe n'avait rien à voir avec ce qu'on ressentait en marchant sur une pelouse ou dans un champ. Il se

serait cru le premier à avoir posé le pied ici. Ils suivirent Briony dans un couloir qui conduisait au
cœur même du *broch*, abrité du vent mais dépourvu
de toit pour les protéger de la pluie menaçante.
L'heure que leur avait accordée Munroe équivalait
à une mise en garde. S'ils étaient en retard, ils
auraient droit à une traversée agitée, pour ne pas
dire dangereuse.

La tente monoplace en nylon bleu, plantée dans
la cour centrale du *broch*, paraissait déplacée. Un
homme en sortit pour serrer Briony dans ses bras.
Rebus attendait le bon moment. Briony lui tendit le
sac contenant le thé et les sandwichs.

— Mon Dieu! fit Jake Harley. J'ai déjà trop de
provisions ici.

Il n'avait pas l'air surpris de voir Rebus.

— Je savais qu'elle craquerait sous la pression,
ajouta-t-il.

— Non, on n'a pas eu besoin de faire pression,
monsieur Harley. Elle s'inquiétait pour vous, c'est
tout. Moi aussi, pendant un temps. J'ai eu peur que
vous ayez eu un accident.

Harley parvint à sourire.

— Et ce n'est pas vraiment à un accident que
vous pensez, n'est-ce pas?

Rebus le reconnut. Il observait Harley en essayant
de voir en lui le fameux «Monsieur H.», celui qui
avait donné l'ordre d'exécuter Allan Mitchison. Mais
ça semblait ne pas cadrer du tout.

— Je ne vous reproche pas de vous être planqué,
reconnut Rebus. C'était sans doute le plus sage.

— Pauvre Mitch...

Harley baissa les yeux. Il était grand, bien bâti, des
cheveux noirs coupés court qui se dégarnissaient au
sommet et des lunettes cerclées de métal. Son visage
avait conservé un air de collégien, mais il avait rude-

ment besoin de se raser et de se laver la tête. L'entrée de la tente était ouverte, laissant apercevoir le matelas, le sac de couchage, une radio et quelques livres. Appuyé contre le mur intérieur du *broch* se trouvait un sac à dos rouge et, à côté, un réchaud à gaz et un sac en plastique rempli de détritus.

— Est-ce qu'on peut en parler? demanda Rebus.

Jake Harley hocha la tête. Il vit que Jack Morton était plus intéressé par le *broch* que par la conversation.

— C'est incroyable, non? lui dit-il.

— Et comment! s'exclama Jack. Il y a eu un toit, autrefois?

— Ils faisaient des appentis par ici, alors ils n'ont peut-être pas eu besoin de toit, expliqua Harley. Les murs sont creux en double épaisseur. Une des galeries conduit toujours en haut. (Il regarda alentour.) Nous ignorons encore beaucoup de choses. (Puis il considéra Rebus.) C'est là depuis deux mille ans et ce sera encore là quand le pétrole aura disparu depuis longtemps.

— Je n'en doute pas.

— Certains ne s'en rendent pas compte. Le fric les rend myopes.

— Vous croyez que c'est une histoire de gros sous, Jake?

— Pas seulement... Allez, je vais vous faire visiter le Haa.

Ils ressortirent donc dans le vent, traversèrent la pâture et atteignirent le mur bas qui entourait ce qui avait été une maison de pierre de belle taille, mais dont il ne restait plus que l'enveloppe. Ils firent le tour du propriétaire, Briony avec eux. Jack fermait la marche, quittant le *broch* à contrecœur.

— Le *broch* de Mousa a toujours été une aubaine pour ceux qui prenaient le maquis. Il y a une his-

toire dans l'*Orkneyinga Saga*[1], un couple d'amoureux qui vient se réfugier ici...

Il sourit à Briony.

— Vous avez appris que Mitch était mort?
demanda Rebus.

— Oui.

— Comment?

— J'ai appelé Jo.

— Jo?

— Joanna Bruce. Mitch et elle se voyaient à un
moment donné.

Cheveux-tressés avait enfin un nom.

— Comment l'a-t-elle su?

— C'était dans le journal d'Édimbourg. Jo fait la
revue de presse, elle commence sa journée en lisant
tous les journaux pour voir s'il y a quelque chose
d'intéressant pour les différents groupes de pression.

— Vous n'en avez pas parlé à Briony?

Il déposa un baiser sur la main de son amie.

— Ça n'aurait fait que t'inquiéter, dit-il.

— Deux questions, monsieur Harley. Pourquoi
pensez-vous que Mitch a été assassiné et qui est responsable de ce crime?

Il haussa les épaules.

— Quant à savoir qui l'a fait... Je ne serais jamais
en mesure de le prouver. Mais je sais pourquoi on
l'a tué... c'est de ma faute.

— De votre faute?

— Je lui ai dit les doutes que j'avais sur le *Negrita*.

Le bateau que Peau-de-mouton avait mentionné
au cours du vol pour Sullom Voe avant de tomber
dans le mutisme.

— Que s'est-il passé?

---

1. Une grande saga viking datant de l'an 1200 environ, époque
où les Orcades étaient un royaume indépendant.

— C'était il y a quelques mois. Vous savez que Sullom Voe applique quelques-unes des procédures les plus rigoureuses? À une certaine époque, les tankers purgeaient l'eau de cale en approchant de la côte, ça leur évitait de la pomper en accostant au terminal... ça économisait du temps, ce qui voulait dire du blé. Ils tuaient des guillemots noirs, ces grands plongeurs des régions arctiques, des cormorans huppés, des eiders, et même des loutres. Ça n'arrive plus, ils ont resserré la vis. Mais il y a encore des bourdes. Et le *Negrita*, c'était exactement ça, une bourde.

— Une marée noire?

— Pas une grosse, rien de comparable à ce qu'on a réussi à faire avec le *Braer* et le *Sea Empress*, concéda Harley. Le second, qui était de service ce jour-là, se trouvait à l'infirmerie... avec la gueule de bois, apparemment. Un membre de l'équipage, qui n'avait jamais fait ce boulot, a poussé les mauvaises manettes. À vrai dire, le type ne connaissait pas un mot d'anglais. Ce n'est pas rare de nos jours, même si les officiers sont anglais, la société embauche la main-d'œuvre au plus bas prix, ce qui veut dire généralement des Portugais, des Philippins et une centaine d'autres nationalités. D'après moi, ce pauvre mec n'a pas compris les indications.

— Et on a voulu étouffer l'affaire?

— Bof, fit Harley. Ça n'était pas très important au départ, c'était une petite marée noire.

— Alors quel est le problème? insista Rebus qui ne pigeait pas.

— Comme je l'ai dit, j'ai raconté l'histoire à Mitch...

— Comment l'avez-vous su?

— L'équipage a débarqué au terminal. Ils étaient au réfectoire. J'ai parlé avec l'un d'entre eux, il n'était pas du tout dans son assiette... Je parle un peu l'espagnol. Il m'a dit ce qu'il avait fait.

— Bon, et Mitch?

— Eh bien, Mitch a découvert quelque chose qu'on voulait cacher. Plus précisément, qui étaient les véritables propriétaires du tanker. Ce n'est pas facile avec ces bateaux, ils sont enregistrés ici ou là, n'importe où, et leur sillage ne laisse qu'une piste de paperasses. Ce n'est pas toujours du gâteau de se procurer les renseignements dans certains ports. Et parfois, le nom sur les papiers ne veut pas dire grand-chose. Les sociétés sont propriétaires d'autres sociétés, d'autres pays sont impliqués...

— Un véritable labyrinthe.

— C'est fait exprès. Quantité de ces tankers sont dans un état épouvantable. Mais la loi maritime est internationale. Même si on voulait les empêcher d'accoster, on ne le pourrait pas sans le feu vert de tous les signataires.

— Mitch a découvert que T-Bird Oil était propriétaire du tanker?

— Comment le savez-vous?

— Une supposition éclairée.

— Bref, c'est ce qu'il m'a dit.

— Et vous pensez que quelqu'un de T-Bird l'a fait éliminer? Mais pourquoi? Comme vous dites, ce n'était pas une marée noire assez importante pour provoquer un tollé dans la presse.

— Ça impliquait T-Bird. Ils se mettent en quatre pour convaincre le gouvernement de les laisser abandonner leurs plates-formes en pleine mer. Ils vantent l'environnement et leurs réalisations dans ce domaine. Nous sommes Monsieur Propre, alors laissez-nous faire. (Harley exhiba des dents éclatantes en parlant, l'air sarcastique.) Alors dites-moi, inspecteur, je suis parano? Ce n'est pas parce que

Mitch s'est fait balancer par une fenêtre qu'il a été assassiné, hein?

— Oh, c'est bien un meurtre, allez. Mais je ne suis pas sûr que le *Negrita* ait beaucoup compté là-dedans. (Harley arrêta de marcher et le regarda.) Je pense que vous ne risquez rien en rentrant chez vous, Jake, poursuivit Rebus. En fait, j'en suis sûr. Mais d'abord, j'ai besoin d'une chose.

— Laquelle?

— Une adresse où trouver Joanna Bruce.

30

Le trajet de retour fut une véritable transplantation de follicule — ça décoiffait plus encore qu'à l'aller. Ils avaient déposé Jake et Briony à Brae, puis laissé la voiture à Lerwick et supplié qu'on les reconduise à Sumburgh. Forres était toujours furibard, mais il finit par se calmer et vérifia les horaires de retour, dont l'un leur laissait le temps d'avaler une tasse de consommé instantané au poste.

À Dyce, ils reprirent la voiture de Jack et y restèrent assis quelques minutes pour reprendre pied sur le plancher des vaches. Puis ils reprirent la A92 vers le sud en se basant sur les indications que leur avait fournies Jake Harley. C'était la même route que Rebus avait prise la nuit où Tony El s'était fait refroidir. Ils tenaient Stanley pour ça, quoi qu'il arrive. Rebus se demandait quelles surprises le jeune psychopathe leur réservait, surtout maintenant qu'il avait perdu Eve. Il saurait qu'elle s'était enfuie, il saurait aussi qu'elle n'avait pas laissé le butin derrière elle. Peut-être que Gill lui aurait extorqué d'autres aveux.

Avec ça, Gill tenait le pompon.

Ils virent des panneaux pour Cove Bay, suivirent les indications de Harley et arrivèrent à une aire de stationnement, derrière laquelle étaient garés une douzaine de fourgonnettes, caravanes, autocars et camping-cars. Passant en cahotant par-dessus des levées de terre inopérantes, ils parvinrent dans une clairière à l'avant d'une forêt. Des chiens aboyaient, des gosses tapaient dans un ballon crevé, du linge pendait entre les branches et quelqu'un avait allumé un feu de bois. Quelques adultes s'étaient regroupés autour du feu et se passaient des joints tandis qu'une femme grattait la guitare. Rebus avait déjà vu ce genre de campings sauvages. Ils se présentaient sous deux formes. Il y avait le camp pour gens du voyage à l'ancienne, avec belles caravanes et poids lourds, des habitants à peau mate — des Tziganes — qui s'exprimaient parfois dans une langue que Rebus ne pouvait comprendre. Puis il y avait les routards «New Age», qui avaient généralement laissé leur dernier contrôle technique à la grâce de Dieu. Ils étaient jeunes et malins, se chauffaient avec du bois mort et se débrouillaient pour toucher des allocs malgré les efforts du gouvernement pour les en empêcher. Quand ils seraient grands, leurs gamins les tueraient pour les prénoms qu'ils leur avaient donnés.

Personne ne fit attention à eux tandis qu'ils s'approchaient du feu de camp. Rebus, les mains dans les poches, essayait de serrer les poings.

— On cherche Jo, annonça-t-il. (Il reconnut le morceau de guitare : *Time of the Preacher*.) Joanna Bruce, se reprit-il.

— Sale temps, lança quelqu'un.

— Ça peut encore s'arranger, rétorqua Jack.

Le joint circulait de main en main.

— Dans dix ans, ça sera légal, avança quelqu'un d'autre. Peut-être même que ça sera remboursé par la sécu.

La fumée s'échappait par volutes de leurs lèvres souriantes. Rebus revint à la charge.

— Joanna ?

— Vous avez un mandat ? s'enquit la guitariste.

— Vous êtes plus futée que ça. Je n'ai besoin d'un mandat que si je veux foutre en l'air cet endroit. Vous voulez que j'aille en chercher un ?

— Macho Man ! chanta quelqu'un.

— Qu'est-ce que vous voulez ?

Il y avait une petite roulotte blanche accrochée à une Land Rover antédiluvienne. Elle avait ouvert la porte de la roulotte — uniquement la moitié supérieure — et se penchait au-dehors.

— Tu sens le poulet rôti, Jo ? apostropha la guitariste.

— J'ai besoin de vous parler, Joanna, lui signala Rebus en se dirigeant vers elle. C'est au sujet de Mitch.

— Qu'est-ce que vous voulez savoir ?

— Pourquoi il est mort.

Joanna Bruce considéra ses compagnons et vit qu'ils étaient tout ouïe. Elle préféra ouvrir la deuxième moitié de la porte.

— Feriez mieux d'entrer, dit-elle.

La roulotte était encombrée et dépourvue de chauffage. Il n'y avait pas de télévision, mais des piles de revues et de journaux en désordre, dont certains avaient été découpés, et, sur une petite table pliante — avec des bancs de chaque côté, l'ensemble transformable en lit — un ordinateur portable. La tête de Rebus touchait le toit. Joanna éteignit l'ordinateur, puis invita Rebus et Jack à prendre place sur les bancs, pendant qu'elle se balançait en équilibre sur une pile de revues.

— Alors, déclara-t-elle en croisant les bras. Qu'est-ce qu'il s'est passé ?

— Vous me retirez les mots de la bouche, répliqua Rebus.

Il fit un geste en direction de la paroi derrière elle, sur laquelle on avait punaisé des photographies pour décorer.

— Des instantanés. (Elle regarda les tirages.) Je viens juste de les faire redévelopper.

Ainsi, voilà où étaient passés les originaux qui manquaient dans l'enveloppe de Mitch. Elle s'assit à son tour, le visage de marbre, impassible. Elle avait du khôl autour des yeux et ses cheveux formaient un halo blanc sous la clarté de la lumière du camping-gaz. Pendant une demi-minute, le ronflement de la flamme du brûleur fut le seul bruit audible dans la roulotte. Rebus lui laissait le temps de changer d'avis, mais elle en profitait pour ériger d'autres barricades, yeux mi-clos et bouche serrée.

— Joanna Bruce, remarqua Rebus. Un nom intéressant.

Elle entrouvrit les lèvres et les referma aussitôt.

— Joanna est votre vrai prénom ou l'avez-vous changé aussi ?

— Qu'est-ce que vous voulez dire ?

Rebus regarda Jack, qui était resté en arrière pour jouer le rôle du visiteur décontracté, histoire de lui montrer qu'ils n'étaient pas à deux contre un, qu'elle n'avait pas besoin d'être sur la défensive. Quand Rebus parla, ce fut à Jack qu'il s'adressa.

— Votre vrai nom de famille, c'est Weir.

— Comment... qui vous a raconté ça ?

Elle essaya de rire, comme si c'était une blague.

— Je n'ai eu besoin de personne. Le major Weir avait une fille. Ils se sont fâchés et il l'a reniée.

Et faite passer pour un garçon pour faire bonne mesure, peut-être dans l'espoir de brouiller les pistes. D'où les informations transmises par l'informateur de Mairie.

— Il ne l'a pas reniée! C'est elle qui l'a renié!

Rebus se tourna vers elle. Son visage et son corps étaient animés à présent, telle l'argile ayant reçu le souffle de vie. Ses poings s'enfonçaient dans ses genoux.

— Deux choses m'ont mis sur la piste, dit-il tranquillement. Primo, le nom de famille, Bruce, comme dans Robert Bruce, comme tout étudiant de l'histoire de l'Écosse le sait. Le major Weir est dingue de l'histoire écossaise, il a même baptisé son champ pétrolifère d'après la bataille de Bannockburn, une des victoires de Robert Bruce[1]. Bruce et Bannock. J'imagine que vous avez choisi ce nom pour le mettre en boule?

— Et ça a marché.

Elle concéda un demi-sourire.

— La seconde chose, c'est Mitch lui-même, dès que j'ai su que vous étiez amis. Jake Harley m'a dit que Mitch avait glané des infos sur le *Negrita*, des éléments top secrets. Mitch pouvait se révéler plein de ressources dans certains domaines, mais je ne voyais pas comment il aurait réussi à potasser ces documents. Il voyageait léger, pas traces de notes ni rien, que ce soit dans son appartement ou dans sa cabine. Je suppose qu'il avait été tuyauté par vous? (Elle confirma.) Et vous deviez avoir une sacrée dent contre T-Bird Oil pour chercher à voir clair dans ce labyrinthe. Mais nous savons déjà que vous ne portez pas T-Bird dans votre cœur, d'où la manif devant le siège. Vous vous êtes enchaînée à Ban-

---

1. Le 23 juin 1314, Robert Bruce, avec des troupes très inférieures en nombre, battit les Anglais à la bataille de Bannockburn et rétablit l'indépendance de l'Écosse.

nock sous l'œil des caméras de la télévision. J'avais bien pensé que vous aviez des raisons personnelles pour le faire...

— J'en ai.

— Le major Weir est-il votre père?

Son visage devint amer et curieusement enfantin.

— Seulement au sens biologique du terme. Et encore, si on pouvait faire de la transplantation génétique, je serais la première sur la liste. (Elle avait un accent plus américain que jamais.) C'est lui qui a tué Mitch?

— Vous croyez qu'il l'a fait?

— J'aimerais le croire. (Elle regarda Rebus.) Enfin, j'aimerais croire qu'il peut tomber aussi bas.

— Mais?

— Mais rien. P't-être ben qu'oui, p't-être ben qu'non.

— Vous pensez qu'il avait un motif?

— C'est sûr. (Sans s'en rendre compte, elle se rongea un ongle, puis passa à un autre.) Écoutez, le *Negrita* et la façon dont T-Bird a cherché à cacher sa culpabilité... et maintenant, le déversement des produits nocifs? Il avait une quantité de raisons économiques.

— Mitch l'avait menacé de balancer cette histoire à la presse?

Elle retira un bout d'ongle de sa langue.

— Non, je pense qu'il a d'abord essayé de les faire chanter. Il a tout gardé pour lui tant que T-Bird était d'accord pour le démembrement écologique de Bannock.

— Tout?

— Quoi?

— Vous avez dit «tout», comme s'il y avait autre chose.

— Non, non, fit-elle en regardant ailleurs.

— Joanna, laissez-moi vous poser une question : pourquoi vous n'êtes pas allée *vous-même* trouver la presse ou faire chanter votre père ? Pourquoi Mitch ?

Elle haussa les épaules.

— Ben, il avait de la *chutzpa*, du culot.

— Ah oui ?

Autre haussement d'épaule.

— Quoi d'autre ?

— Voilà comment je vois les choses… Ça ne vous dérange pas de tourmenter votre père… tant que c'est public. Vous êtes en tête de toutes les manifs, vous faites tout pour qu'on vous voie à la télé… mais si vous sortiez de l'ombre pour révéler au monde entier qui vous êtes, ce serait encore plus efficace. Pourquoi garder le secret ?

De nouveau, cette expression enfantine sur son visage, les doigts dans la bouche, les genoux serrés. La natte sur son front tomba entre ses yeux comme si elle voulait se cacher mais se faisait prendre en même temps — un jeu d'enfant.

— Pourquoi garder le secret ? répéta Rebus. J'ai l'impression que c'est une affaire tellement intime entre votre père et vous, comme un jeu interdit. Vous aimez l'idée de le torturer, de lui laisser craindre le moment où vous allez tout dévoiler. (Il s'interrompit.) J'ai l'impression que, peut-être, vous vous serviez de Mitch.

— Non !

— Vous vous serviez de lui pour atteindre votre père.

— Non !

— Ce qui veut dire qu'il avait quelque chose qui vous servait. Qu'est-ce que c'était ?

Elle se leva brusquement.

— Sortez !

— Quelque chose qui vous rapprochait.

Elle se boucha les oreilles avec les mains en secouant la tête.

— Quelque chose qui remonte au passé… à votre enfance. Comme du sang entre vous deux. Ça remonte à quand, Jo ? Entre votre père et vous… à quand ça remonte ?

Elle fit demi-tour et le gifla de toutes ses forces. Rebus laissa courir, mais ça lui brûlait.

— Autant pour la non-violence, marmonna-t-il en se frottant la joue.

Elle s'affala de nouveau sur les journaux et se passa une main dans les cheveux. Elle s'arrêta sur une de ses tresses qu'elle se mit à tortiller nerveusement.

— Vous avez raison, chuchota-t-elle tellement bas qu'il faillit ne pas l'entendre.

— Mitch ?

— Mitch, répéta-t-elle en se souvenant enfin de lui. (Elle se laissa envahir par la souffrance. Derrière elle, la lumière vacilla au-dessus des photographies.) Il était si coincé quand on s'est rencontré… Personne ne pouvait le croire quand on a commencé à se voir, c'est le jour et la nuit, disaient-ils. Ils avaient tort. Ça a pris du temps, mais un soir, il s'est ouvert à moi. (Elle leva les yeux.) Vous connaissez ses antécédents ?

— Orphelin, répondit Rebus.

— Oui, puis placé en institution. (Elle s'interrompit.) Et ensuite, victime de sévices sexuels. Il avait pensé à dénoncer les gens, mais après tout ce temps… il se demandait si ça servirait à quelque chose. (Elle hocha la tête, les yeux noyés de larmes.) C'était l'homme le moins égoïste que j'aie jamais rencontré. Mais, au-dedans, il était comme rongé de l'intérieur. Et, mon Dieu, c'est bien là une sensation que je connais.

Rebus comprit.

— Votre père ?

Elle renifla.

— On dit que c'est une « institution » dans le monde du pétrole. Moi, j'ai été institutionnalisée… (Elle reprit son souffle — rien de théâtral à ça, c'était une nécessité.) Et puis, victime d'abus sexuels.

— Bon Dieu ! lâcha Jack.

Le cœur de Rebus s'emballa. Il dut se battre pour maîtriser sa voix.

— Pendant combien de temps, Jo ?

Elle le regarda avec colère.

— Vous croyez que j'aurais laissé ce fumier recommencer ? Je me suis tirée dès que j'ai pu. Et j'ai fui pendant des années, puis je me suis dit, *merde*, ce n'est pas moi la coupable. Ce n'est pas à moi de fuir.

Rebus approuva d'un hochement de tête.

— Ça a créé un lien entre Mitch et vous ?

— C'est juste.

— Et vous lui avez raconté votre propre histoire.

— Un échange.

— Y compris l'identité de votre père ? (Elle voulut hocher la tête, mais elle s'arrêta et déglutit.) C'est avec ça qu'il l'a fait chanter, cette histoire d'inceste ?

— Je n'en sais rien. Mitch est mort avant que j'aie pu le découvrir.

— Mais c'était ce qu'il avait en tête ?

— J'imagine, fit-elle.

— Jo, nous allons avoir besoin de votre témoignage. Pas maintenant, mais plus tard. D'accord ?

— Je vais y réfléchir. (Elle s'interrompit.) On ne peut rien prouver, n'est-ce pas ?

— Pas encore.

Et peut-être jamais, se dit-il. Il parvint à s'extraire de son siège, suivi par Jack.

Dehors, on chantait encore autour du feu de

camp. Les flammes des bougies dansaient à l'intérieur des lanternes chinoises pendues aux arbres.
Les visages étaient d'un orange brillant, pareils à
des citrouilles. Joanna Bruce regarda de sa roulotte,
appuyée au montant inférieur de la porte, comme
avant. Rebus se retourna pour prendre congé.

— Vous comptez camper ici un moment ?

— Vu notre façon de vivre, allez savoir.

— Vous aimez ce que vous faites ?

Elle prit le temps de réfléchir à la question.

— C'est une vie qui en vaut une autre.

Rebus sourit et partit.

— Inspecteur ! cria-t-elle. (Le khôl lui dégoulinait
sur les joues.) Si tout est si merveilleux, pourquoi
tout est aussi pourri ?

Il n'avait rien à répondre.

— Le soleil se lèvera demain, se contenta-t-il de
répondre.

Sur le trajet du retour, il tenta de trouver une
réponse à sa question sans y parvenir. Peut-être que
c'était une question d'équilibre, une histoire de cause
et de conséquence. Là où il y avait de la lumière, il
faut de l'obscurité. Ça ressemblait au début d'un sermon et il détestait les sermons. Il voulut essayer son
propre mantra : le *So What ?*[1] de Miles Davis. Mais
pour une fois, ça n'était pas génial.

Ça n'était pas génial du tout.

Jack fronçait les sourcils.

— Pourquoi n'est-elle pas venue nous trouver
avec tout ça ?

— Parce que, de son point de vue, ce n'est pas nos
oignons. Ce n'est même pas Mitch qui est en cause, il
est tombé dedans par hasard.

---

1. « Et alors ? »

— J'ai plutôt l'impression qu'on l'a invité.

— Une invitation qu'il aurait dû refuser.

— Tu crois que c'est le major Weir qui a fait ça ?

— Je n'en suis pas sûr. Je ne suis même pas sûr que ça compte. Ça ne le mènerait à rien.

— Qu'est-ce que tu veux dire ?

— Il vit son propre enfer qu'elle a construit pour eux deux. Tant qu'il sait qu'elle est là, qu'elle manifeste contre tout ce qui lui tient à cœur… le châtiment de l'un est la vengeance de l'autre. Ni l'un ni l'autre ne peut y échapper.

— Pères et filles, hein ?

— Oui, pères et filles, renchérit Rebus.

Les méfaits passés… Qui refusaient de s'effacer.

Ils étaient exténués en rentrant à l'hôtel.

— Une partie de golf ? proposa Jack.

— Je serais tout juste à la hauteur pour un café et une tournée de sandwichs, répondit Rebus en rigolant.

— Ça me va. Dans dix minutes chez moi.

Le ménage avait été fait dans les chambres, de nouveaux chocolats étaient posés sur les oreillers, des peignoirs propres étalés. Rebus se changea rapidement, puis appela la réception pour voir s'il avait des messages. Il n'avait pas vérifié avant, parce qu'il ne voulait pas que Jack soit au courant.

— Oui, monsieur, roucoula la réceptionniste. J'ai un message téléphonique pour vous. (Son cœur bondit : elle ne l'avait pas laissé tomber.) Je vous le lis ?

— Oui, s'il vous plaît.

— Ça dit : «*Burke's*, une demi-heure après la fermeture. Essayé une autre heure et ailleurs, mais il ne pouvait pas. » Il n'y a pas de signature.

— C'est bien, merci.

— Je vous en prie, monsieur. Le plaisir est pour moi.

Évidemment, c'était un compte d'entreprise. Le monde entier vous léchait les bottes si vous étiez une entreprise. Il obtint une ligne, essaya le domicile de Siobhan et tomba de nouveau sur son répondeur. Il appela St Leonard. Pour rien, elle n'y était pas. Essaya de nouveau chez elle en décidant cette fois de laisser son numéro. Pendant qu'il parlait, elle décrocha.

— À quoi vous sert le répondeur si vous êtes là ? bougonna-t-il.

— À filtrer, rétorqua-t-elle. Ça me permet de vérifier avant de vous parler si vous soufflez comme un maniaque qui passe un appel anonyme.

— J'ai la respiration normale, alors parlez-moi.

— Pour la première victime, commença-t-elle. J'ai parlé à quelqu'un à Robert-Gordon. La défunte étudiait la géologie et ça impliquait du temps off-shore. Leurs étudiants en géologie décrochent presque toujours un job dans l'industrie pétrolière, le cours est conçu pour ça. Comme elle passait du temps en mer, elle a pris une UV de survie.

Rebus imagina un simulateur de vol sur hélico, plongé dans une piscine.

— Donc, poursuivit Siobhan, elle était également inscrite au CSO.

— Le Centre de Survie Off-shore.

— Qui ne traite qu'avec le milieu pétrolier. Je me suis fait faxer la liste du personnel et des étudiants. Voilà pour la première victime. (Elle se tut.) La victime numéro deux semblait totalement différente, plus âgée, un autre genre d'amis, une autre ville. Mais c'était une prostituée et nous savons que beaucoup d'hommes d'affaires font appel à leurs services quand ils sont en déplacement.

— Je n'en savais rien.

— La victime numéro quatre travaillait étroite-
ment avec l'industrie du pétrole, ce qui laisse Judith
Cairns, la victime de Glasgow. Divers emplois, y
compris des ménages à temps partiel dans un hôtel
du centre-ville.

— De nouveau des hommes d'affaires.

— Demain, donc, on commence à me faxer des
noms. Ils n'étaient pas très chauds, la clause de
confidentialité et tout le machin.

— Mais vous avez su vous montrer convaincante.

— Oui.

— Alors qu'est-ce qu'on espère ? Un client du
Fairmount qui aurait un lien avec l'Institut Robert-
Gordon ?

— Je vais mettre ça dans mes prières du soir.

— Vers quel moment demain saurez-vous ?

— Ça dépend de l'hôtel. Je ferai peut-être mieux
d'aller sur place pour les motiver.

— Je vous rappellerai.

— Si vous tombez sur le répondeur, laissez un
numéro où je peux vous joindre.

— D'accord. Courage, Siobhan.

Il raccrocha et se rendit chez Jack. Celui-ci était
en peignoir.

— Je vais peut-être craquer pour une de ces merveilles, fit-il. Les sandwichs sont en route, une grande
cruche de café idem. Je prends juste une douche.

— Très bien. Écoute, Siobhan tient peut-être une
piste.

Il mit son copain au courant.

— Ça paraît prometteur. Mais, bon…

— Putain, moi qui me croyais désabusé !

Jack lui adressa un clin d'œil et alla dans la salle
de bains. Ses vêtements étaient posés sur une chaise.
Rebus attendit d'entendre couler la douche et Jack

siffloter un air qui ressemblait à *Puppy Love*[1] pour explorer les poches de sa veste et prendre ses clés de voiture, qu'il transféra dans les siennes.

Il se demanda quelle était l'heure de fermeture du *Burke's* le jeudi soir. Il se demanda ce qu'il allait sortir à Judd Fuller. Et il se demanda jusqu'où Fuller était capable d'aller quand il l'avait mauvaise.

La douche s'arrêta. *Puppy Love* fut suivi de *What Made Milwaukee Famous*[2]. Un type qui aimait les airs cathos ne pouvait pas être foncièrement mauvais. Jack émergea, enveloppé dans son peignoir et prenant des poses de boxeur.

— On rentre à Édimbourg demain ?

— À la première heure, convint Rebus.

— Pour braver l'orage !

Rebus ne lui dit pas qu'il risquait de braver l'orage bien avant. Aussi, quand les sandwichs arrivèrent, il découvrit que cette idée lui avait coupé l'appétit. Pourtant, il avait soif et ingurgita quatre tasses de café. Il avait besoin de rester éveillé. Il avait une longue nuit devant lui, une nuit sans lune.

L'obscurité dans la courte allée et le crachin... Rebus était sous l'effet du café, les nerfs pareils à des fils électriques parcourus d'étincelles. 1 h 15 du matin. Il avait appelé le *Burke's*, le téléphone payant près du bar, et demandé à un micheton l'heure de la fermeture.

— La fête est bientôt finie, eh ducon !

L'inconnu reflanqua le combiné à sa place. En musique de fond, *Albatross*, donc l'heure était à la tendresse. Deux ou trois slows, une dernière chance pour ne pas être tout seul à l'heure du petit déj'.

1. « Un amour de chiot ».
2. « Comment Milwaukee est devenu célèbre ».

Un moment déprimant sur la piste de danse, aussi déprimant à quarante ans qu'à vingt.

L'albatros…

Rebus mit la radio. De la pop inepte, le martèlement du disco, du blabla téléphonique. Puis du jazz. D'accord pour le jazz. C'était bien, le jazz, même sur Radio Two. Il se gara à proximité du *Burke's*, observa un spectacle muet tandis que deux videurs s'en prenaient à trois ouvriers agricoles que les copines essayaient de tirer en arrière.

— Écoutez ces dames, marmonna Rebus. Vous en avait assez fait ce soir.

La bagarre s'acheva en doigts pointés et jurons, tandis que les videurs rentraient en se dandinant, les bras légèrement écartés. Un dernier coup de pied dans la porte, un crachat percutant les vitres en forme de hublot avant de mettre les bouts et de rejoindre la route. Le rideau se levait sur un autre week-end dans le nord-est. Rebus descendit et ferma la voiture, puis il respira l'air de la ville. Des cris et des sirènes sur Union Street. Il traversa la route et s'avança vers le *Burke's*.

Les portes étaient verrouillées. Il donna un coup de pied dedans, mais personne ne répondit. Ils croyaient sans doute que c'étaient les pedzouilles qui étaient de retour. Rebus continua à cogner. Quelqu'un finit par passer la tête par les portes intérieures, vit qu'il n'avait pas l'air d'un micheton, gueula quelque chose à quelqu'un dans le club. Un videur sortit en faisant danser un trousseau de clés. Il semblait vouloir se mettre au pieu, la journée de travail terminée. Les lampes étaient allumées dans le bar, les employés vidaient les cendriers et essuyaient les tables, rassemblant une énorme quantité de verres. Dans la lumière, la salle avait l'air aussi lugubre que la lande. Deux hommes aux allures de

DJ — queue-de-cheval, tee-shirt noir sans manche — fumaient assis au bar en vidant des bouteilles de bière. Rebus se tourna vers le videur.

— M. Stemmons est là ?

— Je croyais que vous aviez rendez-vous avec M. Fuller.

— Ouais, mais je me demandais si M. Stemmons était disponible.

Parler à lui d'abord, le plus sensé des deux. Un homme d'affaires, donc quelqu'un qui sait écouter.

— Peut-être qu'il est en haut.

Ils retournèrent dans la salle et grimpèrent là où Stemmons et Fuller avaient leurs bureaux. Le videur ouvrit la porte.

— Allez-y.

Et il y alla, rentrant la tête trop tard. La main heurta sa nuque comme un quartier de bœuf et l'étala par terre. Des doigts empoignèrent sa gorge, cherchant la carotide et pressant dessus. *Pas de dégâts cérébraux*, se dit Rebus, tandis que le bord de sa vision s'obscurcissait. *Mon Dieu, je vous en supplie, faites qu'il n'y ait pas de dégâts...*

31

Il se réveilla la tête dans l'eau.

Aspirant de l'écume et de l'eau par le nez, la bouche. Ça pétillait... Ce n'était pas de l'eau, mais de la bière. Il secoua la tête et ouvrit les yeux. La blonde lui dégoulinait dans la gorge. Il essaya de tousser. Quelqu'un se tenait derrière lui avec la bouteille à moitié vide et rigolait. Il tenta de se retourner, mais ses bras étaient en feu. Littéralement. Il sentait le whisky, vit une bouteille brisée par terre. Ses bras avaient été inondés d'alcool et on y avait mis le feu. Il cria, se tortilla. Une serviette de bar frappa les flammes qui s'éteignirent. La serviette fumante tomba sur le sol avec un bruit mouillé. Le rire se répercuta contre les murs.

L'endroit empestait l'alcool. C'était une cave. Des ampoules nues et des tonnelets de bière en aluminium, des cartons de bouteilles et des verres. Une demi-douzaine de piliers en briques soutenant le plafond... Ce n'était pas à ceux-là qu'on avait attaché Rebus. Il était pendu à un crochet, la corde s'enfonçant dans ses poignets, les bras prêts à jaillir des articulations. Rebus transféra plus de poids sur ses pieds. La silhouette derrière lui jeta la bouteille de bière dans un cageot et vint se poster devant lui. Des cheveux noirs lisses avec un accroche-cœur sur le front et un grand nez crochu au milieu d'un visage complètement dépravé. Un diamant étincelait dans une des dents. Costume noir, tee-shirt blanc. Rebus prit un risque limité en supposant qu'il avait affaire à Judd Fuller. Mais l'heure n'était plus aux présentations.

— Désolé de ne pas être aussi doué que Tony El dans le maniement des outils électriques, lança Fuller. Mais je fais ce que je peux.

— De mon point de vue, vous ne vous en tirez pas mal.

— Merci.

Rebus regarda autour de lui. Ils étaient seuls dans la cave et personne n'avait pensé à lui ligoter les jambes. Il pouvait lui filer un coup de pied dans les couilles et...

Le coup de poing l'atteignit au bas-ventre, juste au-dessus de l'aine. Il se serait plié en deux si ses bras avaient été libres. Tel quel, il releva instinctivement les genoux et ses pieds quittèrent le sol. Ses épaules lui dirent qu'il aurait pu trouver mieux.

Fuller s'éloignait en faisant jouer les articulations de sa main droite.

— Alors, poulet, dit-il en tournant le dos à Rebus. Qu'est-ce que tu dis de ça?

— On peut faire un break, si vous voulez...

— Pas avant que je t'aie brisé le cou.

Fuller se tourna vers lui, sourit, puis ramassa une autre bouteille de bière qu'il fracassa contre la paroi avant d'en ingurgiter la moitié.

L'odeur de l'alcool était envahissante et les quelques gorgées que Rebus avaient avalées semblaient déjà faire leur effet. Les yeux lui piquaient de même que ses mains léchées par les flammes. Ses poignets étaient couverts de cloques.

— On a un club sympa ici, disait Fuller. Tout le monde rigole bien. Tu peux demander partout, c'est un endroit qui plaît. Qui te donne le droit de gâcher la fête ?

— Je ne sais pas.

— Tu as contrarié Erik le soir où tu es venu le voir.

— Il est au courant pour ce qui se passe là ?

— Il ne sera jamais au courant. Erik se porte mieux quand il ne sait pas. Il a un ulcère, tu sais. Il s'inquiète.

— Je ne vois pas pourquoi.

Si on le regardait sous un certain angle, il ressemblait à Leonard Cohen jeune, moins le côté Travolta.

— Tu es un emmerdeur, une pustule, c'est tout.

— T'as pas pigé, Judd. T'es pas en Amérique ici. Tu ne peux pas cacher un corps en espérant que personne ne va se prendre les pieds dedans.

— Pourquoi pas ? (Fuller écarta les bras.) Des bateaux quittent Aberdeen sans arrêt. On t'y transporte et on te balance dans la mer du Nord. Tu ne peux pas savoir ce que les poissons ont faim par là-bas.

— C'est surexploité dans le coin… Tu veux qu'un chalutier me repêche dans ses filets ?

— Deuxième solution, reprit Fuller en levant deux doigts, les montagnes. Que ces putains de moutons te retrouvent et te bouffent jusqu'à l'os ! On a plein de solutions, ne va pas t'imaginer qu'on n'a pas déjà essayé. (Il s'interrompit.) Qu'est-ce que t'es venu foutre ici ce soir ? Qu'est-ce que t'espérais ?

— Je ne sais pas.

— Quand Eve m'a appelé — elle ne pouvait pas le cacher, je l'ai senti à sa voix — je savais qu'elle me montait le coup, elle croyait m'entuber. Mais je dois l'admettre, j'espérais quelque chose d'un peu plus stimulant.

— Désolé de te décevoir.

— Cela dit je suis content que ce soit toi, j'avais
envie de te revoir.

— Eh bien, me voilà.

— Que t'a dit Eve ?

— Eve ? Elle ne m'a rien dit.

Quand on prend son élan pour un coup de lattes
circulaire, ça laisse du temps. Rebus esquiva comme
il put, se mit sur le côté et le prit dans les côtes. Fuller enchaîna avec un direct en pleine figure, son
poing frappant au ralenti de sorte que Rebus eut tout
loisir d'admirer la cicatrice dessus, une longue et
horrible zébrure. Une dent se brisa en deux, une
de celles qu'on lui avait dévitalisées. Rebus cracha la
dent avec du sang sur Fuller, qui recula un peu,
impressionné par les dégâts.

Rebus savait qu'il avait affaire à quelqu'un d'imprévisible, voire à un psychotique. Sans Stemmons
pour le retenir, Judd Fuller était un électron libre.

— Tout ce que z'ai fait, zozota Rebus, c'est passer
un marché avec elle. Elle m'arrangeait ce rendez-
vous et je la laissais partir.

— Elle a sûrement parlé.

— C'est une tête de mule. J'en ai tiré encore
moins de Stanley.

Il prit un air découragé, ce qui n'était pas difficile.
Il voulait que Fuller gobe toute l'histoire.

— Alors Stanley et elle sont partis ensemble ?
gloussa Fuller. Ça va chier des bulles avec Oncle Joe.

— C'est pas peu dire.

— Alors dis-moi, poulet, qu'est-ce que tu sais
exactement ? Si tu fais un effort, on pourra peut-être
s'entendre.

Je suis ouvert aux propositions.

Fuller hocha la tête.

— Ça m'étonnerait. Ludo t'a déjà approché là-
dessus.

— Il n'avait pas exactement les mêmes cartes que vous.

— Ça, c'est vrai. (Il fit mine de lui appliquer en pleine figure le col décapité de la bouteille, mais dévia à la dernière minute.) La prochaine fois, je risque d'être plus maladroit. Je pourrais t'abîmer le portrait.

Comme si un condamné se souciait de sa beauté. Rebus tremblait tout de même.

— Est-ce que j'ai l'air du genre à jouer les martyrs ? Je fais mon boulot, c'est tout. Je suis payé pour ça, je suis pas marié avec.

— Mais t'as la tête dure.

— Allez vous plaindre à cet enfoiré de Lumsden, il m'a foutu en boule !

Un souvenir lui revint, inattendu : l'heure de la fermeture à l'*Ox*, les soirs où ils sortaient en titubant dans le froid et rigolaient à l'idée de se faire boucler dans la cave pour picoler toute la réserve. Maintenant, Rebus ne voulait qu'une chose : sortir de là.

— Alors qu'est-ce que tu sais ?

Le tesson déchiqueté était à deux centimètres de son nez. Fuller tendit le bras jusqu'à lui coller la canette sous les narines. Les vapeurs de bière blonde, la froideur du verre pressé avec insistance contre sa peau.

— Il n'y a que les imbéciles qui ne changent pas d'idées, débita Fuller en ricanant. Tu peux me croire, pas facile de se moucher quand on n'a plus de blase.

Rebus renifla.

— Je sais tout.

— Ça veut dire quoi, au juste ?

— La came est transportée de Glasgow directement ici. Vous la vendez et l'acheminez sur les plates-formes. Eve et Stanley récupéraient le cash,

Tony El était l'homme de main d'Oncle Joe sur place.

— Des preuves?

— À peu près aucune, surtout maintenant que Tony El est mort et qu'Eve et Stanley se sont taillés. Mais... ajouta-t-il en déglutissant péniblement.

— Mais quoi?

Il resta muet et Fuller donna un petit coup avec la bouteille. Le sang commença à dégouliner.

— Et si je te saignais à blanc? *Mais quoi*, alors?

— Mais ça n'a pas d'importance, répondit Rebus en essayant de s'essuyer le nez sur sa chemise.

Ses yeux pleuraient. Il cligna des paupières et des larmes lui coulèrent sur les joues.

— Pourquoi? demanda Fuller, intéressé.

— Parce que les gens jasent.

— Qui ça?

— Vous savez que je ne peux pas...

La bouteille vola vers son œil droit. Il ferma les yeux de toutes ses forces.

— *D'accord! D'accord!*

La bouteille resta à sa place, si près qu'il ne pouvait fixer son regard dessus. Il prit une profonde inspiration. C'était le moment d'agiter la merde. Son superplan.

— Vous graissez la patte à combien de flics?

— Lumsden? fit Fuller en fronçant les sourcils.

— Il a parlé... et quelqu'un lui a parlé.

Rebus entendait presque les rouages grincer sous le crâne de Fuller, mais il finit par saisir.

— Monsieur H.? s'exclama-t-il, les yeux écarquillés. Monsieur H. a parlé à Lumsden, on me l'a dit. Mais ça devait concerner la femme qui s'est fait tuer...

Ça turbinait fort sous son crâne.

Monsieur H., le type qui avait payé Tony El. Et

maintenant, Rebus savait qui était Monsieur H.: Hayden Flecher, interrogé par Lumsden à propos de Vanessa Holden. Fletcher avait payé Tony El pour qu'il règle son compte à Allan Mitchison, les deux hommes s'étaient probablement rencontrés ici même. C'était peut-être Fuller qui avait fait les présentations.

— Il n'y a pas que vous. Ils ont aussi donné Eddie Segal, Moose Maloney…

Rebus ressortait les noms que Stanley lui avait livrés.

— Fletcher et Lumsden? répéta Fuller pour lui-même.

Il secoua la tête, incrédule, mais Rebus voyait bien qu'il était déjà à moitié convaincu. Il regarda fixement Rebus, qui s'efforçait d'avoir l'air complètement anéanti, ce qui ne lui demandait pas beaucoup d'efforts.

— Il y a une opération de la Brigade criminelle écossaise qui se prépare, poursuivit Rebus. Lumsden et Fletcher sont à leur solde.

— Ce sont des hommes morts, décréta Fuller aussitôt.

— Pourquoi s'arrêter quand on rigole?

Un sourire mauvais. Fletcher et Lumsden étaient pour plus tard. Pour le moment, il tenait Rebus.

— On va aller faire un petit tour, déclara Fuller. Ne t'inquiète pas, tu t'en es bien tiré, ça sera rapide. Une balle dans la nuque, tu ne passeras pas l'arme à gauche en hurlant.

Il laissa tomber la bouteille et écrasa du verre sous ses pieds en regagnant les marches. Rebus regarda autour de lui à toute vitesse, il ne pouvait pas savoir de combien de temps il disposait. Le crochet avait l'air plutôt solide, il avait supporté son poids sans problème. S'il pouvait monter sur un carton, gagner quelques centimètres, il pourrait détacher les cordes. Il y avait les caisses à un mètre de lui. Il s'étira de toute sa longueur, mettant ses bras au supplice, tendit le pied, toucha le bord de la caisse et la tira vers lui. Fuller était sorti par une trappe, qu'il avait laissée ouverte. Rebus entendait sa voix retentir dans le bar. Peut-être cherchait-il un videur, un témoin pour l'exécution du policier. Le cageot s'accrocha dans un creux du sol et refusa de bouger. Il tenta de le soulever du bout de sa chaussure, en vain. Il était trempé, un mélange de sang, de bière et de sueur. La caisse céda et il la hissa jusqu'à lui, grimpa dessus et poussa avec ses genoux. Il dégagea la corde du crochet et ramena ses bras lentement, en essayant de se réjouir de la douleur, tandis que la circulation reprenait en picotant douloureusement ses membres endoloris. Ses doigts restaient gourds et froids. Il mâchouilla les nœuds de la corde sans arriver à les déplacer. Les tessons de bouteille ne manquaient pas, mais ça lui aurait pris trop de temps. Il se pencha, ramassa une bouteille cassée, mais aperçut quelque chose de mieux encore.

Un briquet en plastique rose bon marché. Fuller s'en était probablement servi pour mettre le feu au whisky sur les bras de Rebus puis il l'avait jeté. Il le prit et regarda autour de lui. Il y avait une sacrée quantité d'alcool là-dedans. Seule sortie, l'échelle. Il trouva un chiffon, ouvrit une bouteille de whisky et le fourra dans le goulot. Pas tout à fait un cocktail molotov, mais une arme quand même. Première solution : l'allumer et la balancer à l'intérieur du club, déclencher l'alarme à incendie et attendre la cavalerie. À supposer qu'elle arrive. À supposer que ça arrêterait Judd Fuller...

Deuxième solution : y réfléchir à deux fois.

Il regarda autour de lui. Des cylindres de gaz carbonique, des cageots en plastique, des mètres de tuyau en caoutchouc. Accroché au mur, un petit extincteur. Il attrapa l'objet, l'amorça, le logea sous un bras pour pouvoir emporter la bouteille de whisky en haut des marches.

Le club semblait désert, mal éclairé. Quelqu'un avait laissé tourner une boule scintillante, qui projetait des lumières sur les murs et le plafond. Il était à mi-chemin de la piste de danse quand la porte s'ouvrit et Fuller apparut, éclairé à contre-jour par la lumière de l'entrée. Il tenait des clés de voiture entre les dents, qui tombèrent quand il ouvrit la bouche. Il plongeait la main dans la poche de sa veste quand Rebus mit le feu au chiffon et balança la canette avec les deux mains. Elle virevolta dans l'air et s'écrasa aux pieds de Fuller. Une flaque de flammes bleues s'étala devant lui. Rebus continuait d'avancer, l'extincteur à la main. Fuller tenait son arme quand le jet le prit en pleine face. Rebus enchaîna avec un coup de boule sur l'arête du nez et lui flanqua son genou dans l'aine. Même si ce n'était pas exactement dans les règles de l'art, ce fut probant. L'Américain s'écroula sur les genoux. Rebus lui donna un coup de latte dans la figure pour plus de sûreté et courut, ouvrit la porte sur le monde extérieur et faillit buter contre Jack Morton.

— Nom de Dieu, qu'est-ce qu'ils t'ont fait ?

— Il est armé, Jack, foutons le camp d'ici.

Ils piquèrent un sprint jusqu'à la voiture et Jack prit les clés dans la poche de Rebus. Tandis qu'ils filaient pleins gaz, Rebus éprouva un mélange déconcertant d'émotions, parmi lesquelles l'exaltation primait.

— Tu empestes la bière, remarqua Jack.

— Bon sang, Jack, comment t'as fait pour venir ?

— En taxi.

— Non, je veux dire…

— Tu peux remercier les Shetland, fit Jack en reniflant. Avec ce vent, là-bas, je me suis enrhumé. J'ai voulu prendre un mouchoir dans la poche de mon futal… plus de clés de voiture. Plus de voiture au parking non plus et pas de John Rebus couché dans son pieu.

— Et ?

— Et la réception m'a répété le message qu'on t'a donné, alors j'ai appelé un taxi. C'est quoi, ce bordel ?

— Je me suis fait tabasser.

— C'est le moins qu'on puisse dire. Qui est le type armé ?

— Judd Fuller, l'Américain.

— On va s'arrêter au premier téléphone pour lui envoyer un comité d'accueil en règle.

— Non.

Jack se tourna vers lui.

— Non ? (Rebus confirma d'un mouvement de tête énergique.) Pourquoi ?

— Je prenais un risque calculé, Jack.

— Il est temps de t'acheter une nouvelle calculatrice.

— Je crois que ça a marché. Maintenant, on n'a plus qu'à attendre.

Jack réfléchit.

— Tu veux les monter les uns contre les autres ? (Il approuva d'un signe de tête.) Tu n'as jamais pu jouer dans les règles, hein ? C'était d'Eve, le message ? (Rebus fit encore oui.) Et tu voulais me laisser en dehors… Tu sais quoi ? Quand j'ai vu que les clés avaient disparu, j'étais tellement furieux que je me suis presque dit : qu'il aille se faire foutre, qu'il fasse ce qu'il veut, c'est sa tête, après tout.

— Ça a été à un poil.

— T'es un vrai connard.

— Ça ne s'improvise pas, Jack. Tu peux t'arrêter et me détacher ?

— Je te préfère attaché. Alors, les urgences ou le médecin ?

— Ça va aller.

Son nez s'était arrêté de saigner et sa dent morte ne lui faisait pas mal.

— Bon, qu'est-ce que tu as foutu là-dedans ?

— J'ai sorti un bobard à Fuller et j'ai découvert que Hayden Fletcher avait recruté l'assassin d'Allan Mitchison.

— Et tu veux me faire avaler qu'il n'y avait pas d'autre façon d'y arriver ? insista Jack en secouant la tête. Même si je vivais jusqu'à cent ans, je jure que je n'arriverais pas à te comprendre.

— Je le prends comme un compliment, répondit Rebus en calant sa tête contre le dossier.

De retour à l'hôtel, ils décidèrent de partir pour Aberdeen. Rebus prit d'abord un bain et Jack constata les dégâts.

— Un sadique amateur, notre M. Fuller.

— C'est vrai qu'il s'est excusé au début, répliqua Rebus en regardant son sourire troué dans la glace.

Chaque partie de son corps lui faisait mal, mais il survivrait et il n'avait pas besoin d'un médecin pour le lui dire. Ils libérèrent la chambre, signalèrent leur départ à la réception de l'hôtel et reprirent la route.

— Tu parles d'une fin de vacances, commenta Jack.

Mais son public dormait déjà.

Quand il eut réduit la liste à quatre personnes, quatre sociétés, il fut temps d'utiliser la «clé» : Vanessa Holden.

Plusieurs suspects s'étaient révélés trop vieux ou

ne correspondaient pas pour une autre raison.
Ainsi, il était apparu qu'un certain «Alex» était une
femme.

Bible John passa l'appel de son propre bureau,
porte fermée. Il avait son bloc devant lui. Quatre
sociétés, quatre personnes :

Eskflo	James Mackinley
LancerTech	Martin Davidson
Gribbin's	Steven Jacobs
Yetland	Oliver Howison

L'appel était pour la société de Vanessa Holden.
Une standardiste décrocha.

— Bonjour, dit-il. Ici la PJ de Queen Street, le sergent Collier. Juste une question d'ordre général, je
me demandais si vous aviez eu l'occasion de travailler pour Eskflo Fabrication ?

— Eskflo ? répéta-t-elle, dubitative. Laissez-moi
vous passer M. Westerman.

Bible John nota le nom sur son bloc et l'entoura.
Quand ce dernier prit la ligne, il reformula sa question.

— C'est au sujet de Vanessa ? s'enquit l'homme.

— Non, monsieur, bien que j'aie été désolé d'apprendre ce qui est arrivé à Mlle Holden. Je vous présente mes sincères condoléances, et tout le monde
ici se joint à moi. (Son regard fit le tour du bureau.)
Et je m'excuse de vous appeler à un moment aussi
douloureux.

— Merci, sergent. Ça nous a beaucoup boule-
versés.

— Bien sûr, et soyez assuré que nous suivons
plusieurs pistes concernant Mlle Holden. Mais ma
demande immédiate porte sur une affaire de fraude
organisée.

— Une fraude?

— Vous n'êtes pas impliqué directement, monsieur Westerman, mais nous enquêtons sur plusieurs sociétés.

— Y compris Eskflo?

— En effet... Vous comprenez sûrement que ceci est strictement confidentiel, ajouta Bible John après une pause.

— Bien sûr!

— Alors, les sociétés qui m'intéressent sont... (Il froissa quelques feuilles de papier pour le fond sonore, les yeux fixés sur son bloc.) Nous y voilà: Eskflo, LancerTech, Gribbin's et Yetland.

— Yetland, répondit Westerman, nous avons travaillé pour eux récemment. Non, attendez... On a essayé de décrocher un contrat sans y arriver.

— Et les autres?

— Écoutez, est-ce que je peux vous rappeler? Il faut que je vérifie les dossiers. J'ai un peu de mal à me concentrer.

— Je comprends, monsieur. Je dois passer un appel... Est-ce que je peux vous rappeler dans une heure?

— Je peux peut-être vous rappeler quand je suis prêt?

— Je vous rappelle dans une heure, monsieur Westerman. Je vous suis reconnaissant de votre aide.

Il raccrocha et se mordilla un ongle. Et si Westerman appelait la PJ de Queen Street pour demander le sergent Collier? Il ne lui laisserait que quarante minutes.

Et, finalement, il lui en consentit trente-cinq.

— Monsieur Westerman? Cet appel n'a pas duré aussi longtemps que prévu. Je me demandais si vous aviez trouvé des informations pour moi?

— Oui, j'ai ce qu'il vous faut.

Bible John se concentra sur le ton de la voix, guettant chez son interlocuteur l'ombre d'un doute ou d'un soupçon, un semblant de méfiance. Il n'en trouva aucun.

— Comme je vous le disais, poursuivit-il, nous avons tenté d'obtenir un contrat avec Yetland, mais ça ne s'est pas fait. C'était en mars dernier. Lancer… nous avons fait une présentation de vitrine pour eux à la conférence pour la sécurité en mer.

Bible John consulta sa liste.

— Sauriez-vous par hasard qui était votre interlocuteur?

— Je regrette, c'est Vanessa qui s'en est occupée. Elle avait un excellent contact avec les clients.

— Le nom de Martin Davidson ne vous évoque rien?

— Je crains que non.

— Ne vous inquiétez pas, monsieur. Et les deux autres sociétés?…

— Ma foi, nous avons travaillé pour Eskflo dans le passé, mais pas depuis deux ou trois ans. Quant à Gribbin's… eh bien, franchement, je n'en ai jamais entendu parler.

Bible John entoura le nom de Martin Davidson, mit un point d'interrogation à côté de celui de James Mackinley: un intervalle de deux ou trois ans? Douteux, mais possible. Même si Yetland venait loin derrière en troisième position, par acquis de conscience…

— Est-ce que Yetland a traité avec vous ou avec Mlle Holden?

— Vanessa était en vacances à cette époque. C'était juste après la conférence et elle était crevée.

Bible John barra Yetland et Gribbin's de sa liste.

— Monsieur Westerman, vous avez été d'un grand secours. Je vous en remercie.

— Ravi d'avoir pu être utile. Une chose quand même, sergent ?

— Oui, monsieur ?

— Si vous coincez le salaud qui a tué Vanessa, faites-lui sa fête de ma part.

Deux Davidson dans l'annuaire, un James Mac-kinley et deux J. Mackinley. Il nota les adresses.

Puis un autre coup de téléphone, cette fois à Lancer Technical Support.

— Allô, la Chambre de commerce à l'appareil. J'ai juste une question d'ordre général. Nous établissons une base de données sur les sociétés locales liées à l'industrie pétrolière. LancerTech devrait y figurer, n'est-ce pas ?

— Oui, certainement, répondit la standardiste.

Elle avait l'air crevée. En bruit de fond, des voix, une photocopieuse, une autre sonnerie de téléphone.

— Vous pourriez me donner juste un aperçu ?

— Ben, euh... nous concevons les dispositifs sécuritaires pour les plates-formes pétrolières, pour les bateaux d'approvisionnement... (Elle avait l'air de lire une antisèche.) Ce genre de chose... (Sa voix s'estompa.)

— J'en prends note, l'informa Bible John. Si vous travaillez dans le sécuritaire, vous devez être en rapport avec l'Institut Robert-Gordon ?

— Oui, tout à fait. Nous collaborons sur une demi-douzaine de projets. Deux de nos membres y sont basés une partie du temps.

Bible John souligna le nom de Martin Davidson. Deux fois.

— Merci, répondit-il. Au revoir.

Deux M. Davidson dans l'annuaire. L'un était peut-être une femme. Il pouvait téléphoner, mais cela risquait de lui mettre la puce à l'oreille... Que ferait-il du Copieur ? Que voulait-il faire de lui ? Il avait commencé son enquête dans la colère, mais maintenant, il était plus posé… et surtout plus curieux. Il pouvait appeler la police, pour leur filer un tuyau anonyme, c'était ce qu'ils attendaient. Mais il savait qu'il ne le ferait pas. À un moment donné, il avait cru qu'il pourrait simplement régler son compte à cet enflé et reprendre sa vie là où il l'avait laissée, or c'était impossible. Le Copieur avait tout saboté. Ses doigts remontèrent jusqu'à sa cravate, en tâtèrent le nœud. Il détacha la page de son bloc et en fit des confettis, qui allèrent voltiger dans la corbeille.

Il se demanda s'il aurait dû rester aux États-Unis. Non, il était tenaillé par le mal du pays. Il se souvint d'une des premières hypothèses sur son cas, qui voyait en lui un membre des Exclusive Brethren[1]. En un sens, il l'avait été et l'était toujours. Et il avait bien l'intention de le rester.

Un bon jugement t'accorde l'indulgence, mais dure est la voie du pécheur.

Dure elle était, dure elle resterait. Avait-il un « bon jugement » du Copieur ? Il en doutait et ne fut pas sûr de le vouloir.

En vérité, maintenant qu'il en était là, il ne savait plus ce qu'il voulait.

Mais il savait ce qu'il lui fallait.

---

1. L'obédience la plus fermée des Plymouth Brethren, une secte protestante apocalyptique, qui prône la stricte observance de la Bible et refuse toute compromission avec la modernité.

32

Ils atterrirent à Arden Street à l'heure du petit déjeuner, mais aucun n'avait vraiment faim. Rebus avait pris le volant à Dundee, de sorte que Jack avait pu se glisser sur le siège arrière pendant une heure. Il aurait pu croire qu'il rentrait chez lui après son service de nuit, les rues étaient tranquilles, les lapins et les faisans dans les champs. Le moment le plus propre de la journée, avant que chacun s'acharne à tout gâcher.

Il y avait du courrier derrière la porte de son appartement, et tellement de messages sur son répondeur que le clignotant rouge était presque fixe.

— Ne t'avise pas de partir, l'avertit Jack avant de se traîner dans la chambre d'ami en laissant la porte ouverte.

Rebus se prépara une chope de café soluble, puis s'affala dans son fauteuil devant la fenêtre. Les cloques sur ses poignets ressemblaient à de l'urticaire. Le sang séché lui bouchait les narines.

— Eh bien, dit-il au monde qui s'éveillait, ça s'est passé le moins mal possible.

Il ferma les yeux pendant cinq minutes. Le café était froid quand il les rouvrit et le téléphone sonnait. Il décrocha avant que le répondeur se mette en marche.

— Allô ?

— Le service du réveil de la PJ. C'est comme dans un film de Ray Harryhausen. (C'était Pete Hewitt, du labo de Howdenhall.) Écoutez, je ne devrais pas le faire, mais strictement entre nous…

— Quoi ?

— Toutes ces analyses qu'on fait sur vous… rien. Je suppose qu'on finira par vous le dire officiellement, mais j'ai pensé que ça pourrait vous rendre la paix de l'esprit.

— Si seulement vous le pouviez, Pete.

— La nuit a été dure ?

— Une autre à mettre au Livre des records. Merci, Pete.

— *Ciao*, inspecteur.

Au lieu de raccrocher, Rebus appela Siobhan. Il tomba sur son répondeur et lui indiqua qu'il était rentré au bercail. Un autre numéro privé. Cette fois, quelqu'un au bout du fil.

— Quoi ?

La voix était groggy.

— Bonjour, Gill.

— John ?

— Lui-même, en chair et en os. Comment ça s'est passé ?

— J'ai parlé à Malcolm Toal. Je crois que c'est béton. Enfin, sauf quand il se cogne la tête contre les murs. Mais…

— Mais ?

— Mais j'ai tout remis entre les mains de l'antigang. Ce sont des spécialistes, après tout. (Silence.) John, pardonne-moi si tu trouves que je me suis dégonflée…

— Tu ne peux pas me voir sourire. Tu as bien fait, Gill. Tu auras ta part de gloire, mais laisse-leur le sale boulot. Tu as appris ta leçon.

— J'ai peut-être eu un bon professeur.

Il rit dans sa barbe.

— Non, je ne crois pas.

— John… merci… pour tout.

— Tu veux savoir un secret ?

— Quoi ?

— Je suis au régime sec.

— Bravo ! Je suis vraiment impressionnée. Que s'est-il passé ?

Jack se traîna dans la pièce en bâillant et en se grattant le crâne.

— Moi aussi, j'ai eu un bon professeur, répondit Rebus en raccrochant.

— J'ai entendu le téléphone, dit Jack. Le café est en route ?

— Dans la bouilloire.

— T'en veux ?

— Vas-y.

Rebus alla dans l'entrée ramasser son courrier. Une enveloppe était plus grosse que les autres. Le tampon de Londres. Il l'ouvrit en allant à la cuisine. Il y avait une autre enveloppe à l'intérieur, épaisse, avec son nom et son adresse imprimés dessus. Il y avait aussi une feuille de papier. Rebus s'assit à la table pour la lire.

Cela venait de la fille de Lawson Geddes.

Mon père a laissé l'enveloppe ci-jointe en demandant qu'on vous la fasse parvenir. Je suis de retour de Lanzarote, où j'ai dû m'occuper non seulement des funérailles mais aussi de la vente de la maison de mes parents, sans compter qu'il fallait trier leurs affaires et vider les lieux. Comme vous vous en souvenez peut-être, mon père était un collectionneur invétéré. Je vous prie donc de m'excuser pour le léger retard avec lequel je vous fais parvenir ceci et je suis sûre que vous le comprendrez. En espérant que tout va bien pour vous et votre famille.

Elle avait signé «Aileen Jarrold (née Geddes)».

— C'est quoi? s'enquit Jack comme Rebus ouvrait la deuxième enveloppe. Il lut les premières lignes, puis leva les yeux vers Jack.

— C'est une très longue lettre de suicide, répondit-il. De la part de Lawson Geddes.

Jack s'assit et ils lurent ensemble.

John, je suis assis et j'écris ceci avec la connaissance pleine et entière que je vais me flinguer. On appelait toujours ça la sortie du lâche, tu te souviens? Je n'en suis plus aussi sûr, mais j'ai l'impression d'être plus égoïste que vraiment lâche, égoïste parce que je sais que la télévision se penche de nouveau sur l'affaire Spaven, ils ont même envoyé une équipe dans l'île. Mon geste ne concerne pas Spaven, mais Etta. Elle me manque et je veux la rejoindre, même si tout l'au-delà se résume à ce que mes os soient à côté des siens.

Tandis que Rebus lisait, les années s'envolèrent de nouveau. Il entendait la voix de Lawson et il le voyait plastronner au poste, ou entrer au pub comme s'il était le patron, un mot pour chacun, qu'il le connaisse ou non… Jack se leva une minute et revint avec les chopes de café. Ils reprirent leur lecture.

Spaven étant mort et moi ayant tiré ma révérence, les gens de la télé n'auront plus que toi à se mettre sous la dent. Cette idée ne me plaît pas, tu n'as été pour rien dans cette histoire. D'où cette lettre, après toutes ces années et peut-être qu'elle expliquera les choses. Montre-la à qui bon te semble. On dit que l'homme ne ment pas à son heure dernière et peut-être qu'on acceptera de croire ce qui suit comme la vérité au mieux de mes connaissances.

J'ai connu Lenny Spaven dans la Garde écossaise. Il avait sans arrêt des problèmes, et se récoltait des punitions, voire carrément au trou. En plus, c'était un planqué et c'est comme ça qu'il s'est trouvé en rapport avec l'aumônier. Spaven avait l'habitude d'aller au temple le dimanche (je dis « le temple », mais à Bornéo, c'était une tente, et de retour chez nous, c'était un préfabriqué). Mais j'imagine qu'au regard de Dieu, un tas d'endroits sont des temples. Je lui poserai peut-être la question quand je le verrai. Il fait plus de trente dehors et je bois de la gnôle — ce bon vieil usquebaugh. Jamais un whisky n'a été aussi bon.

Rebus sentit la saveur forte du whisky au fond de sa gorge. La mémoire vous joue de ces tours... Lawson buvait du Cutty Sark.

Spaven assistait le pasteur, distribuait les recueils de cantiques sur les chaises, puis les recomptait à la fin. Tu sais comme moi qu'il y a des connards à l'armée qui faucheraient un recueil comme le reste. Ceux qui venaient régulièrement n'étaient pas nombreux. Dans les moments durs, quelques âmes venaient prier dans l'espoir de ne pas être le suivant qu'on clouerait dans une caisse à la fin de la pièce. Bref, comme je le disais, Spaven se la coulait douce. Je n'avais pas beaucoup de rapports avec lui ni avec ceux qui allaient à l'église.

John, il se trouve qu'il y a eu un meurtre, une prostituée près de notre campement. Une jeune indigène originaire du kampong. Les villageois nous ont accusés et même les Gurkhas savaient que le coupable était sans doute un soldat britannique. Il y a eu une enquête, civile et militaire. C'était assez dingue. Rends-toi compte : on tuait les gens à tour de bras, on était payés pour ça et là, on avait une enquête pour un seul meurtre. Enfin, on n'a jamais coincé le coupable. Il reste que cette prostituée a été étranglée et on n'a jamais retrouvé une de ses sandales.

Rebus tourna la page.

Enfin, tout ça était derrière moi. J'étais flic, de retour en Écosse et content de mon sort. Puis je me suis retrouvé embringué dans l'affaire Bible John. Comme tu dois t'en souvenir, nous ne l'avons appelé « Bible John » que plus tard. C'est seulement après la troisième victime qu'on nous l'a décrit comme faisant des citations de la Bible et c'est là que les journaux lui ont donné ce surnom. Alors, en réfléchissant à quelqu'un qui faisait des citations de la Bible, un étrangleur et un violeur, je me suis rappelé Bornéo. Je suis allé trouver mon chef et je lui ai tout raconté. Il m'a dit qu'on était loin des critères olympiques, mais que je pouvais le traquer sur mon temps libre si je voulais. Tu me connais, John, je ne peux pas résister à un défi. En plus, j'avais un atout dans ma manche : Lenny Spaven. Je savais qu'il était de retour en Écosse et qu'il connaîtrait tous les culs-bénits. J'ai donc pris contact avec lui, mais il était devenu un vrai pourri et il n'a rien voulu entendre. Je suis du genre tête de mule et je me suis plaint à mon patron. J'ai reçu en échange l'ordre de me calmer, mais ce n'était pas mon genre. Je savais ce que je voulais. Je savais que Lenny devait avoir des photos de son service à Bornéo, avec lui et le reste de la bande peut-être. Je voulais les montrer à la femme qui avait pris le taxi avec Bible John. Je voulais voir si elle reconnaîtrait quelqu'un. Mais cet enculé de Spaven me coupait la route. Pour terminer, j'ai fini par me procurer des photos... en prenant le chemin des écoliers, c'est-à-dire en parlant d'abord à l'armée, puis en retrouvant le pasteur de l'époque. Ça m'a pris des semaines.

Rebus regarda Jack :
— Les photos qu'Ancram nous a montrées.
Jack hocha la tête.

On a montré les clichés au témoin. Remarque, elles dataient de huit ou neuf ans et n'étaient pas très bonnes au départ, l'eau en avait abîmé certaines. Elle dit qu'elle n'était pas sûre, elle pensait que l'un d'eux « lui ressemblait » — ce sont ses propres mots. Mais comme le dit mon patron, il y avait des centaines d'hommes dans le monde qui devaient ressembler à l'assassin, d'ailleurs nous en avions interrogé un bon nombre. Ça ne me suffisait pas. Je me suis procuré le nom du type, il s'appelait Ray Sloane — un nom assez peu courant et ça n'a pas été difficile de retrouver sa trace. Sauf qu'il avait filé. Il vivait dans un meublé d'Ayr et il était outilleur. Mais il avait récemment donné son congé et levé le camp, personne ne savait où il était. J'étais personnellement convaincu qu'il était notre homme mais je n'ai pas réussi à convaincre mon patron de tout faire pour remettre la main dessus.

Tu vois, John, le retard que j'avais pris en négociant avec l'armée, c'était la faute de Spaven. S'il m'avait aidé, j'aurais coincé Sloane avant qu'il ait pu plier bagages et disparaître. Je le sais, je le sens. Je l'aurais eu. Au lieu de quoi, il ne me restait que ma colère et ma frustration, dont j'ai fait état trop publiquement. Le patron m'a débarqué de l'enquête et point final.

— Ton café refroidit, signala Jack et Rebus en prit une gorgée avant de tourner la page.

Du moins jusqu'à ce que Spaven rentre dans ma vie en déménageant pour Édimbourg à peu près en même temps que moi. C'était comme s'il m'habitait l'esprit et je ne lui pardonnais pas son attitude. Avec le temps, il me dégoûtait de plus en plus. C'est pourquoi j'ai voulu l'épingler pour le meurtre d'Elsie Rhind. Je le reconnais, pour toi et quiconque lira ceci, je le voulais au point que j'avais comme une boule dure dans l'estomac, quelque chose qui ne partirait qu'avec une opération chirurgicale. Quand on m'a dit de me calmer, je n'en ai pas tenu compte. Quand on m'a dit de l'éviter, j'ai fait l'inverse. Je lui ai collé aux basques — sur mon temps libre —, je l'ai traqué jour et nuit. Je me suis même passé de dormir pendant pratiquement trois jours, mais ça a valu la peine quand je l'ai vu aller dans cette planque, un endroit dont on n'avait pas entendu parler. J'exultais, j'étais aux anges. Je ne savais pas ce qu'on trouverait à l'intérieur, mais je pressentais qu'on trouverait quelque chose. C'est pourquoi je me suis précipité chez toi et je t'ai forcé à revenir avec moi. Tu m'as parlé d'un mandat de perquisition et je t'ai dit de ne pas faire l'idiot. Je t'ai mis la pression et je me suis servi de notre amitié pour te faire chanter. J'étais fébrile, j'aurais fait n'importe quoi, y compris sûrement violer le règlement, ce règlement qui me semblait maintenant être là pour punir la police et protéger les voyous. Alors on est entré et on a trouvé des montagnes de cartons, toutes ces contrefaçons de l'usine de Queensferry. Plus le sac, celui d'Elsie Rhind, comme ça s'est confirmé. C'est tout juste si je ne suis pas tombé à genoux pour remercier Dieu de l'avoir trouvé.

Je sais ce que beaucoup ont pensé, y compris toi.

On a cru que je l'avais planqué là moi-même. Eh bien, je jure sur mon lit de mort (sauf que je suis assis à la table pour écrire) que ce n'est pas le cas. Je l'ai trouvé dans les règles, même si, par ma faute, nous n'avons pas respecté le règlement pour y arriver. Mais tu vois, cette preuve tangible essentielle aurait été irrecevable à cause de la façon dont nous l'avions trouvée et c'est pour ça que je t'ai convaincu — en dépit de ton refus — de confirmer l'histoire que j'avais inventée. Est-ce que je le regrette ? Oui et non. Ça ne doit pas être très confortable pour toi en ce moment, John, et ça n'a pas dû te rendre la vie facile pendant toutes ces années. Mais on a coincé l'assassin et, dans mon esprit, j'ai passé Dieu sait combien de temps à y repenser, le revivre, revoir mon comportement à l'époque — c'est ce qui compte vraiment.

John, j'espère que tout ce délire va s'arrêter. Spaven n'en vaut pas la peine. Personne ne pense tellement à Elsie Rhind, n'est-ce pas ? La victime n'est jamais gagnante. Mets ça sur le compte d'Elsie Rhind. Une canaille qui sait écrire n'en est pas moins une canaille. J'ai lu que les commandants des camps de concentration levaient le pied la nuit et lisaient les grands classiques en écoutant du Beethoven. Les monstres sont aussi capables de ça. Je le sais maintenant. Je le sais à cause de Lenny Spaven.

Ton ami,

LAWSON

Jack tapota Rebus dans le dos.

— Eh bien, te voilà blanchi, John. Colle ça sous le nez d'Ancram et l'affaire est réglée.

Rebus hocha la tête. Il aurait voulu se sentir soulagé ou éprouver une quelconque émotion.

— Qu'est-ce qui cloche ? demanda Jack.

Rebus pointa le doigt sur la feuille.

— Ça, dit-il. Enfin, une bonne partie est sans doute vraie, mais c'est quand même du bidon.

— Quoi ?

— Ces trucs qu'on a trouvés dans l'entrepôt, expliqua-t-il en regardant son ami. Je les avais vus dans l'appartement d'Elsie Rhind la première fois où on y est allé. Lawson a dû les faucher par la suite.

Jack le fixa sans comprendre.

— Tu es sûr ?

Rebus se leva d'un bond.

— Non, je n'en suis pas sûr et c'est ce qui me fait chier ! Je n'en serai jamais sûr.

— Bon, ça fait vingt ans, ton esprit peut te jouer des tours.

— Je sais. Même à l'époque, je n'étais pas sûr à cent pour cent de les avoir vus avant, c'était peut-être un autre sac, un autre chapeau. Je suis retourné chez elle, j'ai regardé de nouveau. C'était pendant que Spaven était en garde à vue. J'ai cherché le sac et le chapeau que j'y avais vus... et ils avaient disparu. Eh merde, peut-être que je ne les avais jamais vus et que je les avais imaginés. Il n'empêche que je crois les avoir vus. Je crois qu'on a monté le coup à Lenny Spaven et je le penserai toujours... et que je n'ai pas levé le petit doigt. (Il se rassit.) Je n'en ai jamais parlé à personne jusqu'à aujourd'hui. (Il voulut prendre sa tasse, mais sa main tremblait.) Je suis en plein delirium tremens, ajouta-t-il avec un sourire.

Jack était songeur.

— Est-ce que c'est important ? demanda-t-il enfin.

— Tu veux dire : si j'ai raison ou pas ? Bordel, j'en sais rien, Jack. (Il se frotta les yeux.) C'est si loin. C'est important si l'assassin s'en est tiré ? Même si j'avais refusé de marcher à l'époque, ça aurait peut-être lavé Spaven, mais ça ne nous aurait pas donné

le véritable assassin, pas vrai ? (Il poussa un soupir.)
J'ai retourné ça dans ma tête pendant toutes ces
années, au point que les sillons sont presque effacés.

— Alors il est peut-être temps d'acheter un nouveau disque ?

Cette fois, Rebus eut un vrai sourire.

— Peut-être.

— Une chose que je ne comprends pas… pourquoi Spaven ne s'est pas expliqué là-dessus ? Il n'en
a pas dit un mot dans son livre. Il aurait pu dire
pourquoi Geddes était après lui.

— Regarde Weir et sa fille.

— Tu veux dire que ça se passait entre eux deux ?

— J'en sais rien, Jack.

Jack prit la lettre et la feuilleta.

— Quand même, c'est intéressant, ces photos de
Bornéo. Ancram croyait qu'elles avaient un rapport
parce que Spaven figurait dessus. Maintenant, on
sait que c'était ce Sloane que Geddes voulait coincer. (Il regarda l'heure.) On devrait faire un saut à
Fettes pour montrer ça à Ancram.

— D'accord, mais d'abord, je veux photocopier
la lettre. Comme tu dis, Jack, même si je ne le crois
qu'à moitié, c'est écrit noir sur blanc. (Il leva les
yeux sur son ami.) Et ça devrait suffire pour le *Justice Programme*.

Ancram avait l'air d'une cocotte-minute à laquelle
il manquait la soupape. Il était tellement furibard
qu'il pivota presque sur lui-même pour se calmer. Sa
voix libérait les premières fumerolles s'échappant
d'un volcan endormi.

— C'est quoi ?

Rebus essayait de lui tendre une feuille pliée en
deux. Ils étaient dans le bureau d'Ancram, celui-ci
assis, les deux autres debout.

— Regardez vous-même, l'engagea Rebus.

Ancram le regarda fixement, puis déplia le papier à en-tête.

— C'est l'ordonnance du médecin, expliqua Rebus. Un virus intestinal. Le docteur Curt m'a surtout recommandé de rester en quarantaine. Il a dit que c'était contagieux.

Quand il parla, la voix d'Ancram était presque un chuchotement.

— Depuis quand les médecins légistes accordent-ils des congés maladie ?

— Vous n'avez pas vu la queue à mon dispensaire.

Ancram froissa la feuille dans son poing.

— Il y a la date et tout, précisa Rebus.

Évidemment. Le Dr Curt avait reçu leur visite juste avant qu'ils partent vers le nord avec Eve.

— Bouclez-la, asseyez-vous et écoutez-moi pendant que je vous explique pourquoi vous avez reçu un blâme, et je peux vous dire que ce n'est qu'un début.

— Peut-être que vous devriez lire ça d'abord, intervint Jack en lui remettant la lettre de Geddes.

— C'est quoi ?

— Pas tant la fin de l'affaire, monsieur, lui répondit Rebus, que le cœur du sujet. Pendant que vous lisez, je pourrais peut-être parcourir les dossiers.

— Pourquoi ?

— Ces clichés de Bornéo, j'aimerais y jeter un œil.

Après les premières phrases de la confession de Lawson Geddes, Ancram fut accroché. Rebus aurait pu se tirer, les dossiers sous le bras, sans qu'il le remarque. Il se contenta de sortir les photos de leur enveloppe et de les parcourir en vérifiant au dos les noms des gens.

Sur l'une d'elles, le troisième à partir de la gauche

était identifié comme le deuxième classe R. Sloane.
Rebus scruta son visage. Un peu flou, taché par l'eau
et décoloré. Un visage juvénile, à peine sorti de l'adolescence, le sourire en coin, peut-être à cause des
dents.

Bible John avait deux dents qui se chevauchaient
d'après le témoin.

Non, c'était tirer les choses par les cheveux et Lawson Geddes avait assez donné dans le genre sans qu'il
s'y mette à son tour. Sans savoir exactement pourquoi
et après avoir vérifié qu'Ancram était toujours plongé
dans sa lecture, il glissa la photo dans sa poche.

— Eh bien, conclut Ancram. Voilà qui devra manifestement être discuté.

— Manifestement, monsieur. Pas d'interrogatoire
aujourd'hui alors ?

— Juste quelques questions. Primo, qu'est-ce que
vous avez foutu pour avoir le nez et la dent dans cet
état ?

— J'étais sur la trajectoire d'un coup de poing.
Autre chose, monsieur ?

— Oui, qu'est-ce que vous avez foutu avec Jack ?

Rebus se retourna et comprit. Jack roupillait à
poings fermés sur une chaise contre le mur.

— Bon, dit Jack, c'est l'heure de vérité.

Ils s'étaient rendus à l'*Oxford Bar*, juste pour se
poser quelque part. Rebus commanda deux jus
d'orange, puis il se tourna vers Jack.

— Tu veux un petit déj' ? (Jack fit oui.) Et quatre
paquets de chips, n'importe lesquels, demanda-t-il à
la serveuse.

Ils levèrent leur verre, dirent « Santé » et burent.

— T'as envie d'une cigarette ? demanda Jack.

— Je pourrais tuer pour ça, répondit Rebus en
riant.

— Alors, on en est où ?

— Ça dépend du point de vue où tu te places.

Il s'était posé la même question. Peut-être que l'antigang allait pincer tous les acteurs du réseau de drogue — Oncle Joe, Fuller, Stemmons. Peut-être que, auparavant, Fuller aurait réglé leur compte à Ludovic Lumsden et Hayden Fletcher. Peut-être. Hayden Fletcher était un habitué chez *Burke's*. Il y rencontrait Tony El, se fournissait peut-être en coke auprès de lui. Fletcher était peut-être du genre à aimer s'encanailler, il y avait des gens comme ça. En voyant que le Major était inquiet et en apprenant qu'Allan Mitchison posait un problème... il lui aurait été facile d'en toucher deux mots à Tony El et, pour ce dernier, c'était l'occasion de se faire un petit à-côté... Peut-être que le major Weir avait lui-même lancé le contrat sur Mitch. Enfin, il ne l'emporterait pas au paradis, sa fille y veillerait. Et Tony El avait-il vraiment eu l'intention de tuer Mitch ? Rebus n'en était même pas sûr. Peut-être qu'à la dernière minute, il aurait arraché le sac de la tête de Mitch. Et là, il lui aurait dit de ne plus toucher à T-Bird Oil.

Il voyait se dessiner un schéma plus vaste, où des accidents s'associaient pour former un ensemble. Pères et filles, pères et fils, infidélités... Des illusions que nous prenons parfois pour des souvenirs. Des erreurs passées qu'on ressasse ou qui se trouvent entérinées par de faux aveux. Les corps jonchaient les années, oubliés par la plupart des gens sauf des assassins. L'histoire qui tourne mal ou se fane comme les vieilles photographies. Une fin... sans rime ni raison. Elle est là, c'est tout. Vous mourez, ou vous disparaissez, ou on vous oublie. Vous n'étiez plus qu'un nom au dos d'une vieille photographie et parfois, moins encore.

Living in the Past, par Jethro Tull. Rebus avait été

trop longtemps accro à ce morceau, c'était à cause du métier. En tant que détective, il vivait dans le passé des gens... des crimes commis avant qu'il n'arrive sur les lieux, les souvenirs des témoins pillés. Il était devenu historien et son rôle s'était infiltré dans sa propre vie. Fantômes, cauchemars, échos.

Mais il avait peut-être une chance maintenant. Tenez, Jack, il avait pris un nouveau départ. La bonne nouvelle de la semaine.

Le téléphone résonna, la serveuse décrocha et adressa un signe à Rebus. Il prit le combiné.

— Allô?

— J'ai d'abord essayé votre premier bercail avant de tenter le deuxième.

C'était Siobhan. Rebus se redressa.

— Qu'est-ce que vous avez trouvé?

— Un nom : Martin Davidson. A séjourné à Fairmount trois semaines avant le meurtre de Judith Cairns. La chambre a été payée par son employeur, une compagnie appelée LancerTech, comme dans « soutien technique ». Basée à Altens, dans les environs d'Aberdeen. Ils conçoivent les équipements de sécurité pour la plate-forme, ce genre de produits.

— Vous leur avez téléphoné?

— Dès que j'ai trouvé son nom. Ne vous inquiétez pas, je n'en ai pas parlé. J'ai seulement posé quelques questions d'ordre général. La standardiste m'a dit que j'étais la deuxième personne en deux jours à lui poser la même question.

— Qui était l'autre?

— La Chambre de commerce, d'après elle.

Ils se turent un instant.

— Et Davidson cadre avec l'Institut Robert-Gordon?

— Il a animé des séminaires au début de l'année. Son nom figure sur la compta.

Ça tenait la route. Il avait l'impression d'avoir reçu un coup de poing. Ses jointures étaient blanches sur le téléphone.

— Il y a plus, reprit Siobhan. Vous savez combien les entreprises peuvent se montrer fidèles à une chaîne hôtelière? Eh bien, le *Fairmount* possède un établissement jumeau ici. Martin Davidson de LancerTech y a séjourné la nuit où Angie Riddell a été assassinée.

Rebus revit son image. Angie… Qu'elle puisse enfin trouver le repos.

— Siobhan, vous êtes géniale. Vous en avez parlé à quelqu'un?

— Vous avez la primeur. Après tout, c'est vous qui m'avez filé le tuyau.

— Je vous ai fait part d'une intuition, c'est tout. Ça aurait pu ne rien donner. À vous de jouer. Allez trouver Gill Templer — c'est votre chef — et dites-lui ce que vous venez de me dire, qu'elle le fasse passer à l'équipe qui travaille sur Johnny Bible. Tenez-vous-en à la procédure.

— C'est lui, n'est-ce pas?

— Faites passer la nouvelle et veillez à ce qu'on vous en attribue le mérite. D'accord?

— Oui, monsieur.

Il raccrocha et répéta à Jack ce qu'il venait d'apprendre. Puis ils restèrent assis à siroter leur jus, les yeux fixés sur la glace derrière le bar. Calmement d'abord, puis avec une agitation croissante. Rebus fut le premier à dire ce que tous les deux pensaient tout bas.

— Il faut qu'on y soit, Jack. J'ai besoin d'y être.

Jack le considéra un instant en silence

— C'est à toi de conduire ou à moi? demanda-t-il.

33

British Telecom avait listé deux Martin Davidson à Aberdeen. Mais le vendredi après-midi, il y avait des chances pour qu'il soit encore au boulot.

— Ça ne veut pas dire qu'on va le trouver à Altens, remarqua Jack.

— Allons-y quand même.

Rebus n'avait pratiquement qu'une seule idée en tête durant tout le trajet : il fallait qu'il voie Martin Davidson, pas nécessairement qu'il lui parle, mais qu'il le voie de ses yeux. Que leurs regards se croisent. Il voulait avoir ce souvenir-là.

— Il travaille peut-être off-shore ou ailleurs, poursuivit Jack. Peut-être qu'il n'est même pas à Aberdeen ?

— On y va quand même, insista Rebus.

Altens Industrial Estate, indiqué par un panneau sur la A92, était situé au sud de la ville. Un plan à l'entrée du site leur permit de s'orienter en direction de LTS, autrement dit Lancer Technical Support. Il y avait un véritable embouteillage à un certain point, des voitures bloquant la route, personne ne pouvant passer. Rebus sortit pour voir et le regretta aussitôt. C'étaient des voitures de police, banalisées mais dont les radios émettaient des parasites révélateurs.

Siobhan avait fait passer l'info et quelqu'un avait voulu faire du zèle.

Une silhouette s'approcha de Rebus.

— Qu'est-ce que vous foutez là ?

Les mains dans les poches, il haussa les épaules.

— Simple observateur ?

L'inspecteur principal Grogan plissa les paupières. Mais il avait l'esprit ailleurs. Il n'avait ni le temps ni l'envie de discuter.

— Il est à l'intérieur ? demanda Rebus en faisant un geste en direction de l'immeuble de LTS, un bâtiment industriel classique de tôle ondulée blanche et dépourvu de fenêtres.

— Ben non, avoua Grogan. On a foncé illico et il semble qu'il ne se soit pas pointé de la journée.

Rebus fronça les sourcils.

— Il est en congé ?

— Pas officiellement. La standardiste a essayé chez lui, pas de réponse.

— C'est là que vous allez ?

Grogan confirma. Inutile de lui demander s'ils pouvaient se joindre à eux, l'inspecteur chef aurait refusé. Mais quand le convoi serait en route, personne ne remarquerait la présence d'une voiture supplémentaire à la queue.

Il retourna à la Peugeot et résuma la situation pour Jack, qui fit marche arrière et trouva un emplacement pour se garer. Ils observèrent les voitures de police exécuter un demi-tour dans les règles en direction de la sortie, puis se faufilèrent pour fermer la marche.

Ils traversèrent la Dee au nord et prirent Anderson Drive, passant devant d'autres immeubles appartenant à l'Université Robert-Gordon et plusieurs sièges de compagnies pétrolières. Ils quittèrent enfin la route, dépassèrent Summerhill Academy et pénétrèrent dans un dédale de rues de banlieue avec au-delà des terrains à bâtir.

Deux voitures quittèrent le convoi, sans doute pour faire le tour de façon à arriver chez Davidson par-derrière et le bloquer chez lui. Les lumières rouges s'allumèrent pour signaler le freinage et les voitures s'arrêtèrent en plein milieu de la chaussée. Des portes s'ouvrirent, les policiers mirent pied à terre. Un rapide conciliabule, Grogan distribua des ordres en expédiant les uns à droite et les autres à gauche. Tous les yeux étaient braqués sur une seule maison, dont les rideaux étaient tirés.

— Tu crois que l'oiseau s'est envolé ? demanda Jack.

— Allons voir.

Rebus défit sa ceinture et ouvrit la porte. Grogan envoyait des hommes chez les voisins, certains pour poser des questions, d'autres pour passer par la porte du jardin et se faufiler derrière la maison du suspect.

— J'espère que ce n'est pas une chasse au dahu, grommela Grogan, qui remarqua à peine la présence de Rebus.

— Les hommes sont à leur poste, inspecteur chef.

Les gens sortaient dans la rue en se demandant ce qui se passait. Rebus entendit le tintement lointain de la clochette d'un marchand de glace.

— La brigade d'intervention armée est en alerte.

— Je ne crois pas que nous aurons besoin d'eux.

— Très bien, inspecteur chef.

Grogan renifla, passa un doigt sous son nez, puis désigna deux hommes pour qu'ils l'accompagnent à la porte du suspect. Il appuya sur la sonnette et tout le monde attendit en retenant son souffle. Grogan sonna de nouveau.

— Qu'est-ce qu'ils voient par-derrière ?

Un des hommes fit passer la question par radio.

— Les rideaux sont tirés en haut et en bas, aucun signe de vie.

Comme sur le devant.

— Appelez un juge, il nous faut un mandat.

— Oui, inspecteur chef.

— Et entre-temps, enfoncez-moi cette putain de porte !

Le policier donna le signal et on ouvrit le coffre d'une voiture. Son contenu rappelait celui d'une fourgonnette de maçon. Un marteau en sortit. En trois coups, la porte céda. Dix secondes plus tard, on entendait des cris pour réclamer une ambulance. Dix secondes encore et quelqu'un conseilla qu'on fasse plutôt venir un corbillard.

Jack était un bon flic. Dans sa malle arrière à lui, il y avait le matériel nécessaire sur la scène d'un crime, chaussons et gants compris, ainsi que des combinaisons en plastique qui vous donnaient l'allure d'un préservatif ambulant. Les policiers étaient consignés devant la maison pour ne pas contaminer la scène. Ils s'agglutinaient sur le passage pour tenter de voir ce qu'ils ne pouvaient pas voir. Quand Rebus et Jack s'approchèrent, personne ne les reconnut et on les prit pour l'équipe des techniciens. La foule se scinda par le milieu un moment et les deux inspecteurs se trouvèrent à l'intérieur.

Les règles de prudence ne semblaient pas inquiéter les supérieurs ni leurs larbins. Grogan examinait la scène, debout dans la salle de séjour, les mains dans les poches. Le corps d'un jeune homme était étendu sur le divan de cuir noir. Ses cheveux blonds étaient collés sur une profonde entaille. Il avait aussi du sang sur le visage et le cou. Il y avait des signes de lutte. La table basse en verre et en chrome était renversée sur la poitrine de l'homme pour faire bonne mesure. En s'approchant, Rebus vit les marques sur le cou, visibles sous les traces de sang. Par terre, devant le corps, un grand fourre-tout vert, genre sac de sport ou de week-end. Rebus regarda à l'intérieur et aperçut un sac à dos, une chaussure, le collier d'Angie Riddell… et une corde à linge plasti-fiée.

— Je pense qu'on peut écarter le suicide, grom-mela Grogan.

— On l'a assommé puis étranglé, constata Rebus.

— Vous estimez que c'est lui?

— Ce sac n'est pas posé là pour faire joli. Celui qui a fait ça savait qui il était et voulait aussi que ça se sache.

— Un complice? demanda Grogan. Un pote, quel-qu'un qui aurait été au courant?

Rebus ne répondit pas. Il fixait le visage du mort et se sentait floué. Les yeux clos, il reposait. *J'ai fait tout ce chemin rien que pour toi, fils de pute*… Il s'ap-procha, souleva la veste de quelques centimètres et glissa un œil. Un mocassin noir était fourré sous le bras droit de Martin Davidson.

— Nom d'un chien! s'exclama Rebus en se retournant vers Grogan et Jack. C'est Bible John qui a fait ça. (Il vit sur leur visage l'incrédulité mêlée d'horreur. Rebus souleva la veste un peu plus haut pour leur laisser voir la chaussure.) Il a toujours été là, dit-il. Il n'est jamais parti…

Les techniciens de la scène du crime firent leur boulot. Ils prirent des photographies et des vidéos, étiquetèrent des preuves potentielles et les embal-lèrent sous sachet. Le médecin légiste examina le corps, puis déclara qu'on pouvait l'emporter à la morgue. Dehors il y avait des journalistes, mainte-

nus à distance par les cordons de sécurité. Quand les
techniciens eurent fini à l'étage, Grogan y conduisit
Rebus et Jack. Loin de leur tenir rigueur de leur présence, il aurait été capable d'accepter même la compagnie de Jack l'éventreur. Grogan allait passer au
journal du soir, c'était lui qui avait coincé Johnny
Bible. Sauf que ce n'était pas tout à fait le cas, bien
sûr. Quelqu'un les avait pris de vitesse.

— Redites-moi ça, demanda Grogan tandis qu'ils
grimpaient les marches.

— Bible John prenait des souvenirs, des chaussures, des vêtements, des sacs. Mais il leur plaçait
aussi une serviette hygiénique sous le bras gauche.
Là, en bas… il veut qu'on sache que c'est lui.

Grogan hocha la tête. Il faudrait du temps pour le
convaincre. D'ici là, il avait des choses à leur montrer. La chambre principale n'avait rien de particulier, mais sous le lit se trouvaient des cartons de
revues et de cassettes vidéos, le genre sadomaso hard,
proches de celles découvertes dans la chambre à coucher de Tony El, avec texte en anglais et en diverses
langues. Rebus se demanda si l'un des gangs d'Américains les avait transportées jusqu'à Aberdeen.

Il y avait une petite chambre d'ami fermée par
un cadenas. Ouverte à la pince-monseigneur, elle
démentit tout un champ de suppositions. Deux ou
trois hommes de la PJ s'étaient demandé si Bible
John ne cherchait pas à les posséder en tuant un
innocent et en maquillant son geste pour le faire passer pour l'assassin. Or la chambre d'ami ne laissait
aucun doute : Martin Davidson était bien Johnny
Bible. La pièce avait été transformée en un autel
consacré à Bible John et d'autres assassins. Des
dizaines d'albums, de coupures de presse et de photographies punaisées sur des tableaux en liège tapissaient les murs, des vidéos de documentaire sur les

tueurs en série, des livres de poche abondamment
annotés et, au beau milieu, un agrandissement d'un
des prospectus représentant Bible John. Le visage
presque souriant, doux, avec au-dessus, l'éternelle
question : «Avez-vous vu cet homme ?»

Rebus faillit répondre oui. Il y avait un je ne sais
quoi dans la forme du visage... quelque chose qu'il
avait vu récemment. Il sortit la photo de Bornéo de
sa poche, observa Ray Sloane, puis de nouveau le
poster. Ils se ressemblaient, mais ce n'était pas cette
ressemblance qui le titillait. Il y avait autre chose,
quelqu'un...

Puis Jack, resté à la porte, lui posa une question
et il n'y pensa plus.

Ils rentrèrent avec les autres à Queen Street. Ils
étaient devenus, en mettant la main à la pâte, partie
intégrante de l'équipe. Il régnait parmi eux une jubi-
lation tranquille, tempérée par l'idée qu'un autre
assassin était lâché dans la ville. Mais comme un
policier au moins l'exprima :

— Si c'est lui qui a liquidé cet enfant de salaud,
qu'il aille se faire voir.

Ce qui devait être, d'après Rebus, la réaction que
Bible John espérait. Il comptait sans doute sur le
fait qu'on ne s'acharnerait pas trop à le retrouver.
S'il était sorti de sa retraite, ce n'était que dans un
seul but : liquider son imitateur. Johnny Bible lui
avait volé sa gloire, son exploit. L'heure de la vengeance avait sonné.

Rebus était assis dans le bureau de la PJ, les yeux
dans le vague, et il réfléchissait. Quand quelqu'un
lui tendit un gobelet, il le porta à ses lèvres. La main
de Jack l'arrêta.

— C'est du whisky, le prévint-il.

Rebus baissa les yeux, vit l'exquis liquide couleur

de miel, le considéra un instant, puis reposa le verre sur le bureau. Il y eut un éclat de rire dans le bureau, des youpis et des houras, comme à un match de football après le résultat. Les mêmes airs, les mêmes chansons.

— John, lui dit Jack. Pense à Lawson.

C'était une mise en garde.

— Eh ben quoi?

— Ça l'a obsédé.

— Non, ce n'est pas ça, répondit Rebus. Je suis sûr que c'était Bible John.

— Quand bien même?

Rebus hocha lentement la tête.

— Arrête, Jack. Après tout ce que je t'ai dit? Après Spaven et tout le reste? Tu ne peux pas réagir comme ça.

Grogan faisait signe à Rebus de venir répondre au téléphone. En souriant, l'haleine empestant le whisky, il lui tendit le combiné.

— Quelqu'un veut vous dire un mot.

— Allô?

— Qu'est-ce que tu fous là-bas, bon sang?

— Oh, salut, Gill. Félicitations, tout à l'air de se passer comme il faut pour une fois.

Elle se radoucit un peu.

— C'est à Siobhan que ça revient, pas à moi. Je n'ai fait que transmettre.

— Assure-toi que ça figure au dossier.

— Je le ferai.

— Je te rappellerai plus tard.

— John… tu rentres quand?

Ce n'était pas la question qu'elle voulait poser.

— Ce soir, peut-être demain.

— Entendu. (Elle fit une pause.) À bientôt alors.

— Ça te dirait qu'on fasse quelque chose dimanche?

Elle eut l'air surprise.

— Quel genre de chose?

— Je ne sais pas. Une promenade en voiture, une balade, quelque part sur la côte?

— Oui, d'accord.

— Je te rappelle, Bye, Gill.

— Bye.

Grogan remplissait un gobelet, Il y avait au moins deux caisses de whisky et trois de bière.

— Où vous procurez-vous ces douceurs?

— Oh, vous savez bien, fit Grogan avec un sourire.

— Les pubs? Les clubs? Des endroits auxquels vous avez fait une fleur?

Grogan répondit par un clin d'œil. De nouveaux policiers n'arrêtaient pas d'arriver, en tenue, en civil, même des gens qui n'avaient pas l'air en service. Tous étaient au courant et tous voulaient en être. Les huiles avaient l'air coincé mais refusaient un deuxième verre avec le sourire.

— C'est peut-être Ludovic Lumsden qui vous fournit?

Le visage de Grogan se renfrogna.

— Vous pensez qu'il vous a baisé, mais Ludo était réglo.

— Où est-il?

— Aucune idée, remarqua Grogan en regardant autour de lui.

En fait, personne ne savait où il se trouvait. On ne l'avait pas vu de la journée. Quelqu'un appela chez lui mais tomba sur son répondeur. Son biper était allumé, mais il ne répondait pas. Une voiture de patrouille, qui fit un détour par sa maison, signala qu'il n'y avait personne, bien que sa voiture soit dehors. Rebus eut une idée et descendit à la salle des communications au rez-de-chaussée. Il y avait là des gens au travail, qui prenaient les appels et restaient en liaison avec les voitures de patrouille et les agents affectés à la ronde. Ils avaient, eux aussi, une bouteille de whisky pour eux et des gobelets en plastique à distribuer. Rebus demanda à voir les fiches du jour.

Il n'eut qu'à remonter d'une heure en arrière. Un appel d'une certaine Mme Fletcher, qui signalait la disparition de son mari. Il était parti le matin à son travail comme à l'accoutumée, mais ne s'y était pas présenté et n'était pas rentré chez lui. La fiche donnait des précisions sur sa voiture et un bref signalement de l'individu. On avait demandé à une patrouille d'établir une surveillance. Dans une douzaine d'heures, on commencerait à s'en occuper plus sérieusement.

Prénom du conjoint disparu : Hayden.

Judd Fuller lui avait dit qu'il balançait les corps à la mer ou dans des lieux où on ne les retrouverait jamais parce que personne n'y allait. Rebus se demanda si c'était le sort réservé à Lumsden et à Fletcher... Non, il ne pouvait pas faire ça. Il écrivit un message au dos d'une des fiches et le remit à l'officier de permanence, qui le lut en silence avant de prendre un micro.

— À toute patrouille opérant à proximité du centre ville, rendez-vous au *Burke's Club*, sur College Street. Arrêtez Judd Fuller, copropriétaire, et ramenez-le à Queen Street pour l'interroger. (L'officier des transmissions se tourna vers Rebus qui fit un geste d'encouragement.) Et vérifiez la cave, des personnes pouvant y être retenues contre leur gré, ajouta-t-il.

— Veuillez répéter, demanda une voiture de patrouille.

Le message fut de nouveau énoncé. Rebus remonta à l'étage.

Malgré la fête, certains travaillaient. Jack coinça une des secrétaires dans un coin, en tchatchant comme un fou. Près d'eux, deux agents de permanence passaient des appels. Rebus décrocha un téléphone libre et appela Gill.

— C'est moi.

— Que se passe-t-il ?

— Rien. Écoute, tu as transmis tout le dossier concernant Toal et Aberdeen à la Brigade criminelle ?

— Oui.

— Avec qui tu es en contact là-bas ?

— Pourquoi ?

— Peu importe qui c'est, mais j'ai un message pour lui. Je crois que Judd Fuller a enlevé le sergent Ludovic Lumsden et un certain Hayden Fletcher, et qu'il a l'intention d'en faire de la chair à pâté.

— Quoi ?

— Une voiture de patrouille est partie sur place, au club, et va savoir ce qu'ils vont trouver ! Mais l'antigang devrait suivre ça de près. Si on les trouve, on les ramènera à Queen Street. L'antigang pourrait vouloir quelqu'un sur les lieux.

— Pigé. Merci, John.

— À la prochaine.

Je dois me ramollir avec l'âge, se dit-il. *Ou alors ma conscience est allée se loger ailleurs.*

Il partit flâner, posa la même question à quelques buveurs et finit par avoir l'officier de liaison pour le pétrole, l'inspecteur Jenkins, qu'on lui montra. Rebus voulait seulement le voir. Son nom apparaissait dans la confession de Stanley de même que celui de Lumsden. L'antigang voudrait lui parler. Il souriait, l'air décontracté, bronzé et reposé après ses vacances. Ça lui fit chaud au cœur de penser que le bonhomme allait bientôt transpirer, aux prises avec une enquête interne.

Après tout, il ne s'était pas tellement ramolli.

Il s'approcha des policiers de permanence et regarda par-dessus leurs épaules. Ils effectuaient le travail préliminaire pour le meurtre de Martin Davidson en recueillant les informations auprès des voisins et de son employeur, en essayant de localiser la famille, le tout en gardant la presse à l'écart.

L'un d'eux raccrocha brutalement, affichant un large sourire. Il tendit la main vers sa chope et éclusa son whisky.

— Du nouveau ? s'enquit Rebus.

Un morceau de papier roulé en boule atterrit sur la tête du policier. En riant, il le renvoya.

— Un voisin est rentré après avoir travaillé de nuit et il a trouvé son allée bloquée par une voiture. Il a dû se garer dans la rue. Il dit qu'il n'a jamais vu cette voiture auparavant et il l'a bien regardée pour pouvoir la reconnaître. Il s'est réveillé vers midi et elle n'était plus là. Une BM bleu métallisé, série 5. Il a même une partie du numéro d'immatriculation.

— Fichtre !

Le policier prit son téléphone.

— Ça ne devrait pas traîner.

— Vaudrait mieux pas, répondit Rebus. Sinon, l'inspecteur chef Grogan risque d'être trop bourré pour comprendre.

34

Grogan coinça Rebus dans le hall et lui flanqua son bras sur les épaules. Il lui manquait sa cravate, et les deux boutons supérieurs de sa chemise étaient ouverts, laissant passer des touffes de poils gris rêches. Il avait dansé la gigue avec quelques femmes flics et transpirait abondamment. L'équipe avait changé, ou plutôt la relève était arrivée, tandis que l'ancienne équipe était restée sur place, peu désireuse de rompre le charme. Certains tentèrent de proposer le pub ou le restau, d'aller en boîte ou au bowling, mais personne n'avait envie de partir, et ce fut un applaudissement général quand un restaurant indien du voisinage livra des cartons et des sacs remplis de provisions. Avec la permission de la hiérarchie qui, entre-temps, avait vidé les lieux. Rebus s'était servi du *pakora*, du *keema nana* et du *tikka* de poulet, tandis qu'un inspecteur s'efforçait d'expliquer à un autre pourquoi, quand il disait : «Des *bhajis*[1], tu peux te garder tes *bhajis* digueulasses», c'était une blague.

D'après l'odeur de son haleine, Grogan n'avait pas pris le temps de manger.

---

1. Plat indien, galette de légumes frits.

— Mon petit gars des Lowlands, dit-il. Comment ça va? Ça vous plaît, l'hospitalité des Highlands?

— C'est super.

— Alors pourquoi cette gueule de chardon?

— Bah, fit Rebus, la journée a été longue.

La nuit aussi, aurait-il pu ajouter.

Grogan lui donna une bourrade dans le dos.

— Vous êtes le bienvenu quand vous voulez, quand ça vous dit. (Il partit en direction des toilettes, s'arrêta et se retourna.) Des nouvelles de Ludo?

— Il est à l'hosto, dans le lit voisin d'un certain Hayden Fletcher.

— Quoi?

— Il y a aussi un policier de la Criminelle dans la salle, qui attend qu'ils se réveillent pour leur lire leur déposition. Voilà où en est Lumsden. Il était temps de vous réveiller.

Rebus redescendit dans la salle des interrogatoires et ouvrit la porte de celle où on l'avait cuisiné. Deux autres policiers de l'antigang attendaient. Et grillant une clope à la table, Judd Fuller. Rebus était déjà passé, juste pour voir, et pour expliquer aux officiers ce qui était arrivé en leur disant de se reporter aux bandes et aux notes de Gill.

— Bonsoir, Judd, dit-il alors.

— Je vous connais?

Rebus s'approcha de lui.

— Espèce d'enfoiré, tu m'as laissé échapper, mais tu as continué à te servir de cette cave. (Il hocha la tête.) Erik va être déçu.

— Qu'il aille se faire foutre.

— Tiens, chacun pour soi, maintenant, c'est ça?

— Allez, vas-y.

— De quoi?

— Ce pour quoi t'es venu, lui lança Fuller en

levant les yeux. Tu veux me cogner, c'est l'occasion ou jamais. Lâche-toi.

— Je n'ai pas besoin de te frapper, Judd, rétorqua Rebus avec un large sourire qui découvrit sa dent rabougrie.

— Alors t'es une poule mouillée.

Rebus le regarda un instant.

— Je l'étais, mais plus maintenant.

Et tournant les talons, il sortit.

Dans la salle des inspecteurs, la fête battait son plein. On avait mis une cassette de danses écossaises à l'accordéon, le son poussé à fond. Seuls deux couples dansaient — et encore, pas très bien. Il y avait à peine assez de place entre les bureaux pour les forcenés du quadrille. Trois ou quatre corps étaient affalés sur les bureaux, la tête entre les bras. Quelqu'un était allongé face contre terre. Rebus compta neuf bouteilles de whisky vides et un agent avait été chargé de rapporter des caisses de bière. Les joues écarlates à cause de la chaleur qui régnait dans la pièce, Jack continuait à baratiner la secrétaire. Ça commençait à schlinguer sérieusement.

Rebus fit le tour de la pièce. Les murs étaient toujours couverts d'éléments se rapportant aux victimes locales de Johnny Bible — plans, schémas, tableaux de service, photographies. Il scruta les clichés, comme pour se rappeler les visages souriants. Il s'aperçut que le fax venait juste de cracher une feuille. Des précisions concernant le propriétaire de la voiture, la BMW bleu métallisé. Il y en avait quatre à Aberdeen, mais seulement une avec la séquence de lettres dont se souvenait le témoin. Appartenant à une société appelée Eugene Construction, avec une adresse à Peterhead.

Eugene Construction ? *Eugene Construction ?*

Rebus vida ses poches sur un bureau. Il y avait des

récépissés d'essence, un bloc, des bouts de papier avec des numéros de téléphone, des Rennie, une boîte d'allumettes... Voilà, la carte de visite que lui avait remise le type qu'il avait rencontré à la convention. Rebus examina la carte. Ryan Slocum, directeur des ventes, secteur de la construction. La société mère, Eugene Construction, avec une adresse à Peterhead. En tremblant, Rebus leva la photo de Bornéo et la détailla, en essayant de se rappeler l'homme qu'il avait rencontré ce jour-là, au bar.

«Pas étonnant que l'Écosse se casse la gueule... et nous voulons l'indépendance!»

Il lui avait donné sa carte de visite, et ensuite, Rebus lui avait déclaré qu'il était flic.

«J'ai dit quelque chose de compromettant?... C'est à propos de Johnny Bible?»

Le visage, les yeux, la taille... proches de ceux sur la photographie. Très proches. Ray Sloane... Ryan Slocum. Quelqu'un s'était introduit dans son appartement pour chercher quelque chose mais sans rien prendre. Pour chercher quelque chose de compromettant? Il regarda de nouveau la carte de visite, puis il prit le téléphone et finit par trouver Siobhan chez elle.

— Siobhan, ce type à qui vous avez parlé à la Bibliothèque nationale... ?

— Oui?

— Il vous a donné le signalement du soi-disant journaliste.

— Oui.

— Redonnez-le-moi.

— Attendez. (Elle alla chercher son bloc.) De quoi s'agit-il, en fait?

— Je vous le dirai plus tard. Lisez-le-moi.

— Grand, blond, la cinquantaine, visage plutôt long, sans signes distinctifs.

— Il n'a pas parlé d'un accent ?

— Rien ici. (Elle se tut un instant.) Oh, si, il a dit quelque chose. Il a dit qu'il nasillait.

— Comme un Américain ?

— Mais qu'il est écossais.

— C'est lui.

— Qui ça ?

— Bible John, comme vous le disiez.

— *Quoi ?*

— En quête de sa progéniture...

Il se frotta le front, se massa l'arête du nez. Il serrait les paupières. C'était lui ou pas ? Était-il devenu obsédé ? L'autel de Johnny Bible était-il vraiment différent de sa propre cuisine, la table couverte de coupures de presse ?

— Je ne sais pas. (Mais si, il savait, il le savait très bien.) Je vous rappellerai plus tard, dit-il à Siobhan.

— Attendez !

Or ça, il en était incapable. Il avait besoin de savoir et de savoir tout de suite. Il considéra la pièce, les uns déchaînés, les autres perdus dans leurs pensées, personne qui soit encore capable de conduire, aucun renfort.

Sauf Jack.

Qui avait maintenant un bras autour de la secrétaire et lui susurrait à l'oreille. Elle souriait, tenant son gobelet d'une main ferme. Peut-être buvait-elle du Coca, comme Jack ? Est-ce qu'il lui donnerait les clés ? Sûrement pas sans explication et Rebus voulait être seul, il le fallait. Son motif : un face-à-face, peut-être même l'exorcisme. En outre, Bible John lui avait escroqué Johnny Bible.

Rebus cria en bas :

— Il y a une voiture en rade ?

— Pas si vous avez picolé.

— Vous pouvez me faire l'Alcootest.

— Alors il y a une Escort garée dehors.

Rebus fouilla dans les tiroirs et trouva un annuaire. Peterhead... Slocum R. Rien. Il pouvait appeler les télécoms, mais trouver un numéro sur la liste rouge allait lui faire perdre du temps. L'autre solution, prendre la route. Il en brûlait d'envie.

Les rues de la ville étaient agitées. Un autre vendredi soir, des jeunes types en goguette. Rebus chantait *All Right Now*[1], suivi de *Been Down So Long*[2]. Une cinquantaine de bornes pour Peterhead, port en eau profonde. Des tankers et des plates-formes y faisaient relâche pour une révision. Rebus mit les gaz, il n'y avait pas beaucoup de circulation dans ce sens. Le ciel était barbouillé de vieux rose. Les « nuits blondes », c'est ainsi que les Scandinaves appellent les nuits d'été. Il s'efforça de ne pas penser à ce qu'il faisait. Il enfreignait le règlement qu'il recommandait aux autres de respecter. Aucun renfort. Aucun pouvoir réel là-bas, bien loin de chez lui.

Il possédait l'adresse d'Eugene Construction, qui figurait sur la carte de visite de Ryan Slocum. *J'ai été côte à côte avec Bible John dans un bar. Il m'a payé un verre*. Rebus croyait rêver. Sans doute qu'un tas de gens pourraient en dire autant s'ils savaient, Rebus n'était pas différent. Le numéro de téléphone de la société était mentionné sur la carte, mais il n'avait obtenu qu'un répondeur. Cela ne voulait pas dire qu'il n'y avait personne, le veilleur de nuit ne décrocherait pas nécessairement. La carte portait également un numéro d'Alphapage, mais Rebus ne risquait pas d'en faire usage.

Le siège de la compagnie s'abritait derrière une haute clôture grillagée. Il mit vingt minutes à tour-

---

1. « Tout va bien maintenant ».
2. « J'ai cafardé si longtemps ».

ner autour en posant des questions avant d'y arriver.
Contrairement à ce qu'il s'était imaginé, il n'était pas
installé sur les docks. Un parc d'activités était aménagé aux abords de la ville et Eugene Construction
se situait à la limite. Rebus s'approcha du portail.
Comme celui-ci était verrouillé, il klaxonna. Il y avait
une loge, lumières allumées, mais personne à l'intérieur. Derrière la grille se dressaient des barrières
peintes en rouge et blanc. Ses phares les inondèrent
puis, avançant par-derrière, la silhouette nonchalante
lante d'un gardien en uniforme. Rebus laissa tourner
le moteur et s'avança jusqu'à la grille.

— Qu'est-ce que c'est ? demanda le gardien.

Il appuya sa carte contre le grillage.

— Police. J'ai besoin de l'adresse personnelle
d'un de vos employés.

— Ça ne peut pas attendre demain matin ?

— Je crains que non, articula-t-il entre ses dents.

Le gardien — la soixantaine, l'âge de la retraite,
bedonnant — se gratta la barbe naissante sur son
menton.

— Je ne sais pas.

— Écoutez, vous appelez qui, en cas d'urgence ?

— Mon bureau.

— Et ils appellent quelqu'un de la société ?

— Probable. L'occasion ne s'est jamais présen-
tée. Des gosses ont essayé d'escalader la grille, il y a
quelques mois, mais...

— Vous pourriez les appeler ?

— ... ils m'ont entendu venir et ils ont déguerpi
vite fait. Quoi ?

— Vous pourriez les appeler ?

— Probable, si c'est une urgence.

Le gardien partit en direction de son abri.

— Et vous pourriez m'ouvrir, tant que vous y
êtes ? J'aurai besoin de passer un coup de fil après.

Le type se gratta le crâne, marmonna dans sa barbe, mais sortit le trousseau de sa poche et s'approcha du portail.

— Merci, dit Rebus.

L'abri était équipé du minimum. Bouilloire, chope, café et un petit pot de lait étaient posés sur un plateau rouillé. Il y avait un chauffage électrique à une résistance, deux chaises et un roman de poche sur le bureau : une histoire de western. Rebus prit le téléphone et donna quelques explications au supérieur du gardien, qui demanda à reparler à ce dernier.

— Oui, monsieur, dit-il. Carte d'identité et tout.

Les yeux braqués sur Rebus comme s'il était le chef d'une bande de casseurs. Puis il lui repassa le téléphone, et le supérieur lui donna enfin le nom et le téléphone qu'il cherchait. Rebus composa le numéro et attendit.

— Allô ?

— Vous êtes monsieur Sturges ?

— Lui-même.

— Je m'excuse de vous déranger aussi tard, monsieur. Je suis l'inspecteur John Rebus et je vous appelle depuis la grille de votre entreprise.

— C'est un cambriolage ?

Il soupira. Un cambriolage allait l'obliger à s'habiller pour se rendre sur place.

— Non, monsieur. J'ai seulement besoin d'un renseignement concernant un de vos employés.

— Ça ne peut pas attendre demain ?

— Je crains que non.

— C'est qui ?

— Ryan Slocum.

— Ryan ? Qu'est-ce qui lui arrive ?

— Quelqu'un de malade, monsieur. (Rebus avait déjà joué ce numéro.) Une de ses parentes âgées. On a besoin de l'autorisation de M. Slocum pour opérer.

— Seigneur !

— C'est donc très urgent.

— Oui, je vois, je vois. (Ça marchait à tous les coups, les mamies en péril.) Enfin, je ne connais pas l'adresse de tous mes employés par cœur.

— Mais vous connaissez celle de M. Slocum ?

— J'y suis allé trois fois pour dîner.

— Il est marié ?

Une conjointe dans le tableau. Rebus n'avait pas imaginé qu'il serait marié.

— Sa femme s'appelle Una, un couple charmant.

— Et l'adresse, s'il vous plaît ?

— C'est bien le téléphone que vous voulez ?

— Les deux, en fait. De cette façon, si personne ne répond, on peut envoyer quelqu'un attendre leur retour.

Rebus nota les informations sur son bloc, remercia le type et raccrocha.

— Vous savez comment faire pour aller à Springview ? demanda-t-il au gardien.

35

Springview était un lotissement moderne sur la route côtière, à la sortie sud de la ville. Rebus se gara devant Three Rankeillor Close, coupa le moteur et considéra longuement la maison. Il y avait devant un jardin paysager, pelouse tondue, rocaille, arbustes et massifs de fleurs. Pas de clôture ni de haie pour séparer le jardin du trottoir. Il en était de même pour les autres propriétés.

La maison, relativement neuve, avait un étage plus des combles sur pignon. À droite de la maison, un garage intégré. Un système d'alarme était visible au-dessus de la fenêtre d'une des chambres. Une lumière brillait derrière les rideaux de la salle de séjour. L'auto garée sur le gravier de l'allée était une Peugeot 206 blanche.

C'est maintenant ou jamais, John, se dit Rebus en prenant une profonde inspiration avant de descendre de voiture. Il s'approcha de la porte d'entrée et sonna, puis recula d'un pas pour descendre la marche. Si c'était Ryan Slocum qui répondait, Rebus préférait prendre ses distances. Il se souvint de son entraînement militaire — le close-combat — et d'une vieille maxime : tirez d'abord, posez les questions après. Il aurait dû s'en souvenir quand il était allé au *Burke's Club*.

Une voix de femme s'éleva derrière la porte.

— Oui, qui est-ce ?

On l'observait par l'œilleton. Il remonta sur le seuil afin qu'elle puisse le regarder à loisir.

— Madame Slocum ? (Il leva sa carte de police devant lui.) La PJ, madame.

La porte s'ouvrit brusquement. Une petite femme menue se tenait là, des valoches noires sous les yeux, ses courts cheveux noirs en désordre.

— Oh, mon Dieu ! s'écria-t-elle, que s'est-il passé ? Elle avait un accent américain.

— Rien, madame. (Le soulagement envahit son visage.) Pourquoi devrait-il se passer quelque chose ?

— Ryan, dit-elle en ravalant ses larmes. Je ne sais pas où il est.

Elle chercha un mouchoir, s'aperçut que la boîte était restée dans le séjour et invita Rebus à rentrer. Il la suivit dans la large pièce bien meublée et, tandis qu'elle prenait des Kleenex, il en profita pour entrouvrir les rideaux. Si une BMW bleue se pointait, il préférait le savoir.

— Il travaille tard, peut-être ? suggéra-t-il bien qu'il connaisse déjà la réponse.

— J'ai essayé son bureau.

— Oui, mais il est directeur commercial, il est peut-être sorti avec un client ?

— Il m'appelle toujours, il est consciencieux sur ce plan-là.

Consciencieux… bizarre qu'elle ait choisi ce mot. La pièce avait l'air du genre à être nettoyée avant d'être salie, et Una Slocum était chargée du ménage. Ses mains tordaient les mouchoirs en papier et elle avait les traits crispés par l'angoisse.

— Essayez de vous calmer, madame Slocum. Avez-vous un calmant quelconque ?

Il aurait parié qu'elle avait une ordonnance médicale dans un tiroir.

— Dans la salle de bains, mais je n'en veux pas. Ça m'abrutit.

Au fond de la pièce, une grande table en acajou et six chaises à dossier droit trônaient devant des étagères tapissant trois murs. Des poupées de porcelaine derrière une vitrine, baignée par une lumière tamisée. De l'argenterie. Aucune photo de famille...

— Une amie, peut-être...

Una Slocum s'assit, puis se releva en se rappelant qu'elle recevait quelqu'un.

— Du thé, monsieur...

— Rebus, inspecteur Rebus. Un thé serait épatant.

Lui donner quelque chose à faire pour occuper son esprit. La cuisine était à peine plus grande que le séjour. Rebus lorgna par la fenêtre de derrière. Il crut voir un jardin clos, Ryan ne pourrait pas se faufiler facilement par là. Il guettait les bruits de moteur...

— Il est parti, dit-elle en s'arrêtant brusquement au milieu du sol, la bouilloire dans une main, la théière dans l'autre.

— Qu'est-ce qui vous fait dire ça, madame Slocum ?

— Une valise, des vêtements... ils ne sont plus là.

— Pour ses affaires, peut-être ? Une urgence de dernière minute.

— Non, fit-elle d'une voix fatiguée. Il aurait laissé un mot, un message sur le répondeur.

— Vous avez vérifié ?

— Oui. J'ai passé la journée à Aberdeen à faire du shopping et à me promener. Quand je suis rentrée, la maison avait quelque chose de changé, elle m'a paru vide. Je l'ai senti tout de suite.

— Il a parlé de partir ?

— Non. (Un semblant de sourire.) Mais une femme sent ces choses-là, inspecteur. La présence d'une autre.

— Une autre femme ?

Una Slocum hocha la tête.

— N'est-ce pas toujours comme ça ? Il était tellement… je ne sais pas, il n'était plus le même. Irritable, distrait… Il passait son temps en dehors de la maison alors que je savais qu'il n'avait pas de rendez-vous professionnels. (Elle scandait ses paroles, se confirmant ce qu'elle savait.) Il est parti.

— Et vous n'avez pas d'idée où il pourrait être.

— Non, fit-elle. Là où elle est, c'est tout ce que je sais.

Rebus retourna dans le séjour et regarda par la fenêtre : toujours pas de BMW. Une main effleura son bras et il vira brutalement. C'était Una Slocum.

— Bon sang, j'ai eu peur, lâcha-t-il.

— Ryan se plaint toujours que je ne fais jamais de bruit. C'est la moquette.

Un centimètre d'épaisseur, il y en avait partout.

— Vous avez des enfants, madame Slocum ?

— Non. Je pense que Ryan aurait aimé avoir un fils. C'était peut-être le problème…

— Vous êtes mariés depuis longtemps ?

— Oui, très longtemps, quinze ans, presque seize.

— Où vous êtes-vous rencontrés ?

Elle sourit, plongeant dans ses souvenirs.

— À Galveston, Texas. Ryan était ingénieur, j'étais secrétaire dans la même entreprise. Il avait quitté l'Écosse depuis peu. On voyait qu'il avait le mal du pays et je savais qu'on finirait par revenir.

— Et depuis combien de temps êtes-vous de retour?

— Quatre ans et demi. (Et aucun meurtre de tout ce temps. Peut-être que Bible John n'était effectivement sorti de sa retraite que pour ce seul boulot...) Bien sûr, poursuivit Una Slocum, nous rentrons de temps à autre pour voir mes parents. Ils sont à Miami. Et Ryan s'y rend trois ou quatre fois par an pour affaires.

Des affaires. Rebus ajouta un avenant à sa réflexion précédente: *et autre chose peut-être?*

— Il est pratiquant, madame Slocum?

Elle le regarda, interloquée.

— Il l'était quand nous nous sommes connus. Ça lui était passé, mais il retourne à l'église maintenant.

— Je vois, fit Rebus. Est-ce que je pourrais jeter un coup d'œil? Il a peut-être laissé un indice indiquant où il allait.

— Eh bien… Je ne pense pas que ça pose de problème. (La bouilloire se mit à chanter et le déclic se fit entendre.) Je vais faire le thé. (Elle se tourna, s'arrêta et revint vers lui.) Inspecteur, que faites-vous ici?

Il sourit.

— Oh, une enquête de routine, madame Slocum, concernant le travail de votre mari.

Elle hocha la tête comme si ça expliquait tout, puis retourna dans la cuisine en silence.

— Le bureau de Ryan est à gauche, lui indiqua-t-elle.

Ce fut donc par là qu'il commença. C'était une pièce exiguë, rétrécie encore par le mobilier et les étagères. Il y avait des dizaines de livres sur la Seconde Guerre mondiale, tout un mur en était couvert. Des papiers étaient disposés soigneusement sur le bureau, de la paperasse concernant le travail.

Dans les tiroirs, il vit des dossiers d'affaires, d'autres aussi pour les impôts, la maison et l'assurance vie, la retraite. Une vie mise en compartiments. Il y avait une petite radio, que Rebus alluma. Radio Three. Il l'éteignit au moment où Una Slocum passait la tête par la porte.

— Le thé est servi au séjour.

— Merci.

— Ah oui, autre chose. Il a emporté son ordinateur.

— Son ordinateur ?

— Oui, vous savez, un portable. Il s'en servait beaucoup. Il fermait la porte à clé quand il travaillait, mais je pouvais l'entendre taper.

Il y avait une clé sur la serrure. Quand elle fut partie, Rebus s'enferma à l'intérieur, puis il se retourna et essaya de se dire que c'était le repaire d'un assassin. Pas possible. C'était un bureau, rien de plus. Pas de trophée et aucun endroit pour les cacher. Aucun sac bourré de souvenirs, comme Johnny Bible en avait récoltés. Et pas d'autel, pas d'albums des horreurs. Rien n'indiquait que ce personnage menait une double vie...

Rebus ouvrit la porte, retourna dans la salle de séjour et regarda une nouvelle fois par la fenêtre.

— Vous avez découvert quelque chose ?

Una Slocum servait le thé dans de fines tasses en porcelaine. Un cake coupé en tranches était posé sur un plat assorti.

— Non, dut reconnaître Rebus. (Il prit une tasse et une tranche de gâteau.) Merci.

Puis il retourna près de la fenêtre.

— Quand on a un mari qui est commercial, reprit-elle, on s'habitue à le voir par intermittence, à assister à des soirées embêtantes et à des réunions, à donner des dîners auxquels les invités ne sont pas des gens qu'on a choisis.

— Ça ne doit pas être de tout repos.

— Mais je ne me plains pas. Peut-être que Ryan aurait fait plus attention à moi si je l'avais fait. (Elle le regarda.) Vous êtes sûr qu'il n'a pas de problèmes ?

Rebus prit son air le plus sincère.

— Je suis catégorique, madame Slocum.

— J'ai les nerfs malades, vous savez. J'ai tout essayé, des cachets, des potions, l'hypnose… Mais quand c'est là, c'est là, et il n'y a pas grand-chose à faire. Je veux dire que si vous êtes né comme ça, c'est comme une petite bombe à retardement… (Elle regarda autour d'elle.) C'est peut-être la maison, trop neuve et tout, ça ne me laisse pas grand-chose à faire.

Aldous Zane avait parlé de ce genre de maison, une construction moderne…

— Madame Slocum, demanda-t-il, le regard plongé dans la rue. Vous allez peut-être trouver ma demande loufoque et je ne saurais pas vous l'expliquer. Mais ça ne vous ennuierait pas que j'aille jeter un œil au grenier ?

Une chaîne sur le palier du premier étage. On tirait dessus et la trappe s'ouvrait, tandis que l'escalier de bois glissait à votre rencontre.

— Très judicieux, reconnut Rebus.

Il commença à grimper. Una Slocum resta sur le palier.

— La lumière est tout de suite à votre droite quand vous entrez, lança-t-elle.

Rebus passa la tête par l'ouverture, s'attendant presque à recevoir un coup de pelle sur le crâne, et chercha l'interrupteur à tâtons. Une ampoule nue éclaira le plancher du grenier.

— Nous avons envisagé de le transformer, cria

Una Slocum. Mais pourquoi se donner ce mal? La maison est déjà trop grande pour nous.

La fraîcheur qui régnait à l'étage témoignait du bon fonctionnement de l'isolation. Rebus regarda autour de lui, ne sachant par où commencer. Qu'avait dit Zane? Des drapeaux, la Bannière étoilée et une croix gammée. Slocum avait vécu aux États-Unis et semblait fasciné par le Troisième Reich. Mais Zane avait également parlé d'un coffre dans le grenier d'une grande maison moderne. Eh bien, Rebus ne voyait rien de tel. Des cartons, des boîtes de décoration de Noël, deux chaises cassées, une porte en trop, deux valises qui sonnaient le creux…

— Je ne suis pas montée depuis Noël, nota Una Slocum.

Il l'aida à franchir les dernières marches.

— C'est grand. Je comprends que vous ayez pensé à l'aménager.

— On aurait eu du mal à obtenir un permis de construire. Toutes les maisons ici sont censées être les mêmes. On paie une fortune et après, on n'a pas le droit de faire ce qu'on veut.

Elle souleva un morceau d'étoffe rouge, posée sur une des valises et en chassa la poussière. Ça ressemblait à une nappe, ou peut-être un rideau. Mais quand elle le secoua, le tissu se déplia pour former un grand drapeau, noir sur fond blanc avec une bordure rouge. Une croix gammée. Elle vit l'air choqué de Rebus.

— Il avait l'habitude de collectionner ce genre de chose. (Elle regarda autour d'elle et fit une grimace.) C'est bizarre.

— Quoi? demanda-t-il en déglutissant.

— Le coffre n'est plus là. (Elle montra l'emplacement sur le sol.) Ryan a dû le déplacer. Elle regarda partout, mais il n'était manifestement nulle part.

— Un coffre?

— Une grosse malle ancienne, qu'il a toujours eue. Pourquoi l'aurait-il déplacée? Et d'ailleurs, comment il s'y serait pris?

— Qu'est-ce que vous voulez dire?

— Elle était lourde… Il la fermait à clé et disait qu'elle était pleine de vieilleries, des souvenirs de sa vie avant qu'on se connaisse. Il avait promis de me les montrer un jour… Vous croyez qu'il l'a emportée?

Il déglutit de nouveau.

— Possible, grogna-t-il en se dirigeant vers l'escalier.

Johnny Bible avait un fourre-tout, mais Bible John avait besoin de toute une malle. Rebus commençait à se sentir mal.

— Il reste du thé, lui signala Mme Slocum. tandis qu'ils retournaient dans la salle de séjour.

— Merci, mais je dois vraiment y aller.

Il la vit essayer de dissimuler sa déception. C'était une chienne de vie quand il ne vous restait plus rien que la compagnie du policier aux trousses de votre mari.

— Je suis désolé, ajouta-t-il. Pour Ryan.

Et il regarda une dernière fois par la fenêtre. Et là, au bord du trottoir, il aperçut une BMW bleue.

Son cœur bondit dans sa poitrine. Il ne voyait personne dans la voiture, personne s'avançant vers la maison…

Puis on sonna à la porte.

— Ryan? dit Mme Slocum en s'avançant vers la porte.

Rebus la prit par le bras et la tira en arrière. Elle poussa un petit cri aigu.

«Chut», lui fit-il en posant un doigt sur ses lèvres et en lui indiquant de rester là où elle était. Il avait

mal au cœur, comme s'il allait rendre le curry ingurgité plus tôt. Tout son corps était à cran. On sonna
une deuxième fois. Rebus respira profondément,
courut à la porte et l'ouvrit d'un coup brusque.

Un jeune homme attendait, veste et pantalon en
jean, cheveux hérissés au gel, de l'acné. Il tenait à
bout de doigts un trousseau de clés.

— Où vous l'avez trouvée ? rugit Rebus. (Le jeune
fit un pas en arrière et perdit l'équilibre sur la
marche du seuil.) D'où vous sortez cette bagnole ?

Rebus était sorti sur le pas de la porte et menaçait
de lui sauter dessus.

— Mon bou… boulot, bégaya l'autre. Ça fait partie du service.

— Quel service ?

— Vous ramener votre v… voiture. Depuis l'aéroport. (Rebus le regardait fixement, exigeant des
détails.) On assure l'entretien, tout ça. Et si vous laissez votre voiture quelque p… part et que vous voulez
qu'on la reconduise chez vous, on le fait aussi. Les
voitures de location Sinclair… vous pouvez vérifier !

Rebus lui tendit la main pour le remettre debout.

— Je voulais juste savoir si vous vouliez qu'on la
rentre au garage, ajouta-t-il, le visage gris.

— Laissez-la où elle est, fit Rebus en essayant de
calmer le tremblement qui le secouait.

Une autre voiture était arrivée et klaxonnait
bruyamment.

— C'est pour moi, précisa le jeune, la terreur
encore visible sur son visage.

— Où est parti M. Slocum ?

— Qui ?

— Le propriétaire de la voiture.

Le jeune haussa les épaules.

— Qu'est-ce que j'en sais ? (Il remit les clés à Rebus
et repartit dans l'allée.) On n'est pas la Gestapo.

Ça, c'était sa flèche du Parthe.

Rebus tendit les clés à Mme Slocum, qui le fixait comme si elle avait des questions à poser, comme si elle voulait tout reprendre de zéro. Mais il lui adressa un petit signe de tête et s'en alla. Elle regarda alors les clés dans sa main.

— Qu'est-ce que je vais faire de deux voitures? murmura-t-elle.

Mais il était déjà loin.

Il raconta son histoire à Grogan.

L'inspecteur principal avait presque dessaoulé, et il lui tardait de rentrer chez lui. La Criminelle l'avait déjà cuisiné.

Ils avaient d'autres questions à lui poser le lendemain, le tout au sujet de Ludovic Lumsden. Grogan l'écouta avec une impatience grandissante, puis lui demanda s'il avait des preuves. Rebus haussa les épaules. Ils pouvaient retenir la présence de la voiture de Slocum à proximité de la scène du crime à une heure incongrue du matin, mais guère plus. Peut-être que les techniciens du labo réussiraient à faire parler le cadavre, mais ils en doutaient, Bible John devait être trop malin pour ça. Il y avait bien le topo que leur avait laissé Lawson Geddes dans sa lettre — le récit d'un mort — et la photographie de Bornéo. Mais ça n'avait aucune valeur tant que Ryan Slocum n'aurait pas avoué qu'il était Ray Sloane, qu'il avait vécu à Glasgow à la fin des années soixante et qu'il avait été — et était toujours — Bible John.

Et justement, Ryan Slocum avait disparu.

Ils appelèrent l'aéroport de Dyce, mais son nom n'était enregistré sur aucun vol, et aucune compagnie de taxis ni de location de voitures ne reconnaissait l'avoir vu. Avait-il déjà quitté le pays? Qu'avait-il fabriqué avec la malle ? Faisait-il le mort dans un hôtel proche en attendant que ça se calme ?

Grogan décida qu'on allait enquêter, donner l'alerte dans les ports et les aéroports. Il ne voyait pas ce qu'il pouvait faire de plus. Ils enverraient quelqu'un interroger Mme Slocum, peut-être passer la maison au peigne fin... Demain peut-être, sinon après-demain. Il n'avait pas l'air emballé. Il avait coincé un serial killer ce jour-là et n'avait pas franchement envie de courir derrière des fantômes.

Rebus trouva Jack dans la cantine en train de boire du thé en mangeant des chips avec des haricots blancs à la tomate.

— Où tu étais ?

Rebus s'installa à côté de lui.

— Je n'ai pas voulu te casser la baraque.

— Bof, fit Jack. Je vais te dire, j'ai bien failli lui proposer de venir à l'hôtel.

— Pourquoi tu ne l'as pas fait ?

— Elle m'a dit qu'elle ne pourrait jamais se fier à un type qui ne boit pas. Tu as envie de rentrer ?

— Pourquoi pas ?

— John, où t'étais fourré ?

— Je te raconterai ça en route. Ça te tiendra peut-être éveillé...

36

Le lendemain matin, après quelques heures de sommeil dans son fauteuil, Rebus appela Brian Holmes. Il voulait savoir comment il s'en tirait et si les menaces d'Ancram s'étaient dissipées à la lumière de la lettre de Lawson Geddes. On décrocha tout de suite.

— Allô?

C'était une voix de femme, celle de Nell. Doucement, Rebus raccrocha. Elle était donc de retour. Cela signifiait-il qu'elle s'était fait une raison à propos du boulot de Brian? Ou lui avait-il promis de démissionner? Il n'oublierait pas de tirer ça au clair.

Jack arriva en traînant les pieds. Il estimait que son boulot de garde-chiourme était terminé, mais il était resté pour la nuit. Il était trop éreinté pour refaire le trajet jusqu'à Falkirk.

— Heureusement, c'est le week-end, dit-il en se passant les mains dans les cheveux. Tu as un plan?

— J'avais envie de filer à Fettes pour voir où j'en suis avec Ancram.

— Bonne idée, je t'accompagne.

— Tu n'es pas obligé.

— Mais j'y tiens.

Pour une fois, ils prirent la voiture de Rebus. Mais

quand ils arrivèrent à Fettes, le bureau d'Ancram était désert, comme s'il n'avait jamais servi. Rebus appela Govan et on le lui passa.

— Ça veut dire que c'est terminé? demanda-t-il.

— Je vais rédiger mon rapport, répondit Ancram. Votre chef voudra sans doute en discuter avec vous.

— Et à propos de Brian Holmes?

— Tout sera dans le rapport.

Rebus attendit.

— Absolument tout?

— Dites-moi, Rebus, vous êtes malin ou vous faites semblant?

— Ça fait une différence?

— Vous avez vraiment tout fait foirer. Si on avait agi comme prévu avec Oncle Joe, on tiendrait la taupe.

— Vous aurez Oncle Joe à sa place. (Ancram grinça des dents.) Vous savez qui est la taupe?

— J'ai un doute. Lennox, vous l'avez rencontré, l'autre jour, au Lobby. (Le sergent Andy Lennox, boucles rousses et taches de rousseur.) Le problème, c'est que je n'ai pas de preuve tangible.

Toujours le même problème. Sur le plan juridique, savoir ne suffisait pas. Et la loi écossaise était encore plus stricte. Il fallait impérativement que les faits soient corroborés.

— La prochaine fois, peut-être? suggéra Rebus avant de raccrocher.

Ils retournèrent à l'appartement pour que Jack puisse prendre sa voiture. Mais comme il avait oublié ses affaires, il dut remonter chez lui.

— Tu vas finir par me lâcher? demanda Rebus.

— Ça ne va pas tarder, répondit Jack en éclatant de rire.

— Bon, puisque tu es là, tu peux m'aider à remettre les affaires dans le living.

Ça ne prit guère de temps. Pour finir, Rebus raccrocha le bateau de pêche sur le mur.

— Et maintenant ? demanda Jack.

— Je vais peut-être faire arranger ma dent. Et je dois voir Gill.

— Le boulot ou le plaisir ?

— Strictement privé.

— Cinq livres que vous allez finir par parler boutique.

— Cinq livres que tu te plantes. Qu'est-ce que tu comptes faire ? répliqua Rebus en souriant.

— Bah, je me suis dit que tant que j'y étais, je pourrais faire un saut aux AA, voir s'il y a une réunion. Ça fait un bail. (Rebus approuva.) Tu veux venir ?

Il leva les yeux.

— Oui, pourquoi pas ?

— Ce qu'on pourrait faire aussi, c'est finir de repeindre.

Rebus plissa le nez.

— L'envie m'est passée.

— Tu ne veux plus vendre ? (Rebus fit signe que non.) Plus de petite maison sur la plage ?

— Je crois que je vais rester là où je suis. Ça me convient, je suis peinard.

— Et c'est où, exactement ?

Rebus réfléchit un instant.

— Quelque part au nord de l'enfer.

Il rentra de sa promenade dominicale avec Gill Templer et colla un billet de cinq livres dans une enveloppe qu'il adressa à Jack Morton. Ils avaient effectivement parlé des Toal et des Américains, comment ils allaient craquer quand ils seraient confrontés à la bande. La parole de Rebus ne suffirait peut-être pas pour inculper Hayden Fletcher pour complicité de meurtre, mais ça serait un bon départ. Fletcher serait transféré dans le sud pour interrogatoire. Rebus allait avoir une semaine chargée. Son téléphone sonna pendant qu'il rangeait le living.

— John ? C'est Brian.

— Ça va ?

— Ça baigne. (Mais Brian avait la voix éteinte.) Je me suis dit que… c'est-à-dire que je… J'envoie ma lettre. (Une pause.) C'est ce qu'on dit, non ?

— Bon sang, Brian…

— Vous comprenez, j'ai voulu apprendre avec vous, mais ce n'était peut-être pas le bon choix. Un peu trop affectif, peut-être, hein ? Vous voyez, John, ce que vous avez, moi, je ne l'ai pas. (Une autre pause, plus longue.) Et franchement, je ne voudrais pas être à votre place.

— Vous n'avez pas besoin d'être comme moi pour être un bon flic, Brian. Certains vous diraient que vous devez tout faire pour être ce que je ne suis pas.

— Eh bien… j'ai essayé des deux côtés de la barrière, bon Dieu ! J'ai même essayé de m'asseoir carrément dessus. Mais ça ne marche pas.

— Je regrette vraiment, Brian.

— On se reparle plus tard, d'accord ?

— Bien sûr, fiston. Prends soin de toi.

Il s'assit dans son fauteuil et regarda fixement par la fenêtre. Un après-midi d'été resplendissant, le bon moment pour aller faire un tour dans les Meadows. Sauf qu'il rentrait à peine. Avait-il envie d'aller flâner ? Son téléphone sonna de nouveau et il laissa le répondeur s'en charger. Il attendit le message, mais il entendit le crépitement des parasites, un crachotement. Il y avait quelqu'un, on n'avait pas coupé la ligne. Mais on n'avait pas l'intention de laisser un message. Rebus posa une main sur le combiné, attendit et le souleva.

— Allô ?

Il entendit l'autre récepteur retomber brutalement sur son support, puis le bourdonnement de la ligne. Il resta un moment, puis raccrocha et alla dans la cuisine. Il ouvrit le placard et en sortit journaux et articles découpés. Il fourra le tout dans la poubelle. Puis il empoigna son blouson et partit en balade.

POSTFACE

La genèse de ce livre est une histoire que j'ai entendue au tout début de 1995, et j'ai travaillé sur ce livre durant cette année-là, mettant la dernière main à une version satisfaisante avant Noël. Puis le dimanche 29 janvier 1996, alors que mon éditeur s'apprêtait à lire le manuscrit, le *Sunday Times* publia un article intitulé «Bible John habite tranquillement à Glasgow», s'inspirant d'une information contenue dans un livre sur le point d'être publié par Mainstream en avril. Le livre s'intitulait *Power in the Blood* («Le Pouvoir dans le sang»), par Donald Simpson. L'auteur prétendait avoir rencontré un homme avec lequel il s'était lié, et que celui-ci avait fini par lui avouer qu'il était Bible John. Simpson affirmait aussi que l'homme avait tenté de le tuer à un moment donné et qu'il y avait des preuves que l'assassin avait frappé en dehors de Glasgow. En fait, il y a plusieurs meurtres non élucidés sur la côte ouest, plus deux à Dundee en 1979 et 1980, les deux victimes ayant été retrouvées nues et étranglées.

Ce peut être une coïncidence, bien sûr, mais le *Scotland on Sunday* du même jour dévoila que la police de Strathclyde possédait de nouvelles preuves concernant l'investigation en cours sur Bible John. Les nouveaux progrès des analyses de l'ADN ont permis aux policiers de se procurer une empreinte génétique d'une trace de sperme laissée sur les cuisses de la troisième victime, et on a demandé à tous les suspects présumés qu'on a pu retrouver de venir effectuer une prise de sang pour comparer. Comme l'un d'eux, John Irvine McInnes, s'était suicidé en 1980, un membre de la famille a donné son sang à sa place. Les résultats ont été suffisamment probants pour qu'un juge ordonne l'exhumation du corps afin de procéder à un supplément d'analyses. Au début de février, le corps fut exhumé (de même que celui de la mère de McInnes, dont le cercueil avait été placé sur celui de son fils). Pour les intéressés, une longue attente commençait.

Tandis que j'écris ces lignes (en 1996), l'attente se poursuit. Mais maintenant, tout le monde a l'impression que la police et la science ne parviendront pas à fournir cette preuve irréfutable. Cependant, pour certains, le doute a été semé et John Irvine McInnes restera le principal suspect dans leur esprit. Il est vrai que son histoire personnelle, comparée au profil psychologique de Bible John établi à l'époque, est d'une lecture captivante.

Toutefois, le doute subsiste, qui se fonde en partie aussi sur le profil psychologique du coupable. Un serial killer s'arrêterait-il simplement de tuer pour attendre ensuite onze ans avant de se suicider ? Un journal pose comme postulat que Bible John a « flippé » à cause de l'enquête, de sorte qu'il s'est arrêté de tuer, mais d'après au moins un expert en ce domaine, cela ne colle pas avec le schéma admis. Et puis il y a le témoin, en qui l'enquêteur principal Joe Beattie avait mis toute sa confiance. Irvine McInnes a participé à une séance d'identification quelques jours après le troisième meurtre. La sœur d'Helen Puttock ne l'a pas reconnu. Elle avait voyagé dans le même taxi que le tueur, avait regardé sa sœur danser avec lui, avait passé des heures en sa compagnie. En 1996, confrontée aux photographies de John Irvine McInnes, elle a répété la même chose : celui qui a tué sa sœur n'avait pas les oreilles décollées de McInnes.

D'autres questions restent en suspens. L'assassin aurait-il donné son vrai prénom ? Les histoires qu'il a racontées aux deux sœurs durant le trajet en taxi étaient-elles vraies ou fausses ? Aurait-il procédé à un troisième assassinat sachant qu'il laissait un témoin derrière lui ? Beaucoup de gens, aussi bien dans la police que dans le public, refuseraient de se laisser convaincre même par un test d'ADN. Pour nous, il est toujours là et, comme l'ont montré les affaires de Robert Black et de Frederick West, il n'est pas seul.

Remerciements

Je tiens à remercier : Chris Thomson, pour l'autorisation de citer une de ses chansons ; le Dr Jonathan Wills pour ses récits sur la vie des Shetland et dans l'industrie pétrolière ; Don et Susan Nichol, pour leur aide inespérée concernant les recherches ; l'Energy Division of the Scottish Office Industry Department ; Keith Webster, Senior Public Affairs Officer, Conoco, Grande-Bretagne ; Richard Grant, Senior Public Affairs Officer, BP Exploration ; Andy Mitchell, Public Affairs Advisor, Amerada Hess ; Mobil North Sea ; Bill Kirton, pour sa connaissance dans le domaine de la sécurité en mer ; Andrew O'Hagan, auteur de *The Missing* ; Jerry Sykes, qui a trouvé le livre pour moi ; Mike Ripley, pour le matériel vidéo ; Lindsey Davis, le foreur ivre que j'ai rencontré dans un train au sud d'Aberdeen ; Colin Baxter, *extraordinaire*[1] Trading Standards Officer ; mes documentalistes Linda et Iain ; le personnel du Caledonian Thistle Hotel, Aberdeen ; le Grampian Regional Council : Ronnie Mackintosh ; Ian Docherty ; Patrick Stoddart, et Eva Schegulla pour le e-mail. Je remercie aussi comme toujours le personnel de la National Library of Scotland (et plus spécialement la South Reading Room) ainsi que la Edinburgh Central Library. J'aimerais également remercier les nombreux amis et auteurs qui m'ont contacté quand l'affaire

1. En français dans le texte.

Bible John a refait la une au début de 1996, soit pour exprimer leur compassion soit pour suggérer des modifications de l'intrigue. La confiance de mon éditrice, Coline Oakley, n'a jamais faibli. C'est à elle que je dois la citation de James Ellroy qui se trouve en exergue… Enfin, un grand merci à Lorna Hepburn qui, au début, m'a raconté une histoire…

Tous les «emprunts» proviennent des sources suivantes: *Fool's Gold*, de Christopher Harvie; *A Place in the Sun*, par Jonathan Wills; *Innocent Passage: The Wreck of the Tanker Braer*, par Jonathan Wills et Karen Warner; *Blood on the Thistle*, par Douglas Skelton; *Bible John: Search for a Sadist*, par Patrick Stoddart; *The Missing*, par Andrew O'Hagan.

La citation du major Weir — «*creatures tamed by cruelty*» («des êtres domptés par la cruauté») — est en fait le titre du premier recueil de poésie de Ron Butlin.

DU MÊME AUTEUR

Aux Éditions du Rocher

LE CARNET NOIR, 1998 (Folio Policier nº 155)
CAUSES MORTELLES, 1999 (Folio Policier nº 260)
AINSI SAIGNE-T-IL, 2000 (Folio Policier nº 276)
L'OMBRE DU TUEUR, 2002 (Folio Policier nº 290)
LE JARDIN DES PENDUS, 2003

COLLECTION FOLIO POLICIER

Dernières parutions

Composition Interligne
Impression Novoprint
à Barcelone, le 03 mai 2004
1ᵉʳ dépôt légal dans la collection: mai 2004
Dépôt légal: octobre 2003
ISBN 2-07-042324-6 / Imprimé en Espagne.